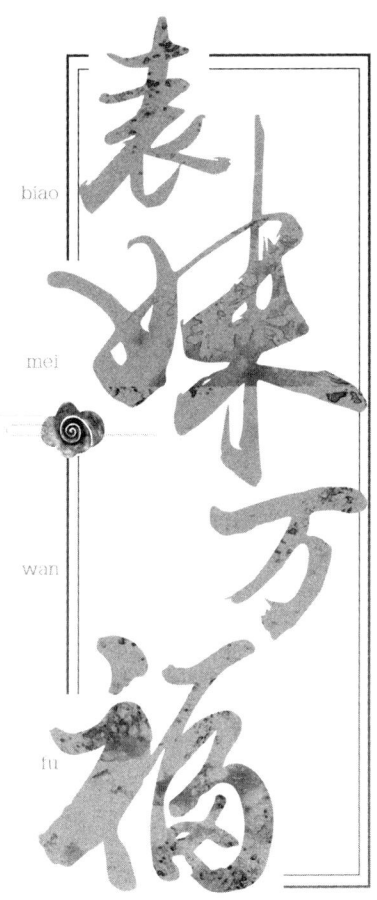

上册

蓬莱客 作品
PENGLAIKE WORKS

江苏凤凰文艺出版社
JIANGSU PHOENIX LITERATURE AND ART PUBLISHING, LTD

图书在版编目（CIP）数据

表妹万福：全3册 / 蓬莱客著. -- 南京：江苏凤凰文艺出版社，2018.12
 ISBN 978-7-5594-2162-3

Ⅰ. ①表… Ⅱ. ①蓬… Ⅲ. ①长篇小说－中国－当代 Ⅳ. ①I247.5

中国版本图书馆CIP数据核字(2018)第106645号

书　　　名	表妹万福：全3册
作　　　者	蓬莱客
选 题 策 划	李文峰　崔　悦
责 任 编 辑	白　涵　刘洲原
特 约 编 辑	吴梦婷
责 任 监 制	刘　巍　江伟明
出 版 发 行	江苏凤凰文艺出版社
出版社地址	南京市中央路165号，邮编：210009
出版社网址	http://www.jswenyi.com
印　　　刷	三河市良远印务有限公司
开　　　本	16开（700mm×980mm）
字　　　数	500千字
印　　　张	44.5
版　　　次	2018年12月第1版，2018年12月第1次印刷
标 准 书 号	ISBN 978-7-5594-2162-3
定　　　价	79.80元（全三册）

影视版权抢订热线　13911704013
江苏凤凰文艺版图书凡印刷、装订错误可随时向承印厂调换

上 册

楔子 001

第一章 姝好 007

第二章 寿庆 028

第三章 退婚 055

第四章 少年 081

第五章 意外 107

第六章 庇佑 140

第七章 谋算 167

第八章 婚约 194

中册

第九章 大婚 219

第十章 新妇 247

第十一章 郎君 269

第十二章 宴变 297

第十三章 旧事 325

第十四章 秘密 348

第十五章 雪夜 376

第十六章 故人 402

第十七章 惊变 429

下册

第十八章 北放 457

第十九章 追随 484

第二十章 归家 505

第二十一章 麟儿 536

第二十二章 父子 556

第二十三章 天下 591

第二十四章 万福 611

后记 639

番外一 塞外曲 645

番外二 晞光 657

番外三 另一种人生 681

楔 子

嘉芙殉葬的时候，正是深秋。她记得很清楚，宫里满园芙蓉开得极好，远远望去，犹如浮在园中的一团霓霞。

那个午后的情景，她也记得很清楚。

她已经好些天没见到皇帝的面了，宫人说，皇后衣不解带，一直在皇帝身边侍病。

她入内，看到章皇后眼皮浮肿，神色憔悴，离开前对她说，皇上召她，让她好生服侍。

皇后和颜悦色，一如她平常的样子。

重重叠叠的明黄帐幔间，飘浮着一股香料和药混合在一起的苦恶气味。殿牖紧闭，深殿里的光线昏暗而沉重，仿佛一团阴影，将她整个人笼罩。

嘉芙就跪在龙榻前，一动不动，已经这样跪了半炷香的时间。

不过短短十年间，大魏的皇权便更替了四次，年号从天禧、承宁、永熙到先帝世宗朝的昭平，不可谓不频繁，且中间还起过战事。

从先帝朝开始，大魏彻底结束内部动荡，国力日益强盛，民生亦得安定。但从萧胤棠于父亲世宗萧列的手中接掌皇权后，塞北边陲再起风云。新帝雄心勃勃，登基的次年，不顾群臣的苦谏和阻拦，倾举国之兵，御驾亲征北胡。是役虽艰难而胜，但他也不慎受伤，归朝后伤情恶化，御医束手无策。

这些日，已开始有不好的消息在暗中流传了。

龙床上的男子一直昏睡着，突然，他的双手抬了起来，在空中乱舞，仿佛正在奋力抵挡什么。

他的双目依旧闭着，眉头却紧紧地蹙在一起，神色痛苦而惊恐，额前不断有冷汗冒出，看起来正在经受着什么可怕梦魇折磨似的。

嘉芙急忙爬起来，靠过去，捉住了他冰冷汗湿的手。

"皇上，醒醒——"

下一刻，她被皇帝重重一把推开，人跌坐到了地上，不顾疼痛，爬起来再靠近，却听他发出了几声含含糊糊的梦呓。

"右安！右安！这就是你加给我的报应吗？求你了，放过我吧！莫怪我！要怪就怪父皇！全是他造的孽——"

萧胤棠的喉咙咯咯作响，似有一双看不见的手正在掐着他，让他呼吸困难。

嘉芙心口突突一阵乱跳。

梦魇里的萧胤棠继续呓语着，却又陡然变了腔调。

"朕是皇帝！朕是大魏的皇帝！裴右安，朕不怕你！你本就不该活在这世上的！你就算变成鬼，又能奈朕如何！"

他咬牙切齿，面庞扭曲，乱舞的手恰好抓住了嘉芙的一只手腕，立刻收紧五指，齿关间咯咯作响，顷刻间，全身最后的力气似都凝聚到了这五指之中，仿佛抓住的便是那只梦魇中的手，要将其捏碎。

嘉芙强忍着剧痛，又叫了他一声。

萧胤棠终于苏醒，猛地睁开眼睛，冷汗涔涔，双目定定地注视着身畔的嘉芙。

嘉芙脸色微微苍白，和他对望了片刻，朝他露出一丝笑容："皇上，是妾身……"

萧胤棠慢慢地松开她的手腕，手臂无力地垂了下去。

嘉芙为他拭着额前冷汗。

他脸色苍白，闭目片刻，用微弱的声音问了句："阿芙，方才你可听到朕在梦中说了什么？"

嘉芙执帕的手轻轻一顿。

裴右安，皇帝梦呓里的那人，乃卫国公府的长子，自小先天不足，体弱多病，但天资超群，读书过目不忘，十四岁就中了进士，当时的天禧帝对他十分喜爱，破格命他入东阁待诏，有"白衣公卿，少年宰相"之美名。世宗登基后，他亦深得赏识，却天妒英才，不幸于三年前死于陇右节度使任上，终身未娶，年不到三十。

据说，死前那夜，在塞外素叶城中，他旧病复发，呕血溢盂，见前来探视的左右下属，人皆涕泪，他却面不改色，依旧谈笑自如，称自己自小与药石为伍，曾被断言活不过十岁，苟延至今，已是问天多借了二十载，死并无憾。

裴右安病殒于塞外孤城的噩耗传至京城，据说先帝世宗悲恸过度，当时竟晕厥过去。

他死后并未归葬裴家祖陵，而是遵他的遗愿，就地葬在了素叶城外，军民哀哭震天，半月不愿散退，世宗破格追封他为安西王，身后之事，极尽荣哀。

论起关系，裴右安和嘉芙其实也算是表兄妹，但两人之间，除了多年前的那次意外交集，一向并无往来。

"妾并未听到。"

她低声应道，继续替他拭汗。

萧胤棠慢慢呼出一口气，再闭目片刻，神色渐宁，轻轻握住了嘉芙的手，睁眼说："阿芙，朕爱你如命。自见你第一面起，便将你放在了心尖上，这些年，除了没能给你一个位分，自问宠爱已到极致。朕要去了，一概后事安排停当，你的母家，朕也有所安排。朕唯一舍不得的，便是你……

"等朕去了，你可愿随朕同去？"

他慢慢地睁开眼睛，偏过头看她。

他脸色惨白，眉心泛出的青气，令这张原本英俊的面容蒙了层淡淡的濒死的气息。

嘉芙半跪半坐，望着皇帝的眼睛。

"怎的，你不愿再陪朕了？"

他看着她问。

"禀陛下,妾愿意。"

她抽回自己的手,改朝龙榻的方向叩首,以额触地,长跪不起。

"靠朕近些。"

他再次向她伸出手,用最后的气力,紧紧地抱住她,长长地叹息了一声,叹息里,是无尽的遗恨和不甘。

"朕怕地宫寂寞,去了后,再无人能如你解语,令朕忘忧。朕更怕朕去了,留你独活于世,从此你孤苦无依。不如你就此随朕同去,如此,朕才能放心。"

"阿芙,莫怪朕。若有来生,朕必许你一个皇后之位……"

他的唇贴在她耳畔,喃喃低语,声音里充满了柔情。

神光二年秋,大魏皇帝萧胤棠英年驾崩,谥号敦宗。

笃亲睦族曰敦。

树德纯固曰敦。

正如这谥号所彰显的帝王美德,萧胤棠在临终前,留下了一道人人称颂的遗旨。

他说,以人为殉,朕不忍,故朕去后,嫔妃一概免殉葬,令安养天年。

前朝起就有了皇帝死,无所出的后宫女子殉葬的宫规,少则几人,多则数十,本朝沿袭旧制。萧胤棠年不过三十许,突然死去,于后宫那些女子而言,犹如晴天霹雳,原本终日以泪洗面,只等到时悬梁自尽殉葬地宫,却没有想到,皇帝竟赦了她们的死。虽说等着的命运依旧是冷宫白头,但比起现在被迫追随他而死,能够活着,依旧是件幸事。

人人感恩戴德,灵前哭得也格外真诚。

但这一切,和嘉芙已经无关了。

她本已无悲无喜,接受了这样的命运安排。

这一辈子,她就如无根漂萍,委身萧胤棠后,无名无分,见不得光,有今天这样的结局,本不在意料之外。

但她等到的,不是她以为的三尺白绫。

刚晋位的章太后下令将她钉入那口特意为她而备的名贵金丝楠木棺里,以此种方式,为先帝殉葬于地宫。

"先帝命我好生照顾你甄家之人。你放心随先帝去吧,我必不负先帝所托。"

章太后不复往日的大度,双目盯着她,用不加掩饰充满恨意的声音,一字一顿地对她说道。

厚重的棺盖压了下来,眼前的最后一道光明被挤压了出去。

嘉芙最后的世界,变成了一片漆黑,她被永远封闭在了这片地宫下的逼仄空间里,再也无法出去了。

她没有挣扎,没有呼叫。因她知道,无论是挣扎,还是呼叫,一切都是徒劳。

这就是她的归宿,命中注定。

生不由她,嫁不由她,死亦不由她。

空气越来越稀薄,胸口因为无法呼吸而疼痛,在将死不死的漫长痛苦折磨中,她的指甲也开始不受控制地抓抠起能够触摸到的棺体,金坚的木板上,留下一道道抓痕。

原来她也恐惧死亡,以及伴随死亡而来的身在人间时所不能想象的那种来自地下黑暗的无边压迫。

到了这时,她才知道,其实她是想活下去的,继续活下去,再难,也想活下去。

从前要是没有嫁给二表哥,后来要是没有遇到萧胤棠,她这一生,又将是如何模样?

但是已经来不及了,这辈子,她走到了尽头。她的人生就这样结束了。

她开始哭泣,泪水流淌,但哭泣只会消耗更多空气,让她变得更加痛苦。

她眼前开始出现各种光怪陆离的幻觉,在光影的尽头,恍恍惚惚里,她仿佛看见了一个男子,穿破地宫的无尽黑暗,微笑着朝她走来,望着她的目光里,含着无尽的慈爱。

她认了出来,他是她的父亲。

许多年前,在她还只十三岁的时候,父亲出海,她送他到了港口,临踏上甲板前,父亲向她许诺,这趟出海,他一定要给她带回紫鲛珠的项链。

紫鲛珠产在遥远的海外异域,不但夜里发光,传说还能给人带来吉运,海上行走的人，要是能遇到，就是幸运。

"戴上了它，爹的阿芙一辈子就会顺顺遂遂，无病无灾。"

父亲当时的音容笑貌，此刻依旧历历在目。

但那次出海之后，他却再也没有回来。

"阿芙，爹回来了，给你带来了项链，你喜欢吗？"

"爹——"

嘉芙笑着流泪，朝他伸出手，叫着父亲，这个世界上曾最疼爱她的男人。

最后一口珍贵的空气从她的肺腑里逸出，她那指甲已然破碎流血的双手，无力地从空中慢慢垂下，搭在了柔软温暖的胸脯之上，唇边带着微笑。

第一章 姝好

澡间里氤氲的白色雾气渐渐散淡,空气变凉。

檀香已经看了嘉芙好几眼。

她整个人下缩,浸在那香樟浴桶里,刚洗过的满头半潮青丝用支钗子松松地绾在颈侧,额轻靠在桶壁上,双眸合着,睫毛低垂,仿佛睡了过去。

她怕嘉芙受凉,忍不住轻声催促:"小娘子,醒醒。"

嘉芙慢慢睁开眼睛,扶着湿漉漉的桶壁站了起来。

雪肌腻理,玉肤耀目,点点的晶莹水珠不胜肤滑,从肌肤上飞快滚落。

少女的初盈身段,美得犹如一朵含苞初绽的娇兰。

檀香用条柔软大巾将嘉芙的身子连肩裹住,丁香递上预先备好的衣裳。嘉芙擦干身子,套了衣裳出去,几个粗使婆子便进来收拾,内中一个姓王的婆子刚来没多久,闻到澡汤里散出的香气,忍不住问:"小娘子天天用的这是什么香?怪好闻的。我孙女下月嫁人,我回去买些给她添个妆。"

檀香为人亲善,笑应道:"妈妈,这叫羯菩罗香,也叫冻龙脑,南天竺运来的,我听小娘子说,在那边原本也值不了几个钱,但漂洋过海地运到咱们这里,一钱也就一两银了。"

王婆子吓了一跳,咂舌:"我的个娘!这也忒贵了,哪里买得起!小娘子的澡水里天天加这个,一个月下来,那要费多少银钱?这洗的不是香汤,竟是钱汤了!"

另一个婆子嗤笑出声:"这话也就你自己说说,出去了千万别乱讲,免得惹人笑话。东家什么人家?再贵的香料,到了东家这里,也不过就是土坷垃。莫说一钱一两银,就算十两银,小娘子要用,不过也就是吩咐一声的事。"

泉州海贸繁荣,南熏门、涂门外的大小港口,每天无数船只进进出出,近如占城、暹罗、苏禄,远到大食、麻林、比剌,来自海外异国的各种货物琳琅满目,香料是其中一个大类。

甄家是泉州巨富,拥有的船队数一数二,再珍贵的香料,到了甄家这里也无稀罕之处,这婆子的话虽有些夸耀,但也不算错。

王婆子头点得如小鸡啄米,讪讪地笑:"是,是,是我没见识,说错了话……"她抻着脖子又使劲闻了口香气,方和人一道抬水出去。

檀香出来,见嘉芙打开了香料盒,取玉勺挑了一勺,知她要加到那凤头香炉里,忙上去替她揭开炉盖。

"这事我来便可。小娘子当心,小心烫到了手。"

嘉芙将香料投入炉中。香料触火,发出悦耳的轻微嗞嗞声,伴着一道袅袅升起的青烟,她微微弯腰,抬手,将香烟朝自己的方向扇了几下,随即闭目,深深地吸了一口气。

檀香在一旁望着,心里有些不解。

小娘子向来不爱在房中熏香,只插鲜花,却不知道为什么,那日从西山寺回来后,忽然就变了喜好,房内不但改熏这冻龙脑,连洗澡的香汤里也要加入捣碎的粉末。

这便罢了。檀香在甄家多年,跟着小娘子,多少也能品鉴些香料的种类和优劣。冻龙脑自然是上品,香气轻灵而温雅,后味含甜,价钱不菲,但在同属的脂香料里,并不算顶级。顶级的是龙涎。因两种香料的外形颜色肖似，味雾也像，非行家不能分辨，故常有奸商以冻龙脑充龙涎售卖。

龙涎虽稀少，但甄家并不是没有库藏，小娘子既改用熏香，怎不取龙涎，要用这稍次的冻龙脑？

檀香忍不住问了一句。

嘉芙望着从凤嘴里袅袅升起的一缕青烟，道："库中龙涎稀少，还要用作御贡，我用冻龙脑便好。"

檀香哦了一声。

"明日出门记着带上。我的衣物也全要熏这冻龙脑，别的一概不要，别弄错了。"

"小娘子放心，我都备好了，不会错的。"

"夫人来了！"这时门口传来一道声音。

嘉芙转头，见母亲孟氏和她身边的刘嬷嬷到了，便迎上去。

孟太太带着女儿坐到床沿边："身体怎样了？可还恍惚？"

初九日是嘉芙父亲的三周年祭。那日她随祖母胡氏、母亲孟太太及哥哥甄耀庭同去西山寺做大祥法事，当夜宿于寺中，她和孟太太同屋而眠。次日清早，孟太太醒来，发现女儿泪流满面，吓了一跳，问她缘故，她摇头不说，只一味抱着她，又哭又笑，和平常大相径庭。孟太太疑心她在寺外撞到了不干净的东西，去求了灵牌符水，当天带她回家，她精神瞧着还是有些恍惚，这几日才有些好起来。

嘉芙道："女儿早就好了。娘不必担心。"

孟太太端详了下女儿，见她笑意盈盈，气色也好，爱怜地搂她入怀："你爹不在了，转眼就是三年，你哥顽皮不听话，娘的跟前就剩你贴心，明日就又……"

她停住。

明天，嘉芙就要和孟太太还有哥哥甄耀庭一道，北上去往京城了。

甄家人这趟北上，除了要去给卫国公府的裴老夫人祝寿外，也是为了预备嘉芙和国公府世子裴修祉的婚事。

婚事一年前就定下了，只等嘉芙孝满。虽说是给二表哥裴修祉做续弦，进门就有个五岁的继子，但甄家再有钱，故去的父亲也只有个秀才的功名，她能嫁入国公府做世子夫人，已是极大的高攀。

女儿有了归宿。对于甄家来说，这也算是天大的好事。孟太太自是高兴，但想到女儿出嫁后，京城和泉州之间路途迢迢，母女再见恐怕不易，国公府又门高院深，自家门第不及，担心她日后难以立足。愁完这个愁那个，心事涌出，眼角便隐隐现出泪光。

刘嬷嬷见了，拣着好话劝："小娘子嫁的不是别人，国公府是知根知底的。二公子对小娘子的心意，太太您也知道的，何况，那边的二夫人跟太太您还是亲姐妹，都是一家人。小娘子一过去，就是国公府的世子夫人了，以后福气不知道还有多少，太太有什么可担心的？"

孟太太渐渐被劝住，拭了拭眼角，牵着女儿的手道："是娘多想了。走吧，不要叫你祖母等久了。"

嘉芙祖母胡氏是甄家的当家人，精明强悍，不输男子，从前一心盼着儿子考取功名，丈夫去世后，为了不让儿子分心，家业全由自己一手打理，偏嘉芙父亲性情疏阔放达，对功名兴趣不大，考中秀才后，屡试不第，到了他三十多岁，胡氏日益见老，精力不济，他索性放弃功名接掌祖业。不想三年前，嘉芙十三岁那年，他随船队出海，不幸遭遇风浪而殁。胡氏白发人送黑发人，悲恸可想而知，但这老妇人扛了过来，改而把希望寄托在嘉芙哥哥甄耀庭身上。

甄耀庭大了嘉芙两岁，现在十八，兄妹感情极好，可惜不大长进，学业一塌糊涂不说，家中生意也不上心，整天在外厮混，这会儿已经掌灯了，人还不见回来。

嘉芙跟着母亲来到祖母房中。老太太浓眉宽额，容貌严厉，有些重男轻女，不止嘉芙小的时候怕她，连孟太太在她跟前也有些不敢说话，到了便带着女儿向她问安。

老太太问明天北上的准备，孟太太一一应答，最后道："娘放心，国公老夫人的寿礼我亲自预备的，还有给宋府的礼，全部点检过，都已经上了船，京城那边的房子也妥了，过去就能住。"

嘉芙这趟进京，就不再回泉州了，留在那里等待成婚。为方便接下来的婚事操办，甄家特意在京城置了房子。

老太太满意了，说道："去了京中，不要算计银钱，该怎么用就怎么用。裴家门第是高,只是门庭大了,难处自然也就有了。何况这两年,宫里变了天,裴家也没从前那么风光了,他家肯做这门亲事,看中的不是阿芙这个人,是咱们的钱和来钱的路子。"

孟太太道:"娘放心,媳妇知晓。"

老太太严厉的脸上终于露出丝笑容,望着儿媳妇:"你也命苦,嫁到了我甄家,和我一样,年纪轻轻就守了寡,好在还有一双儿女是盼头,阿芙如今嫁得好,你往后也能跟着享福了。"

孟太太本出身官宦之家。孟老爷当年外放福建做官时,出了个大纰漏,靠着甄家祖父出钱帮忙才渡过难关,为表谢意,便将一个女儿下嫁到了甄家。原本两家关系不错,但随着孟老爷和甄家祖父相继去世,孟家渐渐不景气,又自持身份,不肯主动和甄家亲近,两家关系也就疏远了。但孟太太嫁来后,和丈夫感情极好。此刻被老太太的一句话又勾出了伤心事,眼睛一红,却不敢流泪,只笑道:"娘说得是,我也是这么想的。"

老太太点了点头,转向在旁一直沉默着的嘉芙,叫了她一声。

嘉芙知她有话说,便跪到了她面前的一张垫子上:"祖母请吩咐。"

"孝悌百行之本。我们家什么情况,你心里清楚。虽说人贵自立,但多个裴家做靠山总是好的。往后你在裴家要是出头了,少不了要你提携下你哥哥。祖母的话,你记下了?"

嘉芙道:"孙女记住了。"态度十分恭敬。

老太太望着她的神色里,透出了些难得的温情,点头道:"你起来吧,回去早些休息,养好精神,明日一早还要上路。"

从老太太那里出来,孟太太就问儿子的去向。

家中管事张大说不上来,只道晌午他还和自己在码头数点运上船的明日上路的物件,后来自己一忙,转个身,他就连同小厮一起不见了,人去了哪里,却是不知。

这趟北上,嘉芙的哥哥甄耀庭自然是要同去的。明天一早就要出发,这会儿他却不知跑去了哪里。孟太太忍不住抱怨。张大自责:"小的疏忽了,这就叫人去找。"

孟太太叹了口气："罢了，我没怪你，他两腿长自个儿身上，总不能叫你一眼不错盯着他。叫人去他平常往的地方瞧瞧就是了。"

张大应下，转身匆匆去了。

孟太太又送女儿回了房，叮嘱她早些睡下，自己才走。

夜渐渐深了，整个甄府里安静下来。

明天一早，就要出发北上了。

嘉芙难以入眠。

梦里的这个夜晚，她记得自己也度过了一个无眠之夜，心情却和今夜完全不同。

那时候，除了忐忑，更多的还是欣喜和对于未来的憧憬。

如果不是在梦中死过一次，现在的她，又怎么可能想得到，她将要嫁的良人，卫国公府的二表哥裴修祉，竟是如此怯懦自私的一个人，为求自保，更为富贵，到了将来的那日，竟把自己拱手相让给了另一个男人。

那时的种种，一闭上眼睛，就在嘉芙的脑海里如海波般翻涌。

卫国公府有两房，二房的孟夫人是自己母亲的姐姐，生有三表哥裴修珞。裴修祉行二，是长房辛夫人的次子，但和裴修珞一样，嘉芙也叫他表哥。

除了长房的裴修祉和二房的裴修珞，嘉芙还有一个并不怎么熟的大表哥，名叫裴右安。

裴家最风光的时候，是在二十多年前。那时，裴老夫人的长女文璟被立为太子妃，太子即位成为天禧帝，她也成了皇后，可惜天妒红颜，次年就感染时疫，在皇家慈恩寺里养病一年多后，不幸离世。

元后虽去了，但裴家的圣眷越发隆盛，也就在那段时期，十四岁的裴家长房长孙、世子裴右安以少年宰相的美名而声满京华。裴家风光，一时无两。

所谓月满而亏，盛极则衰，对于裴家而言，颓运似乎全起始于卫国公的去世。

当时塞北边境不宁，卫国公奉命领军镇边，次年不幸染病而亡，当时，裴右安随父同行军中，抚亡父灵柩而归。谁知不久之后，京中竟起传言，说卫国公府世子裴右安未出热孝逼奸父亲的一个小妾,小妾羞愧自尽,辛夫人虽极力压下,试图遮掩这丑闻,但无济于事,最后还是传了出去,被御史台一本参到了天禧帝面前。

父亲热孝期间,尸骨未寒,做儿子的竟做出如此行径,别人也就罢了,放在裴右安身上,天禧帝不信,亲召他本人问话,本意是想为他开罪,但据传言,当时他竟一言不发,等同认下了罪名。天禧帝无奈,夺了他的功名,革去世子之位,他随后出京,离开了裴家。

如同一颗流星划过天际,曾经毫笔风流、光芒耀眼的卫国公府世子裴右安负着污名,就此消失在众人的视野里。

那一年,他十六岁。

裴家此前的圣眷太过浓厚,风光了那么多年,难免招来嫉妒。出这样的事,一度成为众人背后议论的话题。但这还不是裴家衰运的全部,随后几年间发生的宫廷之变,才是真正影响京城里那些家族命运的决定性因素。

两年后,天禧帝病重,传位给了太子萧彧,因萧彧年幼,除了指定辅政大臣,特意将太子托付给了他十分信任的弟弟顺安王,由顺安王监国,协助理政,直到太子亲政。

后来有传言,据说天禧帝临终前,特意叮嘱顺安王,让他防备云中王萧列。他对这个颇具雄才又有战功的皇弟一直不放心,但此前,萧列一直表现得循规蹈矩,加上天禧帝性格偏软,始终犹豫不决,兄弟之间,也就如此过了下来。

在顺安王涕泪交加的叩首应承中,天禧帝驾崩而去。八岁的萧彧成为大魏的新帝,年号承宁,顺安王摄政。

再两年过去,少帝在一次秋狩中竟意外坠马身亡,向有贤名的顺安王被朝臣顺理成章地推举为新帝,大魏开始进入了永熙纪年。

顺安王的上位,过程也并非一帆风顺。当初被先帝指为辅政之一的太傅性情耿烈,直言少帝死因可疑,称顺安王谋害少帝,更有人一厢情愿地臆想少帝并未死去,而是被身边的忠心之人保住逃走了。

但这些反对和质疑的声音,很快就被绞杀。顺安王在另一辅政大臣的力举之下称帝,将以太傅为首的一群旧臣杀的杀,贬的贬,很快立稳朝政。

从多年前卫国公死后,裴家就少了个立于朝廷的主心人,裴家年青一辈的子弟里,自裴右安出京，剩下的也无出众之人。况且，一朝皇帝一朝臣，裴家女儿曾是天禧帝的元后，裴家和天禧一朝关系深厚，尽管对于顺安王的登基，卫国公府一声不吭，丝毫没有表示过半点反对的意思，但想借此恢复从前的皇恩，已是不可能的事情。永熙帝对裴家不冷不热，京中富贵场里的人哪个不知道，卫国公府已是强弩之末、明日黄花，门庭大不如前了，如今甚至还要看亲家宋家人的脸色。

如今是永熙三年，顺安王做了几年的皇帝。

在梦里她的生命已经到了尽头，最后一刻，在幻象里再次见到了父亲，醒来，发现自己正处于十六岁的这一天，父亲的三周年祭。

几人高楼起，几人高楼塌。

嘉芙知道，再用不了多久，大魏皇朝里的许多人，命运或许又要发生跌宕起伏的改变。

梦里，在她嫁给裴修祉后，没过一年，兄弟阋墙，永熙帝对云中王萧列下手，萧列打着为承宁少帝昭天的旗号借机起事，双方开战，大魏半壁江山随之陷入战乱。

而嘉芙的命运，也因为这场萧家人争夺皇权的战乱，彻底发生改变。

那时，仗刚开始打的时候，人人都认定永熙帝会胜，已顺利承袭卫国公爵的裴修祉为了向皇帝表明忠心，也是为了博取战功，领兵平叛，不想仗打到最后，云中王反败为胜，大军渐渐逼近京城，朝中不少人开始倒戈，裴修祉死守叛军打向京城的必经之地庆州，不敌后城破，带着嘉芙逃亡，路上被当时还是云中王世子的萧胤棠所俘。

这就是嘉芙和萧胤棠的始遇。

她的美貌，足以倾城。

裴修祉默认了萧胤棠的夺妻之举。

但如果仅仅是这样，嘉芙或许还能理解。

后来发生的事，才让她对这个男人彻底绝望。

她落入萧胤棠手中后，起初以自尽相胁，萧胤棠将她带在身边。不久后，嘉芙意外地发现，多年前离了京城的裴右安如今竟在云中王军中。

她和裴右安从前只在小的时候去裴家时见过寥寥数面而已，从无往来，以表哥称他，不过是顺了自己和二房的关系而已。在她的印象里，这个大表哥自小体弱多病，沉默而冷漠，从未多看她一眼，她有些怕他，每次遇到，能避的话，总是立刻远远避开。

虽然并不抱希望，但当时那样的情况，他是她唯一的希望了。她想方设法，终于见到了他，开口向他求助。

裴右安帮助了她，出面从萧胤棠手里要回她，并将她送回到裴修祉身边。

让嘉芙彻底绝望的，是丈夫裴修祉接下来的举动。

萧胤棠对她志在必得，虽然当时碍于裴右安的出面放走了她，暗中却派人去向裴修祉做了暗示。

嘉芙并不知道他许诺，或是威胁了什么，反正最后的结局，就是她被自己的丈夫亲手送给了萧胤棠。

当时那一幕，她至今想来，依旧浑身发冷。

那天，裴修祉设下小桌，和嘉芙对饮，他仿佛喝醉了，喝着喝着，望着嘉芙，眼泪就流了出来。

嘉芙知他一直想重振裴家声威，因此对前岳家宋家百般应承，受了不少委屈，如今奉命平叛，本是个建功的大好机会，却又这样惨淡收场，大势已去，所有雄心和梦想灰飞烟灭。

知他心里难过，嘉芙百般安慰。

他抱着她，像个孩子似的号啕痛哭，说自己对不起她，不配做男人。

嘉芙那时分毫不知，见他如此难过，只恨自己没用，无法为夫君分担忧愁，陪着他一道流泪。

那晚上，她喝醉了，被他抱着回了卧房。醒来的时候，发现身边男人已经换了，萧胤棠搂着她，酣眠未醒，而她浑身不着寸缕，头还疼得厉害。

嘉芙就此失去了自由。

她从卫国公夫人变成萧胤棠藏纳的禁脔，永远见不得光的禁脔。

萧胤棠对她是极其宠爱的。在他当了皇帝后，仅仅因为她的名字里有"芙"这一字，他就在她住的宫里修了荷池，岸边种满木芙蓉，夏日芙蕖，秋日芙蓉，美得恍若人间仙宫。

所以她须回报他。

禁脔对于帝王的最后回报，大概就是为他殉葬，追随他于地宫之中。

嘉芙眼眶发热，鼻头堵塞，一时透不过气。

一道朦胧月影从西窗斜射而入，屋子里朦朦胧胧，耳畔隐隐传来更夫的打更敲梆子声，更显夜的静谧。

她从床上坐了起来，青丝垂覆双肩，将她的身子温柔包围。

她坐了良久，翻身下床，穿好衣裳，来到外间。

檀香睡在这里。今夜和她一同轮值的丫头木香睡得呼呼作响，檀香却睡得浅，嘉芙轻轻叫了她一声，她便醒了。

"随我去个地方。"

嘉芙吩咐道。

夜色下的泉州城褪去了喧嚣和繁华，白日熙熙攘攘的港口，此刻漆黑一片，岸边停泊着大大小小的舢板船只，随着海风送来的细浪，在水面上无声地微微起伏耸动着。远处，偶还有几条船亮着零星的橘黄色渔火，火光在夜色里点点跳跃，与那座几百年前起就矗立在那里为夜归人指引方向的古老灯塔遥相呼应。

但是有的出海客，从这里离开后，再也没有归来，只余灯塔夜夜空候。

嘉芙面向大海下跪，点香默默祝祷完毕，久久不去，站于堤坝之侧，遥望父亲当年扬帆远去的方向，心潮起伏。

上辈子，在嫁给裴修祉后，她的日子过得其实并不轻松。地位的天然不对等令她始终觉得自己低人一等。进门后她勤勤恳恳侍奉长辈，费尽心思讨好继子，受了委屈也不敢告诉丈夫，一切都是为了维持她应当有的贤惠和宽容。

那时候，做一个称职、能让丈夫和夫家人认可的世子夫人，就是她最大的努力目标。

后来她委身于萧胤棠。在意识到自己根本不可能摆脱他的掌控之后，她只能学会去接受。她告诉自己，这样的生活其实也很好，他对她真的已经做到了他的极致，倘若她还敢有所不满，那就是不知好歹了。

唯有重来一次，才知从前的她何其可怜，又是何其可悲。

自那日睁开眼，发现自己从地宫返至人间，她就固执地相信，一定是父亲亡灵的保佑，才能让她摆脱噩梦，回到将嫁之前的现在。

这一辈子，她再不要嫁给裴修祉，更不想和萧胤棠有任何关系了。

这两个男人，无不口口声声说爱她。

裴修祉，告诉她的家人她不幸死于那场兵乱，然后将她拱手相让，只因他有苦衷，迫不得已。

萧胤棠，以宠爱之名，将她变成见不得光的活死人，也是因为他有苦衷，同样迫不得已。

她不恨他们。

因人生而在世，确实有诸多不能自已之事。她亦是如此。

但他们令她发冷，这种冷，发自髓血深处。

他们所谓的爱，不过如此罢了。

迎着带了微微咸腥气味的夜风，嘉芙深深呼吸了一口气。

她生于斯，长于斯，记忆里所有关乎温情和美好回忆的一切，都和这别名鲤城的家乡息息相关，此刻脚下所踏的这个码头，于她而言，更是有着特殊的意义。

今夜就在方才，思绪起伏之间，她忍不住来了这里，再次祭奠父亲。

两家婚事已然敲定，中间还夹着如今圣眷正浓的宋家，为了教好她这个出身不够的继母，几个月前，宋家还特意派了两个婆子来泉州，明天一同上路。

事已至此，她不可能仅凭自己的意气就贸然提出中断婚约的要求。

况且，就算她提了，祖母也是绝对不可能答应的。

她只能另想办法。

明天她就要出发北上，就此踏上未知的新生之路。

爹爹，如你在天有灵，保佑阿芙。

张大带着同行的小厮远远立于后，看着小娘子立于港口那道堤前的背影，多少有些猜到了。

父女情深，小娘子明日北上预备出嫁，今夜想必有所思，故来此缅怀没了的老爷，心里也是感慨，不敢打扰她，默默等了片刻，方看向檀香，使了个眼色。

檀香会意，便来到嘉芙身后，轻声道："小娘子，夜深风寒，不如回去了？"

嘉芙默默转身，循了习俗，将祭奠过的贡物和香火抛向大海，随即回来。

张大忙撩开轿帘，嘉芙上了轿，张大提起灯笼，正要引路回走，一抬头，看见对面来了两个影影绰绰的人影，抬着什么东西正往这边来，忽然发现码头有人，似乎慌张起来，急忙掉头要走。

借着月光，张大早认出来，那俩人正是和自家生意有竞争的金家伙计。

泉州每日有千计的大小船舳入港泊岸，码头数量有限，常有船只为争夺有利位置发生冲突，一些财力雄厚的商号为方便自家船队出入，便向市舶司缴纳不菲租金租用码头，只允自家船只使用。甄家财力在泉州数一数二，和官府关系又好，自然拥有位置极好的专用码头。

半夜三更，金家伙计鬼鬼祟祟抬着不知什么东西来自家码头，张大心里起了疑窦，和轿里的嘉芙说了声，立刻追上去，见是一卷裹起来的破草席，里面不知包了什么东西，便喝道："站住！抬的什么？"

那俩伙计没想到这么晚了，甄家码头上还有人，抬着东西扭头撒腿就跑，却因心里发虚，手上一时没抓牢，一团黑影便从席筒的一头滑了出来掉到地上，类同人形。

张大拿灯笼一照，发现是个十三四岁的少年，衣衫褴褛，十分瘦弱，双目闭着，瞧着已是死了的样子。

张大常年跑码头，什么事没见过，立刻就明白了，勃然大怒，上去一把抓住欲逃的伙计，怒道："好啊！半夜三更弃尸也就罢了，竟敢弃到我东家码头上，这就跟我见官去！"

原来泉州海贸繁荣，满城半数之人靠海吃饭。在海上讨生活，和陆地迥然不同，风险更大，世代下来，慢慢就形成了许多谁也讲不出缘由的迷信和忌讳。譬如码头弃尸就是其中之一。在当地人看来，这是不祥举动，死了的水鬼冤魂不肯离去，会附在停靠于附近的船上作祟，于船主不吉。

伙计见没法遮瞒了，张大又发怒要去见官，心里害怕，扑通一下跪了下去，苦苦求饶,说这少年在自家船坞做事,也无家人,几月前染病,眼见要死了,管事的把事情报给金老爷,金老爷不想报官生事,一向又嫉妒甄家占了这位置最好的码头,就想出了个主意,命人趁着半夜天黑,把人从甄家码头丢下海里,尸体随潮冲走,不但一干二净,便是鬼魂不散,也和自家无关。

泉州码头聚集了无数来此讨生活的人,官府虽严令不得私下留用无籍之人,但这不过是一纸空令而已,因工钱低廉,船坞码头反而喜欢雇用这种外来流民。这少年想必也是其中之一,只是倒霉,如今生病死了。

张大冷笑:"也不怕损了阴德!走!见官去,看你家老爷能说什么!"

伙计恐惧,跪在地上不住求饶,说是被逼行事,和自己无关。

嘉芙听到动静,下轿过去察看,张大看见了,急忙跑来:"小娘子莫来!这里不干净!"

伙计见甄家小姐也在,知道要是被送官,金老爷怎样是不知道,反正自己两个是要倒霉的,改向她求饶,涕泪交加。

嘉芙皱眉,瞥了眼地上的人。

"他还没死!我刚看到,仿佛动了一下!"

檀香忽嚷道。

张大忙用灯笼照那人的脸,果然,见地上那少年的一双眼皮子微微抖了几下,随即慢慢睁开眼睛。

嘉芙看去。

昏暗的灯笼光里,照出一张清秀的少年面庞,但大约病得是太重了,他的双目犹如蒙上一层阴影,暗淡无光。

那少年的意识似乎有些清醒回来,目光渐渐聚焦,定定地望着身边披了件斗篷的嘉芙,一动不动。

金家伙计见状,松了口气,忙从地上一骨碌爬了起来,一边将那少年胡乱裹回破草席里,一边道:"我们这就送他回去。马上走,马上走!"

少年的脸被破草席遮挡了。伙计抬起席筒,急匆匆地走了。

张大知这两人如此抬回少年,不过是在等他死,然后再找地方处置罢了。但这样的事太过寻常，只怪少年命不济。想到明日一早东家就要出发，事情既被撞破了，料这两人是万万不敢再回头弃尸于自家码头的，他也就作罢，回头请嘉芙回轿。

嘉芙转身，走了几步，眼前浮现出那少年方才望向自己时眼里流露出的那种目光，脚步不禁又顿了一下。

那是将死之人渴望继续活下去的目光，其中的绝望和希冀，她感同身受，再清楚不过。

她回头，再次望了眼那两人的背影，迟疑了下，还是道："张叔，把这孩子留在咱家船坞吧，请个大夫来给他瞧病，要是能瞧好最好，死了的话，就把他埋了。"

张大一愣，随即明白，小娘子这是动了恻隐之心，不忍看那少年活活等死。

甄家船坞里雇佣做事的人数百，也不在乎多一个，小娘子既开口了，他自然遵从，点头道："小娘子心善积德，小的这就遵命。"说罢他上去几步，朝那俩伙计喝了一声，命将人速速抬到甄家船坞。

俩伙计只是奉了管事的命出来抛尸，没想到中途出了这岔子，正暗呼倒霉，忽见张大愿接手，松了口气，立刻将人飞快地抬了回来，一边不住奉承，一边撒开了腿往甄家船坞去。张大叫随从跟上去处理事情，自己护送小娘子回了甄家。

此时已是子时，嘉芙问了声门房，得知哥哥甄耀庭还没回。

哥哥从前倒不是没有过夜不归宿，但明天一早就要出门了，何况梦里的这夜，嘉芙记得他并没出这样的事，也不知道到底去了哪里，心中牵挂，加上心事重重，下半夜就没怎么睡着。第二天清早，她早早起了身，刚梳妆完毕，换好出行的衣裳，就听院子里传来一阵脚步声，门咣当一下，被人推开，扭头，见哥哥一脚跨了进来，身上还是昨天的那套衣裳，便知他一夜未归。嘉芙迎了上去，刚要问他去了哪里，却见他变戏法地从身后拿出一个盒子，献宝似的双手托了过来，兴冲冲地道："妹妹，快猜，盒子里是什么？"

盒子是用整段沉香木所刻，上面镶嵌了云贝和各种宝石，华丽至极，光是这盒，就价钱不菲了。

嘉芙看了一眼，皱眉："哥哥，你昨晚去了哪里？怎不说一声，娘担心得很！"

甄耀庭摆了摆手："我这不是回来了吗？等下跟你说！你快猜！"

嘉芙不猜，转身不理他，甄耀庭急了，自己打开盒子嚷道："紫鲛珠，这可是紫鲛珠项链！我追了一夜才买回的宝贝，送给你的！"

嘉芙转头，惊讶地看着盒子里那条项链："你从哪里买的？"

甄耀庭得意扬扬，把经过说了一遍。

原来昨日他随张大在码头忙碌时，忽听近旁有人议论，说有个波斯来的胡商，手里有条传说中用紫鲛珠穿成的项链，听说泉州巨富遍地，本想来此高价沽售，却一直没遇到合适的买家，今天就要走了。

妹妹明日就要北上待嫁了，从西山寺刚回来那几天却撞了邪，有些不吉，甄耀庭虽喜好厮混，但对这个妹妹很是爱怜，又想起昨日自己被母亲训话时教导，说妹妹嫁入裴家，虽说风光，但往后想必少不了各种辛苦，要他学好，给妹妹争气。当时他唯唯诺诺点头答应，其实转个身，也就忘了，此刻听到"紫鲛珠"三字，那几人又不停议论这宝贝的稀罕之处，心里立刻就起了买下送给她的念头，问了那波斯人的落脚之地，知他住在番人聚居的番坊里，当即匆匆赶过去，到了却找不到人，打听了下，才得知那波斯人见无买主，大失所望，今早已经动身走了。

甄耀庭一心想要买下项链，问了波斯人离开的方向，追了上去，昨晚才终于在驿站里让他追到人，那波斯人起先还不肯卖，他越不肯出，甄耀庭就越想买下，出了高价，磨了许久，到最后，终于逼迫那波斯人出手。他拿了宝贝连夜赶回，今早方到家，顾不得赶路疲劳，先跑来妹妹这里献宝。

嘉芙吃惊不已。没想到哥哥昨晚竟是为了这事才夜不归宿。看了眼项链，见是紫色珍珠串连而成，珠子颗颗有小拇指指甲盖大，且难得地圆滚滚，莹润无瑕，自然是好东西，却不是紫鲛珠。

从前在皇宫里，她曾见过番邦使者进献给章皇后的紫鲛珠。

紫鲛珠名中带了紫字，其实并非紫色，而是粉红，只是对着日光，转为深紫，故而得了这名。因为稀罕，千金难求，皇后得了，当时还特意召嘉芙去她那里欣赏，说她要是喜欢，就转赐给她。

嘉芙怎敢要，当时叩首婉拒，回来想到自己父亲，还伤感了许久，故而印象深刻。

"我给你戴起来！妹妹你有了紫鲛珠，日后必定顺顺遂遂，平安富贵！"

甄耀庭拿出项链，高兴地道。

嘉芙心知哥哥入了那波斯人的套。看到他一脸疲倦，双目却兴奋发光的样子，心里感动，原本不忍戳破他的兴奋，但想到他是甄家家业的继承者，要是总这么浑浑噩噩容易轻信人，日后怕还要吃亏，迟疑了下，就道："哥哥，你被骗了，这不是紫鲛珠。我听见过的人说，紫鲛珠是因在日光下幻为紫色才得的名字，并非自带紫色。"

甄耀庭一愣，睁大眼睛盯着项链，脸色大变，怒道："好啊，龟孙子竟敢骗我！我这就叫人去追，要是抓到了，非打断他的骨头不可！"他匆匆出去吩咐了人，回来盯着项链，越看越气，一把扔在地上，抬脚就要踩。

嘉芙急忙阻拦，捡起项链道："哥哥，那人想必知道你的名声。这珠子价高，他卖不出去，这才故意引你去买，此刻人必是追不到了。在我看来，这是哥哥你的心意，虽不是鲛珠，却胜过鲛珠，我会好好保管。只是哥哥，往后你做事前，记得多想想，或者先和管事们商量，不要再这样轻信别人，免得又上当受骗。"

甄耀庭原本一肚子气，恨不得把这东西踩碎了才解气，听嘉芙这么一说，火气慢慢才消了下去，摸了摸头，嘿嘿笑道："我知道了。祖母和母亲的教训，我都记着呢。这回是急了些，怕赶不上你出嫁，一不留神被人骗了，往后我定会多留心眼的。"

嘉芙戴上项链，到了镜子前，照了一照，回头笑道："谢谢哥哥，我很是喜欢。"

孟氏得知儿子昨夜一宿未归，竟是为了给妹妹去买项链，抱怨了几句，也就作罢。因所有行装，昨日都已经上了船，一早，孟氏便领一双儿女去向老太太辞了行，一行人出门到了码头，登上船。

檀香临走前，特意给了昨日那王婆子一匣的冻龙脑，里有双十枚，取十全十美之意，说是小娘子的吩咐，让她拿去给女儿添妆。王婆子惊喜万分，千恩万谢，道："小娘子此番上京，必定顺风顺水，心想事成，嫁得如意郎君，天赐大富大贵！"

这趟北上，出发前虽已预留出足够的路上日子，但为确保能赶上下月裴家老夫人的六十大寿，一路行程还是安排得颇为紧凑，从泉州港出发，走近海航线，过福州，等入江南，便转入内陆运河，继而直抵京城。

还在数月之前，宋家夫人就派了两个心腹婆子来到泉州甄家，此番一道同行。

宋家虽是裴家的姻亲，但甄家嫁女，他家怎又会派人同行，这说起来，还有一番掌故。

宋家女儿从前嫁给裴家长房次子裴修祉，几年前病去了，留下个儿子，乳名全哥儿。宋夫人膝下只这一个嫡亲女儿，女儿不幸去后，伤心不已，对全哥儿疼惜如命。

风水轮流转。少帝死去，顺安王做了皇帝后，宋家因拥戴之功得皇帝重用，这两年地位扶摇而上，权势逼人，而与之形成鲜明对比的，便是卫国公府的落败。

卫国公府的裴老夫人，这几年已经深居简出，不再问事了。长子卫国公多年前去世，二老爷挂个闲职，宋家难免渐渐自大，于礼节处开始怠慢。宋夫人常来卫国公府看全哥儿，每次过来，架势十足，就差呼奴唤婢了，辛夫人心里不满，但儿子还要指望这前岳家的提携，故只能忍气吞声，笑脸应对。

儿子丧妻后，辛夫人便张罗起他的续弦之事，但如今的裴家，大不如前，新帝对裴家的不喜，明眼之人，哪个看不出来？京城里的得势人家谁肯把女儿嫁来，何况还是做个继室。

辛夫人挑来拣去，最后把目光落在了甄家上头。

甄家因与二房孟夫人的亲戚关系，早年起，和裴家就有走动，除了门庭之外，其余条件，如今看来，再适合不过，儿子对甄家那个女儿也是满意，若能娶进门，虽对仕途无大助力，但甄家有钱，恰是卫国公府现在的急需。卫国公府实在就只剩个空架子了，要维持外头好看，年年亏空，何况，低娶高嫁，以自家如今的景况，与其娶个要自己看她脸色的儿媳，还不如娶甄家女儿进门，毕竟，裴家再不济，国公府的身份摆在那里，甄家再有钱，也要仰自家鼻息。

辛夫人盘算着亲事，自然瞒不住宋家。宋夫人虽对前女婿再娶感到不快，但她手再长也管不到这事，打听了下甄家，确定这甄家女儿将来难对自己外孙有所不利，也就默认下来，又听了人劝，提出认嘉芙做干女儿，给她抬个身份，既是对甄家的笼络，也算是给裴家卖了个人情。

宋夫人纡尊降贵要认嘉芙做干女儿，甄家自是要感恩戴德的，这才有了这俩婆子的此次南下，其中那个叶嬷嬷便是宋夫人的心腹。二人于数月前到了泉州，便狐假虎威摆起架子，"教导"嘉芙《女戒》《女训》。

孟太太自己出身于官宦之家，父亲也曾做过地方大员，在孟太太眼里，女儿的样貌品性，哪点比不上京城那些世族闺秀？知宋夫人不过是在借机立威，好让自家女儿明白，日后即便嫁过去，也休想压原配一头罢了。她心里不快，面上却不好显露，只把这俩婆子当菩萨似的供起来，每天好吃好喝招待。

这趟北上，船上除了带着为裴老夫人预备的寿礼，另给宋夫人也备了一份厚礼，犀角、象齿、翡翠、珠玑，另有绸缎、香料，无不是顶级宝货，至于这俩婆子，上船后就安排住进上好的舱房，派丫头服侍，不敢有半点怠慢。

出来几天，这日，船行到福建，风浪微大，那叶婆子本不会坐船，来的时候就受了些苦楚，这趟回去，又晕船不适了。嘉芙听闻，亲自去探望，进去，见她脑门上贴了个狗皮膏药，躺在那里，嘴唇发白，两眼直愣愣的，便露出关切之色，来到近前道："全是我的缘故，才叫嬷嬷你吃苦了，我心里实在过意不去，宁可这苦受在我身上才好。"

叶嬷嬷吃下去的饭菜刚刚全吐了出来，呕得黄胆水都出来，有气没力地道："小娘子知道我的不易就好。实在是为了你的好，我才大老远地来南方，遭的那个罪，我这辈子加起来都抵不过了。"

嘉芙不住地自责，说了许多好话，临走起身道："嬷嬷你好生休息，我不扰你了，吃什么喝什么，尽管吩咐丫头，船上都有。我不懂事，又没见过世面，等嬷嬷身体好了，我还盼着多教我一些道理呢。"

叶婆子见她态度谦卑，处处以自己为大，心里满意，鼻孔里嗯了一声，算是应答。

嘉芙也不以为意，叮嘱自家派来的小丫头好好服侍嬷嬷，嘱完起身，一不小心，身上的一个荷包竟掉到了地上。口子原本就没系牢，摔了一下便松开了，从里头滑出一道黄色的符。

身上配着寺庙求的吉符，原本再寻常不过，嘉芙却仿佛有些慌张，见东西掉出来了，忙弯腰捡起来，又迅速背过身，塞回荷包里，最后将整个荷包紧紧地攥在手心里，这才转头，若无其事地告了声罪，出了舱房。

叶婆子眼睛何等尖利，虽说晕船晕得人都起不来了，但荷包里掉出来的那道黄符和嘉芙的反常举止，哪里逃得过她的眼睛。

她这趟不辞劳苦南下，除了立威，另外肩负重任，那就是替宋夫人暗中观察甄家女儿，看她是否另藏心机。先前嘉芙一直唯唯诺诺，瞧着就没主心骨，加上娘家地位这个软肋，这样的女子，即便嫁入裴家，当了全哥儿的后母，日后料也兴不出什么幺蛾子，叶婆子原本已经放心了，但此刻又起了疑窦，盯着她的背影出了舱房，便叫甄家丫头出去，随即唤来自己随同的一个丫头，低声耳语了几句，那丫头点头，立刻悄悄跟了上去。

孟太太恰也来探望叶嬷嬷，在走道遇到出来的嘉芙，便问叶嬷嬷的情况。

嘉芙道："嬷嬷都好，刚睡下，娘不必再去扰她了。"

孟太太知女儿刚去看过，便点头："也好，那娘晚些再来看她。"

嘉芙微微转头，眼角余光瞥见宋家那丫头在后头鬼鬼祟祟地探头探脑，只装作没看见，挽住孟太太的胳膊，引她到了一处舷窗前，母女凭窗把话。

孟太太觉得女儿有些反常，笑道："怎的了？可是有话要说？"

嘉芙收了笑脸，稍稍提高声音，道："娘，前头就是福明岛，明日便可到。我听说岛上有个观音寺，我想去拜一拜。"

观音寺寺里观音慈悲，名声在外，虽要渡海半日才到，但每日里都有善男信女登岛，或是许愿，或是还愿，每年逢了香会期，更有无数妇女结伴渡海前去观音殿烧香膜拜，多为求子，传说极是灵验，孟太太也听说过，忽听女儿开口，一怔，随即明白了。

她对准女婿裴修祉是满意的，但每每想到女儿进门就有一个继子等着，打听到那孩子有些顽皮，宋家夫人又厉害，心里就愁烦，盼着女儿过门后，能顺利地早早生下自己的儿子，有助早日站稳脚跟。既顺道路过，女儿又这么说了，她怎有不答应的道理，便道："也好，娘去说一声，明日咱们停靠福明岛，娘陪你一道上去。只是……"

她回头看了眼身后，屏退了跟着的下人，方低声道："最好不要叫那宋家嬷嬷知道，免得多生是非。"

嘉芙点头："我听娘的。"

孟太太将女儿送回舱房，自己便去找管事说明日停靠福明岛的事。宋家那丫头方才躲在近旁暗处，早把母女俩的对话听得一清二楚，悄悄回去，和叶婆子说了。叶婆子略一沉吟，便猜到了，冷笑道："好个心计丫头，在我跟前半点都不露，原来心底早就打起了生儿子的主意！实在是不要脸，这还没过门呢，先盘算起了这个！她既撺掇她娘上岛，明日自然不会叫我们跟上的，且看着。"

到了次日，甄家大船果然停靠在福明岛，说是上岸补充些粮水，叶婆子吩咐自家一个机灵小厮，命他暗中盯着甄家母女，看她们的动向，回来务必把一言一行全向自己报告。小厮领命，尾随孟太太一行人悄悄下了船。

孟太太是真心拜佛，带女儿到了观音大殿，虔诚许愿，捐出一大笔的香火钱，换来一枚开了光的灵符，郑重放到女儿的荷包里，叮嘱她随身佩着，这才转出大殿回了船，继续上路。

小厮回了船，把所见的一一告诉了叶婆子："我见她们入了观音殿，求了个求子符，随后就回来了。"

叶婆子心中已如明镜，赏了小厮几个铜板，打发走了，撇嘴，与同行的另一个婆子道："瞧瞧，甄家的狐狸尾巴总算露了出来。也是亏得我有先见之明，否则险些被这丫头给骗了！"

那婆子满口奉承。叶婆子心中得意，也不晕船了，精神格外抖擞，道："咱们须得赶紧叫夫人知晓。这甄家丫头面似忠善，实是狐狸媚子，满腹算计。全哥儿落到她的手里，还能有个好？"

第二天，孟太太带着嘉芙再来探望叶婆子，叶婆子表面没半点显露，暗中却越发留意起甄家女儿，越看，越觉得她一言一行无不充满心机，却不点破，反而比从前和气了，客客气气，心里只巴不得能早些抵达京城才好。

孟太太全被蒙在鼓里，半点也不知道这其中的玄机，只看到叶婆子对着女儿态度大好，还以为她是被自家女儿的殷勤探病给感动了，心中颇是宽慰。

嘉芙不动声色，只对叶婆子越发嘴甜，如此一路相安无事，这日终于顺利抵达，明日就能上岸了。

是夜，孟太太带了女儿，特意去找叶婆子，屏退下人，叙了几句闲话，便递出一个荷包，笑道："这些时日，实在有劳妈妈，小小心意，不成敬意，还望妈妈笑纳。里头一张大的，妈妈自己收了，剩下的零碎，烦请妈妈代劳分给小的们，大家伙都辛苦了。"

嘉芙跟在母亲身后，红了脸，垂着头，忸怩地道："等到了京城，干娘那边，还盼嬷嬷能给我说两句好话。"

　　叶婆子接过荷包，捏了捏，知里头是银票，满口答应，亲亲热热地送出了甄家母女，关门后打开荷包，取出里头的两张银票，见一张二十两银，另一张十两，大失所望，冷笑了一声，撇了撇嘴："我还道出手有多大方，二十两就想封我的口？也亏她拿得出手。小门小户，也就只剩下这点见识了。"

　　孟太太做梦也没想到，自己预先备在荷包里的两张银票已被女儿悄悄给换了，只道那婆子收了自己五百两，在宋夫人面前，就算没有好话，至少也不会不利，送嘉芙回舱房，便放心离去。

第二章 寿庆

次日,甄家的船渐渐靠岸。

永熙三年的深秋,甄家人抵达了京城。

这也是时隔三年之后,嘉芙再次踏入京城。

码头上车水马龙,熙熙攘攘,不但甄家预先被派到京城理事的管事带着一众下人来接主母和公子、小姐,卫国公府也来了人。

孟太太得知裴修祉一大早亲自赶来码头等待接人,心里欢喜,牵着女儿预备下船,却觉她手心微凉,便握紧女儿的一只小手,低声道:"莫慌,一切娘都打点好了,定会顺顺利利,你只等着安心出嫁便是。"

嘉芙的心事,母亲又怎知道?

她勉强露出笑容,点了点头。

码头上人头攒动，众人见停靠了一艘大船，舱门后隐有婢女身影来回走动，知应是哪家大户的女眷走水路进了京，纷纷停下脚步观望。

孟太太从刘嬷嬷手里接过一顶紫色纱帷，戴在女儿的头上。

紫纱及肩，遮住了嘉芙的脸，她在孟太太和哥哥的陪护下出了舱，一阵风来，透过飘拂的面纱，她一眼看见岸上停了一匹骏马，马背上骑停了个公子哥儿模样的年轻男子，发束金笄，一身锦袍，在周围那些一身灰扑扑的旅人走夫的映衬之下，显得格外富贵亮眼。

他正往这方向不住地张望，看到一行人出现，眼睛一亮，迅速从马背上下来，迎上前去。

这公子便是裴家世子二公子裴修祉，只见他快步登上甲板，唤了声孟太太，向她见礼，笑容满面地道："算着这几日应当就到，天天都在盼，今日可算等到了。路上都顺利？"

孟太太上次入京，还是三年前，随后丈夫不幸离世，这几年再也没有北上走动，但中间倒是见过裴修祉的面，前年他与二房自己那个嫡亲的姨侄裴修珞一道来过泉州。

"托二公子的福，一切都好。"孟太太心里欢喜，笑道。

甄耀庭叫了声二表哥，甄家随行一众管事在张大的带领下也齐齐向他见礼。

裴修祉点了点头，目光投向嘉芙。

上次他去泉州在甄家落脚时，她才十四岁，出落得已经极好，回来他便一直念念不忘。如今时隔两年，瞧着越发美貌动人了。

裴修祉想起方才她出舱时，面纱恰被风给拂动的一幕。虽只露出半张容颜，亦不过惊鸿一瞥，但仙姿佚貌，却令人遐想无限。

"表妹。"

他望向面纱后的嘉芙，唤了她一声，声音极其温柔。

嘉芙不过略微福了一福，便从他身边经过，跟着哥哥登岸，上了等在那里的自家马车。

裴修祉转过头，一直望着她的身影，直到消失在马车里不见，方回过神，搀扶孟太太上岸，喝开挡在前头的路人，一路护着甄家母女回了甄家。

甄家宅邸位于城西，距离国公府不远，不过只隔了两条街，原本是个京官的私宅，京官因外放，加上手头紧，索性把房子也卖掉，甄家便买下了，用以备办女儿的婚事。几个月前便有管事提早过来，里里外外，早收拾得极为妥当。

孟太太一行人入内，稍作休息，换了衣裳，领着一双儿女，带着仆婢和见面礼，又坐马车，先去往国公府走亲戚。

老卫国公是大魏的开国功臣，跟随太祖东征西战，方替子孙打下了这份基业。国公府东南角开广亮大门，台阶下石狮相对分坐，檐枋朱漆彩绘，上有代表超品秩的云纹饰件，深邃庄严，气派不凡，代表了主人家的超然地位。

大门平常却不大开的，此刻也闭着，只开了边上另一扇供平日出入的偏门，几个门房揣着两手站在那里，远远看见裴修祉领人来了，一溜烟地跑去相迎，朝下了马车的孟太太见礼，口中嚷道："太太可算来了，我们夫人、二夫人都在等着，方才还打发人来问了，快进去吧。"

嘉芙已经揭掉帷纱，被丫头婆子扶着下了马车，被裴修祉带着，跟随母亲和哥哥穿过那扇偏门往里而去，穿廊过堂，最后到了东南的一间大院落前，一扇油黑大门半开，这里便是国公府长房所在。

辛大夫人穿一身家常衣裳，外罩件油紫褙子，在屋里听到院子外起了丫头婆子乱哄哄的动静，知道人到了，抿了抿鬓角，却不起身，直到听到脚步声近，孟太太的笑声传入："我们家的那位夫人可在里头？"她这才在身边丫头的相扶下起身朝外走去，身后跟了六七个丫头婆子，迎面看见了孟太太，露出笑脸道："可不，我这就来了！"说着，辛大夫人撇开丫头自己快步上去，亲热地握住了孟太太的手，拍了拍她的手背，叹道："你也是的，路上大老远地来，想必辛苦，也不先带着孩子们歇口气。便是迟来几日又能怎样，难不成我还吃了你？"说罢，她又责备起儿子："我先前怎么叮嘱你的？急吼吼的，也不让人先喘口气。"

边上丫头婆子无不笑出了声："我们夫人方才就一直在念太太你们路上辛苦呢，这是心疼，连二爷都骂开了。"

孟太太忙笑道："不累。长久没见面了，怪想念的，今天到了，便恨不得插翅飞来才好。"说完她便让儿女上前见礼。

甄耀庭作揖见礼，嘉芙也朝辛夫人道了万福，辛夫人打量了眼嘉芙，上前爱怜地牵住了她的手，对孟太太笑道："这么水灵的女儿，也不知你是如何生养出来的。我就常说，我没那个福气，要是跟前也有个这样的女儿，也就有个能说贴心话的人了。"

女儿被称赞，孟太太总是高兴的，却道："阿芙人笨，又不懂事，就盼着日后不要讨嫌，我就念佛了。"

辛夫人身边的婆子又道："我们夫人疼爱还来不及了，怎会？"

几人亲亲热热，又说了些见面的话，孟太太被让进座，辛夫人微微蹙了蹙眉，问身边的婆子："那边的人，还没来？"

她话音刚落，便听门外丫头的声音传了进来："二夫人来了！"

孟太太急忙起身去迎。

嘉芙抬眼，见自己的姨母孟夫人在几个丫头婆子的簇拥下进来，一边走，一边笑道："方才原本早就要来了，只是想等老三一道，不想他传回来个信儿，说是今日作的文章被太学师傅称赞，绊住了回不来，叫我代他给姨妈和表弟表妹赔个不是，等回来了再来见。"

她脸上带着笑，亲亲热热，和从前看起来并无不同。

其实最早，先是孟夫人有意想把嘉芙说给儿子裴修珞的，却又有些计较甄家的门庭。照她的想法，最好是让嘉芙做自己儿子的二房，私下便和孟太太透了点口风，打听她的意思，表示将来过门后，自己一定会视嘉芙如同己出，绝不委屈她半分。孟太太怎肯让女儿做小？当时装聋作哑，并未接话，二夫人也就知道了，于是不再提。本也罢了，不想没多久，人就被大房给定了过去。

孟太太疼爱女儿，无论如何也不肯让她给人做小，哪怕对方是国公府的孙子。但辛夫人这边来人说了后，家里一向当家的老太太一口就应下了，孟太太自己也斟酌过，女儿虽是续弦，但嫁过去就是正经的国公府世子夫人，生下儿子堂堂正正，何况大房的次子，无论是人品还是样貌，都是百里挑一的，实在没理由反对，于是婚事就这么定了下来。

孟太太原本担心这回见面，多少会有些尴尬。此刻见孟夫人态度一如从前，孟太太以为这姐姐心里并无芥蒂，终于放下了心，便称赞外甥上进。嘉芙和哥哥也去向孟夫人见礼，叙旧完毕，孟太太问："老夫人可好？若得闲，我就领孩子们去给她老人家磕个头。"

辛夫人便打发人去问话，没片刻，那婆子回来道："老夫人这些天身子欠安，人在佛堂里，经还没念完，说奶奶过来一路辛劳，不必特意去磕头了，叫夫人和二夫人好生招待，不可怠慢。"

嘉芙和裴修祉的婚事虽已敲定，两家上下也人人知道，但因嘉芙先前还没出孝期，故一切只是口头商定，并未正式过礼，老太太现在用"亲戚"来称呼甄家人，倒也不算见外。

这几年间，裴老夫人身体欠安，极少露面亲自会客了，众人早习以为常，裴老夫人那边这么回话，本就在众人意料之内，方才打发人去问，不过走个过场罢了。

孟太太忙起身："那我便不打扰老夫人了，等老夫人的大寿之日，再领孩子们来磕头。"

寿日便是三天之后，也是快了，辛夫人点头称是。孟太太又看了下左右，始终不见全哥儿，便问了一声。

辛夫人微笑道："那家人说是想全哥儿了，我这两日腰骨头正发酸，想着全哥儿闹，自己也吃不消，便送了过去。"

她这话，其实不过是在替自己遮掩。全哥儿是昨日被宋夫人派人接走的，说得了样稀罕宝贝，要接外孙去看。辛夫人不愿放，偏全哥儿自己哭闹个不停，撒泼耍赖，定要过去，辛夫人无奈，只好叫人带走了，今日还没回来。

二夫人嘴角露出微微讥嘲的笑，辛夫人瞥见了，有些恼，脸上却依旧带笑，又说了些话，看向二夫人："你们姐妹也多年不曾相见，难得来了，若有话，自管去说，不必顾忌我。"语气很是诚挚。

二夫人笑道："方才已经叙了不少话，也差不多了，我看外甥、外甥女都乏了，剩余的，下回再说也是不迟。"

孟太太便告辞，辛夫人挽留用饭，孟太太婉言推辞，辛夫人道："也好，你们路上辛苦，回去早些歇了吧，我这里就不留了。"说着她便起身送客。

嘉芙自进来后，站在母亲的身边，虽始终半低着头，却感觉到裴修祉不时投向自己的两道目光。看见他，她就忍不住想起前世和他夫妻一场的最后一幕，可怜、可悲、可笑、又是可恨，此刻便是被他这样多看几眼，心中也感到极不舒服，对辛夫人和姨母的那些内宅阴私，更是一清二楚，半刻也不想多停留，恨不能立刻出大门。

甄耀庭亦是如此。他几年没来京城了，刚到，却被拘在这里听妇人们说着不痛不痒的闲话，早就不耐烦了，听到可以走了，松了口气。

裴修祉不顾孟太太的再三谢绝，不但送出大门，还亲自送回甄宅。孟太太十分感动，下马车后，请他进来吃茶，裴修祉看了眼嘉芙，面露微笑，嘉芙忽道："娘，我们今天刚到，家里乱得很，行李都没归置好，炉灶哪来的火。这样请二表哥进来，未免失礼，不如下回吧。"

孟太太微微一怔，看了眼女儿，见她神色严肃，语气郑重，一时有些不解。

嘉芙不等孟太太开口，又转向裴修祉，微微笑道："今日有劳二表哥出力，我代我娘谢过了。二表哥自然不会嫌弃我家茶冷，只是我娘走了一路，今日方到，二表哥也看到了，没喘一口气，便又先走了亲戚，实在是乏了。今日诸多不便，还请二表哥见谅。"

裴修祉本想跟进来，被嘉芙这么一说，就停住了脚步，只好道："表妹说的是。那我就先告辞了，你们好生休息。"

孟太太请他走好，等人不见了，被女儿挽着胳膊走进去，整个人方放松下来，笑道："你方才说得倒也没错，娘是有些乏了。只是难得他这样殷勤，又送我们回到家门口，不叫人吃一口茶便走了，有些过意不去。何况你们也不是外人了，等老夫人寿日过了……"

"娘！我和二表哥还没定亲，就算定了亲，咱们家也不好多留他的。今日他本就一直陪在边上，您再留他，怕那边会起闲话。"

孟太太顿时醒悟，叹道："还是你想得周到，娘一时竟忘了。"

在孟太太的印象里，女儿一向娇娇软软，言听计从，如今快要嫁人了，婆家还是国公府，原本总感放心不下，没想到她考虑得如此周到，连自己都疏忽的事，她都想到了，虽有些讶异，但深觉女儿长大懂事了，心里很是宽慰。

嘉芙傍着母亲，朝里慢慢走去，说："娘，你先去休息下，养回精神。我打发个人去宋家送个拜帖。要是宋夫人得空，咱们过了午，就去宋家走一趟吧。她是我的干娘，我想早点去拜她，也显咱们诚心。"

孟太太又是心疼，又是欣慰，道："原本我怕你累，想明日再去的。你自己既这么想，也好，要是那边回了信，咱们早点去，迟早是要走一趟的。"

嘉芙将母亲送回房里歇息，回来看着檀香带小丫头们归置东西，等着宋家的回音。

不到晌午，派去送拜帖的人回来了，带来了信儿，说宋夫人叫甄家人申时过去。

嘉芙早就料到会有这样的回信。

梦里那世她和宋夫人打过交道。这个"干娘"眼高于顶，性格急躁，这一路北上，她已经引得叶婆子十分不满了，下船后回到宋家，必定早把她的一言一行报了上去。以宋夫人的性子，怎么可能忍得住？就算她今天没打算，宋夫人也必定会把自己母女叫过去的。

所谓的求子灵符，不过只是引子罢了。

她从醒来后就一直在考虑关于命运的那件事，能否如愿，接下来的事才是关键。

今日实在是个很好的机会，她必须抓住。

嘉芙忽然感到激动，心里又涌出一阵紧张，闭上眼睛，深深呼吸了一口气，等心情平复下去，唤来檀香，说道："我要沐浴更衣。"

申时还差一刻，甄家马车停在了宋府门前，孟太太带着嘉芙，被下人从角门里引入，最后转到一个偏厅里，既无茶水，也不见人，只有两个婆子直挺挺立在一旁，大眼瞪小眼。两人如此干等半晌，终于听到一串脚步声近，宋夫人身穿簇新的华服，缠金佩玉，在一群丫头、嬷嬷的簇拥下，众星拱月地现身。她坐下后，等孟太太带着嘉芙向她见礼完毕，也不说话，视线如同两把细密篦子，将嘉芙从头到脚，上下来回扫了好几遍，无一遗漏之处，方指了指边上一张椅子，开口请孟太太坐。

"方才家里来了安远侯府的女眷，多说了几句话，倒怠慢了你这边儿。"

她扫了一眼周围，提起嗓子便骂婆子不知礼数，人来了也不知上茶，与那些市井下等人家有何差别。

婆子分明被叮嘱过冷待的，这会儿却被骂得七荤八素，也不敢回嘴，慌忙上了两盏茶，向孟太太告罪。

孟太太忙让。

宋夫人半笑不笑："你们甄家在泉州也算大户，母女大老远地进京，头回来我这里，下人礼数不周，倒叫你们笑话了。"

这宋夫人一现身，孟太太就感到了来自她的不痛快，方才那几句话里，更是指桑骂槐夹枪带棒，她岂会听不出来？又见那叶嬷嬷在她身旁，也是冷眉斜眼，和今早在码头分开时的样子判若两人。

宋家如今权势煊赫，宋夫人趾高气扬，不但辛夫人要看她的几分脸色，连自家女儿和卫国公府世子的亲事她都要插一脚，孟太太清楚这其中的弯弯绕绕，所以先前一心交好，以求无事，此刻不禁一头雾水，也不知道中间出了什么岔子，但为了女儿，只能忍下，和她虚应了几句。

宋夫人向嘉芙招手，示意她上前。嘉芙低眉顺眼地走了过去，叫她干娘。宋夫人问她几岁，平日在家都做什么，嘉芙一一应答，十分乖巧。

叶婆子一早心急火燎地赶回宋家，立刻就把路上憋了一肚子的话加油添醋地告诉了宋夫人，宋夫人当时很是不快。

按说，人家要嫁女儿了，路过寺庙，顺道去求个得子符，就算是继室，那也天经地义，轮不到她管。

但她就是不痛快。按她的想法，甄家女儿能被自己认作干女儿嫁裴修祉，去填自己那个苦命女儿留下的空位，这是天大的抬举，麻雀飞上金枝头，应当感激涕零，凡事都要想着先来她这里说一声的。她又不是不允许甄家女儿日后生养，但现在瞒着她，竟早早动起这样的念头，显然，这是针对自己那个外孙。

这就万万不能忍了，何况她又听婆子说，甄家女儿生了如何如何一副狐媚子相，男人怕是禁不住几句枕头风的，更是煎熬，恨不得立刻将人叫来看个究竟。方才其实并无什么侯府夫人前来做客给羁绊了，只是她得知甄家母女来了，故意压下性子要晾一晾人，这才姗姗来迟。第一眼看见甄家女儿的容貌，她心下便咯噔一跳，知叶婆子并无夸大，比自己那个亡故的女儿，更是不知道胜了多少，心中就厌恶了，此刻嘴里拉着家常,暗中留意着嘉芙的言行举止,连一个眼神也不放过。

嘉芙越是温柔乖巧,她就越起疑心,总觉得她在装模作样,厌烦更是倍增,到了最后,两道目光盯着她佩于腰间在外衫下若隐若现的那个小荷包,忽露出笑,道:"这荷包的绣活瞧着别致,是你自己做的?拿来我瞧瞧吧。"

孟太太顿时想起那日路上去观音寺求来的符,当时叮嘱女儿收起来,后来自己也忘了。

这求子符上绘有石榴纹样,一眼就能认出的,万一女儿还放在荷包里,落入宋夫人眼里,恐怕有些难堪。孟太太顿时感到不安,正想开口把这话题给错过去,嘉芙却已摘下荷包,双手奉递过去,羞涩地道:"确实是我自己绣的,只是针线不好,干娘谬赞了。"

宋夫人接过,在手心翻动,假意称赞几句,借口要看内层的针线走法,手指一扯,口子便开了。她朝里觑了一眼,见荷包底有两枚小香饼,另外果然有道符,借口细看,将荷包整个翻了个面,倒出来,却发现是道寻常的护身符而已,于是瞥了叶婆子一眼。

叶婆子原本正激动不已,等着看甄家女儿出丑。

要知道,一个没嫁人的黄花闺女,被人看见随身带了道求子符,这可不是什么体面的事,没想到翻出来的却只是道护身符。见宋夫人看了过来,叶婆子拼命地挑眉挤眼,暗示甄家女儿这是收了起来,没有带着而已。

宋夫人没抓到把柄,只好又赞了几句,将荷包归置好,递还给嘉芙。

嘉芙接过,若无其事地戴了回去,一旁的孟太太松了口气,暗呼侥幸,忙取出一个信封,笑道:"我女儿愚笨,也亏夫人抬举,要认她做个干女儿,我家老太太感激,我出门前,特意叮嘱要带些土产过来,也不值钱,算是一点心意,东西方才都已叫下人抬了进来,这是单子,夫人过目。"

孟太太打听到宋夫人贪财好利,投其所好备了这份厚礼,口中说是土产,实则单子上所列的,都是值钱物件,其中几样,更是极品珍宝。

宋夫人接过,看了一眼,心里才觉满意了点,心想甄家总算还有点眼色,得了好,脸色跟着也就好看了些。

孟太太在旁察言观色,知宋夫人应是满意了,方暗暗呼出一口气,又想起全哥儿。

自己既到了这里，不问一声，未免不像话，孟太太便笑道："方才去裴家走亲戚，本以为能见到全哥儿，却说来了夫人您这里。全哥儿如今也长大不少了吧？我们家老太太特意给全哥儿打了只百福金锁，求高僧开了光，保佑孩子大富大贵，长命百岁。"说罢她忙将其取了出来。

宋夫人也知道，裴、甄两家的亲事已经说到了这份上，自己先前又松了口，还认了干女儿，如今就算她不满甄家女，也拿不出什么能上台面的借口去阻拦了，不如将全哥儿叫出来，借这机会敲打敲打，让甄家女知道个轻重，等她过了门，自己再寻个由头，派信靠的嬷嬷过去盯着，料她也翻不出什么大水花。

宋夫人打定主意，便接话道："你们家老太太有心了。那我就叫人把孩子领来，你也见一见。"

孟太太自然说好。宋夫人便吩咐下去。

没片刻，外头走廊传来孩童的嬉笑，只见一个十六七岁的俊秀丫头四肢着地，背上坐了个四五岁的男孩，正一路爬进来。

那孩子便是全哥儿，原本生得也算清秀，因了贪吃，变成圆滚滚的模样，有些沉重，坐那丫头的背上，边上几个丫头跟着，虚虚地扶着，以防他摔下来。地上那丫头爬得气喘吁吁，满头大汗，他手里拿了根柳条枝，胡乱地挥舞抽动，口中发出如同骑马的"驾""驾"之声，就这么骑着人进来了。

嘉芙望着他，唇边带着微笑，目光却很是冷淡。

从前她嫁入裴家后，不久便有了身孕，五个月大的时候，有天却踩了绿豆，重重滑倒在地，当时就掉了胎，血流不止，养了许久才下地，身子却落下了病根，此后，无论是和裴修祉，还是跟萧胤棠，再也没有怀过胎了。

那些绿豆，便是这孩子往她脚下撒的。嘉芙记得当时裴修祉十分愤怒，抓了全哥儿要吊打，却被辛夫人阻拦了。第二天宋夫人得知消息，还上门闹了一场，说孩子还小，不懂事，不定还是被人冤枉的，后来这事不了了之，也就过去了。

如今想来，没有孩子的牵绊，于她也是一种因祸得福。但是对面前的这个孩子，嘉芙无论如何，也没法生出亲近之情。

这一幕，孟太太看得是目瞪口呆，宋家人却仿佛习以为常了。宋夫人笑了起来，目光里满是宠爱，叱了声顽皮，便叫人抱那孩子过来。

全哥儿喜欢骑人，还挑模样俊秀的丫头骑，但在裴家时，不敢这样玩儿，因先前被人告到了老夫人跟前，老夫人叫了辛夫人过去，辛夫人此后便不许全哥儿骑人，宋家这边却不阻拦，故全哥儿更喜欢往这边跑。

叶婆子急忙过去，抱了全哥儿过来，宋夫人接过，让他坐在自己腿上，那孩子扭来扭去要下去，她搂住了，抬眼盯着嘉芙道："我就一个女儿，跟我的心头肉似的，如今没了，全哥儿就跟我自个儿的嫡亲孙子没什么分别。我这个人，最讲究恩怨分明。谁对我全哥儿好，那就是对我好……"

她顿了一下，眯了眯眼，加重语气："谁要是把主意打到他头上，就算损了一根汗毛，要是被我知道，休想我放过。"

孟太太听得倒抽了一口气。

嘉芙点头："干妈说得极是。"

宋夫人有些吃不准她到底听懂了没，盯着嘉芙时，她腿上那孩子也盯着嘉芙瞧，忽然刺溜一下，从她胳膊弯里滑了下去，跑到嘉芙面前，仰着脖子，叉腰指着她道："你趴下！我要骑马！"

嘉芙朝这孩子走过去，停在他的面前，笑吟吟地弯下腰，道："骑马不行，不过，我可以抱你玩。"

全哥儿立刻倒在地上，一边胡乱蹬着两腿，一边干号："不要抱！我要骑马！我要骑马！"

孟太太脸色难看，宋夫人忙朝叶婆子使了个眼色，叶婆子上前抱起全哥儿，哄道："咱们出去，出去再骑马。"

全哥儿朝她吐了口口水，拳头不住地咚咚敲她，嚷道："我就要骑！"

嘉芙站在那里，冷眼看着地上撒泼的孩子，唇边依旧带着淡淡的笑。

这下宋夫人面上也有点挂不住了，咳嗽了声，几个丫头便齐齐上前，和叶婆子一起，七手八脚地抬了哭闹的全哥儿出去。

哭声渐渐消失，屋里终于安静下来。

宋夫人干笑："这孩子平时也不这样，今日闹了些。"

孟太太勉强笑了下，又坐了片刻，便起身告辞，宋夫人虚虚送了几步，便叫人代自己送出门。

叶婆子哄完全哥儿回来了，道："夫人，你可亲眼瞧见了吧？你看她生得一副狐媚子相，哪个男人能不入套？今日她人还没到，世子就亲自跑去码头接了。夫人你是没看见，当时盯着她瞧的那个眼睛哟，也不带眨一下的，哪里还记得全哥儿他娘的半分好？俗话说，有后娘就有后爹。等她自个儿也生养了，全哥儿怕是连爹都要没了！夫人可千万不要被她给骗了，这丫头两面三刀，我这几个月同住同行，再清楚不过了。"

宋夫人想起死去的女儿，又是伤感，又是无奈，皱眉道："我又何尝满意这甄家女儿。只是先前已经应了，还听了你的话，认她做了干女儿，板上钉钉的事，叫我如今还怎么开口？"

叶婆子懊悔，重重打了下自己的嘴巴，便此时，见方才出去的一个小丫头慌慌张张地跑进来，便沉下脸："冒冒失失，惊到了夫人，瞧我拿针扎烂你的嘴！"

丫头不住地摆手，嚷道："是全哥儿，哥儿有些不好了！"

宋夫人一惊："怎的了？"

丫头道："就在方才，我们带着哥儿在院子里玩，哥儿忽然嚷着身上有虫子爬，到处抓，我就看着他，好家伙，那个脸就跟发了面，一下就胖了……"

宋夫人神色一变，慌忙朝外疾步而去。那全哥儿已经被抱回屋里，躺在床上，上去一看，见他满脸红疹，脸肿得就跟吹了气似的，吓得不轻，上去抱住，心肝儿心肝儿地叫了几声，慌忙让人去请太医。

太医赶到，全哥儿的脸已经肿得跟钻了马蜂窝似的，整张都胖了，身上也起了东一颗西一颗的疹子，因为发痒，有些已经被抓破，全哥儿躺在那里哼哼唧唧，哭闹个不停。

太医也瞧不出个所以然，只开了汤剂，让熬了涂抹消肿，这肿却死活消不下去，折腾了一夜，到了次日，方消下去些。

宋夫人原本不欲让辛夫人得知此事，偏不巧，次日裴家来了接全哥儿的人，宋夫人瞒不下去，只好道出原委，自己也很是委屈，说好好的就这样了。

辛夫人听闻消息，心急火燎地亲自赶了过来，沉着脸，把孙子给接走了。

宋夫人很是没趣，又不放心全哥儿，派人一趟趟地往裴家去，探听全哥儿的病情。得知辛夫人当着自家婆子的面指桑骂槐，气得不轻，只是这回，人是在自己这边得了不好的，她也抖不起威风，只能强行忍气。到了第二天的晚上，她终于得知那孩子的肿消得差不多了，方长长松了口气。

叶婆子自忖这几个月在泉州辛苦万分，受了不少罪，甄家最后却只拿二十两银子来打发她，心里一口气实在难平，遂以拆散这桩姻缘为己任，就在宋夫人耳边不停吹风，说甄家女儿刚来家中，原本好好的哥儿就发了这前所未有的怪病，吃了老大的苦头，可见是八字不合，命里犯冲。

宋夫人最擅长的事情之一，便是迁怒，被叶婆子如此一撺掇，不禁也疑心起来。再过一夜，到第三天，库房的管事来报，称甄家前日送的那些东西里，原本应当最值钱的几样翡翠珠玑入库时，发现成色不够，虽也属珍玩，却非极品，如此价钱便大打折扣了，问如何归置。

宋夫人想起前日孟太太来时对自己的恭敬态度，料甄家也没那个胆子，敢以次充好来糊弄自己，想必这便是他家拿得出手的东西了，鄙夷不已，哐了一声："我还道甄家多有钱呢，原来不过如此，裴家连这样的亲事都肯结，可见如今已经穷成什么样子了！"

三天转眼过去，这日便是卫国公府裴老夫人的六十大寿。

卫国公府虽落败了，门第却在，老卫国公功勋昭著，裴老夫人有超一品的诰命，女儿也曾是天禧朝元后，位分非同一般，逢六十花甲大寿，一早宫里便下来了黄门太监，赐下例定，以示天恩，京中那些本与卫国公府有往来的世族权贵也纷纷上门贺寿。这一日，卫国公府大门大开，里外焕彩，看起来终于恢复了些昔日的荣华影子。

那日从宋家回来后，这几天嘉芙一步路也没出去。孟太太听闻全哥儿闹了病，从宋家被接了回来，心里虽厌恶这孩子，但也过去探望了一番，回来对嘉芙道："已经差不多好了。就是自己往身上挠破了几处皮，偶还哭闹几声。"

嘉芙当时抿了抿嘴，不说话，孟太太心事重重，也就丢开此事，不再提了。到了今日寿日，辛夫人因事多忙不过来，请她早些过去帮忙，孟太太自然答应，叫住了儿子，不许他再出去玩乐，几人换上为今日准备的新衣，过了晌午，她便带一双儿女去了国公府。

母女一同坐在马车里，孟太太一路沉默着，嘉芙靠过去，挨着母亲的胳膊："娘，你在想什么？我见你这两日都没话了。"

孟太太出神片刻，低声道："娘先前只听说那孩子有些顽皮，万万没想到，竟闹到这样的地步。日后等你过了门，娘怕你有些难做……"

嘉芙搂住了她，笑道："娘，过两天万一他们相不中我，我嫁不成二表哥了，你会不会骂我没用？"

孟太太一怔，有些惊讶她突然说出这样的话，看了嘉芙一眼："只要你自己不伤心，我为何骂你？若不是你的祖母，娘倒巴不得……"

她打住，叹了口气，爱怜地将女儿搂入怀里。

嘉芙收了笑，一张小脸靠在母亲的怀里，闭上了眼睛。

一切都很顺利，事情正一步步地朝着她的预计发展。

全哥儿那日突然袭来的怪病，本就在她的预料之中。

这个小孩儿，就是她退亲计划中最重要的一个关键人物。

梦中有一回，全哥儿前一刻还好好的，跑了趟辛夫人的屋，出来不久就头脸发肿，身上起疹，痛痒不堪，擦药也不管用，过了几天，自己才慢慢好了。没想到不久，又发了这样的病，反复折腾了好几次，吃了不少苦头，太医也查不出病因，辛夫人焦心如焚，后来有细心的婆子发现，每次都是去了辛夫人的屋，他出来就犯这样的病。

一开始，辛夫人以为自己屋里不干净，赶紧请人做法事驱邪，却还是不见效。

后来还是嘉芙找到了病根儿，毛病就出在辛夫人屋里熏的龙涎香上。

真正的龙涎，香气柔润而沉馥，生动而温雅，除了它的本香，后嗅里还带着特别的淡淡的木苔清香，而冻龙脑没有这独特的后香。但一般人很难区别。

嘉芙对香料非常熟悉，辨出辛夫人屋里熏的，并不是她一向用的龙涎，而是冻龙脑。算日子，正是开始换用这盒香料后，全哥儿才得的怪病，于是撤了熏香，果然，后来全哥儿再也没有犯过病。

龙涎有天香之名，顶级龙涎，留香可长达数月之久，京中富贵人家，但凡用得起

的，无不用龙涎，这也是身份的标志之一。

辛夫人一向熏龙涎，如今手头吃紧，却仍不肯改用别的。这盒冻龙脑，先前是下头一个庄子里的庄头孝敬上来的，说是高价所得的龙涎，辛夫人不辨真假，原来的用完了，便拿出这盒来用，却没想到是盒赝香，还害得全哥儿受了许多苦楚，得知真相，当时还发了场不小的脾气。

这事当时把整个卫国公府闹得鸡飞狗跳，嘉芙印象深刻，自然想到了借用冻龙脑来助自己摆脱困境。

引宋夫人对自己不满，这是药引。

让宋夫人拿自己和全哥儿命里犯冲做借口，出面把这门亲事给搅黄了，这才是嘉芙要投的猛药。

这法子对那孩子确实不算厚道，但那时候，嘉芙不过只犹豫了下，便做出了决定。

曾经，她与人为善，处处退让，事事容忍，结果并没有得到所谓的善果。

这辈子，谁对她好，她就对谁好，如果可能，加倍报答。

这就够了，其余不必多想。

"娘、妹妹，到了！"

马车渐渐缓了下来，车窗外传来哥哥甄耀庭的声音。

"阿芙，到了。今日这边人多，娘忙，恐怕照管不了你，你莫在前头挤，免得冲撞了，到后头清静些的房里待着，晚些娘会派人去叫你。"

孟太太轻轻拍了拍女儿的肩。

嘉芙睁开眼睛，点头嗯了一声。

辛夫人这些时日，忙得是焦头烂额。

头几年老夫人一直不过寿，逢日子，不过随意吃顿寿面而已，今年六十整，在儿孙的请求下，终于点了头。大寿的筹备自然是辛夫人的头等之事，除此，她一直在等吏部的消息，前些日终于盼到放文，裴修祉得了从六品上奋威都尉的缺。

虽不过是个恤荫的缺，职位也不起眼，和丈夫在世时不可同日而语，但如今的情况，与早年也是不同了。开国功臣，八公列侯，至今都三四代了，子孙里能靠本事挣功名的毕竟不多，剩下全望着祖上的恤荫，朝廷正经官衔就那么些个，都有例制，僧多粥少，以卫国公府如今的情况，裴修祉还能得到这空缺，已是不易。

照说这是好事，到寿日那天也能增加体面，该庆贺才对，二房却有点不乐意了，说到底，也是被个钱字给闹的。裴家还没分家，裴修祉得了缺，虽说宋家也出了力，但需要走动的钱，半分也是少不掉的，为了这个，前后统共花出去两千两。概因裴家早先有制，凡涉及族中子弟升迁或者进学的支项，一概走公账，这里去了两千两，二房自然肉疼，碍于老夫人还在，明面上不敢显露太过，私下难免抱怨，话传到辛夫人耳朵里，又是一阵闲气。

再有，甄家人进京了，议婚便迫在眉睫，到处花钱，处处更要盘算。辛夫人可谓耗费心血，忙忙碌碌，还没来得及喘出一口气，孙子全哥儿前两日又落了这个不好。

今早一觉醒来，辛夫人的一边牙帮子都火肿了，想到今日是国公府的头等大事，自己长房当家，不可出半点岔子，她便又精神抖擞，忙得似个陀螺。过午听下人说孟太太来了，辛夫人已不复头天初见时的托大，飞快地出去相迎，亲亲热热地将人接了进来。

孟太太这趟来京城，虽不过才三四天，但走动个几次，就也觉出两房似有失和。她本和二夫人也算是姐妹相亲，互通家事，自从儿女之事弄出尴尬后，这回进京，况味总觉大不如前，何况她一个外人，故装作不知，面上一概如常。此刻到了，她只尽力地帮着料理杂事，忙碌起来，嘉芙便被领到二房，让姨父裴荃的一个妾室陪着。

今天这样的场合，事情又多，这小妾原本是要帮着管事的，只是不巧，前几天正好滑了一跤，脚腕子扭到，走路不便，只能在屋里养着。两人一边做着针线，一边闲话，说说笑笑间，孟太太身边一个丫头来了，叫嘉芙到前头去，说来了熟客，孟太太叫她过去见个礼。

嘉芙便放下针线，带着檀香去了，陪在孟太太身边，见完客又回来，穿过一道垂花门时，远远看见裴修祉站在自己方才来的那条路边，身边也没跟着人，只不住地往这边张望。想起昨日他来过甄家，自己避而不见，嘉芙疑心他此刻在那里是在等自己，不欲和他单独碰头，立刻转身避开。

回二房的那条路有裴修祉等着，也不知道他会在那里多久，嘉芙便掉头折往后园。

因今日前头忙，园子里也不大见得到人，嘉芙随意走了片刻，穿过一片小竹林，看见前头有座石桥。

她对这里的路，自然不会陌生，想起过石桥有条路，虽要绕个弯，却能避开装修祉回去，便拐了过去。

这几年，此处平日不大有人走动，道旁竹竿青黄斑驳，脚下石道两旁爬着苍苔，地上积了落叶，入目一片萧瑟荒芜。

嘉芙行经竹林旁的那座院落前，看见两个婆子挥着竹帚在那里扫径，一边扫，一边说着话，话声随风送来，隐隐约约，听到似乎提及了自己，脚步便停了一停。

"甄家可算是要结成亲事了，把姑娘嫁了世子。"

一个婆子啧啧了两声："也是一步登天了。"

"你才来没几年，知道什么？"

另一个婆子接话："从前他们家姑娘还小，领着一趟趟来，我就知道了，迟早是要亲上加亲，把人送进来的，只是当时以为他家想的是三爷，如今竟攀上了世子，也是想不到的……"

一阵风过，吹得竹枝沙沙作响，掩了婆子的声音。

檀香面露恼色，待要上去现身，嘉芙摇了摇头，示意从竹林里的另一条岔道走，却听那俩婆子的说话声又传了过来。

"你瞧瞧，这院子大白天都凉飕飕的，晚上恐怕鬼都要跑出来了。要不是今日前头事多，要把人差断腿，我也不会揽下这活……"

"夫人也是不易，这么多年，想必一直牵肠挂肚。我来几年了，年年到了这日子，夫人必定叫人打扫，想是预备大爷回来给老夫人祝寿的，偏哪回见到了人？老赵，我听说，大爷当年是被削了世子之位，给赶出去的？"

那个老赵嘘了一声，压低声音，声随风，断断续续地传了过来。

"国公爷的热孝还没过呢……实在是难看了点……平日里是半点也看不出来的……那个姨娘不肯活了，半夜过来，就吊死在你靠着的树枝子上，当时我跑来看，一脸的紫，舌头都吐到脖子下，吓得我几夜都没合眼……"

"我的娘哎，你不早说！怪不得凉飕飕的！"

另一个婆子大惊失色，跳了起来，一蹿三尺高，忙远远避开，才转身朝树拜了一拜，嘴里念念有词。

嘉芙知道这院落从前是长房长子裴右安的居所，这些年一直空置，平日也门扉紧闭。方才路过这里，无意听这俩婆子嚼舌，若单单说她的闲话，她也懒得计较。

自己祖母确实早早就有这打算，也怨不得被人在背后议论。

但跟着，这俩婆子又议论起了裴右安的是非，这令嘉芙不禁想起了那段往事。当时兵荒马乱，自己孤身陷入囹圄，绝望恐惧之中，意外得到了一个原本并不抱希望的人的帮助。那种犹如身处悬崖，绝望之时，得伸来一臂救助的感觉，至今难以忘记。尽管最后自己又被送到了萧胤棠的手里，但那是后话，两回事了。

那男子给她留下了极好的印象。不仅仅是因为他在她最无助的时候帮了她，也是因为他的做派和风度，令她印象深刻。

后来，嘉芙人在深宫，也听说了些关于他的事情。

皇家三兄弟的博弈里，云中王成为最后赢家，登基改元后，以裴右安在此前战乱中立下的功勋和新帝对他的器重，富贵荣华，唾手可得。他本完全可以位极人臣，但没过多久，先是祖母裴老夫人离世，丧后不久，恰逢突厥再次袭边，他便自请离京，以节度使之职戍卫关外。

按说当时，突厥之乱虽来势汹汹，但以他的身体状况，关外气候并不适宜他久居，他也并非新帝面前唯一可用之人，本完全可以另派他人的。但最后，还是他离了京城繁华，远赴边城，任节度使，安边抚民，深孚众望，名动塞外，直到最后病死任上。

说实话，嘉芙有些不信，那样一个男子，竟会在少年时做出如此背德之事。现在听到议论，她顿颇感刺耳。

她原本已经转身走了，忍不住又停住脚步。

"听说那会儿还惹怒了老夫人，被打了出去。虽说这样吧，今日老夫人大寿，连八辈远的亲戚都来了，也不见他回。那么些年，信儿都没来一个，可见心里还记恨着。本不该我们多嘴的，小时候做了那事，如今羞于回来见人，也是情有可原，但也可见孝心如何了……"

那老赵倚老卖老，在那里絮絮叨叨之时，忽听身后传来脚步声，闭口转头，看见嘉芙带着个丫头走了过来，一愣，急忙放下笤帚，上来赔笑道："今日前头热闹，小娘子怎会来这里？"

嘉芙笑了笑，道："赵妈妈，原本也是不该我多嘴的。只是既然路过了，便是见怪，我也是要说一句的。今日老夫人大寿，你们被差来收拾院子预备大爷回来住，不好好做事，都胡乱在说什么来着？你们是打量着夫人忙，没空理你们，偷懒不算，还嚼起了家主的舌？你们说的那些都是什么？捕风捉影，以讹传讹。我不信国公府里没个规矩，会放任你们这样不敬家主！"

老赵和那婆子面色微微一变。

要是从前，她们自然不用忌惮这甄家女儿，不过二房的一个姨亲戚罢了。如今却不一样了，阖府上下都知，等老夫人大寿做完，立马就轮到亲事了。甭管背后怎么议，这甄家小娘子很快就会嫁入裴家，再不济也是正经的国公府世子夫人，听她那话说得重，也不知方才到底被听去了多少，两人不禁心虚，急忙低头认错："是，是，小娘子说得是，方才是我们嘴贱！再也不敢了！"

嘉芙既忍不住站了出来，也就不怕得罪人。何况，若如愿能退了亲，往后再不会和这家人有牵连了。曾经所有被压抑住的天性，这辈子仿佛慢慢都出来了。

嘉芙看了眼那扇半开的门，见里头院落虽刚扫了一遍，却不过划拉几下做做样子而已，地上连落叶都没清干净，更不用说洒水除尘了，索性又道："今日老夫人六十大寿，大爷必定是要回来的，有嚼舌躲懒的闲工夫，怎不去把屋子里外打扫干净？"

赵婆子资格老，突然吃了年轻姑娘这么一记不客气的教训，心里虽在腹诽这甄家女儿还没过门就着急摆威风了，面上却不敢显露，口里说着"这就去，这就去"，拖起地上的扫帚，转身鼓着嘴进去了。

另一个婆子见状，忙也跟了上去。

嘉芙见俩婆子哗啦哗啦又扫起了地，知等自己走了，接下来就算再嚼舌，必定也只会说自己的不好，便掉头朝前继续走去。

"方才咱们出来时，看那俩婆子的脸，真是痛快。就是怕招怨，说小娘子你手长呢。"

檀香又觉解气，又有些不安，在旁说道。

嘉芙道："怨就怨，我不在乎。实在是听不下去了。大表哥别管怎样，都轮不到这些人乱嚼舌头。"

"小娘子你说大爷今日要回，真的？"

檀香想起她方才笃定的语气，有些好奇。

"我想必会回的。"

"小娘子怎知道？"

"我啊，昨晚梦见大表哥回来给老夫人过寿了，你信不信？"

她玩笑了一句，拐过弯，脚步生生地止住了。

就在竹林畔的拐角，对面不过几步之处，一个华发老妪手挂拐杖，被身边的大丫头扶着，正立在路上。

她一动不动，看起来已站了有些时候了。

这老妪便是裴老夫人，今日的老寿星，嘉芙对她自然不会陌生，却不知她竟转来了这里，前头宾客来了不少，她身上却还穿着件半新不旧的常服，不似要做寿的样子。

嘉芙一时没防备，倒吓了一跳。

嘉芙小时候来国公府走动，裴老夫人对她只是像对待一般的亲戚，不见厌恶，也无特别之处。嘉芙每每来时，跟着母亲向她磕个头，去时再拜个别，如此而已。嫁给裴修祉后，她也不大要嘉芙这个孙媳妇在跟前服侍，常日独自留在佛堂，加上没多久，遭逢战乱，嘉芙离了裴家，此后便再未见面。对老夫人的印象，可以说是淡而疏远，此刻不期这样碰头，见老夫人站在那里，望着自己不作声，神色不辨喜怒，嘉芙慌忙后退一步，带着檀香向她见礼。

老夫人没作声。

嘉芙想起方才自己的语气，不禁有点后悔，便垂下眼睛，耳畔只听风穿竹林的飒飒之声。

片刻后，嘉芙终于听到她开口了，问道："你是甄家那丫头？"

嘉芙低声道："是。数日前我和母亲过来，老夫人当时在佛堂清修，故没去拜见。"

老夫人又沉默了片刻，慢慢地道："这里多年没人住了，有些荒，你早些回去吧。"说完她转身，在那大丫头的搀扶下，慢慢地走了。

嘉芙抬头，望着老妇那略微佝偻的背影渐渐远去，最后消失在竹林尽头，慢慢地吐出一口气。

嘉芙循路匆匆回去，整个下午，再没出去过一步。

天渐渐黑了，宾客和宗族到齐，国公府里灯火辉煌，大房的裴修祉、二房老爷裴荃、老三裴修珞，以及宗族里几位德高望重的长辈皆于寿堂前迎客，辛夫人、孟二夫人和族里的一些妇人则应酬过府的各家女眷。

嘉芙随了母亲来到寿堂时，拜寿已将近尾声，只剩小辈女眷了。她夹杂在一群光鲜靓丽的女人中间，立于寿堂一角，抬目看去，中堂高悬一块寿匾，上有裴荃为母祝寿所书的金光闪闪"宝婺星辉"四个大字，寿桌正中的显眼位置，摆着以黄锻铺底的御赐制物，横架一双长柄如意，两边寿桃、寿饼堆成宝塔山，左右依次列着各色贺寿之礼，华冠丽服，金玉满堂，说不尽的锦悦呈祥，道不完的富贵之气。

裴老夫人也不复白天嘉芙见到时的样子。今夜头戴珠冠，诰命制服，手扶着整根沉香木所雕的龙头拐杖，满身富贵，端坐正中，看起来精神颇为健旺，频频叫对面那些前来向她参拜祝寿的起身。

嘉芙还是亲戚后辈的身份，排在后，随礼赞的引导，与前头人一道向老夫人拜寿。

裴老夫人笑容满面，叫全都起身去后堂吃寿酒，乱哄哄一片欢声笑语里，嘉芙随众人出了寿堂。

裴、甄两家的婚事，到了今日，几乎无人不知，孟太太和嘉芙也成了身旁人的关注焦点，裴家宗族女眷纷纷与孟太太主动攀谈，称赞嘉芙温柔美貌。嘉芙跟在母亲身边，含羞低头，全然一副她该有的闺秀模样，暗中却一直在留意着全哥儿。

仅仅几天前的那一次，并不足以说明她和全哥儿命里犯冲。

在她的设想里，今晚也是一个机会。

全哥儿虽熊得离谱，却也有着孩子天生的狡黠，知道国公府这边不像外祖母宋家那样可以由他随心所欲，且他有些怕曾祖母，看见了外祖母，直吵着要去她边上。

宋夫人今晚被人围着奉承,风头甚至压了辛夫人,辛夫人怎肯放孙子过去,叫人牢牢地牵着,带在自己边上,一步也不许离开,以至于寿筵到了尾声,陆续开始有宾客离席告辞,嘉芙却一直寻不到合适的机会和这孩子近身,不禁有点焦急。

　　婚事迫在眉睫了,她必须抓紧,好容易终于等到母亲和辛夫人坐在一起,全哥儿又犯了困,辛夫人叫人送他回屋睡觉,人就被抱走了。

　　嘉芙知今晚应该没机会了,压下失望之情,只好随着孟太太继续和人应酬。

　　亥时中,寿筵毕,留下的宾客也陆陆续续全部被送走了。

　　热闹了一晚上的卫国公府,渐渐安静下来。

　　孟太太从白天过来起,就一直忙碌个不停,此时也是乏了,因儿子起先已先走了,她便带了嘉芙告辞。辛夫人向她道谢,说今日亏了有她出力,自己省力不少,要亲自送她出门。孟太太知道她有事,极力辞送,说话间,走来一个年约二十、穿戴体面、容貌秀丽的鹅蛋脸大丫头,笑道:"夫人,老夫人请您过去,有几句话要说呢。"

　　这大丫头名叫玉珠,就是白天嘉芙遇到的伴在裴老夫人身边的那位。

　　辛夫人应了声,转头喊一个信得过的管事嬷嬷代自己先去清点下人收拾预备入库的贵重用具,那嬷嬷却不在近旁,丫头说方才有事去了前头。

　　辛夫人皱眉抱怨,孟太太便道:"老夫人既叫,想必是有要紧事。若信得过我,我代你数点便是了。"

　　辛夫人大喜,道了声辛苦,交代了下,转身匆匆去了。

　　孟太太转向嘉芙:"阿芙,你若累了,娘叫人先送你回家。等我这边忙完,应还有一会儿。"

　　嘉芙知道母亲如此不辞辛苦地结好辛夫人,全是为了自己,心疼地道:"娘,我陪您一道吧。"

　　孟太太却不肯。嘉芙知是那里有搬运东西的男仆小厮来来往往,母亲大概是怕冲撞了自己,便也不再坚持。

　　玉珠笑道:"有劳姨妈,不如我带小娘子先去老夫人屋里等您可好?那里暖和,也不会有人胡乱走动。姨妈完事了来接就可。"

　　这个玉珠,小时本也是大户人家的女儿,八九岁时家门破落,进了卫国公府,因容貌出众,能写会算,爽利能干,成了老夫人跟前的得力大丫头,二十岁了还不愿配人,老夫人便留下了她。

她这么说了,孟太太自然放心,便叫嘉芙过去歇着。

嘉芙随玉珠转到裴老夫人的正院里,看见堂屋窗子上有几道绰绰人影,隐隐飘来说话之声。

玉珠小声道:"老夫人方才把二房你姨父姨母也叫了过来,想必都在里头呢。我带你去偏屋吧。"

嘉芙道:"有劳姐姐了。"

玉珠笑道:"怎当得起小娘子如此称呼,叫我的名字就好了。小娘子跟我来。"

嘉芙被引着到了一间偏屋,里面亮堂堂、暖洋洋的,玉珠让嘉芙靠坐到一张榻上,往她腰后垫了个枕,又取了条裘毯,盖在她的腿上,道:"小娘子若困了,在这里睡一睡也可,不会有人进来的。我那里还有香枫茶,我去给你泡一壶送过来。"

檀香代嘉芙向她道谢:"我去端便可。"

玉珠笑着点头,带了檀香出去,刚走出门,迎面看见奶妈和丫头抱着罩了件风斗篷的全哥儿来了,说全哥儿刚醒,哭闹着要去宋家,奶妈哄不住,抱来找辛夫人。

玉珠皱眉,嘘了一声:"夫人这会儿在老夫人跟前有事呢!你先抱回去,再哄哄。"说着她拽着这不知事的奶妈要出去。

奶妈苦着脸:"我哄不住,你也知道的,哥儿闹起来的话,没人治得住……"

她话音刚落,全哥儿已从她身上扭了下去,朝着檀香的方向跑了过去。

玉珠哎了一声,急忙追了上来,喊道:"那屋里头没人,哥儿不要进去。"

门从里面打开,嘉芙露出脸,笑道:"让他进来吧,我无妨。"

堂屋里,裴老夫人坐在一张椅上,已卸去珠冠,身上的诰命服却还没换下,目光扫了一圈立在自己跟前的儿子媳妇们,道:"这些时日,为了给我老太婆过个寿,哄我高兴,你们几个辛苦了。"

裴荃忙道:"娘怎说出这样的话?何来辛苦,况且,原本就是我们的本分。"

辛夫人和孟氏也点头称是。

裴老夫人微微一笑："我们家最近好事不少。我过寿就罢了，不值一提。祉儿得了缺，珞儿功课拔尖，我很是高兴。"

这几年，裴老夫人身体不大好，深居简出，已经很久没像今日这样，将儿子媳妇几人都叫到跟前了。方才看她神色凝重，本以为她对今夜寿庆感到不满，几人都有些惴惴，等她开口了，原来是称赞，几人松了口气，都笑道："全是仰仗了娘的福气和体面。"

裴老夫人道："我一老太太，有什么体面可让你们仰仗的，你们心里不要嫌我糊涂老不死，我就心满意足了。"

她这话说得实在是不轻，何况今日还刚做了大寿，辛夫人和裴荃夫妇愣了下，顿时面露惶惑。

裴荃道："娘这话说得实是让做儿子的担不起。我若是有做错事的地方，惹娘伤心，娘尽管教训，便是打死我，也是我当受的，怎好这样咒自己？"

裴老夫人沉默着。

裴荃心里渐渐发虚。

此次荫补，裴荃原本盼能落在自己身上，好进一进已经多年没有晋升的官职，最后却因了宋家，落到侄儿裴修祉的头上。裴荃自然失望，又听大房为了此缺，花了将近两千两，心里更是生出芥蒂。他表面也是和气的，却没想到今夜刚做完寿，就被叫来，又听了这样的话，一时不敢开口。

辛夫人和孟夫人相互看了一眼。

裴老夫人慢慢地吁出一口气，复道："今日大家高兴，原本我是不该扫你们兴致的，只是心里有些话，想着今日不说，下回又不知是何时了。"

"娘有话尽管吩咐！"裴荃忙道。辛夫人和孟夫人也附和。

"如此我便说了。"

"今日我出了趟屋，无意却听到几个下人背后闲话。那些话不堪入耳也就罢了，我更是不解，国公府何时开始，连个起码的规矩也没了，以致下人松懈到这等地步？我想来想去，也就只有一句话，便是上行下效。上头做家主的没个样子，下面做下人的，自然也就变本加厉。"

孟夫人不吭声，辛夫人脸色微变，迟疑了下，道："全是我的不是，没教管好下人……"

裴老夫人摆了摆手："我知道你们都忙，此刻把你们叫来说这话，不是要听谁向我认错，只是心中颇多感慨。人生一世间，如白驹过隙。我年轻的时候，看着你们的老大人用命挣出了这份家业，如今一晃眼，我都已经有了曾孙。自古以来，身居富贵，能知止足者本就少，至于克己复礼，穷而无怨，更是罕有。裴家这几年，境况是不如从前了，但有一句话，我还是要提醒你们，土相扶为墙，人相扶为家，若自己家里人都你争我斗，用不着别人如何，再过个几年，裴家自己也就保不住了。"

裴荃额头渗出薄汗，辛夫人和孟夫人低头不语。

裴老夫人摇了摇头："也怨不得你们。说起来，最该怪罪的，第一个便是我，这几年太过疏懒，未尽到长辈的本分……"

她沉吟了下，望向辛夫人："我知道家里进项少了，你们各自都有难处。祉儿此次为补缺用掉的钱，我来出……"

辛夫人一愣，待要开口，老夫人又转向裴荃和孟夫人："也不能让你们二房吃亏。等珞儿成亲之时，花费必定不少，我如今给了大房多少，到时便会补给你们多少。我所能做的，也仅此而已，若还有不公之处，盼你们体谅我，就此把事情抹过，勿再因此生出嫌隙。被外人知道，脸往哪里搁去？"

裴荃上前，下跪磕头道："娘，这钱做儿子的万万不能要。全是我糊涂，竟和侄儿计较起来。您莫气坏了身子。您老人家健在，才是我们裴家的福。"

辛夫人和孟夫人亦纷纷自责。

裴老夫人眼中微微显出泪光，道："不瞒你们说，今日这个大寿，于我是无可无不可，我是体谅你们，为了让你们高兴，才点头出来见客的，我盼你们也能体谅我的一片心。福祸无门，唯人所召。我活到这把年纪，见多了富贵沉浮，只要一家人心向齐，今日不顺，未必明日就不会翻身。我言尽于此。你们若觉有理，回去了记着，比你们替我做一百个大寿还要给我添福。"

裴荃磕头，辛夫人和孟夫人也唯唯诺诺，满口答应。

裴老夫人看向辛夫人："全哥儿也不小了，过了年就满五岁，该好好教教规矩，往后不许再随意领去宋家了。"

辛夫人一愣,迟疑了下:"那边自己跑来接……"

裴老夫人哼了一声,盯着辛夫人:"他是姓裴还是姓宋?你只为儿子着想,怎就不为孙子着想?"

辛夫人满脸通红,讪讪地低下了头。

深夜,亥时中,裴荃和辛夫人、孟夫人从北屋出去。

等人走了,玉珠进去,问服侍洗漱歇息,老夫人却恍若未闻,依旧坐在那里,眼睛望着屋角的那个滴漏。

只剩半个时辰,这一天,便要过去了。

这么晚了,老夫人还不歇息。玉珠有些不解,又不敢问,在旁边陪了一会儿,忽想起白天伴着出去时遇到的那事,心里陡然雪亮,道:"老夫人,甄家小娘子这会儿就在偏屋里,老夫人要是还不睡,我去将她叫来,让她陪老夫人说说话?"

她说完,见老夫人没点头,也没摇头,仿似陷在遥远的往事回忆里,便悄悄走了出去。

嘉芙进了屋,向老夫人见礼。

老夫人转头,见她来了,微微一笑,道:"玉珠也是多事,这么晚了还叫你来,乏了吧?我这里无事,你回去歇了吧。"

方才玉珠告诉嘉芙,意思是盼她能过来说几句好话,哄老夫人高兴。

看得出来,无论是玉珠还是眼前的这老妇人,都没指望多年前离家的裴右安会在今夜归来。

嘉芙却有印象。他确实就是这一晚回来的,只是很晚很晚,至于到底晚到什么时辰,她有些记不清而已。

她望着面前灯影里这个除去珠冠华服后只剩孤单身影的老妇人,有那么短暂的一刻,心里忽然有点后悔自己刚才的算计。

全哥儿要是发病,这老妇人今晚自然也没法好好合眼了。

其实自己那事，迟一个晚上也是无碍。原本应该让这老妇人好好过完六十寿的。

她慢慢呼吸了一口气，道："老夫人，大表哥会回来的。"

老妇人微微一笑，点了点头："好孩子，去歇息吧。"

嘉芙咬了咬唇，最后还是忍了话，朝她福了一福，转身慢慢朝门口走去。

"老夫人——老夫人——"

她走到门口的时候，忽然，院外传来一个声音，在寂静的夜半时分，听起来有些刺耳。

嘉芙脚步一顿，停在了门口。

玉珠急忙出去，朝那个跑进来的婆子叱道："疯了吗？大半夜的这么喊，出什么事了？"

"大爷回了！"

婆子跑得气喘吁吁，表情怪异，比着手："我都认不出来了！"

第三章　退婚

这婆子嚷得实在是响,虽人还在院里,声却满屋子都听到了。

嘉芙身后静悄悄的,不闻半点动静。

裴老夫人还是那样坐着,身影如同凝固住了,片刻后忽地持起横放在一旁的那根手杖,人跟着就直挺挺地站了起来.

就在嘉芙以为她要迈步出去时,她却又停住,立了片刻,慢慢又坐了回去。

她和方才并无两样,只那只手紧紧地捏着手杖龙头,手背现出几道青筋,清晰可见。

院中已传来脚步声。

嘉芙下意识地回头,视线透过她面前的那扇雕花楹窗,望了出去。

子时中夜了,乌蓝的夜空里,斜挂了半轮淡淡镜月,初冬夜寒霜深重,楹窗外的那株老木犀,枝梢叶头凝了层白色的薄薄霜气。

一个身影披星戴月,从浓重的夜色里走来,穿过院子的门,朝这方向大步行来,在身后的甬道上投下一道颀长暗影。

身影渐近，来人脚步越来越快，几步跨上台阶，踏入门槛，灯影一阵微微晃动，那人从槛门后转了进来。

这是一个年轻男子，如玉般明亮，如松般英逸。

走得近了些，灯光照出了他的肤色，是血色不足般的微微苍白，但这丝毫不减损他眉宇间的那缕逸气，反越发显得他眉如墨画，目光清明。他比嘉芙高了一头还不止，略清瘦，肩背笔直，走了进来，两道目光看向嘉芙身畔的那扇门，转身走来，越走越近，从她面前经过，与她相隔了不过半臂的距离。

嘉芙看得清清楚楚，露水湿了他的发鬓，他肩上那件与夜同色的氅衣，也透出了几分湿冷的潮寒之气。

方才第一眼，她就认了出来，他便是裴右安。

她竟莫名感到紧张，有几分自己说不清也道不明的激动，一颗心脏有如鹿撞，双眸一眨不眨地望着他。目光跟随他的身影移动，等他来到面前，她下意识地脱口叫了出来："大表哥！"

裴右安原本似乎并没留意到她的存在，人已越过她了，闻声转头，视线拂过她的面庞。

他没有回应，但嘉芙留意到，他的目光在她脸上定了一定。

他的双瞳里，沉着夜色般的漆黑，灯火映照之下，却又清得像水般透明，虽然无法触摸，但那种微凉的冷淡之感，扑面而来。

嘉芙立刻羞红了脸，有点难堪。

他根本没有认出她是谁。

她张了张嘴，还在犹豫要不要提醒他自己是谁之时，面前的男子仿佛终于认出她，挑了挑两道好看的眉，朝她点头，微微笑了笑，以此回应，随即他转向跟上来的玉珠："祖母可在里头？"

他的声音温凉而低醇。

玉珠点头，压低声道："就在里头呢，这么晚了，方才还是不肯去睡……没想到大爷竟真的赶了回来。老夫人不知该有多高兴……"

她说着红了眼圈。

裴右安转过身，停在那道门槛前，顿了顿，朝里道："祖母，不孝孙儿右安回了。"

屋里寂静无声。

裴右安撩起衣摆，玉珠忙要给他递跪垫，他已双膝下跪，隔着门帘，朝里三叩道："右安来迟，未能及时替祖母贺寿。祖母福海寿山，萱花永茂，年年今日，岁岁今朝。"

门帘里还是没有声音。裴右安以额触地，长跪不起。

玉珠哽咽道："老夫人……地上凉，大爷想是远道赶来，身上还是湿的……"

片刻后，裴老夫人的声音响了起来："给我起来！你是想再惹上病气，叫我再替你操心不成？"

裴右安立刻从地上爬了起来，撩开帘子走进去。

嘉芙屏住呼吸，慢慢从门口退了出来，站在外屋门槛里，犹豫了下，正想叫檀香一起去找母亲，却听见脚步声纷至沓来，她抬眼，院里呼啦啦地来了一行人，辛夫人、裴荃、孟夫人，以及裴修祉、裴修珞等人匆匆入内，拥到老夫人那间屋的门前，停住了。

"娘，方才下人说右安回了？"

辛夫人背对着嘉芙，嘉芙看不到她的神色，只听她的声音绷得很紧，像是一根两头被拉紧了的皮筋。

裴荃和孟氏并未说话，只是等在一旁。

裴修祉看见嘉芙，目光一亮，走来站在她的近旁，低低唤了声"芙妹"，欲言又止。嘉芙朝他点了点头，便转向同和自己打招呼的裴修珞。

裴修祉露出微微失望之色，随即视线也投向那扇门，目光带了些飘忽，神色也和平常不大一样，嘴角紧紧地抿了起来。

"表妹。"

裴修珞年底就满二十了，学业一向不错，文质彬彬，笑着和嘉芙点头。

做亲没成，姨妈孟夫人似乎有点不快，嘉芙这趟来，她也没从前那么嘘寒问暖了，好在这个表哥看起来和从前还是一样。

"娘——"辛夫人提声，又叫了一声，里头随即传出一阵脚步声，裴右安扶着裴老夫人走了出来。

裴老夫人眼睛略红，脸上皱纹却舒展开来，点头："是右安回了。"

辛夫人有些错愕，望着对面那个已然完全成年男子模样的裴右安，目光一时定住。

裴右安转向她："见过母亲。我离家多年，不知母亲身体一向可好？"

辛夫人回过神，脸上露出笑，但是就连嘉芙也看得出来，她的笑容分明有些勉强。

"好，好，"她点头，嘴唇翕动着，"回来就好，回来就好……"

她的眼睛看向裴老夫人："年年到了今日，我都叫人打扫你的院子，就是盼着你回。今日总算回了。好，好……"

"有劳母亲，多费心了。"裴右安朝她行了礼，又转向裴荃和孟夫人，同样见礼，"侄儿见过二叔、叔母。"

裴荃忙叫他不必多礼，孟夫人更是笑容满面："右安可算回了！你一去多年，你二叔和我哪天不在念你！方才乍见你，险些认不出了！比从前好了不知道多少，心里实在欣慰！你回来就好，再不要走了，一家人怎可少你一个？"

裴右安道："累叔父叔母为我牵挂，右安十分感激。"

孟氏嗐了一声："都是一家人，说什么感激不感激。珞儿，快来见过你大哥！你大哥比你大不了几岁，文章学问和你比，一个天上一个地下，他可是天禧朝的进士，大名鼎鼎，当年年纪虽小，文章作得恐怕连你太学里的夫子都未必比得过！这回他回来了，你要多向他学做学问，劳烦他帮你看文章，亏得你们是兄弟，这样的机会，外人求都求不来！"

裴修珞朝裴右安见礼，恭恭敬敬道："见过长兄，还盼长兄拨冗，不吝赐教。"

"三弟不必客气。我已多年未碰文章事了，于笔墨早已生疏，如今恐怕远比不上三弟你。我这趟回来，在家中预计停留时日也不会久，只你若有文章疑难，我陪你切磋切磋，倒是可以。"

一直没作声的裴修祉走了上去，笑道："大哥！回来都不说一声的，原本我该出城迎你的！怠慢了大哥，大哥勿怪我才好。"

裴右安转向他，微笑道："二弟客气了。我不在，祖母和母亲都累你事孝，该我向你言谢才是。"

"哎呀，都是自家亲兄弟，哪里来的那么多见外！"

孟夫人笑着，上前打量了眼裴右安，转向辛夫人，叹道："嫂子你看看，右安为今夜赶回，路上这是吃了多少的苦。娘这里既拜过了，快些带去换身衣裳，吃口热饭，其余话明日说也不迟。"

辛夫人对裴老夫人道："娘，那媳妇先带他去歇了……"

忽然，偏屋里传出一阵孩童的哭号之声，声音尖利无比。

辛夫人转头："全哥儿！"

"夫人！老夫人！全哥儿又不好了！"

乳母匆匆跑了过来，看见这么多人在，愣住。

"全哥儿怎的了？"

辛夫人脸色一变。

乳母顾不得看人了，慌忙道："方才全哥儿睡醒，要找夫人，我便抱他过来，耍了片刻，困了，又睡了过去，我怕抱来抱去吹了风，就和玉珠姑娘一道，在老夫人这里安置哥儿睡了下去。不想方才好端端的，突然又发了前次的病！嚷着浑身痛痒，哭闹得厉害！"

辛夫人脸色大变，急忙跑向偏屋。

裴修祉顿了顿脚，命人速去请太医。裴老夫人也露出焦急之色，叹道："怎的好端端又病了？"

嘉芙压下心中涌出的歉疚之感，慢慢地吐出一口气。

这里也无她的事了，她正要悄悄退出去，忽听耳畔一个声音说道："祖母稍安。祖母也知，我少年时曾习医，也算略通医道，侄儿病得急，我先去瞧瞧，看太医来前，能否先帮他止些痛痒。"

嘉芙转头，见说话的竟是方回来片刻的裴右安。

裴老大人松了口气，点头："是，祖母怎忘了！你快去吧。"

裴右安朝嘉芙方才待过的那间偏屋快步行去，裴老夫人、裴荃夫妇都跟了过去。

嘉芙很是意外，没想到裴右安竟然也曾习医。

他口中虽只说自己略通医道，但既然主动提出去给全哥儿看病，医术绝不可能真的只是粗浅。

不知为何，嘉芙忽然感到心里有点忐忑，见众人都去了，迟疑了下，也慢慢跟了过去，并没往里，只站在门口，看着里面。

全哥儿仰躺在榻上，周围都是丫头婆子，他头脸皮肤红肿，哭得声嘶力竭，见祖母、曾祖母都来了，哭号声更是尖锐，手脚胡乱舞踢，力气竟大得异乎寻常。几个婆子想一齐稳住他的手脚给他脱衣，都被他给挣脱开了，一个婆子不小心还被踹了一脚，哎哟一声，后退了两步，险些坐到地上。

辛夫人心疼万分，眼睛里已经含了泪。

裴右安命人都散开，自己上前，按住了那孩子胡乱踢动的两条腿，也不知道他是怎么做的，屈起拇指，指节在那孩子的脚底心顶了几下，那孩子浑身便软了下来，哭闹也消停了些，被顺利脱去衣裳，只见身上冒出了一颗颗的红疹，脸庞红肿，眼皮和嘴唇也肿了起来。

"前几日就曾莫名发了一次，当时请了太医，也看不出个所以然。今日原本已经好了，不想好端端的，竟又发了病……"

辛夫人神色懊丧，在旁不住地念叨。

裴右安翻起全哥儿的眼皮，观察了片刻，俯下身去时，仿佛闻到了什么味道。他略略凝神，随即仔细闻了闻全哥儿的衣服，眉头渐渐蹙了起来，凝神片刻，若有所思。

忽然，他抬起眼睛，转头竟看向了门口的嘉芙。

嘉芙一时闪避不及，对上了他的目光。

他的两道目光，冷冷如水，又锐利如电。

他为什么突然看自己？

难道被他发现了什么？

嘉芙心头一阵乱跳，就在这一刹那，手心竟冒出了一层冷汗。

"怎样，可看出来什么？"

辛夫人追问。

裴右安转回视线，扯被将全哥儿盖住，道："无须过虑。勤将门窗打开通风，给他泡个澡，里外衣物全部换掉，我再开一服祛痛止痒的药试试，想来慢慢应会自愈。"

孟太太将登记所造的账册交接了，看着管事锁库门，交了钥匙，事毕，已是子时。忙活了一天，她此刻腰酸背痛，想着女儿还在等着自己，又赶来北正院，到了才知，方才自己在库房的时候，这里竟出了这么多事。离家多年的裴家长孙裴右安不期而归，全哥儿又发病，因是半夜了，自己也不便再留下，于是找了辛夫人，交代几句，便带嘉芙回了家。

孟太太和辛夫人辞别时，见她似乎有点魂不守舍，强作笑颜，只随口道了几句谢，也没说送她几步，孟太太知她挂着全哥儿的事，自然不会在意自己被慢待。回来的路上，坐在马车里，她只和女儿议论今夜的所见所闻，说了几句，便谈到了今夜回来的裴右安。

孟太太忍不住叹了一声："可见人不可做错一步，一步错，步步错。这孩子当年的风头，我至今记得。若不是一时糊涂做出那样的事，如今也不至于有家难归。他自己吃苦不提，更是可怜了做长辈的。老夫人不用说了，我记得她从前最是疼爱他的，夫人也是不易，当年十月怀胎，产下双生，一个出来就没了，只剩他一个，体格又从胎里便带出不好，自小多病。夫人原本自也是拿他当心头肉的，只是我听说，这孩子打小就和旁人家的儿子不同，自己不肯和夫人亲近。夫人后来生了你二表哥，二表哥和她亲，做娘的，自然也就更疼小的了……"

她说着这些自己也不知道哪里听来的裴家旧事，发觉女儿心不在焉，似乎怀着心事，便停了下来，问她所想。

今晚裴右安那侧目一顾，令嘉芙感到忐忑不安。

她疑心他或许知道了什么，但又觉得不大可能。自己的这个计划，可谓天衣无缝，她不信他能瞧出什么端倪。

他那一瞥，或许纯属无意。自己心虚，故而疑神疑鬼罢了。

回来的路上，方才嘉芙一直不断这样安慰自己，但心里的那种忐忑之感，始终无法消除。听到母亲问话，她才回过神，抬起眼，见她端详着自己，便努力做出笑颜，道："没想什么。只是有些累了。"

孟太太心疼地搂住女儿："你先靠在娘身上，眯一眯眼。今日大寿做完，你便没事了。娘估摸着，等全哥儿病好了，那边应该也就要说亲了。既是说亲，你一个姑娘家，也不方便再出入那边了，过两天娘自己过去探病，你不必同行，留在家里好生歇息。"

嘉芙不吭声，靠在母亲怀里，闭上了眼睛。

隔了两日，出于该有的礼节，孟太太果然自己过府，去探望全哥儿。

裴右安于医道确实有独到之处。这回照了他的医嘱处置，才两日，全哥儿的病情便大好。这原本是件好事，孟太太却得了一肚子的气，因刚过去，就从一个和她交好的管事嬷嬷那里听到了点风声，说前日宋夫人得知全哥儿又发病了，一早火急火燎地来看，后来和辛夫人在屋里说了些话，等人走了，这两日，慢慢就有闲话在暗地里传开，宋夫人疑心甄家小娘子和全哥儿命里犯冲，否则为何先前全哥儿都好好的，没有半点不妥，这回她一来，碰了两回，全哥儿就发了两回这怪病？

辛夫人本没想到这一层，被宋夫人给点醒了，半信半疑，今日见孟太太来了，态度又冷淡下去。孟太太草草坐了片刻便回了，到了家中，心中越想越是不快，却担心让女儿知道了难过，故在嘉芙面前，半句也不敢提。

她却哪里知道，自己回来还没片刻，嘉芙就已经从她身边的丫头那里得知了消息。

事情果然顺着自己当初的设想在发展，这两天，她原本最担心的裴右安那边，也没什么动静。

那夜他的侧目一顾，或许真的只是无意为之。只是自己心虚，想得太多，自己吓着自己而已。

嘉芙绷了两天的神经，终于放松下来，但看母亲分明生着闷气又怕让自己知道的样子，心里难免愧疚，正想怎么安慰她，一个婆子进来禀话，说国公府老夫人身边那个叫玉珠的丫头来了。

孟太太知玉珠必定是受老夫人差遣而来，忙叫人领入。没片刻，她见玉珠穿一袭水蓝衣裳，带着两个小丫头，提了食盒，笑眯眯地进来，便亲自迎了几步。

玉珠忙道："太太您坐着就是了，我不过一个伺候人的下人，怎敢劳动太太亲自出来接我？"

孟太太牵着她的手，道："接你几步又能如何，我腿断了不成？我看你站出来，哪一点比不上正经的小姐，就是命不济，比不上罢了。"

玉珠笑道："我一个伺候人的命，得了太太这样的夸，也算没白活了。"

两人说说笑笑，到了暖屋里坐下。玉珠命小丫头将提来的食盒呈上，笑道："太太，我们老夫人说，你们家小娘子很好。这里头是她平常吃的几样吃食，今日特意叫厨房多做了一份出来，命我送来给小娘子。就是不知道口味咸淡。叫小娘子吃了告诉她，下回照小娘子的口味做。"

小丫头将食盒打开，里面是一碟燕窝香蕈鸡丝、一碟酥油豆麦、一碟桂花萝卜糕，还有一盏羊乳奶皮酥。

孟太太又惊又喜。

东西倒在其次。她岂会看不出来，这当口，老夫人忽然特意叫人送这些吃食过来，还夸赞自家女儿，言下之意，无非表明她的态度。

就在数日之前，自己刚到京城，带着女儿过府去拜望老夫人，她也没见面，态度淡淡的，没想到才这么几天，忽然就表示出对自己女儿的喜爱之意。孟太太虽想破脑袋也想不出来，就这么几天里，自家女儿到底哪一点入了她的眼，但终究是件好事。

孟太太心里宛如涌过一阵暖流，早上在辛夫人那里受来的气，也一下消去了不少，忙唤来嘉芙，指着那几样菜品，笑容满面地转述了老夫人的话。

嘉芙脸上带笑，心里却在叫苦。

她万万没想到，老夫人忽然来这么一下。

老夫人自是好意，嘉芙心里明白，但这恰恰是她现在最不想要的。

"哪天方便，我带阿芙过去，给她老人家道谢。"孟太太笑道。

"太太不必客气，等我回去转个话就好了。"

"那就有劳你了。"

两人又拉了一会儿家常。玉珠笑道："我听说小娘子不但精于女红，还是描画的好手。我有一个图样，自己总画不好，想向小娘子请教。"说着她朝嘉芙使了个眼色。

嘉芙何等聪明，立刻知她应是有话想私下和自己说，心中不解，却也起身说带她去自己屋里教。孟太太自然说好。

嘉芙便带着玉珠到了自己的闺房，进去后，屏退丫头，请玉珠坐下，自己要去拿图样，果然被她阻拦，称赞了几句屋里摆设雅致，便靠过来压低声道："小娘子，实不相瞒，我这趟过来，另外还有一事。方才临出门前，大爷忽然叫我过去，让我私下和你说一声，往后再不要熏你如今用的香了，对人不好。"

嘉芙心房突然打了个鼓点，人也激灵了一下，装作若无其事的样子，看向玉珠："这是何意？大爷可有跟你详说？"

玉珠自己也是一头雾水。

她方才暗中闻了下甄小娘子的体香，幽幽入鼻，沁人心脾，似是辛夫人房里惯用的龙涎。

女子所用的熏衣之香，虽可闻，但看不到，摸不着，且容易叫人浮想联翩，故亦算是闺房隐私之一。这甄家小娘子虽从了二房称呼大爷为大表哥，但毕竟关系不熟，何况就要和二爷议亲了，大爷刚回来没几天，却忽然管起了甄小娘子的熏香之事，未免叫人诧异。

但大爷如此吩咐了，玉珠自然照办，传话后，听嘉芙问，摇头道："我也是不解。大爷只这么吩咐我，叫我转告你，让你务必照做。"

刚刚消失没片刻的那种不安之感，再次从嘉芙的心底油然而起。

原来根本不是自己多心。

现在她完全可以确定了，那天晚上，裴右安确实当场便洞察到了自己身上的熏香和全哥儿犯病的内在联系。

或许是那晚自己叫他，他停留的那一刻，让他闻到了自己身上的熏香。

但他又如何得知全哥儿的病和自己所用的熏香有关？

除此，他到底知道多少关于自己的秘密？

他这样通过玉珠来传话，是出于善意的提醒，还是不满的警告？

这些，都还是其次。

最让嘉芙担心的，还是他会不会说出全哥儿犯病的真实原因？

从玉珠此刻的口气可以判断，他还没对别人提及，但保不齐他接下来不会说。

假设万一，他说出全哥儿生病的真实原因是冻龙脑，那么自己这些时日以来所有的苦心谋划，都将毁于一旦。

她的这个计划，原本可以说是步步为营，一切都在她的掌握之中。

却没有想到，眼看就要收尾，却突然生出了这样一个致命的变数。

天气寒冷，嘉芙的里衫却被冷汗紧紧地贴在了后背之上。

她勉强定住心神，微笑道："多谢姐姐传话，我有数了，既然不好，那就不用了。"

玉珠笑了，点了点头："大爷也是奇怪，有点没头没脑。但他通医，既这么说了，想必有他的道理，小娘子不见怪就好。我也没别的事，传了话，也该回去了，准备收拾东西，明日一早，大爷要送老夫人去慈恩寺拜佛还愿呢。"

嘉芙心乱如麻，随口称了句善，便送玉珠出来。

孟太太和玉珠站在客堂前相互话别，恰甄耀庭从外头晃荡进来，看见母亲和一个穿着水蓝裙衫的美貌姑娘在说话，一边拿眼睛看，一边朝孟太太叫了声"娘"。

玉珠从前没和甄耀庭打过照面，听这一声，知他是甄家那个儿子，见他生得也是一表人才，立在那里，两只眼睛盯着自己，便朝他福了一福，叫了声"爷"，随即转向孟太太，笑道："太太留步，那我走了。"

孟太太笑着叫她走好，命婆子送她出去，等她身影消失，见儿子还扭头望着，骂道："一早你又去了哪里？这会儿才回来！这里不比泉州，可以让你横着走路，你要是给我惹出是非，你自己也知道！"

甄耀庭满口应承，说自己早上只是去城隍庙逛了一圈，给妹妹买了些玩的，随即嘻嘻一笑，凑过来问："娘，刚才那小娘子是哪家的姑娘？"

孟太太因玉珠刚走了这一趟，心情好了些，见儿子嬉皮笑脸的，揪住他的耳朵，骂了一句："那是裴老夫人跟前的大丫头，你敢打主意，我立马就把你送回泉州！"

甄耀庭哎了一声，慌忙脱开孟太太的手，捂住耳朵，一边往里去，一边道："我不看行了吧？我去找妹妹！"

这一夜，嘉芙彻底失眠了。

次日一早，她起身梳洗完毕，便去了孟太太的屋里，母女没说上几句话，外头传来一阵踢踏踢踏的脚步声，下人的声音传了进来："夫人！国公府那边来了人，说请您过去，有事呢！"

嘉芙心头一阵狂跳，勉强定住心神，跟着孟太太走了出来。

来的是辛夫人身边那个和孟太太关系不错的婆子，说话间，嘉芙渐渐听明白了。

原来是辛夫人请孟太太过去，说要商议婚事了。

听这婆子的口吻，全哥儿的事儿，应该还没有被捅出来。

嘉芙那颗狂跳的心脏，终于渐渐定了下来。

孟太太忙去换了衣裳，命甄耀庭在家老实待着不许出去，让嘉芙帮自己看着他，随即带了几个下人，上了马车，往国公府去。

嘉芙目送母亲的身影消失，回来坐那里，一动不动，出神片刻，忽然站了起来，对甄耀庭道："哥哥，反正无事，你陪我去个地方。"

甄耀庭是那种在家一刻也待不牢的主，没心没肺的，正在想着怎么说通妹妹让自己出去不要告状，忽听她主动开口要出门，正中下怀，问了地方，得知是慈恩寺，哈哈笑道："我知道了，你是想拜佛求神，保佑婚事顺利？成，哥哥我这就送你去，保管让你称心，嫁个如意郎君！"

慈恩寺位于城北安定门外，乃千年古刹，本朝立国之初加以敕建，更名报国慈恩寺。寺里除寻常寺院共有的大雄宝殿、大法堂及诸多殿堂之外，西南有一藏经殿，取轮回圆满之意，命名"轮转藏"，即一木制经阁，巧设机关，可以人力推动旋转，内藏浩瀚经卷，若有人轮转一周，则意味着将这内里佛藏全部读过一遍。

因为这轮转经阁的存在，历朝历代，慈恩寺的山墙之上，留下了无数文人骚客的题词墨宝，更有僧人不远万里来此修行。但据说，数百年来，无数僧人潜心修读，终其一生，也没听说谁能将这轮转藏周转完整。

嘉芙赶到慈恩寺的时候，正是中午，寺里香客寥寥，但刚才抵达山脚，看到国公府的马车确实停在那里，知自己想见的人此刻确实就在寺里，于是入了山门，径直到大雄宝殿拈香拜佛，布施香油，完毕出来，向一知客僧打听国公府香客的去处。

二十多年前，天禧元后感染时疫，因当时疫病汹汹，为免在后宫扩散，被送到了慈恩寺里隔绝静养。元后病体缠绵了一载有余，始终不见起色，每况愈下，最后不幸薨逝于后寺，因当时裴老夫人时常出入山门，故寺中僧人十分熟悉。

这知客僧本不欲理会，但见嘉芙随喜大方，便道了一句："老国公夫人往后禅房歇息去了，女施主不可靠近。"

"国公老夫人也在寺里？"

甄耀庭脑海里立刻浮现出昨日看到的那个漂亮丫头，心里不禁发喜，撺掇着嘉芙："你快去，叫人给你通报一声。碰巧在这里遇到，不去拜一拜，未免失礼。"

嘉芙知道老夫人有午睡的习惯，怎会听哥哥的，何况她赶来这里，想要见的人，也根本不是裴老夫人。

她站在那里，想了片刻，转头对甄耀庭道："那我过去看看了，哥哥你就在前殿这边候着，不要乱跑。"

甄耀庭答应了，又笑嘻嘻地加了一句："若是见着了，千万别忘记提一句我，好叫我也去拜一拜她老人家！"

嘉芙胡乱点头，带着檀香，穿过大殿，朝着西南而去。

裴老夫人烧香完毕，略用了些斋饭，毕竟上了年纪，显出困顿，裴右安便送她到禅房小歇。

裴元后当年薨后，天禧帝将她在此处养病居住过的这个禅院封起，只允许元后之母裴老夫人出入，以作悼亡之用。中间虽已过去二十多年，如今这位以辅政顺安王之身顺利登基的皇帝对裴家也是不喜，但对于先帝兼长兄的敕令，也不至于公然悖逆，故这所方位幽静的四合禅院，如今依旧独为国公府所用，平日大门紧锁，若老夫人要来，寺里提早得信，则开锁打扫，预备迎接。

裴右安知祖母对自己那位于二十多年前不幸早薨的姑姑时有怀念，此刻见她立在槛内，便也停下脚步，环顾四周。

昨日虽提早送来了消息，此处已经打扫整理过了，但时令毕竟入了初冬，禅院里黄叶萧萧，薜荔残萎，恐她触景生情，伸手扶道："祖母进去吧，风大。"

裴老夫人入内，玉珠和同行的两个丫头待要服侍，见大爷已上前，亲手为老夫人除了外衣，又蹲了下去，为她脱去脚上的鞋，并拢整齐摆放在地。

丫头看得有些吃惊，玉珠见状，朝她两人使了个眼色，带着一起退了出去。

裴老夫人坐在床沿边，低头看着孙儿。

裴右安将老夫人的着袜双脚拢入手掌，慢慢按摩，片刻后，触感微暖，方扶她慢慢躺下，将双脚抬起，送到被下，道："祖母歇息吧。"

裴老夫人闭上眼睛，裴右安坐于旁，静静伴她，待她入睡了，将被角轻轻掖了掖，随即起身，迈步走了出去。

这时分，自然听不到晨钟暮鼓，只在经过几道低矮山墙之时，对墙隐隐传来伴着木鱼的几声诵梵，愈显四周宁静。

脚下这条甬道铺着白色卵石，年久日深，渐渐被踩踏成了灰暗的颜色，缝隙里苔藓丛生。甬道两旁，生有银杏，尽头是株千年古树，树干笔直冲天，枝条在殿宇上空虬张铺开，遮挡了半面的歇山殿顶，一阵风过，银杏叶簌簌从天下落，斜斜铺了半片殿顶，地上也积了厚厚一层落叶，仿佛下过一场金色的雨。

嘉芙来到藏经殿前之时，见一个男子，正立于轮转阁前那口幽静的藻井之下。

藻井四面横梁，彩绘有天龙八部诸神与如来华藏界会的场景，佛陀低眉，金刚怒目。

正午的阳光，穿过藻井上空的银杏树顶，投下一道明亮的四方形金色光影。他就立在这金光和昏暗交错的边缘，身影斑驳，半明半暗。

一片落叶，从他头顶的藻井里飘下，在空中打着旋，慢慢掉在了他的脚边。

他始终低头，翻着手中那卷经卷，全神贯注，身影凝然。

嘉芙立在槛外，注视着前方那个男子的背影。

刚才她猜测，他或许会来这里，于是过来，想先碰碰运气。

运气看起来很不错，他确实就在轮转藏里。

但此刻，真的让她找到他，她却忽然又感到忐忑。几次张口想叫他，又闭上了嘴。就在她犹豫之时，那男子似乎觉察到来自身后的异样，忽然侧过脸，两道视线随之转来。

嘉芙心微微一跳，脸上立刻露出微笑，唤了声"大表哥"，声音柔婉，十分好听。

看到她在那里，裴右安似乎也没过于惊讶，依旧站在原地。

"你怎来了这里？"他只问了一句。

嘉芙抬眸，对上他投来的两道视线。

"不敢相瞒，我今早来此，就是为了找大表哥。我有一事，想向大表哥请教。"

她的声音很轻，仿佛胆气不足。

裴右安目光在她脸上顿了顿，合上经卷，插回藏经架上，随即转身，朝她走了过来。

他停了下来。两人一个槛外，一个槛内，中间七八步的距离。

"何事？"他问。

"昨日玉珠来我家，临走前，忽然悄悄转给我一句话，说大表哥你特意叮嘱她，让她吩咐我一声，以后不许再用现在的熏香。我听她的意思，似乎我用的香于人有害。我再问，她也说不出个所以然，说只是照了大表哥你的话传给我的……"

嘉芙咬了咬唇。

"大表哥你的吩咐，自然是没错的，我也会照做。只是实在不解，且又牵到一个害人之名，我心中不安，昨夜一夜无眠，今早也是无心做事。想到玉珠说大表哥你今日会送老夫人来慈恩寺，索性就过来了，冒昧找到这里，打扰了大表哥，我……"

裴右安摆了摆手，制止她没说完的话。

"你可知，你于我祖母大寿之日，熏的是何香？"他问，两道目光落在她的脸上。

"龙涎。"嘉芙立刻应他，眼睛都没眨一下。

他未作声，审视般看着她。

嘉芙一脸茫然："大表哥你这么看我做什么？"

"你所用龙涎，来自何处？"

"家中库房。"

"你可知道冻龙脑？"他顿了顿，忽然问。

嘉芙点头。

"以前父亲在世时，我记得偶听他提过，说是南天竺的一种香料，与龙涎性状相似，但不及龙涎好。"

嘉芙眨了下眼睛，望着他："怎的了？"

"我可以确定地告诉你，你用的所谓龙涎，实则冻龙脑。全哥儿的病，就是你所熏的冻龙脑所致。冻龙脑不仅是香料，在西域之地，亦可入药，但极少数人不耐此香，触及少量，便发不适之症，如误服，甚至危及性命。全哥儿便是如此。这就是他与你两次接触，两次发病的原因。"

嘉芙心里咯噔一跳。

她只知道全哥儿熏了冻龙脑会发病，过个几天，慢慢也就好了，却不知道冻龙脑原来还是药材，能危及人命。

这实在有些意外。

但到现在，她早就没了退路。她必须说服他相信自己，甚至引他帮助自己，至少，不能坏了她的事。

她露出了焦惶之色，不住摇头："我实在是不知！我家中的库房，香料分门别类归置，我一向用的都是龙涎，这回因要上京，临走前发现原本那盒子香饼快用完，便叫人去取新的来，当时匆匆忙忙，许是库房下人弄错了，我实在不知！"

她忽地睁大眼睛："莫非……大表哥你以为是我有意要害全哥儿？"

她望着仿佛不置可否的裴右安，声音渐渐带出了含着委屈的哭腔。

"我小时候是来过几次国公府，但那时全哥儿还没出世，后来这几年，我又一直在泉州为我父亲守孝，就算我知道冻龙脑不好，又怎知全哥儿不能碰触？"

她低下头，不再说话，贝齿紧紧咬唇，咬得可怜的唇瓣都变成了惨白的颜色，仿似极力忍着就要夺眶而出的眼泪，一滴晶莹的眼泪，却终究还是夺眶而出，啪地落到了她脚前的地上。

她侧过脸，抬手胡乱擦了下眼角。

方才她说话时，裴右安一直注视着她，神色冷淡，似乎在考量她话里的真实程度。随后渐渐偏开了目光，不去看她泫然欲泣的模样，只道："我料你应当也是无心之过。别哭了。"

他声音平平，但听起来应该是信了，在安慰她。

嘉芙说哭就哭，倒也不难，想到离去的父亲，想到前世的最后一刻，眼睛就会发酸。

她原本只是为了哭给他看的，但听他安慰自己了，不知怎的，情绪一时就失控了，心里只觉无比委屈，默默低头，眼泪不住地啪嗒啪嗒往下掉。

裴右安那张原本一直没什么表情的脸，开始露出不安之色，他不住地看她，捏了捏手掌，又松开，犹豫片刻，终于走了过来，停在门槛前，微微低头看着她，低声道："莫哭了。我信你的，否则也不会只叫玉珠代我传话提醒你。"

"你想想看。"说完,他又补了一句。

他微微俯身,靠得有些近,嘉芙仿佛能感觉到来自他身体的温度,如同藻井里那片金色冬日阳光的微暖温度。

她背过身,低头擦去脸上的泪痕,等情绪稳住,才转过身,低声道:"多谢大表哥肯信我。"

裴右安已后退几步,神色也恢复了先前的平静,目光扫了眼她还带着泪痕的脸,沉吟了下,道:"我这两日,也听到了关于此事的传言,道你和全哥儿命里犯冲,恐怕于议婚不利。我可以助你解释全哥儿致病的缘由,你若不愿让人知道是因你误用香料所致,我也可以不提及你。打消我母亲的顾虑,你与我二弟便可顺利议婚。"

嘉芙一愣,立刻摇头。

裴右安一怔:"怎的了?你竟不愿澄清误会?"

嘉芙暗暗捏紧拳头,道:"大表哥,你家肯接纳我这样出身的人进门,本是我的福气,只是不瞒你说,这趟进京议婚,并非出于我的本心。因家中祖母有命,我实在难违,这才无奈听从安排。原本想着就这样定了终身,过完这一辈子,也就完了,却没想到,阴错阳差,这两日因了全哥儿的病,惹来宋夫人和夫人对我不满,议婚许也是要搁置了……"

她顿了顿,抬眼,迎上他的目光。

"我可否斗胆,恳请大表哥高抬贵手,就当不知道有这事?"

裴右安望了她半晌,微微皱眉:"你当真这么想?宁可背负克名,也不愿嫁入国公府?"

"是。"嘉芙点头。

"国公府门庭高贵,本就非我能够高攀。全哥儿此次既因我误用熏香致病,以致惹来宋夫人和夫人对我不满,在我看来,犹如天命,我不能违背,求大表哥也成全我。最后嫁或不嫁,都是命定,我认就是。"

裴右安望着她,心里忽然觉得哪里仿佛不对,却又无法捕捉,压下心里涌出的那种怪异之感,他终于点了点头:"你既这么开口了,我自然无不可。只是——"

他的语气蓦然转为严厉。

"你先前不知,故我不怪你。既已经知道冻龙脑于全哥儿有害,哪怕你再视国公府为洪水猛兽,只要有全哥儿在的场合,我便不允你再用这香去祸害他。"

嘉芙悄悄抬眼,见他盯着自己,眉头微皱,神色严厉,不敢不应,垂眸低低地道:"不用大表哥说,我自己也是知道的。"

裴右安不再说话,只看了她一眼,随即撩起衣摆,迈步跨出殿槛,从她身边走了过去。

嘉芙立了片刻,转头,见他身影越去越远,渐渐消失在那条银杏道的尽头。

这几日来,令嘉芙寝食不安的隐患,终于消除了。

看起来,裴右安已经相信她的话,并且也答应不再插手这件事了。

嘉芙长长吁出一口气。料他不会主动在老夫人面前提及自己来过慈恩寺,又想到今早母亲去了那边,到了这会儿应该差不多回了,急于想知道结果,便转身匆匆往前殿抬路而去。

甄耀庭正在那里晃荡着,左顾右盼,忽见嘉芙带着檀香回来,眼睛一亮,迎了上去:"怎样,可见着老夫人了?"

嘉芙摇头:"老夫人睡了,不便打扰,我也没见着她的面。我们出来有些时候了,娘想必要回了,还是快些回去吧。"

甄耀庭大失所望,实在不想就这么走了,道:"妹妹你饿了吧,我叫和尚准备素斋去,咱们吃完了,再走也不迟……"

嘉芙人已朝外走去:"哥哥你自己吃吧,我先回了。"

甄耀庭望着妹妹朝着山门去的背影,回头看一眼身后,顿了顿脚,无奈跟了上来。

兄妹二人进城,回到家一问,孟太太果然早就回来了,此刻人在房里。嘉芙来不及换衣,忙找过去,还没到,恰好见刘嬷嬷从游廊上走来,脸色瞧着不大好,便停下了脚步。

刘嬷嬷抬眼,见兄妹回了,忙走过来。

"嬷嬷,亲事说得如何?何时定亲,何时过门?"

刘嬷嬷今早和孟太太一道过去的,故甄耀庭开口就问。

刘嬷嬷欲言又止，叹了口气。

嘉芙便猜到了，压下心底涌出的一阵激动，急忙拉她进自己的屋，盘问起来，很快就知道了经过。

原来今早，孟太太到了国公府，发现宋夫人也在，开口不是议亲，竟拿嘉芙来了后全哥儿便生病的巧合说事，言下之意，就是嘉芙命硬，恐怕日后有克子之嫌，自己女儿已经没了，只留下这么一点骨血，如何放得下心。孟太太脾气再好，再肯委曲求全，听宋夫人当着自己的面竟说出这样的话，怎么还忍得下去？就回了一句，说自己女儿的八字先前已经被裴家要去过，合得极好，何来的命硬克子之说？宋夫人便不咸不淡地说，听说先前有些人家，为了借婚事攀上高枝儿，拿假八字出来给人，这样的事也不是没有。

她说话的时候，辛夫人就在边上，却始终一言不发。

孟太太便忍气问辛夫人，她到底是什么个意思，叫她给句话。

辛夫人这才开口，一脸为难，道自己也是没主意，实在是全哥儿的病，来得没头没脑，先前一直都是好好的。她让孟太太不要着急，先回去，自己再拿嘉芙的八字好好请高人合一合，别的，等过些时候再说。

孟太太当场便起身，出了国公府。

刘嬷嬷讲完经过，愤愤不平："也太欺负人了！谁家孩子没个头疼脑热的？就他们家的金贵，居然怪到小娘子你的头上！我见夫人气得脸都白了，回来就进了房，晌午都没吃过一口饭。"

嘉芙推门而入，见母亲正坐在梳妆台前，还是早上出门前特意换上的那身衣裳，一手攥着帕子，一手撑着额头，背影一动不动。想到母亲性子一向柔弱，原本满怀希望过去，却这样回来，嘉芙心里五味杂陈。

她走过去，从后面抱住母亲的肩："娘，全是我的不好，连累您受气了。"

孟太太刚从国公府回来的时候，气得手都还是发抖的，这会儿才缓回来，见女儿来了，赶忙拭了拭眼角，方转过身，对上她那一双满含愧疚之色的眼眸，心里又一阵发堵，将嘉芙搂住，道："我受气倒无妨。我是听她们这么诋毁你，又没办法，我这个做娘的，心里实在是……"

她的眼圈又红了。

嘉芙抬手，轻轻替她擦眼睛。

"娘，我一点儿也不难过，您也别难过。我从前不知道，如今越和那边来往，便越不想嫁去他们家。亲事做不成便罢，我不在乎，本也是不想嫁的。您千万不要气坏了身子。"

孟太太只觉女儿懂事肯体谅自己，心里更是难过，道："罢了，只怪咱们时运不济，正好过来就遇到全哥儿出事，亲议不成就罢了，还凭空侼你身上泼污水。我这就叫人给你祖母传个信吧，过两天收拾收拾，咱们准备回泉州了……"

"夫人！裴家世子来了！说求见夫人。"

门外传来刘嬷嬷的声音。

孟太太一愣，和女儿对视一眼，嘀咕道："他这会儿又来做什么？"说罢她叫刘嬷嬷先将人请进来，自己到镜前，往脸上稍稍扑了些粉，遮掩方才的泪痕，见看不出异样了，出去前吩咐道："阿芙，你先回房吧。娘去瞧瞧他来做什么。"

一波未平，一波又起。

她刚解决半路杀出来的裴右安，才回个家，把母亲安抚下来，裴修祉就又来了。

嘉芙刚下去的一颗心又悬了起来，怎放心真的回自己房里等着，才不过片刻，就悄悄来到前头客堂，藏身在窗外，朝里看了一眼。

裴修祉坐在孟太太斜对面的一张椅上，正在说话。

"姨妈，我一听到这事，立马就赶了过来。我知道姨妈您今日受了气，求姨妈千万不要往心里去。全哥儿的那点事，怎会和芙妹有关？我母亲本也没这样的想法，您也知道的，她对芙妹极是喜爱，一心盼着她能早日过门的，全是宋家那婆子从中作梗。她是巴不得我再不要娶妻，这才从中作梗，姨妈您若是就此冷了心，岂不是中了她的下怀？"

孟太太因今日之事，连带着对裴修祉也有些不满了，勉强道："世子，不是我这边冷了心，实是你那边事情不断。嫁娶之事，讲究的是门当户对，两相情愿。我们两家议婚，原本就门不当户不对，是我甄家高攀的，我心里门清，大家客气还好，如今连那样的话都说出来了，这亲还怎么做下去？我们甄家虽门户低微，但我就这么一个女儿,从小也当眼珠子似的宝贝着。你在我这里再说什么,也是没用。"

裴修祉自那日见过嘉芙,便日思夜想,心中爱极,眼见宋家那边作梗,自己母亲听信,孟太太这边看着也萌生退意,心中焦急,竟从椅子上起来,几步到了孟太太跟前,单膝跪在地上,道:"姨妈!求您看在我的面上,再等等!我对芙妹一片真心,日月可鉴!只要我娶了她,我必定会待她好一辈子的!姨妈您体谅我,容我几天,等我回去和我母亲好好说,我母亲定会听我的,若您就这么冷了心走了,叫我怎么办?"

孟太太没想裴修祉竟向自己下跪恳求,吓了一跳,慌忙扶他起来。裴修祉却不肯起身,依旧跪在那里,只道:"姨妈您若不可怜我,我便不起。"

嘉芙紧张万分,双手紧紧捏成了拳,见母亲似乎左右为难,看起来竟有些被他给说动的样子,恨不得自己冲进去当场给拒了。她正着急时,只听一声大吼:"欺人太甚了!当我甄家人都死光了吗?"

话音未落,咣当一声,门被人一脚踹开。

嘉芙望去,见哥哥甄耀庭闯了进来,噔噔噔地冲到裴修祉面前,怒道:"我妹妹不嫁了!实在没人要,我养她一辈子,也不要她去你们家受这样的气!你快走!"

孟太太见儿子竟这么冲进来,两眼瞪得滚圆,额头青筋直跳,慌忙叱骂:"你来做什么?出去!这里没你的事!"

裴修祉心里有些恼他无礼,只是为了嘉芙,勉强忍住了,从地上起来,维持着平日风度,微笑道:"是二弟啊。二弟消消气,确实是我那边不好,我过来,原本就是特意为了向姨妈赔不是的。"

甄家是泉州数一数二的大富,与州府关系经营得也好,甄耀庭出去就是大爷,无人不奉承,一向混惯了的,得知母亲去国公府议亲的经过,怒火中烧,怎还忍得住,径直就闯了进来。裴修祉虽一脸笑,甄耀庭却并不买账,拧眉竖目地道:"我妹妹好好一个姑娘家,被你们这么污蔑,泼了一身脏水,你倒是给她一个交代?"

裴修祉脸色渐渐变得难看了,不再说话。孟太太高声叫张大带人进来,把发浑的儿子强行给拖了出去,一阵乱哄哄后,才安静下来。孟太太按捺住心中纷乱,转向裴修祉道:"我今日心里实是有些乱,你的意思我知道了,莫若你先回可好?且容我再想想。"

裴修祉见这架势，知自己再留也没用了，心里有些没意思，临走前，又向孟太太保证，说自己会说通母亲的，被送出甄家大门，一路眉头紧锁地回了国公府，进了门，得知祖母从慈恩寺回来了，沉吟片刻，便往北屋去。

裴右安送祖母回来，安置妥后，回了自己这趟回来暂时落脚的旧居，没片刻，一个丫头过来，说老夫人请他过去，裴右安又去了，见裴修祉也在里头，冲自己叫了声大哥，点了点头，唤了声"二弟"，随即转向老夫人："祖母叫我，可是有事？"

裴老夫人道："你侄儿这两回的病，来得是有些没头没脑的，好在没大碍，今天已经活蹦乱跳了。宋家那边却怪在了甄家女孩儿的头上，说什么命里犯冲，她来了，全哥儿便没得好。你娘糊涂，也是信了，闹得很没意思。我虽不会看相，但看那女孩儿，容颜光丰，落落大方，不像是会克人的。宋家那边胡说八道，应是想借机发难，好拆了她和你二弟的姻缘。你既替全哥儿看过病，可知病症到底是因何而起？如何根治才好？"

裴右安对上裴修祉投向自己的两道热切目光，迟疑了下。

他从小以才名得到姑父天禧帝的青眼，憾先天体弱，故开始习医，曾偶得一西域医经，经里详载不少古方，包括各种药材的功效、禁忌，内中有一味，便是被归为香料的冻龙脑。当时他颇感兴趣，特意找来冻龙脑加以验证，所以不但对它的色香味了然于胸，也知此药性状，极少数人并不适用，接触会出现眼口肿胀、通体出疹等症，若误服，轻者心悸晕厥，严重甚至窒息死亡。

上天有所夺，便有所赐。他虽出世便先天不足，以至于父亲卫国公舍了"修"字排辈，为他单独起名"右安"，取"佑安"之意，但他不但天资过人，博识强记，且嗅觉亦极其灵敏。裴老夫人大寿的那个晚上，他连夜赶回，进屋后，经过甄家那个表妹身前，听到她唤自己，于停步之际，便闻到她身上散出的冻龙脑的熏香气味，只是当时不以为意，待全哥儿发病之时，见到他的病状，再闻到他衣物上的残留香气，隐约便猜到了原因。

当时他之所以没有直接说明，是因为经过这个甄家表妹身前，被她那一声突如其来的"大表哥"给唤停了脚步，转头和她短暂对视的一刻，她令他印象深刻。

一开始他确实没认出她是谁，等见她面庞泛红，显是因了自己的冷淡感到尴尬时，才想起来，眼前的少女，便是多年前那个曾数次来国公府走动的二房叔母孟夫人的外甥女。

那时他已是少年，紫芝风流，名动京华。而她给他的全部印象，还是个没有褪尽婴儿肥的小萝卜丁。皮肤奶白奶白，眼睛又圆又大，两只瞳仁像养在水里的冰晶葡萄，水汪汪的，剪着整齐的刘海，乌黑头发分垂在小肩膀上，看见他就怯怯地躲，如此而已。却不料多年过去，这次见，她已长成亭亭少女。

令他印象深刻的，不是她仰着望他的那张漂亮脸蛋，而是她的一双眼睛。

当时她睁大眼睛，一眨不眨地望着他，眸子里流露出满是感激和信赖的欢喜之色。

这种感觉……就如同他和她从前曾有过旧交，而今不过是久别重逢而已。

她的反常令他感到有些不适，但也不算如何反感。猜想全哥儿的病情和她身上熏香有关后，出于谨慎，他没有当场道明，而是隐了下来。

显然，这会儿祖母忽然叫他来，问起全哥儿的病症，应该是裴修祉方才求她出面做主了。

想到慈恩寺里的一幕，他沉吟了下，终于还是道："全哥儿的病因，我还不得而知。"

裴修祉露出失望之色，裴老夫人微微蹙眉。

忽然，院中传来一阵杂乱的脚步声，又隐隐起了争执声，似是有人强要进来，却被婆子给阻拦住了。

玉珠在老夫人房门外，听到外头传来嘈杂声，急忙出去："怎么回事？吵吵嚷嚷，老夫人屋里说着话呢！"

一个婆子跑来："姑娘，甄家那个公子来了，嚷着要见老夫人，凶巴巴的，你快去瞧瞧。"

玉珠一怔，急忙到了院门口，果然，见甄耀庭被几个婆子挡在那里，一脸怒色，便上去道："甄公子，你这是做什么呢？"

甄耀庭抬眼，认出是那日见过的那个大丫头，高声道："我妹妹遭了不白之冤，我要见老夫人！"

玉珠也听说了些今早孟太太过来后的事，因从前就与孟太太关系好，心里也是暗

暗有些难过，原本恼他举动鲁莽，但听他这语气，似乎过来是要替妹妹出头的，倒也情有可原，便道："你莫吵嚷。我先去替你传个话。"说完她匆匆入内，片刻后出来，道，"随我来吧。"

甄耀庭立刻跟着玉珠进去。到了门前，玉珠看了他一眼，放低声道："等见到老夫人，你有话好好说，老夫人不是不讲理的，别一味鲁莽，冲撞了她。"叮嘱完，她才上前道，"老夫人，甄家公子到了。"

甄耀庭入内，见裴老夫人坐着，边上是裴修祉和裴家的那个长公子。

方才在家里，他虽被孟太太给赶了出来，心里的一口气却实在咽不下去，越想越是不平，脑子一热，自己就来了。裴家门房不知他来的目的，因是熟人亲戚，自然放入，他便径直闯来这里，又被婆子给拦了。他原本怒火冲天，但真到了裴老夫人跟前，终究还是不敢造次，先是跪了下去，规规矩矩地磕了个头，听到老夫人叫他起身，问他何事，方爬起来道："回老夫人的话，我娘今日过府，如何被对待，想必都知道的，我也不说了。我妹妹的亲事成不成还在其次，只是她原本好好一个人，才来这里没几天，稀里糊涂就这样遭了不白之冤，我实在是气不过！话既说到这地步，我也不怕得罪人了！你家不是说我妹妹八字不好，克了全哥儿吗？敢不敢把你家哥儿再抱到我妹妹跟前一次？这回我就睁大眼睛盯着，要是他再和头两回一样，不用你们家开口，我们甄家人今晚自己就麻溜地滚回泉州，往后再没脸进国公府门里半步！要是哥儿没事，我们也不敢想别的，你们收回那些话，再不许说我妹妹一个字不好！"

屋子里鸦雀无声，只剩甄耀庭站那里，呼哧呼哧地不住喘气。

"耀庭！我看你是疯了不成，竟跑来老夫人这里撒野！你这说的都是什么浑话？"

伴随着一阵急促的脚步声，门帘被人掀开，甄耀庭转头，见自己母亲和辛夫人一道进来了。

辛夫人脸色阴沉，孟太太的脸色也很难看，上来就狠狠打了一下儿子的头，随即扯着他，让他和自己一道，朝着裴老夫人跪下去，道："老夫人恕罪。实在是我没把儿子教好，他竟瞒着我，自己就这么跑了过来，满口胡言乱语！"一边说着，她一边强行按下甄耀庭的脖颈，要他磕头认错。

甄耀庭脸涨得通红，梗着脖颈道："我哪里说错了？我就是见不得妹妹被人冤枉！"

"你给我住口!"

孟太太气得眼泪都要出来了。

"罢了!"

裴老夫人道:"也没什么,这孩子也是出于爱护妹妹的心思,急了点,起来吧。"

孟太太这才松开儿子的脖颈,急忙向老夫人道谢。甄耀庭却又不起来了,自己朝老夫人磕头,又道:"求老夫人做主!让我妹妹再和全哥儿处一回试试!是好是歹,我都认了!"

辛夫人终于忍不住了,不快地道:"你这孩子,说的这是什么话?好好的怎又咒起我全哥儿?"

"都住口吧!"

裴老夫人出声制止,沉吟了片刻,缓缓道:"甄家孩子这话听着荒唐,仔细想想,也未必没有道理。就照他的话,让两人都过来吧,在我跟前再处一回,到底如何,也就清楚了!"

她这话一出,众人无不吃惊,独甄耀庭喜出望外,不停朝老夫人磕头道谢。

辛夫人急忙道:"娘,这不妥!万一全哥儿又发了病,岂不吃苦?"

老夫人道:"全哥儿是我曾孙,我自然疼的。他是要紧,但若因此冤枉了甄家女孩儿,叫她凭空背负这不好的名声,我也于心不忍。就这样吧,去把全哥儿带来!"

屋里再次安静下来。

孟太太心口乱跳,忽而欢喜,觉得女儿的冤屈能够得到昭雪了,忽而又紧张无比,手心里不住地往外冒汗。片刻后,她勉强定住心神,对儿子颤声道:"老夫人的话,你听到了?快去把你妹妹接来!"

甄耀庭哎了一声,从地上一蹦而起,转身就跑了出去。

不到两刻钟,在外头的玉珠进来,轻声道:"老夫人,甄小娘子来了。"

裴老夫人点了点头,命屋里闲杂人等都出去。裴修祉要留,也被请了出去,独叫裴右安留下,想是以防万一。

嘉芙站在门外,依然有些不在状态。她做梦也没想到,事情一波三折,此刻竟然变成了这样。见里头的人纷纷出来,只低着头,等玉珠叫了,慢慢地走进去,抬眼见辛夫人坐在那里，将全哥儿紧紧地搂坐在自己的膝上，用戒备厌恶的目光盯着她。

裴右安站在窗边，目光扫了她一眼，随即转身，双手负后，眺向窗外。

"你坐吧。不必害怕。"裴老夫人朝她微微一笑。

嘉芙低声向她道谢，坐在了一张凳子上。

这个午后，终于还是熬了过去。

对于孟太太来说，这一辈子，再也不会有哪一天，会像今天这个午后这样漫长。

天渐渐黑了，国公府里开始掌灯，玉珠走了过来，笑容满面，凑到她的耳畔，低声道："太太，全哥儿没半点不好！这会儿已经睡了过去！老夫人说，干脆让小娘子今晚再留下，在她屋里睡一夜，等明日，你再来接她回去吧。"

孟太太的眼泪唰地流了出来，紧紧抓着玉珠的手，不住地道谢，被玉珠送到了国公府的大门外，回了家，一夜无眠。第二天清早，她又早早地来，见女儿已经起身，站在抱厦口，正等着自己。

初升的朝阳照在她的身上，她俏生生立着，娇嫩得像是春日新发的一枝嫩柳。

孟太太接了嘉芙离开，行到国公府二门口时，辛夫人身边的一个亲信婆子匆匆赶了上来，赔着笑脸道："太太，我们夫人有请，和你再商量原先那事。夫人说，宋家那边不必管了，这是咱们两家自己的事。"

孟太太脚步定了定，慢慢转头，道："劳烦妈妈代我传一句话，我家阿芙也不算大，这两天我忽然想明白了，不舍这么早就将她嫁出去，也不敢耽误世子的婚事，请夫人为世子另结良缘，我带女儿先回泉州了。"

第四章 少年

这一夜，嘉芙和孟太太同睡。她被母亲搂着，蜷在母亲温暖的怀里，如同回到小时候的时光。

这几天发生的事，峰回路转，柳暗花明。就在今早，当裴家那个婆子赶上来，请母亲回去重议婚事的时候，嘉芙还以为一切又都回到了起点，心迅速地下沉，却没有想到，下一刻，母亲竟出言拒绝了辛夫人的主动示好。

嘉芙了解自己的母亲，知书达理，温柔贤淑，熟读《女训》，父亲在世时，父亲是她的天，父亲没了后，在强势的祖母面前，她言听计从，从无半点质疑或是反抗。

并且，从嘉芙有记忆开始，她也是被母亲这么要求长大的。

她紧紧地抱着孟太太："娘，您今天拒了她，回去了，万一祖母怪罪，我便和娘一起担责。"

"傻囡囡，娘要你担什么责？你祖母真要怪罪，让她怪便是，娘不怕。我是看清了，这样的人家，门第再高，也不是你的好姻缘。让你就这样嫁进去，娘怎放得下心？"

嘉芙鼻头微微发酸，将脸贴在母亲怀里，闭着眼睛，含含糊糊地道："娘，您对我真好。"

孟太太笑了，揉了揉女儿散在枕上的那片柔软乌发，似乎依稀又闻到了她小时在自己怀中散出的那股子奶香味。

她低低地叹息了一声。

"娘这辈子，没别的了，就只盼着你和你哥哥两人好。只要你们都好好的，娘就心满意足了。"

母亲温柔却又不失力量的话语，陪伴了嘉芙整整一夜好眠。

从西山寺归来后，这么久了，这是她睡得最为安心的一个长觉。第二天她睡足了醒来，已是日上三竿，身边不见了母亲。

檀香说，太太一早起就忙着叫人收拾行装，预备这几日就要动身回泉州了。

嘉芙梳洗完，便去帮母亲做事。

这趟进京，原本计划至少要留居数月的，年也要在这里过，故来的时候，他们带足了一应器物用具，光是装衣裳的箱笼，就有十几口之多，前两天才刚刚全部归置妥当，今天就要一一收起，管事张大和刘嬷嬷领着下人，各自分内外之事，忙忙碌碌。

转眼过去了三天，辛夫人那边再没什么动静。

在辛夫人看来，自己这边主动开口再提议婚，已是极大的纡尊降贵，却没想到被孟太太给拒了。遭了这样的一记落脸，她免不了有些含羞带愤，这几天自然不再露脸了。只裴修祉自己来过一回，似乎还想努力挽回。

许是这些时日心力交瘁，加上忙碌，孟太太不慎染了风寒，好在不是很严重，裴修祉来，还是亲自接待了他，十分客气，却依旧说自家门第低微，高攀不上，泛泛叙话完毕，便将裴修祉送走了。

刘嬷嬷事后在嘉芙跟前絮叨，说裴世子走的时候，看着失魂落魄的，模样倒是有些可怜。可惜了他，若一开始没那么一个从中搅事的前头宋家丈母娘，光他本人，倒也不失是个良配。

嘉芙听了，淡淡一笑。

是啊，要不是有过梦中经历，她又怎么可能相信，那样一个对她爱极的丈夫，竟会两次将她送给别的男人。

权势之下，裴修祉不过就是一个软骨头而已。

也怨不得他，强权之下，这世上又有几人能够不跪？

裴修祉那次去了后，便没再现身了，根据后来上门的孟二夫人的说法，是他私下来甄家的事被辛夫人知道，遭了训斥，命他再不许过来。

孟夫人这两天来得确实勤快，不但给养病的孟太太带来了裴家的小道消息，热心帮着理事，指点京里哪些值得买了带回去送人的土产特产，对嘉芙也亲亲热热，先前芥蒂，一概全无。

孟太太一向与人为善，这回虽然被弄得冷了心肠，但毕竟是自己的亲姐，孟夫人主动转了态度，她自然也不好拒人于千里之外，姐妹关系，面上看起来倒又恢复了从前的融洽。

明日，甄家人便要动身离京，傍晚，二夫人又笑吟吟地坐了马车来，这回是领裴老夫人的命，带了给嘉芙的赏。

老夫人说，嘉芙这趟进京，本是为了给自己拜寿，却无端受了些虚惊，这会儿要走了，给她压压惊，路上顺风顺水，早日归家。

孟太太对老夫人，是真的发自内心地感激，今日感到人爽利了些，就想着应当亲自带着一双儿女过去给她老人家磕头拜别。只是因了前些天的那事，她就这么过去，恐怕尴尬，方才正在心里揣摩着这个事，正准备叫人先送个帖，探探口风，却没想到老夫人先送来赏，心里又是感激，又有几分内疚，便道："姐姐回去了，帮我问一声，能不能叫我领儿女过去给她老人家磕个头？"

孟夫人笑道："老夫人就知道，故特意叫我告诉你，她心领了，叫你们不必多事又特意去磕什么头。明日要走，晚上事情必定不少，收拾好早些歇息，养好精神要紧。何况老夫人自己也有事呢。"

孟太太便问何事。

孟夫人道："明日是端惠元后忌日，年年到了这日，老夫人都要在慈恩寺里给她做一场法事。前几日不是刚亲自去了一趟吗，就是叮嘱和尚们做足预备，免得到时不周。大房那位刚回来的我的大侄子，听说这些年都在西南那边，本前两日就要走的，这回也要先给他姑姑做完法事再走……"

她凑到孟太太耳边，压低声道："要说老太太偏心，偏得最厉害的还是那位没了的姑奶奶。这么多年了，年年不落。倒也是，家里出了个做过皇后的女儿，要不是命薄，压不住福，没来得及留个皇子就走了，如今这天下，谁说了算，还说不准呢！"

她的语气里，满是惋惜和遗憾。

孟夫人的言下之意，是说当年元后要是生下过皇子，以她的中宫之位和当时天禧帝对她的宠爱，儿子必定会被立为太子，太子继承皇位，一切顺顺当当，那也就没有后来少帝和顺安王当皇帝的事了，裴家更不至于败落到这个地步。

涉及朝堂之事，孟太太含含混混地应了两声，孟夫人感慨了一番，也就收了话，姐妹又说了些别的，她便也起身告辞，道明早自己若得空，便带儿子过来相送。

孟太太自然力辞，最后叫了儿女一道送走孟夫人，叮嘱她回去了代自己向老夫人道谢。

一夜无话，次日，留信靠的老仆守着宅子，甄家其余人忙忙碌碌，预备离京。

虽起得大早，昨日起，许多东西也都已经提早搬了，但等一应随身之物全部上船，也是不早了，离巳时不过只剩一刻。一行人准备要走，才发现甄耀庭不在船上。他那个小厮倒在，被孟太太一问，道："一早公子就走了，叮嘱我说，要是等发船了他还没回，就叫我和太太您说一声，等他回了再走。至于公子去了哪里，他却没和我说。"

孟太太一刻也不想再多留了，加上想赶在年底前回泉州，这才不顾身体还没好全，今天就要动身，没想到儿子人又不见了，无奈暂缓，叫人到附近寻找。找遍了可能的地方，也不见他人，原本的气恼渐渐也变成焦急，她知道兄妹关系一向亲近，便问嘉芙可知她哥哥一早会去哪里。

嘉芙方才就一直在想这个，终于想起一件事。

前日哥哥曾来找过自己，鬼鬼祟祟地将她拉到一个无人角落，吞吞吐吐半天，才说了出来，原来是想请她想个法子把老夫人跟前的玉珠给叫出来，说就要走了，有话想和她说。

嘉芙看出来了，哥哥对玉珠动了心思。

但自己这个哥哥，年十八了，玩心却还很重，常和泉州城里的一帮公子哥儿厮混在一起，读书不用说，早就不指望了，对生意也兴趣缺缺，说起来，一心倒想跟着船队出海。甄家就他一根独苗，加上有了父亲的前车之鉴，祖母和母亲如今怎肯放他上船？先前曾给他定了一门亲事，想借成家让他安下心来。原本今年初就成亲的，不想女方一病没了，把亲事给耽误掉。他也没心没肺的，整天继续晃荡，不是走马游街，就是悄悄往码头跑。

这回对玉珠动了心思，嘉芙料他必是一时兴起，过几天也就冷了，她再糊涂，也不至于帮自己哥哥做这种事，当时立刻拒绝了，还告诫他一番，记得他快快地走了，嘉芙也就没放心上。

嘉芙又想起昨天姨母过来时，曾提了一句，说今天裴老夫人会再去慈恩寺。

难道哥哥今早悄悄去了慈恩寺，想找玉珠？

嘉芙越想越觉有这可能，便道了出来。

孟太太吃了一惊，随即气道："他这是想做什么？气死我不成？不行，我要过去！"她起来就要出去，忽觉一阵头晕目眩，身子晃了一晃。

嘉芙急忙扶她坐了回去，道："娘，您先别急，只是我的猜测而已，说不定是我想错了。您身子还没好，就在这里等吧，说不定哥哥从哪里自己就回来了。那边还是我走一趟。我知道路，让张叔送我过去就成。要是哥哥真去了那里，我定将他带回来。万一冒犯了玉珠，我代他向玉珠赔不是。"

孟太太定了定神，道："我再让刘嬷嬷陪你，你快去快回，路上小心。"

嘉芙应了。孟太太叫张大备好马车，嘉芙在刘嬷嬷和檀香的陪伴下，坐马车赶往慈恩寺。到了那里，得知法事在大法堂里进行，她又匆匆赶了过去，行至堂外，却被知客僧拦住，说里面在做端惠先元后的法事，外人不能入内。

嘉芙有一种直觉，哥哥甄耀庭必定就在这里，只是不知他此刻人具体在哪里而已。她怕他又犯浑惹事，焦急不已，正和那知客僧磨着，忽然看见一道熟悉的人影正往这边走来，心微微一跳，迟疑了下，还是迎上去，停在那人面前，福了一福："大表哥，我想找玉珠姑娘，有点事。要是我进去不方便，能否请大表哥代我传句话，劳烦玉珠姑娘出来？"

裴右安停下脚步，看了她一眼："随我来吧。"

嘉芙低声向他道了句谢，他微微点了点头，随即往里而去。

嘉芙感到额前拂过一阵微微的衣风，略抬眼，见他人已从自己身边走了过去，急忙转身，跟了上去。

甄耀庭早就到了慈恩寺，分明听到隔墙大法堂的方向隐隐传来做法事的铙钹木鱼声，知那大丫头就在里头，偏自己不得而入，心里就跟猫抓似的，沿着围墙转来转去，晃悠了许久，终于找到了一处偏僻的角落，那墙角处长了株老槐树，枝干伸向墙的另一头，他便手脚并用地爬上树，慢慢攀上墙头，一个纵身跳下，终于得以翻墙而入，借着树木掩映，遮遮掩掩地往主殿去。

靠得近了，远远看见裴家下人不时在殿门口出入，偶还有宫中小太监夹杂其中，他一时不敢贸然靠近，便藏身在路边一座硕大的法碑之后，探头探脑地张望。等了许久，也没见到个人影，他正焦躁着，忽然看见玉珠和另一个丫头从法堂里走了出来，她的手里提着只香篮，似要往大门方向去。甄耀庭大喜，两只眼睛紧紧盯着，等她从近旁经过，瞧准了，朝她裙角投去了一颗小石子。

玉珠感到身后裙裾仿佛被什么轻轻击了一下，下意识地转头，赫然竟看到路边那座大法碑后探出个脑袋，立刻便认了出来，是甄家的那个公子。见他正使劲朝着自己招手，玉珠心中疑惑，迟疑了下，扭头和边上的丫头说了几句，让她先去香堂。等那丫头走了，玉珠折过来，停在路边问："甄公子，有事吗？"

甄耀庭见她停在跟前，双目看向自己，心跳一时加快，定了定神，急忙从石碑后走出来，低声道："我们全家今日就要走了，今早临上船前，我忽然想起一件事，上回亏了有你帮忙，我才得以到老夫人跟前说话，帮我妹妹洗了冤屈，我想起还没跟你道一声谢，若就这样走掉，心里实在不安，所以一早来了这边，就是想向你道个谢。"

玉珠对甄耀庭的第一印象很是不好，觉他孟浪，但上回，见他为了替妹妹出头闯到老夫人跟前，虽举动鲁莽，有感于他对妹妹的爱护之心，想到自己幼年家变，若是有个像他这样的哥哥，说不定境况也会有所不同，故那日后，对他印象才好转些。此刻见他竟是为了向自己道声谢，特意大老远地跑来这里，除了意外，心里难免也是有些感动。

今日大法堂里不让外人入内，想起他刚才躲在法碑后的样子，玉珠不用问也猜到，他应是走偏路进的。她也不想被人看到，免得多事，望了下左右，压低声道："小事而已，何须要你这样特意跑来道谢？你快回去吧。我也有事，我先走了。"

她朝甄耀庭点了点头，随即转身。

甄耀庭跑了大老远的路过来，好容易等到她，话还没说两句，见她就要走，心里一急，扯着她的衣袖，一下就将她拉到了自己刚才藏身的大法碑后。见她脸涨得绯红，似乎生气了，甄耀庭忙松开手，低声赔好道："勿恼！勿恼！我是想着光道谢未免不够，就带了点东西。"说着他掏出一块包起来的手帕，打开了。

里头是双玉镯。那镯通体碧透，水色十足。他将其递到玉珠跟前："你瞧瞧，喜不喜欢？"

玉珠诧异不已："我们非亲非故，我怎敢要你这样的贵重东西？你快收起来吧！"

甄耀庭倒也痛快，听她不要，立马收了回去，接着却跟变法术似的，又摸出一个雕饰繁复的小匣子："我听说上回你曾托人去香铺里买苏合香，那个不好。这里头装了几枚龙涎，姐姐你拿去熏衣熏帕。"

玉珠却不知他何时连这种事情也打听到了，又是好笑，又是好气，皱着眉道："甄公子，你的好意我心领了，只是受不起。我们夫人使的就是这香，我不过一个伺候人的下人，我怎配使？你快走吧，被人瞧见了不好。我有事，我也走了！"

她说完，转身便出了石碑，匆匆往大门口的香堂方向行去。

甄耀庭见她人就这样走了，带来的东西一样也没送出去，心里一急，也管不了别的了，忙从石碑后转出，追了两步，冲她的背影嚷道："实在是不值钱的！别人也不知道，你何至于这样！若龙涎你不敢使，我还有冻龙脑！我妹妹原本向来不喜熏香，这回进京前，却特意叫我从库房里给她拿了一盒子这香带出来使，龙涎也不要。我妹妹是个雅致人，她都喜欢，想必你也会喜欢。要不我这就回去，拿些冻龙脑给你……"

玉珠生平头一回遇到这样的主，高声叫人来，怕落了孟太太和嘉芙的脸；不叫，他却这样缠个不休，心里又是恼，又是羞。这条路又是大门通往大法堂的必经之道，怕万一遇上了人，急忙停住脚步，正要沉下脸呵斥，一抬头，冷不防看见大爷竟从对面过来了，身后还跟着嘉芙并她身边的丫头，生生吓了一大跳，慌忙走过去，叫了声大爷，回头看了眼甄耀庭，勉强圆道："方才我去香堂取香，恰遇到甄家公子，说了几句香料的事。他也正要走呢……"

嘉芙早就看到了自己的哥哥，从玉珠的脸色就知道了，方才他必定口无遮拦得罪了人。

但是此刻，这已经完全不重要了。

她听到了自己哥哥方才说的那话，心立刻扑通扑通跳得厉害。

她定了定神，悄悄抬眼，看向停在自己前头的裴右安。

但愿方才他没留意自己哥哥都说了什么。

但很快，嘉芙就明白了，这只是她的一厢情愿。

裴右安并没说什么，却停住了脚步，转头看着她，目光落在她的脸上，带了几分诧异。

嘉芙的脸迅速涨红，红得几乎能滴出血来。

他这样看了她片刻，接着，双眉轻轻皱了皱。

嘉芙的心跳得更加快了，下意识地朝他走了一小步，张了张嘴，但他的表情已归于平静。

他不再看她，只转过脸，朝玉珠微微点头，便迈步朝前继续走去。

嘉芙望着前头那个渐渐远去的背影，僵在原地。

她呆呆地立着，心里很是难过，堵得厉害。

"妹妹？你怎么来了？"

甄耀庭的声音在耳畔响起。

嘉芙终于被唤回神，压下心里涌出的极度沮丧之感，转向玉珠道："我哥哥也没和我娘说一声，竟就这样跑了过来，方才若是得罪了，请玉珠姐姐见谅。"

玉珠见她脸色不大好的样子，哪里还计较这个，关切地问："你怎的了？哪里不舒服？要不进去坐坐，先喝口水？"

嘉芙定了定神，摇头，勉强露出笑脸："我没事儿。今日是要离京的，方才都预备出发了,不见我哥哥,我过来就是要找他回去。若无事,我这就和哥哥先走了,我娘还等着呢。老夫人跟前,若是有人提及这里的事,麻烦姐姐你帮着说两句话。实在是我哥哥太过孟浪,给你添了诸多不便。"

玉珠听她这么说,也就不留了,忙道:"无妨。那我送你出去吧。"

嘉芙看向甄耀庭,见他还一副不情愿走的模样,忍气道:"哥哥你还不走?方才娘急得不行了。莫非你真想气她不成?"

甄耀庭这才心不甘情不愿地跟着嘉芙往外去,出了大法堂,见妹妹一语不发地出了山门,脚步飞快,似乎生气了,便追上去道:"我走之前,不是已经留了话吗?我自有分寸的。原本等我完事了,自己就会回去的,何至于要你这样辛苦赶过来……"

嘉芙猛地停住脚步,转头道:"哥哥!我比你小,本也轮不到我说你。只是哥哥你什么时候才能懂事?你知道为何祖母定要将我嫁入裴家?就是因为我们家少个能站出来支撑门庭的男人!爹没了,娘指望着你能立身,她日后也有个依靠。你已经不小了,却还这样没有章法!我也求祖母让我学着做事,她不应允!你明明可以为娘、为咱们甄家分事,却偏这样吊儿郎当没个正形!我真恨自己不是男儿身……"

嘉芙心头一阵难过,泪花在眼睛里打转。

甄耀庭见妹妹似要哭了,这才慌了,围着不住地说好话,骂自己混账。

嘉芙偏过头,抹去泪,上了马车,甄耀庭松了口气,自己忙也翻身上马,一路跟在旁地回了。

孟太太见儿子被找回来,得知果然溜去慈恩寺私下扰玉珠了,幸好玉珠厚道,没和他计较,还帮着隐瞒下来,才没在老夫人和裴家一干人面前丢下大脸,气得实在不轻,抓起鸡毛掸子便狠狠抽他,刘嬷嬷等人又劝又拦,鸡飞狗跳之中,甄家的大船终于离开码头,启了南归之路。

京城的水道,渐渐被抛在身后。

嘉芙记得清楚,就在不久之前,同样是脚下的这条大船,载着她沿这条同样的繁忙水道慢慢进入皇城之时,她的心情带着几分决绝、几分忐忑,还有几分对于未知明日的茫然。

那时候她想,如果上天垂怜,她运气也够好,最后让她顺利摆脱这门亲事的话,

她将会是何等快乐。

而现在,她的愿望终于实现了,她却高兴不起来,起头的一连几天,情绪都很低落,只是不想让母亲觉察,在母亲面前强颜欢笑而已。

后来随着日子一天天过去,船行过半的时候,嘉芙终于想开了。

罢了,婚事这样终结,往后和裴家想必不会再有多少往来了,至于裴右安,更不可能再碰面。自己已经达成目的,这就是最大的幸运。至于他到底对她如何做想、印象是好是歹,又有什么关系?

曾经,他与她不过萍水偶遇,交错过后,各自有着不同的人生之路。

现在,想来也是如此。

泉州就快到了,往后她好好过自己的日子,这才是最要紧的。

嘉芙的心情,终于从一开始的沮丧和低落里,慢慢恢复过来。

这一日,船经过前次来时曾路过的福明岛,恰逢观音寺年底前最后一次法会,孟太太决定再带女儿上岛,去寺里捐些香油,便命船停靠过去,带着一双儿女及相随下船上岛,往观音寺去。

岛上众多香客,原本应有一场热闹的法会。没想到他们快到观音寺时,却见许多香客从寺门里争相蜂拥而出,个个面带惊恐之色。

孟太太忙叫张大去问究竟。张大很快就回来了,道:"太太,今日拜不成佛了!我们快些走吧!来了许多官兵,要抓寺里的和尚。说是和尚里头藏了钦犯!"

孟太太吃了一惊,念了句佛,紧紧抓着嘉芙的手,转身就回去。才走没几步路,听到身后起了一阵吆喝声,嘉芙转头,见香客纷纷让道,寺门里出来许多官兵,押了七八个被铁索锁住的和尚,全是小沙弥,年纪十三四岁的样子。

官兵个个凶神恶煞,小沙弥有的在哭,口里喊着冤枉,有的吓得瘫软在地,被强行拖着朝前,道旁香客见了,无不面如土色,纷纷低头,连大气也不敢透一口,等这群官兵押着小沙弥走了,才开始议论,说什么的都有。

孟太太吓得脸色发白,哪里还有心思停留,等官兵的船走了,带着嘉芙便匆匆上了船。数点过人,见都齐了,张大命人解开缆绳,船正预备离岸,忽见几人奔到了岸

090

边近前,其中一人朝着张大喊道:"喂!你这船可是要去泉州?我们公子也要去泉州做笔生意。今日行经福明岛,原本上来想替老夫人求个福,不想遇到官兵抓人,还把我们坐来的船给征用了。你这条船,可方便带我们一程?"

嘉芙人还没进舱,闻声转头,随意看了一眼。

萧胤棠!

她竟然看到了萧胤棠!

他就立在方才喊话那人的边上,微微眯着眼,望着远处那几条渐渐走远的官船。虽然是寻常人的一身打扮,但她还是一眼就认了出来。

就算把他烧成灰,她也不会认错。

犹如头顶凭空打下一个焦雷,嘉芙整个人僵在原地,睁大眼睛,心狂跳得几乎要蹦出喉咙。

出门行船在外,向来有个规矩,轻易不带不明来历的半道之人,何况这几人虽都做普通商旅打扮,但个个孔武,那个被称为"公子"的男子,更是昂藏鹰顾之相。

张大为家主做事多年,本就谨慎,船上又有主母,怎会轻易放人上来,正要出言婉拒,方才喊话那人又道:"放心!我们是去镇南门做生意的,不是一回两回了,须赶在月底前到,实在是没了船,怕路上耽搁,见你家的应是条快船,故恳请顺道捎载一程。大家出门在外,难免遇到难处,相互救济,也是日后给自己行方便!"

说着,他朝船头丢了一块五两的银锭。

镇南门是泉州最为繁华的港口地段之一。张大听他语气诚恳,便又问了几句和镇南门生意有关之事,那人一一回答,没半点错处,确实像熟悉的人,迟疑了下,让稍等,来问孟太太的意思。

岸上,萧胤棠的注意力似乎终于从那官船转到了甲板上,目光扫了过来。

嘉芙猛地掉头,就在他的目光勘勘看到自己之前,奔进了舱房。她实在是太过仓皇,脚下没留神,被裙裾一绊,打了个趔趄,险些扑倒在地,一只手抓住舱门,这才稳住身子,才站定,立刻朝自己母亲拼命摇头。

"娘,我们快走,不要载那些人!我不喜欢外人上船!"

孟太太见女儿情绪似乎不对，十分担心，哪里还顾得了别的，忙对张大道："还是不要多事为好。"

张大应了，回到船头，将方才对方丢来的银锭投了回去，笑道："对不住了诸位，我们虽去泉州，但中途要停经几个地方，至少也要数日，月底前未必能到，怕耽误了诸位的行程，还请另外搭船为好。"

那喊话之人面露不快，道："再加你钱就是了！"

张大忙躬身，赔笑："实在是对不住。因船上还有女眷，也不便再让外人上船。"说完，他便喝令水手扬帆起桨。

那人目露阴沉之色，双脚一踮，人就跃上了船头，一把抓住张大的衣襟："问东问西，和你费了这许多口舌，最后又说不载！莫非你是故意拿我们寻开心不成？"

甄耀庭人还没进舱，正在甲板上晃着，忽然看见船头起了动静，有人强行登船，还抓住了张大的衣襟，立刻冲上来："快放开我张叔！哪里来的狂徒，竟敢在我甄家船上撒野？"他说着去推那人，只是还没碰到，被那人反手一揉，脚下便站不稳，噔噔噔一连退了几步，一屁股坐在了甲板上。

甄耀庭大怒，翻身而起，大声叫人。

下人见家中少爷吃了亏，立刻操起家伙，呼啦啦地围了过来。

张大吃了一惊，知道今天遇到了不讲理的。但这里是福建地界了，离泉州也就几天的路，他并不慌，一边劝甄耀庭息事，一边对那人道："出门在外，谁不会遇到个难处，当行方便，我们自然会行的。只是方才我也说了，实在是不便。我们东家向来不会多事，但事情自己来了，也是不怕。州府衙门，我们也时常出入……"

"罢了！下来吧！"那个公子模样的年轻男子眉头紧皱，忽然开口。

强闯上船的那人回头，望了他一眼，这才松开张大的衣襟，一把推开人，自己转身跃下船，站到那男子身后，也不知说了几句什么，几人转身便要离开。

甄耀庭方才摔得难看，又觉丢脸，怎肯罢休，依旧冲到船头，冲着那几人的背影骂道："有种的给我站住！刚才不是充大爷吗？就这么走了？乌龟儿子，缩头王八！"

张大想要阻拦，已是来不及了，见那公子模样的男子蓦然停住脚步，转过了头，视线扫向甄耀庭，目光沉沉。

张大是甄家的亲戚，也是老管事，年轻时跟着老东家走南闯北，算是见多识广的老江湖，此刻见了这男子的神色，也是没来由地打了个激灵，知非善人。

出门在外，能少一事是一事，他立刻朝男子不住地躬身，又叫人将甄耀庭拽进船舱，随即命船速速离岸。

嘉芙就藏身在舱门后，看着萧胤棠眯了眯眼，终还是收回目光，向身边几个面露怒色的随行摇了摇头，那几人方随他一道，转身离开。

嘉芙紧张得几乎就要透不出气了，直到看着萧胤棠一行人的背影渐渐远去，才觉手脚发软，手心里捏出了一层冷汗。

她扶着张椅子，慢慢地坐了下去，发起呆来。

孟太太也见到了方才那一幕，少不了又责怪儿子莽撞。甄耀庭不服，梗着脖子顶了两句。嘉芙越发心烦意乱，撇下母亲和哥哥，起身回了自己的房间，和衣卧在床上，闭上眼睛。

梦里的一幕一幕，又如走马灯般在眼前闪过。

本以为摆脱了和裴修祉的婚事，等回到泉州，不管日后京城怎么变天，和自己再无干系，她更不可能再和萧胤棠碰面。

却没有想到，老天刚帮了她一个忙，接着就又和她开了个玩笑。

如今，竟比梦里还要早，她就这样看到了他。

想起刚才他临走前投来的那一道阴沉目光，嘉芙忍不住打了个寒战。

三王爷云中王萧列有雄才大略、识人善用的一面，却也是一个心机刻薄、深沉隐忍的人，如此才能从长兄天禧皇帝长达将近二十年的猜忌下保全住自己，在兄弟间的明争暗斗之中成为最后的赢家。

萧胤棠是他的儿子，骨血里自然流淌着来自云中王的某些性情。嘉芙曾伴他身边多年，不敢说对他有多深的了解，但也知道，他不乏来自其父的手段和心机，至于心狠手辣，更不用说了。

上位的人，哪个手里不是沾着累累人血？

她还记得，梦里，就在此刻之后不久，现在这位以辅政顺安王之身而上位的永熙帝就对蛰居西南多年的萧列动手了，萧列又岂会坐以待毙。冲突终于爆发。

嘉芙实在想不出来,这种时候,身为云中王世子的萧胤棠何以突然秘密现身于此,亲自去往泉州。

泉州到底有什么吸引他的地方,他想去做什么?

哥哥实在太过莽撞了,这样的性子,迟早有一天要吃大亏。很明显,萧胤棠这趟出来,应是不想惹人注目,这才放过了哥哥。否则,以哥哥骂的那话的难听程度,萧胤棠这样的人,怎么可能就这样掉头离去?

万幸有惊无险,没出什么岔子,他就这样走了。

嘉芙心乱如麻,接连几天,除了必要之事,寸步也没走出舱房。

孟太太见女儿这几天怏怏的,面色有异,起先还以为她生病了,来看,又不像是生病,问也问不出什么事情来,有点急,一急,又迁怒到儿子头上,埋怨他那天吓到了妹妹。

甄耀庭想起妹妹确实是那天后成这样子的,心里又后悔了,过来想着法子地逗嘉芙开心,照旧是指天发誓,说日后要正经做事。孟太太便让他去和张大学着看账,甄耀庭没看两页,哈欠连天,趴在那里就睡了过去。

嘉芙对自己这个哥哥,也是生出了些类似孟太太的恨铁不成钢的无奈,只能宽慰自己,总有一天,哥哥会真正懂事。见母亲为自己担心,且又快到家了,嘉芙才渐渐打起精神。

这日,一行人终于回到了泉州的家里。

胡老太太早半个月前就收到了关于婚事不成的信儿,且同行的下人里也有她的人,知道最后还是儿媳妇这边给拒了,心里原本很不痛快。但孟太太这回一反常态,对着老太太毫无惧色,对于婆婆的发难,跪下去说,婚配讲究和顺生吉,这婚事一波三折,本就不吉利了,何况这些天也看出来了,裴家除了老夫人,没几个厚道的人,女儿就算勉强嫁进去了,恐怕最后也是事与愿违,故擅自做了一回主。

甄耀庭也一同下跪,一本正经地指天发誓,说自己往后要洗心革面,好好做事,再不让祖母担心了。

覆水难收,何况人也回了,胡老太太心里虽不痛快,但也无可奈何,加上年底到了,家中船队、船坞、铺子,各种事情林林总总,忙碌异常,这件原本寄予厚望的婚事,也就草草算是过去了。

孟太太松了一口气,忙忙碌碌地帮着老太太做事,嘉芙也打着下手。

但她心里,始终忘不掉那日在福明岛和萧胤棠的偶遇一事。

当时她听得清清楚楚,他也是要来泉州的。嘉芙唯恐再次和他相遇,从回家后,便没出去过一步路。

就这样过去十来天,泉州城里风平浪静,慢慢开始有了过年的气氛。

就要过年了,嘉芙猜测他应该也已走了,原本整天悬着的那颗心,至此终于慢慢地放了下来。

离年底只剩几天了。这日,嘉芙随母亲到了甄家的船坞。

这里不仅是建造或修理船只的船厂,还有一大片棚户。甄家厚道,祖上起就在这里给为甄家跑海的穷苦水手和船工搭屋,让他们上岸后好有个落脚的地方,后来那些人娶妻成家,人丁渐渐繁衍,棚户也越来越多,到嘉芙父亲时,这里已经有百来户人居住了。三年前,那些随父亲一道出海没有归来的水手船工的家眷,如今依然被收留在这里,寡妇们就靠在船坞里做零工度日,虽日子艰难,但至少,头顶还有片屋瓦能够遮挡风雨,也能养活自己和孩子。这几年,每到年底,孟太太都会亲自来这里给孤儿寡妇们分送米肉,每家再派两吊钱,好让他们也能过好年。

嘉芙年年都陪母亲同来,今年也来了。探望完孤儿寡母,出船坞的时候,忽然想起几个月前那夜里被自己遇到后带回来治病的少年,不知道后来救活没有,于是停了脚步,问近旁的一个管事。

那管事起先没想起来,实在是里头做杂事的人太多了,片刻后,才拍了下脑袋:"想起来了!张管家那回叫人送来的那个小子!已经救回了,病也好了。如今就在船坞里干活儿。我去把他唤来,让他给小娘子磕个头?"

嘉芙道:"救回了就好。我是刚才忽然想起来,就问了一句。不必特意叫他过来。"

管事笑道:"小娘子善心,竟还记得他。也是那小子运气好,当时遇到了小娘子,才活活捡了条命,要是金家那样的,如今早不知道葬身哪条鱼腹了。"

说者无心,听者有意。嘉芙被这一句"葬身鱼腹"给触动了心事,想起父亲,心情便低落下去。管事话说出口，也立刻意识到失言，啪地用力扇了下自己的嘴巴，慌忙躬身赔罪："怪我胡说八道。小娘子勿怪。"

嘉芙知他也是无心，略略笑了笑，转头见母亲一行人已到船坞门口，便快步追了上去。

船坞靠港，海风向来疾劲，口子这里更是吃风。就在嘉芙经过路旁一片用来固定圆木堆的排架时，一阵风呜呜地刮了过来。

排架立在这里年长日久，接头处的绳索风吹雨打，已是腐了，劲风一吹，架子咯吱咯吱晃动，绳索忽然炸裂开来，一排堆得比嘉芙个头还要高的圆木，哗啦哗啦地滚落下来，朝着嘉芙涌了过来。

圆木是前几日刚运来待用的，还没来得及拖走，不是很粗，只有碗口的直径。但即便如此，这么多的圆木一齐砸下来，人若被压在下面，后果也是不堪设想。

嘉芙正低头看着路，起先没留意边上的动静，等发觉到情况不对，也反应不过来了，就那么定在原地。

孟太太站在船坞大门口，一边和张大几人说着话，一边等着女儿上来，突然听到身后起了一阵异响，扭头看去，顿时惊呼一声。张大等人也发觉了，立即冲过来，却已赶不及了，眼看嘉芙就要被那成堆滚下的木头给砸到，就在千钧一发之际，斜旁里忽然奔出一个衣衫褴褛的少年，疾步如飞，身影快得如同一道闪电，转眼便冲到了嘉芙的身边。勘勘在第一根圆木滚到嘉芙脚边之前，一把抄住了她，带着她往侧旁闪去。两人一起扑到了地上。

张大等人赶到近前，固定圆木的固定圆木，救人的救人，船坞口乱成了一团。

孟太太吓得脸色惨白，奔到近前，分开人群，见方才那少年趴在地上，将自己女儿紧紧地护在身下，慌忙道："阿芙！阿芙！你可还好？你可还好？你不要吓娘啊！"

这少年动作如此快，以至于嘉芙竟然有些头晕目眩，被他扑在身下，此刻才回过神来，听到母亲的声音，睁开眼睛，颤声道："娘，我还好……我没事……"

那少年从她身上迅速爬了起来，挤出了人堆。

孟太太和张大替嘉芙悬着心，起先也没多留意他，只搀着嘉芙从地上起来。

除了衣裙上沾了些地上的污泥，面色吓得变成惨白之外，嘉芙身上并未受伤。孟太太却依旧惊魂未定，搂着女儿，不知道念了多少声佛，听到张大呵斥着船坞管事疏于防范，忽想起方才救女儿的那少年，看了过去，见他越走越远，忙叫身边的刘嬷嬷带着嘉芙先上马车歇着，自己上去，叫住了那少年，见他衣衫褴褛，大冬天的，脚上也只穿了双破洞的草鞋，一张脸上沾了泥灰，但细看，容貌生得很是俊秀，也不嫌他脏，抓住了他的手，道："好孩子，今日多亏有你！你叫什么名字？是哪家的孩子？"

张大赶了上来，看这少年，总觉有些面熟，一时却想不起来在哪里见过。但他既在这里现身，自然是在自家船坞里做事的，见这少年不吭声，于是转向船坞管事。

管事知因自己疏忽，方才若非有这少年，险些酿祸，此刻犹面如土色，被问，慌忙上前道："他便是数月前小娘子叫人送来的那个小子。当时快病死了，我因记着小娘子和管家你的叮嘱，一直悉心给他治病，救活了后，就叫他在里头做些零活。"

张大这才想起来，看了少年一眼，把先前带回他的经过向孟太太略略说了一遍。孟太太感激，不住地称赞他，渐渐留意到，这少年不再有方才冲出来时那股子灵敏劲，只低着头，一动不动地站着，一语不发，瞧着有些呆，便不解地看向管事。

管事道："禀太太，这小子是个哑巴，不会说话，又许是那回发烧烧傻了，平时脑子也不大灵活。"他一边说着，一边朝那少年吆喝，要他向孟太太见礼。

孟太太啊了一声，更是怜惜，急忙制止管事，叹了口气："可见这孩子厚道。脑子都不清楚了，却还牢牢记着阿芙救了他的事，方才不顾性命也要救她。我看他长得也是清俊，若还在父母身边，不知道宝贝成什么样，想是小时候被人拐子给拐出来了，可怜！"说完，她让管事给这少年送身厚的新衣和新鞋，又再三地叮嘱，叫往后要好好待他，不许欺负他。管事连声答应。

孟太太这才松了那少年的手，转身回去，自己也上了马车，对嘉芙道："可怜这孩子，原来是个哑巴，脑子瞧着也不大灵光。"

嘉芙已经歇了片刻，人也从方才的巨大惊吓里渐渐定下神，看向那少年，见他转身，低着头继续朝前走去。

嘉芙盯着他的背影，总觉得他步伐有些僵硬，略微蹒跚，和先前冲出来救自己时的身手判若两人，迟疑了下，叫母亲稍等，自己又下了马车，快步追上去，拦住了那少年。

少年抬眼，见她来了，仿佛微微一怔，但面上依旧没什么表情。

嘉芙朝他露出笑容，柔声道："你的脚方才可是受了伤？我见你走路有些不便。"

少年不应，略略后退了些。

"你可听得懂我说话？"嘉芙声音更温柔了，朝他走了过去，"若是伤到了，就告诉我，不要害怕。"

她靠得近了，少年仿佛闻到了来自她身上的淡淡少女幽香。

这香气若有似无，却悄悄钻入了他的肺腑，与这里的他渐渐已经开始习惯的总是泛着淡淡咸腥的空气味道是如此不同。

他的耳根不自觉地微微发红了。

幸而脸上沾满污泥，她看不到。

他摇了摇头，低头避开嘉芙，从她身旁飞快走了过去。

嘉芙转头，盯着他的脚踵，看到磨得只剩一层草筋的鞋底上，仿佛渗出了一缕鲜红的血迹。

"你站住！"她再次叫住了他。

张大赶了上来，脱去了那少年的鞋。

一根小指长的竹扦，仿佛一把锋利的小刀，深深刺入了他的脚底心。

"疼吗？"嘉芙心疼地看着他。

对上她投来的目光，少年那原本似乎总是蒙着层阴翳的双眸，渐渐透出了明亮的色彩。

他轻轻地摇了摇头，不自觉地冲她微微一笑。

永熙三年的除夕，就这么过去了。

旧岁方除，泉州城里的民众还在敲锣打鼓舞狮舞龙，才初三，嘉芙便得知一个消息。

泉州府来了人，传达来自上头的命令，让甄家将历年间所有用着的无籍之人全部造册上报，尤其是年纪在十三四岁的少年，更是一个也不能少。倘若隐瞒不予上报，被官府查证，严惩不贷。

来人和张大素有交情，传完了令，屏退旁人，咬着耳朵对张大道："这个上头，可不是简单的上头,是大内……来了个姓王的,听说是个极厉害的角色,也不知道说了什么,我们大人出来,我见他脸都绿了。金家的船坞还有船上,用了不知道多少无籍苦力,不知其中的厉害,瞒报了几个,以为没事,倒霉了,昨晚被叫走几个人,那些无籍的还活着,查了一番,多数也就放了,倒听说他家船坞里的两个做事小子被打死了,拖出来时,肚肠子都流了一地。这话我原本是不会告诉别人的。但你们甄家生意大,这么多年,难免也会用到几个无籍之人。我是不忍看你们也遭殃,这才多说了几句。切记,不要外传!"

张大送走来人,转头就向胡老太太禀告。老太太神色凝重,立刻让他造出名册,将所有的无籍者,包括跑船、跑码头、搬运,以及船坞里的工匠和打下手的,全部报上去,将人也看牢了,一个不能少。

孟太太当时在旁,回来后,和嘉芙提了一句,叹道:"又不知道出了什么事,弄得我心里慌张不已。这几日须看牢你哥哥,免得他出去乱跑,以防惹事。"

孟太太说完,匆匆走了,嘉芙也有点心神不宁。

她想起了船坞里的那个少年。

照船坞管事的说法,少年不但是个哑巴,脑子也不大灵光。

但嘉芙有一种感觉,那少年或许未必真的脑子不灵光。

那天她遇险,少年将她卷出去,扑倒在地的时候,姑且不论他身手如何,就在那一刻,两人的目光有过短暂的相接。

当时她虽然被吓得呆若木鸡,手脚全不听使唤,但他看着她的那双眼睛,她此刻还记得清清楚楚,黑白分明,极是清明。

还有被发现脚受伤后,他的微微一笑,满脸的尘和土,也没法遮掩他那双眼睛里的光彩和灵气。

说他脑子不灵光,嘉芙真觉得不像。

如果他是故意装的,那是为了什么?这个少年的背后,到底有什么秘密?

年才刚过,官府就来了这样的动作,莫非和这个少年有关?

嘉芙又想起萧胤棠先前的莫名现身,想起经过福明岛遇到的一幕。那些被铁索锁走的小沙弥的样子,历历在目。

不知道那批官军，和来泉州的这个王大人是不是同一拨人。

张大听从祖母命令，必定会将这少年记入名册的。

出于一种自己也很难说清的感觉，嘉芙并不想少年被录上名册。

她忽然替那个少年担起心来，想告诉他这个消息，让他尽快悄悄离开，却又有所顾忌。

她也知道，祖母的做法并没错。大内密探如狼似虎，无孔不入，他们甄家若敢有半点猫腻，万一被查出，后果不堪设想。

在犹豫中度过一夜，第二天，嘉芙终于还是按捺不住，去找张大，问那少年的脚伤。

张大看了眼嘉芙，小心地道："小娘子，前几日忙，我也忘了告诉你。那个小子在除夕夜里就没了。有人看见他独自跑到海边，一头跳了下去，再没上来。这几日船坞里也不见他，睡觉的铺盖和那身新衣服却都散着，就跟半夜睡醒迷迷糊糊爬起来走了似的。听睡旁边的说，是被爆竹声给吓的，稀里糊涂出去，跳下了海……"

嘉芙又是意外，又是难过。

她原本只担心他或许会身处危险，却怎么也没想到，他竟命丧除夕之夜。

不知为何，这个和她原本陌路，偶然顺手救回来的少年的意外死讯竟让她感到如此伤感。

或许是当初，那濒死少年投向她的充满求生意愿的目光让她感同身受。抑或是几天之前，他用他还不够强壮的身体为她挡住危险后，独自默默离开时，那脚步略微蹒跚的孤独背影，令她印象深刻。

她呆了片刻，压下心里涌出的难过之感，道："张叔，劳烦你叫人给他烧两炷香吧。"

正月十三，离元宵还有两日。但泉州城里，家家户户门前已经悬了花灯。入夜，花灯和明月交相辉映，满城洋溢着喜庆的气氛。

和城中景象形成鲜明对比的，是城外那片寂静的无人港口。

明月悬空，一个少年独自坐在海堤之上，身影被吞没在夜的暗影里。海风迎面吹来，他一动不动，面向着渐渐涌起的夜潮，背影孤独。

忽然，他飞快地脱去衣裳和鞋子，纵身一跃，犹如一块石头，掉进了夜潮之中。

片刻后，伴着轻微破水的哗啦之声，少年的脑袋从水下露了出来，他挥臂打了几下水，就靠到了堤坝上，手中多了一样东西。

这是一个用制软了的熟牛皮包起来的四方块的东西，掌心大小，湿漉漉的，被托在少年的手里，不住地往下滴水。

泉州的这个冬天，大部分日子都是湿冷湿冷的，少年却似丝毫没有感觉到海水的刺骨冰冷。他慢慢地解开牛皮，双眼盯着托在自己掌心里的那样东西。

一方玉玺，纽交五龙，上刻"受命于天，既寿永昌"八字篆文，通体不沾半点尘埃。在皎洁月光的映照之下，玉色莹莹，那少年托着它的那只掌心，都被映出了半透明的淡淡血肉之色。

这便是自秦之后的传国玉玺，国之重器。千年以来，时没时现，历朝历代的帝王，无不视它为天命。

大魏立国，太祖以机缘得到传国玉玺，欣喜若狂，将它藏于宫中元始殿内，每逢祭天大礼，请玺加盖于祭天诏书之上，以此昭示己之天命所归。

而今的永熙帝，登基之初，质疑之声之所以不断，就是因为他的手中缺了这一方代表皇权授受的传国玉玺。

据说，少帝萧彧于猎场坠马身亡后，这面传国玉玺便也离奇不见。

谁也不会想到，这三年来，它就被这一块牛皮包着，藏在了这片堤坝下一个被海水蚀出的空洞里。

每日潮起潮落，它安静而孤独地守着黑暗，如同它的主人，此间的这个少年。

少年盯着手中的玉玺，看了良久，忽自嘲般勾了勾嘴角，自言自语地道："我留你还有何用？不如送你随潮而去，从此无拘无束，放游四海，胜过躲躲藏藏，终年不见天日！"

他爬回海堤，高高站起，猛地挥抬臂膀，奋力要将手中玉玺投向月色下的那片夜潮。

一旦入海，潮水汹涌，卷去之后，这东西从此将永沉大海，再不复返。

便在此时，一个声音忽在他身后响了起来："一别三年，小皇上你可还好？王锦给小皇上叩头了。"

少年顿住动作，慢慢地回头。

一个人影从昏暗的夜色里现身，钩鼻长脸，青衣小帽，再寻常不过的一身打扮，口里说着叩头，却不过虚虚躬了躬身，表情似笑非笑，双目在月下闪闪发亮，泛着毒蛇般的冰冷光芒，夜色之下，望之更是不由得令人生出寒意。

少年神色微微一变，肩膀一动，就要跃入海中，那人却又道："小皇上，你要是再动一动，甄家的那个小姑娘，下场会比金家人不知道惨上多少。我的那些手段，你应是知道的。"

他的语调阴恻恻的，透出的那股子森然，叫人不寒而栗。

少年的身形定住了。

王锦向来阴沉不外露，但此刻，看着面前少年凝住的背影，还是压制不住心底涌出的狂喜，目光越发明亮。

"小皇上若老老实实跟我回去，我保证不会为难你，更可对天起誓，不动甄家人半根指头，如有违背，天诛地灭！说起来，甄家人这回也是立了大功，当上报皇上予以嘉奖。若不是甄家那小姑娘，小皇上你如今恐怕已经没了。"

若这少年，曾经的少帝萧彧，重病之时就那样被金家人丢下大海葬身鱼腹，今上固然是少了一个心头之患，但这令永熙帝梦寐以求的传国玉玺，又如何能得以重见天日？

众人寻了几年，谁又能想到，它竟然被萧彧藏在了这种地方？

萧彧慢慢地转身，和王锦面对面站着。

"小皇上，你不会想到，这一切都是我王锦设的一个局吧？"

这次的计策，实在令他自己也感到满意，忍不住目露微微得色。

"小皇上，你很聪明，当年被你侥幸逃脱之后，竟藏身到泉州这种地方。岭南本就天高皇帝远，泉州更是鱼龙混杂，想要找到一个存心把自己藏起来的人，确实犹如海底捞针。但你还是小看了我。"

这几年间，为了找到少帝，王锦派了无数人出去。那些人扮作水手、苦力，查遍南方所有可能匿身的地方，终于在上个月，他得知，曾有人在泉州金家船坞里见到过与少帝形貌相似的一个哑巴，当即亲自赶了过来，没费多少力气，便查到少年于濒死之际被甄家收留的消息。

王锦原本早可以带走少年的,但那时,他还不能十分确定这少年就是少帝,毕竟这几年间,少年的模样还是有所改变,且他装傻装得也极像,骗过了不少人。除此,王锦也知,假使那少年就是少帝,就这么被自己带走的话,人是有了,但宝玺的下落未必能查证。

他看了眼少年手中的物件,忍不住吞了口唾液——如同看到荣华富贵就在前方向他招手。

"我设了一个局,故意放出查找无籍少年的消息,再拿金家开刀,果然,你被惊动,悄悄离开。离开之前,你自然不会忘记你的这宝玺。

"小皇上,你很聪明,但毕竟嫩了点……"

他紧紧地盯着那块在月色下莹莹发光的东西,朝着少年一步一步地走了过去,伸出手哄道:"小皇上,把它给我吧!皇上毕竟是你的亲叔叔,你随我回去,不过就是做不成皇帝而已。这几年你藏身于污垢之地,想必也吃尽了苦头,当也知道,这天下比你倒霉的人多了去了。你回去当个太平王爷,安安稳稳地过完下半辈子,有什么不好?"

萧彧沉默片刻,忽嗤笑了一声:"难为我那位二皇叔了。虽当了皇帝,这几年每逢祭天大典,想必心里总觉底气不够吧?罢了,我这条命,本在几个月前就已该被老天收走的。既然连皇位都被他拿去了,我何必还抱着这东西不放?他想要,给他就是了!"

他将玉玺朝着王锦丢来,宝玺在空中划出一道弧线,王锦狂喜,纵身一把抓住,紧紧地攥在手里,又道:"小皇上,你也随我走吧。我保证,只要你不逃,我绝不为难你。"

萧彧冷冷一笑,手腕一转,手中已多了一把匕首,月光之下,匕刃银光闪闪,冰芒雪寒。

王锦一怔。

萧彧的神色瞬间转为傲寒:"与人刃我,宁自刃!我死之后,你割我的人头带去,二皇叔想必也就放心了。泉州甄家与我,半点干系也无。日月昭昭,天地神明。我死之后，你若违背方才誓言，必不得善终！"

他曾贵为天子，坐拥四海，而今堕入尘泥，终日与卑贱为伍，但这一刻，双目湛湛，令王锦也心生畏缩，竟不敢与其直视，慢慢低下了头。

萧彧转过身，面向极北遥不可及的无穷漆黑长空，神色庄重，行三叩九拜之礼，旋即起身，站得笔直。

月光照出了一张少年的俊逸面孔，神色孤清，眉目决绝。

他闭目，仰首向着头顶星空，伴随一道寒光，匕首随之挥向咽喉，眼见就要血溅三尺，身后却传来一道随风之声："仰不愧于天，俯不怍于人。

"王锦，如今你是四品镇抚，大内红人，但我若没记错，你是天禧十年武举第三十六名，当年只取三十五人，你本名落孙山，先帝听闻你素有孝名，因不忍留老母一人在乡，遂带母入京赶考，盘缠用尽，母子宿于桥洞度日。你于集市乞得一冷炙，自己忍饥，奔回先奉老母。先帝被你的孝行所动，破格录取，添你名于文榜之末，这才有了你的官途之始。先帝于你，先有君恩，后有师恩，时移世易，如今顺安王为帝，你不念先帝之恩，也算是情有可原，但你为了一己荣华，如此逼迫先帝骨血！

"王锦，你不畏于天？不愧于人？"

四周黑魆魆一片，海潮汹涌嘶鸣，夜风疾劲吹过，这声音越来越近，越来越近，一字一顿，随风入耳。

萧彧和王锦一同听到，两人无不震动。

萧彧睁开眼睛，循声回头，见不知何时起，数丈之外的海堤之畔，竟立了一个男子，那男子一身夜衣，倘若不细看，身影几乎和这黑夜融成一体。

"何人？"王锦拔刀，厉声喝道。

那人置若罔闻，只朝萧彧大步走来，最后停在了他面前，将他挡在身后。

他转过脸，朝盯着自己的萧彧说道："皇上，一别多年，可还记得我？当年我离京时，你还是太子，记得才六七岁大而已，我教你读的最后一篇文章，便是《左传——王孙满对楚子》，我记得当时，你还没来得及交上你的札记。"

他的声音温和，语调不疾不徐，月光照出了一张年轻男子的英俊面孔。

萧彧定定看了他片刻，猛地睁大眼睛，失声道："少傅！你是裴少傅！"

那男子微微一笑，点了点头："正是。裴右安来迟，让皇上吃苦了。"

就在这一刹那，少年的眼中迸出了无限的激动光芒。

他三岁被立为太子，四岁进学，启蒙之后，他的父皇天禧皇帝为他选定了几位老师，其中他最喜欢的那位，便是时年不过十四岁的裴右安。

"少傅，这些年你都去了哪里……那篇札记，我当时写好了，等着你来，你却一直没有来替我看……后来我登基了，曾四处寻你，却始终不得你的消息。我以为你已经……"

他微微哽咽，忽然打住了，朝裴右安奔了过去。

裴右安轻轻拍了拍他的胳膊，以示安抚。

"裴右安？裴右安！真的是你？你怎会在此？"

王锦终于认出了他，双目死死盯着，怪声叫了两句，震惊不已："你好大的胆子！今上已登基三载，海晏河清，满朝皆举，你敢公然抗命？识时务者为俊杰。只要你投效皇上，以你的才能，皇上必会重用你。你若执迷不悟，你就不怕我回去了上禀皇上，牵连到你裴家之人？"

裴右安道："你觉得今夜我还会让你活着走掉吗？"

他的声音依旧平缓，语调里的森冷之意，却是呼之欲出。

王锦一愣，打量了他一眼，随即冷笑："裴右安，你未免过于狂妄。我知道你小时曾师从剑术大师，后来也跟卫国公上过沙场，但凭你，想杀我，恐怕还没那么容易。"

裴右安微微一笑，注视着他："谁说杀人必须自己动手？"

王锦脸色微变，环顾了下四周，打了声尖锐的呼哨。

呼哨声过，四周却没有动静，耳畔依然只闻海潮风声。

"不必看了。你的手下都已经死了。"裴右安道。

王锦咬牙，拔刀朝着裴右安疾步袭来，身形迅猛如鹰，转眼到了近前，距离不过几步路时，忽然又一个人影朝这里快速奔来，风中听他大笑道："长公子说得没错！王锦，你带来的那些爪牙，都已经被我的兄弟干掉了！"

这人身材雄伟，声音浑厚，脸上罩着一张面具，月光下泛着微微铜色，只露出两只眼睛，模样看起来有些古怪，一转眼，人就奔到了近前。

王锦再次吃了一惊:"金面龙王?"

金面龙王是近几年在南洋一带迅速崛起的一个著名海盗头子,聚众占岛,在海上势力极大。但和那些动辄劫杀,令海上之人咬牙切齿又闻风变色的海盗不同,金面龙王只向通过自己所掌管的航道的商船收取保护费,一旦纳入保护,必定保证商船平安。与其冒着绕道行走被别的海盗打劫丧命的风险,船主反而乐意向金面龙王交纳保护费,以求来往顺利。官府对他无可奈何,因他从不以真面目示人,戴一副黄铜面具,故海上之人称他金面龙王。

那人笑道:"你也知道我?杀你这种人,又何须长公子出手?我来就是了。"

王锦咬牙切齿,拔刀迎上,二人一阵缠斗,只听一声惨叫,王锦那只握刀的手竟被生生砍下,断手连着刀身飞了出去。

王锦痛苦倒地,抱着自己那只喷涌鲜血的断手,双目圆睁,死死地盯着裴右安,目中满是不甘和怨毒。

裴右安蹲到他面前,将那被他纳入背囊的玉玺取了出来,托于掌心,对月端详了片刻,随即起身,对金面龙王道:"董叔,给他一个痛快吧。"

第五章 意外

金面龙王手起刀落，王锦便停止挣扎。

金面龙王收刀入鞘，掀开面上面具。萧或这才看清，来人是个中年男子，望着自己，疾步而来，纳头要拜。

这人虽满面胡须，萧或却还是一眼认了出来，吃惊地道："董将军？"他急忙上前，将其扶起。

原来这金面龙王名为董承昴，当年曾是卫国公的旧部，英勇善战，屡立功勋，卫国公死前上书，向天禧帝举荐董承昴。后董承昴历天禧、少帝两朝的那些年间，于北方一直身居要职，及至少帝被传意外死去，顺安王上位，董承昴便以莫须有的谋逆罪名被革职，以牢笼押回京中待审，路上被其旧部截，从此再无消息。

谁能想到，这几年间纵横南洋的金面龙王，竟然就是当年的那位董将军。

董承昴唏嘘不已，叙话了几句，道："皇上，这数年间，我一直寻访你的下落，却始终没有消息，幸而长公子一直没有放弃。这次他来得也及时，早有安排，否则皇上若是再有失，董承昂便是万死，亦难辞其罪！"

他想到方才惊险的一幕，犹是心有余悸，又要谢罪，萧彧忙再次阻拦。

董承昂道："皇上、大公子，你们稍等，我去将人都集来这里。"说完他便转身匆匆去了。

萧彧转向裴右安："少傅，你怎么知道我在这里的？"

裴右安道："大内秘卫的耳目非同一般，盯着他们，就相当于自己有了耳目，但他们行事非常隐秘，且上下级之间等级分明，消息保密，除非上头想让下级知道，否则里头即便有人，有时也未必能得知确切情报。王锦这回到了泉州，他要抓人的话，何必大张旗鼓让商户上报名册多此一举？何况还动了金家，弄出不小的动静，和他平常的行事风格大不相同。我料他应是查到了什么，故意投饵罢了。他的这举动，可谓双刃之剑。虽确实如愿引出了你，却也彻底暴露了自己的意图，这才给了我可乘之机。便是顺着他，我才找到你。"

萧彧头脸和身上还湿漉漉的，一阵夜风吹来，打了个冷战。

裴右安立刻解了身上的外氅。

"不不，少傅你自己身体要紧，我不冷……"萧彧忙推让。

裴右安笑道："无妨。这点风我还是经受得住的。你身上湿的，不要冻着。"说着，氅衣已罩到了萧彧的肩上，裴右安又为他系上了带子。

氅衣温暖，仿佛还带着来自裴右安的体温。

萧彧望着裴右安，立着一动不动，眼中渐渐闪烁出微微的泪光。

"多谢少傅。是我太蠢了，竟然上了他的当……"他声音带了点哽咽。

裴右安摇了摇头："皇上无须妄自菲薄。王锦做事多年，阴谋诡计防不胜防，奸猾又岂是皇上你能想象到的？皇上年纪虽小，胸中却有丘壑。虽身处泥淖，而不忘赤子之心。先帝在天有知，必定得慰。"

萧彧听他夸奖自己，面露些许赧色，抬手飞快抹了抹眼角。

裴右安安慰完少年，又道："顺安王一心要除去三王爷，但王爷也非池中之物。我料不久之后，恐怕会有一战，到时情势复杂，胜负难料。你暂时还不能现身，泉州更不能留了。你先随董叔一道,等着日后我的消息,可好?"

"一切都听少傅的安排。"萧彧立刻点头,一顿,又道,"少傅永远是我的少傅,我却早已经不是皇帝了。请少傅往后不要再叫我皇上,叫我彧儿便可。且做不做皇帝,于我也没多少紧要了。少傅多年来对我不舍不弃,今日又救了我,已是对我父皇最大的尽忠。我绝不愿少傅为了我而再将自己置身于险地。

"少傅你可答应?"

裴右安注视着少年。见他双目望着自己,神色郑重,目光坦诚,不禁想起这少年小时在上书房里读书犯困坐着也能打瞌睡的模样,心中慢慢地涌出一阵暖意,微笑着,点了点头。

萧彧冲他一笑,笑容带着少年才有的明快,与先前的样子判若两人:"多谢少傅!"

董承昴很快带了人奔回来:"皇上、长公子,此地不宜久留,我们快些离开吧。"他又看了眼地上王锦的尸体,"是否先处置干净?"

"董叔,你能保证今夜就将人送走吗?"

"长公子放心,都安排好了,绝不会出岔子。"

裴右安沉吟了下,道:"若我所料没错,泉州城里此刻应当还有一拨想要寻找彧儿下落的人。万一他们有所察觉,也不是那么容易甩脱的。留下尸体吧,不必处置了。"

他说得有些含糊,董承昴起先一愣,再一想,明白了,哈哈笑道:"还是长公子想得周到!用这些尸体拖那些人几天,想必问题不大。"

裴右安笑了笑,领着萧彧离去。

萧彧走了几步,迟疑了下,停住脚步,低声道:"少傅,当初若不是甄家的女儿救下我,我早就已经死了。这个王锦,既然已经知道甄家曾收留过我,现在他死在这里,我也这样走了,她会不会有危险?"

裴右安微微一怔,随即道:"放心吧。这次南下的密卫有两拨。王锦到了泉州,另一拨错得了消息,先前去别的地方抓捕你。王锦和那人向来明争暗斗,为独吞功劳,相互之间消息绝不共通。王锦死了,先前被他抓去秘密审问的丢你下海的金家两个伙计也被当场打死,旁人再不会知道其中内情了。"

萧彧松了口气,这才露出笑容:"这样就好,我就是怕连累了她。"

裴右安沉吟了下，转头道："董叔，往后甄家的船若行走海上，劳烦你多照看着些。"

董承昂道："大公子放心，不用你说，我也知道。"

裴右安远眺了一眼泉州城的方向，随即迈步离去，一行人的身影，迅速隐没在茫茫夜色之中。

就在他们走后不久，萧胤棠带了几人终于赶到附近，发现地上王锦的尸体，目露诧异，立于一旁，看着随从搜检尸体。

片刻后，随从起身道："世子，尸体身上很干净，什么都没有！"

萧胤棠沉吟着时，远处随风仿佛传来一阵异动，一个负责望风的手下匆匆跑来道："世子，有官兵来了！"

萧胤棠望了眼远处已能看到的影影绰绰执着火把的人影，皱了皱眉："分头散开，切勿暴露身份！"

隔两日，便是元宵了。

泉州城中，原本当是满城处处元宵人，火树银花不夜天的一番景象。然而今年的元宵，过得却有点不一样。官府不但下令取缔灯会，实施宵禁，严令客舍和人家不得收留无路引之人，还封锁住各个城门和通往外海的港口。所有出去的人、车以及船只，都要经过严密搜查。城里人心惶惶，街头巷尾暗中传言，说城中混进了金面龙王的人，犯了案，官府大肆搜捕疑犯，被查到没有户籍或是没有路引的人，一律予以缉拿。

嘉芙这几日又提心吊胆的，偏家里还出了点事，事儿也不算大，就是闹心。

先是前些天，老太太说要给甄耀庭再说门亲事，甄耀庭不答应。而原本按照计划，到正月底，甄家会有今年第一条大船下海出洋，他一心只想随船出去，老太太和孟太太自然不许。为了这两件事，从年后开始，家里就没安生过。孟太太怕儿子偷溜上船，叫人将他暂时锁在房里，等船走了再放他出来，没想到一早，发现窗户被撬开，他人不知何时竟不见了，忙叫人出去找。

一早去的人，这会儿陆续回来，都说没见到。

城里这几天本就不太平，门房说，方才还看到附近街上有一队队的官兵巡过去。

老太太和孟太太都有点慌，嘉芙也很担心。

前后门以及角门的几个门房都信誓旦旦，说看牢了门，绝对没放公子出去过，家里各处可能的地儿也都找了，却始终不见他人。

嘉芙想他到底会去哪儿，忽然想到了一个可能的地方，便找了过去。

甄家地方很大，后花园的西北角有一处工坊，是早年父亲所用。

嘉芙的父亲从小喜欢做木工活，打造琢磨各种船的模型。甄耀庭小时候常跟在他边上来这里玩儿。后来父亲终日忙碌，一年到头难得再来一趟，这里渐渐就成了甄耀庭的乐园。他也能做一手漂亮的木活。但从父亲去世后，这几年间，这里慢慢便废弃了，平日门扉紧闭，连下人也极少经过。

嘉芙赶到那间工坊，站在门口，听到里头传出一阵刨木头的声音，心先就放下了大半。她靠近了，凑到门缝往里看了一眼，果然，见哥哥就在那张旧马凳前，正弯着腰奋力地刨着一块木料，大冷的天，身上只穿了件单衣，外衣脱了，随意丢在一旁，还忙得满头大汗。

嘉芙示意檀香赶紧去通知人，免得祖母和母亲继续担忧，自己推门走了进去。

甄耀庭见妹妹来了，手上活儿也没停，只道："妹妹，我知道你要说什么。你说吧，我听着就是，只是你别打搅我！"

嘉芙原先心里很气，但真的在这里找到他，望着他满头大汗的样子，心渐渐又软了，环顾下四周，叹了口气，拿出手帕，替他擦了擦汗，道："哥哥，我一直在想，你为什么非要出去跑船？你能和我说说吗？"

甄耀庭不应，继续呼哧呼哧地刨着木头。

"你是至今还在想着，爹没去世，只是流落在他自己没法回来的地方，你没亲自出去找一遍，不死心是不是？"

甄耀庭动作一顿。

嘉芙坐到边上的一堆旧木料上，抱膝出神。

甄耀庭起先还在继续刨着木料，动作渐渐越来越慢，终于停了下来，一动不动。

工坊里光线昏暗，带着霉味的空气里，飘浮着一缕淡淡的来自刨花的新鲜木头清香。

嘉芙出神片刻，轻声道："哥哥，你偷偷想念咱爹，我也是。我也盼着他没事儿，但这是不可能的事了。有些话，我早就想和你说了，趁这回全说了吧！要是你觉得难听，那是因为我说的全是实话。你还记得年前我们回来经过福明岛发生的事吗？那回也不是说你全不对，那人对张叔无礼在先，你护着张叔，原是没错的，但后来那人都下船了，且身后的那些人看着都不是良善之辈，咱们出门在外，能少一事是一事，吃点亏又如何？你偏忍不下去闹了一场，幸好那几个人自己走了，否则还不知道会出什么事。"

甄耀庭哼了一声："妹妹你这话就不对了。当时那人先挑事，还把我摔地上，我骂几句也是我的不对？"

嘉芙道："你打得过他？你知那些人什么来头？你骂几句，是过了嘴瘾，万一得罪我们得罪不起的，你打算怎么办？"

甄耀庭嘀咕道："会有什么来头？我们家在泉州，谁不给三分面子？"

嘉芙笑："你也就知道个泉州那么大的地方了。年前进京，难道就没有半点感悟？随便什么样的人，只要是个官，我们见了先就低人一等。至于那些稍有权势的，要是有心要我们不好，还不和掐死蚂蚁一样轻巧。哥哥，先前因你是一心护着我，我就没说。那日你冲进去，强行要见老夫人，还说了那样一番冒犯的话，要不是咱们运气好，遇到老夫人那样的开明人，歪打正着，换成别人，你倒是试一试？"

甄耀庭一怔。

"人先自立，而后立于人前。你在泉州，出去了人家听到你的名头，都叫你一声爷，那是冲着咱们爷爷、咱们爹留下的家业，不是冲着你的。说句难听的，万一有事了，光是你，谁会买你的账？我也不说别的了，就说玉珠姐姐。你相中了她。她不过一个丫头而已，但哥哥你能做什么？你只能偷偷摸摸去找她，能说上一两句话就是运气好了。先不说玉珠姐姐看不看得上你，就算她也看中你了，你有那个底气堂堂正正地过去，开口把她从那里接出来？你没有！"

甄耀庭的脸慢慢地涨红了。

"读书不成便罢，祖母和娘如今也不逼你了，但至少，哥哥你要担起身为甄家独子的责任吧？我还记得那日二表哥来的时候，你冲出来说，要是妹妹嫁不出去，大不了你养她一辈子！哥哥，我有你这样护着，实在是我的福气。只是爹已经没了，祖母老了，你要是一直这样下去，叫我怎么去靠你？"

说到动情处，嘉芙泪光微现："哥哥，你道我们家为何先前要将我嫁去他们家？娘为何对他们小心奉承？是祖母怕你不成器，日后接不了甄家家业，才想着用我去给你换个靠山！只是那边水太浑了，娘不忍心，这才带了我回来。哥哥，你要是真的想爱护我一辈子，那就拿出你做兄长的样子，别整天不切实际地幻想，好好做事，立身立业，要不然这回，就算娘拼着祖母责备为我推了这门亲事，下回还有别家等着我。因咱们家是祖母说了算的。哥哥你到底懂不懂？"

甄耀庭呆住了。

方才妹妹说到玉珠，他便觉得心里仿佛被针给扎了一下，再说到裴家婚事，更是如遭当头棒喝。

他从前一直以为妹妹能嫁去裴家是她运气好，往后要做人上人了，却没有想到，竟还有这样的隐情。

他羞愧万分，脑袋越垂越低，恨不得地上有条缝好让他钻进去。半响，他方抬头，咬牙道："妹妹，你别说了！我知道我的浑了！让妹妹你为我换靠山，我甄耀庭算个什么东西！你别难过了，我往后一定不会再让妹妹为我受委屈了！"

之前每次，无论家里怎么打骂，或是苦口婆心，哥哥都是表面应着，转个头照旧。

嘉芙从没见他露出像此刻这般羞惭的模样，心里也感觉到了，哥哥这回应得和从前完全不同了。

万事开头难，哪怕他现在还不能立刻全改，但只要他心里真的有所触动，那就是个好的开始。

连日来压在心中的郁颓，终于有所消解，嘉芙看了眼他边上那艘正在做的船模，道："哥哥先把这个做完吧，送给我。"

甄耀庭挠了挠头："我做得没爹好。你要是不嫌弃，我就送你。"

嘉芙笑道："哥哥送的，我都喜欢。"

甄耀庭咧嘴一笑，急忙又吭哧吭哧刨了起来，口中道："散件快好了。妹妹你等等，搭起来很快的。"

嘉芙点头，托腮带笑坐在一旁，看着他忙忙碌碌。

过了一会儿，甄耀庭找不到墨斗了，嘉芙起身帮他找，环顾一圈，看到墨斗就掉在角落的一堆木料旁，便走过去弯腰去捡，抬头之时，不经意间，竟看到木料堆后有只穿着黑靴的男人脚，只露出了半只鞋头。

嘉芙吃了一惊，心口咚地一跳，定住心神，正想装作若无其事先退出去，甄耀庭已经走过来，哎了一声，指着那里道："就在你前头脚边呢，妹妹你怎么不捡起来？"

嘉芙抓起墨斗，起身转头捉住他的手臂，带着往外去，若无其事地道："哥哥，我想起来了，娘方才急得很，我出来找你也有一会儿工夫了。要不我们还是先回去吧，这木船等你慢慢做好了，再送我也不迟……"

她一边说，一边重重捏了一把他的胳膊，随即压低声，飞快地道："别回头，别说话，和我出去！"

甄耀庭满头雾水，但见妹妹双眼笔直看着前方，神色紧张，张了张嘴，又闭了回去。

就在两人快出工坊大门时，一个声音从背后传了过来："站住！"

嘉芙头皮发麻，一把扯着还不明就里的甄耀庭，抬脚向外狂奔，张嘴正要高呼，侧旁一道身影一闪，门口就被挡住了，一柄雪亮的长剑，横在她的面前。

嘉芙一眼就认了出来，这执剑突然现身的，竟是那日在福明岛和哥哥起冲突的人！

甄耀庭起先一愣，很快便反应过来，也认了出来，一下睁大眼睛，只是还没来得及张口，那人一个箭步，一掌便击到了他的后颈之上。

甄耀庭昏了过去，倒在地上。

嘉芙又惊又怒，听到身后传来脚步声，猛地回头，看见萧胤棠跟着从那堆木料后现身，朝着自己慢慢地走了过来。

他的两道目光，如利剑般停在她的脸上，似要剜割她的发肤，深至血肉，薄薄双唇却偏带着温柔微笑："小娘子莫怕。我虽不是良善之辈，但只要你照我的吩咐去做，我保证，不会伤害你一根汗毛。"

萧胤棠的父亲是云中王萧列，被封于云南。

作为王府的世子，在没有得到皇帝的诏令或是许可之前，他也不能擅自离开封地，否则，轻被视为藐视朝廷法度，重则等同谋逆。而且，萧胤棠这一趟离开云南，实属私下所为，事先并未得他父亲云中王的许可。

三年前，少帝狩猎意外驾崩后，关于他其实并未死去，而是事先有所防范，故当时得以逃出生天继而流落草野的传闻便一直不断。因事关重大，这几年间，萧胤棠一直在暗中探寻少帝的下落，但始终无果。

就在几个月前，他又收到探子的消息，朝廷密探近来频频现身福建泉州一带，行动疑似和少帝下落有关。当时云中王正随朝廷派来的宣慰使马大人去往滇西的孟定府召宣孟密王、木邦王等西南蛮夷首领，教化四夷，宣扬君威，人并不在王府里。萧胤棠唯恐耽误时机，派人秘密给云中王送去个消息，自己带了几个得力亲信，连夜乔装便出了云南，一路周折，辗转终于追踪到泉州，不想最后还是迟了一步。前夜他赶到通津门外的海边时，只看到了几具大内密探的尸体。

据这两天的消息，那晚的事情，似和近年崛起在海上的金面龙王有关。

金面龙王是什么人，为何牵涉到少帝案里？少帝那晚到底是落入了金面龙王的手里，还是早已经死去，抑或那晚不过是密探和金面龙王之间的单纯冲突？

这些都是疑问。但这么短的时间里，他没法确定。

事情到这地步，他亦知道，自己就算再留下，也无大用了。而且，他需尽快赶回云南。

那个马大人，名义上来宣慰云南，但不用想也知道，必是皇帝怕父王和那些蛮王相交，这才派他来监视，记录父王的一言一行，以至于父王在这个小小的宣慰使面前，也要毕恭毕敬。这种时候，万一他的行踪或是擅自出云南的消息有所泄露，就是给了朝廷发难的最佳借口。

按照既定的行程，马大人会在这个月底回昆明。作为云中王的世子，到时他必须在王府里露面。

时间所剩已经不多，他要尽快离开泉州赶回云南。

但那天晚上过后，接连两天，泉州城里白日严查，入夜宵禁，萧胤棠还没来得及出城，泉州便已封城闭港，截断了他所有的去路。

他在出来前，自然携带了预先准备好的用以证明假身份的路引，从前向来通行无阻，但这一次，他还是疏忽了。

昨天一早，就在他预备以路引出城时，前头一个来自云南的商人被拦下抓了起来。商人喊冤，城门卫给出的理由是上头有令，但凡携云南籍路引的外乡之人，见了不问原因，一律先抓起来。

官府为什么要抓来到泉州的云南人？

萧胤棠推断，朝廷来人，应当把这次的事件和云中王府也联系起来了。

这是一个非常危险的信号，恰也说明，皇帝如今对自己父亲的防范，已经到了怎样的地步。

路引既然无用了，他当时就退了回来，另想办法。

他很快就想到那天在福明岛与手下刘义起过冲突的那条船的船主。

他记得清楚，当时那个冲出来的纨绔自称甄家。

从船和那个纨绔的口吻来判断，这个甄家，在泉州应是数一数二的大富。

商户地位虽低，但能做成大富，和当地官府的关系往往非同一般，有些事情，旁人办不了，越是这样的商户人家，反倒越畅通无阻。

刘义探听回来的消息，确证了他的所想：甄家和州府往来丛密，而那个少年名叫甄耀庭，三年前丧父，是甄家的独苗。

犹如天赐的机会，权衡过后，萧胤棠就不再犹豫，决定铤而走险，想办法以甄家独子来挟制甄家，借助甄家在泉州的人脉，尽快助自己出城。

昨天整整一天，那个少年并未出门，萧胤棠却拖延不起了，于是趁着深夜，与刘义一道潜入了甄家。

萧胤棠原本并未将甄家放在眼里，不过泉州一商户而已，家业再大，请的看家护院，料不过是些泛泛之辈。没想到甄家因老的老，小的小，老太太对看家护院这一块儿极为重视，重金请了官府退下的一个林姓老捕头。老捕头组织人手，尽心尽责，且这几天外头乱，入夜更是亲自守着门关，萧胤棠一时难以得手，也是有所忌惮，怕万一不成反而惊动官府，故天快亮时，退到了甄家后花园，本要先离开的，没想到老天也帮了他一把，一早，竟看到甄耀庭自己独自来了后花园。萧胤棠便和刘义悄悄跟了上去。

就在方才，他正要出手时，看到一个容貌生得极美的少女又找了过来，便继续隐身在角落,静静地听完这一番兄妹对话,心里的计划,更加笃定了。

这个甄家的女儿,脑子清楚,有条有理,兄妹感情看起来更是不浅,制住甄耀庭,让她代自己去传话,再好不过了。

嘉芙看着萧胤棠就这么毫无防备地出现,停在自己面前,有那么一瞬间,胸口针扎般闷疼,眼前阵阵发黑,一种犹如上辈子临死前那种极端的绝望和痛楚之感,从天而降,将她整个人再次紧紧地裹缠起来。

她紧紧抓住手边的门框,闭了闭目,等那阵袭来的眩晕感过去,才站直身子,慢慢地睁开眼睛。

"这里是我家。你是谁?想干什么?"

她盯着萧胤棠问,一字一顿,声音异常清晰。

萧胤棠微微一怔,目光在对面这个少女的脸上再次定了定,心里的那种奇怪感觉,越发强烈了。

这个甄家的女儿,生得极美。

王府里不乏美人,但可以这么说,这少女是他生平所见过的最美的美人了,不但肤光玉曜、色殊无双,更有一种叫人见了便想疼惜的楚楚之感。

任何一个正常的男人,面对这样一个美人,起一点念头,原本再正常不过。

萧胤棠自然也乐于享受美人,但他分得清,什么时候应该做什么事。

这种时候,再美的美人,于他也只是一个借助脱身的工具而已。

但这个甄家女儿,就在方才,忽然令他产生了一种奇怪的内心波动。

他走出来,她看到自己那一刹那,脸上血色顿失,双眸圆睁,那种第一反应的眼神和表情,骗不了人,更逃不过萧胤棠的一双眼睛。

她让他产生了一种错觉,仿佛她从前认识他,并且对他怀了极大的厌恶和恐惧。

有那么一瞬间,她看起来虚弱得甚至快要站不住了。但很快,她就稳住了情绪。

这更异乎寻常了。

一个看起来不过才十五六岁的少女,突然看到自家后园里冒出陌生的闯入者,闯入者将她的兄长袭倒在地,她却很快镇定下来。

萧胤棠忽然想知道，这是她的真实反应，还是在强作镇定。

但是此刻，他已经没有多余闲情去探究这个了。

他看了眼地上被刘义用剑指着的那个少年，抬起目光，视线再次落到面前这少女的脸上，说道："现在就去告诉你家里能做主的那个人，我需要尽快出城。等我安全离开，你的哥哥也就安全了。否则，他会为我陪葬。"

一辆马车被车夫赶着从甄家出发，边上随着骑马的张大和甄家小厮，辚辚去往城西的义成门。

义成门今日当班的是总把石全友，带了一队人，分列城门左右，正对出城的人马进行一一搜检。坐轿的掀开轿帘，挑担的拿刀尖戳着箩筐，走路的打开包袱，吆三喝四，正抖着威风，忽然看见远处来了一辆马车，石全友认出边上骑马的张大，吆了一声，迎了上去。

张大忙下马，叫马车也停下，站在道旁和他寒暄。还没说两句，忽听马车里传出一个男子的不耐烦之声："张大，前头是死了人挡道不成？马车怎不走了？"

石全友便知道了，马车里坐着的，是甄家那个有名的公子哥儿甄耀庭。

这甄家的儿子，他先前只远远见过几面，知道他的名声，这回一听声，果然是横惯了的人，便笑道："车里是甄公子啊？实在是对不住，想必公子你也听说了，咱们城里这几天不太平，我这不也是照上命行事吗？甄公子这是要去哪儿？"

张大叹气，道："就是被这不太平给闹的，你也知道，我们家老太太年纪大了，要管这么多事，原本就是撑着的，这几天再被城里这事一闹，邪气入侵，昨日便染了风寒，今天躺着起不来了，偏说好今日要去西城外的庄里有事的，就让我家小爷代去了。劳烦兄弟你检查下，我好陪我们公子早去早回，等明日你有空了，我去找你吃酒。"

张大说着，朝他递了个眼神，随即凑到他耳畔，低声道："正好这里碰到了，顺便和你说一声。我们东家去年底回来一条船，带了不少好货色。我们老太太前几日正好提了句，说你时常带着兄弟替我们巡码头，很是辛苦，去年底因事多，一时没顾上谢人情，这两天你瞧何时有空，晚上过来，我领你去看看。"

石全友知能捞一笔好处了，心花怒放。若是一般的查防，此刻不看也罢，只是这回上头再三严令，他也不敢懈怠，便道："因上头有令，无论哪家出去，都要看过才放，甄公子，得罪啦。"说着他走到马车前，推开车门，朝里望了一眼，赫然看见那甄家公子歪靠在椅背上，头发也没梳齐整，垂落下来，一袭华丽衣裳，襟带略散，怀里竟抱坐了个女子，他正埋首在她肩上，状似亲热，只露个额头出来。

那女子背对着门，一头乌发光可鉴人，也是散乱不整，发间露出了一小段雪白后颈。虽看不到脸，只光看这一段后颈，便已是婉转可怜，令人遐想无限。

石全友哪里敢细看，回过神，急忙关上车门，定了定神，心想听闻甄家儿子向来纨绔，今日一见，果然如此，出城办个事，竟都不忘在路上风流快活，也是他投对了胎，生在甄家，才有这样的命。想自己终日辛劳，也不过就是混个饭饱，果然人比人气死人，石全友摇了摇头，便示意手下让道。

张大朝他躬身道了句谢，马车便朝前继续行去，出了城门，他方觉后背沁出冷汗。

方才那一幕，实在是凶险。

泉州有七个城门，他之所以选义成门出城，事先是经过再三考虑的。

嘉芙父亲去世后，甄家的对外事务一概由张大跑动，他稳重能干，长袖善舞，将泉州官府上上下下打点得无不妥帖，出去了也有几分脸面，人都称一声张爷。这个石全友，和他的关系向来不错。

最重要的一点，石全友对甄耀庭并不熟悉，平常更无往来。正是基于这样的考虑，张大才决定走这城门。幸好有惊无险，顺利得以通行。

马车车厢内一眼到底，绝无可能藏人，那个石全友怎会想到，车厢里大咧咧坐着的男子并非甄家公子，而是一个亟待出城的来历不明之人，他更不会想到，同车女子竟是甄家女孩儿嘉芙。

嘉芙曾伴萧胤棠多年，知他精于算计，做事不择手段，天性里又带了一种类似赌徒的凶愎和自负。

就在出发之前，他提出要她同车而行以做掩护，老太太起先不应，说给他另外安排一个机灵的信靠侍女，但他坚持定要嘉芙。因孙子被他制着，胡老太太最后无可奈何，要他对天起誓，不能伤害嘉芙，且出城后要立刻放了她。

萧胤棠答应了。

方才马车快靠近城门时，他突然将她发髻打乱，扯散衣襟，做出和她亲热的样子。

就在马车门被打开的那一刹那，嘉芙清楚地感觉到，他的手劲加剧，力道大得似要将她的腰肢掐断，且浑身陡然绷紧，犹如一张拉满的弓。

这是情绪极度紧张，肢体也随之变得极度兴奋的一种征兆。

嘉芙一直闭着眼睛，一动不动，一出城门，便推开了还抱着自己的萧胤棠，要从他膝上起身，才站起来，忽见他双手竟又搭上了自己的双肩。

嘉芙感到肩头一重，膝窝一弯，人竟被他又压坐回去。

萧胤棠微微低头，目光落到嘉芙那张幼嫩得吹弹可破的面上。从她的一双眉眼开始，视线慢慢往下睃巡，经过她的鼻，最后落到她的唇瓣上，停驻片刻，忽微微靠过来，鼻尖凑到她的鬓边，试探般闻了下那缕散自她发间的馨香，喉结随之微不可察地动了动，跟着抬起一只手，似要捏抬她的下巴。

嘉芙转脸，避开他的动作，抬手飞快地敲了敲车壁，发出两下清脆的笃笃之声。

车窗外立刻传来张大绷得紧紧的声音："公子有何吩咐？"

刚出城门不久，这里距离还很近。

萧胤棠那只手落了个空，停在空中，微微一顿。

嘉芙便挣脱出来，自顾自扶着车壁到了靠近车门的一个角落里，背对着他，低头整理好略微凌乱的衣衫，再绾回长发，再没有回过头。

马车方一出城门，便加快速度，张大在旁紧紧跟随，一口气出去了十多里地，终于赶到庄子口。停下后，他远远地打发走了车夫和近旁的所有人，上前压低声道："这位公子，到了。"说着他便推开车门，往里看去，见嘉芙坐于旁，那男子斜斜靠坐在马车后座里，目光盯着她的背影，除此，并无别的异状，方松了口气，又道，"公子，到了，此地已经安全，马出来前是喂过的，脚力也是极好的，今日至少还能行数百里路，从这里往西，有条便道可出泉州，白天也少有人往来，请公子速速离开。"

萧胤棠嘴角勾了勾，方收回目光，自己慢慢地束回头发，将衣襟掩齐，起身从嘉芙身边走过，弯腰下了马车。

张大忙将自己方才出城的坐骑奉上，见这人翻身上马，终于朝着自己方才指点的方向策马而去，身影渐渐消失在道路尽头，方长长吁出一口气，擦了把汗，跑回到马车前，低声安慰道："小娘子，方才你委屈了，好在这恶贼已经走了，并无人知道……"

"张叔，我没事的，不必为我担心。"

隔着那扇马车门，传出一道低柔的声音。

嘉芙当晚没有回城，而是宿在了田庄里。她泡在注满热水的浴桶里，将自己整个埋入水下，一遍遍地反复擦拭着全身的肌肤，直到最后，擦得浑身发红，被碰过的肌肤泛出血丝，在热水浸泡下变得隐隐刺痛，这才终于压下那种发自体肤深处般的蚀骨恶寒之感。

萧胤棠人是离去了，他的那个随从刘义却还一直秘密留在甄家，将甄耀庭扣住。老太太把事情瞒得密不透风，全家上下，除了孟氏、嘉芙和张大，其余人对此一概不知，直到半个月后，官府清查全城无果，城门封锁结束，刘义才于深夜时分悄悄走掉。

这半个月里，甄耀庭就一直被他困在那间工坊里。那日清早，嘉芙冲进工坊，看到哥哥的时候，险些认不出他来。

甄耀庭脸颊凹陷，形容憔悴，浑身散发恶臭，听到嘉芙扑上来叫他哥哥，痛哭流涕，跪在地上，不住地扇自己的耳光，当晚便病倒了，这一病，直到入了三月，才渐渐地好起来。

大病过后，甄耀庭像是变了个人，再也不提随船出海，更不再和泉州城里的那帮子纨绔少年厮混，每天跟着张大早出晚归，忙忙碌碌，和从前判若两人。

这年的开头，甄家虽遭了这样一场莫名的飞来横祸，所幸事情终于过去，甄耀庭经此意外教训，性子也大为转变。老太太和孟太太看在眼里，也算欣慰。到了三月廿三妈祖会的那天，泉州全城人出动，民众唱戏放炮，纷纷到妈祖庙里祭祀祈福，整条路上，从头到尾，挤满了人。

往年，妈祖会都是由甄家和城里的另几个大户牵头，今年也不例外，老太太带着孟太太和甄耀庭、嘉芙兄妹，一起到了庙里。

妈祖庙里人头攒动，隆重祭祀过后，老太太便亲自带着甄耀庭去拜会今日前来的州府里的官员。孟太太则带着嘉芙，预备去妈祖庙后专为大户女眷所设的静室里小坐。

孟太太带了几个仆从，和嘉芙从前殿转出来时，遇到了一个平日关系不错的小官太太，被那太太拉住了说话。那太太一边说着话，一边笑眯眯地看着嘉芙。嘉芙知她应是想替自己牵线说媒，便背过身，往边上靠了点，等着母亲把那太太打发掉，忽然，听到远处传来一阵喧嚣之声。

嘉芙抬眼，见前方竟冒出一阵滚滚浓烟，也不知道哪家停在港口的船起了火，接着，就听到有人高呼，说金面龙王上岸打劫，杀人放火，正在往这边冲来，让人快跑。

泉州的许多海船在出海时虽受金面龙王的保护，但这是不能拿到台面上说的事儿，对方毕竟是海盗，且在官府的公文里，金面龙王罪恶滔天，不啻海上恶魔，通缉的榜文还明晃晃地张贴在各个城门口，忽然听到金面龙王上岸打劫杀人放火，众人无不恐惧。

其实只要稍微带点脑子，也就知道这是不可能的。妈祖在南洋一带被认为是渔民的保护神，金面龙王虽是海盗，但也靠海吃饭，就算他真要上岸打劫，也不至于选在这个日子。

但事情往往就是这样，一旦有人逃跑，恐慌就会迅速蔓延，谁还会去想是真是假。

妈祖庙前顿时乱成一团，众人纷纷掉头逃跑，孟太太被一个冲过来的人给撞了一下，险些摔倒，幸好被边上的刘妈给扶住了，人还没站稳，先喊嘉芙。

嘉芙听到母亲焦急呼叫自己，应了一声，正要跑去和她会合，转眼竟被冲来的人流给隔开，脚踝也不知被谁给勾了一下，打了个趔趄，口鼻忽被人从后捂住，鼻息里钻进一股甜津津的气味，她想叫，却叫不出声，很快，人就失去了意识。

嘉芙苏醒的时候，发现自己手脚被缚，嘴巴堵着，躺在一辆马车里。

马车门窗封闭，光线昏暗，行进速度极快，颠簸得厉害。

她的头还昏昏沉沉的，手脚酸软，连动一动都没有力气。

年初的那次意外过后，很长的一段时间里，嘉芙再次陷入了梦魇。

一睡着，她就会梦到关于前世的种种，醒来心惊肉跳，平日更是不敢单独出门。

她有一种感觉，那天萧胤棠的离去，并非终结。

那一刻，或许才是这辈子梦魇的开始。

她被这样一种想法给折磨着，内心充满了彷徨和恐惧，想摆脱，却无法摆脱，更无人可以倾诉，哪怕是最疼爱自己的母亲。

终于，两个多月后的今天，她的隐忧被证明了，来得这么猝不及防。

萧胤棠。

他是她唯一能想到的会对自己下这种手的人了。

也只有他了！

马车在颠簸中前行，嘉芙忍住那种想吐的天旋地转之感，命令自己镇定下来，用尽全身力气，十个指甲深深地掐进掌心肉里，用疼痛来逼自己尽快恢复意识。

这几个月来，一直折磨着她的那种恐惧和焦虑，在这一刻，突然间烟消云散。

最坏的事情，既然无可避免已经发生，那么现在，她还有什么可害怕的？

想办法，去直面就是了。

嘉芙的猜测，当夜就得到了证实。

马车停下，上来一个壮实的中年妇人，手里提着盏灯。虽然灯光昏暗，但一个照面，嘉芙立刻就认了出来，这妇人正是云中王府的人，姓朱，不但会拳脚，力气也极大，打寻常一两个男人，稀松不在话下。梦里在她刚失身于萧胤棠被带回去的时候，有段时间情绪很是不稳，那时萧胤棠已成婚，世子妃就是后来做了皇后的章凤桐，她在得知萧胤棠私藏了一个女子后，非但没有因丈夫纳人心生不悦，听闻嘉芙并不顺服，反亲自过来，苦口婆心地再三劝说，为了防备她寻短见，还让这妇人盯了嘉芙一段时间，故此刻见到她，嘉芙立刻便认了出来。

朱嬷嬷上了马车，起先不说话，只暗暗打量嘉芙一眼，见这少女果然生得花颜月貌，想到出来前得过的吩咐，万一路上有个闪失，回去恐怕没法交代，便决定先给这少女一个下马威，断了她逃跑的心思。于是她将灯挂了，从袖子里摸出一个坚硬的老核桃，放在手心随手一捏，咔一声，核桃碎裂。

妇人摊开手，沉着脸道："上了这马车，那就要老老实实，要是不听话，当心吃苦！"说完，见嘉芙不语，她又换了一副笑脸，"自然了，小娘子你也莫怕，等到了你就知道，这是你天大的福分，旁人想都想不来的一件好事。我姓朱，路上就由我来

伺候小娘子。"

嘉芙缩在马车角落里，低头一动不动。

马车继续前行，一直到深夜才再次停下，落脚于一间客栈。下马车前，朱嬷嬷解了捆住嘉芙双脚的绳索，但依旧留着手索和塞在嘴里的东西，用一件大氅将她的头脸完全遮住，夹杂在一行人里挟她入内，过了一夜，至天明，再次上路。

这一行七八个人，扮成外出行路一家主仆，如此挟着嘉芙，马不停蹄地一路往西赶去。半个月后，行路条件渐渐有所变化。先前白天有时不走官道，专拣偏僻的颠簸小道，入夜宿在小客栈或是道旁人家里，但半个月后，就改而全走官道，一路畅行无阻，入夜则入住驿舍，住的是最好的房，驿丞对这一行人，毕恭毕敬，服侍殷勤周到。

嘉芙心知应当已经入了云南，想来再这样走个几天，自己就要被送到王府所在的武定府了。尽管如此，这个朱嬷嬷的看管，却半点也没放松。虽然应了嘉芙的要求，晚上不再捆住她的手脚，却将她的衣裳收走，睡觉时压在自己的枕下，天明起身才还给她，以防止她趁着自己睡着逃跑。

嘉芙已经想得十分清楚，想靠自己在半路逃脱，这几乎是没有可能的事，即便侥幸，真叫她抓住机会逃走了，孤身一人在路上可能遇到的风险，也是她无法预料的。

从被掳上路，距离家乡越来越远之后，她就没再起过半路逃脱的念头了。

她唯一的希望，还是走当初的老路，想办法再找到裴右安。

只有借助他的帮助，自己才有可能脱身。

嘉芙十分确定，裴右安这几年应该一直在云南，和云中王的关系也非同一般。但她并不知道，现在这个时点，他人到底在不在这里。她也不能向这个无论是白天还是晚上都寸步不离跟着自己的朱嬷嬷打听，免得惹出她的疑心。

这天傍晚，天快黑了，马车在行了一个白天之后，终于停下来。

根据这些天的经验，嘉芙知道应该抵达了今晚要落脚的驿舍。为避免落人耳目，同行里有人会先进去要屋子，等安排妥了，自己就会被朱嬷嬷从偏门直接给带进去。

朱嬷嬷早已饥肠辘辘，又吃腻了车上自带的干粮，片刻后，见进去的侍卫还没出来，有些不耐烦，起来推开车窗，探头出去张望，正好见人出来了，便问："怎么回事？"

那侍卫道："里头只有一个单院，已给人留了，只是这会儿人还没到，我便叫他先给我们，他却不应！"

"是谁？"朱嬷嬷有些不快。

侍卫到了近前，低声道了一句。

朱嬷嬷一愣。

驿丞方才看了路牌，知这一行人来自云中王府，瞧着虽是办事的，并非主子，但既是王府出来的人，又怎敢怠慢，这会儿又亲自跟了出来，跑到近前，躬身赔笑道："这位嬷嬷，您就是借小人天大的胆，也不敢不敬诸位。只是实在不巧，那个单院已留给裴大人了。我这里另还有一间上房，连带左右厢房，旁边也没有别的闲杂人等。除了不带院，其余无不上上，也极清静，正适合你们一行。我这就带几位进去歇脚，如何？"

一行人从进入云南后，这几天一路过来，驿舍里住的屋，都是最好的，便是已经有官员入住，得知王府有人来了，也无不让出。

这趟出来，诸事只宜低调，何况听到那人的名头，怎敢强行占用，朱嬷嬷压下心中不快，皱眉道："罢了，那就这样吧，快些去安排，上热菜热饭！"

驿丞松了口气，躬身答应，正要安排，朱嬷嬷又叫住他，压低声道："我们明日一早便走。不许在那姓裴的面前提及我这一行人！"

驿丞有点不明就里，但连声答应，转身跑了进去。

朱嬷嬷叮嘱完了，方转头，将那件大披风递了过来，对嘉芙道："下去了。"

嘉芙一言不发，接过来默默地罩在了头脸上，一颗心却陡然间跳得厉害。

她方才听得清清楚楚，驿丞提到了"裴大人"。

据她所知，在云中王的势力范围内，除了裴右安，并没有第二个姓裴的人，能让这个跋扈的王府嬷嬷也有所忌惮。

要是她没有猜错，十有八九，这个"裴大人"，应该就是裴右安了。

这一路上，她曾想过无数次，到了后，该怎么想办法尽快把自己的消息递给裴右安，以请求他的帮助，没想到得来全不费工夫。

还没到达王府所在的武定府，此刻她竟就先在这里听到了裴右安的消息。

更幸运的是，今晚她还会和他落脚在同一间驿舍里！

因为控制不住激动，嘉芙双手微微发颤，以至于领口衣带系了几次，都没系好。

朱嬷嬷在旁等着，见她半晌还没系好，不耐烦地盯了她一眼。

嘉芙怕被她瞧出端倪，极力稳住心神，终于穿戴完毕，低声道："我好了。"

朱嬷嬷端详着她，将她戴着的软帽朝前又拉了拉，遮住了大半头脸，这才推开车门，自己先下去，又带嘉芙从马车上下来。

外面的夜色，已经十分浓重了。驿舍大门前亮着两只灯笼，上头显着"澂江府"几个大字，夜风阵阵，吹得灯笼晃来荡去，地上投出一团晃动着的昏黄光晕。

嘉芙腿脚有些发虚，刚下马车，站了站才稳住身子，被朱嬷嬷催促着，正要抬脚前行，就在这时，身后夜色笼罩下的驿道上，现出了四五骑的身影。伴随着马蹄之声，那几人朝这边疾驰而来，很快，一行人纵马到了近前，速度减缓，几团黑色影子从马车旁掠过，停在驿舍大门前，距离嘉芙，不过十来步路。

一个男子行在前头，从马背上翻身而下，将马缰递给随从，随即朝前走去，行到大门口时，灯笼恰照出了他半张侧脸的轮廓。

光线虽然明灭不定，但嘉芙依然一眼就认了出来。

她的呼吸一下屏住了。

如此之巧，这人竟然就是裴右安！

朱嬷嬷也认出了裴右安，不愿被他看到自己一行人，立刻拖着嘉芙闪身回到马车后，借着阴影暂时遮挡。

就在认出裴右安的那一刹那，嘉芙全身血液骤然凝固，心跳得不能自已，朱嬷嬷拖她时，她下意识地挣扎了几下，扭头正要高声呼他，却被朱嬷嬷一把捏住了嘴，狠狠地拽了过去。

妇人目露凶光，将嘉芙的一双胳膊狠狠地反拗了起来。

嘉芙痛得倒抽一口冷气，整个人无法动弹。

妇人凑到她的耳畔，压低声叱道："你想干什么？"

嘉芙一凛。

就算她继续挣扎，发出的动静吸引了不远处裴右安的注意力，这个朱嬷嬷也绝对不会让她再有机会开口，更不可能会让裴右安看到她。

嘉芙停止了挣扎。

裴右安已经走到门口，忽然停住脚步，回头看了一眼，见一辆普通制式的马车静静停在路边，夜色笼罩之下，黑魆魆的一团影子。

"裴大人，您到了？"

驿丞看到了他，急忙从里面迎出来。

裴右安朝驿丞微微颔首，转头又看了一眼身后，终于还是迈步，朝里走去。

朱嬷嬷只知这女子来自泉州，是一家商户的女儿，做梦也想不到嘉芙和裴右安不但认识，两人还是那样的关系，但对嘉芙方才的举动极其不满，带她入房后，饭也顾不得吃，神色阴沉地盯着她，先开口教训："你方才到底意欲何为？我见你是想叫住那人？你和那人认识？"

他们的距离已经那么近了，她却只能眼睁睁地看着他从自己面前走过去。

错失最好的一个机会，嘉芙整个人陷入了巨大的沮丧里。

但这还不是最糟糕的。

要是无法打消掉这个妇人的疑虑，过了今夜，等裴右安走了，而她被送到萧胤棠的手里，下次再想找机会把自己的消息递到他面前，便不知会是何时了。

嘉芙泣道："他是我的兄长！我原本有两个兄长，一个小时走失了，我方才一看到那人，便认了出来！绝对不会错的，他便是我那个小时走失的兄长！嬷嬷，你说的那个地方再好，我也不想去！求求你了，我只想回家！求你行行好，带我去见我的兄长！我想和他一道回泉州！"

嘉芙双手捂面，眼泪从指缝间汩汩而下。

朱嬷嬷方才本已起了疑心，听完后，却嗤之以鼻。心道这女孩儿年纪毕竟还小，从前想来一直养在深闺，也不知怎的就入了世子的眼，遇到这样的事，这一路过来，想必也是吓傻了，看到随便什么人，竟就敢认成是自己的兄长。

那裴右安分明是京城国公府里的长子，什么时候竟成泉州一个商户人家里的儿子了？

朱嬷嬷冷笑道："小娘子，这一路过来，我待你已经很是周到了，好话也都和你说尽，我劝你不要再胡思乱想，再两日就到了。我告诉你，此处是云南，不是你能撒野的地方,你若再敢给我惹事,当心没好果子吃!"

嘉芙露出惧色,慢慢缩回床边,只是抱膝不住饮泣。这妇人方打消疑虑,因腹中饥饿,也就不管她了,自己先去吃饭,半饱时,斜眼看了嘉芙一眼,见她渐渐停止哭泣,坐在那里发呆,便呼她过来一道用饭。

嘉芙擦了眼泪,起身慢慢走过去,坐到桌边。

妇人瞥了她一眼,见她两只眼皮子哭得红肿,灯下看起来倒更添了几分我见犹怜之色,想这女子日后若得了世子的宠爱,自己此刻也不好太过得罪她,便破天荒地亲手打了一碗饭,送到嘉芙面前,笑眯眯地道:"咱们已经到了澂江府。方才我也讲了,再走两日,就到地方了。到了你就知道,我先前和你说的那话,没半分骗你。你这般的福气,世上多少女子盼都盼不来的。"

嘉芙心里冷笑,口中却问:"敢问嬷嬷,那你们到底要带我去哪里?"语气里透出几分怯怯之意。

朱嬷嬷嘴却依然很紧:"到了就知道,你莫问。"

嘉芙不再开口,只低头默默吃饭,妇人叫人入内收拾了,又命人送来水,胡乱洗了洗,便出去吩咐侍卫轮班值守。

嘉芙人在屋里,竖着耳朵听外头动静,听见她的声音隐隐传来:"过两日便到了,全给我打起精神来!要是临最后出了岔子,谁都担不起!"

白天赶路也是乏累,这妇人安排妥了事情,此刻也想早些躺下歇息,回房后,叫嘉芙脱得只剩小衣,将衣裳拿来压在自己的枕下,随即命嘉芙躺下,自己也熄灯睡了下去。

驿舍里终于安静下来。

已是深夜,一道惨白的月光,从窗棂照了进来。

朱嬷嬷睡得渐死,发出阵阵如雷的鼾声。

嘉芙慢慢地睁开眼睛,偏过头,望着躺在自己外侧的这妇人的模糊身影,那个大胆至极的念头,从初迸发时的火星子变成了一团火,在她心里越燃越旺,以至于此刻一想,整个人便控制不住地微微发颤。

澂江府的这间驿舍，从前她曾随萧胤棠入住过数次，知道裴右安今晚住的那间单院的所在。刚才进来时，她还特意留心记下了路，距离自己住的这地方很近。

只要出去了，穿过一道长廊，便是他的所在。

这样一个机会，她再不能眼睁睁看着错过，无论如何也要试一试。

哪怕最后不成功，最坏的结局，她也不过就是被这个姓朱的妇人抓回来看得更紧而已。

嘉芙再不犹豫，捏了捏已然冒汗的手心，悄悄地从床上爬了起来，绕过那妇人的脚，下床，赤脚，蹑手蹑脚地来到桌前。

她悄悄地摸到桌上的油灯，取了火折子，回到床尾，将灯里的清油慢慢倒在帐子上，倒完了，点亮火折子，凑向帐子。

火苗点了起来，迅速上蹿，很快，半边帐子便燃起来，跟着又烧着了床架。

火势迅速蔓延，烟雾也渐渐浓烈。那朱嬷嬷白日太过疲累，此刻睡得极死，不过翻个身，又呼呼大睡，丝毫未曾觉察渐渐逼近的火势。

嘉芙捂住口鼻，忍住呛人的浓烟，一直忍到火势起来，这才往身上胡乱裹了刚才抓来的那件披风，跑到门口打开门。她才出去，迎面便遇到闻声而来的守夜侍卫。

"屋里着火了！嬷嬷还在床上睡着！快去看看！"

她大声道。

侍卫吃惊，急忙冲到门口，果然，见浓烟外冒，屋里一片火光，也未多想，抬脚便冲了进去。

嘉芙见状，立刻转身朝外冲去，才冲到那道廊前，便听到身后传来一阵追赶的脚步声。

另一个值夜侍卫发现了她，已然追了上来。

嘉芙没有回头，只用尽全力，朝着长廊对面那个院落狂奔而去，心里不断企盼着，企盼裴右安就在里头。

他就在里头，他一定会自己开门！

但她终究还是没能跑到那扇院门前。

距离不过只剩十几步了，侍卫一个跨步追上来，堵住了她的去路。

接着，身后又传来一阵伴随着剧烈咳嗽的咒骂声。

是朱嬷嬷的声音！

"大表哥！救我！救阿芙！"

嘉芙冲着前头院子的方向，用尽全力喊了一声。

"把这个小贱人的嘴巴堵上，快弄回去！"

朱嬷嬷眉发皆被火给燎得焦黑，衣衫不整，追了上来，一边咳嗽着，一边冲那侍卫喝道。

这侍卫虽已与他们同行半个多月，也知道马车里载着的是个女孩儿，却从没看到过嘉芙的模样，冷不防这般打个照面，一呆，略一迟疑，朝嘉芙伸过手来。

嘉芙尖叫了一声，拔下脚上那只还没跑丢的鞋，朝他的面门摔了过去。

侍卫下意识地偏头，挡了一下，身形一滞。嘉芙趁机死死地抱住身侧的一道栏杆，再次扯着喉咙喊："大表哥！救阿芙——"

侍卫循着嘉芙喊叫的方向，扭头看了一眼，一时茫然不知所措的样子。

朱嬷嬷气急败坏，自己追了上来，一把捂住她的嘴，对身侧那个看呆了的侍卫喝道："你死人不成？还不快来！"

侍卫这才回过神儿，急忙上来。

就在这时，吱呀一声，走廊尽头那座院落的门开了。

"放开她。"一个声音说道。

短短的一句话，三字而已，但在嘉芙听来，宛如天籁。

她还没看清那个人，却已认出了这道声音。

这是裴右安的声音。

他终于还是出来了！

嘉芙鼻头一酸，胆气也忽然壮了，猛地张嘴，狠狠咬了一口朱嬷嬷的手，朱嬷嬷痛叫一声，甩开了她。

嘉芙双手松开栏杆，朝着前方那个月光下的人影狂奔而去，奔到他的面前，不顾一切地扑了上去，死死地抱住他的腰身，再也不放。

"大表哥！救我……"

她的声音也随之哽咽了，她仰起脸，睁大一双含泪的眼睛，望着低头看向自己的裴右安。

裴右安感到一具柔软如绵的身体紧紧地贴着自己，腰身更是被她抱得紧紧的，身体不由得一僵，双手便定在两旁。

他迟疑了下，道："莫怕。你先放开我，有事慢慢说。"

或许是和幼年病弱有关，抑或是心虑所致，随着年龄渐长，裴右安的睡眠越发浅少。今日白天虽因行路风尘仆仆，但时至深夜，方才他依旧没有睡意，辗转难眠，索性起了身。

一盏清灯，一卷旧书，四下寂寂之时，突然间从隔墙传来一道"救阿芙"的呼叫声，声虽隐隐，灯下却静水破裂。

他的脑海里，立刻浮现一段似是模糊，又极清晰的身影。

他辨得清清楚楚，这呼救就是甄家那个表妹所发。但实在难以置信，她怎会突然现身在此，隔墙如此呼叫自己？待循声开门出去，看到的竟是这样一幕。

更叫他没有防备的是，她竟如此冲过来，径直抱住了他。

裴右安清楚地感觉怀里那具身子在微微颤抖，说完了那话，见她恍若未闻，依旧那样死死地抱着自己，显然极是惊恐。

怀中忽然多了一具温香软玉，这种感觉……叫他很是不自在。

他感到呼吸不顺，双手更是无处可放。但见她如此惊恐，又不忍就这样将她强行推开，犹豫了下，只好暂时由了她，抬眼望向对面那王府婆子。

"她是我的表妹，一向居于泉州。谁借你的胆，竟干起人贩的勾当，将她掳到这里？"

他待人一向温和，喜怒亦不形于色，但此刻，投来的目光锐利如电，声音不高，却隐含厉色，显然动怒了。

朱嬷嬷出来前，曾被嘱不可泄露此行消息，所以先前在门口遇到裴右安，怕被他看到，立刻藏了起来，实在是没有想到，裴右安虽不是这甄家女孩儿的亲哥哥，但两人竟真的是表兄妹。自己千年道行，栽在了小鬼手里。

这女子，一路过来，看着老老实实、柔弱胆小，方才却不但放火险些烧死自己，还生生把裴右安给喊了出来。

此刻再想起她先前在门口看到裴右安的反应，这妇人终于明白，自己是彻底被她给耍了。

朱嬷嬷又是怒，又有些慌张，勉强定下心神，往前靠得近了些，赔着笑脸道："裴大人误会了，我怎敢做这种勾当？我也实在不知，她是大人你的表妹，方才她放火烧屋，险些把我也烧死在里头。大人你也看到的，我是怕她又扰了旁人，追出来，才心急了些，若有得罪，还请海涵。其实也无大事，只是贵人有请小娘子而已，对她绝无半点不利。大人放心就是，烦请将小娘子交给我。"

"哪个贵人？"裴右安冷冷问。

朱嬷嬷张了张嘴，又闭了回去，见那甄家女孩儿抱住裴右安，不住地朝他摇头，心知这事，怕是彻底给办砸了。

世子之名，是万万不能提的，但不说，这个裴右安又怎么可能放人给她？要不回人，她又怎么交代？

"裴大人！你这里可有事？"

走廊的尽头，传来了驿丞的声音。

方才那一阵乱，将这驿丞也引了过来，见到王府那几人住的上房方向起了火光，大惊，急忙呼人扑火，所幸这屋子和别屋并不相连，发现得也早，火势才没有蔓延开来。一扑完火，他便匆匆赶来这里，影影绰绰间，看到有个女子紧紧依在裴右安的身前，王府那妇人也在，两边似乎起了冲突，情状诡异。

驿丞猜测中间应有隐情，何况又牵涉王府，不是自己惹得起的，故不敢靠近，只隔着长廊喊了一声。

朱嬷嬷回头，见长廊那头聚来不少人，应当都是被方才那阵动静给引过来的，脸色越发难看了。

事情已经办砸了，要是再泄露出去，那就真没法交代了。

"我无事！也不早了，叫弟兄们各自都去歇了吧！"裴右安提声应了一句。

很快，走廊那头恢复安静。

朱嬷嬷方定了定心神，道："裴爷，得饶人处且饶人，你也知道，我是奉命行事的，还请勿要为难我……"

"表妹便如我的亲妹。你回去告诉那个贵人，人，我既遇到，便带走了，有事来找我，我在武定府等着。"

裴右安打断了她的话，旋即低头，将嘉芙那双还环着自己腰身的手臂轻轻拿下。

"没事了，随我进来吧。"

他放轻声音，仿佛生怕吓到她。

朱嬷嬷眼睁睁看着他带着那甄家女孩儿转身入了院门，随着院门关闭，两道身影也随之消失。

她在原地呆立片刻，摸了摸自己被火燎得生疼的一张脸，咬了咬牙，转身疾步离去。

嘉芙蓬头散发，脸上沾了几道烟灰，双手拽着那件用来蔽体的披风，但即便这样，还是遮不住露在外面的两段雪白小腿和一双裸足。脚趾生得圆润，甚是可爱，此刻却仿佛羞于见人，紧紧地蜷缩在一起，整个人狼狈之余，带几分娇憨，又隐有几分香艳。

裴右安不敢多看，从她进入站定后，目光便未落在她身上了，声音也略微发干："你可还有衣裳在那边？我叫人先替你取来。"

虽已脱险，嘉芙却还是惊魂未定，忽听他问衣服，顿时又觉冷风正嗖嗖地从披风下往上钻，顿时感到几分羞耻，双腿闭得紧紧，人也站得直挺挺的，哭丧着脸道："那妇人为了不叫我逃跑，晚上把我的衣服都收走压在枕下，方才那一把火，应已烧坏了……"

裴右安顿了一顿，过去取了一件自己的外衣，放在侧旁，并没说什么，只背过了身。

嘉芙会意，忍下心里的羞耻感，急忙走过去，拿了他的衣裳，脱去自己身上那件不够长的披风，将他的衣裳套在外面，掩紧衣襟，系好衣带。

他衣裳上了她的身，松松垮垮，几乎拖地，但好歹总算遮住她的脚了。

她小声道："我好了。"

裴右安这才转身，视线再次扫了她一眼，随即示意她坐下。

嘉芙乖乖地坐过去，双手老老实实地放在腿上，一动不动。

"怎么回事？"他问。

嘉芙就从萧胤棠挟持自己出城起，直到那天在妈祖庙外发生的意外，全部讲述了一遍。

裴右安听着，始终没有插一句话，直到嘉芙讲完，他转身慢慢走到窗前，对着窗外，仿佛在

出神。

嘉芙望着他的背影，心里渐渐有些不安起来。

因为从前他对自己毫不犹豫出手相助的那段经历，让她理所当然地相信，他现在也会帮助自己。

确实，他刚才如她所想那样出手了，令她终于虎口脱险，顺利脱身。

但是基于他的立场，这应该也是一件令他感到十分为难的事情。

嘉芙咬了咬唇，慢慢地站了起来，轻声道："大表哥，是不是我叫你为难了？"

裴右安转过身，看了她一眼，见她睁大眼睛定定地望着自己，便朝她笑了笑。

"无妨。你不必害怕，一切有我。"

"我保证平安送你回家，往后再不会发生这样的事情。"他用加重的语气，又说了一句。

隔两日，裴右安带着嘉芙入了武定城，将她安置在自己的住处后，换了身衣裳，去往王府。

云中王萧列独自在书房里,站在一张悬于墙上的硕大地图前。

他似乎已经站了有些时候,背影一动不动。

萧列早已年过四旬,但容貌依旧威严,年轻之时的英俊潇洒,可见一斑。

这张地图,平日被秘密卷藏在墙后,阅时展开。萧列听门外传报,说裴右安求见,也没将地图藏起,只拉回幕布,便命人传入。

裴右安快步入内,向萧列见礼。

萧列打量他一下,目中满是欣色,笑道:"回来了就好。你这趟出去,一晃数月,我甚是挂念。怎样,你祖母身体可好?一切可都顺利?"

说起裴右安和云中王萧列的渊源,还要回溯到多年之前。

少年裴右安离开京城之后,便回了他父亲卫国公生前曾戍守的关外。曾经光风霁月,意气风发,而今却似变了个人,终日沉默寡言,每战必以敢死骑兵的身份冲在最前。一次受伤失踪,于冰天雪地中濒死之时,被云中王找到,将他带去云南。

或许裴右安命不该绝,经过悉心照料,最后竟转危为安活了下来。云中王对裴右安从此也就有了救命之恩。此后少帝失踪,顺安王当政,那几年间,西南边境并不太平,冲突不断,裴右安慢慢便留了下来,助萧列安定西南。他处事公允,法度严明,又能因地制宜因人而异,多次巧妙转圜,化解矛盾,夷族对他十分敬服,萧列对他更是器重,凡遇疑难军政之事,往往问策于他。

去年底,裴右安因思念祖母,向萧列告假过后,回往多年未曾踏足的京城,一去数月,如今才回。萧列对裴老夫人也极敬重,见裴右安终于回来,心里欢喜,开口便问。

裴右安道:"虽多年未见,所幸祖母一切安好。"

萧列叹息一声:"我幼年丧母,难免有憾,小时还在京中之时,有幸得过老夫人的垂爱,至今感念在心。可惜我如今诸多羁绊,否则也该亲自过去,为她老人家贺寿道安。"

"右安代祖母谢过王爷。"

又叙了几句闲话,萧列神色转为凝重,负手在书房里踱步片刻,忽转头,望向裴右安:"如今顺安王鸠占鹊巢,对我磨刀霍霍。右安,你也知道的,这些年我一直在寻访少帝的下落，若少帝在世，我必复拥他归位，可惜一直无所获，少帝生死依旧未明。我知你对他也是放不下的。你可有新的消息？"

他的语气十分诚恳。

裴右安神色不动，只道："不瞒王爷，趁着这次出云南，见过祖母后，我也特意去往可能有少帝下落的泉州一带暗中查访过，遇朝廷密卫与金面龙王起了冲突，可惜并没得到少帝的消息，因出来也有些时候了，只能无功而返。"

萧列微微皱眉："这个金面龙王到底什么来头？为何会与密卫起冲突？"

"我亦不清楚。但从金面龙王行事来看，似与顺安王作对，顺安王要除去他，也是理所当然。"

萧列沉吟片刻，点头："罢了，所谓事在人为，但也要看老天给不给那几分运气了。你刚回来，想必辛苦，这几天好好休息，哪里也不要去了。自己身体最是要紧，要多加照顾。"

裴右安笑道："多谢王爷关爱，右安记住了。"

萧列注视他片刻，颔首道："去吧，记住，有事尽管来找我。你也知道，我与你父亲当年乃总角之交，我一向将你视若子侄。且往后我这里，需要你的地方还很多。"

"王爷当年于我有救命之恩，这些年蒙王爷不弃，能为王爷分忧，是右安之幸。"

裴右安说完，向萧列恭敬地行礼。

"右安先告退了。"

他快出书房时，一直凝视他背影的萧列忽开口叫住他。

"右安，你二十有三了吧？胤棠比你小，虽也未成亲，但早有婚约，只等章家女儿过孝期便可成婚，你也该成个家了，身边好有人照料。你可有了心仪之人？若有，我替你操办；若无，我可为你留意。"

"多谢王爷。身还未立，何以成家。右安尚无心于此事，不敢有劳王爷。"

他说完，再次告辞而去。

萧列目送他离开，唇边笑意渐渐消失，最后踱步到窗前，双手负后，目光眺向北方，出神许久，忽自言自语般喃喃叹了一声："阿璟，你看到了吗，他都这么大了……你若是还活着，该有多好……"

裴右安出了云中王的书房，往王府大门走去。

萧胤棠站在路边一道亭阶之上，阳光照在他身上所穿的世子爵服的金丝绣线之上，金光绚烂，有些刺目。

裴右安继续朝前走去，到了近前，朝萧胤棠微微颔首，叫了一声"世子"。

萧胤棠方露出笑容，走了上来。

"听说你回了，咱们也有些时候没见面了，正想去寻你，没想到你自己先来了。怎样，一路可都顺利？"

裴右安笑道："有劳世子挂心，路上还算顺当。"

萧胤棠亦笑："顺当就好。"

他顿了一下又道："不瞒你说，前些时候我也出去了一趟，虽无功而返，但也略有收获……你莫笑话，是在我遇险之时，得一女子相助。我对那女子，可谓一见倾心。"

裴右安一笑："窈窕淑女，君子好逑。这是好事，我为何笑话？恭喜世子了。"

萧胤棠似笑非笑，盯着裴右安："你只知其一，不知其二。那女子半道被人夺走了。夺我所爱之人，恰又是我的一位老友。我实在是为难。右安，你有多智之名，倘若是你，你会如何处置？"

裴右安注视着萧胤棠："世子既问我，那我便直言了。不瞒世子，前两日我路过澂江府，夜间投宿驿舍，倒确实做了一件半道夺人所爱的事。那女子是我的表妹，泉州人氏，清白好人家的一个女儿，机缘巧合之下，被一位贵人相中。这原本是她的福分，为妻，大福；为妾，亦不算太过委屈。偏偏那贵人舍媒聘之礼，竟派人直接将她从泉州掳至云南。《礼记》，'聘为妻，奔者为妾，父母国人皆贱之'。恕我直言，若那贵人得逞，我表妹恐怕连这妾也不如了，是可忍孰不可忍。惜当时不得见面，否则，我倒想问那贵人一声，意欲将我表妹置于何地？可曾想过，自己逞了一时快意，她家人不知爱女消息，又该如何焦虑？故我当时大煞风景，坏人好事。

"我也请教世子一句，我如此截人，该是不该？"

萧胤棠的脸色渐渐阴沉。

裴右安微微一笑："那夜我曾对那押人的刁奴讲，表妹如我亲妹。此乃肺腑之言。

世子设身处地，倘若有人如此对待世子之妹，世子难道无动于衷？我裴右安愿意成人之美，但绝不容旁人如此亵渎于她，哪怕那人身份再贵、地位再高。世子以为如何？"

萧胤棠不语。

裴右安向他拱了拱手："我先告退。"

"留步！"萧胤棠忽道，快步追了上来。

裴右安停下脚步。

萧胤棠在道旁来回踱了片刻，道："听了右安你这一番话，我犹如醍醐灌顶，极是后悔。我想你也知道，将你甄家表妹从泉州接到这里的，不是别人，正是我。先前确实是我考虑不周，委屈了她。你也知道，我身份受限，不能出云南一步。她却居于泉州，一西一东，且我和她相会之时，正好又逢泉州生乱，这种时候，我怎能派人登门表明身份前去说亲？我也不是没有想过延缓些时日，但你知道，我父王受朝廷猜忌由来已久，我若等待，不知还要等到何年何月，甄家又怎会将女儿长留在家？思前想后，实在是对她倾慕至极，这才用了非常手段。怪我太过心急，考虑不周。你方才的责备，句句在理！是我有错在先，盼得宽宥。"

裴右安注视着他，神色终于放缓，微微一笑："多谢世子体谅。既如此，我便择日将她送回泉州。她并无攀龙附凤之心，望世子成全。"

"不可！"萧胤棠立刻道。

"至少此刻不行。"他顿了顿，又补了一句。

裴右安看向他。

"你勿误会。你也知道，朝廷派来的那个马大人，正要抓我父亲的错处，云中王府岌岌可危，随时会遭发难。她知道我曾去泉州，如今更是知道了我的身份，回去之后，万一被人获悉她和我有牵涉，不但于我父亲是件祸事，于她更是不利。并非我不信她，而是人有身不由己之时，这既是为王府考虑，也是为了她的安全，干系重大，故不得不谨慎考虑。"

裴右安沉吟片刻道："世子的顾虑，也不算空忧。我会考虑合适时机送她回去。"

萧胤棠点头，神色诚恳："右安，你是她的兄长，我也一向视你如兄，这事既然最后到了你的面前，我便直说了。我对她一见倾心，此生若能得她相伴，死而无憾。

先前确实是我冒犯太过,让她受了惊吓,可否容我见她一面,为我的错处向她赔罪?无论打我骂我,我都甘心领受!"

裴右安望着萧胤棠,眼前却浮出那夜她冲过来死命抱住自己不肯撒手的一幕,又想起她整个人被自己的衣裳裹住,乖乖坐着,睁大眼睛看着自己的模样,心里慢慢涌出一丝怪异之感。

"也好,我回去后,代你转达。"他点了点头,说道。

第六章 庇佑

裴右安的住处从前是一个当地土司的别居，不是很大，三进的格局，但建筑很有当地特色，处处雕饰，入内有一种别有洞天之感。正院里，有座攒尖顶的三层圆楼，爬到顶上天台，能看到全城，卧室装饰更是充满异族风情，富丽华美，地上铺着织了繁复花纹的厚厚地毯。大约裴右安并不喜欢此处，先前一直空置着，嘉芙来了，就让人打扫出来，让她住了。

嘉芙倒挺喜欢这个地方的。一早裴右安出去前，告诉她说，他已经派人去泉州给她家人报送平安消息了，所以现在嘉芙就只等他送自己回去。这个白天，她就在他的住所里转来转去，心情愉快，仿佛回到了小时候父亲还在世时那段无忧的时光里。

天渐渐黑了，裴右安终于回来了。

天黑后，嘉芙就竖着耳朵在听前头的动静，一听到他进来的脚步声，便飞快地迎出去，像只欢快的小鸟。

"大表哥!你吃饭了吗?我在等你吃饭!"她甜甜地冲他笑。

一个侍女伸手去接裴右安脱下的外氅,嘉芙抢着拿了,挂了起来。

裴右安望着她,微微一笑:"往后你自己先吃,不必特意等我。"

嘉芙点头,应"好"。

吃饭的时候,他坐平常那个主位,她就坐在他侧旁的位置,给他递饭端汤,殷勤无比,只差上去给他捏肩捶背了。

也不知裴右安是不习惯,还是别有心事,很快就放下筷,坐直身体,对嘉芙道:"你慢慢吃,吃完到我书房来一下。"

裴右安一走,嘉芙也就没胃口了,想起他刚才的凝重脸色,不禁有点忐忑,很快便也起身,端了一壶茶,到书房门口,轻轻敲了敲,听到里头传出他的回应,便推门进去。

裴右安坐在书桌后,执笔而书。嘉芙将茶端到他边上,轻声道:"大表哥,茶。"

裴右安示意她放在一边。

嘉芙放了下去,站在一旁。

裴右安道:"你的事,我和世子已经说过了。往后不会再有这样的事情了。"

嘉芙绽出笑脸,双眸晶亮:"谢谢大表哥!"

裴右安看了她一眼。

"只是世子说,想再见你一面,为先前的举动向你赔罪。你要不要见他?"

嘉芙吃了一惊,双眸立刻睁得滚圆:"不要!我不想见他!也不要他赔什么罪!何况我和他又没干系,这会儿见面算怎么回事?大表哥你没答应吧?"

裴右安唔了一声:"知道了,我会替你回掉的。"

嘉芙这才舒出一口气,想了下,又问:"大表哥,那我什么时候可以回泉州?"

说实话,她心里还有点舍不得走,或者说,是舍不得离开裴右安。

不知道为什么,只要看到他在身边,她就没来由地感到安心。

裴右安道:"再过些时候吧。等时机合适了,我就送你回家。"

见嘉芙不解,裴右安就把萧胤棠的顾虑说了一遍。

"他的所想,也并非没有道理。你的家人完全不知他的身份,反倒好些。你知道得多，危险也大。我想了下，还是让你先在我这里再留些日子，对你也好。"

嘉芙知道裴右安确实是为了自己好。她对他的这个决定，也并不抗拒。但是一旦和萧胤棠也有了关联，嘉芙心里立刻起了不安之感。

萧胤棠真的会就此放过自己？

嘉芙不由得又想到从前。

那时第一回，也是像现在这样，她被萧胤棠看中，落入他手，裴右安将她带回来后，她终究还是没有摆脱掉萧胤棠。

对于看中的东西，萧胤棠这个男人，真会这么轻易就放弃？

嘉芙对于萧胤棠的担忧，很快就得到了证实。

半个月后，这天，嘉芙迎来了一个访客，这个访客，是嘉芙事先完全没有预料到的。

章凤桐，萧胤棠的未婚妻。

章凤桐是楚雄世族大姓章家的女儿，从小以女德而著称，远近闻名，云中王得知她的贤名，在她十四岁的时候，为儿子定下了这门亲事。也是她运气不好，到今年十九岁了，因为接连替母亲和祖父母守孝，孝期还有数月才满，所以至今没和萧胤棠大婚。但整个王府早已经将她视为世子妃，她也时常来武定府走动。人虽还没有进门，就已经赢得了王府上下的交口称赞。

她是数日前来到武定府的，原本今天要走，得知裴右安的表妹远道而来，于是特意多停留一日，更没瞧不起甄家出身，纡尊降贵，此刻亲自登门来看她。

裴右安白日不在家，嘉芙为了避祸，这半个月半步也不敢跨出门去。她当时无聊，为了打发时间，正爬到楼顶天台在无聊地数着路人玩儿，忽然看到一辆华丽马车沿着街道而来，停在门口，接着，裴家管事就来禀话，说章凤桐来看她了。

章凤桐容貌普通，但长了一张圆圆的娃娃脸，话未开口，先带三分笑，听她说话，犹如春风拂面，没有人不喜欢这样的女子。

嘉芙上辈子，也是到了最后一刻，才知道原来她亦不是圣人。

她也是个会因丈夫宠爱别的女人而心生怨恨的女人。

嘉芙和十九岁的章凤桐对坐，见她朝自己露出笑容，用温柔的声音唤自己"表妹"，死前曾遭受过的那种刻骨铭心的绝望和痛苦，在看到面前这张脸的那一刹那，犹如再次在全身过了一遍。

她浑身毛骨悚然，压下心中涌出的一片幽凉，低眉垂目，一语不发。

章凤桐早将对面那女子的神情举止收入眼底，却未多想。她也不在意对方是否健谈，因为通常，只要有她在的场合，她就是主导谈话的那个人。

她在用最真诚的赞美之词称赞嘉芙的美貌和仪态后，将下人都打发走了，改坐到嘉芙的身边，轻轻握住嘉芙的手，端详着嘉芙，轻轻叹息了一声："多美的妹妹啊，连我看了，都忍不住心动，难怪世子，怎舍得忘记你？"

嘉芙依旧垂首不语。

章凤桐继续握着她的手："甄妹妹，你与世子之事，我也略知一二。世子人中龙凤，对你一往情深，我从未见他对一个女子如对你这般上心……"

她顿了一下："世子先前将你这般从家中接来这里，路上你想必受了惊，这才有了误会。世子其实也不忍这样待你，但实在有他的苦衷，个中缘由，日后你就明白了。我和世子早有婚约，却因我蹉跎光阴，世子到如今还未能成家，身边更少人嘘寒问暖，每每想起，我便自责不已，偶然得知他有意于你，我极是欣慰。我德薄人微，但那几分容人之心，还是有的。只要你如今点个头，往后绝不会委屈了你。待我能够做主之时，侧位不是给你，还能给谁？你还有任何顾虑，也只管告诉我，我必定全力帮你。"

她说完了，含笑望着嘉芙，神色端庄中见温柔。

屋里陷入一片沉静。

嘉芙抬头，和她对望了片刻，慢慢地将自己那只还被她握着的手抽了出来。

"章姐姐，你来看我，实在抬举我了，只是我愚钝，都听不大懂你说了什么，只听懂'侧位'两字。姐姐莫非想让我给世子做小？王府自然是富贵无双，但我家中虽是商户，地位低微，从小母亲就教导我，宁为穷妻，不为贵妾。母亲更常常自责，因不愿父亲纳妾，于妇德有亏，幸好父亲非但不怪，反而甘之如饴，自娶了我母亲，终身只对她一人好，和她举案齐眉，夫唱妇随。我记得小时曾偶尔听到父亲与家母私话，说即便家母有这念头，他也不愿接纳，世上女子虽多，他心中只敬爱我母亲一人，怎

舍得拿旁的女子委屈家母……"

章凤桐依旧带笑,但原本端庄的笑容,微微发僵。

嘉芙却笑了,笑得天真又好看:"章姐姐,我来这里虽没几天,但也听说了你的贤名,方才你的一席话,令我更是有所感悟,姐姐你真乃女中典范,令我仰望。那天晚上,我实在不知叫人抓我来这里的那个贵人就是世子,害怕被那婆子一伙人给拐到火坑里去,这才做出逃跑之举。那婆子要是早跟我说清楚是世子,我也不至于逃。以我的出身,能得世子青眼,又遇到了章姐姐你这样的大度之人,原本真是我的福分,只是想到母亲从前对我的谆谆教导,就又不知如何是好,何况此事关系我的终身,未得家人许可,就这样自己答应,怕日后被人知道,笑话有苟合之嫌。"

章凤桐的一双耳尖,隐隐开始泛红。

嘉芙皱眉,露出为难之色:"可是我又实在喜欢章姐姐你的风范,一见姐姐,心里就觉亲切,只想和姐姐多加亲近……"

她轻轻啊了一声,露出笑容:"虽然我家人远在泉州,消息传递不便,幸好我还有大表哥在这里!要不章姐姐你先回去,等我问过大表哥的意思,他若点头,我就答应!"

章凤桐从小自知容貌普通,故努力修德,以弥补这先天缺憾,加上章家人的刻意宣扬,十几岁就闻名遐迩,终于不负家人所望,许给了云中王世子萧胤棠。这几年间,她与萧胤棠碰过数次面。她对萧胤棠是一见倾心,萧胤棠对她的态度却十分冷淡。她知萧胤棠身边侍女容貌也比自己出色,被冷待后,并不气馁,暗中在王府里收买眼线,渐渐知道了些隐情,去年趁着萧胤棠来楚雄家中拜望长辈的机会,私下和他再次见了一面,向他剖白心迹,表示自己愿做贤内助,承诺日后定要全力助他成就大事。那回之后,萧胤棠对她的态度终于有所转变,此后,两人才渐渐熟悉起来。

数日之前,章凤桐忽然收到来自萧胤棠的一封信,将自己和一个泉州甄姓女孩儿的事给她讲了,要她代自己过去和那女子见面,说服那女子点头。章凤桐为了讨好萧胤棠,不敢不从,这才有了今日此行。

方才第一眼,她看到这甄家女孩儿,心里便似被猫爪给挠过,再听嘉芙提及父母之事，又似被针给刺了一下，疑心她是在暗讽自己，再听下去，却又觉这甄家女孩儿说话字字天真，或许方才那话只是无心之语，不经意踩了自己的痛处而已，心里又窘又恼，忽听嘉芙说要让裴右安做主，这才回过神儿，急忙阻止。

"甄妹妹，方才那些话，只是我见了你喜欢，拿你当好姐妹，私下和你推心置腹而已，姐妹间的私语，怎好外传？更不能叫你表哥知道了。"

嘉芙眨了下眼睛，为难地道："可是姐姐你不是说要我点头跟了世子吗？我自己不敢答应。"

章凤桐勉强保持着笑容："只是我的盼望而已，你若自己拿不定主意，便罢了，姐姐我难道还强行要你点头？"

嘉芙松了口气的样子："那就好！原本我还正愁怎样和大表哥开口提这个呢，生生要羞死人了！"

章凤桐悬起来的心，这才慢慢放回去，接下来再不提此行目的，若无其事地和嘉芙又说了些闲话，借故还有事，起身离去。

嘉芙亲亲热热，一路亲自送她到门口，答应下回去楚雄探她，目送她姿态优雅地被随行婆子给扶上马车，厢门关闭，一行人前呼后拥着，渐渐消失在视线里。

等马车一走，嘉芙脸上的笑容立刻消失，她低头一路慢慢走了回去，回到自己那间位于圆楼顶的屋子，楼梯才爬一半，脚步就沉重得仿佛被灌满铅，停了下来。

暮色渐渐浓重，一道夕阳从楼梯转角处的那扇四方窗口斜斜射入，投在嘉芙的脚下。

嘉芙坐在楼梯上，靠着墙，发起了呆。

萧胤棠果然没有罢手，竟然让章凤桐来当说客。方才人虽然被自己打发走了，但以嘉芙的推断，一再被拒，极有可能更激怒他，他是不会就这样罢手的。

虽然裴右安现在保护了她，也答应帮助她，但她不可能一直这样留在裴右安的眼皮子底下，何况裴右安自己也有事情，不可能一直保护她。迟早，她是要被送回泉州的。一旦脱离裴右安的视线，以萧胤棠的手段，就算他不再强掳人，但随便换用别的逼迫，自己家人恐怕就会置于危险之中。

万一遇到这样的情况,她从是不从?

梦中那世,哪怕她和萧胤棠处得再久,也从没有因此而感觉到半分真正的心底温暖。

他要求顺服,擅长掠夺,尽情享受着来自她美貌和身子的馈飨,与此同时,每每当他从别的女子那里回到她身边的时候,他总不忘用温柔的语气告诉她,他对她爱极了,其余女人,在他眼里不过是工具而已。

她无法抗拒,也没有勇气拿以为自己已在多年前的战乱中遇祸死去的家人安危去和他相抗。

因为他一遍遍地示爱,渐渐地,哪怕活得像个死人,哪怕知道自己从没有被他的爱所感动过,她也开始相信,他或许真的爱她,只是身在其位,无奈罢了。

也是到最后时刻,她才终于明白过来。

她已经稀里糊涂地赔上了自己的一辈子,好容易重新来过,这辈子的她,哪怕还是那么没用,她也不想再糟蹋在同一个男人身上。

但是该怎样,才能彻底摆脱来自这个男人的威胁?

嘉芙心乱如麻,思前想后,心底里渐渐萌生一个大胆的,甚至大胆到近乎匪夷所思的念头。

嫁给裴右安,让他娶了自己。

只有和他有了这样一层牢不可破的关系,自己才能真正断绝后患。

嘉芙并不是十分清楚裴右安和萧胤棠之间关系到底如何。他们要是关系一向很好的友人,这种情况之下,她嫁裴右安,无疑会替裴右安招来萧胤棠的不满,两人关系也极有可能受到影响。何况,在嘉芙的记忆里,上辈子的裴右安也就只活到三十岁左右,距离现在不过只剩七八年了。

但她没办法替裴右安考虑那么多了,也来不及想那么长远的事情,现在萧胤棠就已经对她步步紧逼,她还是先想个法子怎么嫁给裴右安,别的,等以后再慢慢想。

嘉芙被自己这个荒唐又疯狂的念头给弄得心跳加速,整个人就像得了疟疾似的,浑身一阵冷,一阵热,蜷在楼梯角落里,双手紧紧地攥在一起。

"小娘子?你怎的了?可是不舒服?"

一道声音突然传来，惊得嘉芙打了个哆嗦，抬起眼睛，见一个侍女正沿着楼梯上来，看到自己坐在那里，露出担忧之色。

嘉芙摇了摇头，定住心神，站起来，顺着楼梯飞快地爬上去，进了自己的屋，把门一关，靠在门上，闭目长长地吐出一口气。

时令已进入四月中，往年这时候，早春暖花开，今年却不同往昔，前几日不但来了场倒春寒，昨晚还下了场夹雪冻雨，把庭院里那株西府海棠枝头吐出的娇嫩花蕊都冻蔫了头。

裴右安这会儿才回来，早过了掌灯的时辰，天黑漆漆的，风吹过来有些冷，他翻身下马，搓了搓略冰的手指，便穿过大门，朝里快步走去。

这些天，他早上出门前若没特意提醒过，无论多晚，哪怕再饥肠辘辘，嘉芙也必定等他回来一道用晚饭。

傍晚他原本可以早回的，却被件突然发生的事情给耽搁了，此刻方回。已戌时中，他怕嘉芙饿坏了，脚步便有些急，径直入了二进门的房厅，跨进去却意外地没有听到她如之前那样迎出来的飞快脚步声，停了停，朝前望了一眼，便问来迎的侍女银环。

银环接过他脱下的披风，道："甄小娘子还没用饭呢，想是这会儿人还在房里，大人您也饿了吧？我这就去唤小娘子下来。"

裴右安至饭厅，洗了手入座，家仆摆上饭菜和两副碗筷，裴右安等了片刻，银环才匆匆回来道："小娘子不在房里！我方才叫人近旁都找了找，不见她的人！"

裴右安一怔："她白天出去了？"

银环摇头："没有。"她忽然想起来，忙又道，"是了！白天楚雄章家的小娘子来过！"

"她来这里做什么？"裴右安眉头一沉。

"说是听说大人您的表妹来了，特意过来探望。等她人走了，后来我上楼去，看见小娘子一个人坐楼梯口发怔，脸色白白的，瞧着有些不对劲，我问她哪里不舒服，她又摇头，上去后，仿似就没见她下来过。"

裴右安立刻起身，往嘉芙住的圆楼快步行去，登上楼，推开门，里面空荡荡的，

不见她的人影，床沿上只搭了件她的浅粉色外衫，衫角静静地垂挂在地上。

裴右安唤了几声她的名字，未听到回应。

"叫人去找！所有屋子、院角，一处也不能落！"

裴右安蓦地回头，高声道。

银环急忙转身，匆忙下去了。

整个裴府里的下人都紧张起来，到处寻，依旧不见人。裴右安自己又到门口，向门房问话，确证这个白天门房一直在，半步也没离开，并没见她出去过。

裴右安眉头紧锁，沉吟片刻，转头眺向她住的那间屋的窗口，视线在圆楼的最顶处停了停，忽地转过身，撇下人便朝里疾奔而去，回到圆楼前，三步并作两步登上楼梯，一口气攀到顶层，最后沿着一道窄梯，上了那个在当地建筑中被用作战时瞭台的小天台，还没站定脚，视线便飞快地扫了一圈周围。

天台早已废弃，平日几乎无人上来，此刻黑漆漆的，冷风四面吹荡。

角落里有道纤弱的身影，正是嘉芙。这样的天气，她却只穿了一层春衫，抱膝靠坐在一道木栏杆侧，侧影犹如和夜色融成一体。

裴右安立刻朝她大步走去。

"怎的一个人不声不响就跑来这里？知道方才多少人在找你？"

他的语气，不自觉地带出了严厉。

嘉芙恍若未闻，依旧那样坐着，一动不动。

风呼呼地从他耳畔刮过，卷得衣袂翻涌。

他停住，等了片刻，迟疑了下，靠得近些，终于到她身后，这次俯身下去，放低了声。

"先随我下去吧，这里冷。"

嘉芙这才仿佛觉察到他的到来，纤影动了动，慢慢地转过头，看了一眼站在自己身后的裴右安，低低地道："对不起，表哥……我刚才没留意……"

她的声音极细弱，弱得仿佛随时能被夜风吹散，说着话，一只手抓住栏杆，微微靠着，慢慢地站起来，随即转身朝着里头走去，才走两步，身子一歪。

裴右安一惊，本能地伸出双手，一把扶住了她。

嘉芙便倾在裴右安胸前，一动不动。

那种似曾相识的柔软，顷刻间再次满怀。

裴右安定了定，慢慢地低头，借着周围暗淡的星光，见她螓首软软地抵着自己的左胸口，眼睛微微合着，两排长长的睫毛，暗影朦胧，却因距离近了，又一根一根，清晰可数。

胸口被她额头给抵住的那块拳头大的地方，若有似无，仿佛轻轻跳了一下。

"表妹——"

他感到她的身子仿佛也朝着自己压靠过来，迟疑了下，轻轻叫了她一声，又不动声色地往后挪了一寸。不想肩膀才一动，怀中的人儿失了依托，身子便软了下去，无声无息地扑在他脚边的地上。

裴右安吃了一惊，急忙蹲下去，伸手捏住她的下巴，转过她的脸，却见她双眸紧闭，人竟昏了过去。想起银环方才说的话，他神色一凛，立刻将她从地上抱了起来。

隔着衣衫，她肌肤触手也是冰冷的，身子又蝴蝶般轻若无骨。

他飞快地下去，送她进屋，放平躺在床上，替她除了鞋，盖上被子。

方才天台光线昏暗，此刻他才看清，她脸色雪白，平日红润润的两片唇瓣冻得发青，也不知在上头已经吹了多久的风。

她的一只细弱手腕露在被外。裴右安慢慢吐出一口气，屏息静气，随后轻搭双指，诊她腕脉。

她脉搏细弱，息感不定，但跳动平稳，应是元气不足所致，歇过来后，问题应当不大。

裴右安放松了些，轻轻抬被，将她的手也盖住，望了一眼她苍白的面容，转过身，出去想叫银环来陪侍。

"大表哥……"

他才转过去，便听到身后传来含含糊糊的一声细细娇音。

裴右安转过头来。

嘉芙一双睫毛轻轻颤抖，双目慢慢睁开，醒了过来。

裴右安便走了回去。

"醒了？感觉如何？饿了吧？你不必下来，我叫人送东西上来给你吃。"

他说完,见她摇头说不饿,躺在枕上,一双眼底慢慢似有星泪闪烁,模样可怜至极,不由得想起方才在天台顶上,自己刚寻到她时,语气过于生硬,不禁有些后悔,和颜悦色地道:"怎的了?"

嘉芙不语,只定定地凝视着他,眸中泪光越显,很快聚满眼眶,泪花倏然夺眶,沿着面颊滚落,瞬间消失在鬓发之中,眼角只余一道淡淡的湿润泪痕。

裴右安将声音放得更轻了:"莫哭。有事的话,尽管和我说。"

"大表哥……你可有意中人了?"

嘉芙抬手胡乱擦了擦面上的泪痕,带着娇柔的鼻音,问他。

裴右安一愣,看向她,对上她睁大的一双眼睛,压下心里涌出的一阵怪异之感。

"你问这个做什么?"

"大表哥你先告诉我,求求你了……"

裴右安觉得匪夷所思。

他完全可以不用理会她这样的突兀发问,顿了一下,却淡淡地道:"无。"

嘉芙仿佛来了精神,坐了起来。

"白天萧世子的未婚妻章家女儿来这里看我了,她和我说了一大堆话,意思是要我从了世子!我不愿意,回绝了她,可是我又害怕极了!世子那样的人,是不会轻易放过我的……"

她泫然欲泣。

"大表哥你先前说帮助我,可是你帮我现在,帮不了我以后,迟早我会回泉州,大表哥你也有自己的事,到了那时候,要是世子还对我不利,或是拿我家人威胁,我该怎么办?"

"我很害怕……"

她本已擦去眼泪,说着说着,眼泪又滚下来。她忽然爬起来,一下扑到裴右安的怀里,紧紧地抱着他不放,便如那夜在驿舍,她骤然看到他现身时的样子。

裴右安整个人,亦再次定住了。

嘉芙面颊贴在他的胸口,眼泪很快就打湿了他的衣襟。

"大表哥,你不是答应过帮我吗?既然你还没有心上人,那就让我成为你的人,好不好？"

裴右安大吃一惊——甚至可以说是震惊了。

"不可！"

他断然拒绝，抬手要将她缠住自己的双臂解开。

嘉芙却缠得更紧了。

"我知道我配不上大表哥，但我想来想去，只有让世子知道我是你的人，他才会收手，不再这样步步紧逼。我也不敢占妻位，只要大表哥点头，我为妾为婢无不可，大表哥要是实在嫌弃我，让我挂个名也可！

"大表哥，求求你了！"

嘉芙仰脸望他，美眸中含着泪花，目光里满是期待，娇花带雨，我见犹怜，任是铁石心肠，见了怕也是要软三分。

裴右安低头注视着她，面上起初的那种震惊之色渐渐消失，神色变得凝重。

他慢慢地，终于还是将嘉芙的双臂解开，自己亦后退一步。

嘉芙不再强行缠抱，只坐在床上，悄悄地看他。

裴右安沉吟了下，道："世子的性情，我确实略知一二。但你这法子，实在过于荒唐，不必再想，无论如何，我是不会答应的。你思虑过重，以致神思不定，我叫人服侍你，你早些休息，睡一觉便会好。放心，我应许过保你，便定会做到。"

他果然轻易不肯答应，铁石般的一个人，她再如何诱惑、示弱，或是恳求，都是没用的。

这本也在嘉芙的料想之中。

她紧紧地咬唇，哀怨地看着他，忽然从床上掀被而起，鞋也没穿，赤脚就朝外奔去。

裴右安一怔，叫了声"表妹"，急忙追上去。

嘉芙宛如一只兔子，手脚麻溜异常，转眼便爬回天台，奔到方才自己坐过的那道栏杆旁，身体朝外靠了些过去，见裴右安已追上来，口中便嚷："你不要过来！你过来我就跳下去！我做过梦，知道我迟早有一天会落到那人手里的！与其那样，我不如不活了，也免得你再嫌我逼你……"

她一边嚷着，一边将身体继续往栏杆外倾去。

裴右安大惊，厉声道："危险！你给我回来！"说着他上来就要拉她。

"大表哥你不要管我，反正你也不肯真心帮我——"

嘉芙正嚷嚷着，突然，身侧靠着的那道栏杆发出一声轻微的咔啦之声。

嘉芙一怔，还没反应过来，就感到腰后一空，栏杆竟断了。

她骤然失去凭力，如何收得住势？人便跟着朝外一头栽了出去。

这地方是她傍晚时精心选过的，本想这样威胁一下裴右安，表明自己的决心，然后等他拉回自己就可以了。

她却万万没有想到，这道木头栏杆因为年久日深，风吹日晒，外头看着完好，其实内里已经腐烂，根本无法受力。

这圆楼三层高，至少十丈，这样掉下去的话，她真就不必再愁萧胤棠的逼迫了。

"救命——"

嘉芙下意识地尖叫了一声，紧紧闭着眼睛。就在她以为自己要掉下去的时候，一只脚踝忽然被紧紧扣住，下坠之势立刻止住。接着，她还没反应过来，人就已经从半空被拖了回来，啪的一声，摔在地上。

嘉芙刚才吓得灵魂几乎出窍，此刻还没完全归位，整个人还瑟瑟发抖，突然这般摔在地上，有些吃痛，哎哟一声，眼泪就掉了出来，下一刻，感到脚下一空，人又被悬空给拎了起来。

裴右安像捉小鸡似的把嘉芙给提溜下去，快步回到她的屋里，将她重重地掷在了那张床上。

"我是对你太过娇纵，你才敢胡闹到这种地步，是也不是？"

嘉芙抬起头，见裴右安满脸的怒色——

她从没见过他发这样的火。

从前也没法想象，他也会有这样的怒气。

嘉芙一时呆住了。

"裴大人？"

外头传来下人的声音。

方才楼顶发生的动静虽短，但也足以把人都招来了。

"都下去！未召勿入！"

他朝门外喝了一声。

伴随着一阵轻微的窸窸窣窣脚步声，门口安静下来。

他转过头，盯着嘉芙，目光阴沉。

嘉芙瑟缩了一下，慢慢地低下头，大气也不敢透一口，缩在床的角落里一动不动，半晌还垂着头，连头发丝儿都不敢颤一下，心里又是羞耻，又是后怕，又觉无比懊丧。

裴右安是愿意帮她的，也有能力帮她。嘉芙很确定。

她之所以这么确定，除了他曾向她承诺之外，更出于直觉，一种女子天生的对于男子的直觉。

在他面前以死明志，借此向他施压——刚做出这个决定的时候，嘉芙自己也鄙视自己，但鄙视也无法阻止她决定不要脸一回。

她太需要安全感了。

只有裴右安才能给她带来安全感。

而什么才能牢牢地将男女紧紧维系在一起，乃至永不分开？

不是表哥表妹的关系，也不是口头的承诺，而是超越表哥表妹的婚姻关系。

既然她已经决定不要脸了，那就应该坚持到底，死也不要松口的。现在想想，刚才自己一头栽下去的时候，即便没有喊那一声现在让她后悔得恨不得咬掉舌头的"救命"，裴右安也一定会及时救回她的。

不幸的是，就在那个生死瞬间，她下意识的反应将她彻底出卖了。

他知道她在作怪，利用了他对她的善意和同情。

此刻的空气，凝固得可怕，而裴右安的怒气，更是可怕。

"方才我若是慢了半步，你此刻已然丢了性命！你好自为之。我去了。"

就在嘉芙胆战心惊准备迎接来自他的雷霆怒气之时，耳畔忽传来这么一句话。

没有怒气，他的声音里，只有冷漠。

嘉芙一颗心蓦然一沉。

她鼓足勇气，抬起眼睛，见他冷冷地瞥了自己一眼，转身便朝门口走去。

这些时日，两人原本已经渐渐熟悉起来。因为她刻意，亦是发自内心地接近和讨好，十天当中，有七八个晚上，她都能等到他回来和她一道用饭。

他也会对她笑了，眉眼温和，甚至有时候，对于她在他面前的那些有意无意、半真半假的撒娇卖痴、实则试探的举动，嘉芙还能感觉到来自他的纵容——仿佛他也喜欢看她这样。

正是因为如此，才给了她在他面前玩方才那种寻死觅活把戏的底气。

但就在这一刻，那个渐渐温柔起来、宽容她的裴右安消失了，他又变成了他们初见时的样子，甚至比那时候还要冷漠。

嘉芙睁着一双眼睛，望着前方那个离去的疏漠背影，呆了。

"大表哥——"

她软软地叫了一声，眼眶一红，啪嗒一下，眼泪便掉了出来。

"我错了……你不要生气……"

她的声音哽咽了，低下头，跪坐在床角，抬手用手背去擦眼泪。

良久，眼泪却怎么也止不住，越擦越多，到最后，连鼻涕泡泡都冒了出来。

"大表哥，你别生气……"

她低声呜咽，声音含含混混。

面前忽然多了只手，手里有块洁白的手帕。

嘉芙抽噎着，抬头，睁大一双含着泪的红红的眼睛，看向跟前的人。

裴右安回来了，站在那里，皱眉看着她。

嘉芙接了手帕，低头擦眼泪，又擦鼻子，终于渐渐止住泪，心里又觉得很是羞耻，紧紧地攥着手帕的两只角，下意识地绕着手指缠来缠去，低头一声不吭。

他就站在一旁，冷眼看着，视线从她的双手转到脸上，道："哭完了？"

嘉芙嗯了一声，轻若蚊蚋，额前几根自己跑出来的头发丝儿随之微微颤了一颤。

"知道自己哪里错了？"他的声音还是很生硬。

"大表哥你对我这么好，我却假装寻死觅活威胁你……"

洁白贝齿咬过唇瓣，嘉芙耷拉着脑袋，有气没力地道。

因为被识破了，所以才分外羞耻，话说完，连耳朵根儿也发红了。

"岂止如此！你竟还拿自己的终身当儿戏！为妾为婢无妨，甚至挂名也可？荒唐！"

嘉芙心口一跳，不敢再吭声，只把脑袋垂得更低了。

她的姿态显然并没有令他消气。

裴右安的话里，满带着极力克制的怒气。

"你知不知道，这种事情对于男子来说，可有可无，于你却是头等大事？你是女孩儿，怎可因胡思乱想之事就贸然拿终身去犯险？今天你这话在我面前说了，我当你一时失言，倘若换成别人，你知不知道会有什么后果？你就如此笃定，那人会善待于你？实是荒唐！"

嘉芙一呆。没想到这竟也惹恼了他。

于她而言，根本就从没想过自己可能会对除了裴右安之外的别的男人开口说出那样的事情。

即便那个男人能像裴右安一样助她摆脱前世噩梦，她想她也不会说出这样的话。

但裴右安不一样。

她没来由地信任着他。

她悄悄地抬眼，见他眉头紧皱，两道目光扫向自己，终于鼓起勇气和他对望，轻声道："大表哥你教训得是，阿芙知道错了……只是阿芙只会求大表哥一个人，别人那里不会这样……"

裴右安沉默了，屋子里也随之变得静悄悄的，嘉芙心跳之声，恍若可闻。

"你放心，我既答应过你，便会保你，你犯不着拿自己的终身犯险，即便是对我。"

片刻后，他道，神色终于跟着缓和了些。

嘉芙暗暗松了口气，急忙点头："阿芙知道了，往后再不敢和大表哥提这个了……"

话音未落，肚子里伴着发出一阵轻微的咕咕之声，声虽轻，却没逃过裴右安的耳朵。

他瞥了眼她的肚子。

甄家虽是商户，但孟氏对女儿的规矩却教得很严。这样的失礼，从前在嘉芙想来，

简直匪夷所思。

仿佛从想出以跳楼相胁的法子开始,一切便似乎全不成样子了。

嘉芙难为情地闭上了嘴。

为了在他面前努力装出足够虚弱以致晕倒的样子,这样的天气里,她不但故意只穿了件薄薄的春衫,在天台顶吹凉风,白日里章凤桐走后,也没吃喝过一口东西。

裴右安淡淡道:"好了,去用饭吧!"

他说完,转身出去了。

嘉芙急忙来到镜前,迅速理了理头发和妆容,这才匆忙跟上去。

吃饭的时候,两人还是各坐老位置。

裴右安一语不发,神色严肃。

嘉芙起先以为他还在生自己方才惹的那场闹剧的气,因自己还有些讪讪的,自然不敢像平常那样卖乖讨好,只老老实实地低头扒着饭,连菜都不多夹一筷。

两人边上站着等待服侍的仆侍,几人不明就里,却也仿佛感觉到了二人之间的异常,大眼瞪着小眼,气氛带了几分诡异。

但随后,嘉芙就发觉,裴右安显然是有他自己另外的心事。

他很快就放下碗筷,什么也没说,转身便去了书房。

嘉芙没精打采地吃了自己的饭,回屋洗澡,上床后,脑子里塞满了今天发生的事。一会儿是章凤桐的笑容,一会儿是萧胤棠盯着自己的目光,一会儿是裴右安的怒气,心里头乱糟糟的,根本就睡不着觉。

裴右安的书房斜对着嘉芙住的这座圆楼,从她屋子的窗口看下去,正好能看到。

嘉芙从窗口往下看。书房里的灯一直亮着,直至深夜。

这个晚上,她不知道爬起来躲在窗后偷看了多少次,终于困了,最后一次,躺下去后,闭目睡了过去,睡到第二天早上起身,裴右安已经走了。

银环说,大人临走前留话,让今晚上不必等他回来用饭。

当天晚上,他果然回得很迟,接连几天都是如此,忙忙碌碌的样子。嘉芙悄悄地等他，却不大见得到他的面，偶遇之时，他神色中见不到半分不快，但也再无半点先前对着她时那种隐隐的亲昵之感。

那个晚上发生的事，仿佛就这么过去了。嘉芙的情绪，却低落得异常。

终于这天，他回来得早些，对嘉芙说，过两天他要去趟孟木府，大约需要半个月的时间，这些天会留人保护她，让她待在家里，在他回来之前，哪里也不要去。

孟木土司和孟定土司是西南势力最大的两个土司，早年因为地盘划分交恶，双方冲突不断。两年前的一次冲突中，孟木土司的独子受伤，濒危之际，被裴右安施展医术救下，土司对他十分感激，接受了裴右安的劝告，愿意和孟定土司谈判。在裴右安的转圜之下，双方终于结束多年冲突，最后握手言和。没想到前次宣慰使马大人来时，借着皇命，故意厚此薄彼，从中挑拨离间，马大人一走，两府又起冲突，双方纠集人马，战事一触即发，消息送到了萧列之前。

孟木和孟定这两个大土司一旦再起纠纷，西南其余各府必会受到波及，这种时候，云南若乱，对萧列极为不利，裴右安自然又要出面前去调停。前些天送了信过去，两边都愿意卖他面子，约定暂时停兵，故这两天，他还要亲自再去走一趟。

嘉芙一听他要去别地儿，心里就慌了，第一个念头便是也要跟过去，只是听到他把离去后自己的事都给安排好了，知道他是不会带自己过去的。

要是没前次的作死，她还可以寻个机会，在他面前耍赖撒娇，或是哭哭啼啼，弄得他心软了，说不定也就点头了。

但现在她不敢造次了，无精打采地低下头，一语不发。

裴右安瞥了她一眼，转身走了。

第二天，裴右安出去了，银环给他收拾着行装，嘉芙心里空落落的。正发着呆，下人引了一个打扮体面的妇人进来，说云中王妃有请，马车已经停在门口了。

嘉芙认得这妇人，姓林，是云中王妃的一个亲信，起先吓了一跳，第一反应就是不去。

先是章凤桐，现在又是云中王妃，嘉芙知必定和萧胤棠有关。

要是她人在屋里，没被这姓林的妇人看到，还可以装病推托，等着裴右安回来就

是了。此刻人却都面对面了,实是没法推托,只能应下,借着回屋梳头换衣,让银环叫人去告诉裴右安一声,这才出来,硬着头皮跟着妇人出门,上了马车,往云中王府去。

云中王妃姓周,年近四旬,但保养得好,皮肤白皙,装扮极其精致,看起来也就三十出头的样子,一身华服,富贵逼人。

萧胤棠的容貌,其实更多还是来自他的父亲萧列。

以萧列这样的身份地位,多年以来,王府里却只有周氏一个嫡妻,无侧妃,也无侍妾,并非周氏不容,而是萧列自己不纳,故早年间,还在京城里时,人皆言三王爷专情,周氏于一干皇室贵妇之中,颇得脸面。

嘉芙自然认得周氏,对周氏的性情,也略知一二。

按理说,萧列不好色,几十年独对她一人,夫妇感情应当很是深厚,但在嘉芙的印象中,云中王夫妇似乎也没外人所传的那么亲密。

周氏更多的,是把关注点放在了儿子萧胤棠身上。她对萧胤棠极其宠爱,几乎无所不应。之前萧胤棠掳她到了云南,路上负责看管自己的那个朱嬷嬷就是她跟前的人,可见她应当知道自己儿子做过什么的。大约在她看来,一个泉州商户家的女儿,儿子看上了,弄来也就弄来了,并不是什么大事。

令嘉芙不安的,是她现在又召自己过去,到底是想做什么?

难道和章凤桐一样,让自己从了她的儿子?

嘉芙怀着忐忑的心情,被带到云中王妃面前。叩头行礼过后,王妃笑容满面,招手示意嘉芙到她近前,先是端详她,夸了一番,接着道:"我儿子对你做的事儿,我都知道了。我极是生气,不但惩戒了那婆子,也将他狠狠训斥了一顿,他也悔不当初。你表哥那里,我也打过招呼了,叫他放心,往后绝不会再有这样的事情发生了。"

王妃一开口,竟是在责备自己的儿子,嘉芙起先有些不解,再一想,隐隐便有所了悟。

裴右安这么护着自己,王妃必定也知道了,叫自己过来说这么一番话,应是做给裴右安看的。

王妃和颜悦色,又和嘉芙拉了几句家常,诸如平日读过什么书、女红如何、家中几口人、和国公府的关系,诸如此类。嘉芙一一应答,却犹如芒刺在背,只想快些离开这里才好。

终于近尾,王妃唤了一声。只见那个林嬷嬷出来,手里端了个描金彩绘托盘,揭开上头盖着的一块红色丝绒,露出底下的一双如意、一双玉镯,另一盒宫花。

宫花镶珠嵌宝,熠熠生辉。

王妃笑道:"叫你来,也无别事,就是怕你吓到了,见你都好,我也就放心了。你是右安的表妹,我儿子先得罪了你,你又头回来到我跟前,怎好叫你空手而去?这几样赏了你,你且拿回去玩吧。"

终于听到辞客之言,嘉芙暗松口气,照规矩,自然婉言谢绝,王妃又岂肯收回,嘉芙再谢,最后接了过来,叩头。

王妃面含微笑,叫林嬷嬷再送嘉芙出去。

刚跨出门槛,嘉芙脚步微微一定。

她最不想见的那个人,果然还是没躲过碰面。

萧胤棠就在远处另一条道旁,立在那里,虽距离不算近,但嘉芙依然能感觉到,他的两道目光阴沉沉地投向自己,眯了眯眼,并没走来。

阳光照在他头顶的束发金冠之上,金冠熠熠生辉。

嘉芙浑身汗毛直竖,却极力稳住心神,双目望着前方,面无表情地继续前行,走了过去。

走出去很远,她仿佛还能清晰地感觉到萧胤棠的两道目光,始终就落在自己的背上。

出了王府,重新登上马车,坐定之后,嘉芙手心已捏出一层冷汗。

越是受挫,萧胤棠就越不会放过她,她知道,他现在隐忍不发,只是在等一个合适的时机而已。

萧胤棠盯着前方那抹身影转过拐角,彻底被花木掩盖,一侧嘴角若有似无地微微扬了一下。

他进了王妃的屋,笑道:"母妃何等身份,何必忌惮裴右安?裴家一弃子而已。再能干,也受父王驱策。"

王妃哼了一声:"你当我怕裴右安?你做了这样的事,我是怕你父王知道不喜!我总觉得,你父王对他,非同一般,比你这个亲儿子还要器重,难道你就没瞧出来?他哪天若存心和你过不去,拿这事在你父王面前说句你的不好,有你的好果子吃!我这是在替你消事!"

萧胤棠慢慢地收了笑:"母妃,这次我确实失算了,只是你也知道,从前我何曾为一个女子做过这样的事?当日在泉州,这女子助我出过城,我对她是一见倾心,一时忍不住,才将她弄过来,却没想到节外生枝,还劳烦母妃出面,实在是儿子的不孝。"

王妃叹了口气:"我知道,你对这甄家女孩儿是上了心,只是如今时机不对,你再如何上心,也要忍住。裴右安既搅和进来,现在便不能得罪,你父王信任他不说,咱们王府,用他的地方也多。他为你父王驱策,就是为你驱策,就算看在这一点上,你现在也要忍。"

萧胤棠挑了挑眉,不语。

王妃道:"你一向懂事,不用我多操心的,这事先就这样了,现在你不好再动那女子了。若实在是喜欢,等日后有机会了,母妃再替你想个办法。"

萧胤棠露出笑容,凑过去替母亲捏肩:"还是母妃最疼儿子。"

王妃笑道:"我就你一个儿子,我不对你好,对谁好?"

嘉芙从王府回来没多久,裴右安也就匆匆回了。

她人在自己屋里,被他叫了出来,询问方才之事。

嘉芙简单说了经过。

裴右安点了点头:"和我所料相差无几。昨日王妃便寻过我,和我说了这事。放心吧,有所顾忌,世子必会收敛。"

嘉芙不语。

裴右安看了她一眼,见她一张小脸儿白白的,眼圈下淡淡发青,神色有些憔悴,顿了顿:"你怎的了?人不舒服?"

嘉芙摇头，低声道："表哥，最近我天天晚上发噩梦，总梦见后头有只恶虎在追赶我，要吃了我，我怕极了，睡不着觉……你又要走了，我心里很是害怕，你带我一起过去好不好？我可以打扮成你的小厮，保证别人看不出来。"

裴右安想也没想，立刻拒绝："我去有正事，带你不合适。你且回房去，我等下就去给你诊个脉，开一服安气定神的药，你照着吃，会好起来的。"

嘉芙脑袋晃得像拨浪鼓："你的药太苦，我吃了要吐。表哥，求求你了，带我一起去吧，我保证不会给你惹事。"

裴右安迟疑了下："听我的话，在家等我回来，最多半个月……"

连他自己都未觉察，他此刻对她说话的语气，又带了点先前的温柔。

嘉芙咬唇，哀怨地盯了他一眼，还没等他说完，扭头撇下他便走了。

到了用饭的点，嘉芙听到门外传来一阵脚步声，辨出是银环，忙和衣躺下去，闭上眼睛。

银环入内，笑道："小娘子，莫睡了，大人叫我来唤你下去用饭了。"

嘉芙坐起身，道："我肚子不饿，也吃不下去。劳烦姐姐代我传句话，请他不必等我，自己先吃便是。"

银环走了，嘉芙便躺了回去，等裴右安过来看她。谁知等来等去，等得肚子都快饿扁了，天也黑了，还不见他人影，更不见银环再次来叫，最后实在忍不住了，只好自己又爬起来，走到窗口看下去，见他书房里的灯已亮了。

原来他早就吃完饭，进书房了。

嘉芙呆了呆。明白了。

他必是看穿了她的意图，并不予以理睬。

嘉芙懊恼无比，压下心里涌出的挫败之感，盯着漏出灯光的那间书房，出神良久。

戌时中，天已经黑透。

嘉芙来到书房前，叩门数下，旋即推开入内，到了桌前，将托盘里的一只白瓷盅轻轻放在裴右安的手边，轻声道："表哥，我给你送消夜了。"

裴右安视线依旧落在手中的书卷上，淡淡地道："你自己吃吧，我不饿。"

嘉芙道："方才我去厨房找东西吃，恰好看见厨娘有泡好的雪耳在那里，就做了我家乡的雪耳芋奶羹。我从小最爱吃的，厨娘说你不大吃甜，我就只加了一勺蜂蜜。方才我自己尝过，还能入口，这才送来给表哥吃。表哥你吃吃看吧。"

裴右安抬眼，看了嘉芙一眼。

她的一头乌黑秀发梳成了未出室少女的垂鬟髻，发鬟结在头顶，发尾青丝如燕，自然垂落双肩，一身浅粉色的衣裙，娇嫩得像枝头初绽开的海棠，就这么站在他的侧旁，双眸盈盈凝视着他，神色仿似有些紧张，又似满含期待。

裴右安眉头微微一动，语调却还是平平："知道下来吃饭了？"

嘉芙嗯了一声，垂下了脑袋。

"先前我其实是气大表哥不肯带我同去，这才没下来……方才肚子饿得实在难受，就自己去了厨房，厨娘说，表哥你吩咐她给我留了热饭……表哥你对我这么好，我却总和你耍性子，我知道我又错了……"嘉芙的声音越来越低。

裴右安默默拿起调羹，吃了一口，停了下来。

"难吃吗？"嘉芙不安地看着他。

裴右安又吃了一口，方道："这是甜羹，下次可以多加一勺蜂蜜，想必会更好吃。"

嘉芙松了口气，双眸立刻变得亮晶晶的，眸中若有星辉流转。

她用力地点头："我记住了！除了这个，我还会做我们家乡的牛肉羹、粿碗糕、芋果……都是我娘要我学起来的，说日后出嫁了……"

她飞快地捂住嘴，睁大眼睛看着裴右安，目露微微窘色，含含糊糊地道："总之，大表哥要是吃的话，我天天做给你吃……"

裴右安微微一笑："我不大吃消夜的，不用你天天做。你饭吃了吗？"

嘉芙脸庞泛出浅浅红晕，小声地道："方才我自己已经吃了。"

裴右安眼底掠过一丝连他自己也未觉察的浅浅笑意，略微颔首，随即示意她坐到近旁一张椅上。

嘉芙一愣，又听他叫自己伸手平放于桌面，这才明白过来，心里其实有些不情愿，却不敢违逆，只好伸出手。

裴右安轻轻为她卷了衣袖，做这动作之时，指与她的手臂肌肤毫无碰触，待露出一段白腻腻的玉腕，双指方轻搭于脉上，完毕，便收手，提笔在纸上写了几列字。

"并无大碍。等下我便叫人照这方子给你煎药，今晚起，睡前两刻时辰服用，有助安神入眠。

"药不会很苦，药性和熟蜂蜜相和，稍凉后加些，亦可补血养阴。"他想了下，又道，提笔添了几字。

嘉芙定定地望着裴右安，双眸渐渐泪光莹然，见他偏脸看向自己，慌忙扭头，抬手以指飞快地擦了擦眼睛。

"怎的了？除了夜梦多惊，可还有哪里不舒服？尽管告诉我。"

裴右安望着她，声音听起来也格外柔和。

嘉芙摇头，低声道："我在想，表哥对我这么好，就算你开的药吃了还会做噩梦，我也不好再烦扰你了……"

裴右安提笔悬腕于纸上的那只手微微一顿，瞥了她一眼。

嘉芙却没看他，只顾自己低头，吸了口气。

"表哥你明日一早就要出门了，晚上也早些睡吧，我不打扰你了。你放心走吧，不要管我了，我一个人在家，一定会好好的。"

她抬起脸，朝望着自己的裴右安露出一个强作欢欣的可怜笑容，站起来端起托盘，出了书房，伴随着一阵轻悄的脚步声，身影消失在门后。

银环送来了煎好的药，并一罐熬过的熟蜜，在旁等药稍凉后再添加蜂蜜。嘉芙说自己会加，打发她走了。

等银环出去，她端起药，倒在了屋角的一株杜鹃盆景泥里。

很明显，裴右安对周王妃和萧胤棠的认识，远不及她来得刻骨铭心。

可是有些话，她又没法和他讲明白。

不管萧胤棠接下来会不会对她下手，或是什么时候下手，她都想跟着裴右安。

他去哪里，她也去哪里。

明早他就走了，这个晚上，她决定就睁着眼睛熬足一宿，抓住最后的机会，再赌一把。

她真的极想他就在自己身边。只有时时看到他的身影,她才能感到彻底安心。

夜深了,嘉芙从床上爬起来,再次来到窗后,看向书房的时候,心微微一跳。

书房原本一直亮着的灯火灭了,月影下,她看到一个身影从书房里走了出来。

裴右安去往他的卧房,走了几步,身影停住,转过头来。

今夜月光皎洁,她看得清清楚楚,他脸朝过来的方向,就是自己所在的这扇窗口。

这么远,她屋里也未点灯,他未必就能看到她。她却慌忙缩了回去,片刻过后,等那颗怦怦跳动的心渐渐平定下去,才再次悄悄探头望出去。

那里已经不见人了。

庭院里空空荡荡,唯余白色月光,一片清辉。

翌日,裴右安天不亮就起身。随他一道上路的随从和侍卫也早到了,一队人马等候在外,整装待发。

早膳不见嘉芙。裴右安待要走了,也不见她露面相送。他回首望了几眼,脚步微微迟疑。

不知她服了自己开的药,昨夜睡得如何?

裴右安刚想叫银环去问一声,忽又想起来,今日天亮还没多久,并非她迟了,而是自己比平常起身要早得多,此刻她想必还在睡梦之中,便打消了念头。

裴右安被管事等人送至二门厅堂,又想起她那日向自己倾诉忧惧,被萧胤棠逼迫以至于噩梦缠身的一幕,忍不住回头,又看了眼身后那座圆楼。

虽先前已吩咐过,想了下,他又将奉他命留下守护她的侍卫队长杨云叫来,再次叮嘱了一番。

杨云信誓承诺。

裴右安知他武艺高强,行事素来稳重,稍稍放下心,继续朝外走去,至大门口,管事领着跟出来的下人恭声相送。

裴右安命人都散去,从一侍卫手中接过马鞭,待要出门,脑海里忽然浮现出昨夜她被自己冷待后,无奈寻到书房的一幕。

昨夜他睡得其实也不好，睡梦轻浅，闭上眼睛，模模糊糊，似都是她怕他着恼，强作笑颜暗求他谅解的一番模样。

裴右安忽然有些后悔自己待她的冷硬。

她负气，不愿下来吃饭，想让自己哄她，这也是人之常情，不过小女孩儿的一点小心思罢了，虽然幼稚，但也无伤大雅。

他忍不住再一次回首，望向身后的圆楼。

时辰还早，初阳未升，那楼笼在一片朦胧的晨曦里。耳畔静悄悄的，只有门外传来间或的马蹄踏地之声，在催着他动身上路。

裴右安吐出一口气，收回目光，转身待要走，视线忽地定住。

大门近旁那间侧厅抱厦的一根立柱之后，竟有一道身影。

嘉芙就在那里，因身子娇小，得以藏在那根立柱后，只衣裙微现，露出了半张娇面，睁大一双眼睛，正看着自己的方向。

仿似在这里，她已经等了许久。

目光相遇，她似受惊的兔子，立刻缩回脑袋，被立柱挡住，看不见脸了。

裴右安手心忽感发热，将马鞭还给近旁侍卫，吩咐他先出去，到门外等着，自己抬脚，朝她快步走过去。

嘉芙慌慌张张，转身匆忙要跑，裴右安已一步跨上台阶，叫了声"表妹"。

嘉芙停住脚步，慢慢转头，低低地叫了声"表哥"，垂下眼睛。

和昨日一样，她的眼睛下泛着一圈淡淡的青色瘀痕，满脸倦色。

"昨晚还是没睡好？"裴右安端详着她，问。

嘉芙双手背后，摇头道："吃了药，睡得比平常好得多，也没做噩梦了，表哥你放心。"

裴右安知她扯谎。迟疑了下，改而问道："怎一大早就跑来了这里？何时起的？"

嘉芙慢慢地仰起一张小脸，齿紧紧地咬着唇，咬得唇都发白了，却只眼巴巴地望着他，一声不吭。

晨曦微白，有凉风拂过，轻轻掠动了垂在她耳畔的几根鬓发丝。

裴右安望着她，出现一阵淡淡的恍惚，眼前忽浮现出她那夜跳楼被自己识破伎俩后哭得一把鼻涕一把泪的狼狈模样，胸口左边那块地方，慢慢柔软下去。

"动作快些，去换身衣裳吧……"

嘉芙眼睛蓦然一亮，还没等他吩咐完，立刻转身，匆忙道："我都收拾好了，表哥你等等，我马上就出来！"

话音未落，人就已经朝里飞奔而去。

裴右安转头望着她的背影，一时错愕，定在那里。

第七章 谋算

嘉芙从不知道自己竟然这么会跑,唯恐迟了裴右安就会改变主意,奔回到圆楼前不算,竟还一口气不带停地从下面跑上三楼,匆匆换上昨日让银环拿的一套小厮穿的短打,长发绾在头顶,成男子样式,扎一顶方巾,脚套皮扎。她很快穿戴完毕,匆匆对镜照了照,见镜中的自己俨然已成了个俊俏小仆,一把抓起包袱,又赶回门口。停下来时,她跑得已上气不接下气,胸脯不停起伏。

她胸脯自然不及丰满,但也不算贫瘠之地,来不及束胸,方才心急火燎的,为赶时间,先凑合就下来了,此刻站在裴右安的面前,见他从头到脚地打量一遍自己,视线最后似是在她胸口略顿了顿,下意识地低头,才发觉这种打扮之下,胸前显得分外突兀。急忙抱起包袱想遮一下,裴右安已转过脸,指着方才拉来停在门口的一辆小马车。

"上去吧。"

嘉芙低低地道了声谢,急忙走过去,将包袱先放在车辕板上,也不用人扶了,自己手脚并用，顺利地爬了上去，在身后数十道目光的盯视之下，抱着包袱一头钻进马车，坐定，终于长长地吁出一口气。

裴右安环顾一圈看完马车又看自己的随从和侍卫，面无表情地道："上路。"

昨晚熬了一夜，很是辛苦，此刻心事终于落地，嘉芙上了马车，一躺下去，连马车的颠簸也没能阻止她睡着。

这个白天，她睡睡醒醒，醒醒睡睡，或者爬起来，从车窗缝里偷看裴右安骑在马上的背影，怎么都觉看不够，甚至感到一种久违的发自内心的快乐。

当晚随裴右安入住驿舍，屋子也和他挨着，想到他就在自己的隔壁，距离近得甚至能听到他走动发出的脚步声，嘉芙便一夜安眠。

第三天的傍晚，一行人抵达孟木。

孟木土司姓安，名继贵，是孟木府的第三十五代土司，因裴右安曾救过他的独生子，对他格外敬重，知他今日会到，亲自到几十里外迎接，引一行人入了土司府。

嘉芙和他同住在一个院落里，屋子连在一起。接连好几天，不断有附近的小土司抵达。裴右安很忙碌，和安继贵进进出出，夜夜赴宴。嘉芙白天无所事事，只在晚上，有时候能等到他回来，给他端茶送水，说上几句话，这便是她一天中最期待的时刻。

几天后，她留意到一件异样的事情。

土司有个女儿，名叫安龙娜，和嘉芙差不多年纪，十五六岁，昨天傍晚，嘉芙在院落门口翘首等着，终于等到裴右安回来的身影，心里一喜，正要跑出去相迎，却看到安龙娜早自己一步，先跑到他的面前，拦住他的路。

当时距离有些远，嘉芙听不到安龙娜和他说了什么，却一眼就瞧出来，所谓少女怀春。

安龙娜望着他的那种神情，嘉芙再熟悉不过了。

可不就是她自己的翻版吗？

嘉芙当时心里咯噔一跳，躲到了门后，透过门缝偷看，心情有点紧张。所幸裴右安看起来就是和她初次相见时的样子，礼貌而疏远，没几下就打发走安龙娜，随后入了院子。

嘉芙微微松了口气，自然不会在他面前提这个。当晚过去，第二天的傍晚，嘉芙像先前那样等着他时，忽然听到身后传来一阵伴着环佩叮咚的脚步声，接着，一道清脆的女子声音响了起来："喂！你是裴大人的什么人？"语气很不客气。

竟是安龙娜来了。

嘉芙这才近距离看清这土司府小姐的样子。长发结辫，挂满饰物，身穿水蓝长袍，腰系绣带，脚蹬小靴，打扮华丽，生得亦很是美貌，但看向自己的目光，却带了一丝敌意。

人在土司府里，何况自己在别人看来还是裴右安的一个贴身小厮，嘉芙自然不想招惹事情，叫了她一声"乌哲"，在当地是对土司女儿的尊称，随即要走。

安龙娜却几步追上，拦住她的去路，上下打量着嘉芙，讥道："看你男不男女不女的样子！我听说汉人里有一种被叫作娈童的男子，最是低贱下流，专供男主人淫乐所用，莫非你就是娈童？"

嘉芙明白了。

她应当是被裴右安给拒在先，又见自己和他同居一院，这是来找碴泄愤了，便忍住心中气恼，道："乌哲见多识广，连这个都知道，却认错了人。裴大人等下就要回了，我还有事，先走了。"

她转身要走，一侧后襟却被安龙娜从后给抓住了，刺啦一声，衣领就被扯破了道口子，跟着后颈一阵辣痛，皮肤应也被她的指甲给抓破。嘉芙一怔，还没反应过来，见安龙娜竟又朝自己扑了过来，十只尖尖指甲，这次直接朝她的脸抓来了。

梦中那辈子的嘉芙，小时候其实也是活泼的天性，在疼爱她的父亲面前，更是个爱撒娇的小哭包。只是十三岁那年父亲走了后，一切天真和欢乐都离她而去。后来她被祖母安排，先是嫁给裴修祉，没多久又辗转到了萧胤棠的身边，至死那日，都是个温柔淑静的女子——但那并不是她的真实天性，只是压抑后的顺从和渐渐的麻木习惯。直到这一刻，因为这个前来挑衅、无理取闹的小姑娘，嘉芙这两辈子积聚起来的所有委屈和怒气仿佛都得到了宣泄的口子，见她得手了还不依不饶，一副不把自己的脸给抓花便不罢休的姿态，心头火起。

就在这一刻，她忘了这里是土司府，根本控制不住情绪，抬手就抓住安龙娜的头发，狠狠一拽。

安龙娜尖叫一声，两人便撕打在一块儿。起先难分难解，到了后来，安龙娜毕竟力气大些，将嘉芙死命压在了身下，握拳咚咚地捶着嘉芙，嘉芙挣扎不动，便使出撒手锏，死死扯住她的头发不放。

两人都是狼狈不堪。就在安龙娜的拳头要朝嘉芙再次捶下来时，伴随着一声低喝，两人被人径直分开，接着，嘉芙被一双手直接给抱了出来，她这才看清，竟是裴右安来了。

那边安龙娜也被一个穿着锦袍的年轻男子给捉住了。

安龙娜号啕大哭，指着嘉芙不住地道："哥哥！他欺负我，他抓住我的头发就不松，我要被他扯成秃头了。我痛死了！"

嘉芙指缝里，确实还抓着从安龙娜头上拽下的一缕头发，见裴右安看向自己，急忙背在身后，悄悄地松了手指，正想说话，安龙娜的哭声已变成尖叫："他是女的？他竟然是女的？"

她睁大眼睛，定定地看着头发散了下来的嘉芙，又看了一眼还将嘉芙抱在怀里的裴右安，哇的一声再次大哭，跺了跺脚，转头跑了。

"疼吗？"

裴右安视线掠过嘉芙的后颈，轻轻放下她，皱眉问道。

嘉芙喘息渐定，拢了拢自己因为和小姑娘打架散下来的长发，这才觉到羞愧，忍着疼痛，摇头道："我没事。表哥，实在对不住，我……"

裴右安已转向那个定定看着嘉芙的华服男青年。

"沧珠，她是我表妹，为出行方便，男子打扮。方才若有得罪令妹的地方，我代她向你赔不是。"

安沧珠这才回过神来，急忙摇头："无妨，我知道我妹妹，必是她生事在先，还请表妹见谅。"

裴右安微微一笑："好说。我已到了，不必再送，请止步。"

他朝安沧珠点了点头，随即领嘉芙入内，一进去，便问："怎会和人厮打起来？"

他的语气不辨喜怒。嘉芙依旧有些羞愧，又怕他对自己印象越发恶劣，不敢看他的眼睛，嗫嚅道："她以为我是男的，一过来，就挡住我的路，用难听的话辱骂，说我是表哥你的……还先动了手，抓破了我的衣服……"

那两个字，她实在是说不出口，跳了过去，脸涨得通红。

裴右安似是明白了，皱了皱眉，洗了手，随即取出一盒药膏，命嘉芙转身。

嘉芙知他要替自己擦药，乖乖地转过身，默默将散落下来的长发绾起，低头露出后颈。

一片娇嫩雪肤，上头却留了几道深浅不一的指甲刮痕，中间最深的那道，已经渗出几颗血珠子，瞧着实是有些刺目。

裴右安以洁布拭吸血痕，动作无比轻柔，随即手指沾药，轻轻替她抹在伤痕处。

嘉芙感到丝丝的疼痛，忍不住嘶了一口气。

"忍忍，等下就不痛了。"

他柔声安慰。

"你气力又不及人，蠢打只会吃亏。下回再有这样的事情，若我不在，边上也无人，高声呼喊，或是跑往人多之处，记住了没？"

他的语气，听起来竟有点语重心长、恨铁不成钢的意味。

嘉芙终于松了口气，心里又甜丝丝的，低声道："谢谢表哥。"

裴右安："可还有其余伤处？"

嘉芙摇头，扭脸望了他一眼，胆子忽然大了。

"表哥，土司的女儿，是不是喜欢你？我看到她……将你拦住过……"

裴右安仿佛一怔，瞥了她一眼，收了药，转身离开。

嘉芙亦步亦趋跟了上去，死皮赖脸："是不是啊，表哥？"

裴右安仿佛有点无奈，道："小女孩不懂事而已。你也别胡说八道。"

"表哥，那你为什么一直不娶妻？"

鬼使神差般，这个一直困扰着她的问题，她竟就问了出来。

嘉芙知道，即便在梦中，他最后于塞外素叶城中死去的时候，依然是孤身一人。

而在那之前，萧列做皇帝的数年间，裴右安可谓富贵登顶，位极人臣，他不娶妻，唯一的理由，应该就是他自己的选择。

他的目光，微微一沉。

嘉芙问出来的那一刻，其实就后悔了，却死撑着，并不躲闪他的目光，反而睁大眼睛看着他。

　　两人对望片刻，裴右安似乎终于败在她明媚软糯，却又不屈不挠的目光之下，抬手揉了揉眉心，笑了笑。

　　"我先天体弱，虽调治过，但于血气始终有亏，且从前又受过重伤，非寿考之人，何必娶妻，空误了女子青春？"

　　他说完，撇下她，径直过去洗手。

　　嘉芙望着他的背影，一瞬间，胸口仿佛被什么堵住了，极是难过，慢慢地，全身血液却又沸腾起来，她冲口而出："表哥，你要是不嫌弃我，我愿意服侍你、照顾你，你一定能好起来的，长命百岁！"

　　裴右安微微俯身，正在门外的一口蓄水缸畔洗手，闻言身影微微一顿，随即继续，不疾不徐地洗完手，方直起身转过来，微微一笑，用安慰的语气道："我知你心中诸多忧惧。我既承诺护你，便不会食言，如今这样，待日后你嫁为人妇，倘夫家不足以庇护，我亦会看顾。若我不测，临前也必会为你安排妥当。"

　　"这样，你可放心？"

　　嘉芙一愣，随即明白了。

　　他是以为她又在耍花样想赖上他。

　　胸中似有什么在激荡，她面庞滚烫："大表哥，我……"

　　"就这样了，往后再不要想这事，我是不可能应你的。"

　　他的神色随之转为严肃，不再理会她，从她近旁走了过去。

　　嘉芙仿佛一只被戳破的球，望着他的背影，顿时泄了气。

　　这个傍晚的意外，于裴右安来说，就仿佛什么也没发生过，过去也就过去了，他静如止水，一如常态。但于嘉芙，从被他带出门这几天以来的所有欢欣和雀跃，却如地里刚钻出的寸头嫩芽，还没来得及在春风雨露里舒展枝芽，便已被一场倒春寒给冻住了。

　　嘉芙有些懊悔自己一时脱口而出的那句话，但也是因了他随之而来的回应，让她再次得了提醒。

　　她前几日，高兴得早了。

　　裴右安对她好，容忍她，体察她的小心思，甚至在她面前让步，譬如这次，临行

172

最后一刻,还松口答应带她同行,但他设在两人中间的那道壁阁,却是如此坚固,嘉芙几乎看不到有破壁的希望。她更没有那么多时间可以慢慢让他喜欢自己,为她所迷——况且说实话,在裴右安面前,她对自己毫无信心,除了一副前世给自己招致不幸,这辈子看着似乎也要在劫难逃的皮囊,她还有什么?

裴右安那样谪仙般的男子,怎么可能会娶她?

但嫁他的念头,从第一天冒出来开始,就牢牢地在她心里生根发芽,嘉芙无法摆脱这种极力靠近他的诱惑。

到底该怎样,才能让他答应自己?

这新的打击,正如她那句脱口而出的话一样,来得猝不及防,嘉芙情绪难免低落,但有了前次负气不去吃饭所得的教训,这次她学乖了。隔日,到他快回的时辰,她再次扬出笑脸去等他,等了片刻,远远看见他的身影出现,身旁还是昨天那个同行的土司府少主安沧珠。

安沧珠是方才追上来和裴右安同行的。这是一个皮肤黧黑、浓眉高鼻、身材强壮的青年,一耳佩环,腰间系一短刀,刀鞘上镶满各色宝石,带了几分彪悍。

裴右安从前曾救过他的命,和他很是熟悉,见他追上来,便同行叙话,一路至此。

安沧珠说了几句自己父亲明日将和孟定土司伊桑会面之事,随后便问:"裴大人,你的表妹可有夫家了?"

明日孟木孟定两大土司在边境的会面,是由裴右安一手促成,因事关重大,方才一路行来,他一直在思着此事,忽听安沧珠问起这个,两者可谓风马牛不相及,微微一怔,转过脸,看了他一眼。见这青年面带微微扭怩,期待的目光投向自己,略一思索,便明白了。

论年纪,他比这位土司府少主也大不了多少,但在身畔这个浑身充满勃勃生气的青年的对比之下,有那么一瞬间,裴右安心底忽生出一丝淡淡的秋沉苍凉之感。

他并不是很想和身畔这青年谈论关于嘉芙的这种话题,但还是道:"她尚待字闺中。"

安沧珠眼睛一亮:"她家在何方?"

裴右安道:"泉州人氏。"

安沧珠一下就兴奋起来:"我知道泉州!我幼年时父亲曾为我请过一西席,恰是

泉州人氏。我听他讲，泉州物阜民丰，船港比比皆是，天下奇珍异宝，十有七八是从泉州入港！泉州有一甄姓巨富，专走海船，表妹恰也姓甄，莫非和那甄家有关？"

裴右安含糊道："她家确实有几条船……"

安沧珠抢道："太好了！裴大人可否容我与表妹面谈？我父亲正欲购进一批香料，恐被人欺我地处边陲，未见过世面，以次充好。表妹家中有船，想必也有香料营生，由我直接寻表妹商洽，岂不正好？"

裴右安所居的客房就在前方不远，他迟疑着时，安沧珠抬眼，正好看到嘉芙站在门口翘首望着这边，面露喜色，便撇下裴右安，自己疾步到近前，唤了声"甄表妹"。

嘉芙认出是昨天那个土司府的公子，见他笑容满面地和自己招呼，还叫她"甄表妹"，口吻似乎很熟，不禁一愣，看了眼后头跟上来的裴右安，她也瞧不出什么，有点不明就里，出于礼节，便应了一声，行万福之礼。

安沧珠忙摆手，开口先为昨天自己妹妹的举止向嘉芙赔罪，说昨天回去已经教训过她，她再不敢来寻事了。

昨天的那场架，当时打得是痛快，过后裴右安也护她，没责备她半句不懂事，但打完后，想自己活了两辈子，临了还和一个小姑娘这样撕扯在一起，实在匪夷所思，更不是什么光彩的事，本就不想再提，便含含糊糊地应了一句。

安沧珠也不是为了赔罪才跑来这里的，起完了话头，笑道："方才我听裴大人说，你家在泉州，有船行走海外？我这里正要购进一批香料，数目也不算小，且日后还会回购，不知表妹家中可愿接这笔生意？定金交货，一切都照你那边的规矩走，若是方便，我这就能和表妹详谈。"

这没头没脑的，嘉芙一愣，下意识地再次看向裴右安。

他就站在安沧珠的身后，神色平平，和平常差不多的样子。嘉芙也看不出他是什么意思，却想也没想，立刻道："多谢少主的美意。只是不巧，我家中虽也有几条船，这两年走的货里却没多少香料，这生意，恐怕做不了。"

安沧珠并不气馁，又道："表妹既是泉州人氏，想必也知道些货主，可否替我引荐几家好的？"

嘉芙面露歉色："实在对不住，我平日在家只知绣花描红，对外面的营生一无所知，恐怕帮不了少主的忙。"

安沧珠面露失望之色，但很快又兴致勃勃地道："无妨。我想着，裴大人这些日事务缠身，恐怕无暇顾及表妹，表妹既来了我这里，便是土司府的贵客，我这里有几处景致还算可以，表妹若不弃，明日我派人引你出去走走如何？"

他转向裴右安："裴大人，我见表妹成日这样留在客舍之中，寸步不出，未免气闷。裴大人此行远道而来，是为我孟木府调停纷争，我也当尽地主之谊。"

裴右安看向嘉芙，恰和她投来的目光在空中相遇。

她立于一片金色夕照之中，目光似在微微流转，嘴角上翘，若有似无，隐含笑意，眉情眸色柔软妩媚，此情此景，实是难以描述。

一个恍惚间，他竟有一种仿佛唯在他和她二人之间隐隐流动着的，亦唯他才能体察的奇妙暧昧之感。

他不禁怔了。

嘉芙却不再看他了，转向安沧珠。

"不敢劳烦少主。实不相瞒，我之所以随大表哥来此，是因先前体有不适，寻大表哥救治，不巧大表哥要来贵地，因不可半途而废，这才将我带来。等我身体养好，再劳烦少主如何？"

这话应得滴水不漏，既说明裴右安莫名带她来此的原因，也委婉推掉了安沧珠的盛情邀约。

裴右安回过神，又看了她一眼。

她没再看他，一双明眸望着那土司的儿子，神情恳切。

安沧珠再次失望，只好点头，让她安心静养，快快离去。

嘉芙跟着裴右安入内，殷勤地端来茶水，笑道："表哥，今日怎回得如此早？晚上可还要出去？"

从来了这里，裴右安每日要见各色各样的人，明日更是此行关键，心思原本沉凝，但此刻，看着她在自己跟前转来转去，心情莫名便轻松起来，道："事情都安排妥了，我也推了土司的筵席，晚上不出，早些休息，明日还有正事。"

嘉芙很高兴："太好了，表哥你坐，我去瞧瞧我做的甜汤，好了我就给你盛一碗来。"

裴右安原本不爱甜物，但她口味喜甜，他便也随她了。

他望着她轻快离去的背影，不自觉地微微一笑。

次日清早，裴右安和安继龙一行人出土司府，抵达与孟定府交界的安龙关。

在这里，经裴右安主持，安继龙和孟定土司伊桑将进行一场会面，以解决近期再起的纷争。

这场新的纷争，来源于不久前离开的宣慰使马大人。他在的时候，故意厚赏安继龙，传皇命封他"大土司"的名号，又将孟木府和孟定府向来有纷争的安龙关全部划给安继龙，引发了伊桑不满。等马大人一走，伊桑便以祖地不可失于自己之手的由头毁了几年前定下的盟约，再次攻打孟木府。

今日之所以将会面地点选在这里，也是为了令双方相互放心。会面的这块平地，周围坦荡，无树木山石遮挡，藏不了人，亦不可设埋伏，对方带多少人来，一览无余。

按照先前的约定，安继龙只带了二十名精选护卫，到了地点，命护卫停在数丈外的空地上，自己和裴右安先行入座。

距离约好的时间还有两刻钟，除伊桑未到，其余被邀来做见证的十数位土司都已经到了。在座之人，无不识裴右安，见他来了，纷纷相迎，寒暄过后，裴右安被推举，坐了中间的位置，安继龙坐左，右位空置，等着伊桑的到来。

日头渐渐升高，约定的时辰已到，伊桑却还没有现身。安继龙面露不快，土司们望着前方，低声议论。

片刻后，视线尽头终于出现一大团黑压压的马匹奔驰卷起的扬尘，朝着这边过来。看这架势，至少有数百人之众，浩浩荡荡。渐渐到了近前，众人才看清楚，正是迟到了的伊桑。

双方原本约定最多各带二十侍卫，现在会面还没开始，伊桑迟到不说，先破了规矩，带来这么多的人马。

立于安继龙边上的安沧珠面露怒色，立刻道："父亲，他想做什么？我这就去数点人马过来！"

出来之前，为确保万一，安继龙也带了数百人，但剩下的那些人马，都被留在数里之外，并未带来这里。

安继龙亦感恼怒，看了眼裴右安，见他岿然不动，端坐其上，双目凝视前方，神色平静。想了下，压下恼怒。

"他应是想给咱们一个下马威。有裴大人在，料他不敢乱来。且再看吧。"

伊桑下马，大摇大摆地走来，打着哈哈。

"我从马援出来，一路紧赶急赶，不想还是迟了，叫诸位久等了，实在惭愧！"说着，他大步流星到了近前，旁若无人，大咧咧地先坐下去，这才似乎刚看到裴右安，转身朝他拱了拱。

"叫裴大人久等了，勿怪。"

裴右安一笑，不置可否。

安继龙冷冷道："叫我们这许多人等你也就罢了，只是你带这些人马过来，是为何意？莫非以为只有你才有这几号人不成？"

伊桑鼻孔里哼了一声："你如今是大土司了，我人再多又能如何？对不住了，我信不过你们这些人。要不是看在裴大人从前为我孟定府救治过瘟病，今日我又岂会来这里和你啰唆？"

安继龙忍住怒气，道："你我原本已经立下誓约止戈，那个马大人分明是在挑拨离间，你怎就上当又来滋事？真以为我怕你不成？"

伊桑冷笑："话说得好听！好处全让你得了！连我的祖上之地都划给你了，你们真当我是死人不成？"

安继龙拍案而起："岂有此理，分明是你在借口生事！将这安龙关划给我孟木府，那不过是马大人的一句空言！他走之后，你何时见我孟木府的人越过边线半步路？倒是你的人，前些日越境生事，还伤了我几个人！我看你是半点也无和谈诚意！我安继龙从不生事，但也不会怕事！你要打，那就打！"

伊桑亦霍然而起，环顾四周。

"诸位都听到了，这可是大土司说的！既如此，还有什么可谈？我这便走了，诸位好自为之！"说完他掉头便去，他身后带来的那几百武士便发出轰然喝彩之声。

安继龙脸色铁青，在座土司面面相觑。

"伊桑，你从前曾歃血立下盟约，允诺休止干戈。如今你分明也知，孟木府并无半分实际违约行为，你却借口朝廷不公，悍然滋事，是何道理？"

一道声音从后方传来，不疾不徐，中气十足，隐隐竟似压过了伊桑身后那几百武士所发的喧嚣。

伊桑停下脚步，回过头，见裴右安已经起身，朝着自己走过来。

他迟疑了下，笑道："裴大人，你莫误会，更不能听信一面之词。我绝无意和你作对。我今日来这里，本就是冲着你的面子。既和他话不投机，那还有什么可说的？该怎样，就怎样！"

他环顾一圈，见众人都看着自己，又大声道："且这是我与安继龙的恩怨，无须外人插手。裴大人，我这人向来有话说话，说句得罪的，你是汉人，既为异族，又怎能同心？你此行名为调停，我却听闻，你早早就入了孟木府，何来的中立可言？你来这里，想必不是安继龙给你许了好处，就是你也有不可告人之私心吧？"

安继龙大怒，拍案而起，斥道："伊桑！你往我身上泼脏水也就罢了，竟连裴大人也敢污蔑？当初你马援城中起了瘟疫，若不是裴大人出手相助，你伊桑今日还能站在这里口出狂言？"

裴右安示意安继龙勿躁，转向面带不屑的伊桑，笑道："正被伊桑土司给说中了，我裴右安这趟过来，确实是存了点私心。"

四下土司相互耳语，伊桑面露微微得意之色。

裴右安环顾一圈四周的大小土司，高声道："诸位都知，三王爷持节藩镇于此，抚边安民，便是三王爷的第一要务。孟木、孟定两府，若因误会再起战事，朝廷御史台那里，三王爷一个失察之过，怕是少不了的。我此番奉三王爷之命而来，诸位倘若赏脸，愿意给我裴右安一个面子，回去之后，我对三王爷也算有个交代。"

土司们发出一阵笑声，一人高声道："裴大人，我们对你一向是佩服的！今日之事，由你主持便是！"

裴右安向四座拱手。

"论资历，我裴右安远不及在座的诸位土司，承蒙看得起，裴右安先谢过诸位了。

对诸位，我只有一言：战无幸免，乱无独安。宣慰使马大人此行，看似和诸位无关，实则在座之人，无一不受牵连。孟木、孟定两府，在西南举足轻重，倘若战事再起，诸位何以能置身事外高高挂起？或受胁迫，或为自保，牵一发而动全身，再加上外敌在旁，虎视眈眈，到时西南和局，一去不复！"

土司们面上笑意渐渐消去，神色无不凝重。

裴右安转向伊桑："伊桑土司，你与孟木土司若真再次开战，你扪心自问，赢面能占多少？"

伊桑冷笑道："纵然粉身碎骨，也不能叫外人占走半寸我的先祖之地！"

裴右安一笑："说得好！只是我想问土司，马大人口头讲了一句将安龙关划归孟木府，你便如此愤慨，以至于无视事实悍然毁约，那么你趁今日众多土司在此相会，暗中派人去占木邦，又是何道理？"

这话一出，伊桑脸色一变，全场更是哗然。

木邦是安继龙的祖地。

安继龙大惊，猛地上前，厉声喝道："伊桑！你竟做出这样无耻之事！真当我安继龙怕你不成？"

安沧珠已拔出腰刀，领了身后二十侍卫冲上来，怒道："你这卑鄙小人，我这就杀了你！"

伊桑高呼一声，身后数百名武士立刻呼啦啦地上来，将会场团团围住，场面剑拔弩张，一触即发。

土司们无不变色，纷纷起身，斥道："伊桑，你想干什么？"

伊桑并无惧色，冷笑道："你们这些人，无不是和安继龙一个鼻孔出气的！裴大人，事情既被你知道了，我便也没什么可遮掩的。我已派出大队人马去往木邦，木邦绝无幸免的道理。我把话放在这里，安龙关原本世代为我孟定府所有。今日安继龙若不答应全部交出安龙关，非但木邦保不住，你们一个一个，也谁都别想离开！"

四周骂声顿起，伊桑却面不改色，在一队亲信的保护之下，神色倨傲无比。

裴右安注视着他，神色渐渐变冷，忽拍了拍手，立于他身后的一个侍卫便放出一枚火信。

火信升空，啪的一声炸裂。

片刻之后，远处来了一队人马，转眼疾驰到近前，伊桑转头望去，脸色大变。

杨云纵马而来，拔刀指着一个被挂在马腹侧的五花大绑的男子，厉声喝道："伊桑，看看这是谁？再不向裴大人谢罪，我手中之刀，可不认你的儿子！"

这被绑住的男子，正是伊桑最为喜爱的长子伊努，向来能征善战，是伊桑的左臂右膀，被他视为后继之人。

这次秘密行动，他派伊努领了两千精兵，奇袭并不设防的木邦，本以为手到擒来，以此要挟安继龙让出安龙关，却万万没有想到，事情竟出了这样的变故。他定了定神，立刻转向裴右安："你意欲何为？你若敢伤我儿一分，我便起誓，今日绝不罢休！"

裴右安冷冷道："伊桑，你儿子被刀指着，尚未伤及半根毛发，你便如此焦心，放言不惜与我同归于尽，倘若我未能及时阻止你的诡计，你可会对木邦那些手无寸铁的民众施加半分怜悯？你儿子出自你的骨肉，旁人便无血亲之痛？"

伊桑看了眼被堵住嘴不住挣扎的儿子，脸色极其难看。

"还不叫你的人全部退下？"

裴右安厉声喝道。

伊桑浑身一颤，不由自主后退了一步，脸一阵红，一阵白，示意手下退去。

很快，那几百武士如潮般退去，渐渐不见人影。

方才紧张得如同紧绷之弦的气氛，慢慢松了下来。众多土司吐出一口气，无不对伊桑怒目横视。

裴右安命杨云将伊努带上，杨云推着伊努上前，见他还强行挣扎，不肯下跪，一脚踢在他的后膝，伊努便扑在地上，对着裴右安怒目而视，口里呜呜不停。

伊桑勉强定住心神，道："裴大人，我今日栽在你手里，认了！你打算如何处置我的儿子？"

"伊桑，你们伊家虽也传了多代土司，但从前不过只是一个小土司府而已，名不见经传。也是到了你的曾祖，伊家才得以坐大。我听闻老土司在世时，孟琏司曾来攻打你马援城，城池岌岌可危，老土司也身陷险境，幸得马援城民众倾力相助，这才反败为胜。老土司从此视马援城为福地，将土司府也迁了过去，也是从那之后，你们伊家开始得势。

"马援城民当初为何要助力老土司？我听闻，因他仁慈爱民，一诺千金，是个大大的英雄人物。孟瑢司为何失了人心？因穷兵黩武，民众苦不堪言。而今你们伊家势盛，孟瑢司又安在？早化为一抔黄土。

"人无信不立。我知你一心想朝廷封你为大土司，只是像你这样，仅仅因为没能得到预想的好处，便心生不满，目光只及眼前三寸，视诺誓如同无物，有约不遵，言而不守，即便你得了大土司的名号，何以立身？又何以服众？"

裴右安话音落下，四周鸦雀无声。

伊桑面红耳赤，见他负手而立，渊渟岳峙，不怒自威，竟不敢开口，眼睁睁看着他转向安沧珠，去要腰刀。

安沧珠立刻拔出腰刀，恭恭敬敬地双手奉上。

裴右安接过，一指轻触冰冷刀刃，刀光如霜，在他瞳中映出一道肃杀寒气。

他迈步，朝地上的伊努走去，到了他的近旁，俯身下去，拔去了伊努口中的木塞。

伊努立刻嚷道："父亲，别管我！他要杀就杀！这个汉人诡计多端，你不要上当！"

裴右安以刀背压住他的一侧面脸，手腕一沉，伊努头脸立刻就无法动弹，双目瞪得滚圆，向着裴右安怒目而视。

气氛陡然紧张，众人无不屏住呼吸。

伊桑更是面如土色，咬牙道："你若杀他，我定与你势不两立！"

裴右安面沉如水，手起刀落，刀刃便割过了伊努的一臂。

伊桑一怔，还没反应过来，见裴右安如法炮制，竟又划过自己的一侧手臂，一道鲜红血迹，立刻顺着他的衣袖殷殷而下。

众人惊呆，又是不解，地上伊努也是吃惊不已，看着裴右安，停止了挣扎。

伊桑原本一颗心已悬至喉头，忽见裴右安如此举动，迟疑了下，道："裴大人……你这是何意？"

裴右安注视着他。

"伊桑，你方才说，既为异族，又怎能同心？你可瞧见了，我与你的长子，虽非同族，衣貌亦异，体肤之下，血脉却是同色。排除成见，何以就不能同心向齐？你与安继龙,可谓西南双虎,多少人盯着,想要取而代之。你可听说过一句话,两虎共斗,其势不俱生,而驽犬得利。我此行出来前,三王爷曾有言,你本也是条好汉,惜心性略狭,这才受激入套,被人利用而不自知,以至于有了今日纷争。安土司本就无意与你敌对,三王爷更盼你悬崖勒马,今日是战是和,我也不多说了,全在你自己!"

伊桑呆了半晌,忽奔上前来,朝裴右安纳头便拜,道:"裴大人,我伊桑生平从不认输,今日却输得心服口服!是我错了!要杀要剐,全由裴大人定夺!"

裴右安道:"人非圣贤,孰能无过。伊桑土司愿化干戈为玉帛,便是大善,起来。"

他说罢上前,将伊桑扶起,随即转向安继龙道:"安土司,伊桑派人攻你木邦,你意欲如何解决?"

安继龙心中起先自然愤怒无比,又后怕不已,所幸伊努被裴右安半道所擒,消弭了一场祸事,这才松了一口长气,见伊桑又认错了,便看在裴右安的面上,在他这里,也只能揭过,便道:"伊桑,今日之事,所幸未铸恶果,看在裴大人的面上,我便不与你计较。只是我有言在先,下回你若再犯我孟木府,我绝不轻易罢休!"

伊桑面露愧色,道:"裴大人饶我儿子不死,我便欠了他一命。这命我先留着,日后随时为裴大人效命。你这里,咱们恢复原先的盟约,一切照旧,我摆酒供牲,照向来的规矩,我向你当众赔罪,让这里的诸位,一道做个见证!"

安继龙原本还以为他在羞愧之下,会说出将安龙关全部让给自己的话,没想到还是算计精明,一点亏也不肯吃,心中暗骂了一句老狐狸。

他生性本就豪爽,看在裴右安的面上,也就作罢了,转头对着众人笑道:"伊桑的酒,我改日再吃,今日诸位辛苦,全到我府中,我先摆酒设宴,请裴大人上座,诸位一道,不醉不归!"

嘉芙知今日事关重大,等在土司府里,心中忐忑,至天黑,忽然隐隐听到前头传来筵席鼓乐之声,便猜到裴右安应是平安归来了,没片刻,来了一个侍卫,说大人叫他来传个话,一切安好,不必挂心。

嘉芙彻底松了口气,开始翘首等着他回来,一直等到亥时,中间出去不知道张望了多少回,终于听到外面传来一阵脚步声,急忙跑出去,看见裴右安被一个侍卫扶着过来,脚步竟然略微踉跄。

在他边上有些时日了,便是到了这里,时有筵席,嘉芙也从没见他饮过酒,今晚却破例了,急忙迎上去,一把扶住。

裴右安让侍卫去歇了,随即抽回那只被嘉芙扶住的手臂,自己朝里走去。

嘉芙追上去,再次挽住了他,口中道:"你喝醉了,走路都不稳,还是我扶你吧。"

他脚步停了停,低头看了她一眼,见她神色担忧,迟疑了下,终还是没再抽出手来,任她挽着自己进屋。

嘉芙扶裴右安到了榻前坐下,待要叫人送茶送水进来服侍,一个转身,瞥见他左臂衣袖上沾了些血渗的痕迹,视线一定,大吃一惊:"表哥你受伤了?"

裴右安向不饮酒,但今夜前堂之上,西南众大小土司均在座中,个个觥肩斗酒,豪气冲天,争相向他敬酒,盛情难却,破例也就轮了一回。此刻略略不胜酒力,他循她所指,低头看了一眼自己的手臂,再抬眼,见她紧紧盯着,双目睁得滚圆,神色里带着惊慌,心里忽然一暖,安慰她:"只划破了点皮而已,并非受伤,无妨。"

嘉芙急道:"血都出来了,你还说无妨!"她转身便翻出他先前给自己抹过的那瓶伤药,洗了个手,拿着匆匆跑了回来。

手臂划出的那道口子,早就处置过,血本也止了,只是想必血气随了酒力翻涌,这才慢慢又渗些出来,并无多大干系,但看她如此焦急担心,定要给自己再敷一遍伤药,裴右安便也不加阻拦,坐着不动,默默看着她在身畔忙活着。

嘉芙为他除去外衣,挽高中衣袖子,最后小心解开先前侍卫为他缠上的那圈止血带,看到臂上绽开一道长约数寸的伤口,有血迹正慢慢地往外渗透。

她原本最怕看到伤口鲜血淋漓的样子,但此刻,这伤口仿佛割在自己身上,丝毫不觉可怕,只是心疼万分。嘉芙小心翼翼地往他臂上轻抹止血药膏,又想起那日他给自己擦的时候,刚抹上去时有点辣痛,便微微嘟起嘴,凑些过来,朝他的伤口轻轻吹气。

伤口被她吹得凉丝丝的,还有些痒,像根轻羽挠过。

裴右安极力忍着,才没将手臂收回。

她的头脸靠他靠得也很近,裴右安又清晰地闻到了来自她发肤的馨香——这和去年他第一次在京中国公府里闻到的来自她的那种刻意香料气息全然不同,她是轻暖甜润的,他似乎渐渐也开始习惯这种气息,每每闻到时,总让他觉得心情愉悦。

"表哥你忍忍,很快就不疼了。上回我也这样的。"

听着她如在哄自己的安慰话语,裴右安腹中酒力似又起了一阵翻涌,他醺醺然地慢慢闭目。

嘉芙敷完药,小心地扎回绷带,又替他放下了卷起的衣袖,抬眼见他闭目,似是不胜酒力,忙要扶他躺下去,指尖碰触他的肩膀的一刻,裴右安忽地睁眼,抬手略略挡了挡。

"表妹,我有一事,须和你说。"

他的语气,忽然多了点郑重的味道。

嘉芙停手,不解地抬起双眼。

"明日我们便回了,到了后,我安排人送你回泉州。"他语气温和。

嘉芙胸脯仿佛被猝不及防地捶了一下,心略噔下沉,她定定地望着他,一时说不出话。

裴右安微笑道:"放心吧,先前答应过你的事,我必不忘。"

虽然知道他迟早会送自己走的,但就这样从他口中听到,还是太过突然。

嘉芙实是没准备好,一时心乱如麻,缓过神后,努力露出笑容:"谢谢大表哥……只是……现在一定就要送我走了吗?"

裴右安不去看她投来的两道乞怜目光,以沉默应答。

嘉芙的心一点点地下沉。

"非要现在就走吗?就不能再过些时候?我保证我会听大表哥的话,不和你发脾气,不和人打架,也再不惹你生气……"

嘉芙的声音已略带哭腔。

又是一阵酒意翻涌,窗开着,裴右安却感到气闷,喉咙发紧,呼吸不畅。

醉意在他胸间,一分分地发酵。

她是以为他在生气……

他定了定神。

送她走的缘由,告诉她也无妨。事已出,再无任何挽回余地,用不了多久,还没等她回到泉州，天下就已皆知。

这也是今日调停，他只能成功，不允失败的缘由。

"和你无关，是王府那边出了点事。我昨日方得的消息，今上以祭祖为由，恩召世子入京参祭，世子杀了使者，云中王不得不起事。"

裴右安的声音温和而平静，仿佛怕吓到她，也仿佛他早已预知到会有这样一天，只是从前不知道这一天将会伴着何种契机到来而已。

现在，一切都有了答案。

就在数日之前，京中再次来使，皇帝召云中王世子萧胤棠立刻入京。入京的目的，自然是扣他为质了。云中王当时接旨，拖延着时，萧胤棠派人杀了使者，用这种方式，替自己的父亲做出决断。

嘉芙呆了。

她只知道应该也快是这个时候，皇帝会向云中王发难，战事爆发，随后云中王入京，登基称帝。

她却不知道事情的真正起因。

原来这便是她噩梦的开端。

裴右安望着她苍白的一张面容，声音越发柔和："若所料没错，战事不久便起，我没法再带你同行了，这里也不安全，反倒泉州，非兵家要冲，也远离纷争，不至于会受太大波及，应是太平之地。你回去后，也会有人保护你和家人，可安心。"

嘉芙不清楚他打算让什么人去保护自己，但他既然安排了，她相信在她回去后的那段时日里，那人或许真的能护住她。

但将来呢？

等云中王做了皇帝，萧胤棠成了太子，他手中可操控的权力将翻云覆雨，到了那时候，如果他还没打算放过自己，面对来自太子的力量，裴右安派去保护她的人，真的还护得住她？

或许，最大的可能，便是就此一别，她将再也没有机会再次与裴右安相遇了。

她多想如第一次和他在驿舍中碰见时那样，扑到面前这男子的怀里，死死地抱住他，恳求他容许自己一直傍在他的庇护枝下，不要就这样将她推离他的世界。

但她知道,这就是他最后的决定了,再不会更改。

她呆呆看着他。

他沉默着,片刻后,似涌上一阵醉意,和衣卧了下去,闭目,用平静的声音说,她可以回房了,他这里用不着她留下。

嘉芙失魂落魄地回了那间和他傍着的屋子,整个人被一种大难临头般的感觉给紧紧地攫住了。

知道将来会发生可怕的事,却无力摆脱,眼睁睁看着它一步一步朝自己走来,这才是最大的恐惧。

夜深了,土司府里渐渐安静下来,嘉芙屏住呼吸,将耳朵紧紧贴靠在墙上,侧耳听着来自隔壁屋里的动静。

他醉了,睡得很沉,嘉芙听了许久,没有听到半点动静。

她抱膝蜷坐在床角,身子在夜色的暗影里纹丝不动,就这样坐了良久,终于从床上爬下来,无声无息地走了出去。

裴右安今夜醉了。

刚回的时候,醉意或许并没那么深沉,但从他打发她离开后,他的情绪沉郁了下去,随之,醉意便从四面八方涌来,将他铺天盖地地淹没。

最后,他甚至做起梦来,梦到关于一个十六岁少年的一些零碎的陈年旧事。

那一年,少年扶着父亲的亡灵从战场归京,葬礼刚结束的深夜,怀着悲伤,他去探望卧病的母亲辛夫人。

下人说辛夫人还在小灵堂,他寻过去,看到了她的背影。

她独自对着父亲的牌位,身影陷入烛火的暗影里,影影绰绰。

少年站在灵堂口,正要进去的时候,辛夫人忽然对着灵牌低声咒骂,声音是如此充满怨恨。

"十六年了!

"你这个没良心的男人!

"我认了你从外面抱来的野种做儿子,看着他抢走原本属于我儿子的一切!现在你竟这么死了?"

"该死的是他!他为什么还不死?不是说他活不过十岁吗?现在都已经多少年了?"

可怜的寡妇,沉浸在属于自己的情绪之中,对着亡人,尽情地发泄她平日深埋心中的无限怨恨,并没有留意到少年曾来过,又悄悄地离去。

梦中的这少年,地位高贵,惊才风逸,旁人眼中,他是天之骄子,生平唯一遗憾,大约就是身体病弱。

但只有那少年自己知道,病体不是他的不可说,他的难言之痛,来自他得到的母亲的对待。

他天生早慧,在同龄孩子还懵懵懂懂之时,他就有了印象,自己的母亲不喜欢他,非但不喜欢,而且对他怀了一种强烈的厌憎之情。私下里,她盯着他的那种目光,后来很长一段时间里,成为伴随他长大的无法消除的阴影。

无论他多么出色,甚至,他越出色,她就越令他感到一种憎恶的情感。但天生的内敛,注定他不会将内心阴影剥给第二人看,哪怕是在父亲和祖母面前,他也绝口不提半句,自己知道就行了。

但即便如此,也不妨碍他想要和母亲修好关系的意愿,尤其是在父亲刚去世的情况之下。

小时他也曾猜想过,母亲不喜欢他,或许是因为他身体不好。所以他学医、习武,希望自己有一天能和别人一样,有一个健康的身体。

他做梦也没有想到,母亲不喜欢自己,是因为他阴私的来历。

他不是裴家堂堂正正的嫡长子。

他只是他父亲从外面抱回来的一个私生子。

这个无意得知的秘密,令十六岁的少年陷入巨大的自我否认和厌恶之中,他曾习以为常的一切认知,一夕之间,轰然崩塌。

随后,三个月后,在他父亲热孝将满的某个深夜,发生了那件后来影响他一生的事情。

他父亲的一个妾,深夜吊死在他居所院子前的一株树上,第二天早上被发现尸体,流言开始传播,有人说,是他对她施加淫辱,小妾应是不堪凌辱,这才愤而吊死在他

的居所前。

最后,他以离京的方式,结束了他这一生的少年生涯。

不属于他,交还出去,天经地义。

成年后,一向浅眠的裴右安就没做过梦了。

今夜,他却陷入这样一个令他并不愉快的梦境里。

梦里的他,回到了那个外人眼中光鲜,于他却只剩压抑灰暗的少年时代。

一个恍惚,那个少年似又倒在塞外的冰天雪地之中,周围残肢枯骨,状如地狱,他忽冷忽热,梦寐难安之际,口鼻里忽然沁入一股似曾相识的暖暖甜香气味,梦中的一切阴暗,渐渐被驱散,他下意识地贪恋这种温暖柔软的感觉,梦中追逐,恋恋不舍。

嘉芙被裴右安给拢入怀里时,吃了一惊,身子僵了片刻,慢慢地,感觉到他带着酒气的阵阵灼热鼻息扑到自己脸上,方意识到他并未醒来,身子终于控制不住地起了微微战栗,一颗心怦怦地跳,浑身肌肤灼热滚烫。

就这样,不要脸就不要脸了,抱住他不放,等他酒醒过来,她就可以如愿了。

嘉芙横下心,朝他又靠了些过去,直到完全蜷在他的怀里,眼睫颤抖着,慢慢闭上了眼睛。

五更,鸡鸣平旦之间,窗外朦胧昏青。

裴右安将醒未醒。

成年后,他便从未睡过如此好的一觉了,尽管这一觉起始于令他并不愉悦的梦境碎片,但当那些梦的碎片被驱散,这一觉是如此绵长和深沉,并且,香暖……柔软……

他紧了紧臂膀,蒙蒙眬眬间,满掌所得的柔腻,令他忽觉异样,双眉蹙了蹙,如坠香雾里的混沌意识慢慢变得清明起来。

他眼皮一跳,蓦地睁眼醒了过来,借着微明的晨曦,竟看到他的表妹嘉芙,此刻和他同床而眠,同被而盖,整个人蜷缩在他的怀里,一臂抱着他的腰腹,小小的一只,只从被角里露出一脑袋落于他肩臂的青丝和半张脸,看起来还未醒,犹闭目酣眠,一动不动。

两人似这般睡了很久,他也拥着她,一臂绕过她的细柳腰肢,掌心贴于肌肤之上。

裴右安惊呆了，初初以为自己依旧深陷梦境，终于回过神来，猛地缩回那只手，霍然坐起，下意识低头，迅速睃了遍自己。

他身上虽依旧着了中衣，但满是凌乱褶皱……

裴右安脑袋轰的一声，险些炸裂。他迅速掀被，从床上一跃而下，一把抄起自己昨夜被她脱下悬起的外衣，匆忙披穿之时，听到身后传来一道声音："大表哥……"

裴右安手一停，慢慢地回头，见她已被自己惊醒，爬坐起来，一手拥被压于胸前，另一手揉眼，星眸半闭，颜若朝华，嗓音含含混混，带着女子特有的刚睡醒的一种轻软和娇慵。

她浑身上下，仿似未着寸缕，这样坐起，虽已以被角压胸，但光溜溜的两只香肩和雪白膀子依旧露在外面，纵然屋里晨曦昏暗，也压不住胜雪肤光，海棠春慵，一时酥了人眼，乱了人目。裴右安胸间悸震，眼角泛红，闭了闭目，倏地转身。

却听身后她又说道："大表哥，我是你的人了。昨夜你我虽还没有男女之实，但我这身子，也不能另许人了。"

她应当也已完全醒了，声音虽轻柔，却一字一顿，异常清晰。

空气仿佛凝固了。

许久，裴右安肩膀动了动，慢慢地掩了衣襟。

"你穿上衣裳。"他道，声音涩哑。

身后传来轻微的窸窸窣窣穿衣之声，片刻后，听她道："好了。"

裴右安并未立刻转身，依旧立在原地，背影僵硬。

"昨夜你已回屋，后来又是如何与我同睡一床的？"

良久，他发问，身后一片静默。

裴右安慢慢地转过身，目光落在嘉芙的身上。

晨曦渐白，她已披衣，完全裹住身子，只一把青丝，依旧凌乱覆肩。

起先她一动不动，随后抬起脸，迎上裴右安的两道目光。

"是我自己回来的。"她轻声道。

"你一个女孩儿家，是谁教你用这样的不入流手段？"

他声音紧绷，目光沉沉。

"也是我自己想出来的……"嘉芙睫毛微颤，垂下了脑袋。

空气再次凝固了。

嘉芙的心越跳越快，鼻尖慢慢沁出了细细的汗珠。

她有些恨自己的无用。分明已经想好的，对他说是昨夜他醒来唤渴，她听到了过来服侍，他半醉半醒，将她拉上了床，而她无力反抗。

只要她这样一口咬定，哪怕他不信，也没法撇清。

她有胆子爬他的床，事到临头，真的等到他发问了，却不知为何，她又不想借口这可鄙的托词了。哪怕她说出实话，会被他轻视，乃至厌恶。

因这托词，听起来是如此令她作呕。

他怎么可能是这样的人？

她只要能够留在他的身边就够了。以她对他的感觉，只要他留下她，他就一定会庇护她的。

至于别的，她并不在意。

她这样告诉自己，压下心里随之涌出的惶然和难过，鼓足全部勇气，再次抬头，对上了他的目光。

"大表哥，我已和你同床共枕一夜，你要是还不要我，我日后又侥幸能从世子手里逃脱活下去的话，下半辈子，我就剪了头发去做姑子。"

她说完，屏住呼吸，眼睛一眨不眨地望着他。

裴右安和她对望片刻，面无表情，不置可否，忽道："回你自己的屋去，没我的话，一步也不许出去！"

"大表哥……"嘉芙哀求。

"回你的屋去。"他重复了一遍，背过身。

嘉芙浑身血液渐渐冷了，她呆呆地坐了片刻，默默下床，低头从他身边慢慢地走了过去。

那道门槛不高，才半尺不到，她迈过去的时候，腿脚却仿佛灌满了铅，沉重异常，几乎是一步步地挪着回了自己住的那间屋。

嘉芙扑在枕上，眼泪慢慢地流了出来。

她有一种感觉，她这最后一搏，还是失败了。

昨晚她鼓足全部勇气，回他的屋，脱了自己的衣裳，钻进他的怀里后，什么都没来得及做，竟就一头睡了过去，一觉睡到方才，被他起身发出的动静给惊醒。

世上有她这样的傻瓜吗？

嘉芙眼泪流得更凶，却怕被人听到，死命地捂住嘴，无声地抽泣，终于渐渐止住泪，到了中午，一个侍卫来敲门，说裴大人命他来唤她，可以出来，预备动身走了。

嘉芙两只眼睛已经肿得像桃子，却不敢耽误，急忙起身，匆忙收拾好东西，怕被人瞧见，一路低头，随侍卫出了土司府。

来到门前，她远远就看见裴右安站在那里，正在和送他的土司话别，边上许多人。

她将头垂得更低了，朝着那辆停在后面留给自己的马车快步走去，快到近前，身后忽然传来一个声音："甄表妹！"

嘉芙听出是安沧珠的声音，装作没听到，急忙加快脚步，安沧珠却飞快赶上来，在她面前站定，挡住了她的去路。

"甄表妹，你何时回泉州？等过些时日，我这边得出空，我也想去泉州一趟……"

他忽地咦了一声，靠过来道："甄表妹，你怎的了？眼睛肿得这么厉害？你哭了？"

嘉芙又是羞惭又是气闷，摇了摇头："我没事，我先上去了……"

她绕过安沧珠，飞快往马车方向去。

"莫非我妹妹又找你麻烦？你跟我说——"

安沧珠追了上来。

嘉芙面前忽然人影一晃，杨云走了过来，拿了她手里的包袱，人挡在安沧珠面前，笑道："甄小娘子一切安好，安少主请留步，不必再送了。"

嘉芙爬上马车，关了门，坐在里面，片刻后，马车晃晃悠悠地启动，终于上路。

当天晚上，嘉芙就发现了一件事。

她去的方向，不是出发时的武定府，而是往东，直接去往泉州。

护送她的人，就是杨云和他的手下，而裴右安，再也没有露面。

她已经用尽自己所有能够想到、做得出的办法，终于还是没能成功地留在他身边，更不用说让他娶自己了。

虽然那天早上，她跨出那道门槛的时候，就已经有这样的心理准备，但真意识到这一切都是真的时，她还是陷入无比的感伤、后悔和羞惭之中。

很奇怪，这种时候，她原本最应该想的，是失去她原本想牢牢抓住的来自裴右安的庇护，往后萧胤棠要是再对她下手，她该怎么办才好。

但这一路东去，她竟没再怎么想这件事了。

倘若到最后，她真的无法避免，再次落回到萧胤棠手里，他再以家人安危相胁的话，最多，也不过是末了的一死而已。

嘉芙忽然也没觉得有多恐惧了，反倒每每想着那日自己对他做下的事情，那种深深的羞惭和后悔，才真正令她难以自拔。

一路，她便如此回了泉州家中。

孟太太先前虽已收到她平安的消息，但依旧日日牵挂，此刻终于见到失而复得的女儿，抱住嘉芙便又哭又笑。

哥哥甄耀庭也欣喜万分，自不用说。

就连祖母胡老太太，脸上也露出笑容。

一家人叙话完毕，当晚，家中设宴，为嘉芙接风洗尘，阖家欢喜不提。

到家的这一天，距离嘉芙被劫走不过也就过去数月而已，但对于嘉芙来说，竟满是物是人非、心境苍凉之感，犹如经历了一场大梦。

半个月后，这日，胡老太太将孙女单独叫进屋，屏退下人，说道："当日你被人贩给捉去云南，路上幸而得人救助，脱身而出。这自是好事，等哪日，若能得见恩人，我自当重谢。只是阿芙，你老实告诉祖母，你如今清白可还在？"

妈祖会那日，嘉芙不见之后，胡老太太一边派人到处寻找，一边严守口风，对外只说孙女走了远亲。之所以这样，是因为当时，老太太又在为孙女张罗婚事了。州府里有户官家，家中有一庶出子，有意和甄家联姻，老太太怕消息走漏，坏了嘉芙的名节，故半句也不透出。后来始终没有嘉芙的消息，万分焦急之时，忽然喜从天降，收到了嘉芙平安的消息，她这才松一口气。如今终于等到孙女回来，老太太便又打算起婚事，问完，便紧张地盯着嘉芙。

嘉芙沉默着。

胡老太太便明白了，目露失望之色，面色亦异常沉重，半晌，长长地叹息一声。

"罢了，你也不容易，人回来就好。你下去吧。"

嘉芙朝老太太磕了个头。

"祖母，我知道你一直想借我联姻来为家中谋得助力。从前和国公府的婚事如此，这回也是。孙女既已没了清白，还有什么好人家愿意娶？即便婚前瞒着嫁过去，纸终究是包不住火的，万一被知道了，非但不能助我甄家，反而落个没趣，说不定还要结怨。孙女斗胆，请祖母往后不必再安排我的婚事了。我也无意嫁人，请祖母勿要逼迫。"

这是她生平第一次，对胡老太太说出这样的话。

老太太吃惊，又有些不快，盯着她，皱了皱眉。

"有你这样和祖母说话的？我替你留意的婚事，固然有助力于我甄家的考虑，但也无一不是好人家。你也是我孙女，我岂会将你胡乱出嫁？如今遭遇不幸，但就算失了清白，嫁过去了，也不是没法子遮掩的，你何必如此丧气？女孩儿不嫁人，难道在家一辈子老死？哪里有这样的道理？"

嘉芙含泪道："恕孙女不孝。祖母若再安排婚嫁，我便剪了头发去当姑子！"

胡老太太大怒，正要训斥，忽然门外传来一阵急促的脚步声，一个下人在外嚷道："老太太！太太叫我赶紧来给老太太传个话，家中来了个贵客！"

胡老太太忍怒，转头道："哪家贵客？"

"说是京城国公府裴家的长公子来了！"

嘉芙呆住。

胡老太太一怔，从位置上站了起来。

"他来做什么？快迎进来！"

第八章 婚约

老太太换了身见客的齐整衣物，拄杖领婆子和丫头往前堂去。远远看见儿媳妇正等在抱厦前。

孟氏见婆婆来了，忙迎上来搀她。

"素无往来，无缘无故，裴家长公子怎突然来我家了？"

老太太一边往里去，一边低声问。

孟氏亦一脸疑惑："媳妇亦不知。方才听张大说长公子携礼登门，还以为弄错了。去年我带耀庭、阿芙过去时，他恰好也回京给那边的老夫人过寿，和他碰是碰过一两回，长公子亦很是客气，不过也只招呼一两句而已，并无多话。今日这般登门，我是没想到的。"

老太太便问待客。

孟氏道："不消您说。人早迎进了客堂，张大和耀庭正陪着。"

婆媳说话间，迈进门槛，转了进去。老太太抬目，见一男子元色衣袍，腰束嵌玉銎带，姿仪俊拔，神情温雅，年纪不大，也就二十多的样子，目光却极沉稳，端坐于位中，正听着甄耀庭讲述泉州的风土人物，偶插问一两句话。

老太太笑容满面地走了上去。

"今日是个什么风，竟然把贵客吹来了我家！长公子亲临寒舍，蓬荜生辉，老身怠慢了，还望长公子见谅。"

裴右安转头，见孟氏入内，搀了个身穿富贵团锦袄的老妇。老妇浓眉宽额，目光精明，望之带着一种惯常发号施令的家长的模样。知她应便是嘉芙的祖母，于是他起身迎了上来，向老太太行后辈见面之礼。

胡老太太虽是商妇，但当家大半辈子，自历练出一双辨人之眼。因从前听闻裴家长公子的一些事情，说身体从小不好，便以为他是一番病痨的模样，没想到竟如此风度，周身无意张扬，而有一种发自骨子里的清贵隐威。想来如今就算早不复世子之尊，甚至不容于家族，但必定非庸碌之辈，又岂敢怠慢。

寒暄了几句，胡老太太见这个曾经的天子近臣对自己很是敬重，礼节周全，丝毫不见架子，心中高兴，便再次让座，望了眼站在一旁的孙子，自谦道："我这孙子没什么见识，人又驽钝，若有说错话的地方，请长公子勿见笑。"

裴右安望向甄耀庭，微笑道："府上公子抱朴含真，恰我辈所缺，品质难能可贵。老夫人怎如此自谦？"

胡老太太听他如此称赞自己孙子，心中更是欢喜，又自谦了几句。虽极是好奇他此行目的，但身为主家，客不开口，自己自然不可能先问询，便又陪着，叙了几道闲话。

"晚辈今日登门，本就冒昧，却蒙盛情款待，很是感激，实不相瞒，我有一事，私心盼两位慈长应允，不知容我开口与否？"

终于，等到了他先开口。

胡老太太和孟氏对望了一眼，随即笑道："长公子何须如此客气？有事尽管开口，但凡做得到的，必定不会推辞。"

裴右安望向左右，孟氏便明白了，立刻屏退下人，叫甄耀庭也出去了。待堂中只剩她与老太太，就听他道："老夫人、夫人，实不相瞒，前次送表妹归家的那位杨云杨统领，乃奉我命而动。表妹先前便是被我所救，虽当时受了些惊，所幸化险为夷，如今想必已然顺利归家。"

胡老太太和孟氏闻言，惊讶万分。

先前嘉芙被送回来后，孟氏知杨云是奉主人之命行事，便问恩人身份，杨云却没透露，孟氏只好作罢，又怎会想到，事情这么巧，救女儿的那个恩人，竟然会是裴右安！

孟氏这下感激万分，想起女儿失踪那段时日自己所经历的煎熬，忍不住又痛斥将女儿捉走的无良人贩，不住地向裴右安道谢。

胡老太太却精明得多，嗅出一丝不一样的味道，知长公子这话应当只是起了个头而已，笑着也谢了几声，随后道："长公子方才所提，不知是为何事？"

裴右安便站起来，面向老太太和孟氏，各又郑重行了一礼。

老太太和孟氏均不解，忙辞礼。

裴右安道："我今日登门，不为别的事，正是为了表妹。"

他顿了一下："我对表妹，爱慕已久。"

一字一字，清晰无比。

这短短八字，一说出口，别说孟氏，连胡老太太也怔住，看着裴右安，缄默下去。

裴右安神色却分毫没有改变，语气更是诚恳。

"右安小时起，便与表妹相识。去年祖母寿辰，有幸和表妹再遇，又前次，以此种际遇再次得以重逢。表妹德言容功，弥足珍贵，令我倾心不已，遂决意非她不娶。故虽知此举无礼，今日还是冒昧登门，向老夫人和夫人禀明心迹，若能得以成全，则是我裴右安之幸，不胜感激！"

孟氏可谓诧异万分，看着裴右安，一时不知该如何接口。

裴右安对自己女儿一见钟情，以至于发愿娶她，这不奇怪。女儿容貌虽出自自己，却又远胜自己，这些年，家中为她挡了不知道多少狂蜂浪蝶的觊觎，现在这个国公府的长公子也对她一见钟情，特意为她登门拜访，可见用心之诚。

但问题就出在这上头。

别的暂且不说，什么时候，见过有人自己登门来为自己求亲的？

孟氏看了眼老太太，见她不开口，自己便道："长公子龙章凤姿，不嫌我女儿粗鄙，愿娶她为妻，这原本是她的福气，只是……这叫我如何说呢？"

她迟疑了下。

裴右安微微一笑，笑过之后，神色越发郑重："我知婚姻需辅以三媒六聘，如此方合乎礼仪，亦显诚意。我对求娶表妹之事，怀了万分诚意，三媒六聘，更是不可或缺，但今日之所以独自登门贸然来见慈长，一为剖我心迹，表我诚意，二来……"

他顿了一下，看向老太太和孟氏："二位慈长想必也听到了些关于皇上和云中王不和的消息，接下来我恐怕无暇顾及婚事，故而这趟上门也是想求二位慈长许我些时日。等时机合适，右安必请祖母做主操办媒聘。但请放心，只要答应将表妹许我，我必竭我全力护她一生。"

孟氏这才终于彻底明白裴右安今日登门的目的。

原来他是要甄家在他来求娶之前，先将嘉芙留着，不要许配出去。

泉州四通八达，每天无数商旅进出，消息自也传播得快，前几日，坊间就已到处在传皇上要和云中王打起来的消息，但因为距离遥远，民众也就只当皇家热闹来看了，有说皇上兵多将广必定能赢，有说云中王有少帝护体，指不定能出其不意天翻地覆。反正说什么的都有。

孟氏对裴右安印象很好，何况他还救下了自己的女儿，听完裴右安的这一番话，她心里已认了七八分这个未来女婿，剩下几分，一是顾虑裴右安的当年之事，二是生怕女儿不肯点头。犹犹豫豫，她便再次看了眼老太太，见老太太始终没有作声，显得有点反常。

"娘？您看……"

"你去瞧瞧阿芙，跟她说一声，恩人大表哥来了。"老太太忽道。

孟氏瞧出来了，老太太应是私下有话要和裴右安说，这才支开自己的。她心里也急着去见女儿，便向裴右安笑着点头，出去匆匆到了女儿屋里。

从那日被他用那种方式给送回泉州后，说心如死灰、彻底绝望也丝毫不为过，嘉芙根本就没想到，裴右安居然会在这种时候，出其不意地现身，来了自己家中。

他来做什么？

嘉芙满心焦虑，又觉羞耻，正坐立不安六神无主，见母亲来了，怕被她瞧出什么端倪，强行镇定，等孟氏一开口，说裴右安登门竟然是为婚事，顿时惊呆了，一颗心禁不住怦怦地跳，半响都没法平复下来。

"长公子说，他对你很是倾心，想娶你为妻……"

孟氏小声和女儿絮絮叨叨。

"娘觉着，长公子看着很是信靠，你要是嫁了，他日后应当不会亏待你的，只是娘想起他从前的那些事，就又有些不放心……"

嘉芙脸涨得通红，一把抓住孟氏的手，拼命地摇头。

"娘！他怎么可能是那样的人？从前有误会的！你千万不要听信那些！"

孟氏见女儿如此焦急，一怔，随即笑了，伸出一根指头，轻轻点了她的脑袋一下："瞧你急的！我都还没说什么呢。你也愿意嫁他？"

嘉芙慢慢低头，一语不发。

孟氏看着女儿，又想起她被掳之事，虽最后获救，但清白恐怕已失，想来这也是前些时候她回家后抑郁不乐的原因，心里一阵欣慰，又一阵难过。她将女儿搂入怀里，叹息了一声。

"原本我还担心你不乐意嫁他呢，这样最好。他又是你的救命恩人，这姻缘也算天定。等他下回正式来求亲，娘就把你风风光光地嫁出去。"

堂中只剩裴右安和胡老太太。

老太太笑道："我孙女何德何能，能得长公子的青睐，老身岂有不应之理？只是老身有一话，不知当讲不当讲？"

裴右安恭敬地道："老祖母有话，但讲无妨。"

"长公子的意思，老身是明白了，外头接下来想必要乱上一阵子。这些朝堂之事，老身不懂。长公子你的事，也必定是大事，老身不多问，老身更能体谅长公子如今的不便。只是不瞒长公子说，阿芙先前那件婚事虽没成，但恰就这些时日，你来之前，家中正预备给她再说亲的，就我们本地州府里，也是户做官的人家，相中了我孙女，前些时日使了人来问消息，老身正想着回话，不想这么巧，长公子今日就来了……"

老太太停了一停。

裴右安目光微动，却未开口，只等老太太继续说下去。

"那户人家，自然没法和国公府的门第争辉，但在我们这里，也是数一数二的头脸人家，族中几人都是官身……"

老太太叹了口气。

"这种话，老身本是不该对外人讲的，但长公子本就和我甄家有渊源，今日来了，更不是外人，我便也不怕长公子笑话，直说了。我甄家的情况，长公子应也知道一二，经商处处不易，家中少了顶梁柱，孙儿还需磨砺，老身斟酌过后，觉着这亲事可做，一来，于我孙女而言，确实是桩好姻缘，二来，对方诚心娶我孙女，若真结成亲事，对我甄家原本自也算是件好事。

"不料长公子今日来了，承蒙看得起，如此开口，老身自然无不允，那边回绝了就是。只是长公子这边，可否也能再给个准信儿？阿芙是不算大，但正当嫁龄。女孩儿家说亲的好年纪，一辈子也就看这一两年了。我们心里但凡有个数，那什么事也不叫事儿了，哪怕三年五载，安心等着日后裴老夫人来下聘就是了。长公子你说是不是？"

胡老太太精明了一辈子，于孙女的婚事，算盘自然也是来来回回要打个清楚的。先前和国公府婚事不成，如今只能退而求其次了，但裴右安今天突然造访，却令老太太又嗅出一丝不一样的味道。

皇上和王爷现在要打起来，自然是为争夺金銮殿的宝座。裴右安却为什么说自己现在也无暇婚事？他既亲自上门，对亲事的郑重，可见一斑。

老太太也知面前这位国公府前世子早年间的风光，曾经的天子近臣，绝非池中之辈。两件事联想起来，她便隐隐猜到，他应也牵涉其中。

他既如此登门开口，自己自然不好回绝。

她先私下答应，消息并不外泄。日后，他若能借云气兴起，神龙飞动，再次得以平步青云，甄家自然乐见好事；万一事败，也不至于牵连自家。

这就好比一笔买卖，若成，一本万利；若不成，甄家的损失，也就是耽误了孙女嘉芙的花嫁之年。但和整个甄家可能得到的好处相比，不值一提。

这样一笔生意，老太太怎会拒之门外？何况，除此之外，老太太对裴右安这个人，

也是非常满意的。

她瞧出来了，裴右安自己应当也是有这方面的顾虑，所以才没有立刻安排正式上门提亲。

现在就肯为甄家和孙女考虑得如此周到，这样一个男子，值得信托。

甄家需要的，只是他再给颗定心丸。

老太太说完话，满面笑容地看向裴右安。

裴右安何等聪明之人，老妇人这一番话还没说完，他便已经察知老妇人的意思，微微一笑。

"右安谢过老祖母。请老祖母放心，他日右安若朝不保夕，必会早早告知，请老祖母另为表妹择选良配，不敢耽误表妹。若有幸娶到表妹，甄家便如我己家。"

他从怀中取出一贴身收藏的黑色小囊，打开，取出里面一只玉佩，双手奉上，恭敬地道："口说无凭，这是先父弥留之际赠我遗物，多年来我一直收藏，今日留下，作为登门信物，请老祖母代收。"

老太太接置于掌心，见玉佩外刻连理枝藤，中间镂以兰纹，温润光洁，望去便知是上品美玉。她小心地收起，笑道："长公子有心了，那老身便暂代你妥善收藏。"

孟氏搂着女儿，低声安慰了几句，忽想起来："长公子的意思，似乎是他如今有所不便，要我们先留你在家，等他日后再来正式提亲。方才正说这个，你祖母却将我支出，也不知她要说什么，万一不利，娘还是先回去瞧瞧吧。"

嘉芙一把抓住她的衣袖，摇头道："娘，祖母拒了就拒了，娘不必再过去说什么。"

孟氏狐疑地看了一眼女儿："难道你不愿嫁他？"

嘉芙沉默片刻，低声道："我配不上他。"

孟氏一怔，随即明白了，压下心中难过，再次搂住女儿的肩膀，柔声安慰道："阿芙，你大表哥救了你，心里当也清楚你的遭遇，既还亲自登门求亲，那便是不计较的。这样的男子，你去哪里寻第二个过来？莫钻牛角尖了，娘先去看看吧。"

她便起身，这时听见儿子的声音从门外传进来："娘，长公子要走了，祖母叫我来唤你过去。"

孟氏惊讶，立刻打开门："这才过来，连一盏茶都没喝完，转眼怎就要走？"

甄耀庭挠了挠头："我也不知。"

孟氏匆匆出去，没片刻就回来了，将下人都支开，把门一关，面露喜色，低声道："好事！你祖母应下长公子了！说就等着他日后再来求亲，又叮嘱我，此事不可外传，除了你，再不许叫第二人知道！"

孟太太对裴右安极其满意，只是他要自家先留着女儿，等他日后再来正式提亲，这有些非同寻常，她本担心老太太那里要费口舌的，没有想到，事情居然这么顺利就定下来，意外之余，欢喜无限，方匆匆回来，亲自将这消息转告嘉芙，好叫她定心。

孟太太又道："我再三留长公子，他却说另还有要事，这就要走了。娘先去送他，你安心吧，莫再胡思乱想！"

孟太太又匆匆去了，留下嘉芙独自心乱如麻，在屋里来回走了几圈，终于下定决心，匆匆来到前堂，停在门外。

裴右安背对着她，祖母正被母亲从位子上扶起，笑容满面，听她道："长公子既还有要事在身，老身便不强留了。长公子走好，老身盼着早日收到长公子的佳音。"

裴右安向老太太行辞礼，老太太要亲自送他出门，裴右安辞，便在此时，嘉芙一脚跨了进去。

"祖母、娘，我想和大表哥单独说几句话。"

堂屋里除了老太太和孟氏，还有甄耀庭、张大，一并些家中仆妇，冷不防听她这么一句，全部人都看了过来，无不面露诧色。

四周安静下来。

裴右安转头，望了身后的嘉芙一眼，二人四目相对。

从被迎进大门始，他的面上便一直带着微笑，此刻也是如此。

嘉芙却清楚地看到，他望向自己的目光，再不复从前的温暖了。

他在微笑，但看着她的目光颇为冷淡，并且略带诧异，似乎没有想到她会这样突然现身。

嘉芙收入眼中，心下犹如翻江倒海，一阵阵难过。

先前在武定府住小圆楼里的那段日子，虽时间短暂，自己在裴右安面前也是蠢计百出，如今想起，却是如此暖心。

他对她的保护和包容，让她在他面前不断退化，退化得犹如一个胆大包天肆无忌惮的孩子。

他也让她产生了一种直觉，他会一直这样包容她，无论她做了什么。

正是因为这样的直觉，也是借了他给她的胆量，她才会在那个晚上，骤然得知要被送走，无计可施之下，做出那样的事情。

今天他的登门，再次证明她的直觉。

她果然还是得逞了，虽然中间过去了些时日。

最后，她赢了。

但是这个结果，叫她如此难过。

她也没有想到，自己赢了，却会如此难过。

她没看旁人，也没有避开他的目光，直视着他，轻声道："大表哥，我有话和你说。很重要。"

胡老太太微微蹙了蹙眉。

她又岂会猜不出来，孙女失踪后被裴右安救走的那段日子，两人中间必是发生过什么，这才会让裴右安对她念念不忘，以至于今日这样登门求亲。

不管孙女自己愿不愿意，老太太是认下了，并且也告诉了媳妇，此刻孙女想必也知道了。

嘉芙突然这样冒出来，不说失礼了，就看她这样子，倒像是有变。

老太太便看了眼媳妇。

孟氏忙上前，压低声道："阿芙，你怎么了？先跟娘过来……"

嘉芙不动，依然看着裴右安。

裴右安转头，对老太太道："老祖母若是信得过我，可否容我先听表妹之言？"

老太太顿了顿，笑道："那是自然，你们在这里说便是。只是阿芙被我们养得纵性，若说错了话，你多担待。"

裴右安一笑："表妹温柔知礼，淑嘉贞惠，老祖母过虑了。右安谢过老祖母给了方便。"

胡老太太盯了孙女一眼,领媳妇出去,众人便陆续跟出。

周围人一去,偌大的客堂里,只剩嘉芙和裴右安两人,立时便旷静下来。

嘉芙不知他今日会来,也无见客的准备,身上只穿了套家常衫裙,上是素色罗衫,下束纱绢裁制的细褶长裙,通身不饰,只裙摆寸余处刺绣了一圈连枝海棠作压脚。这时刻,人立在门槛里,一阵风从近旁的窗牖里吹来,掠动了褶裙,她面色苍白,身形纤弱,便如一枝随水纹波动的芙蕖,实是我见犹怜。

她迈步,在他冷淡的目光下,朝他慢慢走过去,最后停在距离他数步之外的一张插屏之畔,沉默了片刻道:"大表哥,方才我听我娘说了你来的目的。我很是感激,但还是罢了吧,我自己会去和祖母再说的。你这里,更不必将这事挂在心上了。"

裴右安眉头微微皱了皱,但没开口,目光落在她的脸上。

嘉芙垂下了眼眸。

"这事原本就是我的算计。那时我是太过害怕了,就只想赖着你,什么也不顾,更不替大表哥你考虑。这些时日,我回家后,慢慢倒是想清楚了,也没什么可怕的。我很是后悔。反正全是我的错。大表哥你没做什么,若就这样娶了我,实在没有天理……"

对面的男子始终一语不发,听凭她自己说个不停。

嘉芙只觉两人中间,气氛越发凝滞,不禁气短。她再次抬眼,却看见他双眉紧紧皱着,望着自己的目光比之方才越发阴沉。

她讪讪地道:"大表哥,这次我没有骗你,方才说的都是真的……你……相信我……"

她的声音悄沉下去。

"这就是你要与我讲的?"

片刻后,她听到他问。

嘉芙应了声是。

裴右安点了点头:"我问你,倘若世子再次谋你,你意欲如何?"

嘉芙沉默片刻,道:"天无绝人之路,到时走一步看一步吧。况且,那些都是我

自己的臆想罢了。上次既不成，他说不定如今早已把我撇在脑后了，不会再寻我的事了……"

她不想继续这个话题了，偏过脸，眼睛盯着窗外的一株芭蕉。

"总之，我很后悔之前的所为。那事我自己根本不在意，当时那么说，不过是为了赖上你而已。如今我已改了主意，不想再赖着你了……大表哥你本就什么都没做，更不必挂怀……"

裴右安冷冷地打断了她的话。

"该当如何，我自有数。就这样吧！你祖母那里，我已和她说好。日后我若侥幸还能回来，我便照我所许之诺，把你娶了就是！我另有事，先走了。"

他说完，从嘉芙身侧走过去，跨出门槛。

嘉芙转头，看着他的身影渐渐消失在庭院的甬道尽头，鼻子一酸，眼泪又扑簌一下，滚落下来。

永熙四年，春末立夏之交，永熙帝召云中王世子入京祭祖，云中王不遵，弑使者于封地，消息传至京城，帝震怒，以谋逆罪名削萧列王爵，命川贵两行省都督兵分两路入云南擒逆。

萧列遂以自己名义，在武定发布了"告天下书"。

书说，当年长兄天禧帝出于信任，临终前将少帝托付二王，二王本当信守奉行，辅佐少帝，不料少帝登基未满三年便身遭不测，其中云谲波诡，诸多阙疑。而自己牢记先父皇之嘱，多年来在封地戍边安民，循规蹈矩，从无越矩半步，只因心系少帝，不容于二王，这才招致今日罪名。他本想忍辱负重，但身边人都劝，即便为了从前屈死的少帝，今日也不能这般任由虎狼肆虐，痛定思痛之后，他不得不有所动作。

他之初衷，绝无谋逆，除自保，更是为了保住他日光复少帝正统的微末希望，盼天下人理解，与他并肩，匡扶正义，铲除奸佞。

萧列的这封"告天下书"，情义处感篆五中，激扬处热血蹈锋，檄文一出，天下便广为传播，街头巷尾，茶余饭后，百姓无不议论。

五月末，朝廷军和武定军首次会战，揭开了这场皇家兄弟内阋之战的序幕。

战事开始，朝廷倾力合围，来势汹汹，萧列兵马虽不及朝廷，但手下不乏干将，起初互有胜败，不久之后，却屡屡受挫，形势岌岌可危。最危险，也是战机转折的一次，在是年冬十一月，武定军于云贵边境会安，迎战当时被封为讨逆平西大将军的刘九韶。

这几年间，顺安王登基后，随着董承昴等一批武将的没落和消失，刘九韶因功勋卓著，成为顺安王面前最得用的猛将。此前，萧列军队本已开出云南，占了川贵的部分城池，就是被他打得不断收缩后退，此次他领兵，一口气攻到了会安。

倘若会安再次失守，武定军将被截断外出云南的最后一处据点，是役可谓生死大战，故萧列极其重视，亲自上阵督军。

会安之战陆陆续续打了半个月之久，萧列竭尽全力，刘九韶一方也伤亡相当，奈何刘治军有道，麾下部将唯命是从，加上又来了后援，萧列最后陷入包围。恰危急之时，一支奇军借着地形，从侧翼杀入，以迅雷不及掩耳之势，将刘九韶军割为三股，迅速切断军令传送，刘军阵脚大乱，萧列立刻配合反攻，最后关头，被他反败为胜，活捉了刘九韶，俘虏无数。

这支奇军统领便是裴右安。此前他一直没有参与武定军与朝廷的正面作战，留在云南主事统筹调度，此次危急关头，不但助萧列于危难，更成了挽救武定军生死命运的头号功臣。

刘九韶被俘后，萧列出于慕才之心，派人游说他投降自己。刘九韶非但不肯，反而高声痛骂萧列。萧列麾下诸多部将无不愤慨，纷纷要求将刘九韶处死，以提升士气，震慑那些和他一样还在助纣为虐的朝廷军将领。独世子萧胤棠，知父王求才若渴，提议留他性命，暗中派人散播他领军投降的消息，如此一来，朝廷必定迁怒刘的家人，一旦家人被杀，断了刘的退路，再许以高官厚禄，刘便只能投向萧列。

萧列犹豫不决，私下问裴右安。

裴右安对他说，顺安王从前就有贤干之名，如今之所以能得到朝廷诸多臣将的支持，是因王爷借少帝之名起事，先占天时，他自知有亏，为笼络人心，对京城里的世族大家和可用之人无不多加恩抚。譬如周王妃的母家周家，在向顺安王呈递痛斥王爷谋逆的奏疏之后，得了顺安王的嘉奖。又譬如裴家，叔父裴荃上书，称将自己从宗祠除名，裴修祉则请命上阵平叛，以表裴家对朝廷的忠心不二。顺安王非但不怪，反而下了那道悬了多年的册封，准裴修祉承袭其父卫国公的爵位，代朝廷上阵平叛。

裴右安又说，武定起事之初，他便留意到刘九韶，极有可能会成为王爷劲敌。此人崛起于顺安王称帝的这几年，对顺安王自然忠心不二，加上脾性刚烈，世子之计，虽断了他的后路，但极有可能事与愿违，反而促他和王爷势不两立。他的那些部下，对他很是爱戴，也定会全力继续与王爷敌对，如此则后患无穷，不如由王爷亲自去见刘九韶，不必劝降，只向他言明苦衷，表明自己无意为难大魏忠臣良将的立场，放他回去，等待后效。

萧列采纳了裴右安之言，客客气气地放了刘九韶。刘独自归京，向永熙帝请罪，永熙帝命他将功折过，刘既败被俘，又得了萧列的极大礼遇，羞于再次上阵，便以伤病推托，招致永熙帝的猜忌和不满，遂以勾结逆俦、动摇军心的罪名，将他投入大理寺问罪，家中数十口人，无一幸免。

刘九韶最早出身于中下层军官，以功勋成为将军后，这几年间，在北方安边，深得军心，投狱消息传出后，他的诸多部将十分不满，人心涣散，对着武定军作战，也就敷衍了事。正是抓住了这个机会，战局转换，从这年的年底开始，萧列一口气打下川贵，稳定后方腹地，大军便朝京城开去。

永熙帝这才意识到不妙，将已关了小半年的刘九韶释放，以他家人性命为胁，命他领兵抵御叛军。其时刘母已病死狱中，萧列不惜暴露从前暗埋于京中的重要暗线，倾尽全力，将刘九韶妻儿救出京城，于阵前带到他的面前，刘九韶当场泪洒战袍，向萧列下跪，领兵投诚。

自此，武定军一路势如破竹，到了次年初夏，京城被攻破，永熙帝在逃往扬州的路上，被萧胤棠追击围堵，困于扬州别宫，最后在侄儿的逼迫之下，焚宫自尽。

这一日，距离萧列起事，正过去将近一年的时间。

京城里，街道洒扫除尘，城门四面洞开，文武百官、世家大族，除了还没来得及逃走的被控的顺安王亲信，其余将近千人，浩浩荡荡，依次列队，五体投地，跪于城门外的道路两侧，迎接萧列入京，

第二天，群臣便拥戴萧列登基称帝。

萧列推拒，称自己当初起事，本就是迫不得已之举，无意黄袍加身，且少帝生死不明，一日不见确切消息，宫中那把宝座，便仍归少帝所有。

群臣无不感动，纷纷涕泪交加。在以靖国公陈廷杰、吏部尚书何工朴、礼部尚书张时雍、周王妃之父周兴等为首的九卿的推动下，文武百官呈上万民请愿书。

说，《礼记》有云，"大道之行，天下为公"，少帝生死下落，可慢慢寻访，而国不可一日无君，民更不可一日无父，故泣恳萧列登基，重立大魏朝廷。

萧列再让，无果，终于无奈应允，遂满朝庆贺，京城家家户户，无论贫富，张灯结彩。张时雍、周兴等人负责操持大典，漏夜不眠，没几日，便呈上了炮制出来的最重要的关于新帝登基的礼仪制式。

萧列在三兄弟中才干最为出众，幼年时也最受老皇帝的喜爱，只是因为行三，老皇帝出于各种考虑，将他远封边陲。他隐忍多年，人过中年，终于坐上他幼年时曾见过的他的父皇、两个皇兄、一个侄儿都曾轮坐的金銮殿里那把椅子，缉凶佞，定人心，论赏罚，事情可谓千头万绪，接连几天夙兴夜寐，日理万机，晚上也极少回后宫，熬不住困，就睡在这处临时用来办事的宫殿后殿里。此刻接到登基制式，他翻了几下，便丢在一旁，沉吟不语。

张时雍察言观色，以为他嫌日子定得太迟了，忙解释："皇上，钦天监圈了本月里的两个日子，一个是十八，一个是廿六，恰青龙玉堂，会于紫微，乃大大的黄道吉日。廿六稍晚了，故臣等择了十八为皇上的登基之庆，皇上以为如何？"

萧列微微出神，似在想什么。

张时雍、周兴屏息以待，片刻后，听他道："改成廿六吧。"

萧列登基大典之后，才会是皇后、太子等一系列的册封礼仪。

周兴一愣，忙劝道："皇上，今日初九，距离十八也还有九天。事虽多了些，但臣等确保，到了十八，一切均可筹备妥当，皇上早日登基，乃是臣等之盼，万民之福。"

萧列道："就改廿六吧。迟几日也是无妨。"

张时雍、周兴虽疑惑不解，但也看出来了，新皇帝似乎并不急着举行登基大典，只好应下，退了出去。

跟前人走了，萧列转向身边一个年近五十的太监，问道："今日可有裴右安的信折？可说何日抵京？"

这太监名叫李元贵，从少年起就服侍在萧列身边。一些事情，周王妃都未必知道，李元贵却了然于胸。

方才萧列要将登基大典推迟到廿六，张时雍、周兴疑惑不解，他却猜到了原因。

两个月前，武定军一路挥戈指向京城的时候，西南乌斯藏传言甚嚣尘上，说云中王对当地法王向来支持永熙帝的举动不满，由来已久，若夺位，必派汉官接管当地，收回八王世袭属地。八王遂起骚动。

乌斯藏毗邻云南，全民教众，一旦起乱，后果难以预料。萧列得知消息，立刻就派裴右安去往乌斯藏辟谣定局。如今两个多月过去了，京城这边已经改天换地，他那边只在小半个月前送来消息，说已然化解危机，不日便可动身归来。

以李元贵的度测，皇帝之所以推迟日期，应是想等裴右安回来之后，再行登基大典。

果然，大臣一走，皇帝就开口问这个了。

李元贵便躬身道："启禀皇上，奴牢记着皇上的叮嘱，但凡有裴大人的信折，必定及时呈上。昨日没有，今日也没有……"

他觑了眼新帝，见他眉头微锁，又道："皇上勿急，指不定明日就有消息了呢。"

萧列不语，继续翻阅着面前堆叠如山的折子。

李元贵知他伏案已久，轻手轻脚地出去，正要叫人送茶点进来，看见章凤桐身后跟了两个宫女，却自己亲手提了一个精致的食盒，正走过来，迎上去道："章小娘子来了？"

章凤桐如今早出了孝期，偏去年整整一年，几乎天天打仗，章凤桐虽时常服侍在周王妃身畔，但和萧胤棠的婚事自然又耽搁下来。昨日，她虽随同周王妃一道入了皇宫，但李元贵至今还是以未出阁女子的称呼唤她。

不过，她和世子的婚期应也近了。

章凤桐对李元贵极是客气，露出笑容，叫他"李公公"，随后道："王妃知皇上这些时日辛劳，方才亲手做了点心，叫我送来，皇上可在里面？"

李元贵让她稍等，自己匆忙进去，片刻后，出来笑道："皇上让你进去呢。"

章凤桐向李元贵道了声谢。

李元贵道:"可不敢。折了老奴的寿。"

章凤桐笑道:"李公公辛勤服侍皇上,几十年如一日,替我们做我们原本应当做的事,我年纪小,公公你承我一声谢,又算得了什么?"

李元贵笑眯眯地又让了两声,领她进去,自己立在门口等传唤。

章凤桐将茶点置好,向座中的萧列下跪叩头:"凤桐给皇上叩头了。这点心是王妃亲自做的,王妃因有些不适,故未亲自来此,叮嘱我转告皇上,万民固然重要,然皇上也不可过于操劳。凤桐斗胆,也请皇上暂歇,哪怕片刻。这也是世子的孝心。"

萧列对章凤桐的印象一向很好,加上怜惜她时运不济,至今还没能与儿子成婚,便和颜悦色地点头,问了几声王妃的身体,随即叫她起来说话,章凤桐却长跪不起。

萧列便道:"你可有事?若有,只管讲来。"

章凤桐再次磕头:"多谢皇上,如此凤桐便斗胆开口了。先前有一回,世子去往泉州之时,遇险落难,被困城中,后得一甄姓人家救助,这才得以脱困出城,不知皇上可知此事?"

萧列敲了敲额:"被你一说,我想起来了,胤棠早先在我面前是提过一句的。怎的了?"

"凤桐先前知道这消息时,心中就生出了个念头,有朝一日,定要报答甄家对世子的救助之恩。从前是不方便,如今却不一样了。我听说甄家有一女儿,比我小了几岁,如今还待字闺中,人才是极好的。凤桐有个想法,想代世子要了甄家女儿,立她为世子侧妃。一来,这是对甄家当日救助世子的答谢,二来,日后我也能得一姐妹,共同服侍世子。故今日大胆来到皇上面前,请求皇上许可。"

萧列一愣,看了她一眼:"这是你自己的意思,还是胤棠的意思?"

章凤桐道:"不敢欺瞒皇上。世子对那甄家女儿确有几分好感,但先前也只提过一句而已,再无后话,这是我自己的心愿。今日我来皇上这里,世子还不知道。我是想着,若能先求得皇上的许可,再叫世子知道,也是不迟。"

萧列迟疑了下,慢慢地道:"凤桐,你和胤棠的大婚,朕想着再过些时日,便给你们办了。你这想法是不错,泉州那户人家,想必也是愿意,只是你老实对我说,你

真愿意如此？"

章凤桐道："心甘情愿。想到很快就能得一姐妹助我理事，我极是期盼。"

萧列微笑，颔首道："好。既如此，朕就准了。胤棠能得你这样一个知恩必报、度量宽大的贤内助，实在是他的福气。"

岁月不居，时节如流，又到一年仲夏时节，和风骀荡，草木生发。

这日，雅州一处名为大邑的古渡之畔，一条渡船载了十几个要过江的渡客，船夫以竿点岸，慢慢将船推离岸边，正要往江心去，岸边随风传来了一道呼唤之声："船家，等等！"

船夫回头，见道上来了四五个人，很快到近前，一行人寻常打扮，衣沾风尘，其中一个略清瘦的年轻男子眉宇沉静，目光明亮，剩余几人拥着他，瞧着应是领头之人。

"船家，回来！去对岸！"

他身边一个男子朝着船夫大声喊道，声震耳鼓。

这古渡虽紧邻路旁，唯一的这条渡船，也是从西岸到东岸的必经之道，但因为地处偏僻，渡客不多，且江面远阔，达数十丈之宽，江中水流又很湍急，来回一趟至少半个时辰，船夫有时一天也就只走早、中、晚三趟。此刻见又有人来了，船夫应了一声，忙将船撑回来，伴着浓重的本地口音，朝那几人躬身道："客官，我的船小，这趟最多只能再上两人了，挤不下你们全部。江心水急，人多不利。"

其余人便都看向那年轻男子。

他微微眯眼，眺了一眼莽莽对岸，点了点头。

船夫说定价钱，忙吆喝先前上船的那些渡客都坐一起，给新上来的客人让些位置。

那男子对身边人道："我和杨云先过吧，你们等下趟。"他向船夫道了声"劳烦"，上了船尾。

这男子便是裴右安。七八天前，他离了乌斯藏，取云川近道，踏上了去往京城的道路。但这一段路程，因地势险阻，多山多水，驿道不通，故行程不快，今日才来到这去往东岸的古渡。

船夫忙躬身，连称不敢，等人上去了，再次点篙，将船推离岸边，随后便随水势，慢慢地撑着渡船朝对岸驶去。

　　船渐渐靠近江心，风大，水流亦变得湍急，渡客里有胆小的便紧张起来。那船夫却常年来回，面不改色，赤脚稳稳立在船尾，一边撑船，一边给客人说着当地掌故。他颇是健谈，口才也好，船上渡客被他口中掌故吸引，渐渐倒没开始那么害怕了。

　　杨云一向警惕，此刻人在江中，便护在裴右安身边，靠在船舷上，打量了下同船之人。见船尾有个当地人打扮的少妇，二十出头，肤色白皙，大约胆小，紧紧抱着怀里的包袱，闭目一动不动，其余人亦都是普通路人，看不出有什么可疑之处。他想到到了对岸，驿道便会渐渐恢复通畅，明日起可以马代步，到时便能加快行程，慢慢放松下来时，忽听身畔裴右安问那船夫："大叔在这里可是掌渡多年？上岸后，不知离华阳府还有多远？路如何走才方便？"

　　船公笑道："我在这里掌船半辈子了，问我你就问对人了！到岸后一直往前，过几十里地，有个三岔路，向东过去两百里，前头就是华阳府了。客官可是去做生意？"

　　裴右安注视着船夫，微微一笑，道："正是。多谢船公。"

　　船渐渐到了江心，船体被水流牵得微微晃动，船夫神色亦变得凝重，不再和人攀谈，小心撑着竹篙，破水朝前。

　　忽然，只听啪的一声，他手中那根小腿粗细的竹篙弯折太过厉害，竟突然从中折成两段。

　　事发突然，谁也没有想到，那船夫似也惊呆，定定地立在船头，一动不动。

　　船体骤然失了凭力，立刻就在江心旋涡里打起转，船体左右晃动，船上乘客无不惊慌失措，那少妇更是尖叫连连。

　　杨云一惊，但早看到船底横了一条备用竹篙，喝道："船公休慌！接着！"他抄起竹篙，朝那船夫递了过去。

　　船夫这才反应过来，慌忙过来接篙，经过裴右安身边之时，竟然生出不测，只见他蓦然弯腰，手迅速探进腰间，竟摸出一把匕首，一出，匕尖便朝裴右安的脖颈抹了过来。

　　杨云惊骇万分，但立刻反应过来，大叫一声："大人小心！"目眦欲裂，丢下竹篙，飞身就扑了过去，想要加以阻拦，却是晚了，那船夫距离裴右安太近了，挥匕不过是在眨眼之间，动作又准又狠，哪里还有半分船夫的样子？分明是个训练有素的杀手。

眼见裴右安就要血溅船头，情况竟又有变。

他似早有防备，眸底精芒一掠而过，身体一个后仰，匕锋便挥了个空。那船夫一怔，还没反应过来，手腕已被裴右安五指牢牢钳住，只见他一个反手，伴随着金铁入肉的噗的一声，匕首已刺入船夫心口，没根而入，只剩匕把插在胸间。

船夫身形蓦然凝住，自己的一只手还紧紧地抓着匕把，看起来仿佛是他自己将其插入心口，断了性命。

船夫佝偻着身体，死死地盯着裴右安，双眼里满是难以置信的骇异恐惧。

一个浪团打来，船体一晃，船夫身体往后仰去，砰的一声，一头栽进了水里，转眼就被水流吞没。

一切就在电光石火之间，直到那船夫掉落水里，船上渡客这才反应过来，惊叫声再次四起，那少妇甚至哭了出来。

"大人！你没事吧？"

杨云还没来得及呼出一口气，便觉船体晃得厉害，几乎要站不稳脚，回头见几个渡客惊慌失措，竟站了起来，船体立刻失衡，江面恰又一个旋涡卷来，打得船体往一侧倾覆，伴随着一阵尖叫，一侧四五个人，接连扑通几声，全落到了水里，挣扎着呼叫救命。

"你稳住船！我来救人！"裴右安立刻朝杨云喝了一声。

杨云水性不及裴右安，神色一凛，急忙应是，操起方才那根竹篙，自己站于船头，将篙抵在一块突出水面的江石之上，奋力与水流抵抗。

船体终于渐稳，不再打转。裴右安也早已纵身跃下江面，很快就将近旁几个落水之人一一送回船上，最后自己爬了上来。这时，又听到一声微弱的"救命"，裴右安循声转头，见是同船的那个少妇，方才被水流给卷到了船尾，他没看到。

也是她命大，竟让她抓住了船尾拖在水里的一段缆绳，这才没有沉下去，裴右安立刻疾步来到船尾，伸手将她拽住。

才抓住这少妇的手，裴右安眉头便微微一皱，没有立刻将她拉上，而是看了她一眼，突地松手。

少妇原本一副有气没力快要淹死的样子，见裴右安松开自己，竟目露凶光，抓住缆绳，一个纵身，灵活异常，人竟攀上船尾，和方才那个船公一样，手中赫然也多了一柄匕首，朝着裴右安刺过来。

船上惊叫声再起。

伴随着腕骨折断的轻微咔嚓一声，那少妇痛苦尖叫，人再次坠入江中，脑袋在水里沉浮了几下，最后慢慢沉了下去。

船上剩余渡客都是常人，又何曾经历过今天这样的惊心动魄？知道运气不好，今日上了条贼船。见裴右安不动声色间便连杀两人，下手不留半点余地，此刻转过头，目光扫向自己，锐利如电，早吓得面无人色，几个机灵点的忙爬起来磕头求饶，口中叫着好汉，不住地为自己辩白。

裴右安目光一一扫过同船之人，知剩下这些人里，确实再无异常了，神色渐渐放缓，回到船头，缓缓坐回去，拧着自己身上的湿衣。

杨云定下心神，借着水势，奋力慢慢撑着渡船前行，终于掌船靠岸。

一靠岸，渡客拿了自己的东西，头也不回逃命而去。杨云复撑了回去，将剩余随从也载了回来，上岸后，见裴右安立于江边，想起方才的接连惊险，犹心有余悸，便走了过去。

"大人，这一路行来，我也早觉有人跟踪，今日果然出事了！所幸大人吉人天相，有惊无险。可惜那两人都死了，问不出口供。大人可知是谁要对大人不利？"

裴右安道："我的仇家不多，但也不算少，一时也不好说。确实可惜，方才我下手略重了些，否则倒可以问问。"

杨云听他语气如常，似乎并没将方才的遇刺放在心上，心情跟着一松，忍不住又问："方才船公行刺之时，我见大人似乎早有防备。大人怎看出他有不对？我也看出他下盘稳重，但这种常年撑船之人，练出这样的下盘，也不算异常，故没有警惕。幸而大人警觉，否则大人若是有失，我死也不足偿罪。"

裴右安微微一笑："这船公是当地人，皮肤黝黑，掌船熟练，瞧着确实再普通不过，但你注意到没，他的双脚和小腿，肤色却比面皮和手臂要浅上不少，可见平日绝非赤脚短裤的打扮。你想，一个船公，怎会穿鞋长衣？故我问他是否常年在此掌渡，他应是,自然是在扯谎。"

杨云露出钦佩之色,道:"我远不及大人!往后请大人多多指教!但是那个少妇,大人又怎看出她的不对?"

裴右安道:"很简单。这少妇肤色白皙,显然不是干活的农门粗妇,却单独出门,此第一反常,但也不排除她有特殊情况。方才我抓她的手要将她拉上时,她手背光滑,手心却有磨茧,位置和常年练刀剑之人相当,故我断定她和那艄公定是一伙。"

杨云恍然大悟:"我方才也看了渡客,却没怎么留意这妇人。此次得了教训,往后定要多加防备。"

裴右安道:"你记住,有异则为妖,尤其是女子。往后你就知道了,对女人多些防备,总是没错的。"

杨云佩服得五体投地,衷心道:"大人实在英明,属下记住了。"

裴右安微微一笑,转头看了眼前方。

"若我所料没错,王爷此刻应当已经入了京城。不必再在这里耽搁了,前头应有驿站,去要几匹马,路上提起精神,早些赶到吧。"

杨云应是,一行人便沿着驿道,疾步而去。

这一日,裴右安在去往京城的路上,刚刚历了一场刺杀,而与此同时,远隔万里之外的泉州甄家,今日也注定将不是一个寻常的日子。

这一年来,夹在云南和京城之间的许多地方因战乱受到波及,农田大片荒芜,百姓纷纷外逃,泉州虽还是旧日模样,但也并非完全没有影响。

打仗要钱,朝廷自然就把目光落到了泉州这样的富庶之地,官府一年内接连三次强行增加捐税,加上上头还要层层抽剥,最后分摊到每家每户,大户大派,小户也不能幸免,民间抱怨不断,税官也是叫苦连天。

民众从前原本还抱着看热闹的心态,热议皇上和三王爷到底哪个能赢,到了后来,就变成盼着这场仗能快些打完,不管哪个赢,让自己恢复从前的太平日子,这才至关重要。

午后,张大听到门房一路嚷着来报,说官府来人了,以为又是来要摊派的。

这一年间，这样的人已上门不知道多少次，张大心中暗骂了一句，皱眉叱道："来就来，嚷什么嚷，惊到了老太太。"

不料门房道："是巡抚高大人亲自来的！说奉了圣旨！"

张大一愣："你说什么？巡抚大人？圣旨？"

门房飞快点头："说是奉了皇上的圣旨来的，叫全出来接旨！"

巡抚主一省之事，平日高高在上，张大虽时常出入官府，但最多也就限于泉州州府，何曾见过巡抚这样的地方顶级大员？听到今日竟亲自下来到了自家，不禁大吃一惊。

张大刚想问是哪个皇上，忽想起前些时候，泉州城里已经在传，说三王爷快打下京城了。他闪过了神，一把拉住门房："有没有说是何事？"

门房摇头。张大立刻叫人快去通报老太太和孟太太，自己理了下衣冠，飞快迎了出去。到了门口，赫然看见一溜十来顶官轿停在那里，中间一顶四方大轿，边上是州府的官员，一众衙役抬着仪仗，排场凛凛，引来许多路人观望。也不知是福是祸，张大压下心中忐忑之情，忙奔出去跪在台阶下。

"不知高大人和众位大人到来，有失远迎，罪该万死！"

官轿门帘被掀开，福建巡抚高怀远露出一张脸，笑容满面地道："免礼。本官乃奉旨而来。你们家，出大喜事了！"

胡老太太带着甄耀庭很快出来，恭恭敬敬地将高怀远一行人引入大堂。

高怀远道："顺安王逆道乱常，今已伏诛，我朝新帝登基，万象更新，特发榜昭告天下，安抚民心。本官已命辖下各州府将诏书张于四方城门，我这里，另还有一道圣旨。

"甄家人听旨。"

老太太忙领阖家丁口下跪，听高怀远抑扬顿挫地念了一遍。大意是说甄家世代为地方望族，历年修路建桥，赈灾建仓，善举义行，上达天听，朝廷为瘅恶彰善，特赏赐甄家匾额一面、官银若干，另召甄家之女即刻进京面圣。其余赏赐，日后下达。

高怀远念完，甄家上下惊呆，随之欣喜若狂，胡老太太回过神，叩头谢恩，心里却喜虑半参，不大确定。

裴右安走后，这一年多来，老太太便一直在关注外头的消息，前些时日终于听得云中王快打入京城，松了口气，心里便开始算着日子，一边等裴家长公子前来提亲，一边却又担心，万一他富贵得势，反悔当初许诺。不想她没等到裴家派人提亲，却先等到了今天这样一道圣旨。

纵然精明了一辈子，此刻的胡老太太也是吃不准，这道来自新皇的圣旨到底是个什么意思。隐隐只知，必定是新朝里的哪个贵人相中了自己的孙女。至于贵人到底是谁，又是如何得知自己孙女，她实在是一头雾水。

老太太按捺下心中疑虑，向高怀远道谢，又作不解，打听圣旨里为何指明要自家孙女入京。

新旧朝廷更替，作为地方大员的高怀远在这种时候，格外敏感。

他嗅到了这道圣旨背后的意思，这才不辞劳苦，亲自跑到泉州甄家来传达圣旨，听甄家老太太发问，一改官腔，笑道："老夫人切莫客气，本官面前，往后无须多礼。依本官看，新朝新气，应是皇上也知道了贵府厚德之名，这才破格擢赏。贵府怕是要出贵人了，往后本官还盼老夫人能够提携一二。"

老太太讷讷而应。

高怀远又道："圣旨说得很清楚，要贵府女孩儿即刻入京，此事不可耽搁。本官正要入京参拜皇上，待贵府准备妥当，本官可带人一道上路，路上必会照顾周到，老夫人放心便是。"

老太太千恩万谢，送走了人，立刻叫来孟氏和嘉芙，将事情说了一遍。

孟氏满头雾水，和老太太在那里说着话，指望着是裴右安在皇帝面前求了恩典。

嘉芙在旁，一语不发，心里却隐隐生出一种直觉。

绝不可能是裴右安。

就算他要娶她，以他的性格，也不可能做出这样兴师动众的事情。

必定和萧胤棠有关。

如她所知的那样，云中王终于还是当上了皇帝，而萧胤棠也一人之下，万人之上。

虽然事情已经过去一年多，他依然不肯放过她。

今日之事，不过印证了这一点而已。

从前，每每一想到萧胤棠，嘉芙就会从心底感到恐惧和厌恶。但是现在，或许是麻木，又或许不在乎了，就算面对这样一个于她而言算是晴天霹雳的坏消息，她竟也没觉得有多可怕，只在一旁安静地听着祖母和母亲两人的商议。

自然了，商议的结果，是让她随那个巡抚大人一道进京，等着后面的消息。

除了这样，还能怎样？

下这道命令的人，是新上台的皇帝。

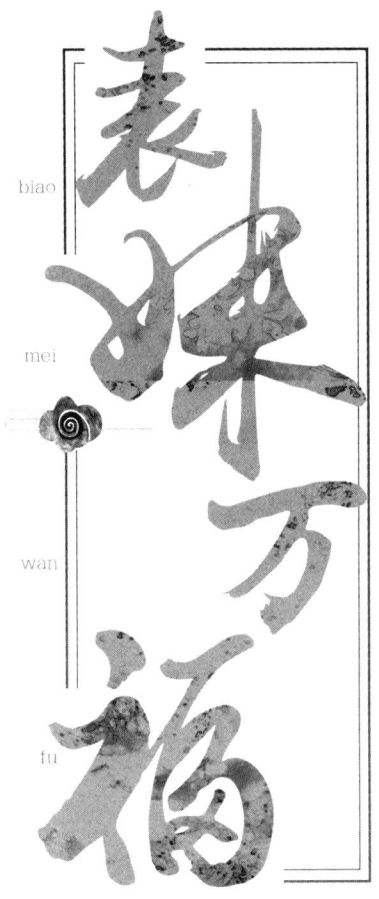

表妹万福
biao mei wan fu

中册

蓬莱客
PENGLAIKE WORKS 作品

江苏凤凰文艺出版社
JIANGSU PHOENIX LITERATURE AND ART PUBLISHING, LTD

第九章 大婚

隔日,在老太太的千叮万嘱之下,嘉芙在母亲孟氏和张大的陪同下,随了巡抚高怀远,踏上入京的道路。

将泉州再次抛在身后的时候,嘉芙知道,过去一年那如同偷来的平静生活,从此大约将会离她远去,再也不会回来了。

而这一天,距离裴右安上一次离开,已经过去一年零二十三天。

高怀远为能在新皇登基大典之前抵达京城,一路赶得就跟火烧屁股似的,终于在这日傍晚到了。

离登基大典还有三天,他换上官服,气都没来得及喘匀,也等不及明日了,立刻就去礼部回报甄家之事。嘉芙则随母亲到了家中。

上次议亲不成离开京城之前,甄家置的房子里,留了一对老仆夫妇看守,这一年多来，老夫妇将房子打理得很好。云中王打进京城，乱着的那几天，老夫妇紧紧闭门关户，没半点损失，后来乱完了，起先他们也一直不敢开门，直到最近这几天，听人到处说换了皇帝，京中除了夜间宵禁之外，白天依旧熙熙攘攘，看着和从前没什么两样，才松了口气。没想到今天就来了主人，夫妇二人欢欢喜喜，迎接进来，一番安置，天便黑了。

第二天一大早，宫里来了人，领头的是个嫩脸太监，嘉芙认得他，这太监名叫崔银水，是大太监李元贵的干儿子，人很是能干，对李元贵和萧列忠心耿耿。梦中萧列做皇帝的那些年里，他在宫中曾红极一时，但后来，萧列不到五十的年纪就得急病死去，李元贵为主殉葬后，当了皇帝的萧胤棠对这个太监似乎很是痛恨，没多久就寻了个由头，将他也活活打死了。

如今的崔银水，刚刚跟着干爹踏入皇宫，前途一片光明，又怎会知道自己日后的命运。此刻他笑容满面，命跟来的小太监抬上赏赐后，对着下跪的孟氏和嘉芙读了一道圣旨，道甄家女儿如何如何好，有古时班姬谢庭之风，等世子被封为太子，将她立为侧妃，再勉励了一番，最后让她暂时留在京中，等待后续受册。

孟氏心里早就认定裴右安是女婿了，也只想把女儿嫁给他。这一路过来，她虽忧心忡忡，但一直还抱着点希望，盼着皇帝是要将女儿指给裴右安的，没想到一早就听到这样的消息，顿时定在那里，一动不动。

崔银水以为她是欢喜蒙了，笑吟吟道："孟氏，还不领着你女儿接旨谢恩？贵府很快就要出贵人了，可喜可贺。"

孟氏说不出话，看向女儿。

嘉芙道："多谢崔公公，劳烦崔公公，可否代民女传话，民女自知资质鄙陋，何敢玷辱皇家，恳请皇上收回成命。"

崔银水一愣，有点不相信自己的耳朵："这可是天大的恩赐。你竟不愿？"

嘉芙道："崔公公，非我不愿，而是无功不敢受禄，何况还是这般天大的恩赐。民女斗胆，恳请公公告知，民女何德何能，能得今上如此厚恩？"

崔银水觑了她一眼。

新皇百忙之中，为什么还要下这么一道圣旨，崔银水自然有数。想来就是世子相中了这个甄家女儿，辗转求到新皇面前而已。他来之前还有些好奇，也不知会是何等美人，能令世子如此费心。方才一见，果然是黛眉绿鬓，瑰姿花颜，般般入画，百般难描，心里越发确定自己的推断。

但这话他不好说出来。听这甄家女儿的口吻，居然不愿？也不知是她真无求还是假推托，他一时吃不准，便沉下脸道："甄小娘子，你可知自己在说什么？你若不接，便是抗旨，你想清楚了？"

孟氏心下一阵乱跳，待要阻拦嘉芙，却见她叩头："民女怎敢抗旨。方才也说了，只是自知粗鄙，万万当不起皇家如此恩泽，故恳请皇上收回成命。"

崔银水错愕，想了下，道："罢了。这样的事儿，我还是头回见。你既执意，我且回去传个话，看你自己……"

他本想说"看你自己造化"，又吞了回去，连茶水也不喝，转身领了人便出门。

太监们一走，孟氏立刻领着嘉芙进屋，关上了门。

"阿芙，你别怕！上回长公子来的时候，曾给了你祖母一块玉佩，说是他父亲临终前留给他的，他留给你祖母做了信物。这趟出门前，你祖母将玉佩给了我，说要是用不上了，就叫我寻个机会还给长公子。如今他人虽不知在哪里，但有了这信物，娘这就去找裴老夫人，请裴老夫人出面，说不定能挡住这事。"

孟氏心慌意乱，也未细想，转身便要出门，被嘉芙拦住了。

"娘，当日长公子也只是口头说说而已，如今过去这么久，指不定人家早改了主意。这事不要牵扯裴家。我也没怕，话都说了，再看吧。我不过是不愿嫁他儿子而已，难不成他会要了我的脑袋？"

孟氏望着女儿，见她神色平静，愣住了，当夜心事重重，辗转无眠。

第二天，宫里又来了人，这回除了昨天来的那个崔银水，还有一个中年太监，面相和善。孟氏听得他是今上跟前的大太监，姓李，急忙恭敬见礼。见他态度颇为和气，似乎并不是来找碴的，孟氏才稍稍定下神。

李元贵让孟氏叫来嘉芙，屏退了人，只剩她一个，打量了她片刻。

"我干儿子把你的事都跟我讲了,我怕你不懂事,先没禀上去,自己过来问问你。你是怎么回事?如此胆大包天!这样的好事,多少人求都求不来!你竟敢悖逆?"

他的语气不轻也不重,辨不出喜怒。

嘉芙知道萧列跟前的这个大太监性情算是正直的,并非佞恶之人,定了定神,道:"多谢李公公的体恤,民女万分感激。皇上圣旨之中,半句没提为何要赐下如此一个天大的恩待。民女自己想来想去,想起一件事。从前有一回,泉州来了朝廷密卫,封锁全城,到处抓人,我家闯入一个贵人,最后我被那人带上马车,掩护他出了城。当时情况凶险万分,我至今想起,依然历历在目。民女斗胆,猜测当日那位贵人,或许就是如今的世子。"

李元贵不语。

嘉芙朝他跪了下去:"李公公,先前皇上锄奸之时,我在泉州也有听闻,说皇上大军沿途所过,对百姓秋毫无犯、爱民如子,天下人人称颂,民女极是敬仰。民女昨日对崔公公也说了,自知鄙陋,万万不敢玷辱皇家。皇上若是为了当年那事,才对我甄家赐下厚恩的话,求李公公,可否代民女转话,恳请皇上另赐恩典?"

嘉芙说完,以额触地,久跪不起。

李元贵注视着嘉芙,目色里渐渐露出一丝诧异,沉吟片刻道:"罢了,原先我还以为你不懂事乱说话,这才过来看一眼,瞧着你是知道的。既如此,回去了给你说一声,至于成不成,就看皇上意思了。"

李元贵回宫之时,萧列依旧忙碌,到了晚上,稍息之时,终于想起来,问道:"甄家那个女孩儿,你可替朕去瞧了?虽说甄家当日对胤棠有救护之功,但既立为侧妃,人才也是要略过得去的。"

李元贵便道:"启禀皇上,甄家女儿人才无碍。只是有一桩事,不知当讲不当讲。"

萧列翻着手中折子:"讲。"

李元贵道:"奴婢去见那女孩儿,听她说了一番话,奴婢学给皇上听。"说着他便把嘉芙道给他的那话,一字不漏地复述了出来。

萧列起先还翻着折子,渐渐停了下来,抬起头,面露不快,哼了声:"这么说,她不乐意朕的这个安排？"

李元贵道："奴婢不知，这才把话都转到皇上面前。皇上英明，瞧着办便是。一个商户家的女孩儿而已，能有多少见识？"

萧列沉吟片刻，淡淡道："罢了，她既不愿，朕也不好勉强，明日你再走一趟，另赐些东西，把人打发回去吧。"

李元贵笑道："皇上英明。奴婢知晓了。"

"皇上！"

殿口忽然传来一道女子声音，李元贵抬头，见周王妃一身华丽宫装，款款而来，身后一个宫女，手中端着吃食，便露出笑脸，迎上去叫了声"王妃"。

周王妃到了萧列身畔，站定，看了眼李元贵。

李元贵退了出去。那宫女将碗盏放下，也低头离去。

跟前无人了，周王妃上前柔声道："皇上，昨夜你没回寝宫，我听胤棠说，你批阅折子到天明，我不放心，过来瞧瞧你，你先歇歇，用些吃的可好？"

说着她到他身后，为他慢慢揉肩。

萧列笑道："劳你挂心了。新朝甫定，事情难免多了些。等忙过这段时日，朕便会空。近日你身子既不妥，先回寝宫歇息吧。迟些，今日折子看完，朕便回去。"

周王妃慢慢吐出一口气，收了手，笑道："那我先回了。皇上你也不可太过操劳。"

萧列含笑点头，目送她的身影渐渐离开，低头之时，周王妃忽然又停住脚步，转过身来。

"皇上，非我故意偷听，而是方才恰好来到殿前，无意听到了几句。那个甄家女儿，实在有些不识抬举，仗着当日送胤棠出了趟城，竟这样不把皇家放在眼里！皇上怎还纵着她？"

萧列抬头，瞥了她一眼，淡淡道："那依你之见，应当如何？"

周王妃道："她这是抗旨不遵！不必立她做我儿子侧妃了，她不做，多的是人想做。投她到浣衣局里，过几天再看看，我不信她还敢如此胆大包天目中无人。"

萧列皱了皱眉："罢了，民间之女，不懂规矩，何必和她如此计较。此事就这样了，你回去吧。"

"皇上！"

周王妃还待开口，李元贵匆匆进来，躬身道："皇上，裴老夫人来了，求见皇上。"

萧列一愣，道："老夫人人在哪里？"

"还在华阳宫门口等着。"

萧列立刻投笔，站了起来："快，将她老人家迎进来！"

李元贵行至华阳门畔，看到一个着命妇全服的老妪身影立在宫门之外，宫灯拖出了地上的一道静静身影，他忙一步上前，跨出那道高高的门槛，笑着说道："让老夫人久等了，是老奴的罪！老夫人快请进。"

他说话间，两个小太监已抬了一顶坐辇，飞快跟上来，矮身放了下来。

"老夫人，皇上这些时日还在西苑安置着，过去有些路。老夫人请上辇，让小的们送你。"

老夫人朝李元贵点了点头，笑道："劳烦李公公了，多谢周到。只是老身腿脚还好，且皇宫大内，岂敢僭越？烦请李公公引路，老身自己走去便是。"

李元贵又劝了两句，见她执意不上辇，只好叫小太监抬着在旁跟从，自己亲自提灯，一路引着裴老夫人入西苑门，穿过芭蕉园，最后来到承光殿。

周王妃已去了，萧列在外殿等着，一听到外头起呼声，转身便迎出去，见一华发老妪手拄拐杖，被李元贵虚扶着走了过来。

虽已多年未见，比他印象中的模样苍老了许多，但他依旧一眼认了出来，正是裴老夫人。萧列几步并作一步跨下殿阶，不悦地道："不是叮嘱了，请老夫人坐辇而入吗？"

未等李元贵开口，裴老夫人已道："多谢皇上体恤。皇上勿怪李公公，是老身不好失礼。"说着，她便向萧列行叩拜之礼。

萧列箭步上前托住了，道了声"免礼"，亲自搀扶着她上了殿阶，引入内殿。

不待吩咐，李元贵已搬来一张绣椅，裴老夫人再三地让。

萧列诚挚地道："朕至今记得幼年之时，生母早逝，老夫人待我亲厚如己，忽忽数十年过去，身边物是人非。朕如今有幸得以再次归京，前些日便想去见老夫人了，只是诸事缠身，一时不得脱身，便想先等右安回来。不想朕未去，老夫人竟先来看朕了，实在是朕的不是。老夫人若执意不坐，朕也陪老夫人同立便是。"说完，他便命李元贵将自己的座椅撤去。

裴老夫人这才虚坐下去。

萧列问她身体，又问府中情况。

裴老夫人道："承皇上记挂，老身身子还好，就是我的儿孙，先前不分是非，跟着旁人一道，给皇上添了不少麻烦，皇上宽仁，不予计较，老身感激不尽。"

萧列攻入京城，被拥立上位后，行宽赦之策。前朝的旧臣，除顺安王的亲信之外，剩余之人，只要呈上拥戴贺表，便毋论旧过，一概免罪。

譬如周兴、裴荃之流，武定起事之初，为和萧列撇清干系免遭牵连，曾上表斥责他为乱臣贼子。如今萧列上位，这些人又第一时间再次上表陈情，称先前乃受了胁迫，这才发了违心之语云云。

裴修祉更是如此。先前为了挣功，瞒着裴老夫人，请命领军对抗武定军，各种阻拦，奈何最后关头没守住城池，弃城逃走的路上，被萧胤棠所俘。萧列入京后，萧胤棠转呈了裴修祉写下的悔过书，称他痛悔不已，愿意效忠新帝，请求从轻发落。

其实便是没有萧胤棠从中求情，萧列也无意为难裴家子孙，很快予以赦免，放他归家，只夺了那个他得来还没多久的国公头衔，以示惩戒。

裴老夫人说着，再次起身，要向萧列谢恩，萧列再扶她入座，喟叹了一声："老夫人无须介怀，朕并非不明事理之人。当时情况，谁人不是被迫。倒是朕有些愧对老夫人，刚入京城，便收了二公子的爵衔。朕也是难做，毕竟二公子曾伤我部下，若不如此，难以服众。但老夫人放心，裴家为大魏立过功勋，公爵之衔，依旧保留，日后择机，自会再封予裴氏子孙。"

裴老夫人道："皇上言重了！他如今正在家面壁思过。铸下如此弥天大错，皇上留他性命，已是天大的恩情，老身感激不尽，怎还会有别念？"

"老夫人向来明理，不怪朕，朕便放心了。叫他先安心下来，往后多的是机会再去报效朝廷。"

裴老夫人道谢，萧列又说了几句，察言观色："老夫人可是有事？若有，只管讲

来,但凡朕能做到,必定无所不应。"

裴老夫人笑道:"既被皇上瞧出来了,老身便说了。实不相瞒,老身此行,乃为长孙右安的婚事而来。"

萧列一愣,随即大喜:"右安前些时日受朕所遣,去往乌斯藏定乱,这几日应也快回了。但不知老夫人为他定的是哪家女儿?快快道来,朕愿出面,好生操办!"

老夫人道:"多谢皇上美意。不是别家,正是泉州甄家的女儿,名唤嘉芙。她也不是外人,恰是老身次媳的外甥女,论起亲戚,也是右安表妹。"

萧列迟疑了下:"这个甄家,可是前两日刚随福建巡抚高怀远入京的那个甄家?"

老夫人笑道:"正是。"

萧列愣了。

老夫人神色自若。

"皇上有所不知,甄家女儿小时起,便时常来老身跟前走动,右安打小就认识她了,只是老身一直不知右安对她的心意而已。直到去年,皇上被迫兴兵之际,老身收到了右安一封手信,这才知道,他竟系情于甄家表妹已久,只是当时颠沛,效力皇上于鞍前马后,无暇顾及儿女之事。他再三恳求,叫老身务必替他上心,等到合适时机,便代他向甄家提亲。如今大事终于落定,老身听闻,甄家人这两日跟随福建巡抚进了京,内中便有甄家女儿,似是皇上的意思。老身也不知皇上召她入京所为何事,本想径自去问甄家人的,又怕甄家人有所不便。皇上也知,右安自小知事,这么多年了,从未要老身为他做过什么,独此一事,故老身记挂着他当日嘱托,仗着从前在皇上跟前得的那么一点老脸,贸然入宫求见。

"不知皇上召甄家女儿入京,所为何事?若与右安婚事无冲,则老身也好放下心,尽快去替右安向甄家提亲。毕竟右安已不小了,老身亟盼他能早日成家,安定下来。"

老夫人说完,含笑望着萧列。

萧列定了片刻,方如梦初醒,霍然站起:"朕先前不知右安和甄家女儿竟有如此渊源!老夫人放心,朕此次召甄家人入京,并无别事,只是从前甄家曾有恩于胤棠,朕为赏赐甄家而已,和右安婚事,无半点不便!"

裴老夫人便道谢。

萧列感慨："不瞒老夫人，从前还在武定时，朕便数次问过右安婚事，盼他能早日成家，他却屡屡推托，朕也是无可奈何。右安多年随朕，为朕立下汗马功劳，如今逢了喜事，朕又岂能不赏？朕不但要为他赐婚，更要风光大办！老夫人放一万个心便是！"

裴老夫人起身告退，萧列亲自送她出了西苑，回来后，依旧坐于案后，渐渐却出起神来，随后召入李元贵，问起甄家女儿。

李元贵道："那女孩儿生得颇为周正，举止落落，说的话，奴婢先前已转到皇上面前了，皇上自可定断。若还不放心，奴婢可将她召入宫中，皇上看了便知。"

萧列起先点头，想了下，又摇头。

"右安既钟情于她，又岂会差到哪里去，叫来叫去，怕吓到她，罢了。"

李元贵一本正经地道："皇上放心，奴婢若有半句不实，到时候皇上砍了奴婢的脑袋就是。"

萧列哈哈大笑。

他许久没有如这一刻般欣慰，心中犹如放下了一块石头，却又隐隐有些遗憾。

到了裴右安这样的年纪，于寻常男子而言，早已成家，他却始终形单影只，也不要女子留在身边照顾起居，如今终于有了着落，萧列岂不欣慰？

只是欣慰之余，想到他在自己面前只字不提，也是今日裴老夫人寻来自己才知。若非那甄家女儿起先拒婚，自己险些铸错，萧列未免又觉心中遗憾。

笑过后，他渐渐又出起神，忽道："去把世子唤来。"

李元贵出去，一盏茶的工夫，殿外传来一阵脚步声。

萧胤棠入内，向萧列下跪，口称父皇。

萧列命他起身。

萧胤棠道："父皇，儿臣正想来见父皇。这些日，儿臣奉命，一直在忙于整顿五军事务，今日方理出些眉目，将五府所属都司、卫所官旗军人数额统计完毕，名册共计三百二十五万六千三百七十三员，实际不过半数而已。具体情由，儿臣将尽快写入折中，以供父皇御览。"

萧列点头："可见本朝从前弊端甚多，往后任重道远。你辛苦了。"

萧胤棠道："为父皇分忧，本就是儿臣之责，况且，儿臣也没做什么，何来辛苦。倒是父皇，明日便是登基大典了，父皇这些时日又日理万机，今夜当早些歇息，养足精神才好。"

萧列含笑："朕知道。胤棠，朕叫你来，是因有件事和你有关，和你说一声。"

"父皇有话，但请吩咐。"

萧列点了点头。

"前些时日，凤桐来见朕，说你从前受过泉州甄家之惠，她想将甄家女儿立为侧妃，以为报答。朕先前不知内情，以为妥当，便答应了，今日才知有所不便。甄家原是裴家表亲，他家女儿，与右安有青梅竹马之谊，且先前也有过口头婚约，只是碍于战事，这才耽搁了。先前不知便罢，这会儿知道了，岂能错牵姻缘？故朕改了主意。甄家对你有恩，自当报答，朕改赐别的赏赐便是了，此事作罢，往后不议。"

萧胤棠神色略僵。

萧列注视着他，片刻后，缓缓道："怎的，关于此事，你还另有话要说？"

萧胤棠和父亲对视，见他望着自己，似是若有所思，立刻垂下眼睛，恭敬地道："儿臣听凭父皇安排。父皇说得是，对甄家，另行赏赐便可。"

萧列凝神片刻，缓缓道："极好。明日登基大典完毕，朕便册立你为太子，着礼部操办你与凤桐大婚，至于侧妃，若有合适之人，朕也会替你留意。"

次日，便是新帝的登基大典。

新朝定年号昭平，将始于次年元日。是年，则沿袭少帝在位时的年号，为承宁七年六月廿六日。

这一日，三更，礼部和太常寺官员便抵寰丘。五更，九卿，京城七品、外省四品以上官员，亦全部抵达，肃穆列于寰丘两侧。万余校尉力士，沿着皇宫往皇城北门，三步一岗，五步一哨，开出通往寰丘的跸道。无数民众，则候跪于跸道两旁，只等吉时吉刻，迎接新皇出宫，举行告天祭礼。

据钦天监所定，新皇当于巳时整出宫，巳时三刻抵寰丘，随后告祭礼。

此刻距离巳时出发，只剩两刻钟了。

萧列身着帝王冕服，龙威燕颔，天子威范，叫人不敢直视。他还留在承光殿中，随驾的礼部尚书张时雍和太常寺卿卢齐见他坐于座中，凝神不动，似是在等什么人，心里疑惑，相互望了一眼。

又过去半刻钟，张时雍正想出言提醒时辰，殿外忽传来一阵急促脚步声，萧列转头，见崔银水一溜烟跑了进来，刺溜一下，双膝滑跪于金砖地面，喜形于色。

"启禀皇上，裴大人回京复命了！人就在殿外候着！"

皇帝立刻起身，眉头舒展，目露微微喜色。

"快传！"

崔银水哎了一声，又飞快出去。片刻后，伴随着一阵沉稳的脚步声，张时雍和卢齐看见一个年轻男子，身影穿过斜斜射入承光殿殿门的一片朝阳，踏入殿槛。

他似是长途跋涉而归，风尘仆仆，眉宇间犹带着披星行路的淡淡倦色，双目却明亮有神，皎如明月，穆如清风，大步行来。

这样的风采，整个大魏朝堂，十年之间，除了当年那位曾名动京华的少年卿相裴右安，还会有谁？

虽多年未见，当年翩翩少年，如今也成青年男子，但张时雍和卢齐还是一眼认了出来，惊呆之余，心中也立刻明白了。

新帝今朝在等的人，终于到了。

裴右安随萧列转入后殿，立刻向他下拜，行三跪九叩之礼，平身后，道："臣昨日行至京畿，听闻今日是皇上的登基大典，便连夜赶路。今晨才入城门，校尉又告知，说得过皇帝的吩咐，若见了臣，命即刻入宫，臣怕耽误皇上的吉时，衣容也来不及整，有失仪之处，还请皇上恕罪。"

萧列握住他的肩膀，欣喜道："朕便知道，你定能及时赶到！路上如何？"

"幸不辱命，归途亦一路顺利，多谢皇上记挂。请皇上容臣一夜，明早便呈上奏折，详述此行经过。"

"你好生歇息，不必这么着急，迟几日也是无妨！"萧列抚慰道。

殿外隐隐传来钟声，离皇帝出宫祭告寰丘，又近了一刻。

"右安！"

裴右安正要出言提醒，萧列忽唤了他一声，神色凝重。

"皇上请吩咐。"裴右安道。

萧列在殿内缓缓踱了数步，停住。

"右安，这皇位，朕本想留空，若他日有少帝消息，便归他所有。奈何当日，文武百官苦谏不止，朕难以推托。你不会对朕登基持有异见吧？"

萧列说完，双目紧紧望着裴右安。

裴右安微微一笑，恭敬地道："皇上，臣人虽在路上，但也读过张贴于城门前的'万民请愿书'，上有一句，'大道之行，天下为公'，臣以为赞。古之圣贤便知，天下非一人天下，乃社稷万民共扶之。皇上如今秉从天意，登基临朝，日后临下有赫，选贤用能，若四海升平，黎民安乐，臣为何心怀异见？"

萧列登时目光炯炯，哈哈笑道："朕便知，右安乃朕之肱骨也！朕已为你备好礼服，你去换上，随朕同往寰丘，见证朕今日之登基！"

裴右安谢恩，要退出时，又被叫住。

萧列笑道："还有一事叫你知道，泉州甄家女儿此刻人在京中。昨夜你的祖母见朕，代你求娶于她，朕许了，赐婚不日便下，你可称心了？"

裴右安目光微微一动，顿了顿，道："臣称心。臣谢过皇上厚爱。"

他的语气，恭恭敬敬。

萧列赐给裴右安的礼服，是为八梁佩玉冠、青缘赤罗裳、革带佩绶、白袜黑履。这是大魏朝最高的王公级别的礼服。

当日，裴右安随新帝现身在寰丘祭礼之上，见证了大魏一个新朝的开端，也以这种非同寻常的方式，在时隔多年之后，回归视野，再次出现在朝堂之上。

寰丘告祭归来，副通赞官引文武百官入丹墀，向北分立，向宝座上的萧列行三跪九拜之礼。一番繁文缛节完毕后，礼部派遣官员，册立周王妃为皇后，世子萧胤棠为太子。

至此，登基礼完成。

第二天，礼部同时又下了两道诏书。

第一道是关于太子和章凤桐的大婚诏书。

第二道是为卫国公府长子裴右安和泉州甄家之女甄嘉芙的赐婚诏书。

消息传开，曾经数年间门庭冷落的卫国公府，从早到晚，登门恭贺的人络绎不绝，门槛险些要被踏断。而甄家那座在京城里原本毫不起眼的宅邸，转眼也变成了关注的焦点。

两道诏书的婚期，定在同日，次月十六，由礼部和光禄寺合力操办。

深夜，裴右安才摆脱诸事，终于踏入卫国公府的大门。

到了此刻，国公府里依旧灯火通明，无人睡去。阖府上下，全在等着他的归来。

一年多未见，裴荃和孟二夫人带着儿子裴修珞迎他。夫妇二人笑容满面，诸多殷勤，裴修珞执弟之礼，恭恭敬敬，一脸敬仰。

辛夫人也没歇下，露面之时，亦一脸的笑，但脂粉也掩不住她面庞深处透出的菜色。

裴右安执子礼，毕，她道："一家人都在盼你回呢。就是你二弟，最近染恙，晚间吃了药，撑不住想是睡了过去，要不，我叫人唤他出来见你……"

裴右安道："二弟好生养病便是，不必惊动。"说着，他转向闻声而出的玉珠，"祖母可睡下了？"

玉珠唤了声"二爷"，到了近前，笑着向裴右安见礼："老夫人还没睡。"

"已是不早，竟累母亲、叔父、叔母等我至此刻，全是右安之过，请各自及早安歇为宜。"

裴荃夫妇知他要去见老太太了，笑着点头。

辛夫人望着那个离去的背影，笑意渐渐僵住。

"嫂子福气。右安是如今皇上跟前的红人，修礼的爵衔，还不是一句话的事。往后嫂子你啊，等着享福吧！"

孟二夫人笑吟吟地道，看着辛夫人。

辛夫人觉察出了自己妯娌隐藏在笑容之下的真实心情。

她就像是隐藏在阴暗角落里的一条毒蛇，一定早知道了些什么，讥笑她、鄙夷她，

幸灾乐祸,只是这个狡猾的女人,平日的表面功夫做得十足罢了。

想到自己儿子正遭受到的耻辱,辛夫人浑身发抖,恨不得扑上去将这女人的一张伪善面皮给撕扯下来。

但她什么也不能做。

她的指甲深深地掐入手心,却丝毫不觉疼痛,目光游移着,有些魂不守舍,勉强笑着,口中说道:"是啊,真好……"

裴右安跪在裴老夫人面前,向她磕头。

祖孙上回见面,还是老夫人大寿那次,一转眼,时移世易,天翻地覆。

这座宅邸里的人,命运更是起落如潮。

前一分尚雨打飘萍,下一刻便浓墨重彩。人生如戏,想来大抵不过如此。

再次见到长孙跪于膝下,这个老妪,无疑是欣喜而激动的,但很快,便稳住了情绪,视线掠过他身上那套尚未脱下的载满荣华的赐服。

裴右安仰面道:"孙儿央求祖母之事,中间诸多牵扯,孙儿也知,必会令祖母为难。纵然如此,祖母却还为孙儿达成了心愿。孙儿愧疚之余,万分感激!"

这一年多来,裴右安人虽距离泉州万里之遥,却始终守着从前对嘉芙所许的诺言,甄家暗留有他的人。福建巡抚带着圣旨来到甄家,随后携嘉芙入京,一行人还在路上之时,消息便递到了裴老夫人的面前。

那是裴右安给自己祖母早早预留下的一封信。

信中说,他欲娶甄家女儿为妻,只是身不由己,飘零在外,倘若祖母见到这封信,那便是他不能护她周全之际,恳请祖母务必出手相助。

老夫人注视着裴右安,起先没有开口,良久,慢慢地道:"右安,这事,你确实是叫祖母为难了。甄家和你二弟曾有议亲过往,如今换你来娶,虽有些不便,但也不算什么过不去的大事儿。真正不好过的,是她牵涉太子。你要和太子夺人,此事非同小可。祖母起先不想应承你的……"

她的声音渐低,出神片刻,目光萧索,仿佛陷入什么往事的回忆。

"祖母活到今日,见过的事,也不算少了。福不是福,祸想来未必便是祸。你幼起知事，并非不知轻重之人，从小到大，更是见你第一次求祖母为你做事，还是你的婚姻之事。既向祖母开了这口，祖母又怎忍得下心，不去成全你？"

她喟叹了一声。

裴右安眼底蕴了微微泪光，叩头道："孙儿任性了，幸而祖母厚爱，方得成全。"

裴老夫人唇边露出笑容，伸手停在孙儿凑过来的脑袋上，爱怜地抚摸了片刻，命他起身。

裴右安起来，扶她往内室去，到了床边坐下，像从前那样，蹲下身去，为她除鞋。

裴老夫人望着，忽似不经意地道："右安，我记得祖母上次过寿之时，你和表妹还颇为生疏，何以如今便非她不娶了？"

裴右安手微微一顿，随即除下鞋，轻轻放在地上，扶着老夫人躺了下去。

"祖母，你有所不知，那时起我便对表妹一见倾心，只是当时诸多不便，如何能叫祖母得知？只能埋藏心底罢了。"

老夫人注视着他，一时倒辨不出他这话是由衷之言，抑或搪塞之辞。摇了摇头。

"罢了，你什么都好，就是从小到大，事情都闷在心里……"

她说了半句，打住了，望着孙儿，目光越发慈和。

"阿芙那孩子，祖母本就喜欢的。这回皇上起先立她为太子侧妃，她也不愿，想必也是出于和你同心。你娶了她回来，往后便和她好生过日子吧，祖母对你，是放心的。"

裴右安微笑应好，替老夫人盖好被，方轻轻出去。

新帝登基，封赏随于武定的诸多旧日臣将。

裴右安以功，官居尚书台右丞，加封超品秩上柱国荣勋，兼东阁大学士，朝夕左右奉侍帝于左右。

他本就一身昼锦之荣，令人眼热不已，如今不但得上赐婚，还特恩许与太子同日大婚，这样的荣恩，本朝立朝以来，实在前所未有，在皇帝眼中，他的地位，不言而喻。唯独对于将他婚期安排成和太子同日大婚一事，礼部以为不妥，特意上言。裴荃也代侄儿上表谢恩，但请求另行改期，以避僭越之嫌。

皇帝说，朕与卫国公幼年时情同手足，少年时同袍而战，卫国公为大魏捐躯沙场，英年早逝，此为朕心中难解之痛憾；武定战中，军岌岌可危，朕也身陷险境，裴右安领军奇袭而至，救难于千钧一发，今日特赐与太子同日大婚，没有别的原因，一是为了全故人之情，二是为彰汗马功劳，三是期盼太子与裴右安能延续朕与卫国公的孔怀之情。见诏奉行便是。

群臣这才知道皇帝用心良苦，恍然之余，无不感动，纷纷上表奏贺。

这一日，卫国公府的前堂，裴老夫人带着辛夫人和孟二夫人，跪迎验封司官员送至的封赏上谕。

裴老夫人除原本的头衔，因长孙之功，加封懿德康颐太老夫人诰命，赐翟衣翟冠。

辛夫人受封一品太夫人，孟二夫人也被封为四品恭人。此前，在六科已经熬了多年的裴荃，在吏部铨选考察百官之时，优先得了"勤勉肃敏，历年兢兢业业，诸事鲜有怠误"的上上之评，很快被提为工部营缮郎中，不但就此步入四品之列，而且，这是个人人羡慕的肥缺。

裴家满门荣耀，如烈火烹油、鲜花着锦，一夕之间，不但恢复了从前天禧朝的荣煌富贵，而且更胜往昔。时人无不感慨，家族兴衰，果系于子孙出息。裴家便是个例子，京中谁人不羡？

裴家风光无限，甄家的门面，跟着也水涨船高了。皇帝下旨，封嘉芙祖母甄胡氏七品孺人诰命，头冠翟衣，连同钱帛彩缎等赐物，以快驿送至泉州。家中宾亲，每日更是络绎不绝。泉州籍的京官，纷纷上门寻亲问故就不用说了，连许多八竿子打不到一处的，也攀亲沾故地找来道贺，坐下后，说起来竟也都成了一家亲。帖子贺礼，收得几乎填满屋子，无处落脚。

因是赐婚，许多事有礼部和宗人府从旁协办，孟氏也少了些事。她最挂心的，就是为女儿准备的嫁妆。时间虽紧迫，好在前次为了备婚，嫁妆已备办得七七八八，都运来了京中，如今都在，趁这些时日，又查漏补缺，务必将嘉芙风光出嫁。

婚期渐渐逼近，到了大婚的头一天，甄家要送嫁妆铺新房的床了。这天，孟二夫人带着荣芳，裴老夫人也遣了玉珠，几人一起来了甄家，帮孟氏预备事情，喜气洋洋，忙忙碌碌，顺利到裴家铺完新房，次日，便是大婚之日。

当晚，母女同睡一床，孟氏陪着女儿，喁喁细语，教她许多从前未曾提过的新婚秘事，陪她度过出嫁前在自己身边的最后一个夜晚。

已是下半夜了，孟氏依旧毫无睡意，回忆女儿婚事的一路周折，实在不易，所幸到了最后，终于如愿以偿，嫁得到如此一位如意郎君，心中又是欢喜，又是不舍。忽然感到腰间搭来一只胳膊，女儿的脑袋靠到了自己怀里，这才知她也还醒着。

想到今夜自己和她说话时，她似乎心不在焉，也无半点小女儿出嫁前该有的娇羞之态，越临近婚期，倒越是沉默，心里有些不解。再一想，她又若有所悟，将女儿搂入怀里，低声安慰道："阿芙，娘知道你的心事。娘不是没想过，洞房怎么替你寻个法子遮掩过去，但再一想，你大表哥知道你被人掳走过的，咱们再多事，反倒怕惹他不快。他既肯来咱们家求亲，可见他对那事并不计较。"

嘉芙一直睡不着觉。昏暗里，听到耳畔传来母亲如此安慰话语，心里反而更加酸楚。

被掳那段日子里发生的事，如今想来，除了匪夷所思，就是羞愧难当。连对着最疼爱自己的母亲，她都没脸说出口。这些日子里，看着她忙前忙后地为自己预备嫁事，她却忍不住总是想起当日裴右安来家中提亲，两人独处之时，他对着自己那种冷淡目光和说出的最后一句话。

他说："日后我若侥幸还能回来，我便照我所许之诺，把你娶了就是。"

这口气里的不耐和敷衍，每想一次，就令嘉芙难过一次，更要自惭形秽一次。

"我知道的，娘放心……"

嘉芙把脸埋在母亲怀里，用听起来轻松的声音说道。

孟氏摸了摸她的肩背，忽想起来，示意嘉芙躺着，自己下榻点灯，取了一柄钥匙，打开柜门锁，又开一只柜中锁，捧了个小匣子回到榻上，最后再打开一只小锁，这才小心翼翼地取出里面藏着的那玉佩，递给嘉芙。

"先前我一直没和你说，前次你大表哥来家中向你祖母求娶你，临走前还留了这玉佩做信物，说是国公临终前所留。你明日就要嫁过去了，这信物，你收好，也带过去吧。"

嘉芙惊讶，坐了起来，小心接过来，借着灯光，见玉面外镂枝蔓，连理缠绵，中

间雕刻一朵幽兰,状猗猗生香,看样子应是女子之物,玉缘十分光润,似常被抚摸所致,托于自己掌心之时,温润贴融,触感犹如女子体肤般,洁致温暖。

"你想,既是国公爷临终前留给你大表哥的,他必定视若珍宝,当日却拿出来留给咱们家做信物,可见他对你的真心实意。"

或许是母亲的话给了嘉芙一点信心,又或许是掌中的这东西令她得了些安慰。

嘉芙低头,指尖轻轻碰过玉体,原本低落的心情,忽然变好不少。

孟氏让女儿再躺回去,自己也躺了下去。

"我女儿这么美,哪个男人会不喜欢?等嫁过去了,好生服侍你大表哥,再大的事,慢慢也就过去了……"

"阿芙,信娘的话,你大表哥必会疼爱你的。"

嘉芙握着手中那块玉佩,在耳畔母亲的絮絮叨叨声中,闭上眼睛,终于慢慢进入梦乡。

次日,大婚。

整个白天,甄宅前堂的所有热闹和喜庆,和她这个新嫁娘倒无半点干系。后堂里,嘉芙只被身边十来个仆妇丫头环伺着,沐浴,梳头,换正红喜服,戴上珠冠,衣妆完毕,头盖喜帕,等到黄昏吉时将到,礼部赞官引导,繁缛礼节后,她被人送上了一顶八抬大轿,在大乐和周围无数道目光的注视之下,被抬离甄家,往卫国公府去。

与此同时,东宫里的那场婚礼,也在同时有条不紊地进行。

礼成后,夜色深沉,殿宇重重,萧列独自立在承光殿的殿阶之前,遥望城北那片漆黑夜空,身影被月华拖出一道长长的暗影。

干爹今夜去了卫国公府,剩崔银水远远立在角落里,望着前头那个在夜色中仿佛凝固的背影。

皇城北的安定门,于深夜时分,发出一阵沉闷的开启之声。

一人坐于马上,前后数位随扈伴驾,出城门,朝着北向去,身影很快便消失在浓重的夜色之中。

今日太子大婚，皇家慈恩寺在白天也做了一场贺顺法事，此刻，和尚从熟梦中被惊醒，看着一个全身没于黑色斗篷中的神秘男子，独自进了天禧元后当年最后留居病逝的那方禅院。

院门闭合，那道身影消失在门后。

萧列立于昏暗的禅院残道，良久，身影一动不动，耳畔只有夜风吹过墙头荒草发出的窸窣之声。

更深宵重，老树昏影，他的身影终于动了动，一步步行到那间静室前，伸出手，慢慢地推开门户。

裴家这一年，仿佛也没有来过人了。

伴随着轻微的吱呀一声，一股淡淡的霾尘之味，扑入他的鼻息，钻入他的肺腑。

"阿璟，我回了。

"我唯一能为你做的，也就只有这样了。

"你恨我吧？"

他站定，喃喃地道，眼眶微微发热，闭目深深地吸了一口气。

人已去，香亦散。

空气里，再也闻不到那曾令他魂牵梦萦的一缕猗猗兰息了。

卫国公府。

裴右安大婚，新房设在裴老夫人所居北院侧的一处院落，三间正房，两侧两厢，除卧室，还有起居、书房，坐北朝南，格局方正，老夫人定了，也就布置出来。

嘉芙今晚一直盖着盖头，像个木偶似的，被人牵着下轿、行礼、拜堂，终于完毕，这会儿手里又被塞了一条红缎，知那头就是裴右安，禁不住心如鹿撞，像做梦般，晕晕乎乎地被带进了洞房，坐到床沿上，低头等着裴右安来揭自己的盖头。

满屋子都是闹洞房的妇人们的笑声。

除了裴家宗亲，还有两个公夫人、五六个侯伯夫人。

或许是头上珠冠和身上礼服太过沉重，十几斤压下来，压到现在，嘉芙脖子肩膀

都要酸了。又或许是紧张不安,听到喜娘念着吉利话,女人们起哄,催裴右安快揭盖头,等不及要看新妇。嘉芙紧张得仿佛快要晕厥,那张盖头却迟迟没动。

就在她头昏脑涨、呼吸不畅之时,忽然,面庞一缕轻风掠过,她眼前一亮。

嘉芙呼吸一停,下意识地抬眼,视线便撞到了一双正俯视着自己的男子的眼睛。

今夜这屋子里,只有他这一个男子。

着了缂红华服、腰束玉带的裴右安。

嘉芙已经一年多没见他了,只在印象中,一遍遍地描绘他的霁月清风,却从没想象过他今夜这般的模样。

古老的吉色、庄重的华服,将他烘托得分外英俊。她睁大一双眼眸,仰望着面前这个好看得令她一时失神的男子,直到耳畔传来妇人们的惊叹声,方回过神来,脸一红,急忙垂下眼睛,微微低头,再不敢看他了。

幸好面颊上胭脂擦得厚,但玉白耳垂和一段露在衣领外的脖颈,也已轻染酡红,倒正好应和了新嫁娘的娇羞,惹来近旁围观妇人们的竞相夸赞。

新妇确实美,当得起再多的夸赞。

裴右安目光微动,瞥了她垂睫不动的模样,顺了喜娘的指挥,面带笑容,和她并肩而坐,撒帐,吃汤圆,喝合卺酒。

嘉芙小心翼翼,在欢声笑语和无数目光的注视之下,哪怕是一根头发丝儿,都没再出错,只按照预先被教过的,一步步地完成了整个过程。

喝了合卺酒,今夜这个婚礼,算是快要完成了,只剩最后一步,洞房。

自然了,这是新夫妇两个人的私密之事。

此刻还早,外面宾客众多,裴右安喝完合卺酒,看了始终低着头的嘉芙一眼,放下杯子,从床沿站起身,对着意犹未尽还要继续拿新人打趣的妇人们笑道:"她今日乏了,众位婶子伯母,看在我的面上,都出屋吧,若还没尽兴,我去给婶子伯母们多敬几杯,如何?"

安远侯夫人笑吟吟道:"走吧走吧,还没怎么闹,佑安就心疼了,今日他是新郎官儿,也不好拂了他的面子,我们这些老妖精,还是识相些好,免得下回串门不让人进!"

嘻嘻哈哈的笑声之中，妇人们终于鱼贯出了新房。

屋里安静下去，静得嘉芙几乎能听到自己扑通扑通跳动的心跳之声。

裴右安转过头。

"你先歇了吧，不必等我，我还有客要应酬。"

说完，他也出了屋。

嘉芙出嫁，除了此前同行带着的檀香、木香几个丫头都陪了过来，孟氏还让自己身边的刘嬷嬷也一并跟了过来。裴右安揭完帕头走了，方才欢声笑语喜庆热闹的气氛便消失了。

刘嬷嬷带着丫头们入内，帮嘉芙除去头冠，摘了首饰和霞帔，脱下厚重喜服，身上只剩三层衣裳，随即换了特为今夜这场合裁制的大红纻丝云肩通袖袍。领胸绣有四合如意云纹，下面贴身留条起缠枝莲暗花的缎裤，腰系红织金妆花缎裙。

比起方才过于庄重的礼服，这身衣裳，喜庆不减，而越添柔媚之姿。

嘉芙从中午起就没吃过东西了，此刻那些人都走了，跟前只剩几个自己熟悉的人，绷了一晚上，慢慢感到腹中饥饿，犹如前胸贴了后背，她却没有半点胃口，草草喝了几口刘嬷嬷命人端入的鸡醑汤，剥了小半只江南密罗柑，便吃不下去了。

刘嬷嬷命丫头撤了，又亲自服侍嘉芙净面，以芳液漱口，一番事情完毕，吩咐嘉芙坐于床沿，等着新郎回来，自己带人在门口陪候。

嘉芙独自等了许久，终于听到外面再次传来隐隐的脚步声，廊下有丫头婆子呼着"大爷"。

嘉芙忍不住再次紧张，身子坐得笔直，双眼望着门口方向，藏在大袖下的双手，十指紧紧地攥在了一起。

刘嬷嬷也听到了，领了丫头急忙迎上去。只听门轻轻吱呀一声，一道身影转入洞房。

裴右安回了。

他看起来也没喝多少酒，走路颇稳，进来后，自己除了头冠，便命人都退下。刘嬷嬷望了嘉芙一眼，示意她上去服侍，自己带着笑脸，领了丫头们出屋，带上了门。

时隔一年多后，今夜，再次看到裴右安出现在自己面前，不像方才，周围全是人，两人变成独处，嘉芙的心跳得飞快，她想起母亲的再三叮嘱，定了定神，从自己已坐了一晚上的床沿边站起来，轻轻来到他的身后，鼓起勇气，低声道："夫君，我来为你更衣。"

裴右安背对着她，自己正脱着外衣，听到身后她在说话，动作一停，转头和她对望了一眼。

两人距离很近，嘉芙终于看清，他今夜应该并没喝多少酒，但双眸里依然氤了一层淡淡酒意。

他唔了一声，说了句"有劳"，将自己方才脱下的外衣放到了她伸过来的手里，转身便从她身旁经过，自己坐到了床榻边上。

这一幕，令嘉芙不禁想起从前在武定和他同住时的情景。

那时他每晚回来，她总是和侍女抢着去接他脱下的外裳。他有时会笑上一笑，有时也没什么表情，但她从不觉得有半点别扭。

今夜他成了她的夫君，她是他的妻，他却如此客气。

嘉芙将他的衣裳放好，转过身，慢慢地回到他的边上。

他坐在床沿，她就站在他边上望着他，双眸一眨不眨。

红烛烧照，暗影浮动。

一时，谁也没有说话。

片刻后，他仿佛醉了，有些不胜酒力，抬手揉了揉自己的额，眼睛也没看她，含含混混只道了一句："不早了，你也歇了吧。"说完，自己便躺了下去。

他身上依旧着了衣裳，最外的那层中衣，看起来整整齐齐，连半丝褶皱都无。

嘉芙轻轻嗯了一声，转身背对他，慢慢脱去衣裳，最后脱得只剩里衣，随即轻手轻脚地爬上床，小心地躺在了他的身畔。

她缩着身子，面向着他，和他同睡那只绣了文王百子万福纹的长锦枕，两人中间却隔着一尺之距。

他仰卧着，一直闭着眼睛，似乎睡着了，呼吸均匀，连睫毛都没动一下。

嘉芙起先也闭着眼睛，慢慢睁开，注视着他展给自己的侧脸线条，看了许久，想起母亲的叮嘱,再三犹豫之后,终于鼓足勇气,慢慢地朝他靠过去,伸出一条柔软的胳膊,悄悄地攀上了他的腰身。

裴右安的睫尖微微一动。

嘉芙知他还醒着,有些不敢看他。

"夫君……"

嘉芙小声唤他,声如蚊蚋,睫毛微颤,闭上了眼睛,蝾首轻轻贴在他的一侧肩膀上。

裴右安没有回应,也没有将她推开,片刻后,道:"我娶了你,便会护你周全。从今往后,你要老老实实,再不要动不该的念头。"语调平静。

嘉芙一怔,身子便僵住了,慢慢睁开眼睛,抬起脸。

他也睁开了眼睛,微微偏脸过来。

两人的目光相遇,他双眸漆黑,目光清冷,面上见不到半点柔情。

嘉芙面上霞晕渐渐褪去,那只攀着他腰腹的胳膊,也慢慢地缩了回来。

"我知道了,是我的错……我不该那样对你……"

她不敢再望他了,心中丧气无比,垂下眼眸,嗫嚅着道。

"我倒罢了。你入了我家门,日后难免要和人朝夕相对。全哥儿那里,你若不喜这孩子,往后离他远些就是。有事便和我说。记住,我不允你再用不入流的手段去达目的。在我面前,也不可再撒谎,不管是出于何种缘故。"

如果说,刚才嘉芙还只是感到羞惭的话,现在听到这样一句话从他口里说出来,仅仅用羞惭已经远远无法表述她此刻的心情了。

冻龙脑的那件事情,她原本早已经忘记。但这一刻,她被提醒了。

原来他一直没有忘记她曾对他撒的谎,只是从前一直没有在她面前提而已。

而就在今晚,他娶了她后,终于说了出来。

嘉芙瑟缩了下,抬起眼睛,再次看向他,见他已闭目,神色平静,仿佛睡了过去。

"我……记住了……"

应完这短短一句话,便似用尽全身气力,嘉芙耷着颈子,身子一动不动。

屋子里彻底沉寂下去。

耳畔只剩他的呼吸之声,嘉芙不再靠着他,如先前挪出来时那样,又悄悄地一寸

寸挪了回去,直到自己不会再碰到他的半片衣角。

她屏住呼吸,慢慢地翻了个身,一闭上眼睛,眼泪便滑落下来,滚到耳侧。

她不敢发出抽泣之声,泪却止不住,默默地洇湿了一片枕面。

"你哭什么?"

片刻后,她听到身后传来他的声音,拼命摇头,含含混混道:"我没哭。"

"你分明在哭。好了,莫哭了!"

他的语气,仿佛在劝,又仿似有些不耐。

嘉芙再也忍不住,一下便哽咽出声。

她闭着眼睛,含含混混地道:"你既这么厌烦我、瞧不起我,还娶我做什么?我先前都说了,那事我不在乎了,更没逼你再娶我的。"

裴右安终于偏过头,望着她背对自己的身子,迟疑了下。

"我何时说厌烦你、瞧不起你了?我方才只是在教你,往后要老老实实的,不要再动歪脑筋。"

"你分明就是厌烦我、瞧不起我……"嘉芙呜咽着,"你放心,我不会缠着你的……日后等你有了可心的人……"

她说着这话,只觉悲从中来,拼命忍着,泪却越发不绝,断了线的珍珠般滚落,越哭越是伤心。

"别胡说了。不要哭了……"

身后裴右安又道,声音比起方才,柔和许多,带了点哄人的小心翼翼。

嘉芙将脸埋在枕里,膀子一抽一抽,声音含含混混:"我忍不住……你别管我……"

裴右安起身,半靠在床头,转脸看着她背对着自己,片刻后,微微俯身,手朝她伸过去,快触到她的肩,又停住了:"莫哭了。"

嘉芙继续抽泣。

"你要怎样才不哭?"

嘉芙充耳未闻。

裴右安沉默片刻,忽道:"你再哭,我就去书房了。"

说完,他作势要下榻。

嘉芙一下停住，下意识便飞快转过脸，睁大还含着泪的一双美眸，望向了他。

裴右安慢慢地吐出一口气，瞥了眼她沾满泪痕的一张脸，翻身下了榻。

嘉芙望着他下榻的背影，心怦怦地跳，脸再次失了血色。

她也不是故意要在他面前哭哭啼啼惹他厌烦，只是方才实在感到羞耻伤心，又遇他这般态度，忍不住就掉了几颗眼泪。

洞房之夜，他要是真的被她哭厌烦了，丢下她径自去书房，那她明天也不用见人了，直接挖个地洞把自己给埋了了事。

"大表哥！"嘉芙一下就从床上爬了起来，扑过去，从后面抱住了他的腰身。

"我不哭了，你别走……"她的声音还带着哭腔，却拼命忍着。

裴右安感到后背突然压上来一片馥软，腹前也被两只软软的胳膊团抱住，人还坐在榻沿，肩膀微微一顿，随即低头，将她的双手轻轻解开，自己站了起来。

"大表哥……我真的不哭了……"

嘉芙不敢再碰他，只坐在一团锦被之上，仰脸用惊慌的目光望着他，声含乞求，眼角挂着一颗晶莹泪珠，将落不落，可怜巴巴。

裴右安望了她片刻，仍旧转过身去。

嘉芙看着他进了浴房，出来时，手上多了一块在水中拧过的巾帕，回到床前，俯下身来，伸手为她擦脸。擦完脸，他低声道："你听话，我就不走。"

嘉芙立刻点头，眼角的那颗眼泪，啪嗒一下滚落下来，自己急忙擦去，飞快地躺了回去，闭上眼睛。

片刻后，嘉芙身畔多了一人。

裴右安也躺了回来，良久，一只臂膀慢慢伸过来，将她的身子揽了过去。

嘉芙感到他在轻轻解着自己的衣裳。

她紧紧地闭着眼睛，身子微微战栗。

"莫怕。要是疼，就和我说。"

他小心褪下她身上的小裤，抬起她的腰臀，往她身下垫了一块罗帕，轻轻压上来的时候，唇碰触过她的耳垂，低低地道。

她的耳垂滚烫如同火烧，他的唇却带着微微凉意，犹如他体肤的温度。

整个过程，他极其温柔，但也没有任何多余的动作，更没有亲吻过她。只在起头，她因吃痛，紧紧攀住他的肩背，细细地呜咽出声之时，他停了停，吻去了她额头沁出的一滴香汗。

结束后，他为闭目含羞而卧的嘉芙擦拭身子，将那块沾了她落红的帕子放在边上，随即穿回他自己的衣物，整整齐齐地躺了回去。

这一夜，嘉芙一颗芳心忽感甜蜜，忽又酸楚，睡睡醒醒。

身边的男子却仿佛睡得很沉，没有翻过一次身，也没再碰她一下。

五更，天还未亮，门口传来叩门之声，仆妇来唤新人起身，拜翁姑，祭宗祠。

裴右安的这个下半夜，一直是醒着的。

他虽一向少眠，但常年调息和自律，令他也养成了一种习惯，哪怕思虑再重，到了身体感到应当休息的时候，躺下去，很快也就能摒除杂念入睡。

而像昨夜这样，整个下半夜一直醒着，没有片刻合眼，并不多见。

昨夜，他娶了她，并且和她有了真正的肌肤之亲。

枕畔骤然多出一个人，还是女子，这于他而言，实在是种前所未有的感受。这和从前那次在孟木府，她趁他醉后爬上他的床，他稀里糊涂拥她睡了一夜的情况完全不同。

昨夜，在他为她履行自己作为新婚丈夫洞房之夜的本分之时，他其实还是相当留意她的反应的。

她一动不动，蛾眉紧蹙，从头至尾，双目紧闭。他很确定，她甚至没有睁眼看他一下，似乎正在忍受一桩她并不十分乐意而又不得不经历的事情。

于是他越发谨慎，尽量不去碰触她或许并不愿他碰触的地方。

这也让裴右安再次确定一个由来已久的念头。

从一开始，这个小表妹留在他身边，百般讨他欢心，乃至于处心积虑要嫁他，只是出于避祸。这个洞房夜，她又主动向自己示好，应该也只是考虑要以这种方式来稳固她和他的夫妻关系。

今夜他原本完全可以无视她的，但想到明早她可能遇到的尴尬和此刻的失望，终究还是不忍。

她肯因怜悯之心便救下一个毫无干系的濒死之人，可见还是能教好的。既然他娶了她，当让她彻底安心。当时，他朝她伸臂过去的时候，是这么对自己说的。

她是为避祸而缠上他，这个念头也不是今晚才有。

他早就知道了。但从前，他并没觉得如何排斥，唯此刻，这个特殊的时刻，相同的念头再次冒出之时，他才体味到一种前所未有的不快之感。

毕竟，他也不是圣人。吃着五谷杂粮的血气之身，谁又会是圣人。

他答应娶她，也真的娶了她，对于那夜发生的意外来说，他已做到仁至义尽。今夜他原本也并不觉得自己有心情去和她做这种事情的。

幼年因为体弱，他曾遇到过为他调治身体的各种各样的医士，其中有圣手大家，自然也有所谓的奇能异士。在他十岁的时候，曾有一道士，以辟谷修气而闻名，据传两百岁了，看起来依旧发黑皮润，犹如中年。卫国公慕名，将道士请来，教他呼吸吐纳，强身健体。一段时间之后，有一天，道士拿出一本心经，教他说，可照心经所载，以处子阴精练气，日后必定百病全消，要求寻来符合条件的少女用以试验。卫国公那时知道了，这道士也就年过花甲，根本没有两百岁，于是将人赶走，所谓的心经练气，自然也就停留在理论层面，但那道士所传的调息吐纳之法确实有用。多年以来，裴右安一直坚持，并且有所受益。而所谓的"心经"，则是裴右安有生以来第一次，在男女事上所领受过的唯一一次隐晦的教化。

那么多年过去了，这事他原本再没记起过，但此刻，鬼使神差般在他的脑海里，竟浮出一些不该有的印象。

他天资过人，从小读书便过目不忘，那册心经上的内容，当时道士取出之时，他虽只一目十行地扫了几眼，但此刻一想起来，便立刻浮出脑海，画面栩栩如生。

有那么短暂的一刻，裴右安心里竟忽然生出一个带了点邪恶的念头。

要是他拿道士心经上的法子去对付她，此刻她又会怎样？

只是那念头一掠而过。事后，他看到她闭目蜷在自己身畔，身上衣物凌乱，手脚抱掩身子的可怜模样，心中立刻便被浓重的自责和愧疚给攫住。

他凛住心神,安顿好她,自己也收拾了下,最后歇了下去。

裴右安知身边的她,起先也一直睡得不深,中间应醒来过几次,及至更深,才睡过去。

但整整一宿,他却再也睡不着了。

从前体弱而致的血气不足之症,在他成年之后,平日虽无大显了,但从昨夜来看,真的还是对他有些不良。

起先的自责、愧疚,随后的疑虑,以及伴随而来的不可避免的沮丧——这夜,裴右安便如此失眠了。

她彻底睡着后不久,便翻了个身,滚到他的身旁,毛茸茸的一个小脑袋,抵在了他的肩膀上,和他靠在一起。

睡梦中的她,仿佛喜欢依偎着他,靠过来后,便再没有动过,沉沉睡去。

裴右安的耳畔只有她轻轻的呼吸声,一片温热兰息,仿佛渐渐弥漫开来。

他便闭目,静心敛气,但无论如何吐纳呼吸,都没法像她一样安然入睡。直到此刻,听到门外传来轻轻的叩门声,知天快亮了,这是屋外仆妇在提醒新婚夫妇起身。

他慢慢地睁眼,眼底布了浅浅一层血丝。

窗外还昏黑着,龙凤喜烛燃了一夜。借着透进帐中的朦胧烛光,裴右安看了片刻她贴着自己那张仿佛还带着困倦的沉睡小脸,轻手轻脚地起了身。

第十章 新妇

嘉芙昨夜一开始睡睡醒醒,梦境不安,此刻酣眠梦沉,睡得正好,却被人强行推醒了。她努力睁开惺忪睡眼,赫然看到刘嬷嬷一张放大的脸凑到了自己面前。

刘嬷嬷低声道:"大奶奶,好起了!五更都过了一刻,大爷早就起了,就等着你呢!"

嘉芙起先茫然,忽地顿悟,这一声听起来有些陌生的"大奶奶",分明是在叫自己,立刻清醒,飞快地转头,见枕畔果然已经空了。

裴右安不知何时起了,早不见人。

嘉芙慌忙爬起来。

辛夫人身边一个姓王的嬷嬷带了个丫头,也跟了进来。刘嬷嬷知她目的,走了过去,亲手将那盛了元帕的盘子端了。王嬷嬷看了一眼,收了,朝嘉芙赔着笑脸,躬身道早,去了。

刘嬷嬷和檀香服侍嘉芙更衣，很快穿好，木香带了几个裴家丫头捧盥洗之物入内，麻利地收拾完毕，梳了头，嘉芙连东西都来不及吃一口，匆匆便往外去。

"大奶奶，大爷也说了，时辰还没到。今早事多着，吃两口再去吧……"

刘嬷嬷知道嘉芙昨晚就没吃多少，心疼她饿，追上去道。

"我吃不下……"

嘉芙转过落地长屏，匆匆步入外头的起居间，一眼便看到裴右安端坐在棋桌旁，手执一卷，似正借着看书在等她。

他衣裳齐整，一副神清气爽的模样，听到她的声音，抬起了头。

嘉芙猝然停住脚步，和他对望一眼，难免局促，低声解释："早上是我不好，竟睡过头，让你等我。我已好了，这就可以走了。"

裴右安淡淡地道："也不算太晚。你且吃了早饭再去，也是无妨。"他随手将书卷搁于棋桌之上，转身便出了房门。

刘嬷嬷忙提了厨下刚送来的食盒，打开放在一张小炕桌上，一碟嫩笋、一碟木兰蕨芽、一碟虾皮蔓菁、炒鲜虾、腌鸡脯、一碗粳米粥，看着清爽可口。

嘉芙这才觉得饥肠辘辘，坐下去，就着匆匆吃了一碗粥，便起身出了房门。

外面天色渐白，庭院里种了一片秋海棠、木簪花，不知晨鸟藏在哪片叶底，正欢快地啾啾作鸣。

裴右安背对着门，立于廊下，一动不动，也不知道他在想什么。

嘉芙到他身后，轻声道："夫君，我好了。"

他转头，目光从头到脚地掠她一眼，点了点头："随我来吧。"

到了正堂外，嘉芙留意到方才一直行于自己身前的裴右安在阶前脚步渐渐有些放慢，也不知道是不是在等自己。

他既慢了下来，她便快步追上去，随他一道入内。

堂中燃着明烛，两侧侍立满各房仆妇，却静悄悄听不到半点声音。裴老夫人坐于正中，裴荃、辛夫人、孟二夫人分于左右，其下是裴修珞，并不见裴修祉在场。

才一进去，嘉芙就觉无数道目光投向自己，便微微垂目，跟着裴右安来到裴老夫

248

人面前，先向老夫人叩拜行礼。

裴老夫人平日家中常服多素暗，今早却着了沉香底暗金万字纹的一身新衣，精神看着也是难得地矍铄，等裴右安和嘉芙向自己行礼完毕，便命起身。

裴右安起了，嘉芙依旧跪着，从随旁跟着的刘嬷嬷那里取了预先备好的新妇孝敬长辈的两样针线活，恭恭敬敬地双手呈上，一副黑绒抹额，另一双石青布面绣花软底女靴。绣工虽精致，料却颇是拙朴，一看就是土物。

东西一拿出来，近旁的裴家仆妇便盯着，又看向嘉芙，目光里隐隐露出不屑。

玉珠要代接，却被老夫人拦了拦，自己亲自接了。

嘉芙轻声道："祖母，抹额天冷所用，靴合了这季。我想着，祖母富贵荣华，便是天上仙衣拿到祖母跟前，也未必稀罕，因是孙媳妇的心意，祖母穿戴舒适要紧，索性便用了我老家的土布，做成鞋，胜在轻软舒适，尤其天气再热，也不闷脚。只是针线是我自己做的，针脚刺绣有所不及，祖母勿嫌。"

老夫人摸了摸抹额，又摸过靴帮上的绣纹，点头笑道："那些花里胡哨的东西，不过也就好看罢了，谁家没有。我年纪大了，难得你如此贴心，为我想得周到。祖母收了，天热便穿，若好，到时你再给我做两双，我叫人送去给几个老姐妹。"

嘉芙笑着应好，接过老夫人的赏，向她叩谢，起来后，方才那些个目露不屑的裴家仆妇瞧着嘉芙，已换了一种眼色。

裴右安带着她，又向辛夫人见礼。

辛夫人坐一椅，另侧是已故卫国公的虚位。她脸上也带着笑，整个人坐得笔直，喝了口嘉芙敬上的茶，收了针线，给了见面礼，接着便是裴荃和孟二夫人。

裴荃一向端着架子，平日在家不苟言笑，这回心知是沾了长房侄儿的光，自己才得升官晋位，嘉芙向他见礼之时，他格外和气。孟二夫人更是亲热，执着嘉芙的手，对裴右安笑道："昨晚闹完洞房，你那些婶子伯母出来，没一个不夸赞阿芙的。容貌好不说，更难得贤惠贴心，你瞧瞧，老夫人也喜欢得不行。我这个外甥女啊，从前我就一直当自己女儿在疼，如今嫁了右安你，可算成了真正的一家人。你和阿芙，这是前世的缘分，命中注定的。"她说着，招手唤来自己儿子。

裴修珞恭恭敬敬，叫嘉芙"大嫂"。

裴修珞年纪和裴修祉差不多，只小了他半岁，命运却截然不同。

他没有荫恩，功名只能靠自己去挣。自然了，像裴右安这种十几岁就考中进士的，几十年间也难见一个。裴修珞读书极其刻苦，但如今也只有秀才的功名，好在得以以贡生身份，入国子监的太学里读书，等着参加明年新帝要开的恩科。亲事也已定了，等考完成亲。

按说，嘉芙和他是亲表兄妹，关系应该更好才是。原本小时候确实如此，裴修珞对嘉芙也不错，看见她总是笑眯眯的。但后来有一次，嘉芙来裴家，无意撞见他将一个比他大了几岁，初初发育的丫头堵在后园假山旁亲嘴摸胸，受惊不小，当时悄悄跑了。

那时嘉芙还懵懵懂懂，不通人事，但隐约也知道，这事不好让别人知道，更不好和这个表哥过于亲近，便谁也没说，此后便再也没有单独靠近他了。加上长大后，她也不常来裴家，关系慢慢就淡了下来。

如今裴修珞长得一表人才，温文尔雅，嘉芙想着自己小时候无意撞见的那次，应也是他少年好奇一时所为，见他叫自己大嫂，便笑应了一声。

全哥儿也被乳母带了进来。比一年多前个头高了不少。他似乎有些惧怕裴右安，站那里一动不动，被教着叫嘉芙"大伯母"，嘉芙给他预备了一套衣裳，乳母代收去。他又怯怯地朝裴右安叫"大伯"。

嘉芙留意到，裴右安似乎颇喜欢小孩，见全哥儿叫自己，脸上不但露出笑容，还伸手摸了摸他的脑袋。

裴老夫人看了眼门外天色，道："修祉早上本要来的，只是病还没好，身子要紧，是我叫他先安心养病的。阿芙本就不是外人，大家都不必拘泥那些虚礼了。右安，你也好带阿芙进宫谢恩了，回来再去拜祖宗吧。"

裴右安应是，嘉芙跟着他向众人行辞礼，出了中堂，檀香往她身上加了件软缎披风，嘉芙出了大门，和裴右安一道坐上马车，往皇宫行去。

这时天刚亮，马车辚辚行于路上，道两旁行人稀稀落落。

裴右安似有手不释卷的习惯，上车后，便从角落的一个便箱中取了本书，自顾自翻看。

嘉芙坐在他边上，百无聊赖，忍不住将脖子伸了些过去："大……"

她顿了顿，改口："夫君在看什么书？我从前在家，也爱看书，说不定看过……"

裴右安头也未抬，只将扉页朝她展了一下，淡淡道："《论衡》。"

嘉芙自然不算才女，但从小确实喜欢看书。父亲很开明，并不限她只读闺范女德，常领她去书坊，除了哥哥耀庭读的那些经史子集之外，诸如竺典地志、画像曲本之类的杂书，她也看了不少。方才见他手中这书，边角有些起毛，可见他经常翻看，应该颇是喜欢，便想寻个话题和他搭话，此刻听他应答，看一眼书扉，闭上了嘴，不再说话。

裴右安听她忽然安静了，抬眼瞥了她一眼。

嘉芙尴尬地笑："夫君真是博览群书。"

裴右安无甚反应，转回脸，继续翻开他的书。

嘉芙有些没趣，自己发呆片刻，忍不住又想起了昨夜。

昨晚事后，他虽然也温柔对待自己，但她感觉得到，他分明就在勉强和她同房而已。

老实说，嘉芙原本对自己还是有点信心的，毕竟从前无论是裴修祉还是萧胤棠，对她无不迷恋。

但是昨夜，她却收到了一个来自他的打击。

她悄悄又看了他一眼，见他视线始终落于书卷之上，心情忽然低落下去，慢慢将头靠在角落里，闭目假寐，再不说话了。

裴家距离皇宫不是很远，马车行了片刻，渐渐放缓速度，停了下来。

宫门到了。

嘉芙睁开眼睛。裴右安自己已起身，下了马车。太监崔银水正等在宫门口，看见裴右安下来，眼睛一亮，飞快迎了上来。

嘉芙被跟在后头马车里的林嬷嬷给扶了下去，站定。

崔银水已到近前，叫了声"裴大人"，又转向嘉芙，笑容满面地唤她"夫人"。

嘉芙含笑点头，和裴右安一道，随他入了宫门，行至西苑，最后到了承光殿前。

距离礼部安排面君谢恩的辰时，还差一刻。

崔银水进去通报，嘉芙忽然感到有些紧张，下意识地看向身畔的裴右安。

他长身而立，目光冷凝，站在自己身边，峭然若岳。

嘉芙微微仰头，望了他片刻，仿佛渐渐获得力量，心又定了下来，慢慢吐出一口气。

萧列坐在御案之后，双目微微浮肿，似昨夜并没睡好的样子，待两人并肩下跪谢恩，让两人平身。

他端详嘉芙片刻，脸上露出满意之色。太监端出赏赐，嘉芙再次下跪，一并谢过皇帝对自己母家的厚赏。

萧列和颜悦色地道："不必多礼，你们甄家本就有功。你往后好生服侍右安，便是你们甄家对朕尽忠了。"

嘉芙飞快看了眼身畔的裴右安。

他望着座上的皇帝，并没看她。

嘉芙低头应了，起来后，照规矩，自己单独要去介福宫再叩谢皇后。

裴右安留在了此处。

李元贵亲自领嘉芙过去。

到了介福宫，嘉芙入内，见周后端坐殿中，章凤桐伴坐在侧，下首还有一个身穿黄衫、手执拂尘的女冠。

那女冠还很年轻，也就二十左右，容貌极好，修眉联娟，素齿朱唇，本就仙姿玉色，坐在那里，被一身道服更衬托得超凡脱俗。

嘉芙不认得这貌美女冠，向周皇后叩拜后，又与章凤桐见礼。章凤桐向嘉芙介绍这女冠，说她在城南白鹤观出家，俗家姓迟，号含真，这才有点印象，终于想起来。

当年顺安王上位之初，曾受到一批忠于天禧帝的朝臣反对，其中有位姓迟的翰林，当时是国子监祭酒，也是当世的书画大家，极有声望，反对顺安王，暗中联合大臣，呼吁彻查少帝坠马案。当时顺安王隐忍下来，过后，却将迟翰林扣上一个谋逆罪名，全家百余口，男丁全部诛杀，女眷则削籍为奴。

这个女冠，就是迟翰林的孙女，当年才十四岁，就已有京城第一才女的美誉，被投为官奴后，不肯屈于狎客，坠楼自尽。

也是她命大，跳下去时，恰好压在一个路人身上，没有死成，只受了些伤。事情很快传开，民意沸腾，坊间编词唱曲，颂她气节，顺安王便予以特赦，允她出家为道。后来萧列上位，为当年那批人平反，其中就有迟翰林。此后，这个女冠便频繁出入皇宫，和太子妃章凤桐往来丛密，名声盛极，也受到很多男子的爱慕，其中不乏达官贵人，但她执意不肯还俗嫁人，一直做着她的女真人。

章凤桐向嘉芙介绍完女冠，又笑吟吟地对女冠道："她便是裴大人的新婚夫人，泉州人氏。"

迟含真清冷双眸转向嘉芙，定了片刻，才从座上起身，向嘉芙行了个道礼，面上并不见笑意，眉目隐含清高。

嘉芙乍知眼前这仿佛不食人间烟火的美貌女道士就是迟翰林的孙女，还礼。

迟含真淡淡转头，向周皇后道："多谢娘娘关爱，只是如今我无意还俗。含真回去，会请师父为娘娘开坛祈福。若无别事，含真今日便先回了。"

周皇后笑道："皇上已为你祖父平冤昭雪，我是想到你年纪轻轻，便青灯黄卷，有些可怜，昨日才召你入宫。你既无意还俗，我自不会勉强，往后无事，你常来走动。你从前就有才女之名，往后给我讲讲经书也是好的。"

迟含真应下，向皇后和章凤桐再次行礼，并不理会嘉芙，转身便飘然而去。

周皇后转向嘉芙，和颜悦色，说了些闲话，嘉芙谨慎应对，最后告退，章凤桐送她，嘉芙推辞，章凤桐却执意送她到殿外，握住了她的手。

"甄妹妹，我起先出于报答，但不知你和裴大人的渊源，这才闹了个误会，如今知道，我也被母后说了一顿，很是后悔，你莫怪我。好在太子和裴大人情同手足，往后你我自然也如姐妹，你若无事，记得常入宫，咱们多走动。"

她的语气，十分诚恳。

嘉芙笑着答应，再三地请她留步，章凤桐方停下脚步，目送嘉芙离去。

嘉芙依旧被李元贵引着，回往承光殿，行至半道，脚步一停。

远远地，嘉芙看到裴右安就停在前方宫道之上，正在和人说话。

那人黄衫飘飘，便是方才离开的女冠迟含真。

看两人说话的样子，从前似乎认识。

嘉芙停在原地，竟不敢靠近，只远远地看着二人叙话。因隔了些距离，她也听不到在说什么。终于毕了，只见那女冠似乎十分感激，对他合十，深深参拜，裴右安让，她这才转身离去。

裴右安目送她的身影消失，转过脸，方瞧见定在前方的嘉芙。

嘉芙极力压下心中翻腾着的情绪，装作若无其事，仿佛自己才到不久，朝他慢慢走过去。

"娘娘那里若无事了，这便出宫吧。"

待她行至近前，裴右安说道。

出了宫，二人依旧同坐一辆马车，裴右安也依旧自顾自看着手中的书。

嘉芙控制不住自己，眼前总是浮现方才裴右安和女冠停在宫道上说话的情景。

看起来，似乎是他来接自己的途中，遇到了出去的女冠。

那么从时间推测，她过去的时候，两人应该已经说了一会儿的话。

嘉芙很确定，他看向那个女冠的时候，目光很是温柔。

虽然一直以来，他对自己也是客客气气的，但嘉芙已经想不起来，他何曾用这种温柔的目光看过自己。

一直以来，对着她的时候，他要么没表情，要么是在教训她，要么就是显然带了容忍的微笑。

嘉芙忍不住，又看了身边的裴右安一眼。

他睫毛微覆，视线落在书页之上，聚精会神。

嘉芙心里渐渐发酸，有点难过。

很明显，两人从前是认识的。她在心里已经推算好几遍了。

迟含真被投为官奴的时候，裴右安当时已离开京城。但迟翰林一直供职翰林院，是当时的书画大家，做了很多年的国子监祭酒，而裴右安素有才名，少年便考中进士，和迟翰林必定有往来。

既然有往来，他认得迟含真，也就不奇怪了。

一个是少年进士，一个是世家才女，嘉芙越想，越觉得两人配一脸。

她心里忽然冒出一个念头。

难道裴右安上辈子终身不娶，是因为他倾慕这个女冠，而女冠感于身世，不愿还俗，他才黯然离开京城，远赴塞外，以至于最后英年早逝，吐血而亡？

嘉芙被自己想到的这种可能性给吓了一跳，情不自禁，转头再次看向裴右安，盯着他俊逸的一张侧脸。

裴右安继续看着书。

"何事?"他忽道,视线依旧落在书上。

嘉芙一吓,张了张嘴,迟疑了下,终于还是摇了摇头,低低地道了声"无事",快快地转过脸去。

裴右安瞥了她一眼,随即翻了一页书。

两人一路再没说过一句别话。

回到裴府,裴右安带着嘉芙去拜了宗祠,又陆续见了些宗族里的长辈,到了傍晚,两人到裴老夫人那里用了饭,终于空闲下来。

一回房,裴右安换了身便服,人就走了,也没和嘉芙说要去哪里。

老夫人体谅她今天辛苦,方才用饭的时候,特意说让裴右安和她早些休息,不用她再伺候跟前。

嘉芙确实有些累了,昨晚没睡好,今天一天忙忙碌碌,现在好容易能松口气下来……

他却又自己走了。

嘉芙很是失落。

裴右安刚奉旨成婚,有三天休沐,何况早上刚去过宫里,快天黑了,嘉芙觉得他不可能为了公事而出去。

要么是会友,要么……

她有一种直觉,或许是和早上遇到的那个女冠有关。

嘉芙洗了澡,换了身轻便衣裳,在房里等他。

天完全黑了,他一直没回来。

嘉芙上了床,翻来覆去一会儿,又起身去他的书房。

先前在武定府的时候,嘉芙发现他有一个习惯,有些书,他会预备几本,放在不同的地方,以便随时取阅。

她秉烛,在他的书房里找了一下,很快就找到那本《论衡》。

嘉芙取了书，回到屋里，靠坐在床头，开始秉烛夜读。

翻了几下，她就想打瞌睡了。

很是枯燥的一本书，前头在讲大道理，中间在讲大道理，后头也在讲大道理。

总之，这仿佛就是一本讲关于天、地、人的大道理的书。

嘉芙强迫自己静下心来，慢慢地、一个字一个字地读。

他既然喜欢读，那就一定是好的，她也要读。

夜越来越深，嘉芙也越来越困，捧着书，居然就这么睡了过去。

亥时中，裴右安外出归来，推开虚掩的门，看到的便是这么一幕。

嘉芙靠在床头，睡了过去，一只胳膊软软地垂下，白嫩的一只小手里，攥着一本书。

裴右安轻轻走近，到了床前，看了一眼，是他白天读过的那本《论衡》。

她歪着脑袋，两瓣红唇微嘟，长睫轻轻颤动，也不知梦到什么，连睡梦里，都带了几分委屈的模样。

裴右安站在床前，默默看了她片刻，俯身下去，伸手去拿书，才碰一下，她睫毛一动，睁开眼睛，看清床前的人影。

"大表哥！你回了！"一声惊喜娇呼，她立刻撩开被子，人就要爬起来。

裴右安拿走书，随手放在床头案几上："你睡吧，不用你服侍我。"

被他这么一说，嘉芙就是想服侍也没那个胆子跟进去了，人跪坐在床上，看着他入了浴房。

他出来后，嘉芙鼓起勇气，装作无意地问："夫君，晚上你去了哪里？"

"白鹤观。"他信口般应了一句。

嘉芙心头咯噔一跳。

直觉竟然是真的！

她再也没勇气问他去白鹤观做什么了。眼前已经浮现出他和那个女冠谈诗论画、惺惺相惜的一幕。

她哦了一声，沉默下去。

裴右安仿佛也有心事，若有所思的样子。

"你先睡吧，我去下书房，迟些回来。"

他走了。

这一走,直到过了子时,才终于回来。嘉芙还醒着,却装作睡了。他轻手轻脚地上床,躺了下去,和嘉芙中间隔了半边身子的距离。

新婚的第二个晚上,他没有碰嘉芙,次日午后,人又出去了。

朱国公夫人、安远侯夫人,午后来裴家走动,老夫人自然将新进门的孙媳妇唤到跟前陪客。

嘉芙心乱如麻。她的直觉告诉她,裴右安又去了白鹤观。但是对着老夫人,她却不敢有半点情绪泄露。

她笑起来时,天生双目弯弯,便是不笑,红艳艳小嘴的两边嘴角也微微上翘,又美,又甜蜜。老夫人说,家中有她这样一个成日爱笑的,能招来福气。于是夫人们聚在老夫人跟前叙着闲话,嘉芙陪在末位时,便保持着乖巧笑容,腮帮子渐渐发酸,忽地心口一跳,竖起了耳朵。

几人说到了近日颇为引人注目的迟家孙女迟含真。

朱国公夫人道:"听闻前日,皇后娘娘怜惜她,将她召入宫中,问她还俗的事,她却拒了,实是个有心气的女子。"

安远侯夫人叹息:"可不是吗?当初那样的气节,几个女子能做到?不但容貌好,从前就是个才女,偏命运不济,逢了逆王作乱。"

裴老夫人点了点头。

"当年右安中进士的那场科举,她祖父迟翰林就是主考官,是有师生之谊的,可惜那孩子了。白鹤观的老真人,我从前也认识。过几日等有了空,我过去上个香,顺道瞧瞧这孩子去。"

夫人们便赞老夫人仁厚。

嘉芙渐渐出神。

裴右安和嘉芙新婚宴尔,自己那院还没有设小厨房,饭暂时和老夫人同吃。白日里来访的夫人们走了,天也黑了,裴右安还没回。嘉芙服侍老夫人吃饭时,因跟前没外人,也不拘规矩,老夫人让她同吃,问起了裴右安。

嘉芙道："他访友去了。"

裴老夫人道："我料也是。只是才新婚，回得也是晚了些。等见了他，我会说他的。"

嘉芙装贤惠，给老夫人打汤，甜蜜蜜地笑："无妨。他一个大丈夫，出去应酬，是应该的。"

裴老夫人点头："好孩子，真的懂事。只是新婚宴尔，也不好总丢下你，还是要敲打的。明日你就回门了，等他回了家，晚上早些歇息，养好精神。"

嘉芙应了，吃完饭，被裴老夫人打发了回来。

到戌时中，裴右安才回来。

他仿佛很忙，回来换了衣裳，便又去了书房。

嘉芙忍住纷乱的情绪，亲自到老夫人那边的小厨房，做了盏鸽蛋玉兰奶羹。雪白的奶羹里，几枚剖开的鸽蛋，漂了几片玉兰瓣，鸽蛋金黄，玉兰乳白，奶香扑鼻，又好看，又好吃，还有个别名，叫作雪里卧金。

这甜点的功夫，全在奶羹之上。等着慢慢煨的工夫，嘉芙先回房，匆匆洗了个澡，换上一条月华裙，裙子用料十幅，色泽不一，粉、绿、鹅黄、霞霓，都是清新淡嫩的颜色，每幅浅浅晕染，宛若水墨，收于腰间打褶，行路之时，裙裾随步伐拂动，宛如月映池面，光华点点，美不胜收，故得名月华裙。

嘉芙梳了一个花冠髻，再轻染薄脂，揽镜自照，艳光动人，这才亲自端上吃食，送往书房。

裴右安背对着她，站在书架前，正埋头在翻阅一本厚厚的书籍，听到嘉芙的声音，头也没回，只道："放下吧。费心了。"

嘉芙放下，不甘地站在一旁，又道："夫君，记得要趁热吃。冷了就不好吃了。"

裴右安回过头，视线落到她的身上，定了定，随即很快收回，又转过头，唔了一声。

"知道了，等下就吃。你去歇了吧，不必等我，我还有事。"

他说完，再没回头。

嘉芙无奈，只好默默出了书房，回到卧房，垂头丧气地洗去妆容，脱了衣服，负气真的不再等，自己先爬上床。

他又是深夜才回，像昨晚一样，嘉芙装睡，他也没动她。

嘉芙腹内柔肠百结,这夜自然没有睡好。第二天早上起来,眼圈微微泛青,怕回门不好看,扑了几层粉,收拾好,默默跟着裴右安一起上了马车,回了门。

女儿刚出嫁,孟氏这会儿自然还在京中,一早就在盼着裴右安和嘉芙的到来,见女儿女婿到了,十分欢喜。

裴右安面带笑容,态度极其恭敬,孟氏看着女儿和所嫁的如意郎君,心满意足,盛情款待,用了午饭,两人本该走了,孟氏却有些不舍。

裴右安笑道:"岳母,阿芙再留些时候吧,正好我也有点事,你们母女说话,我先去去,晚些我回来,再接她一道回家。"

再过些时候,孟氏便要先回泉州,和女儿见一面是少一面,闻言大喜,对女婿的体贴很是感激,亲自送他到大门外,回来和嘉芙进了房,对着女儿这个叮嘱了说那个,简直有说不完的话。

嘉芙却有些心不在焉,和母亲有一句没一句地搭着话,到申时,孟氏起身,说叫厨房烧点心给嘉芙吃。嘉芙哪来的胃口,也跟着起身。

"娘,早上出门前,祖母她们以为我过午就能回的。祖母要我伺候的,夫君也不知什么时候回,不如我先自己回去,等夫君回了,你和他说一声就是。"

孟氏想想也是,道:"伺候老夫人是要紧。你先回也好。我叫张大送你。"

嘉芙含笑应了。

孟氏送女儿上了马车,吩咐张大送她回国公府。

马车到了平常出入的那扇门前,嘉芙被刘嬷嬷扶下,才进门,便停下脚步,等张大走了,又出去,坐上马车,吩咐车夫往白鹤观去。

同行的刘嬷嬷和檀香莫名其妙,但见嘉芙口气不容置疑,只能听从。

马车行到城南的白鹤观,观门大开,香火很好,三三两两的女道众,挽着香火袋,不停地进进出出。

嘉芙方才不过凭一口心中恶气,一口气赶来了这里,但人真的到了,却又不知该如何才好。

自己进去寻人,这样有失身份体面的事,她自然万万不能做。

若叫刘嬷嬷进去探究竟,免不了又要和她说缘由。

这样的事,嘉芙却不想叫别人知道。

进又进不了,就这么回去,她又不甘心。嘉芙坐在马车里,发了片刻呆,便让车夫将马车停在路边,守株待兔,打算先等到裴右安出来再说。

刘嬷嬷和檀香不明所以,问也问不出什么,只好同坐在马车里,大眼瞪小眼地守着嘉芙。

日头渐渐偏西,女观大门进出的人变得稀落,嘉芙从望窗一角看出去,眼睛盯得都快花了,还是没见裴右安出来。她又想到这两个晚上,他都是天黑才回,这会儿恐怕还在里头,自己却不能再等天黑回去,边上刘嬷嬷又不停地催问,心里就跟猫抓似的。

"我的小娘子哎!你盯那扇道观门都盯一个晌午了!到底在盯什么?天都要黑了,再不走,怕回去了要问的!"

刘嬷嬷很是焦急。

嘉芙欲哭无泪,有气没力地道:"回吧。"

刘嬷嬷松了口气,念了声佛,赶紧起身,正要催车夫回去,就在这时,马车外传来车夫的声音:"大爷?!"

嘉芙心怦地一跳,还没来得及坐直身子,便听到车门被推开的声音。

她转过脸,见裴右安出现在车厢口,目光盯着自己。

"你们下去。"他这话自然是对刘嬷嬷和檀香说的,语气平静,却隐含命令之意。

两人对望一眼,不敢违抗,应了一声,急忙爬下去。

裴右安面无表情,上来后便命车夫回去。

路上,裴右安一句话也无,嘉芙更是一语不发。

掌灯时分,马车回了国公府。方才刘嬷嬷和檀香分坐在车夫左右,马车一停,立刻跳下马车。

裴右安先下去,嘉芙下的时候,刘嬷嬷和檀香忙要上来扶,裴右安已自己伸手,抓着她的胳膊,几乎是将她拖抱了下去,随即松开手,转身便朝里走去。

嘉芙望了一眼他的背影,匆匆地跟了上去。

两人先去了裴老夫人那里,辛夫人和二夫人也在,正服侍老夫人用饭。

裴右安面带笑容,禀了几句。

"本早该回了的,过午我想到个事儿,便叫阿芙先留家里再陪陪岳母,是我晚了。"

老夫人笑道:"不过就是迟些回而已,什么大不了的事情。母女多说几句话也是好的。饭用了没?"

"在岳母那里用过了。"

老夫人点头:"那就好,你们回屋吧。"

裴右安恭声应是,带了嘉芙,从里头出来,步伐越来越快。

到最后,嘉芙几乎是小步赶着,回了自己住的院子。

一进门,他便命跟入的木香和另几个丫头出去,将门一关:"你给我跑去道观做什么?"

他背对着她,自己脱衣挂起。

他的语气是克制的,但嘉芙清楚地感觉到,他生气了,语带质问。

这一路回来,嘉芙就知他不快,也知自己这举动不妥,心中本忐忑不安,但此刻,听他一开口就质问自己,咬着唇,盯着他的背影,心里原本的忐忑不安,立刻就被这几日积累起来的委屈和气恼所替代。

她一语不发,径自走到梳妆桌前坐了下去,对镜拆着发髻。

裴右安没听到她的声音,回头,见她坐下去开始卸妆,没理自己,皱了皱眉。

"你怎不说话?我是见岳母不舍得你走,想着我也有点事,就叫你留下陪她,过后我再来接你。你却给我跑去道观了!你还有理了?"

"我没理!你就有理了?"

嘉芙再也忍不住了,盯着镜中的自己,飞快地拆着头发。

"我是去了道观,但你又是什么事?祖母问我,我都不知该如何应话。去个一次也就罢了,两趟三趟!借口我娘留我,今天还撇下我,自己跑去了哪里?我还是那句话,先前是我赖你娶我没错,后来我知道错了,不想赖你了!你既这么看不上我,才娶了我三天,就跑去见别的女人,你那会儿何苦又娶我?"

早上为了回门,檀香给她梳了一个繁复的漂亮发髻,头上插戴不少首饰。嘉芙一件一件地拆下,叮叮当当地丢了一桌,最后发里还剩一柄用以固髻的铜丝篦。

篦脚尖细，钩缠住了发丝，怎么拆也拆不下。

裴右安望着她的背影，神色略微错愕，片刻后，皱了皱眉。

"我实在是不知道，你成日都在想着什么……"

嘉芙充耳未闻，举着两手，继续和那柄铜丝篦奋战。

裴右安望着她的背影，神色渐渐缓了，迟疑了下，走过来停在她的身后，伸手探向那柄铜丝篦："方才我说你，你怎不哭了？"

细辨语气，竟还似带了丝戏谑。

"你想我哭，我偏不哭！"

嘉芙冷哼一声，头一偏，避开他伸过来的手，又一个发狠，连着十来根还缠在上头的发丝，咬牙一下就将铜丝篦给拽了下来。却没想到他的脸正俯下来，她胳膊一扬，就听他发出嘶的轻微吃痛声。

好巧不巧，篦尖竟刮过他的额，划出一道半指长的细密血丝，一颗血珠子从破口里渗了出来。

空气一下凝固，两人都像是被施了定身法，保持着原来的姿势，一动不动。

嘉芙这才意识到自己闯了祸，吓了一大跳，手上举着那柄篦，呆呆看着镜中那个正俯于自己身后的男子。

裴右安双目也望着镜中的她，慢慢地站直身体。

啪的一声，手中凶器掉落，嘉芙跟着一下站了起来，转过身，手忙脚乱找了帕子，就要替他擦拭血痕。

裴右安偏了偏头，避开她的手，自己以指抹了下，看了眼沾在指尖的血痕，又瞥了她一眼。

嘉芙方才所有的脾气全没了，紧紧攥着帕子，指节发白，睁大眼睛望着他："大表哥……我不是故意的……你疼不疼……"

裴右安冷哼一声："要是故意，那还了得？"

嘉芙贝齿紧紧咬唇。

裴右安俯视着她："你知道我去了哪里，就跑去道观要堵我？嗯？"

"不是道观，还会是哪里？"嘉芙盯着他的衣襟，弱弱地辩了一句。

裴右安一顿，仿佛为之气结。

"前日我是告诉过你，我去了道观，昨日，还有今日，我去了太医院！"

嘉芙倏地抬眼。

"迟女冠有个弟弟，五年前迟家满门抄斩时，才三岁，被迟翰林的一位老友舍命救下，只是当时落了不好，患病在身，如今性命岌岌可危，人就在道观里躺着。那日我在宫中偶遇迟女冠，她央我为她弟弟看病。

"她祖父是我当年恩科主考，从前对我也颇多指点，我敬他如师。如今那孩子危在旦夕，我怎能不管？那日我去替他看了病，有些疑难，这两日有空便在太医院里查找医书，也在与太医辨证。

"你的脑子里，都在给我想着何物？"

嘉芙呆住了，抬头望他，唇瓣微张。

"今日我想到了一个疗方，但有一味药，不确定太医院里是否有藏，因那药外来，又不易保存，是我少年时从大食医师那里得过的。我见你母亲依依不舍，便叫你再留些时候，我先去太医院查问。未时末，我去你家接你，岳母说你回了，我便也回，到了门房说你回来在门口站了站，便又上车走了，也没说去哪里。我起先以为你又回了家，再过去，怕万一你不在，徒惹岳母担忧，便假托你丢了样东西在家，叫人进去取，出来说没有，这才知道你也没回家！你可知道，我叫了几个五军都督府属卫兄弟，暗暗找了几个去处，最后自己想到了，才找去道观？"

他的声音并不高，但语气是越来越严厉。

嘉芙又羞又愧，面红耳赤，慢慢耷下脑袋，一动不动。

屋中陷入短暂的沉默，裴右安仿佛在极力克制自己的恼火，双手背后，在她面前踱了几个来回，最后停下，慢慢吐出一口气，再开口，语调已平静了，只听他道："罢了，你无事就好，下回再不要做这种蠢不可及之事。我去书房了。"说完，他便转身往外走去。

刘嬷嬷和檀香等人候立在廊下，见门被打开，一道人影出来，忙迎上去，叫了声"大爷"。

裴右安抬手，挡了挡额，转身往书房去了，脚步声渐渐远去。

嘉芙眼睁睁看着他出门，呆呆地立在原地，动弹不得，没片刻，听到刘嬷嬷和檀香进来的步声，慌忙转身，逼回就要掉下的眼泪，坐回到梳妆台前，假意整理着方才被扯乱的发髻。

刘嬷嬷和檀香方才人在廊下，隐隐听到屋里传出大爷起起伏伏的说话声，自然，并没听清楚他到底在说什么，但结合晌午后的事，虽还一头雾水，却也猜到两人怕是起了不快。等大爷出来往书房去了，两人入内，见嘉芙坐在梳妆台前，自己抬了两手正在整理头发，檀香忙上去要帮她，却听她道："这里不用你们了，出去吧。"

两人对望一眼。

"出去吧。有事我会叫你们。"

嘉芙提了提声音，头也未回。

刘嬷嬷和檀香只好退出去。

嘉芙一手撑额，另一手捡起方才被自己丢了一桌的首饰，一个个地放回匣里，又取了把梳子，慢慢地梳通方才被扯得打结的长发，默默坐了片刻，终于起身，唤入檀香，洗了个脸，将长发束起，梳了个简单发髻，换了身家常的衣裳。

刘嬷嬷笑道："还没吃晚饭呢。我去小厨房瞧瞧，拿几样便菜过来。"

嘉芙道："我自己去吧。"

书房门扉里透出灯光，嘉芙提着食盒，来到门口，叩了下虚掩的门，轻轻推开。

裴右安坐在案后，正提笔而书，闻声抬头，瞥了她一眼。

嘉芙慢慢走了进去，停在他的桌前。

"何事？"

嘉芙轻声道："你还没吃晚饭吧？应被我气都气饱腹了。方才我去了小厨房，拣了几样便菜和饭过来，都是热的。见有现成泡好的雪耳，又做了个雪耳芋奶羹。我记得以前你说过，可以多加一勺蜂蜜的，我便加了两勺……"

裴右安停笔。

嘉芙垂睫："是我错了，错想了你，也错想了迟女冠。你教训我是应该的，但不要气得饿坏了自己。食盒我放下了,你要是饿了,多少吃些……"

嘉芙将食盒放在桌案一角,转身低头离去。

"你吃了没?"

嘉芙走到门口时,听到身后忽然传来他的声音,她停下脚步,慢慢转头,见他望着自己,咬了咬唇,轻轻摇头。

"一道吃吧。这么多,我也吃不完。"他道。

嘉芙一愣,随即双眸立刻一亮:"好。"

她立刻转身回来,卷起衣袖,打开食盒盖子,将里面的烧笋鹅、江南蒿笋、海白菜、一碗鸡醢汤,并一大碗饭摆好,又飞快地到了门口,叫檀香再取一副碗筷。

碗筷很快送到。

裴右安大约确实有些饿了,不再说话,起身和嘉芙一道吃起饭来。

嘉芙见他很快吃完,道:"吃饱了吗?不够我再给你添。"

裴右安道:"不是还有雪耳芋奶羹吗?吃了就差不多了。"

嘉芙欢喜,忙端出羹盅,打开盖,见奶羹散着微微的热气,正可入口,便将羹盅放到他面前。

"我吃不完这么多。你先吃些,剩下的我吃。"

他的语气很是自然,嘉芙听了,脸却悄悄一热,轻声道:"要么我再去拿个小碗,分出来吧……"

"不必了。你先吃吧。"

嘉芙心中慢慢甜了起来,轻轻嗯一声,拿了调羹,舀着送到嘴边,一口一口地吃起来。

隔雾海棠,灯下美人,洗去脂粉的一张清水芙蓉面庞,比之白日别有一番动人。

裴右安并不是有意的,视线却禁不住渐渐留意她张开吃着雪耳芋奶羹的嘴。

樱唇鲜润,泛着一层诱人的釉泽,像朵半绽半闭饱含花蜜的花骨朵,诱人想探尝其中滋味。

她方吃进一勺奶羹,唇瓣便沾了层晶莹乳白,一点粉嫩舌尖伸出来,舔了下唇瓣,他还没看清楚,便又缩了回去。

裴右安忽然有些口干,立刻挪开视线。

嘉芙却分毫不觉,数着吃了几口,便将剩下的推到他面前:"大表哥,我吃饱了,该你吃了。"

裴右安没再看她,只将碗端起来,几口便吃光了,放了下去。

"我饱了。我还有些事,稍晚些回。你先去睡吧,不要等我了。"

嘉芙见他说完便转过身,坐回到案后,不敢再强留在这里,怕惹他生厌,哦一声,收拾碗筷放回食盒,提着出去。

"大表哥,不要太晚了,早些回房睡觉。"临出门,她回头又道。

裴右安抬眼望她,颔首,微微一笑。

书房一角,多宝槅中,铜壶滴漏点滴不绝,如一束檐头落下的春夜细雨,滴滴答答,声声催人。

裴右安习惯晚睡,深夜书房也一向是他的静心之所。但此刻,他渐渐神思不定,想起那女子离开前回眸一望的叮嘱,抬眼再次看了眼滴漏。

铜壶里的浮舟,升至亥时标刻了。

这时辰于旁人而言,自然算晚,离他惯常的就寝时间却还早。

他终还是起身,熄灯出书房,往卧房行去。

卧房门窗里透出一片昏黄灯火,他低声吩咐还候着的值夜丫头婆子各自去歇了,轻轻推门,入了内室,看向那道半遮半掩的垂帐。

暖香云屏,美人卧于其中,身影一动不动,应已是入梦。

和前两夜一样,他轻轻入内,解带脱衣,入浴房,出来后,尽量不惊动她地靠近床前。

她朝外侧卧,一臂弯起枕于脸畔,臂若玉笋,腕白肌红,睡态绰态,鼻息间,又一阵淡淡的暖香袭来,幽幽直熏胸臆。

他胸间的气息不禁浮动,便屏住呼吸,正要熄灯,床上的嘉芙动了动,慢慢睁开双眸。

裴右安一顿:"我吵醒你了吧?"

嘉芙摇了摇头:"是我自己睡不着。"

裴右安便上了床,仰于她身侧。

"还在想今日之事吗?我并非故意责备你,只是当时不知你的去向,一时焦虑,话说得重了些。"他想了下,说。

嘉芙轻轻嗯了一声。

裴右安朝她转过脸,看了她一眼。

"你来的第一个晚上,我记得就和你说过的,有事和我说。你不说,我怎知你在想什么?"

"大表哥,无论什么,真的都可以问吗?"她仿佛有些底气不足。

"自然。"他的语气是肯定的。

"大表哥,那你有没有瞧不起我?"

片刻后,一道轻轻的声,传入他的耳畔。

"我总惹你生气,以前还做了那样的事情……"

声渐轻悄。

"过则正之。我没有瞧不起你。"他说完,仿佛为了安慰她,伸手过来,体贴地替她拉了拉被角,将她露于外的一段香肩玉颈盖住。

"好了,别胡思乱想。不早了,睡吧。"

他又柔声地哄了她一句。

锦帐里沉静下来,只闻彼此呼吸之声。

"大表哥,那我能再问你一事吗?"

片刻后,耳畔再次传来她的声音。

裴右安未睁眼,只唔了一声。

"大表哥你没有瞧不起我,那是不是讨厌我?"

裴右安眼睫微微一动,再次睁眼,转头看她。

一片云鬓散于枕间,她的那小下巴也缩在被头里,只剩半张脸,怯怯地露在外头,双眸一眨不眨,凝睇于他。

"怎会?我说了,别胡思乱想。"

"那为什么,你这两夜回来……都不理我?"

锦帐里的那片幽幽暖香,仿佛越发浓郁了。

裴右安声音干涩:"我是见你睡了……"

她的眼睫颤了下,慢慢垂覆下去,一动不动,宛如停立花间的一双蝶翼。

裴右安话说一半,停了。

新婚宴尔,共寝一床,自己却接连两夜没有碰她。

原本他以为她并不愿自己碰触,现在却知或许是个误会。

不过一个小女孩儿罢了,什么也不懂,只知道欢喜了朝他笑,伤心了在他面前哭,害怕了便死死抱着他。如此不谙世事,又忍得住多少委屈?也难怪她胡思乱想,以至于闹出今日之事。

他既娶了这女孩儿,护她周全是必定的,若力所能及,也当尽量让她快活。

犹豫了下,裴右安终于朝她伸出手,便如洞房夜曾做过的那样,将她的身子轻轻揽入怀里。

第十一章 郎君

这一夜到后来,嘉芙倦极了,一觉睡得昏天暗地,醒来惊觉天已大亮,身边的男子,早不见人。

裴右安今日新婚假毕,应是回朝履事了。

嘉芙拥被坐起,唤人入内,问了声檀香。

果然,檀香说,大爷一早就走了,特意吩咐让大奶奶睡够,自己代她去老夫人跟前问安。

嘉芙想起昨夜,禁不住耳热心跳,又想起他额前被自己弄出的那道破口,上朝之时,应可以用官帽前沿遮掩,但今早在家对着老夫人和辛夫人,却是遮掩不了的,也不知道他是如何解释的,心中有点忐忑。她撑着还发酸的双腿,下床洗漱,穿戴完毕,便匆匆去往老夫人那里。行至院前,冷不防却看见裴修祉从里面走出来,应是刚探完老夫人,一眼看见她,便停住脚步,双眼定定,视线落在她的身上,便再挪不开了。

裴修祉前些时候含羞带耻,一直抱病不出,嘉芙嫁过来第四天了,这才第一次遇到。只见他面皮蜡黄,两眼无光,早没了从前那种意气飞扬的公子风度,虽玉带华服,也掩不住满身的憔悴。

嘉芙不过略停了停,便继续朝前走去,到了近旁,见他不向自己见礼,便如没看见一样,带着身后的檀香、木香,从他身旁径直走过。

"芙妹……"

耳畔传来一道颤抖的低微声音,嘉芙恍若未闻,继续朝前走去。

"芙妹……"裴修祉竟又道了一句。

檀香、木香相视一眼,急忙跟上嘉芙,紧随在她身后。

嘉芙停住脚步,转过头,见裴修祉双目痴痴地望着自己,一副深情被负的失落模样。

倘若不是有过梦中经历,单单看他今日这境地,倒还真有几分值得同情之处。

偏嘉芙知道,自己曾经经历的这第一个男人,如一条可怜虫,又可恨,又可笑。

"二弟,从前我虽叫你表哥,但女子出嫁,便以夫家为大。如今我是你的长嫂了,你见了我,不叫长嫂,倒也无妨,但我的名,也是你能叫的?"

裴修祉嘴角微微抖了一下。

"往后都是一家人,抬头不见低头见。你敬我一尺,我便敬你一丈。望你记住我方才的话,我便当你是一时失口。"

嘉芙说完,再不看他一眼,转身入了院子。

玉珠听外间婆子喊了声大奶奶,忙挑起门帘,快步远远地迎出来,行至近前,笑着朝嘉芙问了声好。傍着她朝里去时,玉珠凑过来低声笑道:"正要去大奶奶你那里传个话呢,不想你人已来了。大爷今早出门早,过来时老夫人还没起身,就叫我跟老夫人说一声,说他昨晚为预备今日面圣的公事,在书房里留迟了,累大奶奶你也跟着熬了大半宿,早上过来要晚些了。老夫人方才正打发我过去,叫你再睡迟些,不用来了呢。"

玉珠虽是黄花闺女,但二十出头的年纪,应晓得些人事了。

嘉芙自己心虚,见她笑容满面的,疑心她是猜到了什么,忍不住想象裴右安今早一本正经胡说八道的样子，不禁汗颜，更不知裴老夫人听了，会如何想。

只是自己迟都迟了，他话也说了，嘉芙只得强忍着臊意进来，玉珠替她打帘。

她进去后，见老夫人坐在一张小炕桌旁，辛夫人和孟二夫人都还在里头。辛夫人面色不大好，似乎原本正在讲什么话，见嘉芙进来，就停了口。

嘉芙问了老夫人的安，向辛夫人行礼，又向孟二夫人行礼。

孟二夫人过来，亲热地道："方才老太太正打发玉珠要去你那里呢，你就自己来了。"

嘉芙耳根子发热："全是我的不好，起得这么晚，耽误了时辰。请祖母和婆婆责罚。下回再不会了。"

辛夫人盯了她一眼。

老夫人笑道："我年纪老了，有时也懒得早起和你们说话。前几日是你们刚成婚，这才撑着天天起得大早。小辈对老一辈事孝，心意最是重要，少来几趟，也胜过天天露脸，心里头却勉强。右安事忙，一向不到三更不会歇下，我说也不管用。如今娶妻成家了，你照顾好右安，就是对祖母和你婆婆的最大事孝。你婆婆跟前，她应当也是这么想的。"

她朝向两个儿媳。

"且这话，不单单是说给孙媳妇的，你们两个也一样。我先前就说过了，不必天天过来，隔三两日来一趟便可。忙你们自己的事去。"

辛夫人露笑附和，和孟二夫人一道，向老夫人道谢。

老夫人道："昨日听了迟女冠的事，我有些挂心。我记得那孩子从前名叫慕娘是吧？迟家人一身气节，这孩子自己也是，叫人怜惜。明日我无事，你们若得空，随我一道去白鹤观打醮吧。"

辛夫人和孟二夫人应下。

"媳妇回去就派人过去，预先准备出来。"

老夫人点了点头，便打发嘉芙和二媳妇先走，对辛夫人道："你且留下。"

嘉芙和二夫人被玉珠送了出去。院里的仆妇丫头，对嘉芙无不笑脸恭送，一声声"大奶奶走好"此起彼伏。出了院子，二夫人亲热地捉了嘉芙的手，和她同行，笑吟

吟地打趣："亏得右安昨晚疼了新媳妇好一宿，才叫我也跟着沾了光，往后再不用早起到老太太这边站墙根儿了。我外甥女就是有福气。"

今早自己晚起的猫腻，裴右安他不来说，也就罢了，特意那么说一声，弄巧成拙，倒弄得满屋人都心照不宣。自己的这个姨母，最会见风使舵，好起来赛过蜜糖，对着没用处的人，虽不至于翻脸，但阴阳怪气，叫人齿冷，从前并不是没有体会过。

半羞半是和她无话，嘉芙并没接，只顺势低头不语。

孟二夫人打趣了几句，将声音压得更低："方才老二刚出去，你没碰到吧？你婆婆啊，不是我说她，也太偏心了。从前也就罢了，如今要不是有右安在，就凭老二先前那个闹法，咱们公府的公字儿怕都要没了。我听她口风，竟还似埋怨右安不照顾兄弟，先前没在万岁爷跟前荐举老二去平叛，如今眼睁睁看着功劳被别人给拿了。"

萧列入京城后，皇族里的太原王纠合数股顺安王的旧日亲信在太原起兵，叛军达数万之众，声势浩大，闹得山西人心惶惶。萧列问裴右安何人可平叛，裴右安当时举荐了天禧朝时做过晋西总督的张正道，说此人善于练兵，且熟悉晋陕一带地方军情民情，能用。

此人头几年在顺安王朝时，被贬为地方总兵，郁郁不得志。此次领兵去往山西，果然顺利平定了叛乱，前日回朝复命，入京时得到特许，不用下马，走御道行至宫门之前，风光无比。

嘉芙想起方才进时辛夫人的面色，这才恍然，心中却更是不解，同是自己生出的儿子，为何竟会如此区别对待？

自己失去父亲后，来自母亲的关爱，备显珍贵。虽然裴右安是男儿，但子女对父母的拳拳之心，想起皆同。想到他十六岁那年丧父后遭遇的一切，也不知当时，他孤身离开京城之时，到底怀了一种怎样的情感？他的心里，又到底是何所思？

嘉芙忽然感到一丝莫名的心疼。

"你还不知道吧，老二也快娶亲了！"

孟二夫人又道。

"不是别人，就是你婆婆娘家一个隔了好几房的什么亲戚的女儿，姓周，名娇娥，仿似和皇后娘家有些沾亲带故。从前也没听她提，如今万岁爷进了京，有皇后在中宫，原本八竿子打不着的人,也要挖空心思攀上关系了。"

孟太太撇了撇嘴,面露不屑,但嘉芙听得分明,她语气带酸。

"我瞧老太太是不想做这门亲的,只是你婆婆要说。方才老太太留她,应就是在说这事儿了。"

孟二夫人定要亲自送嘉芙回院,一路慢声细语地说到了院门前,最后凑来耳语:"姨妈跟你说句掏心窝子的话,这门亲事,我们那边自然是盼着能成的,也希望老二好,但家里要真来了个和皇后娘娘沾亲带故的二奶奶,你这个大嫂,风头恐怕就要被压了。姨妈替你心疼。"

嘉芙笑道:"二弟若成好事,不止婶婶你那边,咱们全家人都高兴。说什么风头,我又哪里来的风头,婶婶你取笑了。我到了,我送婶婶回屋吧。"

二夫人微微一怔,看了嘉芙一眼,随即改口笑道:"也是。瞧我,方才只顾闲话,路都忘了看,我自己回便是,你进吧。"

嘉芙站在门口,望着二夫人和丫头仆妇渐渐离去,转身回了房。

以她的推测,裴修祉的这门亲事,十有八九应该会成。

裴家里老夫人虽地位最高,但再高,孙子的婚事也没有越过辛夫人强行做主的道理。况且,以裴修祉的现状,能结一门这样的亲事,至少在外人眼中,是为上上,老夫人又凭什么去阻拦孙子的好事?

嘉芙的推测,很快就得到了证实。傍晚玉珠过来,给嘉芙送了两样菜,趁边上无人,悄悄告诉说,早上她在外头,隐隐听到辛夫人在里头仿似哭诉,说手心是肉,手背也是肉什么的,随后辛夫人出来,脸上就带着点多日不见的喜色。想来老太太是松了口,婚事应该很快就能成了。

玉珠闲话了几句,稍停了停,便走了。

申时末刻,裴右安曾打发一个小厮回来告过一声,说万岁临时增开午朝,他晚饭也在宫里吃了,叫嘉芙不必等他。

萧列登基数月以来,不但每日早朝不辍,且时常增开午朝。摊上这么一个勤政的皇帝,做臣子的,自然只能舍命相陪。

嘉芙自己吃了饭，天黑后，泡了个香汤澡，慢慢晾干长发，拿起那本《论衡》，一边读，一边等着裴右安回。

白天萧列召见立功返京的平叛将士，依功各自封赏，其中张正道封正三品昭勇将军勋职，拜中军都督府指挥佥事，统领神策卫营，一战翻身，朱紫加身。

封赏完毕，晚间又于宫中设宴庆功，萧列居于正位，其下太子萧胤棠，再裴右安、九卿百官，以及此次平叛的有功之臣。

宴至半，一大汉将军入内跪禀，说安乐王世子抵京，代父告罪，盼得宽宥，此刻人在宫外，等待召见。

太原王起兵之初，安乐王也暗中有所往来，但临起事，又心生惧怕，退了出去，如今太原王事败，萧列虽没追究于他，安乐王在江西却惶惶不可终日，派世子入京代自己告罪。

萧列蹙了蹙眉，命人将世子带入。

世子入殿，跪于萧列面前，代父陈词，表痛悔之心，最后奉上贡单，上列五千两黄金、珍宝两车，称愿进献萧列，以表自己的向正之心。

萧列赐酒世子，随后命人带他暂入驿馆安置。

世子走后，萧列问群臣，当如何处置这批黄金珠宝。

做官做到今夜这样，能和皇帝同堂分肉而食，除了少数几个颟顸的，其余哪个不是人精，早看出来，萧列无意接受这笔贡物。

一旦接纳，无疑是向宗室表明，哪怕犯下谋逆，只要缴纳金银财宝，皇帝那里就能通融。且皇帝初初登基，更不愿因这五千黄金、两车珠宝而被人冠以贪财好利的名声。

但若直接拒了，又可能引起包括安乐王在内的一批宗室的不安和猜疑，认为萧列不肯容人。

群臣献计献策，有说归入国帑，有说原路退回，萧列显然并不满意，最后看向裴右安："裴卿以为朕当如何？"

一堂目光，望向了裴右安。

裴右安道："皇上不妨先纳下，再以犒赏为名，转赐安乐王麾下将士便可。"

满堂悄声，随即，朱国公、安远侯等人纷纷点头。

这确实是个双全之法。既全了安乐王的颜面，又用安乐王的钱替皇帝在安乐王那里收买人心。

萧列已微醺，以筷击案前金缶，金缶发出震荡鸣声。他大笑："此法极好！就照此行事！裴卿果不负少年卿相之名，总不会叫朕失望！"

众人望向裴右安，目光无不带钦羡。

"父皇，荆襄一带百万流民已然成贼，若不及时平定，他日必定成我大魏心腹之患。不知父皇可定下平定之策？"

皇帝话音落下，萧胤棠忽起身，恭敬地问。

流民构成，除了盗贼、乱兵，更多的，还是失去土地的农民。流民之患，从本朝立朝以来，就屡扑不绝。尤其荆襄一带，土地肥沃，而地处数省交界，山高林密，官府鞭长莫及，一旦逢灾年，或是战乱，缴不起租税失去田地的民众便迁往此处，自成一体，而这里恰好地处和胡人征战的前缘地带，战略位置十分重要，因此，历朝皇帝，都想尽法子，要将这些流民牢牢控制，但往往事倍功半。

顺安王当政的最后一年，还因为迁出逼迫，发生了一场流民暴动，当时聚集人数竟高达百万，几乎和朝廷五军都督府下所辖兵员人数相当，朝廷为之焦头烂额。

武定起事，萧列之所以能胜，流民之乱，也算是其中的一个助力。

宴堂里再次安静下来。

萧列沉吟之时，萧胤棠道："儿臣举荐一人，必定能够助父皇安荆襄，平天下，儿臣愿为他在父皇面前立下军令状！"

萧列道："你举荐谁？"

"用人不避亲。儿臣所荐之人，便是兵部左侍郎周进。"

大臣们纷纷看向周进。

周进是周皇后的弟弟，进士出身，颇有才干，行事雷厉，在武定起事中立下功劳，如今官居三品，以循吏自居。

周进起身，向萧列下跪，凛然道："承蒙太子举荐，臣便毛遂自荐，于此向万岁立下军令状，若三个月内不能平定祸患，还我大魏晏清荆襄，臣便辞官，回乡务农！"

萧列迟疑了下，随即笑道："爱卿忠心可嘉，甚好！太子既举荐了你，你也如此表态，朕为何不信？朕封你为总督军务，这两日便可动身。"

周进叩谢皇恩，萧胤棠也向皇帝谢恩。他坐回座中，自斟自饮，两道目光，却投向了斜对面的裴右安，见他端坐位中神色凝重，一口饮尽了杯中之酒，微微眯了眯眼。

宴毕，已是戌时中。萧列半醉，被李元贵、崔银水相扶回往后宫。大臣们起身，纷纷向周进贺喜，预祝马到成功。

萧胤棠和周进到了裴右安面前，笑道："右安，父皇准我舅父出马剿平荆襄流贼之乱，舅父知你素来计斗负才，你有何高见，望不吝赐教。"

裴右安从位上起身，转向笑容满面的周进。

"太子言重了，何来高见，只有一言而已。剿与平，民与贼，都不过一字之差，于万民却关乎生死大计。民被扰，必困，民困，则乱生。盼周大人日后行事之时，斟酌一二。"

萧胤棠目光闪动，笑而不语。周进显然不以为意，口中道："多谢裴大人之言，周某对万岁披肝沥胆，蒙万岁信用，自当全力而为。三个月后，在堂诸君，等我捷报便是！"

大臣们纷纷附和。

裴右安不语，瞥了眼大殿角落放置的滴漏，和近旁同僚告辞，转身要走，未行几步，却被平日关系亲近又一向好饮的朱国公给拦了，说是今夜难得良宵，尚未尽兴，不如再同去共酌一杯。

裴右安笑道："下回必陪公共饮，今夜家中却还有事，须得回了。"

朱国公有些醉了，还要再说，一旁安远侯忙拦道："裴大人新婚宴尔，家中正事，你还不知？要饮我与你去，莫耽误裴大人回去！"

朱国公一愣，拍了拍额头，哈哈笑道："我醉了，我醉了，竟忘了春宵一刻值千金，怪不得不肯应我了。快回快回！"

近旁同僚俱望着裴右安笑。裴右安也无赧色，坦然一笑，朝左右道声别，便出了宴堂，往宫门行去。

萧胤棠立在那里，望着前方那道消失在殿门外的背影，嘴角那丝笑意渐渐凝固，目中隐现霾色。

裴右安出宫，打马径直回了裴府，至门口，将马鞭丢给迎来的仆从，往里走去，越近，步伐却越慢，待跨入院门，行至走廊阶下，一众仆妇丫头相迎，唤他大爷，他迟疑了下，停了脚步，道："大奶奶呢——"

"夫君你回了？"

嘉芙方才人一直在屋里，却竖着耳朵听外头动静，隐约听到他回来的声音，急忙抛下书，飞快出来相迎。

她显是出浴不久，轻绾娅鬟，玉簪斜插，罗襦碧裙，娇姹动人，便这般站在阶上望他，面带甜蜜笑容，一双眸子，在廊前灯光的映照之下，闪着晶灿光芒。

"香脸半开娇旖旎，玉人浴出新妆洗。"

裴右安望着她，脑海里，忽冒出了这样一句。

"大表哥——"

嘉芙唤完了夫君，见他立于阶下，望着自己不应，微感不安，又轻轻唤了声大表哥。

仲夏夜的晚风，从槛处吹拂而过，掠动了她的裙裾。她抬腕，轻轻捋过被风吹落给沾到面庞上的一缕发丝儿，腕上一只镯子银光浮动，跃入他的眼眸。

裴右安点了点头，唔了一声，跨上槛阶，入内。

嘉芙忙跟进去。

这个白天过得仿佛特别漫长，此刻终于看到他回来了，嘉芙心中除了欢喜，想起昨夜黑灯瞎火中他对自己做的那事，也是有些娇羞。她静静站在一旁，听他一言不发，忍不住偷偷瞄他一眼。见他摘帽脱衣，神色一本正经，眼睛始终不看自己，咬了咬唇，便走过去，朝他伸出手。

裴右安望了她一眼，将脱下的外裳轻轻放在了她的手中。

已入夏，官服虽改成了府绸料子，但里外三层，罩得严严实实，脱去一丝不苟的外衣后，便见里层略沾薄汗，贴于他的后背。

嘉芙将衣裳置妥，屋里便静悄悄的，两人皆默，等着仆妇送水而入。

裴右安仿佛有点不自在，略略扭过脸，看见了方才被她丢下的那本书，终于打破沉寂："你还在看这个？"

嘉芙点头，轻声道："方才等你，便拿它打发时间。只是有些艰涩，囫囵吞枣，也不知看懂没。"

裴右安道："若有不懂，可来问我。"

嘉芙道："好。"

说完，两人再次沉默下去。

婆子们送水而入，裴右安仿佛松了口气，目光从她露于领外的一段脖颈冰肌上掠过，轻咳一声："有些热，我先去沐浴了。"

嘉芙道："干净衣裳已替你放在里头了。若有事，唤我便可。"

他点头，转身入了浴房，自然没有叫过她，出来已换了件轻白中衣，又套了件家常穿的纱袍，一边穿，一边道："我先去书房了，你若困，自己先睡吧。"

嘉芙哦了一声，目送他朝外走去，见他到了那扇隔断里外的落地云屏之侧，背影迟疑了下，又停住。

他转过脸。

"你若还不困，可随我一道去书房看书也好。"

嘉芙面露欢喜之色，忙不迭地点头，立刻拿了那本《论衡》，小跑着飞快到了他身旁，道："我就静静看书，保证不打扰大表哥你。"

裴右安微微一笑。

两人到了书房。他一坐下，就打开部衙带回的牍书公文，埋头做事，时而翻页，时而提笔。

案牍很大，嘉芙自己搬了张便椅，坐到他斜对面的桌角之旁，将书摊开，陪他做事。银灯耀耀，书房里静悄悄的，只有铜壶滴漏发出的轻微而有韵律的滴答滴水之声。

嘉芙起先认真看自己的书，才翻过一页，渐渐便走起神儿，视线忍不住总飘往坐斜对面的那男子身上。

他真是一个好看的男子。

嘉芙脑海里，忽然浮现出从前读过的《乐府诗集》里描述过的那位水神白石郎。

他靠江而居，出行之时，前有江伯为他引道，后有江河群鱼紧随不舍。

他英俊无比，风采翩翩，"积石如玉，列松如翠。郎艳独绝，世无其二"。

小时每每读到这里，掩卷之后，她忍不住总会想象水神凌波迎风，衣袂飘飘的风采。该是如何一位少年，才当得起如此描述。此刻她却忽然觉得，面前这个眉目沉静的男子，恰便是那位世无其二的江神白石郎君。

裴右安审读公文，辞句或艰涩，或烦琐，向来一目十行，章决句断，走笔成章，但此刻，他渐渐分神了。

平日坐下到此刻，早已应该完成的事，此刻却未及半，方才不慎，他还写错了一个字。

他终于停笔，抬起眼睛，看向那个引他分心的方向。

她一只玉腕托腮，双眸正看着自己，仿似微微出神，也不知她在看什么、想什么。衣袖从手腕处滑落，堆叠在了手肘附近，那只镂雕着精细葡萄蝈蝈纹的银镯仿佛不胜玉肤光滑，下落卡在那段玉藕小臂的中间。

冷不防地撞到自己的目光，她仿佛吓了一跳，立刻放下手臂，坐直身子，垂下眼眸，翻了一页书。

裴右安静心敛气，将那段卡了银镯的藕臂从脑海里驱赶出去，继续低头，做着自己的事。

片刻后，他感到她又看向自己，忍不住再次停笔，抬头，以指轻轻叩了叩桌面，以示提醒。

嘉芙脸一红，小声道："我有些看不懂……"

裴右安觉得自己有点后悔，不该将她带来书房的。

暗叹口气，他索性放下了笔，微笑道："哪里不懂，我说给你听。"

嘉芙点头，立刻捧着书到了他近旁，将椅子挪来，和他挨肩而坐。

她翻开书，一根嫩白手指戳着书页。

"这里看不懂。"

她方坐下，挨到自己身旁，裴右安便闻到了来自她的发肤之香，幽幽沁脾，不禁想起昨夜锦帐中事,微微分神之际,听她声音在耳畔响起,顺她指尖看去,见是《论衡》第十三篇《本性》篇,凛神道:"礼为之防,乐为之节,此说法,最早可见《礼乐之白虎通德论篇》,是说情性是治人的根本,礼乐制度便是由此制定出来的,目的是用礼来作防范,用乐来作节制。"

嘉芙哦了一声,仰脸看他。

"那这个全篇,是在讲什么?"

裴右安道:"通篇是在表述人之本性恶善,故篇名《本性》。无论孟子之性善论,荀子之性恶论,告子之人性无善恶论,抑或扬雄之人性善恶兼有论,都只是片面之词。

"人禀天地之性,怀五常之气,故人性往往善恶交加。孔子曾说,唯上智与下愚不移,至善至恶之人,不能改变,我深以为然。但平常之人,人性往往随习气而变,所谓习善为善,习恶为恶……"

他的声音低醇悦耳,不疾不徐,如山涧清泉,在她耳畔淙淙流石而过。

嘉芙渐渐再次托腮,用崇拜的目光望着他,待他讲完,低头瞥了自己一眼,才回过神,忙跟着低头,翻了一页。

"那这篇呢?我前两日就读了,囫囵吞枣,更是不解……"

裴右安方才解说之时,早留意到她微微歪头,托腮凝神望着自己,双眸一眨不眨,神情认真,亦纯真至极,偏自己竟被她看得心旌动摇。嘴里说着礼乐,却情不自禁起了此刻不该有的念头。他明明着了凉爽夏衣,却觉阵阵燥热,后背更是隐然沁汗,心中忍不住生出一阵罪恶之感,听她终于翻篇,松了口气,再次看去。

"此为《物势》篇。"

他慢慢地吐出一口气,用尽量平稳的声音说道。

"开篇说,'儒者论曰:天地故生人。此言妄也。'意思是说,从汉代开始,儒家认为,天地有意识地创造了人,此话荒诞。书中加以驳斥,说因天地气相结合,人才偶然自己产生,就如同男子和女子的气相合,孩子自己便会出生一样……"

他顿了顿,咳了下,视线盯着书页,勉强继续解释下去。

"篇中以人为例,说男女气相结合,也并不是当时想生孩子,而是情欲使然,交合所诞。男女尚且不是有意识地生下孩子,由此可知,天地也不会有意识地创造人。

由此类推，万物生于天地之间，如同男女交合诞婴，都是同样情况……"

他猝然合上了书，抛在一旁。

"《论衡》偏涩，不合你看。我有空替你另寻本书吧。"

嘉芙忍不住偷偷瞟了他一眼，正对上他投来的两道目光，不知为何，脑海里又跃出昨夜之事，心如鹿撞，嗯了一声，轻若蚊蚋。

"我听大表哥的。那大表哥你继续，我去小厨房瞧瞧，点心好了没……"

她站了起来，却没料到方才搬椅过来之时，一片裙角被椅脚踩住了，此刻站起身来，牵动椅子，椅脚发出哗的一声，她也没站稳脚，身子一歪。

裴右安手疾眼快，伸手相扶，嘉芙便跌坐到了他的大腿上，一片染了馨香的秀发，擦过他的面门。

香满怀抱，裴右安呼吸为之一窒。

他闭了闭目，屋里安静下去。

仿佛过了很久，才有滴答一声，滴漏嘴里坠下一颗水珠，掉落铜壶，打破了沉寂。

嘉芙不安地扭了扭腰肢，仓促起身，才离他的腿，感到腰肢一沉，竟被一双男子之手牢牢钳住了。

他一个下压，她身不由己，整个人便再次跌坐到他的腿上。

她面若桃花，仰面朝他，唇瓣微张："大表哥……"

男子的双眸，再不复平常静水，如深流过渊，眸底无比暗沉。

"回房吧，可就寝了。"

他低低地道，声音沉沉，如此刻窗外那片无边夜色。

皇宫之中，萧列已是半醉，脚步踉跄，被内侍搀扶回了寝殿。

周氏正在等他，见状，急忙过来相迎，说了一句，安置下去后，萧列闭目仰卧，恍若沉睡，一动不动。

周氏今夜特意精心修饰过了，着了脂粉，虽不再青春，但在宫灯映照之下，依旧眉目艳媚，别有一番风姿。

她卧于萧列身旁，贴靠过去，一只手朝身畔男子慢慢伸过去，探入衣内。

萧列未睁眼，转了个身，朝里睡去，低低地道："下回吧。朕今日乏了。"

这几年，夫妇之间少有亲近，入京后，更是一次也无。

周氏暗中留意，并没发现他宠幸过别的年轻宫女，不是通宵达旦处理政务，便是回来倒头而睡。

听他如此回应，周氏神色微僵，盯着萧列一动不动的背影，慢慢地收回了手。

半夜，萧列已睡去，周氏却辗转难眠，终于悄悄起身，唤来心腹。

"替我去查，太子大婚之夜，万岁去了何处，竟彻夜未归。"

次日一早，裴府阖家动了起来，预备老夫人动身去往白鹤观。

因是出城，路有些远，故舍轿就车。老夫人叫嘉芙和自己坐一辆，边上陪着玉珠，辛夫人和二夫人一车，其余各院跟出来的丫头仆妇再分坐，一行总共几十人，一溜马车，华盖朱轮，首尾相衔出发，在路人的驻步注目之中，出南门数里之外。

护城河流经的一处闹中取静绿荫匝密之所，便是白鹤观了。

裴右安知老夫人今日出行，随同女眷众多，虽裴修祉已去那里打点等候，路上还有裴修珞和管事们护送，毕竟不放心，怕万一被冲撞，逢朝中无事，特意一早呈递告假留在家中，自己亲自护送而至。

此处道姑人至中年，道号虚尘，昨日便知裴老夫人今日要带家中一众女眷过来打醮，早洒扫除尘，此刻领了一众弟子，开门远远出来相迎，一旁是一早便到了的裴修祉。

裴右安送老夫人到道观门前，被老夫人催了好几声回去，道："你是向万岁告假出来的，虽说出于孝心，但多少双眼睛都盯着你，不好叫你因我带出不好的头。我到了，剩下便没你的事了，你快回去吧，今日也不用你再来接了，你二叔会来迎我们的。"

虚尘笑道："太老夫人到了老道姑这里，那就是老天尊下凡，老道姑怎敢懈怠？裴大人有事，放心去便是。"

裴右安向虚尘道了声费心，又叮嘱裴修祉和裴修珞好生照应，叫管事领人守好各门，不放外头人随意进来，吩咐完了，临转身前，望了眼立在裴老夫人身边的嘉芙。

嘉芙方才一直望着他，见他视线投来，禁不住便想起昨夜书房回去的一幕。缱绻后，他又亲自帮她拭体，种种怜惜对待，令她想起，总觉如坠梦中，不像真实，心中更满是甜蜜满足。

嘉芙知他喜自己笑,但此刻大庭广众,自然不敢冲他笑,只略抿了抿嘴,唇边露出一只小小梨窝,煞是可爱。

裴右安倒无多表情,只又看了她一眼,随即收回目光,上马而去,背影渐渐消失在视线尽头。

老夫人让嘉芙和玉珠左右扶着,和虚尘入了观门,身后辛夫人、二夫人以及一众同行仆妇丫头也鱼贯而入。人虽多,却静悄悄并无杂声。

裴老夫人先到了大殿,向清虚三圣虔诚拈香叩拜,默默诵了祈词,捐奉过后,被引着四处览看。

白鹤观很大,前后三院相套,观门便有三道,其中可看之处不少。老夫人略略去了几处,停下脚步,虚尘以为她乏了,要引到自己修所小坐,老夫人摆了摆手:"怎不见含真女道?"

虚尘道:"她此刻就在观里。只是老夫人有所不知,因她和旁人不同,虽挂名是我徒弟,我却不敢真以师父自居。她又一向清高,平日也不愿被扰,我便单独在后头给她拨了个清修之所,平日门开也好,闭也罢,全在她自己。且这几个月,她那里又来了个重病的孩子,说是她弟弟,从前躲着见不得人,落了一身的病,如今被她接来,就在她那里落脚。我怕万一有个不好,更不好随意过去,只看她缺什么,我给她送去便是了。"

裴老夫人越发不忍,叹息一声:"原本是世家女儿,罗绮文秀,我记得小时也来我家中做过客,虽性子淡了些,不像别的女孩儿那样黏人,却也极是懂事。可惜命不济,如今落到这地步,更难得那份气节,寻常须眉到她面前,恐怕也是比不过的。"

虚尘赔笑道:"太老夫人过来,自然不一样了。我这就叫人,去将她唤来,见过太老夫人。"

老夫人道:"她不比从前,如今是出家之人,跳出五丈外,不在红尘了。还是我自己去瞧瞧吧。"说着她搭住嘉芙的手,继续朝前走去。

虚尘道:"太夫人菩萨心肠,又最是怜弱悯小,从前我就有过听闻,如今亲眼见了,才是传言非虚。"她一边引着老夫人,一边给边上小徒弟使眼色,小徒弟会意,一溜烟飞快跑走。

嘉芙扶着裴老夫人，身后随了辛夫人和二夫人等人，一路往虚尘所指的后观方向去，渐渐入目清幽，前方道路尽头，一堵青墙，两扇黑门，墙内露出几竿青竹。

"太夫人，便是前头那里了。"虚尘指着道。

嘉芙望去，清门静户，门匾上悬着"太素馆"三字。

嘉芙的字写得也不错，但偏于圆润秀媚，这三字却秀中见骨，极有功力，嘉芙自愧不如，知若无多年潜心练习，绝写不出这样一笔好字。但再细看，提钩转折之间的笔锋，又隐隐觉得眼熟，她好似在哪里看过，一时却偏想不起来，正寻思着，见那两扇黑门吱呀一声打开，里面出来一道佛橘色的身影，一个貌美女冠，身后跟着两个随侍的小道姑，匆匆奉迎而来。

正是那女冠迟含真。

迟含真快步行到裴老夫人面前，行道礼："才得知老夫人亲自来这里瞧我，我一贱躯，如何当得住？"

她语气极是恭敬，但眉眼之间，丝毫不见谄媚，正如那日她在宫中面对周后时的态度，不卑不亢，极有风度。

如此冰清玉洁，前日竟被自己误想成了齷齪人，嘉芙不禁再次自愧。

老夫人笑道："无妨。我也是随意走动，到了你这里。倒是扰了你的清净。"

迟含真道："老夫人折煞我了。我求之不得。若不嫌我这里茶水粗陋，尽管随意。"

老夫人便回头，叫一众丫头仆妇都停在外，自己继续被嘉芙扶着，并两位夫人一道，进了那扇黑漆剥落的舍门。

入了屋内，见靠墙一面书架，黄卷堆叠，砌满一墙，窗边书案，案上文房四宝，笔是湖笔，墨是徽墨，纸是宣纸，砚是歙砚。其余摆设，亦无不清雅。桌上还摊着一张写了一半的纸，搁在笔架上的笔端犹含墨汁。

裴老夫人端详了下："倒是扰了你。"

迟含真微微笑道："我阿弟这两日病情稳住了，我略得空，胡乱写了几个字而已，叫老夫人笑话了。"说着她命小道姑奉上清茶，又向辛夫人、二夫人和嘉芙略见了个礼。

辛夫人不喜她高傲，态度也淡淡的。二夫人却笑容满面，走到桌旁，看了眼纸上的字,赞道:"好字。"

嘉芙瞥了一眼。

竟如此巧,纸上所书,正是她这些时日刚读过的《论衡——幸偶》篇。虽未必全解,但也知道,论的是人的福祸之理。纸上字体,和方才门上所题的"太素馆"三字,一模一样。

嘉芙此刻,也终于想起来。方才看到这三字,之所以令她有似曾相识之感,是因为写的和裴右安的字体,有几分相像。

嘉芙微微出神,那边老夫人和迟含真还在叙话。

老夫人问迟含真幼弟病情。提及弟弟,说了几句,迟含真渐渐不复一贯清冷,目中微微蕴泪,道:"前些日娘娘召我入宫,问还俗之事,我正为阿弟烦忧,自然不愿,出来时,恰偶遇裴大人,想起胡太医曾说,裴大人医术独到之处,便贸然开口求救,幸得裴大人妙手仁心,当日便来为我阿弟看病,随后又和太医辨证,太医再次出手,这两日,阿弟病情终于趋稳,我实在感激。我是出家之人,更无身外之物,恰老夫人来了,请受我一拜,权当代阿弟谢恩。"说罢,郑重下拜。

裴老夫人叫二夫人将她扶起,安慰道:"何须如此。右安当年也算是你祖父门生,如今能治,自当尽力。"

迟含真再次道谢,去将弟弟领来磕头。那孩子面黄肌瘦。方才听迟含真之言,已有十岁,看起来却如同七八岁大小,瘦弱异常。

裴老夫人大约是联想到了长孙幼年时的境况,怜惜更甚,忙叫人领他回去歇着,再坐了片刻,起身离开。被迟含真送出后,裴老夫人对虚尘道:"她有傲气,我若给她别物,不定引她自怜身世,也未必肯要,故来时只叫人备了些精贵药材,你稍后给她送去。"

虚尘应下,又满口奉承,一路送回到前殿。那里已经起了醮台,虚尘便亲自穿了法衣,做了上半场。至午,裴老夫人、嘉芙等用过午膳,略休息,午后继续下半场。待做完了,虚尘捧了个签桶过来,老夫人扑出一支。虚尘拿起,瞧了一眼,喜笑颜开道:"第六十四签,管鲍分金,出入皆宜,事皆称意,吉无不利,故为上上签!"说着双手呈给老夫人。

裴老夫人自然欢喜，少不了又是一次捐贡。终于末了，将近傍晚，被送了出去，一行人也都已面露倦色。

裴荃已经来了，正和裴修祉、裴修珞一道等在外殿，见人出来了，忙指挥众管事安排回程，一阵短暂忙乱，一行人如早上来时那样，依次上回马车，朝着城里驶去。

回去路上，嘉芙自有心事，老夫人则有些困顿，闭目养神，玉珠更不会主动先说话，马车里便静悄悄的，只听车轮辘辘发出的辚辚之声。

渐渐靠近城门一道岔道口时，侧旁忽纵马来了一行十数人，彩佩玉鞍，马速极快，转眼就到了近前，那赶着头辆马车的裴家车夫一时没有把好，猛地顿马，却因过于仓促，不但两扇车门被带得一下弹开，车里老夫人也朝前晃去。幸而被嘉芙和玉珠双双一把扶住，这才没有摔向前去。嘉芙和玉珠自己却已撞到马车厢壁，虽没摔，肩膀却被撞得有些发疼，下意识地抬脸，朝前看去。

那车门方才开了，又撞回来，关住了。但就这么一个短暂的工夫，嘉芙已经看见了，前面路边的那道岔路口，惹裴家车夫失误的，竟是太子萧胤棠和他身后的一众随从。

他的双目也看了过来，不偏不倚，恰落到她的面上，唇肌微微一动，目光瞬间变得奇异。

裴老夫人睁开了眼睛。

嘉芙定了定神，侧耳细听，外头裴荃飞快下马，领了裴修祉、裴修珞和一众下人，向着方才从侧路纵马而来，恰也要归城的萧胤棠行礼。

没说几声，传来了脚步声，那脚步声很快停在马车前，接着，萧胤棠的声音传了进来，甚是恭敬："不知裴老夫人车驾经过，方才是我这边莽撞了，若有冲撞，还望老夫人莫怪。"

朝廷有制，正一二品官员和一二品诰命妇，见了太子免行跪拜之礼。

裴老夫人便隔门说道："怎敢当太子如此之礼？归城挡了太子的道，是我们冲撞了殿下。老身这就叫人让路，请殿下先行入城。"

萧胤棠道："老夫人德高望重，便是父皇亦敬重有加，何况如我？务必请老夫人先过，我等等无妨。"

他的语气，听起来诚恳至极，伴随着话语，传来一阵杂声。那一行人马，似哗啦啦地一下都避到了路边。

裴老夫人又道:"承太子谦让,老身感激不尽,那便只能失礼了。"

裴荃见萧胤棠目光落在那两扇马车门上,面带笑容,似是真心想要让道,只好领人起身,催着车队前行。

萧胤棠停于路边,目送那辆载着她的马车渐渐消失,目光闪烁,良久,身影一动不动。

入夜,萧胤棠从皇帝为舅父周进所设的送行宴上归来,人半醉,脚步也浮。入了东宫寝宫,想起白天路上所遇的那车中女子,虽不过短暂一瞥,那张娇颜,却越发铭刻入脑,挥之不去,心下一阵燥气,还没入内寝,便胡乱将手边一个刚升为侧妃的曹姓侍妾拽上一张罗汉榻,发泄之间,醉眼迷离,恍惚对着身下女子的一张桃腮玉面,咬牙切齿:"甄氏!你以为你嫁了裴右安,就能一辈子躲开我了?做梦!"

曹氏忽听他说出这话,大吃一惊。见他双目盯着自己,目光血红,似醉似醒,显然是把自己误当成了裴右安之妻,心中惊惧,慌忙道:"太子爷,您认错了,妾身是曹氏,并非那个甄氏!"

萧胤棠酒气顿消,慢慢停下,盯着身下女子,目光渐渐变冷,忽一笑,伸出一手,指尖轻轻抚上她白皙光润的脖颈。

曹氏松了口气,以为他要继续,微微闭目,顺他动作,娇吟出声,却忽感到喉咙一紧,竟被一只手紧紧钳住。那手越收越紧,她一张脸涨得通红,开始拼命挣扎,却哪里能挣脱,只最后用尽全力,狠命踹了一下,将榻尾的一张围屏给踢翻在地,发出哗啦一声,喉咙里再发出咯咯数声,双目翻白,身子渐渐软了下去。

章凤桐方才听到里面动静,知太子竟丝毫不加避讳,在外堂便宠幸曹氏,暗忍酸意,将宫人驱走,自己在外守着,隐隐亦听到了方才太子那话,心中正翻江倒海,接着却觉动静不对,听到那一声异响,也顾不得别的了,急忙进去,见曹氏两眼翻白,脖颈上印了五个深深指印,一动不动。章凤桐吃了一惊,慌忙上前察看,探她鼻息,才知竟已被他活活给掐死了。

章凤桐脸色大变,盯着榻上曹氏的尸身,人僵住了。

曹氏从前出身虽低了些，父亲只是武定一个小官，但她相貌出色，也深谙媚术，一向颇得萧胤棠的宠，此刻也不知怎的，就惹出他的性子，竟被他给掐死了。

死个人倒无妨，但曹氏刚被册为侧妃不久，入了皇家牒谱，父亲也被升为四品大员，这样暴死，总要有个交代。

她看向一旁的萧胤棠。

他翻身，从榻上坐起，冷冷地道："你不是有贤惠能干的名声吗？这里交给你了。"

说完他便转身，朝里走去。

章凤桐望着萧胤棠的背影消失，嘴唇微微颤抖，半晌，慢慢地转向横死的曹氏。

"莫怪我，要怪，就怪那个害了你的女人。"

她长长地吐出一口气，喃喃地道。

天黑掌灯没多久，裴右安便回了。

正当溽暑，嘉芙傍晚从道观回来时洗了澡，此刻正在等着他。见他回了，迎上去问晚饭。他说酉刻在宫中值房和同僚用过些点心，此刻还不十分饿，嘉芙先前也吃过一碗荷叶莲子羹，此刻也不饿，知他必出汗了，便先服侍他沐浴更衣。随后小夫妻一道吃了晚饭，去了趟老夫人和辛夫人那里。

回来后，和昨晚一样，嘉芙又跟他去了书房。

院中玉簪盛开，入夜芬芳越发浓郁，花香随了夜风，阵阵飘入书房的浓绿纱窗。

裴右安坐于牍案之后，做着他自己的事儿，嘉芙站在他身后的书架前，轻轻抽翻着架子上的书。

两人不再面对着面，她脸上起先一直带着的笑容便渐渐消失，走起神来，直到听见裴右安叫她帮他取一本书，才回过神，忙放下手里的书，抬头去找。

"靠左上往下第三格，右数第二本便是。"

裴右安没回头，只继续道了一声。

嘉芙照他所讲，很快找到了书，转身送到他的身边。

裴右安接过，翻了一下，放下书，抬头望她："你怎的了？若白天外出乏了，不必撑在这里陪我，你先去睡，我稍后便回。"

嘉芙确实暗怀心事，而且这心事，还不算轻。

那日在皇宫，从第一眼看到迟含真和裴右安站在宫道旁说话起，她便感到了隐隐的威胁。当然，事情最后以她再一次出丑，而裴右安宽宏大量，选择原谅她告终。

一如从前曾多次发生在两人之间的那些事儿。这一次，甚至还因祸得福，打破了两人洞房夜的尴尬相对，也算是一个很好的结果了。

嘉芙感激庆幸之余，反思过后，原本更为自己的冲动和小心眼而自惭形秽。这两日，因为裴右安的温柔和私下里并不刻意掩饰的亲密，她也终于渐渐抛开了新婚头几天的阴影。

但今天的道观之行，令那片刚消散的阴影，再次慢慢笼罩而下。

直觉告诉她，迟含真极有可能，确实对裴右安怀有好感。

其实这也正常。

裴右安和她祖父有师生之情，她小时来裴家走动过，和裴右安从小认识，两人当时又各有才名，她爱慕他，并不奇怪。

嘉芙也相信裴右安不是乱来的人。

但白天看到的一幕，还是叫她有些难以释怀。

这个女冠，有傲骨、有才名，以书写《论衡》的方式来遣怀，字又隐有裴右安的风采。裴右安若是风光月霁，她便是林下之风。

虽然她家破人亡，寄居道观，境况堪怜，但嘉芙心里清楚，在裴右安面前，自己总是身不由己地仰望于他，因为他对自己的好而受宠若惊。

但迟含真应是那种能和他站在同一高处之人，当年为保清白，甚至不惜玉碎。

当然，嘉芙也是跳过楼的人了，但那个一言难尽的经历，和迟含真的烈举相比，除了自惭，只剩下形秽。

在裴右安眼中，迟含真必才高情洁，令人敬佩。

心中除去这挥之不去的淡淡阴影，回城时与萧胤棠偶遇的那个照面，更是令她感到不安。

一直以来，她就觉得，萧胤棠不会轻易放过她的。

也是因为如此，先前遇到裴右安这根可以解她困境的救命稻草，她才会死死抓着不放，一路跌跌撞撞，终于嫁给他，得了安稳。

裴右安只要在，萧胤棠哪怕身为太子，应也奈何不了自己，嘉芙相信这一点。

从前盘算着如何抓住裴右安嫁给他的时候，她也曾想过，这一辈子，裴右安若真的如自己梦中所知那样，命中注定，以三十不到的年纪便病死，为免日后萧胤棠登基后再报复为难自己，她甘心到时随裴右安一道离去，并无畏惧。

新婚夜时，她亦曾想，这个男子，值她如此。他若走了，她独活也是无趣。

这辈子，能和他做上几年夫妻，过几年安稳日子，她已是心满意足。

从武定相遇开始，一路磕磕绊绊，到了现在，她和裴右安也算渐渐熟悉。她终于发现，他的身体，也并不像自己从前想象的那么弱不禁风。

他略瘦削，身材确实不像武人彪健，但脱了衣裳，身体却是精瘦有力的，和正常的年轻男子，并没什么区别。

她有些难以相信，这样的裴右安，何以会在数年之后旧病复发，呕血不止猝死于塞外孤城。

傍晚回家后，在浴桶里闭目冥想之时，嘉芙忽想起一件事。

记忆里，在萧胤棠快死的那几天里，梦魇之中，被跪在龙床前的自己听到，他曾说了句和裴右安有关的梦话。

他说，右安，右安，这就是你加给我的报应吗？求你了，放过我吧！不要怪我！要怪就怪父皇！全是他造的孽——

想到他梦中的这话，再想到上辈子裴右安的死法，嘉芙当时不禁毛骨悚然。

萧胤棠和裴右安真正的关系，确实没有表面看起来和气，两人私下，几乎从无往来。

尤其这辈子，因为自己，萧胤棠必定更加忌恨裴右安，嘉芙知道这一点。

但如果她的怀疑是真的，叫她不解的是，上辈子里，这两个男人之间，并没有自己夹杂其中。即便萧胤棠平日嫉裴右安夺他风头，但当时，萧列还在位，裴右安又是自己主动离开富贵紫云远赴塞外素叶之城，一去便是数年，毫无归京的迹象。

对于身居太子之位的萧胤棠来说，实在没有理由还要冒着被萧列觉察的风险，下手置裴右安于死地。

嘉芙百思不解，又觉应是自己想多了。

此刻听到裴右安问，她眼前不禁浮现出白天在道上偶遇萧胤棠时的情景。

"大表哥……"

对上他望来的两道审视般的目光，嘉芙叫了一声，又停了。

裴右安略略沉吟，随即将手中的笔搁在笔架上，转而握住她的手，轻轻一牵，嘉芙便侧坐到他的腿上。

他的一臂从后伸来，环住了她的腰，动作温柔。

嘉芙靠在他搂着自己后背的臂膀上，头略略后倾，仰面朝他。

裴右安微微低头，端详着她。

"我方才遇到二叔，听他说了，你们路上回来时，遇到了太子？你还害怕？"

嘉芙从前确实很怕萧胤棠，有了裴右安后，她不怕了。

但此刻的这种感觉，比从前那种单纯的害怕，更令她忐忑。

"大表哥，我不怕他了。但你要小心……太子他，应当很是恨你……"

她终于忍不住，还是说了出来。

裴右安仿佛有些诧异她说出这样的话，审视般看着她，起先并没有回答。

在他的注视之中，嘉芙渐渐变得不安，咬了咬唇。

"许是我胡思乱想，要是说错了，你别生气……我并非有意挑拨你和太子……"

裴右安展眉一笑，收紧搂着她的那只臂膀，低声道："我为何气你？方才只是有些惊讶你说出这样的话……"

他顿了一下。

"太子从前起，确实便存了与我相较之念，我本也无意交恶于他，但身处朝堂，诸多事情往往身不由己，即便不是为你，他也与我有了芥蒂。但你放心，皇上还在，他便不至于公然发难。至于日后，纵然世事难料，福祸不定，我既娶了你，也定倾尽全力，护你周全。"

他的声音很平稳，并无任何激昂，却带着一种安慰人心的力量。

嘉芙心中的阴霾渐渐消减了些，她低低唤了他一声大表哥，抬起双臂，围揽住他的腰身，脸埋在他的颈侧。

裴右安手掌轻拍她的后心，似在安慰受了惊吓的小女孩儿，默默这般抱了她片刻，另手托起她的尖尖下巴，将她的脸儿抬向自己，视线落到她的唇瓣之上，望了片刻，微微出神，仿似想起什么，慢慢低头，脸朝她压了下来。

嘉芙知他应是要亲吻自己了。

虽然和他已经做过几次比亲吻更加亲密的男女之事，但她还是禁不住心如鹿撞，晕腮潮红，轻轻颤抖着眼睫，闭上了眼睛，在面庞感觉到他靠近的潮暖呼吸之时，情不自禁，微微噘起两瓣红唇凑向他，一下就碰到了他的唇。

他微微一顿，停了下来。

但这人实在太坏了，跟着发出短暂的一声笑，笑声清晰入耳。

这还不算，嘉芙人在他怀里，甚至还清楚地感觉到了他肩膀胸膛在微微颤动。显然，他还在极力憋着，必暗笑于她。

嘉芙登时羞红了脸，连耳根子都烫了，也不要他亲了，睁开眼睛，一把推开他，站了起来，恼道："我困了。我先回房去睡，你自己方便吧。"她扭身便走，才抬起一脚，身后伸来一只手，握住了她的一边臂膀，轻轻一拉，她身不由己，便又回到了他的怀里。

嘉芙一张小脸还红红的。裴右安的唇附到她的耳畔，低声哄道："方才我真没笑你……"

他才说了半句话，就停住了，胸膛跟着又微微起了震颤。

他竟还在笑她！

"大表哥！"

嘉芙这下真的恼了，用力挣扎，再不肯坐他腿上了。

裴右安终于止住笑，双臂紧紧环着她细细的腰肢，正哄着，书房外传来脚步声，一个婆子过来，隔着门道："大爷，白鹤观的含真女冠派了个人来，急着请大爷过去，说她弟弟又发了急病。"

嘉芙停止挣扎，转头看向裴右安。

裴右安微微一怔，面上笑意消失，松开嘉芙，道："我去看看吧。你先睡。"

嘉芙想起白天看了一眼的那孩子，弱得像只病猫，怎敢阻拦，点了点头，随裴右安回了房，服侍他穿好衣裳，送他匆匆出了院子离去。

　　裴右安带了个随从，骑马出南城门，赶到白鹤观，虚尘一个名叫清心的大弟子等在门口，见裴右安来了，来迎。裴右安带了药箱进去，问情况。

　　清心道："白天还好好的，方才又发病了，昏迷不醒，口吐白沫，吓人得紧……"

　　裴右安匆匆到了太素馆，那里门开着，一个小道姑正焦急地翘首张望。

　　裴右安入了那孩子的卧房，里面灯火通明，虚尘也在。迟含真听到动静，转头，双目红肿，见他入内，便迎了上来，没等她开口，裴右安便快步到了床边，掀开被子，见那孩子脸色惨白，双目紧闭，四肢抽搐，嘴角白沫，迅速翻看他的眼皮，又搭了把脉，从药箱里取出针包，叫人固定住手脚，往身体和脑顶穴位扎了几针。

　　渐渐地，那孩子呼吸变得平稳了些，停止抽搐，眼皮子动了动，慢慢睁开眼睛。

　　"阿弟！"

　　迟含真喜极而泣，扑过去，紧紧握住那孩子的手。

　　裴右安写了张方子，自己拣好药材，叫小道姑速拿去熬，自己回来继续施以针灸。两刻钟后，药端了进来，他托那孩子坐起来，喝下了药。

　　片刻之后，那孩子的面色略微转好，慢慢地闭上眼睛，终于再次睡了过去。

　　虚尘送裴右安到了外间。

　　裴右安收拾着药箱，迟含真叮嘱小道姑看好弟弟，自己跟了出来，望着裴右安，双眸泛红，含泪道："实在是惭愧，因我阿弟，又搅扰了大人的清净。这两日阿弟病情本有些稳了，白天裴老夫人还来看过他的。傍晚他起来，我照大人先前的吩咐，扶着他在院子慢慢走了两圈，不想方才竟又发病了。我本想叫人去请胡太医的，又怕太医今夜在宫中值房，人不在家，若跑个空，怕耽误急病……"

　　裴右安摆了摆手。

　　"无妨。令弟病症来得凶急，确实不可耽误。我会再留片刻，确定无碍了再走。"

　　迟含真目露感激之色，虚尘也松了口气，知裴右安守慎，上回来看病，看完病后，人便退出屋子，留在院外等待后效，此刻怕也是如此，便叫人搬出桌椅，捧来几样时鲜果子，怕夏夜院中有蚊虫叮咬，又叫弟子熏上熏香，自己在旁陪着，一番殷勤招待

过后,才先去了。

裴右安立于月下,衣袍如水。

迟含真亲自端了茶水,从屋里走出来。

"我知大人新婚宴尔,今夜实在出于无奈,又劳烦大人远道来此,实是感激,更无以为报。我这里也无好茶,只有旧年留下的一块龙芽普洱,方才是我自己亲手泡的,大人请用茶。"

裴右安微微一笑,道了声无妨。

迟含真问症。

裴右安道:"是他原症的并发之症,你照我留下的方子,按时给他服药,若我所料没错,应当不会再发。"

迟含真沉默片刻,道:"大人,这些年,我家族凋败,举目无亲,如无根漂萍,受尽折辱,看惯人情冷暖,早已心死如灰,见到了大人,方知这世上还有好人,心肠才得以渐暖。请大人受我一拜。"

说完,迟含真舍了道礼,以寻常女子礼节,向裴右安深深下拜。

月下一段身影,纤瘦若竹,我见犹怜。

裴右安道:"女真人请起。你祖父当年一身傲骨,忠肝义胆,于我又有师生之谊。如今这于我不过是顺手之举,你又何须挂怀。"

他抬头,看了眼头顶渐渐升高的那片云后月影。

"令弟应当无碍了,如此,我先回了。"

迟含真亲自送他,裴右安再三推辞,迟含真方停下脚步,道走好,想了下,又道:"从小到大,舍下不知道多少身外之物,唯独舍不下读书。大人上回所荐的《论衡》一书,这几日趁着阿弟病情稳定,我已读完,只是内中有几处不解,若大人何日有空,可否再为我指点一二?"

迟含真自幼喜爱读书,裴右安去往迟家之时,曾数次指点于她。

裴右安道:"我亦无多少心得。你若不懂,可寻注疏自己对照求解。我记得书坊里有。"

迟含真一顿,随即道:"我知道了,多谢大人指点。"

裴右安微微一笑，朝她点了点头，道了声留步，转身大步离去，身影很快消失在月影之下。

　　裴右安离去后，嘉芙便回了卧房，却如何定得下心。

　　先前她是为今日偶遇萧胤棠感到不安，暂时打消顾虑后，这么巧，裴右安竟又被女冠给叫走了。白天本就落下了心病，这会儿虽然明知他是去给小孩看病，嘉芙心里依旧空落落的，没心情看书，更睡不着觉，躺在床上翻来覆去，只觉头昏脑涨，起来看了下时辰，已过亥时中刻，也不知道裴右安什么时候回来，万一那孩子病情紧急，不定一夜都没法回了。

　　心里郁躁，她又嫌起屋里闷热，整个人汗津津的，起身正要再打开一扇窗户，忽然听到外头传来动静，裴右安回了。

　　嘉芙隐隐听到他在和檀香说话，似乎问自己睡了没，顿时松了口气，飞快地下床，趿了鞋就要迎出去，才走一步，又改主意，飞快放下帐帘，钻回床上，扯过被子胡乱盖住，翻身朝里，装作已经睡了。

　　一阵轻轻的脚步声入内。

　　他先去了浴房，片刻后出来，伴着轻微的窸窸窣窣的脱衣声，接着，帐子被撩开，身边便躺下了个人。

　　嘉芙依旧不动。裴右安起先也没动她，过了一会儿，她感到腰后摸过来一只手，钻入她的衣下，指屈了起来，轻轻搔了搔她的腰眼。

　　嘉芙最怕呵痒，拼命忍着，再被搔两下，实在忍不住，咕叽一声笑了出来，身子跟着就被那只手给拖了过去。

　　裴右安抱住她，附耳道："你就这般侍奉你的夫君？"

　　嘉芙睁开眼睛，嘴里嘟囔道："我睡着了，被你给痒醒的。分明是你自己叫我先睡，这会儿却又说是我的不好。"

　　裴右安凝视着她风娇水媚的一张面容，视线渐渐落到她的朱樱唇上，忽道："再笑一个给我看。"

　　没头没脑的，嘉芙一时不解，茫然睁大眼睛望着他。

"像今早我送你们到白鹤观,你朝我笑的那个样子。"

嘉芙这才想起当时一幕。记得他就么看了她几眼,扭头走了,她还以为他没感觉到呢,没想到这会儿又要她笑了。

嘉芙没法拒绝他,憋了片刻,抿了抿嘴,果真笑了,嘴角那小梨窝若隐若现。

裴右安捧住她的脸,凑过来,亲了下那入他眼目的小梨窝,慢慢地,唇移到了她的唇上,张嘴,含住了她。

帐外银灯轻跳,帐内暗香袭人。

一条玉臂忽从帐隙间打了出来,手腕无力地挂在床畔,腕上镯子悬空,微微晃动,碰到木沿,发出轻微的一下一下的碰撞之声。

"我和她没什么的,过去只是看病而已。你今晚也很懂事,很是不错。睡吧。"

夜深了。裴右安搂着嘉芙的身子,顺手般又摸了摸她的脑袋,低头亲了下她的额,柔声说道。

第十二章 宴变

次日，东宫传出一个消息，才晋为太子侧妃的曹氏，昨夜暴病而亡。

据说太子妃梦中惊闻坐起，倒趿半履，发亦来不及绾，便急召太医前来诊治，又自己于旁守护，竟彻天明。奈何曹氏从前在武定之时，便罹患腹痛隐疾，当时虽多方调治，却未曾断根，此次又骤然发作，来势汹汹，终究还是未能熬过，不幸亡故。太子妃强忍悲痛，派人告知宗人府。

到了天亮，消息传至曹家，曹家上下惊呆，痛哭不已，曹母被特许入宫。等被带入之时，女儿已停灵于专为往生宫妃备办丧事的极乐殿里，只见到一具楠木棺椁，殿中素幔白绫，宫女太监服麻披白，黑压压地围跪灵前，哀哀痛哭。

太子并不见露面，太子妃却亲自见了曹母，但见双目红肿，未语先是落下了泪。说从前在武定之时，曹氏先于自己侍奉太子，一向敬慎淑惠，那时自己尚未进门，已然和她相惜，结下了姐妹之情，如今终于共居东宫，本想往后同心共力，虔侍太子，

却不想她昨夜暴病，太医药石无效，自己在旁，徒然顿脚，天人永隔，悲恸难当。

话没说完，她又数度哽咽，以致口不能言，被女官相扶，泪不能绝。

曹母此前从未听说过女儿有过腹痛旧病，乍闻噩耗，悲恸之余，心中也是惊疑。只是自从女儿进了王府之后，她便再没见过她的面了，只在四时节令，得些王府里送出的赏赐罢了。如今万岁成龙，世子被封太子，女儿也跟着水涨船高，太子大婚次日，她被立为侧妃陪喜。犹记全家欢庆，扬扬得意，做梦也没想到，余荣未散，才不过几天，再得到消息，竟是女儿暴死宫中，自己连最后一面也不得见。

曹母纵然心有疑窦，又怎敢质疑半句，只怪自己女儿福薄，享不了这天家富贵，泪流不停。又听太子妃说，可将曹氏平日美德操行上报，求封荣谥，以加哀荣，便颤巍巍地向着太子妃下跪，太子妃又是一番抚慰不提。

萧列日理万机，得报东宫有丧，惊讶过后，也未多想，御笔朱勾，便准了太子妃的请求。曹氏遂得封名号，葬入皇陵，从前贴身服侍的四个宫女、四个太监甘愿殉葬陪主。丧事办得极为风光，曹家过后也得了抚慰。

东宫暴死侧妃的意外，如石子投入湖面，连微波都没漾出几圈，便消弭于无痕，很快，就没人再提那个命比纸薄的女子了。倒是太子妃，新婚不过数日，正喜气当头，却横遭丧讳，难为她年纪轻轻，丝毫没有计较，不但处置得当，事事亲力亲为，更兼仁厚贤达，美名再度彰扬，章家门庭也倍添光彩。

过了半个月，恰是太子妃母亲过生日，在京凡四品以上官员女眷，无不上门庆贺。皇后也打发人送去贺礼，并特许章凤桐于当日回府省亲。

章夫人脸面生辉，进宫谢恩，等走了，林嬷嬷入殿。

周氏知她应是来禀前次命暗中查访萧列于太子大婚之夜行踪的进展，便屏退了宫女太监。

林嬷嬷低声道："启禀娘娘，我私下查遍自己人，前两日终于叫我探听出一个消息，说那夜城北安定门曾出去过一行数人，其中一人罩了披风，遮住头脸，坐于马上，足未落地，看不见他面目，几个随从当值城尉也不认得。其中一人出示宫牌命开门，看他样子，似是宫中年轻太监。那几人出城，便往北去，不知所终。我若没猜错，那人当是万岁爷了。因那夜，李元贵去了裴家贺喜，伺候万岁的是崔银水。那年轻太监的样貌，听起来和崔银水倒是无二。"

周氏蹙了蹙眉头。

"万岁爷身边那几个亲信近卫，自然是不能打听的。我便去试探崔银水的口风，说娘娘知道他伺候万岁辛苦，要给他赏赐，没想到这阉人极是狡猾，说什么自己下贱，伺候万岁是前世修来的福分，不敢要娘娘奖赏，若娘娘定要奖赏，便请他干爹代受。兔崽子断了子孙根，滑溜得却跟泥鳅似的。我说了两句，便晓得了，想从这阉人嘴里问出话，怕也没多少指望，便不敢把话说得太透，怕他转头去禀了李元贵，若叫万岁知道，反是给娘娘惹事，便回了。全是我的没用，请娘娘责罚。"

林嬷嬷说着，见周氏眉头越皱越紧，急忙趴下去磕头请罪。半晌没听她开腔，偷偷抬眼瞧去，见她双目直勾勾地盯着前方，仿似在出神地想着什么，模样怪异，一时不敢再发出声响，只屏住呼吸候着。

半晌，终于听到皇后发声："你确定，万岁那夜出了城北？"

林嬷嬷忙用力点头："十有八九，那一行人就是了！"

周氏道："你再派信靠的人，去城北慈恩寺里继续给我悄悄地问，那晚上，寺里有没有到过什么特殊的人，去了哪里。"

林嬷嬷是周氏乳母，周氏当初被老皇帝做主嫁给萧列时，她便已跟来，知道一些不足为外人道的隐秘，一愣，想起件事，倒抽口凉气："娘娘是说，万岁爷那晚上竟去了慈恩寺的那个地方？"

周氏面肌微微抽搐，咬牙道："半夜三更，私密出宫，还是城北，不是那里，会是哪里？这么多年过去了，我本以为他早放下了，没想到到了如今，他竟还念念不忘，才进京城几天，活人不看，竟跑去死人那里悼亡……"

她猝然停下，嘴唇微微颤抖，十个尖尖的指甲，深深插入掌心肉里。

她长长呼吸了一口气，最后起身，冷冷道："你立刻去查，一有消息，就报给我。"

林嬷嬷应声，从地上爬起，转身退了出去。

章家夫人过生日，太子妃又获准回府省亲，当日章家门前香车玉马，往来不息。因到的都是各府女眷，太子妃也会出宫回府为母贺寿，章家怕冲撞了，一早起便将整

条街封住。到了傍晚，街头街尾，亮起连绵不绝的一片明角灯，灯火通明如昼。各府女眷陆续到来，停的马车和轿子，首尾相连，竟将整条街占满。路人远远翘首围观，但见宝马雕车，靡丽竟奢，难以描摹。

裴右安和萧胤棠虽私下断无往来，但明面上还是和气的。萧列入京城后，裴家、章家、周家这几个门第，如今可称京中豪门之最，平日人情往来一概不少。

章夫人今日过寿，早早便往裴家送来了请帖，邀辛夫人、孟二夫人和新过门不久的裴大奶奶一并上门做客。

申时末，嘉芙随辛夫人和孟二夫人出门。辛夫人自己一辆马车，孟二夫人叫了嘉芙同坐，前后两旁有家奴随行，后头马车里跟了丫头仆妇，一路往章家去，到了门前，被候着的章家管事媳妇给迎了进去。

二门还没到，一行人便见章夫人带着仆妇现身，亲自出来迎了。

章夫人今日穿了身暗朱起寿字纹的簇新锦衣，额前勒绣金丝嵌各色宝石抹额，富贵锦绣，春风满面，亲热地捉了辛夫人的手，寒暄几句，笑道："我不过过个生日热闹罢了，本也没想着惊动你们这些贵客的，只是皇后娘娘说，太子妃前些时日辛苦了，叫她回家歇一歇，往热闹里办。我想着，娘娘既如此叮嘱了，索性便在家中园子里搭个戏台出来，把平日交好的夫人奶奶们都给请来，一起细细听戏，如此才有意思。别家倒罢了，你们家长公子如今得万岁爷器重，听闻贵府也日日贵客不断，我本以为夫人今日没空来我寒舍，竟过来了，实在蓬荜生辉。"

长子荣光，嘉芙留意到，辛夫人笑得却并不如何快意，只是旁人瞧不出来，也未仔细留意罢了。

章夫人又招呼二夫人，最后将目光投到了嘉芙身上，略略打量了一眼。

嘉芙见了礼，她笑吟吟地道："这位想必就是得万岁爷赐婚的大奶奶了，玉人儿一样，我一见就喜欢。都别站这里了，快进去吧！"章夫人说着引辛夫人等进去，一路说说笑笑，穿过几重门，路上不见半个小厮男仆，一色全是丫头仆妇，最后入了专为今日而布置出来的寿堂，珍楼宝屋，花团锦簇，里头已到了许多人，衣香鬓影，珠光宝气，脂粉香气扑鼻而来。

各府女眷，打扮得无不光鲜亮丽，叙话的叙话，吃茶的吃茶，笑声不绝，忽见章夫人亲自引客入内，纷纷看了过来。

这是嘉芙嫁给裴右安后，第一次在京城贵妇的应酬圈中露面。

萧列对裴右安的倚重，甚至超出当年的卫国公，裴家也因了裴右安，一跃成为京中首屈一指的高门，煊赫一如多年前裴文璟入主中宫之时的盛况。

里头那些女眷，哪个不认得辛夫人和孟二夫人，见裴家女眷到了，纷纷笑脸相迎。

今日自己是个陪末，嘉芙的装扮自然不会刻意张扬，但也不敢怠慢。知自己容貌偏于娇稚，故要往稳重里打扮。她沐浴过后，淡扫蛾眉，薄粉敷面，轻施胭脂，唇染丹朱，高绾发髻，金瓒玉珥。衣裙是十二片的裙面，以金丝缝制而成，宛若凤尾，每一片裙幅上，又各自刺绣了四季不同的花鸟图纹，雅致不失富丽。

裴右安大婚，不仅得了皇帝赐婚，还有和太子同日的殊荣，娶的却是泉州商户表妹，嘉芙还未露面之前，便已引来不少人的关注，此刻跟随前头几个妇人，位置虽排在后，但甫入寿堂，大半的人倒都是在瞧她，见她端丽冠绝，一时目不转睛。

寿堂里的女眷们，有些嘉芙认得，譬如朱国公夫人和安远侯夫人，之前都来裴家走动过的，更多的却不认识，自然少不了一番引见叙话。她面带微笑，话并不多，但应对极是得体，就算当中有轻视她家世的，以裴右安今日今时的地位，又有谁敢明面里得罪她。辈分比她高的，个个亲切无比，和她平辈的，无不小心奉承，乃至于卑躬屈膝。

所谓妻凭夫贵，大抵便是如此。

内中有刘九韶夫人和张正道夫人。张正道今日富贵，全赖裴右安的举荐。至于刘九韶，当初武定起事之时，阵前被俘，若不是因了裴右安，莫说今日地位，此刻全家怕都已经成了顺安王的刀下之鬼。两位夫人也不等着引见，自己过来便和嘉芙攀谈，态度殷勤，感激之情，溢于言表。

嘉芙和两位夫人叙话之时，忽然看到孟二夫人带了个妇人，挨挨擦擦地朝着自己靠了过来。一身油紫新衣，两只眼睛望来，脸上带着讨好的笑，她怎会认不出来，不是别人，正是全哥儿的那外祖母宋夫人。

宋家在顺安王当皇帝时，风光了几年。后来萧列打到京城，大军还没到，据说第一批暗中向他投靠的官员里，其中就有宋家。萧列登基后，对宋家也免于究责，但似

乎颇为厌恶宋家，官职一降再降。宋大人从当初的二品大员，降成了如今一个毫不起眼的太常寺六品寺丞。这样的场合，全靠宋夫人钻营奔走，送上厚礼，这才终于得了邀帖，此刻得以站在这里。

二夫人笑吟吟地领了宋夫人到嘉芙面前，背过身，便皱起眉，凑过来耳语："阿芙，这妇人方才一直缠我，要我带她到你跟前说话。我实在是推托不了，只好领来，你随便应付两句，打发走就是了。"

嘉芙备嫁之时，宋夫人就曾厚颜携礼登门，除了带回从前自家送的那些珍物，另又加送了许多东西。孟氏岂会要她的好处？一送走人，立刻就叫人将多出来的东西挑了回去。

想起母亲从前委曲求全，为了自己在她面前受过的那些气，嘉芙看不见人也就罢了，现在见她竟还厚颜无耻要来说话，如何会有好脸色？嘉芙压下心中厌恶，笑了笑："干妈一向可好？"

宋夫人慌忙摆手，赔笑道："怎当得起大奶奶如此称呼？我算是哪门子的干妈。大奶奶叫我一声太太，我便拜佛了！我听说你母亲如今还在京中？我有些想念，心里一直想着再去拜会她的，就是知道她忙，怕贸然登门打扰到她，不知这几日可方便？"言语间满是谄媚，哪里还有从前半分飞扬跋扈的神色？

自己被皇帝赐婚给裴右安的消息传到泉州后，哥哥甄耀庭就上路往京城来了，等见过面，就接母亲孟氏一道回泉州。算着日子，过两日应也快到了。

嘉芙不会刻意当众羞辱这势利妇人以泄愤，但也不会让她打蛇随棍上地纠缠上来，便道："我母亲确实有些忙，这些日访客不断，没片刻歇息的工夫，人也极乏，太太若无要事，我代我母亲心领好意便可。"

宋夫人讪讪点头："是，是，太太既乏了，那就好好休息……"

嘉芙淡淡一笑。

一个宫中太监忽然飞快入内，报说太子妃到了。

全寿堂里的人立刻停了手头的事，照着次位排序，随章夫人迎了出去。

嘉芙随众人来到二门方停下，抬眼，见大门外全副仪仗，太监宫女捧巾打扇，鱼贯而来。一个小太监弯腰上前，打开落于地上的一顶宫轿轿帘。

章凤桐从轿子里下来。章夫人带了全家女眷,将她迎入,排场极是浩大。

嘉芙和其余人分立甬道两侧,看着章凤桐被人簇拥着,笑容满面地朝里行来。

她一身宫装,雍容华贵,灯光将她整个人照得灿烂炳焕,大魏未来皇后的风范,一展无遗。待走得近了,那些二品之下的夫人领着跟随的姑娘小姐,纷纷朝她下拜。

嘉芙位分排在前列,见太子妃免行跪礼。看着她从自己面前经过时,章凤桐转头,仿似无意看到了嘉芙,面上露出笑容,停下脚步,竟折了过来,走到嘉芙面前方停下。

嘉芙向她行常礼,她道免礼,顺道又让那些跪在道旁的也一并起来,对众人笑道:"我与裴夫人从前就是旧交,惜乎各自忙碌,不得深交,一直引以为憾,今夜值此良机,当与裴夫人畅谈为快。"说罢,她执了嘉芙的手,要她和自己一并入内,又对章夫人笑道,"母亲,记得等下将裴夫人的位置安排在我近旁。"

众人见太子妃也对其青眼有加,投向嘉芙的目光,越发艳羡。

嘉芙以位分不够辞谢,章凤桐却再邀,定要她随自己一同入内。

嘉芙心知推托不了,在众人的注目之下,口中称谢。

入了寿堂宴厅,安排座次之时,嘉芙果然被排在了章凤桐的那一桌,是为上上贵座。

同桌之人,不是超品秩的诰命,便是年长德高之人。

嘉芙因年纪最小,为下首位,恰和章凤桐相对而坐。

寿筵即开,众人动筷。

这种场合,本就不是饱腹之所,嘉芙出来前已经吃过,并不饿,此刻便谨小慎微,跟着近旁的那位秦国公夫人,只往上到自己面前那几盘菜馔里,略微夹了两筷而已。

章凤桐笑意盈盈:"我母亲今日寿诞,蒙诸位长辈尊亲来家中共贺,十分感激。我虽名为太子妃,实则年纪轻,论辈分,更不敢在长辈尊亲面前托大,不如我先向大伙儿同敬一杯。"

她说完,一个宫人手中端了一个酒壶,上来便为同桌之客倒酒。

先是太子妃面前的酒盏,依次轮转。

同桌的妇人们纷纷言谢。

嘉芙视线扫过宫人手中那个酒壶,本是无意,看了一眼,心中却微微一动。

这酒壶腹圆嘴尖,和寻常酒壶,形状看起来并无区别,底色却是皇家独用的明黄,壶肚上烧绘了龙凤祥云图纹,龙凤栩栩如生,极其精美。

一看就知,应是宫中御物,但嘉芙总觉这酒壶有些面熟,仿佛从前在哪里见过似的,一时却想不起来,努力回想之时,那宫人依次倒酒,渐渐快要转到她的面前。

她终于想了起来。

梦里,萧胤棠当上皇帝后的次年,曾封了一个梁姓的妃子。梁家那时隐有崛起之态,和章家处处针锋相对,巧的是,梁妃也是以德才出名的,入宫后,没半年,就成了地位仅次于章凤桐的贵妃。但是就在那年中秋,在章凤桐大宴后宫和群臣诰命夫人的宫宴之上,那个梁妃竟喝醉了酒,不但言语失态,还发狂谩骂皇后,又当众胡乱脱衣,丑态百出,搅乱宫宴。

消息传到宫外,梁家颜面尽失,萧胤棠也对她厌恶至极。梁妃事后却喊冤,称自己是被人陷害,当时喝了酒后,神志不清,完全不知做了什么。萧胤棠是个精明的人,细想不对,命人彻查,最后查了出来,竟是一个姓朱的妃子妒恨梁妃,在宫宴上买通宫人,用了一把由能工巧匠打造而成的酒壶,名鸳鸯乾坤壶。酒壶外表看起来和寻常酒壶无二,内中却暗藏机关,一分为二,可灌入不同酒水,揿动壶把上的一个按钮,出来的就是不同的酒水,而旁人绝无知觉。当时,那梁妃就是误饮了被下过药的酒,这才当众出了大丑。

萧胤棠得知真相后,下令拷问朱妃,只是她已提前畏罪自尽。那把酒壶,后来就被萧胤棠拿来,给了嘉芙玩儿。

嘉芙忽然什么都明白了。

为什么请帖上指明请她务必同来赴宴,为什么章凤桐要她同坐一桌。

她心中警铃大作,面上却若无其事,带着笑容,看着那个宫人给身畔的秦国公夫人倒完酒,提壶到了自己身畔,与方才无二,将壶嘴伸向她面前的那个酒盏。嘉芙看得分明,宫人的拇指,就在倒酒的那一刻,改揿了手把上方的一个小小按钮。

这个动作,极其细微,倘若不是她事先留意,绝不可能察觉到其中的异常。

金黄色的酒液,稳稳地被倒入她的酒盏。

至此,全桌人都已满酒,宫人将酒壶放到了章凤桐的面前,随即后退。

嘉芙压下心中波动,抬起双眼,见章凤桐起身,端起酒杯,双眸含笑,扫了一眼全桌，视线最后落到了自己的面上。

"此一杯，先敬我大魏风调雨顺，万岁万寿无疆，请共饮。"

她笑着，一字一顿地说道。

嘉芙的一颗心，怦怦直跳。

直到此刻，她才顿悟，梁贵妃的遭遇，或许主谋并不是那个畏罪自尽的朱妃，极有可能就是此刻对面这个正含笑望着自己的雍容女人。

她杯中的这杯酒，酒液金黄，端起来微微晃动，宛若里有碎金浮动，和身畔秦国公夫人的那杯，看起来一模一样。

不知章凤桐独留给自己的这杯酒里，到底下了什么药。

但不管是什么，她知道，自己绝不能喝下去。

身畔，秦国公夫人等都随了章凤桐起身敬祝，余桌女宾纷纷跟随，嘉芙也缓缓站了起来，望着章凤桐，端起酒盏，看准她喝酒，视线离开自己的那短暂一刻，将酒杯也送到嘴边，手腕微弯，借着大袖遮掩，一杯酒水便沿着她的手臂和袖管，全部倒了进去。

虽是夏季，衣衫料子不似冬服厚重，但这种场合穿的衣裳，里外至少三层，酒水流入，迅速就被里层和中衣给吸渗走了，外衣碧色，袖管下便是略有渗出，待放下手臂，便也遮得严严实实，即便近旁之人，亦毫无察觉。

一饮过后，章凤桐望了眼嘉芙面前的空盏，笑意渐深，落座，至此，寿筵才正式开始。

嘉芙不动声色，和身畔的秦国公夫人低声说着闲话。不时有女宾来这里单独拜见章凤桐，嘉芙留意到，章凤桐百忙之余，时不时总会瞥一眼自己的方向。

她装作毫无察觉。

渐渐地，章凤桐似乎有些沉不住气了，打发走一位前来奉承的夫人，朝身后那个宫人使了个眼色，宫人会意，再次过来，端起酒壶，如法炮制，如第一次那样，再次为一桌人倒酒，轮到嘉芙时，依旧是上次的手法，自是被嘉芙收入眼底。

这个女人，实是逼人太甚，一杯还不算，应是以为药性不够，竟如法炮制，要自己再喝下第二杯酒。

嘉芙心中怒气渐渐翻涌勃发，见章凤桐端起酒杯，又替她母亲祝酒，随同同桌之人纷纷同祝之时，端起酒杯，却又放下，装出头晕的样子，闭目扶住了额。

一旁秦国公夫人觉察到嘉芙有异，关切地发问。

嘉芙睁开眼睛，歉然道："方才忽感到腹中火烧，又有些许目眩，人很是头晕……"

秦国公夫人问道："你平日可会吃酒？"

嘉芙仿佛头晕得厉害，双手捂了捂脸，摇头："极少……"

秦国公夫人笑了："这就是了，想是你有些醉了。我常吃酒，方才一吃就知道，这酒确属精酿，比我平常吃的要醇烈许多。看来你是沾不得酒。"

嘉芙歉然一笑，看向章凤桐道："太子妃殿下，我怕我再喝下去要醉了，若是失礼，怕惹大家伙笑话便不好了，不如以茶代酒，同祝夫人诞辰……"

桌上有现成的茶壶，嘉芙自己提了，转头向侍立在后的丫头要了个新杯，自己往里注茶。

章凤桐注视嘉芙片刻，忽笑了，道："裴夫人看来确是不会吃酒，才一杯下去，便成这样了。也不好叫你醉倒，以茶代酒也是一样，你且多吃些菜，等缓过去，想必等下就好。"说着她举起手中酒杯，和众人正要饮酒，寿堂外忽进来一个小太监，拖长声音宣道："万岁爷命人送来寿匾一面、寿桃两只，众人跪迎！"

全场原本欢声笑语，忽听宫使到了，立刻安静下来。章夫人正蝴蝶似的满场游走，劝客作乐，闻言不禁喜出望外，忙领了人迎出去。

章凤桐也放下手中酒杯，起身匆匆往堂门行去，寿堂里的女宾，连同所有侍立在旁的丫头婆子媳妇，无不跟着同迎而出。

一桌之人，顷刻间走光，因嘉芙故意磨蹭了些，剩她一人，被落在了后面。

嘉芙看了眼自己面前的这杯酒，再瞥一眼章凤桐位上那盏刚端起来没喝又被放下的酒，心跳得厉害。她看了下左右，见无人，一咬牙，端起来飞快绕桌而过，顺手就换了酒杯。定了定神，她这才匆匆跟上去，和众人一道下跪迎接。

被派来的太监是崔银水，入内宣了旨意后，便有几个小太监抬入寿匾和寿桃，放在寿桌之上，顿时满堂增辉。

章凤桐和章夫人领着众人起身。章夫人向崔银水道辛苦，留他吃酒，崔银水摆了摆手,道要回宫复命,朝章夫人恭贺了几句,带着小太监便离去了。

章夫人送人归来,宾客们已再次纷纷归坐,此刻比起方才,气氛更是热烈。章夫人不必说了,得意万分,章凤桐听着同桌夫人们的恭维之辞,目中也是含笑,端起酒杯。

夫人们纷纷相随。

嘉芙看着章凤桐将那杯酒喝了下去,端起茶,自己也慢慢地喝了一口。

寿筵继续,这时一阵锣鼓声起。众人循声望去,只见连着寿堂出去,隔了一片水池,对面那座搭出来的戏台之上也开始唱戏了,唱的是《五女拜寿》,极是热闹。

章凤桐一边和坐她近旁的夫人们说笑,一边不时朝着嘉芙投来视线。

嘉芙知她此刻必定困惑万分,装作被戏文给吸引住,和身畔的国公夫人看着戏台方向,一边听着戏,一边低声叙话。

"太子爷到——"

戏台上大戏唱得正酣,一太监又入内,高声宣道。

今夜寿堂里的气氛,彻底被这一幕给推至高潮。

章夫人本没指望萧胤棠亦会现身,未免喜出望外,飞快地扭头,看向自己的女儿。

章凤桐起先仿似有些难以置信的样子,呆了呆,随即面露喜色,急忙起身迎出去。

和方才一样,满堂之人又纷纷起来跟去相迎。

身穿明黄色太子袍的萧胤棠现身在寿堂门口,满堂女宾,见礼的见礼,下拜的下拜,台上戏子们也停下了戏,跪在戏台之上。

萧胤棠笑容满面,视线扫了眼堂中之人,看到了站在秦国公夫人身后的嘉芙。

他的目光落在她身上,微微定了定,随即笑道:"免礼。我来是为岳母贺一声寿而已,不必拘礼。"

从前还在武定时,章夫人就心知自己女儿并不得女婿的欢心,今晚她过寿,压根也没想过太子会亲自过来贺寿。起先她还怕女儿为难,没在女儿面前提过半句这个想头。

万万没有想到,太子竟如此给足面子,叫她如何不喜笑颜开?

不等萧胤棠向自己行礼完毕,章夫人便上前,亲热地将其搀扶起来。

章凤桐的父亲和几个兄长也闻讯赶来,一番见礼。

因此间都是女宾，男宾不便久留，萧胤棠向岳母贺寿完毕，便被请去别堂另坐。他又扫了眼立于人群后的嘉芙，这才离去。

先是皇帝赐下寿匾、寿桃，再是太子亲自过来贺寿，夫人们再次落座之后，对着章凤桐，恭维声更是不绝于耳。

章凤桐起先自然也笑容满面，渐渐脸色却仿佛有些不对，面庞泛红，仿似有些头晕，往侧旁靠了靠，抬手扶住了额头。

坐她身侧的是朱国公的母亲，见状，忙将其扶住。

同桌的夫人们，终于发现她的不对，停了说话。起先那斟酒宫人也觉察到太子妃的异常，忙将章夫人叫来。

章夫人闻讯，撇下宾客匆匆过来，见女儿面色潮红，双目定定地望着前方，坐那里一动不动，似是不胜酒力，不禁惊讶，忙上来亲手扶住，低声问道："凤桐，你怎的了？"

章凤桐却充耳未闻，忽地转头，双目盯着戏台的方向。

戏台正在演着寒门子邹应龙中状元，对糟糠妻三春不离不弃的深情告白一段。

章凤桐死死地盯了片刻，双目越睁越大，目光越发迷乱，突然，竟呵呵冷笑出声。

章夫人终于觉察到了女儿的异常，急忙叫了人要扶她先回房。却不料章凤桐忽一把推开她，因没有防备，加上章凤桐这一推，力气极大，章夫人被推得接连后退了几步，险些摔倒在地。

"停下，都给我停下！你们这些戏子，都在胡乱唱着何物诓骗世人？世上又何来深情郎君？全是骗人！"

章凤桐一把推开章夫人，转头就冲着戏台上唱着戏的戏子们高声嚷道，声音里满是厌恶。

戏子们唱得正入戏，忽见太子妃大发雷霆，全被吓住了，仓促间停下，锣鼓声也断了，接二连三下跪，叩头认罪。

整个寿堂，顷刻间安静下来，全部人都转过头，看着突然状若醉酒发癫的章凤桐，惊疑不定。

章夫人大惊失色，实在不知女儿怎突然如此失态，慌忙再次上前，附耳低声道：

"凤桐!你怎么了?你快醒醒!"

章凤桐双目泛红,转头望着章夫人,盯着她看了半晌,眼泪忽然流了下来,哽咽道:"娘,我心里苦,你不知道吗?"

章夫人心知女儿应是醉得厉害了,转头,见无数道目光齐刷刷地投向自己,忍住心中羞怒,勉强笑道:"太子妃吃醉了酒,失礼了,我先送她去歇息……"说着,她朝身边的人飞快使了个眼色,一道架住章凤桐,急忙要先带她出去。

章凤桐却奋力挣扎,尖叫不停,不让人碰自己,推搡间,哗啦一声,她那一幅宽大宫衣的袖子卷了桌上的几只碗碟掉落在地,稀里哗啦,碎成一片。

她咬牙切齿,盯着身畔那位朱国公的母亲,突然伸出手,竟掐住了她的脖子,一边掐着她使劲晃,一边大笑:"曹氏,你早就该死了!你以为太子真的喜欢你?竟敢在我面前无礼!你这个蠢货,我告诉你吧,太子他肖想的是裴右安的女人!那个姓甄的狐狸精!你这条可怜虫,被太子掐死了,那也是活该!"

满堂皆惊,目瞪口呆,又纷纷看向被提到的嘉芙。

嘉芙心跳得飞快。

她方才将那杯酒换给了章凤桐,确系被章凤桐给激怒了,当时想的,是以其人之道还治其人之身,顺水推舟,略施惩罚,看看章凤桐若是喝下她自己处心积虑准备的药酒,到底会如何而已。反正章凤桐也不会想到自己是两世之人,知那酒壶的秘密。即便事后回想,也绝不可能想到是被自己给换了,只会以为是那宫人倒错了酒。

但嘉芙没有想到,这药酒的药性,竟如此可怕。章凤桐喝下之后,完全失了心疯,不但扯出前些时日的东宫丧事,竟还把自己也给牵了出来。

偌大的寿堂,鸦雀无声,只剩章凤桐的冷笑声和被她掐住脖子的朱国公老夫人发出的拼命挣扎之声。

章夫人大惊失色,和人一道,奋力扳着章凤桐的手。未料她手劲竟异常大,几人费了老大力气,才终于将已经被掐得半翻白眼的老夫人给弄开。可怜朱老太太,凭空遭了飞来横祸,脖子一被松开,人就瘫软在地上,一下背过气去。近旁的夫人们见状,慌忙上前,捶胸的捶胸,揉背的揉背,那边厢,章凤桐也已被下人制住,强行拖着退出寿堂。她犹极力挣扎,章夫人怕她又胡乱说出什么话来,自己用力捂住她的嘴,却

不料被她张口，竟狠狠咬了一下。

章夫人痛叫一声，下意识地甩开了手。

"娘啊，我心里苦啊，为何连你也这样对我——"

章凤桐双目赤红，又哭又笑，状如癫狂，坐于地上，伸手死死抱住一条桌腿不放，被人拖得整张桌子都跟着移动，一时间，桌上盘碟纷纷落地，汤汁四下飞溅，夫人们惊叫声四起，她挣扎之间，脚上的一只宫鞋都被踢飞了。

出了这样的意外，谁还有心情再喝酒吃菜？满堂之人，聚拢而来，劝的劝，议论的议论，场面乱成一团之时，寿堂门口传来一阵急促的脚步声，只见太子妃的两个哥哥已闻讯飞奔而入，见状脸色大变，推开众人上前，一个死死捏住章凤桐的嘴，另一个将她的胳膊强行掰开，迅速着人拖抬了出去。

萧胤棠也来了，脸色铁青，对众人道："她吃醉了酒，方才全是一派胡言，叫众位受惊了。"说罢匆匆离去。

章凤桐终于被带下去了，寿堂里却还乱着。

刚被她掐了脖子的老夫人此刻终于苏醒，家人也闻讯匆匆赶到，见状面露愠色，勉强听章夫人赔礼解释了几句，便搀着老夫人走了。

寿筵是吃不下去了，章夫人满头大汗，站在那里，面色一阵红、一阵白，对着众多宾客，勉强为自己女儿方才的失态打着圆场。

夫人们渐渐从方才的惊骇里回过神。

今晚这事，太子妃闹得岂止是难看，简直骇人听闻，面上却装作若无其事，顺着章夫人的口风纷纷安慰，道太子妃应是前些时候心力耗损过度，今晚又多吃了几杯，这才一时失态。

陆陆续续，开始有人告辞。

嘉芙心里有些后悔，又有几分后怕。

倘若不是自己预先有了防备，今晚必定会喝下那杯酒。若真喝下去，方才实在难以想象，自己会出什么样的丑。

她不禁打了个寒战。

310

身侧有人扯了下她的衣襟，她转头，见孟二夫人朝自己丢了个眼色，走过来，低声说道："右安打发人进来说，他人就在外头了，等着接咱们回去，走了。"

嘉芙转过脸，不远之处，辛夫人冷冷瞥了她一眼。

章凤桐是自作自受，出了个大丑，却将嘉芙也牵扯进去，嘉芙实在是始料未及。

她的心情，也带了几分羞耻，在身后那些人的目光注视之下，默默地出了寿堂，来到分隔内外前后堂的一道垂花门前，看见裴右安站在那里，身影一动不动，心里不禁越发忐忑。

寿堂里的动静，方才闹得这么大，想必他也知道了。

章凤桐发疯，大庭广众下说太子觊觎自己，对于身为丈夫的裴右安来说，无疑是种羞辱。

嘉芙经过他的近旁，有些不敢看他的表情，低下了头。

嘉芙听到他对辛夫人和孟二夫人说，他方才从宫中回来，想到她们几个来了章家赴宴，因无事，便顺道过来接。

语气听起来，和平常也没什么两样。

嘉芙悄悄抬起眼，正撞到他投向自己的目光，不敢细看，飞快又低下了头。

一行人一路无话地出去，到了门口，登上马车，裴右安也翻身上马，就要走的时候，章凤桐的父亲从大门里匆匆赶了出来，喊道："裴大人，留步！"

章父将裴右安引到门房附近，周围无人处。

"章老还有何事？"裴右安道。

章父素有名望，年纪也大，章凤桐是他幼女，故在朝中，人人都以章老敬称于他。

章父面露难堪，话未开口，先向裴右安深深行了一礼，愧道："老夫是来代太子妃向裴大人告罪的。她今夜吃醉了酒，失了心疯，满口胡言乱语，诽谤太子不算，竟还冒犯了裴大人和夫人，实是老夫从前教女不严所致。今夜老夫便入宫去向万岁告罪，万死难辞其罪！只是裴大人这里，望大人大量，千万不要见怪，老夫代全家，感激不尽！"

说着，他又深深作揖。

裴右安微微一笑。

"太子妃自然是醉酒乱语。章老要向万岁告罪,还是快去为宜,迟了,怕宫门已闭。"

他朝章父略还了个礼,便转身离去。

回去的路上,嘉芙仍是和二夫人同坐一车。

嘉芙早就看出来,二夫人此刻内心应当是颇为兴奋的——其实除了她之外,今晚到场的另外许多夫人,应当也是和她相同的感受。

本只想应个景,锦上添花,去给太子妃娘家母亲过个寿日罢了,谁又能想到,好好的一场寿筵,中途竟会以如此方式草草收场?不但有东宫前些时日侧妃暴死一事的内幕,更证实了此前曾暗传过的一件事,那就是太子和裴右安曾同时有意于泉州甄氏,最后皇帝做主,裴右安抱得美人归。毕竟,甄家人当时奉旨随了福建巡抚一道入京,太监随后又去甄家传旨,动静也不算小,消息不可能没人知道,何况,这事牵涉的两个人,一个是太子,一个是新帝最为倚重的能臣,又关乎风月,这种消息,原本就是喜闻乐见传得最快的,只是此前,一直只在暗中传罢了。谁会想到,今晚竟真就如此精光赤条地被抖了出来。

最关键的是,说出这话的,还是那个向有贤名的太子妃!

二夫人一直留意着嘉芙的神色,等着她开口哭诉蒙冤,见她上来后一语不发,自己忍了片刻,倒是忍不住了,靠了过来。

"今晚也是奇了,那太子妃便是喝醉了,这酒疯撒得也是够瞧的,竟胡言乱语到这般地步,不但咬了太子,竟还扯上你和右安!不是我在背后不敬,我看她是失心疯了!先前我还以为她如何端庄贤惠呢,这才几天工夫,竟就露出这般丑态!"二夫人说着啧啧摇头。

嘉芙依旧没开口。

她实在是没心情,也没力气应付身边的这个姨母。

方才章凤桐的父亲留裴右安说话,嘉芙能够猜到是在说什么。当时寿堂里的人实在太多了,众目睽睽之下,章凤桐闹出这么大的动静,想把事情压下去,装作什么也没发生，是绝对不可能的。

裴右安回来的时候，嘉芙曾撩开马车窗帘子的一角偷看过他，见他神色凝重，她越发确定，他真的是生气了。

他从一开始，就知道萧胤棠对自己的意图。她和他的开始，也缘于这件事。

但在今晚之前，对于外人来说，这是一个隐秘，至多猜疑，没有谁会把这个拿到明面上去讲。

今晚之后，却不一样了。

不必等到明天，恐怕整个朝堂之人，都会知道这件事了。

一个朝廷重臣的夫人，被当朝太子觊觎，于太子来说，自然是失德，但对于裴右安来说，被人在背后议论这种风月纠葛，也绝不是件光彩的事情。

他会因为自己而蒙羞。

嘉芙真的懊悔了，懊悔自己当时只图一时意气，把那杯药酒换到了章凤桐的面前。

如果知道她喝下去后会说出这样的话，她宁可忍气，也绝不会这样做的。

二夫人觑了眼嘉芙，见她依旧出神，便执起她的手，改安慰语气道："阿芙，婶婶知道你难过，但你是什么人别人不知道，婶婶会不知道？你莫往心里去了，但凡是个明理的，都不会相信太子妃方才的胡言乱语。你不过遭了池鱼之殃罢了。右安必定也是如此想，回去你好生跟他解释就是了，他必不会怪你。"

自从上次她自称"姨母"，嘉芙叫她"婶婶"后，如今二夫人和嘉芙说话，似也有所觉察，不再以"姨母"自称了。

嘉芙只觉身边的姨母聒噪得厉害，心烦意乱，转过头，微微掀开车厢窗帘子，又朝外看了一眼。

他骑在马上，不紧不慢地行于马车的前方道侧。

一行人到了裴府，马车在门口依次停下，后头马车里的丫头婆子下来，抱来踏脚放在马车旁，二夫人被婆子扶着先下去了，嘉芙跟着下，檀香上来，要扶嘉芙的时候，裴右安伸来手，轻挽了下她的胳膊，嘉芙站定脚后，他便松开了手。

两人要先送辛夫人回院，辛夫人说不必送，又道："右安，你若得空，我有两句话要和你说。"

裴右安应了一声，转向嘉芙道："你先回房吧，早些歇了，我稍后便回。"

他的语气很温柔，又吩咐檀香和刘嬷嬷先送大奶奶回去。

嘉芙看了一眼辛夫人，压下心中惴惴的情绪，只得转身先去。

裴右安送辛夫人到了她的屋，道："母亲有何话要吩咐？"

辛夫人望着他，脸上露出笑容："右安，我知你一向和我不亲，心里许也怪我偏向你二弟。并非我对你有成见。你也是我的儿子，还是长子，如今不但家中全靠你撑着，便是娘老了，也是要靠你的。只是你从小懂事，从不用我多操心，你二弟却没你能干，我这才多看他两眼。望你能体谅我做母亲的不易。"

裴右安道："这些母亲不说我也知道。不知有何吩咐？"

辛夫人这才叹了口气："今夜章家出的事，想必你也知道了。太子妃大庭广众之下，竟说太子肖想咱们家新媳妇，指名道姓，把你也给绕了进去，你在万岁和同僚跟前，恐怕有点失脸，毕竟这说起来不好听。新媳妇嫁进来这么些日了，我也不是说她哪里不好。我跟你说这个呢，更没别的意思，就是想着你是我的儿子，我不能眼睁睁看着你这样被人糟蹋名声。她那里，你回去还是说说她为好，免得往后又这样丢你的脸。"

裴右安道："母亲觉得我当说她什么？"

辛夫人一怔，迟疑了下："太子妃怎会凭空污蔑太子？想是实在气不过，这才说了出来。所谓人正不怕影斜，想必是她和太子有所往来……"

"不早了！母亲若无别事，歇了吧，我也回了。"

裴右安向辛夫人略行了礼，转身便出。

"右安！娘也是为了你的名声——"

裴右安忽地停下脚步，转过头，目光射向辛夫人，竟带肃杀厉色。

这么多年，辛夫人面前的这个"长子"，对她的态度虽偏于冷淡，但一直是守礼的，谨守做儿子的本分。

像此刻这样的神色，辛夫人还是头回见到，不禁吃了一惊，下意识地后退了一步。

"她是怎样的人，我比母亲你更清楚。怀璧其罪，母亲你难道不知道这个道理？一个发癫女子的胡言乱语，也值得你如此拷问于我？"

他用"拷问"，个中含义，不言而喻。

辛夫人说大吃一惊也不为过，望着裴右安，脸色渐渐难看起来。

"你……怎如此和我说话……"

她声音微微发抖，有些气恼，但对着这个仿佛突然被惹出怒气的长子，她又不敢再说什么。

裴右安慢慢地吐出一口气，待再次开口，声音里虽已不带怒意，语调却凉寒若水。

"母亲！"他说道，"你所谓的名声，十六岁时我失去的，远甚今日。那时我都未曾为自己发过一声，难道你以为今日我还会在意？

"从前你为我母亲，如今依旧如此。如你方才所言，倘若你真需我靠老，到那时，我若还在，必不会推却，但也仅此而已。我的事情，以及芙儿之事，往后望你不必过问。该当如何，我自己心中有数。

"不早了，你歇下吧。"

辛夫人僵在那里，望着裴右安消失的背影，整个人一动不动，只剩两片嘴唇不住地微微颤抖。

嘉芙没精打采地进了屋，洗了个澡，换好衣裳没片刻，裴右安就回来了。

嘉芙有些猜到辛夫人可能会对他说什么，悄悄观他脸色，见他面色如常，毫无异状，沐浴更衣，出来后，像往常那样去了书房。

他有每天晚上去书房的习惯。

最近，有时她会跟着他去，有时，他先去，她晚些过去。

到了书房，裴右安有时会被她分心，丢下事情和她亲热，两人一起回卧房。

但也有时候，面对她的美色，他岿然不动，只专心于自己的事。遇到这种情况，嘉芙就只能坐在一旁看书打发时间，直到最后趴在书上睡着，被他抱回卧房，或者撇下他，自己先回房睡觉。

总之，随着两人关系越来越亲昵，嘉芙现在出入他的书房，已经随意得如同卧房，根本不用问他的意思了。

她原本也可以像昨晚、前晚那样，自己直接跟过去的，但是因为今晚的事儿，她又变得有些畏手畏脚，留在卧房，一直等到亥时中刻——前头的几个晚上，到了这时

辰,两人都已回房了,因为这是嘉芙定给他的最晚就寝时间。

她是有理由的,而且振振有词。

祖母吩咐过,让她督促他不可歇得太晚。当时他拿她没办法的样子,瞧着似乎不大乐意,但最后还是点头说好。

今夜闷热,此刻房里纱窗虽都开着,却闷得没有半点风,叫人有些透不出气。

嘉芙来到书房,轻轻推开那扇虚掩的门,意外地发现他没坐在那张案牍之后,而是立于北窗之畔,双手负后,向着窗外的乌霾夜空,背影凝沉,仿佛已经这样立了有些时候。

嘉芙的脚步,便生生地停在门前。

裴右安听到她发出的动静,转过脸,看了她一眼,目光略带暗沉。

嘉芙迟疑了下,小声道:"不早了,你还不睡吗?"

裴右安朝她笑了一下,回身熄灭灯火,道:"走吧。"

两人回了卧房。灯灭后,裴右安仿佛有点疲乏,躺下去后,便闭上了眼睛,如已沉沉入睡。

嘉芙只觉帐中又闷又热,虽洗过澡,全身却汗津津的,又心思百转,如何睡得着。片刻后,她睁开眼睛,望着帐中模糊暗影里他那张沉静如夜的侧脸,鼓起勇气道:"大表哥,你是生我的气吗?怪我,让你蒙羞了……"

"我无事,也未曾生你的气。你莫多想,睡吧。"

耳畔传来他的回答之声。

她又睡了片刻,感到衣衫贴在后背之上,低低地道:"我有些热,我再去擦个身吧……"

她慢慢爬坐起来,摸索着撩开帐子,坐在床沿上,弯腰下去找自己的鞋时,腰间忽然一紧,被一双手从后箍住,她轻呼一声,人被他给拖回了帐子里,按在枕上。

嘉芙浑身血液翻涌,心跳倏然加快,还没反应过来,身上一重,他的身体便压了下来,将她牢牢固在身下,接着低头,一下寻到了她的嘴。

嘉芙被他压在身下亲吻,感到他力道极大,甚至被弄得有些疼了。

她不禁有些发蒙,不知他何以突然就这样了。

他已经不止亲吻过她一次,每次都很温柔,唇舌碰触,令她感到愉悦甜蜜。

这次却不一样,他的呼吸灼着她的面庞,亲吻像是占有似的,重重碾着她的唇舌,弄得她一点儿都不舒服。

"大表哥……你弄疼我了……"

嘉芙气都快透不过来,不住地摇头,好容易挣脱出来。

"唤我夫君!"

他的语气,带了不容置疑般的命令。

"夫君……"

嘉芙浑身战栗,娇喘着,顺从了他的话。

这个盛夏的夜晚,闷热而漫长。

外面不知何时下起了夜雨,雨水冲刷过庭院中的树木,积聚在游廊瓦头之处,哗哗地落下,带了雨潮的夜风浸润了一片纱窗,也渐渐带走了帐中的郁躁闷热。

美人犹如花碎玉软,眼角犹挂了一两点星星残泪,软绵绵无力地窝在裴右安的怀里,一动不动。

"方才弄疼了你吗?"裴右安低低地问。

嘉芙紧紧闭着眼睛,委屈般抽噎了一声,却又摇了摇头。

裴右安有些歉疚地吻了下她汗津津的额,将她搂住。

片刻后,嘉芙慢慢睁开眼睛,面庞红晕犹未散去,却将脑袋往他怀里又拱进去几分,抱住他的手臂软语:"大表哥,你在想什么?"

"太子妃怎突然发疯,经过如何,把你看到的,都仔细说给我听,一点细枝末节也不要落下。"

嘉芙微微仰脸,见他望着自己,咬了咬唇,轻声道:"我和她同桌,她起先好好的,吃了两杯酒,后来突然就发疯,先是骂唱戏的胡说八道,接着自己胡言乱语,拦都拦不住……"

裴右安眉头微微一皱:"你怎会和她同桌?"

"她定要我同桌,我推辞不去……"

"为何?当时怎么说的?"

嘉芙有点发虚,垂下了眼睛。

裴右安一手端起她的下巴,让她看向自己:"有事不要瞒我。"

"大表哥,要是我做了不好的事,你会不会像以前一样生气骂我?"嘉芙终于问。

裴右安一怔,大约是被她提醒,想起从前的事,笑了,眉目舒展:"我不会生气,更不会再骂你。要是真的不好,我会教你。"

嘉芙终于稍稍放下心,道:"那我就说了。太子妃发疯……是因为喝了药酒……"她看着他的脸色,见他目露诧异,急忙抢着道:"是她自己投药入酒!和我无关!"

裴右安从枕上坐了起来。

"到底怎么回事?"

他的神色变得郑重异常。

话都说到这地步了,嘉芙也不敢再隐瞒,跟着坐起来,把经过原原本本说了一遍,只是说到那宫人给自己倒酒的一段时,略改了改。

"那宫人往我杯中倒酒,被我无意看到她执壶手势异样,拇指揿了下壶柄,指下部位竟能动,稍稍落了下去。我便想到在武定时,我分明得罪过太子妃,她方才却如此盛情邀约定要我和她同坐,就留了个心眼,悄悄倒了那杯酒,她大约见我没事,又要灌我,被我推托了过去,再后来,趁着万岁圣旨过来,我就……我就……"

嘉芙吞吞吐吐。

"你就把酒换给了她?"

裴右安双眉微扬,表情极其讶异。

"大表哥,你答应过我不生气的——她欺人太甚,非要我当众出丑,我出丑不就是大表哥你出丑吗?我一时气不过,趁人不备,顺手就给换了……"

嘉芙有点慌,说着,也不管三七二十一,抱住了他,人就使劲往他怀里蹭。

裴右安喉结微微滚动了下,将她的肩膀和腰身扶住,阻止她往自己怀里钻。

"我没生气。你莫乱动,好好说话。"

嘉芙这才稍稍松了口气,哦了声,放开了他。

"她不知道我换了酒,喝了下去,然后就……疯了似的胡说八道……"

"大表哥,我真的后悔了,要是我知道她会说出那话,我就算再怎么委屈,忍下去也就算了,现在让你蒙羞,我心里很是难过……"

嘉芙垂下脑袋,一动不动。

半晌,他没有出声。

嘉芙心里渐渐难过起来,有点想哭,却强行忍着。

"过来。"

忽然,她听他说道,声音温柔。

嘉芙抬起眼睛,见他朝自己张开双臂,状似要抱,终于彻底放松下来。

他真的没有怪她!

"大表哥!"

她立刻朝他扑过去,裴右安没有防备,被她扑得整个人往后仰去,倒在了枕上,嘉芙便趴在他的胸前。

"大表哥,你真好。"

嘉芙亲了他一口,双眸亮晶晶的,声音又软又甜。

裴右安的心,在这一瞬间,彻底软成一团。

这个女孩儿,从她当初在武定驿馆里不顾一切地朝他跑来,死死抱住他的腰身不放那一刻起,他便感觉到了来自她对自己的全身心信赖。

仿佛他便是她的天。

裴右安其实自己也不是很清楚,为何她会如此信赖他,那时候,他和她之间所有的往来,不过就是小时候寥寥可数的几次碰面以及祖母过寿时的碰头,并且还不是很愉快。

但是她就这样跟上了他,他赶不走,也没法放开。

今晚他本是去接她的,却意外地得知了寿堂里发生的事。当时他确实怒了。接她回家后,辛夫人对他说的那些话,令他的怒意更添一层。

但他丝毫不是为了自己,而是为她。

太子对她的觊觎,他一直是知道的,她从前为了寻求他的庇护,也不止一次在他面前强调过这一点。但他还是疏忽了,以致今日因一妇人之妒,而令她蒙羞。

世人只会冠她以祸水之名，而无人知她怀璧其罪。

这女孩儿，全身心地依赖他，以为嫁给他，从此万事无忧。但就在今晚，倘若不是她自己机警，躲过这一劫，他无法想象，若她误饮下那杯药酒，此刻她将已经受到何等的伤害！

他那颗本软下去的心，瞬间便硬了起来。

"换了就换了，你没事就好。不是坏事，或许是向好之始。"

裴右安淡淡地道。

嘉芙睁大眼睛。

"你是说，太子杀人，太子妃当众妄诞，他们是要倒大霉了？"

"倒大霉未必，他们也不会坐着不动的，但往后有所收敛，则是必定。那酒壶呢，可是被人收起来了？"

"太子妃发狂时，扫落了桌上一些盘碟器具，酒壶也砸碎了。"

裴右安沉吟。

嘉芙忽想了起来。

"哦。是了！那个宫人倒给我的第一杯酒，我洒在了袖子里。我担心我闯祸了你骂我，晚上洗澡换下来后，特意放了起来，没让檀香收去洗，心想说不定能留个证据。"

裴右安有点意外似的，扬眉，伸手捏了捏她的脸蛋："小滑头！还不拿给我看？"

东宫。

哗啦一声，一桶夹着半化冰块的水朝着地上的章凤桐劈头盖脸地泼了过去。

章凤桐打了个哆嗦，意识渐渐清晰，终于勉强睁开了眼睛，一时却还不知身在何处，只觉浑身湿透，头痛得厉害，整个人极为痛苦。

她的记忆，还停留在今夜的寿筵酒席之上。

她模模糊糊记得，甄氏喝下了药酒，但除了头晕酒醉之外，没有半点她预期中该有的反应。

既已下定决心，她便绝不会轻易放弃。从小到大，也是因为这种过人的心性，才推着她一步一步走到了今天的地位。

倘不是如此，小时候，姐妹们斗花草、荡秋千，欢笑嬉闹，她又何以能熬过窗读之苦，去做一件件她原本并不感兴趣却能为自己赢得名声的事？

她没有容貌，恰又不甘泯然于众，靠着对自己够狠，才终于走到今天这一步。

在决定下手之前，她也曾再三犹豫。但曹氏的死法，犹如给她敲了个警钟。

此前她一直觉得，自己可以无视萧胤棠宠幸别的女子。

世上女子，于男子而言，不过分为两种功用。

第一种，上以事宗庙，下以继后世，这是正妻。

剩下的第二种，便全是伺候男人，满足男人欲望，如此而已。

她会是萧胤棠的前者，而那个甄氏，不过就只是皮肉色相，想来萧胤棠得到过后，久了自然也就淡了。

但现在，她渐渐有些沉不住气了。

萧胤棠对甄氏的上心程度，远超她一开始的想象。

曹氏跟了萧胤棠多年，算他宠爱之人，却仅仅因为听到了那样一句和甄氏有关的话，便被他给掐死了，事后萧胤棠也无半点后悔怜悯之色。

这令章凤桐感到些许惧怕。

人大多如此，越是得不到的物件儿，越是心心挂念。

她和甄氏打过几次交道。几次言语交锋，自己丝毫没有占到便宜，可见那女子绝非如她外表那般软弱。

更蹊跷的是，据她所知，这个甄氏从前和裴修祉似也有牵扯，又是这样的家世，竟能够在如此快的时间里，让裴右安这个天子面前的第一红人娶了她。

裴右安是什么样的人，从前在武定之时，章凤桐心里就清清楚楚。

章凤桐相信，没有异于常人的手段，这是绝对不可能达成的事情。

她有一种深刻的危机之感。

一旦日后，萧胤棠能够随心所欲了，谁能保证他不会为了讨好这个心机女人，想方设法扶她上位，继而废了自己？

扶原本的臣妻上位，虽看似荒诞，但只要皇帝想，总是会有法子的。

与其日后不可控制，坐以待毙，不如趁着如今萧胤棠还被制衡着，自己先暗中下

手,毁了甄氏。

她往酒里下的秘药,来自乌斯藏密宗,性怪而烈,吃下去后,灵台迷乱,宛若醉酒,效果因人而异。

天性暴烈者,即刻杀人。

天性狐媚者,当众宣淫。

章凤桐认定这个甄氏狡诈而狐媚,只要吃下药酒,众目睽睽之下,丑态毕露,将彻底毁去名声,不但裴右安会蒙羞,她不信,萧胤棠还会对她如此上心。

但是后来,事情仿佛有些不对……

她记得自己渐渐浑身发热,继而脑子昏沉,恨台上戏子聒噪。

她到底做了什么?

章凤桐头痛欲裂,挣扎着从湿漉漉的地上爬起,呻吟了一声,便觉脸庞一阵剧痛,啪的一声,一个耳光重重抽了过来,她整个人被扇得歪了过去,扑到地上,面庞犹如滴血,火辣辣地疼痛。

"贱人!竟敢当众诋毁于我!你是活得不耐烦了?"

一道冰冷声音在她耳畔响起。

她终于彻底清醒,睁开眼睛,转过头,看见萧胤棠一脸怒容地盯着自己,目光厌憎。

执壶宫人面无人色,跪在一旁瑟瑟发抖,几乎瘫软在地。

当章凤桐从这个亲信口中听到自己今晚当众做出的事、说出的话后,脑袋嗡地一响,眼前一黑,鼻孔里顷刻间便血流如注,滴滴答答,溅落在胸前绣了一只金凤的宫装衣襟之上,黄的黄,红的红,血斑蔓延,分外惨烈。

她瞪大了眼睛,一双眼珠子几乎都要爆眶而出,挥手狠狠一记耳光,便如自己方才受过的那样,扇到了那个宫人的脸上,宫人扑倒在地。

这远远不足解她心头之恨,她恨得几要生啖人肉,从头上拔下一枚簪子,狠狠胡乱刺向宫人,口里发出狂乱而愤怒的吼叫之声。

"你这贱人!连这点事都做不好!竟害我至此!"

噗噗噗——那宫人脖颈、脸庞上迅速多出几个血洞,人蜷缩成一团,一边抬手捂住脸孔,一边哀声尖叫:"太子妃饶命!奴婢怎敢害太子妃,奴婢记得清楚,太子妃杯里的酒是干净的——"

"还狡辩！我打死你！除了你，还会有谁知道？莫非你是故意想害我？"

章凤桐此刻并没有饮下药酒，却面色惨白，双目充血，头发散乱，鼻嘴染血，模样和癫狂无二，只见她扑向那个宫人，继续胡乱狠狠刺其胳膊，宫人发出惨厉尖叫，夜色中听起来，分外瘆人。

"贱人！害我还不够，想把李元贵的人引来不成？"

萧胤棠怒火中烧，上去一脚就踹在章凤桐的肩膀上，伴随着轻微咔啦一声，章凤桐人飞扑出去数尺，倒在地上，那沾血的簪子也脱手飞了出去。

来自肩膀的剧痛，让她神志似乎突然间又清醒过来，不过挣扎数下，她竟一骨碌从地上爬了起来，飞快地爬到萧胤棠的边上，一只手抓住他的衣角，哭道："太子，我真的不是故意的，我怎知道这贱人连倒个酒都能出错？我原本只想——"

她陡然停住，牙齿不住打着战，发出清晰的咯咯之声。

萧胤棠反手又一个巴掌甩了过去，蹲下去，一把揪住她的头发，咬牙切齿道："你本是想让甄氏喝下这酒当众出丑？是也不是？你这个蛇蝎妇人！亏我想着今日过去，好替你章家人长个脸，你这贱人，瞒着我动我萧胤棠的人不算，竟还惹出这祸事来！"

他猛地起身，抓起搁于案上的一柄长剑，拔剑指向章凤桐，朝她逼了过去。

章凤桐面无人色，在剑尖指向之下，一寸寸地往后挪移，终于被逼到了墙边，再无路可退。

"太子，你不能这样杀了我，杀了我，岂不是坐实了我说的那些话……"

章凤桐哀声泣道。

萧胤棠停住脚步，剑尖没再向前，却也没后退，凝固在半空。

原本英俊的面庞，五官已然微微扭曲，他死死地盯着墙边的章凤桐，目光闪烁不定，片刻后，慢慢收了剑，冷冷道："贱人！我的人这会儿守着宫门，父皇还不知道这事儿，我现在就和你的那个爹去父皇面前请罪，你脑子要是清醒了，到了父皇面前，该怎么说，不用我再教你了吧？"

章凤桐整个人斜挂在墙边似的，一动不动。

萧胤棠再不看她一眼，转身便走。

"太子！"

就在他快出去之前，章凤桐唤了一声，人靠着墙，慢慢地站了起来，两只眼睛犹如铜钱，在侧旁烛火的映照下，里面放出幽幽惨光。

"为今之计，只有一法，或许还能在父皇面前有所回旋，我这就去求皇后娘娘。"

她说了自己的法子，声音不住发颤。

"甄氏之事也就罢了，你杀了曹氏，若此事被认定，即便曹家人不敢追究，言官必也不会放过弹劾，到时就算父皇有心要将此事揭过，也要有个交代的由头……"

萧胤棠眯了眯眼："你是在威胁我？"

章凤桐忍住肩膀疼痛，跪了下去："太子，此事确是因我而起，我如何无关紧要，便是父皇赐我死罪，也是罪有应得。只是你我如今是一根线上的蚱蜢，洗脱了我，才是洗脱太子自己，这道理，太子应当比我更明白。"

萧胤棠用憎恶的目光，掠过她宛若厉鬼般的一张青白面孔，冷冷道："还不快去？"

章凤桐应了声是，萧胤棠迈步，走了一步，又停住，转身道："贱妇，这回若侥幸过关，你给我记住，你要是再敢妄动甄氏，她便是少了一根头发，我也绝不会轻饶于你！"

章凤桐面色青白交加，人软倒在地，萧胤棠早已经大步离去，她的亲信宫人这才畏畏缩缩地走进来，看了眼状若厉鬼浑身湿漉漉的章凤桐，畏惧的目光又投向还在地上挣扎呻吟的那个宫人。

"都是死人吗？还不扶我起来？"

章凤桐厉声喝了一句，因提气，觉肩臂剧痛，这才醒悟，方才应是被他给踹断了骨。她强行忍住疼痛，扭曲着脸，被人慢慢扶住，命速速梳头更衣，经过地上那宫人身边时，朝一个太监做了个眼色。

太监会意，上去捂住那宫人的嘴，像拖死狗一样将人给拖到了阴暗角落。起先还有断断续续呜哇挣扎声传出，很快，这声音便轻了下去，最终归于沉寂。

第十三章 旧事

萧列登基以来,卷不辍手,事必躬亲,昨日又因地方旱灾急需赈灾拨款的奏报,连夜召户部堂官议事,深更未眠,今日连轴上朝,几本重要些的奏折,晚间召裴右安和吏部何工朴、张时雍等人商议勾批之后,倍感疲倦,便睡在了便殿。甫入梦,他便被李元贵唤醒,得知太子妃在今夜为母庆寿的宴堂之上,众目睽睽之下,竟酒醉发癫,举止失仪,吃了一惊,随即皱眉道:"怎会如此?罢了,叫她下回禁饮酒便是!"

李元贵道:"万岁爷,若只这样,怎敢惊扰到万岁爷面前?实在是太子妃说了些话,恐要惹出轩然大波,太子和章老恐万岁降罪,这会儿人都来了,就跪在殿外,恳请万岁恕罪。"

"说了何话?"

李元贵小心将话复述了一遍。

萧列僵住,猛地将崔银水方才递来的腰带掷摔在地,怒道:"岂有此理!竟会有

这样的事!"

李元贵慌忙将腰带捧起,见上头镶嵌的一块宝玉已然碎裂,示意崔银水换一条来,自己躬身道:"是,是,想来只是太子妃醉酒乱语,只是当时人太多了,瞒是瞒不下去的,故太子和章老都来向万岁请罪。"

萧列怒道:"说都说了,来向我请罪又有何用?"

李元贵迟疑了下:"那奴婢去传话,让他们退下?"

萧列起先不语,忽道:"叫太子进来,让章老回去。"

李元贵应是,急忙出去传话。片刻后,萧胤棠快步入内,神色惶恐,跪下去便叩头不止,道:"父皇,太子妃酒后失德,竟满口胡言乱语,儿臣殃及池鱼,感慨愤怒之余,更是惭愧,愧对父皇平日谆谆教诲,恳请父皇责罚!"

萧列盯了他一眼:"你媳妇说你掐死曹氏,可是真的?"

"醉酒乱语,怎会是真?那曹氏跟我多年,与我感情甚笃,平日也无错处,我为何要杀她?便真的黑了良心,也断不会送掉她的性命!当时王太医也在,亲自为她诊的病情,父皇若是不信,可召王太医来询问!"

萧列哼了一声,冷冷道:"朕信你容易,只是你叫朝臣言官如何信你?"

"父皇!外头那些人不信也就罢了,若连父皇也不信儿臣,儿臣快要冤死了!"

"住口!"

萧列勃然大怒,操起案上一本奏折,朝他劈头盖脸掷了过来。

"你若不愧屋漏,她便是烂醉如泥,如何能凭空编出这样的话来诽谤于你?"

"父皇!儿臣确实有罪。事情既到这地步,儿臣也不怕说了。儿臣从前被甄氏救过,确实对她动过心意,这儿臣认,只是后来,甄氏被父皇做主嫁了右安,儿臣便就此断了念头,再无半点不当有的非分想法。只是这个章氏,看似豁达大度,实则最是小肚鸡肠。她本就不满儿臣冷落于她,见儿臣与曹氏相和,又知儿臣从前曾有意于甄氏,心底妒恨不已。平常自然不会外露,今夜醉酒,心魔失控,想是在她心底,恨不得儿臣身败名裂,故胡言乱语发作出来,请父皇明察!亦可叫她来,一问便知!"

萧胤棠说完,不住叩头。

萧列冷眼看着他。

便在此刻，李元贵的声音从外传来："皇后娘娘到！太子妃到！"

萧列抬起头，见周氏匆匆入内，身后跟着脸色憔悴的章凤桐，两人入内，章凤桐跪在了萧胤棠的边上，周氏却神色激动，道："皇上！不得了了！这后宫要乱了天了！有件事情，臣妾不得不说！太子大婚之前，臣妾便得了密告，说那曹氏嫉妒太子妃，于宫外寻了方士，暗中对太子妃施展巫蛊之术，能让人失心疯，做出妄诞之举。全怪臣妾，当时并不相信，想着曹氏平日看着老老实实，怎会做出这种事情，想是哪里得罪了人，被诬告到臣妾面前，当时便将那人打了一顿，骂了出去。没承想今夜太子妃竟出这样的事，臣妾这才惊觉，方叫人去东宫太子妃的居所，果真竟在她的床下找出恶蛊之物！实在是骇人听闻！"

她朝外唤了一声，那林嬷嬷便躬身入内，跪在殿门口，双手高高捧着一个托盘。李元贵过去，将那托盘取来，里面放了一个白面小人，脸上写着太子妃的生辰八字，胸口后心扎着银针。

周氏也跪了下去，流泪道："万岁，全是臣妾之过！怪臣妾太过面软心善。若在当初得到消息之时加以警惕，将那曹氏拿了追查，也不至于酿成今日之过！太子妃是被恶蛊诅咒，今夜才当众失态，胡言乱语，那些说出的话，又岂能当真？不定就是曹氏恶灵作祟！求万岁明察！"

章凤桐深深下拜，跟着低声哭泣。

殿中气氛沉闷无比，再无人说话。

"启禀万岁爷！章老得知万岁不见，方才以额触柱，说要以死谢罪！这会儿头破血流，不省人事……"

李元贵又匆匆入内禀道。

章凤桐泣声骤然变大，又强行忍下。

殿内死寂，最后只剩章凤桐的低低饮泣之声，回荡在大殿那被烛火照不到的阴暗角落之中。

萧列脸色极是难看，目光从跪在自己面前的三人身上依次掠过，忽地冷笑了一声，自言自语般道："好啊，齐全了。"

他站起来，走到窗边，推开窗户，向着夜空伫立片刻，冷冷道："皇后和太子妃退下，太子留下。"

周氏和章凤桐从地上起来，退了出去，偌大殿内，只剩下父子两个。

烛火摇曳，萧列神色渐渐平和，沉吟片刻，道："胤棠，此处跟前，你我不是君臣，而是父子。子若不教，父亦有过。你和我说实话，曹氏到底是否被你所杀？太子妃平日如此稳重，今夜为何异常癫狂？"

萧胤棠低下头去，道："启禀父皇，曹氏确系暴病而亡，儿臣也极是悲戚，奈何无力回天。至于太子妃何以突然如此，儿臣不敢妄言，母后既在她床下找出巫蛊之咒，或许便是缘由。父皇向来英明，可派人去查。"

说完他再次叩首在地。

萧列望着俯伏于地的这个身影，眼里渐渐露出萧瑟失望之色。

"罢了，你去吧。"片刻后，他道。

萧胤棠谢恩，从地上起来，恭敬退后，待要出殿，忽被萧列叫住。

"跪下！"

萧胤棠心跳飞快，急忙又跪了下去。

"你听清楚了，朕能立你为太子，便也能废了你的太子之位！此下不为例。若下回再有失德之举，不必言官弹劾，朕这里，也绝不会轻饶于你！"

皇帝的声音不高，却一字一顿，如一把冰冷利剑，贯刺人心。

第二天，消息便传开了。

昨夜太子妃当众癫狂的原因找到了，竟是先前暴病死了的那个曹氏，因嫉恨太子妃，生前就对她行了巫蛊之咒，这才有了昨夜一幕，人证物证俱在，事情水落石出。

太子妃既是被人行了巫蛊之术，昨夜那些胡言乱语，自然全是失心疯后的妄诞不稽之言，若有人私下再拿去传议，一概以乱惑扰滋之罪加以惩处。

皇帝派人去了朱国公府，安慰昨夜被掐住脖子险些背过气的老夫人。曹家上下，如履薄冰，无不战战兢兢，曹氏之父跪在皇宫大殿之外，痛哭流涕，把头磕得破出了血，最后晕倒在地，皇帝让太医给他瞧了，说，念在曹家是武定旧臣，功勋卓著，曹家人对此事也分毫不知，故只夺去曹氏身后名衔，棺柩迁出皇陵，命曹家自行安葬，另外一概不予追究。曹家感恩戴德，领旨行事。

接下来，太子妃再没露面，据说受那巫蛊之害，患了一场大病，如今一直在调养身体，待好转之后，再重履太子妃之责。

嘉芙在家，陆陆续续听到这些消息。

竟都被裴右安给料中了。

太子关乎国体。这事虽然闹得有点难堪，但就算是真的，充其量也就证明太子性情暴虐，私德有亏，而这些都是虚的东西，只要善加引导，便有洗心革面的可能。所谓王子犯法与庶民同罪，不过如同大同世界，天下为公一样，只是古来圣贤的一种理想罢了，哪怕杀了侧妃，也远未触及帝王那条不可容忍的底线，且皇帝新登基不久，一切朝局，无不求稳，寄希望于皇帝会因此便真的动太子，这不大可能。

他正需要一张可以将这件事揭过的梯子，现在梯子递了过来，他也就接了。至于是真是假，信还是不信，反倒都是其次了。

这些都是事后的一天晚上，嘉芙跟去书房伴读之时，裴右安解释给她听的。

嘉芙有种茅塞顿开之感。

她原本颇为自己那晚上的一时冲动之举感到后悔，但听他的口吻，反正她那天晚上干的事，不叫坏事。

最后他将她抱坐到膝上，对她说，之前是他过于疏忽了，以致让她险些出事，他向嘉芙保证，说往后一定会加倍小心，再不会叫她遇到像前次那样的凶险之事。

有他在，嘉芙真的很是安心，除了点头，几乎什么都不用多想。

她辛辛苦苦连逼带骗，终于让他娶了自己的这个男人，就像是一株参天大树，替她遮风挡雨。

过了两日，嘉芙哥哥甄耀庭到了京城。

小半年不见，哥哥言行举止之间，虽还是偶可见从前的一点稚影，但比早先，已经不知稳重多少，人也黑瘦了些。当时兄妹碰面，无比欢喜，嘉芙在家中一直留到傍晚，裴右安从宫里出来便过来了，留下一道吃了晚饭，才接嘉芙回府。次日，孟氏领了儿子登门来拜望长辈，磕头过后，老夫人说都是自家人，不必那么多避嫌，留甄耀

庭在跟前一道说话。老夫人问及甄耀庭的婚事，得知前头因耽误了，如今一时还无合适的人家，道："孩子年纪也不算大，婚事关乎终身，最是急不得的，慢慢寻访，合适才最要紧。"

孟氏不住点头："我也这么想的。耀庭打小顽皮，又不服我管，我从前就想着，将来媳妇，最要紧的便是知事稳重，好帮我一把。"

说这话时，嘉芙留意到哥哥转头看了眼身后门帘子的方向，想是在找玉珠，见那里不过立了两个小丫头，不见玉珠露面，目露怏怏之色。

再叙话片刻，老夫人听得孟氏说不日便预备回泉州了，道："倘若不急着回，何妨再多留些时日。再过些天，便是我二孙的婚事，都是亲戚，一道过来热闹热闹，吃了喜酒再回。"

孟氏听到裴修祉终于也要成亲了，心下终于松了口气，问了声女方，满口应承下来，转头对儿子笑道："这样再好不过了，咱们娘儿俩且再留些时日吧。"

甄耀庭正舍不得就这么回去，正中下怀，欣喜应下。

裴老夫人的身体，前几年间迅速衰老下去，也就这小半年间，精神才回好了些，但底子毕竟是掏空了，坐了半晌，渐渐面露乏色，孟氏怕扰了她休息，便起身告辞。

老夫人便朝外唤了一声玉珠，玉珠挑帘入内，听得孟氏母子要走了，叫自己代为送人，笑着应下，引了孟氏和甄耀庭出去。嘉芙也随了同行。

这趟过来，孟氏不放心，私下早再三地提点过儿子，命他再不可像去年那样做出那种私下堵人的事，免得再给妹妹丢脸。甄耀庭答应了。果然今日从头到尾，他除了中间听到老夫人和孟氏提及自己婚事之时回头找了几眼之外，举止毫无失礼之处，只是出来后，扶着母亲上了马车，要走了，心里不舍，忍不住又回头看了几眼。

玉珠别过了脸。

嘉芙看在眼里，不禁有些遗憾。

哥哥对玉珠，竟真是上了心，过去这么久了，这趟进京，昨天兄妹见面，她临走前，他还特意悄悄向她打听玉珠的近况，听到她没配人，松了口气。

裴家每年都会放一次丫头，今年也快到时候了，府里一些到了年纪的丫头，陆陆续续都有了着落，或者配人，或者出府。独玉珠，已是年纪最大的一个老姑娘，瞧着还没半点打算。恰就前几日，嘉芙来老夫人这边的时候，还听老夫人问过玉珠，说要是有想法，尽管说出来。玉珠当时脸有点红，飞快瞧了眼嘉芙，摇头说并无想法，仍只愿一辈子伺候老夫人。老夫人当时笑着叹了口气，说，自己不知道哪天就走了，她伺候自己这么多年，不好再耽误下去。

嘉芙想起那日和她一同坐车从白鹤观回来时，她一反常态地沉默，神色间略见感伤。想是那女冠的身世，引出了她对自己幼年遭遇的回忆。

嘉芙原本想着，玉珠若对哥哥也有心，不如自己厚着脸皮，去老夫人那里说说。母亲一向喜欢玉珠，只会赞成，再凭老夫人的抬举，祖母那里，想必也不好拗着不松口。

若哥哥能娶玉珠为妻，往后家中内外，才算真的可以放心。

只是嘉芙看玉珠这一路出来，只和母亲以及自己说话，竟没看自己哥哥一眼，完全无心的样子。

她若无心，哥哥剃头担子一头热，也是无济于事，自己更不好贸然开这个口，免得有迫人之嫌。

只怪哥哥从前太过孟浪，给玉珠留下了糟糕印象。

嘉芙只得打消掉念头。

很快，裴家上下，都为裴修祉的婚事忙碌起来。

因娶的继室，那周娇娥从前也定过一次亲，后来据说两边八字不合，退了亲事，在家留了两年，如今两边都想着早些将婚事办了，一应礼节顺风顺水，不久，裴修祉便成了亲。

裴老夫人对裴修祉的这桩亲事显得格外上心，不顾自己精力不济，不但常常亲自过问，还出了一大笔钱，用以补贴操办孙子的婚事。

裴修祉犯事之后，不但丢了爵位，连同先前的都尉一职也一并给免了，如今便是一个白身。待他要成婚了，裴右安替他在皇帝面前请到了个荫恩，入幼官舍人营，得了个带刀散骑舍人的官职。

舍人营隶属于京营五军营下。这官职虽然没法和国公爵位相比，但能入营的，无不是公、侯、伯之勋卫子弟，好好历练个一两年，只要有本事，很快便能出人头地，一向是僧多粥少，许多世家子弟想入也入不了。

裴修祉虽是二婚，但除了没有赐婚之荣，当日娶亲之时，排场丝毫不亚于先前裴右安的大婚。裴府里来了许多宾客，除了冲着裴右安来的，还有不少皇后周家那边的人，当日从早到晚，热闹了整整一天。辛夫人忙里忙外，向来不怎么看得到笑的一张脸，红光满面，到处能听到她的笑声。

第二天早上，嘉芙看到了自己的妯娌周娇娥，比她大些，十八九岁的样子，人如其名，容貌颇好，打扮精致，两片薄薄红唇，很会说话。当时裴修祉站在她的身边，脸上也带着笑，但不知为何，笑容看起来却有些勉强，目光游移不定，飘到嘉芙脸上，很快又挪开了，似暗带沮丧羞惭。

嘉芙当时也没在意，没想到没过几天，就从刘嬷嬷那里听来一个消息，说二爷裴修祉洞房那夜，起先好好的，不久，值夜的在外头隐约听到里头仿佛起了争执之声，接着便安静了，接下来几夜也无动静。但昨晚半夜，裴修祉和周娇娥突然又吵起来，起先吵架声压得很低，但越吵越响，被外头听到了几句，竟是裴修祉骂她不知廉耻，不守妇道，周娇娥便砸了一地的东西，裴修祉当时怒气冲冲地出了卧房，去了书房。周娇娥哭个不停，下人急忙去把辛夫人唤醒，辛夫人匆匆过来，安慰新媳妇，又亲自去书房叫儿子，逼他回了卧房。

过后辛夫人虽然也将院中伺候的丫头婆子叫去，严令不准将事情说出去，但当时动静闹得太大了，在院子外头都能听到声音。刘嬷嬷平日好管闲事，跟着嘉芙进裴家还没几个月，已经认了好几个干女儿，方才从一个干女儿那里听到消息，立马就来告诉了嘉芙。

嘉芙想起裴修祉婚后次日早上的那副表情，隐隐有些明白过来。

刘嬷嬷应当也是想到了一处去，压低声道："这么看来，这个二奶奶几年前在家做姑娘时被退婚，应也不是什么八字不合，说不定是男家听说了什么，这才在家干留了两年，恰好如今皇后娘娘起了，这才有人问亲，嫁了二爷。她才进门没几天，走路就抬着下巴，除了对老夫人奉承，连二房那边的夫人都不放在眼里，听说把二夫人气得在背后说了不少话。我还道她有多清高呢，也就大夫人才把她当宝贝似的供着。"

刘嬷嬷脸上露出鄙夷之色。

嘉芙叫她不许再传话出去，刘嬷嬷点头："大奶奶面善心软，我不是怕你被她给欺负了，这才替你打听消息吗？你自己心里有数就行。放心，我的嘴有个门把的，我有数。"

次日清早，裴家两房，连同宗族，以及和裴家平日素有往来的人家，出动了数百口人，天还没亮，拉拉杂杂，陆续聚集到了裴家大门前，预备动身前往慈恩寺，去给老国公做七十的逢整冥寿。

冥寿也就逢十才做，十年一次，故此次，不但裴家操办异常隆重，要在慈恩寺里连做七天，以求圆满正日，宫中皇帝也派太监赐下御物。

替先人做冥寿，意在光前裕后，家人自然不用哭丧着脸，女眷们也都隆重穿着。裴右安为了今日，特意向皇帝告假，四更不到，天还乌漆墨黑，就起了身，叮嘱嘉芙再睡，自己便出了门，和裴荃安排各种事项去了。嘉芙此刻收拾完毕，去了老夫人那里，一起往门外去，天才蒙蒙亮，一路打着灯笼，转过那面照壁墙，见大门口灯火通明，人影憧憧，爷们和管事们匆忙往来，进进出出，那么多的人里，她却依旧一眼看到了裴右安的身影。入门房旁的一间花厅，等着被安排上马车的工夫，嘉芙看见他和一个管事行来，觑了个空，等在了照壁后。

裴右安和管事说着话，眼角却早瞥见了她。见她一手背后，另一手朝自己在招，停下脚步，叫管事先去，走到嘉芙身前，将她挡在了自己和照壁墙的中间，才低头望她，微笑道："何事？"

嘉芙看了眼左右，见无人，那只背在身后的胳膊飞快地伸了过来，朝他递来一包包了东西的手帕。

"你半夜就起了，事那么多，等下出发，到了寺里，想必也没空吃东西的，我怕你肚子会饿，方才顺便给你包了几种点心，有绿豆糕、乳糖饼，还有杏仁酥。杏仁酥是厨娘昨晚刚做好的，今早吃最好，又香又脆，一口一个，你要是饿了，填填肚子……"

"大爷，靖安侯到了！"

门口一个管事高声寻他。

嘉芙赶紧把点心往他手里一塞，扭身就从他胳膊旁溜走了。

裴右安低头看了眼手中被她强行塞来的点心，抬头，见她已经像只小兔子似的，

飞快跑进花厅，不见身影，嘴角不自觉地微微弯了弯。

他的这个小稚妻，真的是在拿她自己的口味在养他。因为他从没拒绝过，所以从最早的那碗雪耳芋奶羹开始，一发不可收拾，晚间给他做的吃食，全是甜的，现在塞给他的，也是能把人甜掉牙的点心。

但他好像渐渐也觉到了甜点的滋味，似乎并非那么不喜。

四更起忙到现在，刚起来时吃下去的那点东西，早就已经没了，此刻被她一说，他好像确实有些饿了。

裴右安展开手帕，拈了块杏仁酥丢进嘴里，几下咽入腹中，将剩下的包起收入袖中，方转出照壁，朝着大门而去。

男宾和众管事仆从先行回避，马车一辆辆地依次停到裴家大门之前，请女眷们先上车。

照原本的安排，裴老夫人带两个孙媳妇同坐一车。嘉芙和玉珠搀老夫人上去，辛夫人和孟二夫人在后虚扶，人坐定了，却依旧不见周娇娥的身影。

二夫人玩笑道："嫂子，你家新媳妇莫非和老二这会儿还在房里舍不得出来？方才不止新媳妇，老二我也没见着。也就新婚宴尔才会如此了。"

辛夫人大约也觉得脸面有点过不去，略讪讪的样子，吩咐身边一个丫头去瞧瞧，才吩咐完，转头便看见周娇娥和裴修祉从二门方向过来了。周娇娥打扮得千娇百媚，妖妖娆娆地靠着裴修祉，裴修祉脸色却极是勉强，抬头见众人视线都望了过来，抬脚待要撇下周娇娥，却又仿似被她唤住，勉勉强强，最后终于和她一道到了马车前，方告罪迟到。

二夫人笑得越发亲切，夸小夫妇恩爱，羡煞旁人。裴修祉神色极是僵硬，笑得比哭还难看，周娇娥却似面露隐隐得意之色，直到老夫人在马车里说了一句"上来吧"，这才被人扶着爬上去，和嘉芙相对，坐在老夫人的另一侧。

上了车，周娇娥向等着自己的老夫人赔罪，话下隐隐之意，便是一早因被裴修祉缠着，自己这才迟了。

老夫人不过笑了笑，并没说什么。

晨光熹微。

在晨起路人充满艳羡的目光注视之下，裴家这支头尾长达数箭之地的出行队列，沿着街道而动，说不尽的富贵香尘，迤逦出城北，朝着慈恩寺去。

嘉芙对慈恩寺并不陌生，算起来，这已是她第三次来此了。

裴府要做冥寿，今日整个寺院都被包下，没有一个别的香客。一行到了后，被山门外等着的僧人恭迎迎入。女眷们略略更衣安顿了一番，便开始法事，由长孙裴右安主持，领裴家之人追荐牌位，叩拜完毕，大殿里四十九名僧人齐诵忏经，侧殿则摆上素斋席面，流水款待那些随后陆续到来的宾客，场面热闹无比。

嘉芙在大殿里随老夫人听经到了中午，法事暂停下来，用过斋饭，因早间也陆续来了些别府女眷，辛夫人和孟二夫人此刻忙着迎来送往，正是忙碌，便自己送老夫人去往铺设好的一间清静后厢，服侍歇了下去。老夫人叫她也去歇了，不必再守在自己跟前，嘉芙应了，出来时，听下人来报，说秦国公夫人也来了，方才问起大奶奶。想起那晚上在章家时两人同坐，颇为谈得来，她既来了，又问起自己，嘉芙不好不去见，便带了檀香往前头去。

此刻正是晌午，天气正热，太阳火辣辣地在头顶悬着，嘉芙便拣了一间带檐廊的配殿走，寺里僧人们此刻也各自都去用饭歇息了，周围不见半个人影。哪知她才转过一个拐角，忽见对面前头，裴修祉和周娇娥从配殿里走了出来，两人似乎刚在里头吵过架，裴修祉阴沉着脸，走得飞快，那周娇娥在后追着，手里捏着条帕子，似不甘心，继续追上来和他争执。

嘉芙怕遇到尴尬，忙退了回去，因方向不同，便想等这俩人先走，自己再继续往前。不想两人没走几步，却又停了下来，争执声音渐大。裴修祉说若非被他识破，此刻已经被她蒙蔽，周娇娥便抽抽搭搭哭了起来，骂他血口喷人，没有良心。

嘉芙听这两人吵架，看样子也不知要吵多久，正想掉头离开，又听到辛夫人的声音传了过来。嘉芙忍不住好奇之心，回头示意檀香噤声，自己悄悄又将脑袋探出去一点。

果然，辛夫人匆匆过来，将随行的几个丫头婆子远远给遣开了，这才压低声，呵斥自己的儿子，又安慰周娇娥。

周娇娥哭得成了泪人，一边拭泪，一边哽咽道："娘，你也看见了，我既嫁过来，

便想好好过日子的，偏他横竖看我不顺眼，鸡蛋里挑骨头，天天找我的事。他要是看不上我，我也不赖你们家，我这就去向皇后娘娘禀了，让她做主，大不了一拍两散，也省得我天天被人这么欺负。"

辛夫人忙搂住她，口口声声"我的心肝儿"，百般抚慰，又令儿子向她赔礼，裴修祉瞧着极是不愿，但拗不过辛夫人，终于勉强向周娇娥赔了个不是，周娇娥这才渐渐止住泣。辛夫人便命儿子送她先去午歇，裴修祉却站那里不动，说自己还要去前头陪客，辛夫人看着十分气恼，却强行压下，改口说这里日头毒，让周娇娥先回，自己再好好教训儿子，让他晚上回去了再好生向她赔个不是。

裴修祉脸色铁青，周娇娥却面露得意之色，瞥了丈夫一眼，扭头款款离去。

"娘！她分明不守妇道。那晚上想用手段蒙混过去，被我给识破了，你为何还如此护她？我要休了她！"

等周娇娥一走，裴修祉便冲自己母亲嚷了起来。

辛夫人捂住他的嘴，看了下左右。

嘉芙忙将头缩了回去。

辛夫人将裴修祉扯到靠里的一个角落，狠狠拧了一把，这才压低声，叱道："你怎如此没脑？娶都已经娶了，你这么闹，叫人都知道了，丢脸的反倒是你自己！"

裴修祉道："大丈夫岂能忍下如此羞辱？我要休了她！"

辛夫人沉默了下，道："修祉，你心里恨，我又何尝不是？只是如今，咱们娘儿俩无依无靠，她那边却能和皇后娘娘说上话，日后不定还要指望她家提携，你还是忍忍吧。"

裴修祉声音惊讶："娘你这话什么意思？不是还有兄长在吗？"

辛夫人脸色渐渐阴沉，目光里露出懊恼之色，咬牙，终于下定决心，附到儿子的耳旁，低声说了一句话。

嘉芙听到裴修祉骤然提声，声音充满骇异："什么？大哥不是娘你生的儿子？"

辛夫人一把捂住儿子的嘴，嘘了一声。

坦白说，嘉芙原本只是八卦心发作，听个热闹罢了，反正她也不会外传出去，不提防突然间听到这一句话从裴修祉的嘴里冒了出来，立刻竖起耳朵。

辛夫人再次看了下左右，将儿子扯进那间配殿，顺手将门又关上。

嘉芙听到说话声消失，关门声传来，知两人应进了配殿，心怦怦地跳，实在是忍不住，回头示意檀香在这里等着，自己蹑足出了拐角，来到一扇槅窗之前，靠过去，屏声敛息，仔细听着里面的说话声。

辛夫人将儿子引到配殿一处角落，这才道："修祉，这事我原本是不敢告诉人的，若叫老太太知道了，便是大事。只是她既不仁，不管我们娘儿俩死活先说了出来，我便也不义了。你听了，自己知道，心里有个防备就好，千万不要叫别人知道。裴右安现在得势，不是我们娘儿俩惹得起的。"

裴修祉一头雾水："娘，你到底在说什么？"

辛夫人沉默下去，陷入了对往事的一片回忆。

二十四年前，她嫁了卫国公，一个俊朗英雄的如意郎君，几个月后，便如愿有了身孕。却没想半年后，有一天，卫国公告诉她说，他在外头有了一个儿子，刚生下来没几天，母亲已没了，他希望让那孩子活得体面些，打算将他抱回家来，要她将那孩子认在自己的名下，把他当成亲儿子来养。

卫国公说，他会先将那孩子养在外头，等她临盆那日，再将那孩子抱回来。到时无论她生男生女，对外便说她产下双胞。

卫国公还说，他知道这样对不住她，但那个孩子生下来便先天体弱，极有可能早夭。他说，如果她愿意接受，作为对她的回报，他向她保证，这一辈子不会纳妾。

辛夫人当时无疑是痛苦的，丈夫在外头和别的女人生了孩子，如今竟还要她将那孩子认到自己名下。但是一番挣扎过后，她最后还是答应了。

丈夫既然这么开口了，她若不应，便显自己气量狭窄。如果那孩子真的早夭了，对她自己孩子的影响应也不大。并且，卫国公的许诺，也是令她动心的原因之一。

她答应了下来。到了生产那日，她生下了一个女儿。果然，当夜，那孩子就被悄悄抱了回来。

辛夫人看到他的第一眼，便知道卫国公应当没有骗自己。那孩子生得极好，应该已经几个月大了，却弱得和只小猫无二，看起来并不好养。

那一刻，她对那个孩子的感情是非常复杂的，心底里除了厌恶，也掺杂了些怜悯。

她甚至也曾想过,就按照丈夫的意愿,好好地养他,直到他因病痛离世的那一天。

她自己生的女儿,不久就夭折了。而这个外头抱来的原本被认为熬不过去的孩子,却仿佛野地里的草,生命力异常顽强,虽跌跌撞撞,却慢慢地长大了。

辛夫人次年又生了自己的儿子。随着自己儿子长大,日子一天天过去,辛夫人对那个孩子的感情,终于渐渐开始发生变化。

卫国公确实兑现了他当初对她许下的诺言,直到十六年后他死在战场,也没有再碰过别的女人。那个在他死前两年进来的小妾,是皇帝的军功赏赐,来了后,便一直独守空房。

但是这已经远远无法令辛夫人感到心理平衡了。卫国公终究还是骗了她。那个野孩子不但没有死,才四五岁大,便开始显露他不凡的天资。他不但占了原本属于自己儿子的一切,在他的对比之下,自己这个身体健康的儿子,显得是如此平庸。

上天仿佛把所有恩赐和荣耀,都给了那个有着最下贱出身的孩子。

辛夫人后悔自己当初的点头了。她的心理,也终于彻底失去平衡。

她控制不住,开始恨这孩子,恨他为什么不像卫国公所说的那样早夭,恨他夺去了自己儿子的一切,这恨意一直萦绕着她,她挥之不去,直到如今。

如今除了恨,她还感到恐慌。

那天晚上,这个儿子在她面前说的那一番话,令她恍然大悟。

原来裴右安知道了自己不是他的亲生母亲!

他已经知道一切!

想起裴右安那晚上望着自己的目光,她禁不住打了个寒战,咬牙道:"你这个兄长,当初是你爹从外面抱回来放我名下养的一个卑贱私养子!从前他不知道身世也就罢了,如今必是从你祖母口中得知了。既知道,他口中说得再好听,如今做得再好看,心中必也是恨我入骨的,等你祖母没了,日后他怎可能善待你我?你不好好巴结住你媳妇儿,靠上皇后娘娘,日后咱们娘儿俩怎么死的都不知道!"

话语之声,隔着槅窗,隐隐约约地传入嘉芙耳中。

嘉芙一颗心蹦得快要跳出喉咙,听到里面起了脚步声,怕被发现,屏住呼吸,转身飞快回了原来的地方，朝一脸茫然的檀香使了个眼色，领着她便匆匆离去。

整整一个午后，她人在大殿里，陪在老夫人身边静听佛法，心却沉浸在中午听来的那几句话上，恍恍惚惚，神魂不定。

她终于明白了，为什么长子分明如此出色，却始终不得母亲欢心。

她想着裴右安曾经的结局，想着他十六岁那年从云峰跌落到污泥谷底背负一切独自出京的过往，想着他当时到底是何所思、何所想，腹中柔肠百转，心中满是酸涩爱怜。

听辛夫人的口气，裴右安自己也是知道这秘密的。但这个男子，山高水深，云淡风轻，平日根本就没在她面前表露过半分。

嘉芙心里难过极了。

只要裴右安能快活，她心甘情愿，为他做一切事情。

嘉芙自己在心里想道。

冥寿法事要做七天，到第七天圆满正日之后，将追立的牌位供于寺院，以飨受永久香火。

裴老夫人、两个儿媳妇及裴荃，今夜留下继续为老国公守法，守满三天，孙一辈的，白天事毕，傍晚便可归家，明日再来。

裴右安和嘉芙同归，但此刻他还有点事儿，人在里头没出来，嘉芙在丫头婆子和知客僧的陪伴下，立在山门的碑亭旁等着。她等了片刻，看见裴修祉和周娇娥先出来了。

和中午两人吵架的感觉已经截然不同，裴修祉此刻在周娇娥的身后，已没有丝毫怒气的影子。

裴家的男子，生得无不一表人才。裴修祉从前也曾轻裘宝马，意气风发，但这一刻，他身上的那种意气已经荡然无存，宛如一只斗败的公鸡，整个人从里到外，透出一丝萎靡，垂头丧气。周娇娥却和他截然相反，不过一个下午而已，粉面含春，趾高气扬，身后跟了奶娘、全哥儿，还有七八个丫头，一行人呼啦啦地出来。看到嘉芙立在碑亭前，丫头婆子纷纷喊她"大奶奶"，周娇娥脚步停了停，偏过头，朝嘉芙扯了扯嘴皮，露出半笑半不笑的样子，也唤了声"嫂子"，随即瞥了眼身畔的丈夫，捶了捶后腰，娇声娇气地道："修祉，我快累死了，下去还有段路，我半步也走不动了。"

慈恩寺位于山上,但位置不高,从山门下去到山脚,有一段几百级的山阶。

旁边丫头婆子似乎忍笑。

裴修祉面皮涨红,有些不敢看嘉芙,忍下羞惭,唤下人抬软轿过来,送二奶奶下山。

轿子很快抬到,周娇娥仰起下巴来到轿前,下人撩开轿帘,请她上去,她却不动,更不睬身边丫头伸来相扶的手,两只眼睛只看着裴修祉。

裴修祉跟了上来,勉强伸手相扶。

周娇娥面含得意,又瞥了眼嘉芙,这才扶着丈夫的手,弯腰入轿。全哥儿见了,便嚷着也要坐轿,轿子里没有声音。裴修祉无奈,正要吩咐人再去抬顶轿子过来,周娇娥已打起轿帘,含笑道:"小孩儿正长个儿,和我这种弱质女流不同,当多走动走动才对腿脚有好处。若他真走不动了,我下来便是,让给全哥儿坐吧!"她说着作势要下。

裴修祉忙阻拦,让轿夫抬了下去,转头吩咐奶娘抱全哥儿下去。全哥儿不依,被奶娘强行抱起,捂住了嘴,跟着前头轿子下了山阶。裴修祉护轿,匆匆离去。

嘉芙目送这一行人消失,转回头,见裴右安的身影渐渐出现,急忙迎上去。

裴右安看到她,加快脚步,很快到了近前,道:"等急了吧?方才和叔父安排明天的事,出来晚了。"

嘉芙摇头:"才一会儿而已。我不急。"

裴右安向知客僧道了声谢,便领着嘉芙,两人步下山阶,往山脚行去,刘嬷嬷和檀香带了另几个丫头跟在后头。往下走了段路,遇到一块略微耸起的山阶,裴右安脚步停了停,朝她伸过手来,嘉芙两根纤纤玉指,轻轻扯住了他的衣袖,他反手握住她的手,牵她跨过了那道山阶,稳稳地站定。

"小心脚下。"他低声道,随即轻轻松了手。

嘉芙的一根柔指却依旧钩着他的手指,恋恋不舍似的。两人衣袖下垂,倒将钩在一起的双指遮住了,从后也看不大清楚,只见两人靠得很近罢了。

裴右安微微偏头,瞥了眼身后不远处的丫头婆子,转回头,仿佛略一迟疑,终究还是没有抽回自己的手,任由她继续钩着。

嘉芙便悄悄地一点点钩紧他的那根手指,牢牢不放。

裴右安目光望着前方，神色如常，眸底却慢慢映出一层若有似无的笑意，那只手便被她一直这样钩着，走完了这段山阶。

车夫见大爷和大奶奶来了，忙赶着马车靠近，停稳后，取了脚垫放下，嘉芙踩上去，裴右安扶她进去，自己也跟着坐了进去，下人坐了后头接上来的另一辆马车，朝着城里驶去。

夕阳的金色余晖，洒满了整片田野，远处有农人赶着犁牛荷锄而归的身影。车厢一侧的窗帘子被卷起，一缕夕光从车窗透入，照在裴右安的身上。

他示意嘉芙靠在自己肩上养神，自己握了一册书卷，微微低眉，看起了书。

嘉芙依言，将身子歪靠在他的肩臂上，闭上眼睛，脑子里却全是白天听来的那些关于他身世的话。

背负这样一个出身，对曾经高贵如他而言，无疑是一种耻辱，乃至深刻的痛苦，想必连他自己，对此也是讳莫如深。嘉芙自然不会贸然告诉他，自己这个白天都听到了什么。

她想安慰他，想让他知道自己对他的心，却又不知如何开口。

她悄悄睁开眼睛，偷看着他。

他正凝神于手中书卷，夕阳染在他微微下垂的睫毛之上，睫尖恍若沾了一层细细金粉。

"你怎的了？有心事？"

那道睫毛忽地动了一下，裴右安转过了脸。

嘉芙摇头。

裴右安拿书角拍了下自己的额头，展眉而笑，用带了略微歉疚的语气道："是气我上来就只顾看书，没睬你？是我忘了。怪我不好。"

他放下书，朝她伸手，嘉芙立刻爬到了他的腿上，他抱着嘉芙，将侧望窗窗帘卷得高些，眺望窗外原野，说道："你嫁我也有些时日了，我每日忙东忙西，放你一人在家，从没带你出去玩过，你想必闷得很。过些时日，天气稍凉些，我带你去城东南的玉泉山走走。我记得我小时去爬过，景致不错，也好多年没去过了。"

"好的好的。"嘉芙点头如同捣蒜。

裴右安看了她一眼，笑了，低头亲了一口她的额头，柔声道："要是乏了，靠着我先眯一会儿吧。我不看书了，就抱着你。"

嘉芙嗯了一声，环抱住他的腰身，将脸贴在他的胸前，慢慢闭上了眼睛。

马车晃晃荡荡，嘉芙蜷在他的怀里，不知不觉睡了过去，也不知睡了多久，迷迷糊糊间，被他轻轻拍醒，睁开眼睛，才知已经到了。

裴右安扶她下了马车，两人进去，门房飞快迎了上来，说道："大爷，白鹤观迟含真女冠打发人来，说她阿弟吃了大爷前次开的药，病情好了不少，只是这些时日胃口不知为何，又败坏下去，前日曾请胡太医来看，也不见效，问大爷何时若有空，盼拨冗再施妙手。"

说着，门房又呈递上来一卷用卉纹锦缘经帙包裹起来的东西。

"女冠还送了这一卷经帙过来，说是为老国公冥寿手抄的一部上妙功德经。"

裴右安接过，打开经帙，翻开看了几眼，合了上去，带着嘉芙回房，换了身外出的便裳。

嘉芙原本睡得有点迷糊，此刻却早就清醒过来，知他预备出去，见他看向自己，压下心里冒出的异样之感，主动道："看病要紧，你快去吧。就是不要累着自己了，记得早些回来休息。"

裴右安问她："你还累吗？"

嘉芙略微茫然，摇头。

裴右安慢吞吞地道："若不累，陪我一起去？路上有个伴，也是好的。"

嘉芙一愣，才反应过来，顷刻间笑靥如花，点头道："好，那我就陪大表哥……"

裴右安顺手摸了摸她的脑袋，人已经往外去，道："你换好衣裳就出来，我去收拾下东西。"

天黑之时，马车停在了白鹤观的山门前。裴右安叫人通报，很快，里面快步出来服侍迟含真的一个小道姑，引着两人进去，行到太素馆前，小道姑飞奔入内，没片刻，只见小道姑手里打了一盏明角灯，迟含真从门里现身而出，迎了上来，似正要开口唤裴右安，视线忽留意到他身旁的嘉芙，不禁微微一怔，脚步停了下来。

裴右安携嘉芙上去，微笑道："今日与内子同去慈恩寺，一道回来，恰得知迟真人的口信，便携内子顺道同来。迟真人的手书经卷，我也收到，改日我会转呈祖母，用心了。"

迟含真的目光，终于从微笑脸的嘉芙身上收回，她定了定神，道："裴大人何须客气，裴大人对我阿弟有救命之恩，我也是偶然得知国公翁冥寿之庆，想着出家之人，无以为报，这才抄了一卷道经。大人和夫人快请进。"她说着，匆匆转身，引两人入内，又叫小道姑奉茶，裴右安道先去看病。

迟含真引他入内。

那孩子的气色比嘉芙前次看到之时，已经好了不少。裴右安替孩子仔细看了，要了太医上次的方子，看了一眼，说问题不大，应是前次那个方子引起脾胃失调，这回可适当增减药味，慢慢调理，过些天应该就会好转，太医的方子和自己所想一致，叫迟含真就照太医的方子抓药便是。

迟含真目含微愧，低声道谢，又为自己今日唐突打搅致歉。

裴右安道："何须如此介怀？你如今虽已出家，然我依旧视你如同世妹。下回你若还有事，无论何事，自己若感无力，尽管来寻我。我不在，寻我内人亦可，她必也会倾力相助。"

嘉芙见迟含真看了眼自己，便站到裴右安的身边，颔首笑道："夫君所言，便是我之所想。女真人云中白鹤，品志高洁，我对你一向敬重，请不必拘泥世俗。"

迟含真定定望着嘉芙，一时竟然无言，裴右安便收了东西，带着嘉芙告辞离去。

迟含真送二人外出，注目他两个的背影渐渐消失，目光虚空，转身慢慢回到自己修行的净室，将门闭合，再也忍不住了，双手掩面，眼泪从指缝间不绝而下。

杏黄道衫袖口从她手腕上滑落，只见雪白手腕之上，赫然竟有数道用刀尖所划的狰狞伤痕，旧伤未愈，新伤又添。

本是世间不俗花，一朝零落入泥溷。

他皎若明月，志烈秋霜，世上再无第二人，如他这般君子如玉。她本瞧不起他所娶的那女子，但今夜，在那与他并肩而立的女子面前，她却第一次深刻体察到了自己身上所藏之卑微，乃至于到最后，竟无地自容。

她分明早已心知肚明，他对自己并无半分绮情，却为何连刀割体肤之痛，亦不能驱去心中魔障？

嘉芙和裴右安回到家，已是深夜，两人沐浴更衣过后，便上了床。

裴右安亲了亲她，低声道："你就是个贪睡猫，睡不够就眼圈发黑。明早还要早起的。且睡吧。"说完，他便闭上了眼睛。

嘉芙凝视着他的面庞，却半点也不想睡。一会儿想着白天的事，一会儿想着方才那一幕，心底只觉有无数话要说，再也忍不住了，朝他伸过去一双软软胳膊，抱住他的脖颈，把唇贴了过去，附到他的耳畔，低声柔柔地道："大表哥，你要是有什么伤心难过的事，就告诉芙儿，芙儿会疼你、爱惜你的。"

裴右安原本一直称她表妹，二人关系渐渐亲近之后，随她家人唤她阿芙。再后来，上回有次缱绻，情浓之时，见枕上芙蓉娇面，香喘细细，弱骨轻肌，我见犹怜，犹不堪采折之态，他情不自禁唤了她一声芙儿，嘉芙听了，在他身下越发婉转承欢，颇是销魂。那回之后，裴右安便一直用这爱称来唤她了。

裴右安听到她这话，眼睫轻轻抖了一下，随之睁开眼睛。

嘉芙睁大双眸望着他，目光认真至极，见他望自己片刻，眸底仿似掠过一丝愉悦，偏嘴角勾了一勾，看起来似在忍笑。最后他伸手，哄孩子般，轻轻拍着她的后心，柔声道："我知道了，睡吧。"

他竟不信？或是觉得她的这话好笑？

嘉芙顿感沮丧，心里更是不甘，松开了环住他脖颈的双臂，改而紧紧抓住他那只拍抚自己的手，用力将它按了下去，加重语气道："大表哥，我说的都是真的！不管大表哥你如何，芙儿定会疼你、爱惜你一辈子的！"

裴右安舒眉软眼，凝睇嘉芙片刻，不再笑她，只低低地道："芙儿预备如何疼大表哥？"

他声音本就醇厚，此刻这般低语调笑，嘉芙只觉心肝儿都发颤了，一时勇气无限，爬到了他衣襟微散的胸膛之上，支肘和他对望片刻，见他喉结微动，情不自禁凑过去，香唇如蜻蜓点水，轻吻一下。

"大表哥想芙儿做什么，芙儿便会为大表哥做什么。"

她说得竟郑重异常。

裴右安惜她今日劳顿，一早出门，半夜方归，白天在寺里想必也是片刻不得空闲，故放她早睡，却不料，她竟不肯体察他的好意，对着他声声告白。情虽动人，却话语带稚，又做出一番认真的可爱模样，本是有些惹人发笑的，偏他竟也吃她这一套，听得快要不能自持了，她却还不肯停。

她越认真，便越撩人，他越发无法自已……

裴右安感到喉结被她轻吻，一时血气翻涌，仿佛轰的一声，血流冲刷而过，眸底顷刻变色，默默望她不语。

嘉芙见他这般盯着自己，神色略显古怪，心里不禁慌躁，又有几分懊丧。

天地良心，她方才真的没有半点别的念头，只是想让他知道自己对他的无限怜惜和爱意，只怪自己人笨嘴拙，怎就成撩拨他了？

嘉芙又羞又窘，面庞微微涨热，人趴在他的胸膛上，身子不敢再乱动半分，只慌忙解释："大表哥你莫误会我……"

裴右安只唔了一声，眸色越浓，顿了顿，又哑声道："再亲我吧！"喉结再次上下滚过。

嘉芙觉得有点看不懂他了，但想起自己方才说过的话，还是乖乖凑过去，再次亲他的喉结。

她听到他喉下仿似发出一声低低的咕噜之声，唇要离开时，后脑一重，竟被他抬手压住了。

嘉芙心里终究还是不甘，怀了几分委屈，在他的压制之下，气喘吁吁地奋力挣脱出半个脑袋："大表哥，我真的是……"

裴右安只觉再也无法忍耐了，一个翻身将她压在身下，低头便含住了她那张说的比做的要多的小嘴。

露湿翠云，裘上秾香，绣帏斜掩之处，锦帐里一枝芙蓉，含露向夜而开。

裴右安只觉狂情波涌，事毕，有些意犹未尽，也不睡下，且要再试，但见她汗湿额发，一副落花碎琼的不胜可怜模样，两只手捉了被头，鹌鹑似的将整个脑袋缩了进去，死死地捂住，就是不肯露出脸来，忍不住放声大笑。

时辰已至次日初更，值夜房里的仆妇正昏昏欲睡，突被内房隐隐传出的那几声男子笑声给惊醒，辨出是大爷的声音。

也不知这么晚了，他怎还不睡，且发出这样的大笑之声，仆妇实在有些匪夷所思，起身到窗边张望了一下，见那屋里还亮着灯。

裴右安笑完，便放过嘉芙，连人带被地卷着，抱去了浴房，出来后灭了灯，两人躺回床上，拥她入怀，手掌轻揉她的肩颈和后腰，为她放松消乏，待气息渐平，低声问道："你可是遇到了什么事？今晚怎突然和我说这些话？"

嘉芙贴在他的怀里，享受着他给自己摩背，感觉舒服无比，闭着眼睛打了个哈欠，迷迷糊糊快要睡过去时，忽听他这么问了一声，睡意又被驱走，迟疑了下，小手攀紧他的腰身，低声道："芙儿就是想大表哥你一直快活，对大表哥你好一辈子。"

裴右安心里涌过一阵暖流，将她抱得更紧了几分，在黑暗中，低头寻着她的唇瓣，啄吻了一下，柔声道："我知道了。累了吧？不早了，快睡吧。"

嘉芙心满意足了，却又不知为何，心底又隐隐似有一缕惆怅，说也说不上来的感觉。

她终还是嗯了一声，轻轻闭上眼睛。

夜终于沉静下去。

嘉芙睡得昏天暗地，也不知是几时，忽被外面传来的一阵叩门声给惊动，模模糊糊间，听到值夜仆妇的声音传了进来："大爷，宫里来了人，说万岁急召，请大爷今早起来，先进宫一趟！"

嘉芙醒了。裴右安已坐起来，撩帐下榻，亮了灯。

嘉芙揉了揉眼，跟着坐起来，探头出帐，看了一眼滴漏，才不过寅时两刻，便是离早朝也还有好些时候。

裴右安今日原本继续告假，要连告三日的，也不知到底出了什么事，皇帝这么大早竟派人来传裴右安。

裴右安披衣出去，开门问了一声，知是崔银水来叫的，便回来，自己一边穿衣，一边对嘉芙道:"我先入宫去了,你再睡吧。"

嘉芙哪里还睡得着,随意穿了自己的衣裳遮住身子,便下去帮他拿出朝服,里外穿好,开门唤人进来服侍洗漱,吃了几口东西,送他出了门。此时天还透黑,嘉芙听了他的话,回到床上又去睡,却睡不着了,只等天亮。

第十四章 秘密

　　裴右安出了内院，行至前堂。崔银水等在那里，面带微微焦色，正张望个不停，忽见裴右安现身，急忙迎上去，见了个礼，道："裴大人，烦请速速入宫。"

　　裴右安和他一道匆匆出去，边走边问："出何事了？"

　　崔银水方才是一路小跑而入的，这会儿气还有点不平，道："三更之时，宫禁那边直递来了川总督的八百里加急飞递，仿似和周进周大人奉旨去往荆襄平定流乱一事有关。具体情况咱也不得而知，咱在外头，只隐约听到万岁爷似乎大发雷霆，随后干爹出来，就叫咱来唤大人入宫。"

　　裴右安略蹙了蹙眉，不再说话，快步到了大门，从随从手中接过马缰，翻身上马，朝着皇宫疾驰而去。

　　寅时中，裴右安赶到御书房，远远看见里头灯火通明。李元贵人在外头，见裴右安来了，立刻迎上来，一边引他入内，一边低声向他说明事由。

确实是先前周进奉旨平定流乱一事,如今出了个大纰漏。

他初到荆襄之时,采取霹雳雷霆手段,将不从调令的流民先安上一个流寇之名,从毗邻的西南几个行省调集了兵马,集中发动猛烈围剿,初期效果显著,杀了一批"流寇",杀鸡儆猴之后,便以官府名义诱逼流民迁移。百万流民,被逼无奈,抛家弃地出来,踏上了一条不归之路。官府非但没有发放田地,给他们安排落脚之处,反而将他们全部发往边境戍边,不肯去的,当场便以流寇论处,驱赶到一起扑杀。无数的流民,被迫在皮鞭和棍棒驱赶之下,沿着江流往云、贵边境去,一路倒尸无数,加上天热,瘟疫横行,尸体漂在江中,臭气熏天,以致江面为之堵塞,惨烈之状,犹如人间地狱。

就在数日之前,一批不堪忍受的流民暗中呼应,趁夜起事,杀死了看守之后,夺了兵器,继而一呼百应,人越聚越多,竟达数十万之众,开始公然和官府对抗,掉头全部回往荆襄,沿路攻城占地,声势浩大,州官望风而逃,不敢应战。

周进见大事成,往京中送了捷报,随后便预备返京述功,得知消息,匆忙赶回,再次调兵欲行围剿之事。这川总督原本就和他不合,更看不惯他的所作所为,一纸快报,将他告到御前,详述种种,指责他贪功冒进,滥杀无辜,实是此次西南动乱之始作俑者。

"万岁气得一夜都没睡着,等不到天亮了,便命咱家将大人和兵部堂官叫来。那几个大人,应也快到了。"李元贵道。

寅时末不到,兵部尚书陈廷杰、右司马陆项、周进之父周兴以及太子等人,悉数赶到。

陈廷杰几个,从睡梦中被唤起,赶到皇宫,又从宫门口一口气赶到这里,无不气喘,尤其陆项和周兴,年岁大了些,两人更是汗流浃背,喘个不停。几人入内,见萧列神色阴沉,都有些摸不着头脑,叩拜过后,也没听到平身声起,便继续跪在那里。半晌,几人终于平身,听皇帝问:"周进去往西南抚平流民一事,可有进展?"

陈廷杰心中一松,忙道:"启禀万岁,恰昨日,兵部得了周进奏报,称因感皇恩,招抚后自愿出山复业之流民,总数达到五十万七千余众,擒获贼首三十人,斩首枭示共计六百二十人,其余免死充军者三万两千余人,缴获流寇仗兵刃共三千两百五十件、马匹牛骡五千余头,大获全胜,西南民众无不称颂天恩,臣昨夜已连夜写好奏报,正拟今日早朝向万岁奏捷……"

陈廷杰奏报之时,周兴面露得意之色。萧胤棠看了眼目光越发阴沉的皇帝,心中却忽地掠过一丝不祥之感。

皇帝点了点头,声音更沉了:"那些自愿出山复业之流民,都是如何安置的?"

"启禀万岁,周进捷报称,一些自愿归往原籍,余下皆欣然去往滇黔等地戍边垦田,从此归入户册,由流民转为良民,扰我大魏数十年之久的流民祸患,迎刃而解……"

"放屁!"

萧列大约太过愤怒,竟破口大骂这种乡俚之辞,几人无不吃惊,陈廷杰也呆住了。

呼啦一声,萧列操起面前那份奏折,朝着侃侃而谈的陈廷杰劈头掷来,厉声怒道:"这是四川部堂昨夜八百里加急发给朕的奏报,都给朕睁大眼睛瞧瞧,西南那边如今到底发生了什么!"

奏折砸歪了陈廷杰的官帽,掉到地上,顾不得扶正,陈廷杰急忙捡起奏折,飞快看了一遍,脸色大变,那边陆项、刘九韶立刻接过,也看了,对望一眼,递给周兴,周兴忙接过,扫了一眼,手一抖,啪嗒一下,奏折跌落在地。

"好一个出山复业!好一个称颂天恩!"

萧列站了起来。

"朕怕是怨毒之气,上冲于天!"

他这话说得极重,不止陈廷杰战兢,其余数人,连向来行免跪之礼的周兴,也扑通一声,跪了下去,口称有罪。

萧列冷笑道:"你们怕什么。要骂,恐怕也是朕在背后被人痛骂,不有阳谴,必有阴报!"

周兴连连磕头,颤声道:"万岁,周进急为朝廷铲除疽疮之患,以致行事不当。盼万岁看在他向来忠君体国的分上,予以宽宥!"

陈廷杰也道:"万岁,周进奏报,或有夸大功劳之嫌,但四川部堂奏报,未必也不是一面之词,臣请万岁明察,勿偏听偏信。"

萧列道:"朕听你的,便是兼听,听听别人的,便成了偏听,是也不是?"

陈廷杰额头沁汗，慌忙磕头请罪。

萧列目光扫向始终没有说话的萧胤棠，冷冷道："太子，朕若没有记错，当初是你举荐的周进，你还立下军令状，如今事未成就，反而惹出人乱，你怎不说话？"

萧胤棠叩头，一字一顿地道："父皇，周进贪功冒进，以至于酿出民乱，儿臣无话可说。当初既举荐了他，又立过军令状，儿臣甘愿同罪！只是父皇降罪之前，恳请准许儿臣戴罪立功，儿臣愿立刻去往西南，平定祸乱！"

萧列冷冷道："是要再杀一个浮尸满江，天下侧目？"

萧胤棠满脸涨红，御书房里陷入一片死寂。

萧列转向陆项："右司马有何见解？"

陆项四朝为官，算是朝廷元老之一，咳了一声，颤巍巍地奏道："启禀皇上，流民之乱，历朝皆有，前朝并非没有剿过，但均为一时之功，即便当时遣散，一旦遭遇天灾人祸，便又聚而生息，根深蒂固，难以拔除。且此次民乱，声势空前，西南又为万岁龙潜之地，万万不可掉以轻心。以臣之见，当务之急，便是尽快另派主事之人前去平乱。太子自告奋勇，但一国储君，存报效朝廷之心便可，万万不能涉险。以臣之见，或有一人能够胜任。"

他还没说出来，人人心中便已了然。

萧列问："何人？"

陆项奏："主事之人，当有雷霆手段，更需柔远绥怀之能。臣以为，非尚书台右丞裴大人莫属。"

天亮，裴右安没有回来。嘉芙起身洗漱后，只好先去了慈恩寺。

午后，便传来了一个消息。

太子舅舅周进手段不当，引发西南流民变乱，裴右安临危受命，被皇帝委任为平西南经略都督。因事态紧急，不日便要动身，离京去往荆襄平乱。

消息来得太过突然，裴老夫人立刻让嘉芙回了家，当夜，将寺中事情交托给了僧人，自己也带人赶了回来，为长孙饯行。

如今夏末，他这一去，也不知何时才能回来。

明天他就要动身走了，今天一个白天，人都在宫里。

嘉芙带着丫头婆子给他收拾行装，心里有点想哭，是那种依依不舍的感觉。但在裴家和下人面前，她却丝毫不敢有所流露。

到了晚间，裴右安终于从宫中回来了。

老夫人为他设了饯行家宴，两房人坐齐了一桌。

这一顿饭，席间气氛怪异。

孟二夫人那边，从头到尾一直在说笑个不停，无非在夸赞裴右安如何得君所用，辛夫人这边，脸上虽也带笑，却显然笑不由心。

皇帝已经下旨，不但革去了周进总督三省军务之职，也革了他兵部侍郎的官职，着令即刻回京，交由兵部大理寺问罪。

据说皇后为他求情，也被皇帝给驳了回来。

上次是章家，那事的余波还没有消尽，这次因为周进的事，令周家又成了众目焦点。

辛夫人替儿子娶了周娇娥，婚后发现这儿媳妇不妥，也忍了，就当吃了个哑巴亏，原本是冲着周家势力的，现在好了，才娶没多久，周家就这样被打脸。

辛夫人自然笑不出来。

饭毕，裴右安亲自送裴老夫人回屋。老夫人一番叮嘱过后，见裴右安欲言又止，便道："你放心吧，你的媳妇儿，祖母会替你照看的，盼你不负皇命，早些回来就好。"

裴右安下跪叩头，起身离去，走了两步，转头，见祖母坐那里，面含微笑，凝望着自己的背影，身形微微佝偻，看起来苍老无比。迟疑了下，他又回来道："祖母，我见你最近精神有些不济。我不在家，你自己定要保重。回去我会叮嘱阿芙，让她多加照顾祖母。祖母但凡觉察不和，记得请胡太医及时过府调理，我今日特意叮嘱过太医了。"

老夫人笑道："祖母知道。"

裴右安又看了眼老夫人，这才离去，走到门口，忽听老夫人突然又叫住自己，便停下，转身回来。

老夫人叫住他，一时却又没有说话，只凝视着孙子，良久，方低声道："右安，你可还记得你十六岁那年，曾被我打了一顿的事吗？"

裴右安沉默。

老夫人叹息了一声："那时你来质问我，你的生母到底是何人，你既非嫡长之子，为何要让你鸠占鹊巢，一错再错。便是如今，倘若你再来质问祖母一遍，祖母依然回答不了。你不会怪祖母吧？"

裴右安微微一笑："祖母，那时我不懂事，惹祖母伤心了。祖母不必挂怀，右安早就已经忘了当年之事，也再不会问。"

老夫人目中微微含了泪光，点头道："你能如此想，祖母甚是欣慰。如今祖母另有一话，想叫你记住。出身并非人所能择，生而在世，行走磊落，便足以无愧天地己心。我知你定能叫祖母放心。"

裴右安微微一怔，伫立片刻，再次朝老夫人下跪，郑重叩首："祖母放心。祖母今日教诲，右安必定牢记在心。"

老夫人笑道："从前你一人，祖母总觉得你来去了无牵挂，很不放心。如今娶了媳妇儿，祖母放心了。好了，我这里无事了，你回吧。明日便动身，你们两个想必也是有话要说的。"

裴右安起身，再次望了老夫人一眼，见她含笑，朝自己拂了拂手。

裴右安渐渐加快脚步，进了房，檀香、刘嬷嬷等人也不用吩咐，自己便相继出了屋子，顺带带上了门。

嘉芙扑到他的怀里，被他抱上了床。

是夜，说不尽的温柔缱绻。

嘉芙起先竟也忍得住没哭，直到天亮起身，帮他一件一件地穿上衣裳，最后扣上腰带，终是忍不住，掉下一颗眼泪，却立刻擦掉，笑道："大表哥，你放心吧，我会记住你的话，照顾好自己，也照顾好祖母。我和祖母一道等你回来。"

裴右安将她搂入怀里，用力地抱了抱。

天亮了。嘉芙和裴老夫人等人，一道送他出门。

她立在大门里，望着他的背影渐渐消失在晨曦之中。

"怎的,你不愿再陪朕了?"

那男子一张英俊面庞,堆积着人之将死的灰白阴影,目光微凉,看向那个跪在龙床前的绝衣女子。

后宫佳丽三千人,她是他的唯一宠爱。

"禀陛下,妾愿意。"

那女子回说,以额触地,长跪不起。

男子目露欣慰之色,用最后的力气,将她抱入怀里,怀着无限的遗恨和不甘,喃喃地对女子说:"阿芙,莫怪朕。若有来生,朕必许你一个皇后之位。"

萧胤棠大叫一声,猛地睁开眼睛,从床上弹坐而起,满头冷汗,因为恐惧,双手甚至微微发抖。

"太子殿下,你怎的了?"

睡在他身边的一个侍妾被惊醒,慌忙爬了起来,跪在旁边,用惊恐不安的目光望着他。

自从前次出了曹氏之事,太子的性情越发阴沉不定,太子妃的病,到如今也没养好,平日也不大露脸。据说东宫里闹鬼,曹氏住过的那屋,有时半夜三更,会传出瘆人的哭声,太监宫女,谁也不敢靠近,本就人人自危,不想半个月前,国舅又出了事,连累太子又遭皇帝申斥,私下之时,太子更是暴躁易怒。

萧胤棠猛地转头,看了眼身边的半裸女子,目中露出厌恶之色,说了声短促的"滚"。

侍妾如蒙大赦,连衣裳都来不及穿好,抓过来胡乱掩住身子,便慌忙下床,匆匆出了屋子。

方四更,正是夜最深沉的时刻。

萧胤棠慢慢躺了回去,闭上双目,却再无半分睡意。

他的脑海里,掠过了昨日白天的一幕。

昨日,宗室合阳王的母妃潘氏死去,朝廷讣闻辍朝一日,赐祭葬。萧胤棠前去祭吊,远远看到了卫国公府的女眷。

其中就有甄氏,他梦中的那个女子。

去年去往泉州，回来之后，萧胤棠便时不时会梦到甄家的那个女儿。

梦境很是奇怪。一开始，只是零星的、不成片的，他总梦到自己和她亲热。他贪恋她的身子，也喜爱她的温婉天真。

这原本也没什么，因当日她被他挟着同车出城之时，他便已经对这甄家女儿意动，日有所思，夜有所梦。

但渐渐地，随着梦境一再闪现，他隐隐开始意识到，自己似乎在梦中经历过另一个和现世互类，却又有所不同的人生。

这个现世，她嫁给了裴右安，这世上唯一一个他有所忌惮之人。

而在梦中，她先是嫁了裴修祉，继而被自己所夺，从此成为他的禁脔，直到他登基，方不过两年，因贸然亲征胡人，意外受伤不治，临死之前，他舍不得她，让她随自己殉葬。

一切就此戛然。

这样一个宛如经历另外人生的梦，之前模模糊糊，他想抓住看个清楚，但眼前总如蒙了一层迷雾。

但就在今夜，再次从梦中醒来之后，他终于清晰地抓住一切。

裴右安，在他还是个少年，被萧列带到武定开始，在萧胤棠心里，就埋下了不和的种子。

那时他就知道了，自己永远不可能如父王期待的那样，和这个比自己大不了多少的裴姓之人并肩而处。

彼时他们之间还没有冲突。他对裴右安的敌意完全取决于人性而已。

萧胤棠有才干，又身为王府独子，可谓集万千宠爱于一身，这也养成了他极端自负的性格。

他不能容忍旁人盖过自己的出色。

而裴右安的到来，打破了这一切。

他有少年卿相之名，这个世人加在他身上的美誉，丝毫没有夸大。在他来到武定，伤势痊愈之后，很快便展现出他过人的政务才干，及至后来，他的军事才能在武定起事和御战北胡的战事之中，更是显露无遗，如天上繁星，熠熠生辉。

萧胤棠固然也很出色,但永远也比不过裴右安。在裴右安身边,他注定黯然失色。

在他登基之时,裴右安已死去数年,但声望依旧不去。素叶城中,民众为他所建的祠庙终日香火不绝,每逢他的诞日,民众便从四面八方赶来烧香,对着他的塑像顶礼膜拜,许下祈福心愿。

死后的裴右安,在民众的心目之中,俨然已经神化,变成了能佑护他们平安的偶像。

萧胤棠登基之后,之所以不顾群臣劝阻,一意孤行也要亲征胡人,很大程度上便是受到了长久以来屈居人下的那种极度压抑心理的驱策。

他急于向群臣和世人表明,他萧胤棠并非不如裴右安,只是从前一直不得机会罢了。

除了嫉妒和怀才不遇之感,萧列在这个外人身上所投的超乎寻常的关注和爱护,也令萧胤棠极为不满。

他甚至有一种感觉,倘若裴右安是自己父亲的另一个儿子,那么他父亲必定会毫不犹豫地抛弃自己,改而将裴右安扶上世子之位。

嫉恨的种子,就这样一天天地在心底里生根发芽。

萧胤棠忍耐着。

后来有一天,发生了一件意外之事。

那是萧列登基的第二年。裴右安当时以功,位极人臣。就在他权势达到煊赫顶峰之时,恰逢胡人袭边。不知为何,他竟自请离京,以节度使之职戍卫关外,一晃数年过去,从此再未归京。

他的这个举动,当时震惊了满朝文武,包括萧胤棠。后来,虽还是不断有他威震北方、定边安民的消息传入京中,令萧胤棠时不时感到心底有如针刺,但那时候,他还是能压制自己的情绪。直到后来有一天,他却突然从自己的母后周氏那里,得知一个惊天隐秘。

周氏对他说,或许便是因为这个隐秘,裴右安当时才选择离开京城,皇帝也不得不放。

她警告萧胤棠,千万不要以为裴右安这么走了,就能高枕无忧。这是个非常可怕的隐患。一旦有朝一日,皇帝改了心意,那么他的太子地位必将岌岌可危。

萧胤棠这才如梦初醒。

多年以来的疑虑和嫉恨，在那一刻将他的心彻底淹没，他做了一个决定。

他知道裴右安在去往关外之后，这几年间，身体状况有些不佳，时有服药。

萧胤棠暗中谋划，费尽心思，半年之后，终于买通一个能靠近厨房的节度使府下人，往裴右安的药里悄悄投了一种无色无味的毒。

那是塞外的一个冬夜，白草黄沙，雪落蓟门。

那碗药被送到裴右安的书房后，他没有像往常一样立刻服药，随后便埋首于案牍公务，而是搁下手中笔管，对着烛火静坐了片刻。

炉中炭火熄灭，屋里寒气渐侵。

那个下人当时在外偷窥。根据他后来的描述，裴右安当时神色平静，仿似在出神地想着什么。

长年累月的案牍劳形，抑或是心力损耗，他的身形有些瘦削，面色苍白，如当晚他身上所穿的那件白色中衣，萧萧如雪。

他静坐良久，直到那碗药变得冰冷，再没有一丝热气。

最后他将目光落到药上，看了许久，就在那下人惊惶不已，以为被他识破之时，他却端起那碗药，一饮而尽。

当天半夜，裴右安旧病复发，大口呕血，部下闻讯赶至，涕泪滂沱，他面不改色，依旧谈笑风生，至天明溘然而去。

萧胤棠并不清楚，裴右安当时到底是窥到了什么，自己了无生趣决意求死，还是他真的误服毒药，最后呕血而死。

这并不重要，重要的是，在他梦中所历的那个世界里，自己如愿成了最后的赢家。

在裴右安死后次年，萧胤棠觉察到皇帝对自己的怀疑，为了避免夜长梦多，他策划了一场缜密的宫变，如愿顺利接位，成为大魏的新皇。

梦里的他，唯一的失算，便是登基之后的亲征。那个错误的决定，让他英年早逝，遗恨万分！

萧胤棠再次睁开眼睛，从床上一跃而起，大步来到窗前，振臂猛地推开寝殿那两扇沉重窗户，向着漆黑的无垠夜空，仰面长长地吐出胸中的一口浊气，只觉此前种种抑郁，荡然无存。

白天之时，他的岳丈私下对他说，如今他唯一需要做的，便是忍耐，以不变应万变。

只要皇帝没有别的儿子，而他懂得韬光养晦，这个太子之位，永远不会旁落他人之手。

他说得没错，萧胤棠也知道现在绝不是自己贸然动手的绝佳时机。

但这一场如真似幻的梦中经历，不但令他精神大振，更如滋养野心的沃土，令他油然生出一种智珠在握、占尽先机的畅快之感。

比起当一个受制于人的太子，他更渴望梦中那种提前到来的登顶之后睥睨天下的独尊之快。

他确实会忍耐下去的，直到合适时机，伺机而发，必不落空。

待他如愿登上帝位，他将绝不会重蹈覆辙。

甄氏在他的梦里，伸手可及，他生，她是他的人；他死，她亦是他的鬼。

而这个现世，他距她是如此遥远，如同今日偶遇，他对她可望而不可即。

但他知道，她迟早会是自己的，这是命中注定的。

如同梦里的一世，他是天命所定的真龙天子，最后他得到了一切。

这辈子，依旧会是如此。

这一点，他深信不疑。

合阳王母妃潘氏和裴老夫人是老姐妹，数日前去了，丧礼时，裴老夫人亲去了，回来后，许是天气突变，老夫人胃口有些失调，饮食日减，加上时节渐凉，便是白天，每日也多是在昏沉卧眠中度过。

嘉芙是有印象，梦中，裴老夫人似乎便是在萧列称帝后不久去世的。所以如今，一见老夫人身体不妥，且裴右安还不在家，她分外紧张焦虑，不但自己早晚用心服侍在旁，还三天两头地请太医前来调治。

但尽管如此，老夫人的身体，犹如一盏快要烧尽的灯，火光还是渐渐暗淡下去。嘉芙心中，渐渐感到一种不祥的预兆。

距离裴右安离家差不多一个月的时候，这日，嘉芙收到了来自他的第一封家书。

信不长，言简意赅，就如裴右安平日一向和她讲话的方式。

他告诉她，他在大半个月前，已赶到荆襄南阳一带，如今诸事正在开展之中，皆好，叫她无须挂念，也叫她代自己向祖母传个平安。

信后是他附的一页书单，说所列之书，他书房里全有。她若得闲暇，可照书单所列顺序，由浅至深，依次取来消遣。等她读完上头所列的全部书，料想那时，他应当也已归京。

自从裴右安走后，嘉芙白日照料裴老夫人，入夜全是相思，有时想他，想得深夜也无法入眠。今日终于收到他的信，信里虽无半句思念之语，但有这一纸他为自己所列的书单，嘉芙已是心满意足，心里几分甜蜜，又有几分遗憾，想着祖母若是身子大好，那该多好。

她去了老夫人那里。

老夫人一个上午都睡着，刚醒来不久，精神看起来好了些，听嘉芙转述了裴右安的家书内容和来自长孙的问候，面露笑容，不断点头。这时，辛夫人、二夫人以及周娇娥也都来侍饭，稍留了留，便被老夫人一概打发了回去。老夫人叫嘉芙也不必再留，回去睡个午觉，又特意叮嘱，她若回信，不要提及自己身体欠安一事，以免徒增烦扰。

嘉芙回到自己屋中，怎有心情睡觉，坐下便提笔，待要回信之时，刘嬷嬷进来了，站在一旁，欲言又止。

嘉芙问她何事。

刘嬷嬷到了近前，低声道："大奶奶，听说这两日，下人里暗有传言，说从前那个姨奶奶住过的屋里，半夜有哭声，还说……"

她顿了一下。

"还说什么？"嘉芙立刻放下笔，转过头来。

"还说……半夜曾有人看见一个吊死鬼披头散发，拖着长舌，在大爷从前住过的院子前头晃来晃去……"

刘嬷嬷看着她的脸色，吞吞吐吐地道。

嘉芙心里的怒意，在一点一点地往外翻涌。

裴右安离家才这么些天，老夫人又病着，这个国公府里竟然就又有了这样的传言。

倘若说，去年裴老夫人大寿，她在路过裴右安从前居所之时偶然听到那两个婆子的嚼舌，她还只是感到不忿的话，那么到此刻，"不忿"已经完全不足以表达她的情绪了。

她已是愤怒，无比愤怒。

她强忍住，问："是谁看见的？"

刘嬷嬷摇头："这个还不知。我也问过，但府里下人不少，两房各院传来传去，也问不清到底是哪个先传出这话的。"

嘉芙咬牙道："再去查！一定要把那个看见吊死鬼的人给查出来！想必吓得不轻，好生安抚安抚。"

她的语气很重，刘嬷嬷一愣，随即点头，转身就要出去，却又被嘉芙给叫住了，转头见嘉芙出神，片刻后，嘉芙忽地站起来，道："你不必查了，还是我去请人查吧。"

刘嬷嬷讶然，见她已经出屋，急忙跟上去。

嘉芙先回了老夫人那里，叫人将玉珠悄悄唤出来，问了声祖母，得知她方才吃了药，刚歇下，便将玉珠牵到无人角落，低声将方才听来的话说了一遍。

玉珠大吃一惊，双眉倒竖，怒道："这都是什么人在嚼舌？要好好管一管了！不管哪个，有没有体面，抓住了就是撕烂嘴巴，也是便宜那些臭嘴！"

嘉芙道："我也是想着，要过问一声了。就是祖母最近精神不济，我怕这些污言秽语传到她老人家耳朵里惹她生气，祖母还不知道就好。劳烦你多看着些。"

玉珠点头："大奶奶放心，老夫人跟前的人，我都知根知底，偷懒爱嚼舌的，我是不会给脸面的。大奶奶既特意提过，我自会更加留心。"

嘉芙微笑着，握了握她的手，转身被送出来后，便叫檀香去请孟二夫人，自己随即去往辛夫人的正院。

辛夫人这会儿正在全哥儿屋里，一脸怒气，训斥奶娘偷懒，没有帮午觉时尿床湿了一身的全哥儿及时净身，不干净便罢了，这样的天气，湿着屁股，怕要着凉。奶娘有些委屈，辩解道："早早就叫小红去厨房取热水了，小红回来说，恰烧好一壶，就被二奶奶屋里那个叫香梅的丫头给提走了，说二奶奶急用热水，让小红再等等，这才迟了的。"

辛夫人大怒，一下摔了手里的衣裳："反了天了！真以为自个儿是天仙下凡了！

眼里还有没有规矩！"

奶娘嘀咕着，撺掇道："可不是嘛，说的就是这个理。全哥儿这些时日怕是连二爷的面都没见着几次。夫人是该立立规矩了。"

辛夫人脸色极是难看，满腔怒火，便要叫人去将周娇娥唤来跟前训话，话到嘴边，又生生吞了回去。

周家最近虽说灰头土脸，但皇后的中宫之位摆在那里，指不定哪天就又翻身了。皇后对周娇娥似乎也颇为关爱，就前几日，还打发宫人给她送了些宫中赐物。况且，这周娇娥的性子实在有些泼，要是她不服管，为这个闹起来传出去，老夫人那里嫌自己无能也就罢了，更怕要被二房的人在背后讥笑。

辛夫人恨一阵，怨一阵，犹豫不决之时，忽听丫头进来，说大奶奶来了，见奶娘还眼巴巴地看着自己，似等着她去寻周娇娥训话，心里有些气恼，索性借这由头下了坡，命奶娘照看好全哥儿，自己匆匆出来。

二夫人也被刘嬷嬷请来了，进来见嘉芙站在屋里，还不见辛夫人，以为是辛夫人将她和自己唤来的，笑道："你婆婆这是要做什么，将我也叫来，三堂会审不成？"

嘉芙向她见礼："婶婶莫怪，是侄妇自己做主将婶婶请来的。"

二夫人微微一怔，看了她一眼。此时辛夫人也进来了，看见孟氏在，瞥了两眼，随即望向嘉芙，淡淡道："丫头说你寻我？何事？"

嘉芙请她二人先将随行丫头仆妇都遣出去。二夫人立时应了，笑着将人打发出去。辛夫人面露微微不快，终也将人遣了，嘉芙向她二人道了声谢，随即到了辛夫人的面前，二话不说，便向她跪下去，行了个叩首大礼，神色肃穆。

辛夫人呆了一呆。

这样的大礼，上回还是新婚次日早，拜见翁姑之时嘉芙行过，平日也就常礼而已。

"你这是何意？"

辛夫人似终于觉察到嘉芙的异常，微微皱眉。

嘉芙抬起头，道："此间并无闲人，婶婶乃自家之人，故媳妇有话便直说了。媳妇过来不为别事，只是求问婆婆，当年夫君十六岁时被指孝期不敬先翁一事，婆婆如

何看待？"

辛夫人脸色一僵，人当场定住，二夫人也慢慢收了脸上笑意，盯着嘉芙，一语不发。

嘉芙继续道："媳妇知道那事当年动静不小，既闹开过，尽人皆知，如今也就不算什么不能说的避讳了。并非媳妇护短，而是媳妇一直不信，以夫君之人品，当年何以竟会做出如此寡廉鲜耻之事。媳妇心里疑惑，所谓知子莫若母，故媳妇实在忍不住了，拼着便是受责，也想从婆婆这里得个求证。"

嘉芙说完，抬起双眼，看向面前的辛夫人。

辛夫人起先俯视着她，和她对望片刻，见她丝毫没有避退，目光渐渐闪烁，往左右两边游移而去，不快地道："都过去这么久了，你何以又提此事？"

"于外人而言，过去也就过去了，但于媳妇而言，却是休戚与共。夫君之荣，便是媳妇之荣；夫君之过，便是媳妇之过。不止媳妇，于婆婆，乃至整个国公府，都是如此。故媳妇求婆婆知言明示。"

辛夫人含含混混道："我自然不信右安会是此等之人……"

她微微咳了一声，停了下来。

"有婆婆这样一句话，媳妇便放心了！"

嘉芙再次向她叩首。

"当年那位姨奶奶到底出于何故悬于夫君居所前，以致令夫君背负污名，非我今日所求，我求的，便是婆婆这样一句话。求婆婆查出到今日还胆敢私议此事之人，以家法处置。"

辛夫人勉强道："你这又是何意？"

嘉芙眼眶微红："夫君人走了才没几日，家中近日竟又起谣传，说什么当年姨奶奶住过的屋子里半夜传出哭声，又什么有人瞧见夫君少年时的居所外有吊死女鬼游荡不去。婆婆经历过当年旧事，当比媳妇更要痛恨谣言。夫君此次临危受命，替万岁分忧执事，这节骨眼上，若家里松懈，任下人胡乱传话，若如当年一样再传扬出去，夫君声名再度污损事小，重用了夫君的万岁跟前，怕也不好交代！"

辛夫人顿了一顿。

"岂有此理！竟有这样的事？非查个清楚不可了！"她语气带怒，又朝嘉芙走过来，安慰道，"你祖母身子欠安，我这些时日忙于服侍，加上别的事绊住了，竟不知下头无法无天到这等地步。你放心，我既知道了，便定要追下去，揪出那个传谣之人！"说着她高声喊人，命管事将家中内宅所有丫头仆妇连同大小管事，全部立刻召来。

嘉芙转向孟氏："方才将婶婶一并请来，也是想求婶婶，你那边无人传谣最好，若也起了风言风语，求婶婶一同做主，防患未然。"

二夫人凛然道："阿芙，你怎不早说？也怪我，一时疏忽竟没觉察。放心，我这就将人也全部叫来，一个一个问！绳上的蚱蜢，一只一只都拴着腿呢，跑不掉的！"说着她也一迭声地命人将下人全部叫来。

嘉芙拭去泪痕，向辛夫人和二夫人再次道谢："不管能不能查出人来，待夫君归家，我必原原本本将此事转告，到时再和夫君一道向婆婆和婶婶言谢。"

辛夫人面露微微尬色："右安本就是我儿子，我岂能容忍下人如此放肆。起来吧。"

嘉芙这才从地上爬起来。

裴家内宅丫头婆子、各处大小管事，百余人众，陆陆续续全被召到了辛夫人的院中，摩肩擦背、挤挤挨挨，站满了一个大院。众人起先不知出了何事，在那里窃窃私语，等辛夫人冷着脸，将事情说了一遍，命揪出始传谣者，院子里顿时变得雅雀无声。

这话你传我，我传你，谁肯承认自己，被点到的，相互指认，也有想要露脸立功的，便指出某人，更有那些平日不和，此刻借机挟私报复，点鸭似的指名道姓。那些被指的，又怎肯承认，自然喊冤辩白，又扯出别的什么人来。一时间，院子里哭的哭，叫屈的叫屈，辛夫人又命掌嘴，一直审到半夜，最后剩下十来个人，辛夫人和二夫人都乏了，命管事继续连夜再审，明早务必问出结果。

嘉芙早于辛夫人和二夫人先离开了，第二天早上，得知消息，说终于查出来，那个最先散播谣言的，竟是周娇娥屋里的丫头香梅。

据说香梅当夜是被悄悄给叫过去的，周娇娥当时不知。香梅得知被人指证，百般自辩，那管事婆子却如狼似虎，几轮审问下来，香梅当场便认供画押，说自己是听了周娇娥的指使。辛夫人闻讯，连夜起身，唤了周娇娥对质。周娇娥自然不认，辛夫人当时也没说什么，只是安抚了她几句，到了次日早，再次将全部下人召集过来，当众命人将香梅拖了出来，扯下裤子打了板子。罪名有二，一是散播谣言，祸乱人心；二

是反诬主子，罪加一等。

丫头仆妇，有些昨夜已经吃过苦头，嘴巴今早还肿着，此刻见香梅之状，个个噤若寒蝉。那周娇娥也是没脸，躲了起来，只说打死最好。

听闻消息之时，刘嬷嬷义愤填膺，恨不得亲自上去打那香梅几板子才好，嘉芙却不过一笑而已。

她昨日闯到辛夫人跟前，将二夫人也一并叫来，逼着查问，也没想过真的揪出那个始传谣者。

这谣言到底起于何人，看着糊涂，实则非此即彼，裴家就那么些人，一笔外人不知、当事人自己心里门儿清的烂账而已，便如同当年谣诬裴右安的一幕。

她要的，是及时刹住这波风势，在引出更多流言蜚语之前切断隐患，同时也是表明自己这院人的态度，叫对方知道，当年之事，不是不知，只是裴右安当年既认下了，如今便不再追究，但绝不容忍有人想再趁着裴右安不在暗中生事。

她的目的，算是达到了。

就在昨日，下人口中闹鬼传言还被说得绘声绘色，不过一夜过后，丫头婆子再无人敢提半句，整个国公府里，彻底消停下来。

第二天，辛夫人侍病之时，将自己处置的这事说给了裴老夫人。老夫人沉默片刻，点头道："你做得不错，当家人是该如此处置，及早防患于未然。所谓三人成虎，众口铄金，右安在替万岁办事，外头多少眼睛盯着，家里不能出这种乱子。"

辛夫人称是。

裴老夫人此后再没提过这事，嘉芙也依旧像先前那样，用心服侍着她，终日伴于床前。

天气越来越冷，转眼深秋过去，入了这年的隆冬。国公府里除了那次事外，再没出过什么乱子，但各房的气氛，越来越压抑了。

老夫人的精神越来越差，有时整天昏睡不醒。前日太医来看，听他口气，似是油灯耗尽，无力回天，应当就是这个冬天的事了。裴荃告了假，侍病于榻前。

嘉芙将铺盖搬到了老夫人这里，晨夕侍奉，衣不解带。这日入夜，她叫昨夜陪了一夜的玉珠去睡，今夜改由自己陪夜。

玉珠去了，嘉芙叫剩下的丫头婆子也都各自去歇了，陪在老夫人的榻前。

室内静谧无声，片刻后，老夫人慢慢睁开眼睛，嘉芙见状，急忙起身，端了一盏温水，喂她喝了几口。

老夫人此前几日一直昏昏沉沉，此刻精神却似乎渐渐有些回好，命嘉芙扶自己坐起来，倚在枕上，轻轻拍了拍她的手，叹息一声："右安走了才这么些时日，你为了照顾我，脸都瘦了一圈。等他回来，见了怕是要心疼了。"

嘉芙望着握住自己的那只枯瘦的手，忍住心中难过，道："只要祖母安康，孙媳妇不累。"

老夫人微微一笑："右安最近如何了，可有消息？"

距离裴右安离京，已经过去四五个月。他到了那边，先是收服作乱的流民首，随后深入实地，在调查清楚当地人口和现状之后，上疏建议朝廷停止强行迁出已然定居的流民，视情况就地设郡，将流民编入黄册，承认已开垦出的土地，让他们缴纳税赋，给予正式良民的身份，就此稳定下来。萧列准许了他的上疏，如今他应当正忙于善后。

嘉芙将情况说了一遍。

老夫人点头："我便知道右安会处置好的……"

她停了下来，凝望嘉芙，似乎想着什么心事，不再说话。

嘉芙被裴老夫人看得渐渐有些不安，轻声道："祖母可是有话？"

老夫人仿佛回过神："上回你逼你婆婆做的那事，祖母都知道了，你做得很好。祖母记得去年过寿之时，你在右安居所外遇到两个婆子碎嘴，当时你便恼了，开口替右安说话。祖母有些不解，那时你和右安应当并无多少往来，怎就相信右安清白，开口为他说话？"

嘉芙道："阿芙小时见过大表哥，后来虽无往来，但就是认定，大表哥磊落君子，绝不是做出那种事的人。如今阿芙有幸做了他的妻子，便是再无能，遇到这种事，也不容旁人对他再加毁谤。"

老夫人凝视着她，不再说话，握着她的五指渐渐收紧。

"老夫人，万岁随太医一道，亲自前来探病，圣驾就要到了！"外头忽起一阵急促的脚步声，玉珠的声音传入。

365

嘉芙一愣，正要起身，忽感手上一紧，竟被裴老夫人紧紧抓住不放。

嘉芙不解，看向老夫人，只见她目光微动，似正在做着什么决定，片刻后，一字一顿地道："你不必回避了，到我床后碧纱橱里，不要露面。"

嘉芙一愣。

"去吧。"老夫人神色已经转为平静。

"记住，无论听到什么，放在心里便可，这是祖母的吩咐。"

碧纱橱八扇落地，夏天往螺钿格心上糊一层青纱，既做内室隔断，也遮挡蚊蝇。这个冬岁，因京城天气异常寒冷，入冬后，便往上头蒙了厚厚一层玉棠富贵纹的夹棉厚缎，原本隔在床前挡风，老夫人嫌气闷，给挪到床头后，隔出了一个小间，里面另铺设了一张床，嘉芙来陪夜时，困了便睡在里头。

皇帝是微服出宫，身边只带了李元贵和两个贴身侍卫，直到到了裴府外，裴荃方知圣驾亲临，慌忙整了衣冠，率领子弟奔出相迎，人跪满一地。萧列只说了两句，道裴老夫人位分尊崇，德高望重，长孙如今奉旨在外办差，他听闻老夫人身体欠安，放心不下，便出宫前来探望，免一切繁文缛节。

裴荃感激涕零，平身后，急忙引萧列往老夫人所居的北堂而去。女眷一概回避，两个太医同行，入内，裴荃见老夫人已醒来，忙上前要扶，萧列已抢上一步，阻拦裴荃，叫老夫人再躺着，不必起来。

裴老夫人叫了儿子过来，扶自己慢慢坐起。

她面容虽极憔悴，目光看起来却依旧清明，道："老身区区一贱躯，怎敢劳万岁大驾出宫探视？诸多失礼，不胜惶恐。"说着，她命裴荃再扶着自己，在床上行了虚跪之礼，这才靠在床头那扇雕花倚檐之上。

萧列叫随同的胡太医和另一个太医为老夫人诊治。二太医待要上前，裴老夫人摇头道："万岁心意，老身欣领，只是不必再劳烦太医了，他二人有起死肉骨之能，最近更是日日往老身这里跑，十分辛劳，但老身这身子如何，自己心里有数。"

她多说了几句，气便微喘，停了下来。

萧列目露戚色，沉默不言，内室里一时间静默下来。

片刻后,萧列抬眼,看向立于身后的李元贵。

李元贵便上前一步,道:"万岁今夜出宫,乃感念老夫人从前的看顾之恩,二位太医退下吧。裴大人,你和咱家也出去,到外头稍等。"

裴荃忙应声,和太医一道,向萧列行过礼,便退出内室,将人全部遣走,自己和李元贵远远立于北堂之外,候着皇帝出来。

内室中只剩萧列和坐卧病床的老妇人了,烛影曳动,萧列起身,来到病床前,弯下腰去,低声说道:"老夫人,你还有何放不下的,尽管叫朕知晓,只要朕能做到,必定无所不应。"

裴老夫人起先双目微合,似昏似醒,慢慢睁开眼,和俯身过来的皇帝对望片刻,微微翕唇,却答非所问:"万岁,右安的身份,你是何时知晓,又是如何知晓的?"

嘉芙屏息立于碧纱橱后,忽听裴老夫人问出这一句话,虽看不到她的表情,却也隐隐感觉了出来。

老夫人的语气变了,和皇帝说话时,不再像方才裴荃等人立于跟前时那么敬谨,此刻听起来,竟似带了一丝质问之意,仿佛此刻立于她病床前的这个男子,并非这天下的至尊帝王,而只是她的一个后辈子侄。

她问皇帝如何得知"右安的身份"。嘉芙知道裴右安是卫国公在外抱回的私生子,但皇帝又是怎么知道的?这又和皇帝有什么关系?老夫人突然问他这个,是什么意思?

嘉芙感到有些意外。

但接下来,皇帝的反应,才是真正令她吃惊的开始。

她从碧纱橱隔扇之间的一道缝隙里,悄悄地看了出去。

萧列的神色没有丝毫诧异,更不曾露出半分因为受到不敬质问而当有的愠色。

他只是望着病床上的老妇人,沉默良久,低声道:"朕回到云南后,恰逢吐蕃生乱,便领兵前去平乱,一年多后,等朕平乱后回到武定,才得知消息,文璟竟于数月前,病薨在慈恩寺里……"

他声音本就低沉,说完这句,仿佛情绪一时难以自控,声音戛然断了。

老夫人不语。

片刻后,萧列再开口,已经改朕为我:"我分明知道,我离开慈恩寺时,文璟的疫病已经转好，梅太医亲口对我说的，只要再调养些时日，便可痊愈。当时我人在吐蕃，一直以为她已回宫，却万万没有想到……"

他深深呼吸了一口气，似在平定情绪。

"后来我派人悄悄回来打听，得知在我走后不久，她的病竟又加重了，大半年后，便薨于寺中。我实在不敢相信。这事一直挂在我的心上，我没法放开。几年之后，我亲自再次悄悄出云南，找到了当时已告老归乡的梅太医。老夫人你也知道，我曾对梅太医有恩，他那时已快要离世，临终之前，终于对我吐露，说我走后不久，文璟便发现有了身孕……

"全是我的错，是我害死了文璟……"

他闭目，再睁开眼时，双目之中满是悔恨悲戚之色。

屋里再次安静下去。

嘉芙人在碧纱橱后，屏住呼吸，心跳飞快，简直不敢相信自己的耳朵。

天禧二年，京中大水，大水过后，一场瘟疫蔓延。刚登基不久的天禧帝虽下令太医署全力扑疫，但京城内外，每日染疫死去者，依旧多达数百之众。而皇宫之中也未能幸免，陆续有人发病，最后蔓延到后宫，年轻的皇后也不幸染了瘟疫，当时宫中已有数人不治，皇帝在群臣的建策之下，决定离开皇宫，迁往北苑，等着这场瘟疫过去。而为了避免宫中疫情进一步扩散，百官建议，将皇后裴文璟送到皇家慈恩寺中养病。

裴文璟不但貌美过人，且才情不凡，天禧帝对她用情极深，当时原本不忍单独留下业已重病的她，但身为皇帝，身负社稷黎民之重，加上百官的劝阻，最后他还是忍痛，将她送去了寺中。

裴文璟的病越来越重，同入慈恩寺的梅太医束手无策，天禧帝闻讯，也焦急万分，曾数次想来探望，却均被百官劝阻。

便是在那个时候，萧列私下冒险出了云南，日夜兼程悄悄赶到京城，随后乔装成侍卫潜入慈恩寺，给梅太医带去了云南土人的土药。

或许是裴文璟当时还命不该绝，也或许是别的什么原因，接下来的一段时间里，她的病情竟渐渐得以好转，而萧列也一直潜留在寺中，没有离开，直到数月之后，裴文璟的病情终于见好，萧列这才悄悄离开京城，返回云南。

"先帝身份贵重，自然不可冒险近身。老身前去探病之时，见同入寺中侍病的宫人，亦无不战战兢兢，能避则避，唯恐沾染疫气。唯你得知她病重消息，甘愿冒险，私出云南为她带药而至。你对文璟的情义，老身感激。"

裴老夫人双目之中，渐渐闪出泪光。

"只是我知道我的女儿。文璟从小端庄持重，当时她身为皇后，岂不知利害关系。纵然你为她远道涉险而来，她便是对你还有几分少时情怀，老身也不信，我的女儿会不知轻重，做出那样的事！万岁，文璟的命，当时是你救下的，但是她的命，后来诚然也是被你所夺！"

"文璟已去，我再禽兽不如，也不敢玷辱她的亡灵。老夫人你骂得没错，当时确实是我一时失制，勉强于她，只是我已万分小心，我万万没有想到，我走后，她竟有了身孕。是我害了她。"

萧列双目泛红，望向病床上的老妪，身形慢慢低下，最后竟朝她双膝落地，结结实实地跪了下去。

"等我从梅太医口中知道时，已是数年后了，那时右安早成了国公之子，我什么也做不了了……"

嘉芙盯着向裴老夫人下跪的皇帝，心里已经明白一切，却又觉得不可思议，整个人陷入万分的惊骇之中。

裴老夫人却仿佛陷入自己的某种情绪里，恍若未见，任凭萧列那样跪着，沉默良久，又道："万岁，文璟初知有孕之时，也曾狠心下过虎狼之药，但那孩子竟不肯落下，她终不忍再杀他，最后还是以养病为名，继续留在寺中，将他生了下来。生下孩子不过两日，文璟便血崩而去，那孩子也未足月，不过七八个月大。当时老身以为，那孩子便是能够养活，日后也绝非久寿之相，实是不忍他流落在外遭受苦楚，这才将他抱回府中，养在长房名下……

"万岁，你可知道，老身从决定将他抱回来养着的第一天起，便从未想过，要让你知道他和你的干系。老身原本想着，让这孩子好好过上几年，就算最后去了，

也算不负当日文璟之托。但是老身没有想到,上天之意,远非人所能料。右安长大成人,十六岁那年,以为自己是我儿的私生之子,想是厌弃身份,甘愿自污离京。他重伤之时,又被你所救。老身便知道,你必是得知了他的身份。从那时起,老身便时有隐忧……"

大约是情绪波动厉害,老夫人忽然弯腰咳嗽,脸色惨白。

萧列慌忙从地上爬起来,上前扶住,为她揉背。

裴老夫人渐渐平下喘息,摆了摆手:"万岁,你如今登基,成为天下之主。但于右安来说,未必就是幸事。须知爱之,当远之,便如没有他这样一个儿子,如此才是你对他的保护。但你没有!这些年,老身亲眼看着你对右安亲近。万岁你可曾想过,万一有朝一日,右安身份被人知晓,到时你欲置他于何地?右安他如何自处?万岁身边之人,又当如何想?"

屋内再次陷入静默。

片刻后,萧列抬头,咬牙,一字一顿地道:"他是朕心爱之人为朕所生之子,朕绝不会容忍旁人伤他分毫,老夫人放心就是。"

"万岁金口。老妇人代长孙,谢过万岁。"

裴老夫人坐起,萧列见状伸手过来,却被老夫人轻轻挡开。

她扶着床沿,慢慢地下了床,最后五体投地,跪于地上,向面前的皇帝毕恭毕敬行了一个大礼,久久不起。

萧列身影亦是凝固,定定望着叩于地上的苍颅,半晌慢慢转身,脚步异常凝滞,一步一步朝外走去,身影终消失在门后。

裴老夫人依旧那样俯伏于地,内室里唯余烛火跳跃,死寂一片。

碧纱橱后,嘉芙手心后背,已然全是冷汗。她望着裴老夫人的背影,唯恐皇帝又会转回,依旧不敢出去。

良久,伴随着一阵脚步声,裴荃、辛夫人等人拥入,看见老夫人跪地不起,忙上前扶起,将她放平躺回床上。见她脸色灰白,喂水的喂水,揉背的揉背。

老夫人睁眼道:"方才和万岁只叙了几句他幼时旧事,万岁嘱我安心养病,别无他事。我有些乏了,这些日也累你们辛苦了,大媳妇你且留下,我有几句话要叮嘱,其余人都散了,去歇下吧。"

辛夫人一怔,随即应下。

二夫人瞥了她一眼,面露微微惑色,终还是随了裴荃,有些不甘地带人陆续出屋。

房里只剩辛夫人一人,立于老夫人床前,见她半晌不语,心里略微忐忑,迟疑了下,上前道:"婆婆留我,可是有话要训?"

裴老夫人从枕下摸出一柄钥匙,递了过去:"去打开那个柜子,取出里头的匣子。"

辛夫人心下疑惑,接过钥匙,打开了靠墙一个上了铜锁的描金柜子,见里面放了一个看起来有些年头的檀木小匣,捧起,手感颇为沉实,到了床前。

老夫人命她打开。

辛夫人打开匣子,见内中又是一个金匮,一时不敢动,看向裴老夫人。

"打开。"

辛夫人小心地打开金匮,认出里头之物,一时吃惊,抬头看向老夫人:"婆婆,这是……"

"这是当年太祖开国赐给功臣的铁券丹书,一剖为二,装于金匮,一半赐给功臣,另一半藏于宗庙,或免一死,或可求爵禄。当年不过赐下四面,裴家为其中之一。如今我要走了,手里也无别物,这个留给老二,你拿去吧。若实在舍不得这爵衔,日后见机呈上,复爵也未可知。"

辛夫人呆住了,想接又不敢接,手停在半空,模样有些怪异。

老夫人闭上眼睛,不再说话。

辛夫人慢慢朝那匣子伸出手,碰到的一刻,见老夫人忽又睁开眼睛,手微微一抖,下意识地缩了回来。

裴老夫人盯着她:"我知你这些年有怨恨委屈,如今我要走了,最后送你一话,人活一世,已算不如天算,望一切到此为止,若再执迷不悟,祖宗便是留了十面铁券,怕也无福消受。"

辛夫人脸庞涨得通红,立了半晌,朝床上的老妇人磕了个头,紧紧抱住匣子,转头匆匆离去。

烛火摇曳,灯花爆裂,发出轻微的啪的一声。

"出来吧。"

裴老夫人的声音传了过来。

嘉芙终于从蔽身的碧纱橱后走出来,慢慢行到老夫人的床前,见她半躺半靠在那里,望着自己,目含微微笑意,心中一时百感交集,扑到床沿前,紧紧握住她的一只手,低低唤了声"祖母",眼眶便红了起来。

老夫人五指冰冷,手心却滚烫:"这些年来,祖母心里原本最是放不下右安。幸而如今有了你,祖母也算可以放下心了。"

嘉芙紧紧抓住老夫人的手:"祖母会长命百岁的,阿芙和夫君,还要祖母的照拂……"

眼泪再也忍不住夺眶而出,她的声音亦随之哽咽。

裴老夫人微微一笑:"傻孩子,人迟早都是要走的。祖母活到这年纪,人间能享的福,也都享尽,只要你们往后都好,走了又有何憾。"

嘉芙不住摇头,落泪纷纷。

老夫人反手,紧紧地攥住嘉芙的手:"右安之出身,倘若日后被他得知,以他心性,祖母恐他毕生难解。倘若可以,祖母宁愿一辈子不让他知道。祖母本也不该让你承担如此之重压,但夫妇一体,祖母如今只能将他托给你了。万一日后,他因此历劫,你要代祖母好生照看于他,不离不弃,知道吗?"

老妇人的神色,变得异常严肃。

嘉芙止泪,跪在床前,郑重道:"祖母放心,阿芙定竭尽所能,此生伴于夫君之侧,不离不弃。"

老妇人凝视着她,唇边渐渐露出一丝笑意:"如此祖母便放心了……"

她仿佛累了,说完,慢慢地合上眼睛,沉沉睡了过去。

隆冬的这个深夜,大雪纷飞,地上积雪已然深及脚踝。

京城西门卫的尉兵在城头燃了炭火,几人围着炭炉取暖,抱怨着这天气,忽然,一个瞭望的守卫叫道:"有人来了!"

其余几人纷纷过去,朝着那人所指方向睁目远眺,果然,漫天大雪之中,那条通往西畿的漆黑驿道之上，一行人正纵马疾驰而来，马蹄飞溅起乱琼碎玉，转眼便奔到城门之外，有人高声呼唤开门。

"可是裴大人回了？"

城尉得到过上头吩咐，说这几日裴右安可能回京，命留意开门，此刻见这一行人马，立刻俯身下去，高声发问。

"正是！"

一个随从振臂，抛上手中符节，城尉接了，验证无误，立刻下了城楼，打开城门。

一行人穿入城门，朝着裴府的方向纵马奔去。

距离皇帝探视，已经过去数日。

这几天，嘉芙没有离开老夫人半步，白天黑夜，伴侍在她的左右，困极了，就在碧纱橱后的那张床上眯一会儿眼，真正如同衣不解带。

先前，在从太医口中得知老夫人熬不过这个冬末之后，她便去信给裴右安，告诉了他这个消息。

虽然老夫人曾经阻止她写信给裴右安，免得他在外分心，但那时和现在情况不同了。

让他赶回来，和临终前的祖母见上一面，在嘉芙看来，这和公事同样重要。

老夫人这几日已经下不去饮食了，全靠参汤在续着精神。

嘉芙心里清楚，她应当也是在等着裴右安。

这样一个大雪纷飞的深夜，那个归人，他的脚步又到了何方？

嘉芙站在窗前，望着夜空中飘飘洒洒的大雪，额头抵靠在冰冷的窗棂上，发呆之时，忽然听到院中传来一阵急促的窸窸窣窣踏雪之声，接着，耳畔隐隐传来一个婆子的惊喜叫声："大爷回来了。"

嘉芙心口一跳，全身血液顿时沸腾，她猛地转身，疾步奔了出去，转到外间，还没到门口，就看见那道门帘子被打起来，一个男子微微低头，快步迈入。

真的是裴右安回了！

冰雪落满了他的双肩，沾于他的眉发，他双目通红，眼底布满血丝，浑身冒着寒气，仿佛刚从冰窟窿里出来。

"大表哥——"

嘉芙尚未唤完一声,声便哽咽,人停在了他的面前,眼圈泛红。

裴右安脚步没有半分停顿,快步到她面前,张臂便将她纳入怀中,低头用他还带着冰雪温度的唇,飞快地亲了一下她的额,随即低声道:"莫怕,我回来了。"

似是抚慰她般,他用力地抱了抱她,随即松开。

"祖母呢?"

"在里头!"

嘉芙压住心底翻滚着的万千情绪,立刻转身朝里,裴右安跟着她匆匆入内。

沉沉昏睡中的老夫人感到自己的手被另一双有力的手给握住了。

那双手因马背上的雪夜疾驰,此刻手心变得潮热而滚烫。

她慢慢地睁开眼睛,渐渐看清了那个握住自己手的人,黯淡的眼眸,瞬间变得光亮起来。

"祖母!祖母!孙儿不孝,回得迟了——"

裴右安跪在床前,声声地唤,紧紧地握着她的手,仿佛想要借着这手,将自己身体里的力量传送给她。

老夫人定定地凝视着他的脸,片刻后,目光慢慢转向,仿佛想要寻找什么,终于看到一旁的嘉芙,露出欣慰之色,示意她过来。

嘉芙忍住就要垂下的泪,到了近前,跪在裴右安的身畔。

老夫人抽出自己的手,吃力地抬起胳膊,抓住嘉芙的一只手,牵了过来,放在裴右安的手心之中。

身后脚步之声纷至沓来,裴荃、辛夫人、二夫人、裴修祉、裴修珞、周娇娥,奶娘带着全哥儿,以及那些知道老夫人快不好了这几夜过来一道陪守着的宗族里的妇人,闻讯陆续赶了过来,屋里站满了人。

老夫人的目光,从一张张带着悲戚的脸上依次看过去,最后落回在嘉芙和裴右安的身上,凝神望了片刻,忽轻轻拍了拍那一大一小两只叠在一起的手,唇边露出一丝微笑,就此慢慢闭上眼睛,神色安详。

短暂的死寂过后,身后不知道是哪个先哭了一声,转瞬,满屋子的人便都跟着哭起来,哭声高高低低,此起彼伏,不绝于耳。

　　嘉芙感到压在自己手背上的手慢慢地变凉,不禁潸然,转头看向身边的裴右安。

　　他定定望着卧于枕上已然安详闭目的那位老妇人,双目通红,良久,竟连眼睛也没眨一下,身影仿佛被外头的冰天雪地冻住了。

第十五章 雪夜

卫国公老夫人去世的丧报，当夜就发散了出去。此刻屋里人还在哭着，外头裴家大小管事闻讯，便已领人在大门前立起丧楼，搭设苫幕，四更不到，灵堂设好，僧道佛事俱齐，五更，裴右安、裴荃向礼部报了丁忧，朱国公府、安远侯府、刘九韶等唁客服素开始上门行吊礼，孝子孝孙在旁答谢，女眷于幕后守灵哀哭。宫中也赐下祭物，李元贵登门，转达了皇帝对老夫人辞世的哀思。

老夫人的身后之事，极尽哀荣，几乎惊动了整个京城，停灵的那些日里，不分昼夜，上门前来吊唁之客车水马龙，络绎不绝。裴右安、裴荃主外，辛夫人和二夫人主内，嘉芙、周娇娥等小一辈的，便只每日守灵哭灵，七日七夜满后，次日，发丧到了慈恩寺停灵，待满四十九日，消灾去孽之后，再扶灵归葬。

裴右安离京后的这将近半年，嘉芙侍奉着老夫人，人本就清减了些，这一场大丧下来，更是心力交瘁，发丧后的当夜，回来家中还有最后一场法事，做完了，这场丧事才算结束。辛夫人和二夫人起先也都在，陆续却被管事婆子唤走，天黑下来不久，那周娇娥想是支撑不住，先悄悄地走了，最后只剩下嘉芙，待半场法事完毕，跪拜后起身，忽感一阵头晕目眩，身子微微晃了晃，一旁的檀香看见了，慌忙一把扶住，转头正要叫人搬张凳子来，看见裴右安快步入内，握住了嘉芙的胳膊。

嘉芙站住脚，慢慢睁开眼睛，见是裴右安来了，目带关切地望着自己，便低声道："我没事。方才跪了些时候，想是血络有些不畅，起来走动几下便好。"

裴右安看了一眼她的脸色，道："走吧，我送你回房去。"

嘉芙摇头："还有半场法事没完……"

裴右安转过头，吩咐身旁的管事婆子，叫辛夫人另派人来此守着，说完，便引嘉芙出来。

嘉芙不再吭声了，默默地随他回后院，进了两人住的院落，来到卧房门前，裴右安推开门，嘉芙抬脚入内时，因腿脚有些酸乏，脚尖在门槛上绊了绊，身形便朝前栽了一下。

裴右安扶住她的腰，在身后下人的注目之下，将嘉芙横抱起，朝着内室快步走去。

她已经多久，没有这样和他贴身相靠了？

这些天，裴荃名义上虽也在理事，但没两天，就说悲恸过度，身子坏了下去，对外一概事情，几乎全压到了他这个代长子孝的长孙身上。白天他异常忙碌，嘉芙几乎看不到他的人影，入夜，或是嘉芙自己守灵，或是他回房，略闭一闭目，四更便起身安排次日之事，日日如此，从他回家至今的这七八天里，细算起来，两人竟统共还没说过几句话。

裴右安将她抱进内室，放在枕上，帮她脱去外衣，扯了被盖住她，最后俯下身来，抬手帮她拔下鬟边插着的一朵素白绒花，丢在一旁，指背轻轻抚过她的一侧面庞，道："这些时日，辛苦你了，你睡吧。"

他双颊凹陷，眼底血丝始终未退，声音听起来也带着沙哑。

他说完，随即起身，自己转身又要出去。

昨夜坐夜到天明，前夜他三更回房，四更不到起身。

嘉芙伸出手，轻轻拽住了他的衣袖，见他回过头，道："大表哥，我想你陪我一起睡。"

裴右安想了下,道了声好,便脱去外衣上榻,将她抱入怀中,闭目道:"睡吧。"

嘉芙双手攀住他,低声道:"大表哥,你要是心里难过,尽管和我说,说出来,心里会好过些的。"

裴右安睫毛微微一动,慢慢睁开眼睛,和她对望片刻,微微一笑,安抚般轻轻拍了拍她的后背:"我很好,不必为我担心。你累了,快睡吧,晚上我也不去酬客了,就陪你,你安心睡觉吧。"

嘉芙凝视他片刻,终于低低地道了声好,闭上了眼睛。

她感到身边的男子替自己拢了拢被子,又将她往他怀中轻轻带了些过去。

她柔顺地将脸贴靠在他的怀里。

很快,疲倦便排山倒海地朝她袭来,她沉沉地睡了过去。

头七之日,裴家在慈恩寺做头七法事,一夜过后,次日返城归府。

山中昨夜下起暴雪,冻寒彻骨,众人熬了一宿,无不困顿,回来便各自散了歇息。

裴右安和嘉芙回房,下人送进热水,两人洗漱过后,换了衣裳,才躺下去没片刻,又有下人来叫,留于寺中的守堂人派人急赶回来禀报,说供着裴家先祖莲台的根本堂外有株百年老槐,树干内已被虫蚁蛀虚,枝干却龙蟠虬结,几乎张了根本堂的半个院子,昨夜暴雪,山风又大,今早发现枝干有些倾斜,守堂人怕今夜再起大雪,万一整棵树头重脚轻塌了,砸下来便是大事。因近旁是裴家的先祖莲台,自己不敢随意处置,故急派人回来禀报。

裴右安嘱嘉芙睡觉,自己起身,命人去请裴荃商议。

裴荃方睡下,被下人惊扰而起,听得寺里根本堂出了隐患,裴右安来请商议,忙要起身,却被二夫人一把攥住胳膊,冷冷地道:"又没真的砸下来,你慌个什么?他那边不是有人捧着老太太给的祖宗铁券吗?谁捧着谁去就是了,少了你,还怕天就不亮不成?外头这么冷,眼看又要下雪,路又远,你身子骨本就虚,方才不是还嚷膝盖窝疼肿,走路都不利索吗?你躺着,我去给你回话!"

老太太走之前,把铁券给了大房的二侄儿,安排两房分家之时,虽多给了二房田地财物，意在弥补，但裴荃暗暗所盼的，还是那面铁券，知自己无望，心中极是失望，暗怨老母偏心。加上熬了多年，好不容易坐到今日位置，老太太这么去了，除了儿子耽误开春春闱，他也被迫丁忧，以他的资历，不可能夺情，待三年过后，朝事早不知变成何种模样了。丧气之事接二连三，这些时日本就郁闷难当，被孟氏这么一说，他迟疑着时，见孟氏已经出去，也就慢慢躺了回去。

裴右安等了片刻，没见到裴荃，倒是二夫人来了，歉然道："右安，实在是不巧，你二叔昨夜冻了一夜，今早下山之后，老毛病犯了，双膝肿痛难忍，方才贴了两个药膏上去。你要是不嫌修珞碍手碍脚，要么我叫他随你过去打个下手？"

裴右安道不必了，叫孟氏代自己转个话，让叔父安心养腿，和闻讯赶来的裴修祉以及族中三叔一道，带了几个管事匆匆出门，挽马之时，周娇娥跟前的一个婆子跑了出来，说周娇娥身子有些不适，到处在找二爷。

老夫人发丧后没两天，周娇娥被诊出有喜了，这几日吃酸尝甜，极是金贵，昨日自然也留在家中养胎。

裴修祉斥那婆子道："不去请郎中来瞧，找我做什么？我另有要事！"

婆子唯唯诺诺，转身要走，裴右安道："弟妹身子要紧，我去处置便可，你回吧。"

裴修祉推托了两句，终无可奈何答应，转身回来，入了内室，见周娇娥靠在床头，怀里抱着个暖婆子，炉中煨着火烤的栗子，边上丫头忙着剥壳，她笑眯眯地看着自己，便皱了皱眉："不是说不适吗？"

周娇娥叫丫头都出去了，笑道："外头风吹得跟刀子扎似的，你这边已经有人去了，你还跟去做什么，给谁看哪？赶紧过来，给我捶下腰。哎哟，我的腰啊，酸得我坐也不成，躺也不成，命都要没了半条……"

裴修祉心里对她实是疼不起来，沉着脸，转身便要出去，身后周娇娥柳眉倒竖，抓起一把空栗壳，朝他后背砸了过去，嚷道："我这是热脸贴个冷屁股，成狗咬吕洞宾、不识好人心了？你要是敢出这屋一步，你给我瞧着！你是想着周国舅出了事儿，这回万岁跟前没讨喜，你眼里也就跟着没了皇后娘娘是吧？"

她冷笑："我嫁过来后，你就对我挑三拣四，横鼻子竖眼，别以为我不知道，你心里还在肖想那院里的那个是吧？做梦去吧！也不照照镜子，看清自己的窝囊样！也

就是我，嫁鸡随鸡心疼你，反倒被你当成驴肝肺！当心把我惹急了，大家一拍两散，都别想有好日子过！"

裴修祉脸一阵涨热，僵在那里不动。周娇娥发完脾气，自顾自又拿起帕子抹眼泪。没片刻，外头就传来辛夫人的咳嗽声，裴修祉压下心中恼恨，没奈何地放缓脸色，过去陪着说话，又给她搂腰捏腿不提。

裴右安被叫走后不久，天再次下雪，起先只如柳絮，渐渐飘飘洒洒，变成鹅毛大雪。

纵然屋里温暖如春，嘉芙也睡不着觉了。

过了午，才不过申时两刻，天便阴沉沉的，如同快要天黑。一个丫头打起帘子，檀香端了碗吃食进来，放下后往手心里哈了口热气，道："大奶奶，方才门房那里来了个口信，说三叔在山上滑了一跤，这会儿人已经被送回来，大爷晚饭是回不来的，要是迟了，晚上也下不了山了，等明早再回，叫大奶奶你早些关门，不必等大爷回。"

嘉芙听着外头北风掠过院墙发出的呼啸声，想着他出去时，并没预备在山上过夜，不过只穿了件外氅，雪地湿泞，到晚上，脚上的靴子必定湿透，倘真的一个人在山中过夜，寺里虽有客居，但如此雪夜，铺盖若是单薄……

嘉芙如何放心得下，立刻叫人拿出毛衾，连同裴右安的衣裳，外加厚鞋厚袜，全部打在一起。她本想派个小厮送过去的，话到了嘴边，想到雪夜山中孤冷，心里终究还是想陪他一起，便改了口，让檀香和刘嬷嬷等几个人也穿上御寒衣裳，带够预备过夜的铺盖，叫了管事，点了小厮，准备了马车，出城往寺里去。路上看不到半个人，冒着风雪，一行人终于在天黑透前，到了山脚下，打着明角灯，相扶慢慢往上行去。早有腿脚麻利的小厮先飞快爬上去通报。

嘉芙人还没到山门前，裴右安便快步出来了，将她接入，安置到了供贵妇人们过来礼佛之时暂居的居处，进了屋，吩咐人起炉取暖，见她斗篷积雪，睫毛沾了点点雪花，鼻尖也冻得通红，一边帮她拍雪，一边低声责备："这样的天气，谁还出门？我不是叫你早些关门，不必等我吗？你不听话，还自己跑过来？地上积雪厚重，万一摔了怎么办？"

祖母的去世，对于裴右安而言，必定是极大的伤悲，这半个月间，他又疲心竭力，却始终没在她面前露出过半分心绪。

在她面前,他比从前更加温柔体贴,仿佛怕她伤心难过,如同她是一个需要他照看的小人儿。

沾在睫毛上的雪花渐渐融化成小小的水珠子。嘉芙眨了下眼睛:"我会很小心的。我是听他们说,三叔不小心摔了腿,先回来了,山上就剩下你一个人……"

她打住了,略微不安地看着他。

裴右安一愣,随即笑了,带她坐到榻边,低头见她脚上那双鹿皮小靴的靴头沾满泥雪,这会儿雪水慢慢融化,竟亲自俯下身去,要替她脱鞋。

嘉芙忙将脚往后缩了缩,裴右安却已握住,脱下靴,又脱下另一只,手掌揉了揉她藏在袜中已冻得麻木的趾,随后送到榻上,叫檀香将那条毛衾拿来,盖住她的腿脚,又往她怀里放了一个知客僧送来的小暖炉,道:"你且先在这里歇着。今夜务必先要把树放倒,免得砸下来,只是那树过大,故处置起来有些费事。我先过去了,等下回来陪你吃饭。"

他转身,吩咐檀香等人服侍好嘉芙,随即匆匆离去。

戌时一刻,他回来时,屋里已经暖洋洋的,僧人送上素斋,吃完,他又去了那边,一直到亥时,才终于回来,说树已经安然放倒,原本收起的莲位也一一归位,只等明早将树拖出去就可。

二人虽是夫妇,但身处寺庙,却也不便同居一室,裴右安结束今夜之事,来看了嘉芙,让她睡下,便回了他今夜的过夜之处,另一个院落,中间隔了一道山墙,先前嘉芙已经过去亲自帮他重新铺了床铺。

雪渐渐停了。和嘉芙同睡一屋的檀香、刘嬷嬷等人,早已入眠。

深夜的山寺,纵白日因冠了皇家之名沾上世俗中的富贵烟火,此刻却也万籁俱寂,恢复它原本当有的清静虚远。

嘉芙闭着眼睛,伴着刘嬷嬷发出的忽高忽低的鼾声,想着此刻和自己一墙之隔的裴右安,辗转反侧。

她有一种感觉,此刻的他,应当也未能安然入眠。

她终于忍不住,悄悄从榻上起身,穿了衣裳,打开门,踩着没过脚踝的积雪,出

381

了院门,来到裴右安的居屋前。

窗格漆黑,里头没有亮灯。

嘉芙上了檐廊,站在门口,迟疑着时,听到里面忽然传出裴右安的声音:"进来吧。"

方才她虽放轻了脚步,但踩过雪地,依然发出轻微的咯吱之声,想必他早就辨了出来。

嘉芙轻轻应了一声,推开虚掩着的门,看到裴右安披衣站在窗前,窗开着,他转过脸,朝向门口的自己。

周遭黑暗,他的身影陷在夜色之中,唯窗外一片雪光,映照出半张轮廓深沉的面庞。他看着她,目光静默而温柔。

嘉芙走到他身旁。他摸了摸她已沾上几分寒气的小手:"穿这么少!怎还不睡?"

"你也不睡。"嘉芙小声为自己辩解。

他微微一笑:"我正预备去睡的。你也好睡了。"

嘉芙不语。

裴右安便借着窗外雪光,审视般看了她一眼,随即握住她的双肩,低头亲了下她的脸,声音柔缓,语气带着安抚:"莫为我担心,我没事的。"

他说完,脱下自己的外氅,将带着体温的衣裳披到她的身上,随即揽住她的肩,带着她要朝门口走去。

什么都瞒不过他,包括自己的情绪。

今晚她冒着风雪来到这里,本是想陪他的,结果倒成了他安慰自己。

嘉芙感动,却又怅然若失,不肯走,就定在原地,双手捉住他的衣袖,带了点小小的撒娇和固执。

裴右安笑了,带了点无奈般摇了摇头。

他往渐渐熄了的炉火里添了些银炭,待炭火变旺,放上一壶茶水,坐到了炉前的一张椅子里,示意嘉芙过去。

嘉芙到了他身旁,他将她抱坐到自己的膝上,用衣裳盖住她的身子,两人挤坐在一张椅子里。

温暖的火光,在漆黑的夜里静静地跳跃。炉上的茶壶肚里,渐渐冒出轻微而悦耳的水沸之声。

山寺里的这个静夜，是如此安谧。

嘉芙闭目，靠在他的怀抱之中，渐渐犯困，迷迷糊糊，不知道过了多久，她感到自己仿佛被轻轻抱了起来。

她睁开眼睛，仰头看向正要将她放平躺到榻上的裴右安，伸臂勾住了他的脖颈，低低地道："大表哥，我想去拜祭下你的姑姑，你陪我一道，好不好？"

嘉芙裹了里三层外三层的衣裳，被裴右安握着手，朝慈恩寺后禅院深处那座院落走去，不带随行。

夜空放晴，渐渐现出半轮月影，照得整座山寺宛如银装素裹，耳畔轻悄悄的，唯有两人脚下踏雪发出的轻微咯吱声。

渐渐来到那个平日绝少有人靠近的地方，裴右安忽停下了脚步。

前面是个岔路口，侧旁有条小道，可通往后山之门。

断断续续，已经下了几天几夜的雪，积雪足有半尺厚，此刻就在那条岔道上，竟然留有两列足印，足印之上，不见积雪，一直通向前方的那个院落。

也就是说，就在今夜，或许片刻前，已经有人先于他们去了那个地方。

会是谁，在这种大雪近乎封山的恶劣天气里，于下半夜的无人时分，来到这个如今近乎荒弃的前元后度过她生命里最后一段时光的地方？

嘉芙的心，怦地跳了一下，立刻便想到一个人。

她悄悄看了眼身畔的人。

裴右安眉头微微皱了一下，随即牵着嘉芙，继续朝前走去。

离那扇关闭着的门，越来越近了，雪地里的足印，也清清楚楚，一直通到那扇门前。

裴右安径直来到门前，伸手推了推。

门并未从外上锁，却推不开，仿似从里被闩住了。

裴右安眉头皱得更紧，又推了推，门依旧不开。

他脸色微沉，略一沉吟，将嘉芙牵到自己身后，随即缓缓抽出腰间所佩长剑。

剑光映雪，在月下闪出一片耀目冰寒。

他将剑尖指向门缝,冷冷道:"我乃裴右安,我知你就在门后。此为禁地,你是何人,竟胆敢擅入!再不开门现身,我剑不认人!"

"开了吧。"

一阵沉寂过后,门后有人道了一声,声音低沉。

虽然嘉芙方才已经猜想门里或许会是何人,但在此刻,便于此地真的听到那道似曾相识的声音从门后传出时,她还是吃惊不小。

正逢岁末,朝廷内事纷纭,外务更是繁杂。半个月前起,当裴家上下沉浸于老夫人丧恸之时,诸多藩属国,如高丽、安南、占城、琉球等国,或酋长王子,或是使官,陆陆续续地赶在这个时候入京朝贺,此外,孟木、乌斯藏等地也纷纷遣使而来。鸿胪寺接待,礼部每日安排觐见、飨宴,皇帝日常的忙碌程度,可想而知。

但此刻,门后传来的那道声音,她听得清清楚楚,竟当真如她所想,便是皇帝萧列。

裴右安的吃惊程度,更甚于她。

听到那声音的一瞬,他那执剑之手,便蓦然停住。

那道话音落下,伴着门枢转动的轻微吱呀一声,对面双门慢慢开启,太监李元贵立于槛后,低声说道:"裴大人,万岁圣驾在此,你不得无礼。"

裴右安的目光,越过李元贵的头顶,落到其后那个站在雪地中央的人影之上。

那人身披斗篷,从头到脚,被黑暗遮得严严实实,起先一动不动,宛若一尊雕像,随后慢慢抬起双臂,摘下覆头的兜帽,露出一张中年男子的面孔。

一张清癯的面孔在雪光之下泛出了层淡淡的青白之色,而双眉越显鸦黑,目光在夜色之中微微闪烁。

裴右安立刻收剑归鞘,向着门里纳头跪地:"臣叩见万岁。方才不知万岁在此,多有冒犯,请万岁降罪!"

嘉芙也跟随裴右安,跪在了雪地上。

李元贵早侧身,避让到一旁。

萧列道:"不知者不罪。你二人起来吧。"

裴右安谢恩,带着嘉芙起身。一时间,门里两人,门外两人,隔着门槛,俱沉默下来，气氛陡然变得诡异起来。片刻后，裴右安忽道："臣白日在此，乃处置根本堂中一株枯树，免得倾覆殃及供奉在内的先祖莲台，因天色晚了，下山不便，便与内子暂宿寺庙过夜，方才无眠，便携妻前来吊祭姑母，不料惊扰万岁，万岁不怪，实是臣之万幸。"

他的语气充满恭敬，向皇帝解释了自己为何会在这时候带着妻子来这里，说完，两道目光便投向了皇帝。

这院落，是当年裴文璟病重弥留之地，从顺安王一朝开始，渐渐荒弃，几乎已经成为裴家的私属之地，除逢祭之时，裴家人牵头前来祭吊，一年到头罕见外人。

今夜，裴右安携妻来此凭吊姑母，天经地义，但半夜三更，当今皇帝竟也现身于此，行迹又如此隐秘。

裴右安话中之意，呼之欲出。

皇帝依旧沉默着。

气氛再次变得诡异，于嘉芙这个暗知内情之人而言，甚至仿似隐隐感觉到来自皇帝身上的那一缕尴尬。

嘉芙悄悄看了眼被堵在门里的那个身影，略一迟疑，朝门里躬了躬身，打破静默，轻声道："臣妇不便留，先行告退……"

皇帝微微咳了一声，一旁的李元贵便开口了，道："裴老夫人对万岁曾照看有加，如今仙逝，万岁悲恸不已，前些日便有意前来私祭，只是日常事务千头万绪，竟片刻也不得闲，今夜方才得以出宫成行。方才到了寺中，又念及幼时与裴大人姑母无猜之谊，一时有感，故顺道来此凭吊一二。"

嘉芙悄悄看了眼裴右安。

他神色如常，也看不出他此刻如何想，只微微垂眸，恭声道："臣扰了万岁。若无别事，臣便先行告退。"

他向皇帝行了一礼，携嘉芙后退，一直退出七八步远，方转身，带嘉芙离去。

嘉芙随裴右安同行，不敢回头，却清楚地感觉到，萧列的目光仿似一直落在自己二人后背上。

"右安，你且留下，朕另有话！"

出去数十步远,两人将要拐过甬道之时,身后忽再次传来皇帝的声音。

裴右安停住脚步,慢慢地转过身来。

李元贵已快步迈出,来到两人近旁,对嘉芙道:"万岁有话要与裴大人讲,请夫人于此稍候,奴婢先伴着夫人。"

他的语气,极是恭敬。

嘉芙忙道:"公公客气了,我等着便是。"

李元贵虽是太监,但裴右安知他年轻之时也是弓马娴熟,望了眼前头那道立于院门内的暗影,略一沉吟,向李元贵道了声"劳烦",随即转身,迈步入内。

荒园寒雪,天凝地闭,皇帝负手,立于雪地中央,神色凝滞。

裴右安向着前方那人再次下跪,叩首:"万岁有何吩咐?"

萧列仿似回过神来。

"你随朕来。"他说着,转身朝里踏雪而去,推门入内。

裴右安注视着前头的那个背影,从地上起身,随他入内,闭上了门。

屋内门窗紧闭,光线昏暗,空气异常清冷,鼻息里扑入了淡淡的腐尘气息。

裴右安站在门边,看着皇帝慢慢行至一张条几前,抬手,手指抚过几面,仿似陷入了某种思绪之中。

他不再开口,只静静地望着。

"右安,你之前一直在外替朕办差,回京又逢丧事,有一事,你大约还不知。"

皇帝终于开口,语调淡淡:"朕决意纳高丽、安南王女入宫,再照礼部进言,开春采选秀女,充盈后宫。"

高丽、安南两国,此次除了朝贡,亦有王姬世女随使团同来,表达了献姻于大魏国皇帝的意愿,其余使团,也有数量不等的美人贡献。礼部呈议,称皇帝陛下后宫迄今只得中宫一人,今非昔比,论制,当充盈后宫,扶持于帝。

"礼记有云,天子当立六宫,此关乎一国之体。万岁圣明。"裴右安恭敬地道。

皇帝沉默片刻,又道:"李元贵方才,其实替朕瞒了一事。朕想着,既在此遇到,想必也是天意,告诉你也无妨。朕今夜来此,本意只是凭吊你的姑母,只是未曾料到,会于此与你夫妇相遇。"

他缓缓踱步，行至窗前，背对着裴右安，向窗伫立片刻。

"朕与你的姑母青梅竹马，奈何天不从人意，当年被迫各自嫁娶。她品性高洁，却天妒红颜，以芳华之年，不幸身死于此……

"右安，倘若朕告诉你，你姑母当年之殇，全是因朕而起，是朕的错，你可会痛恨朕？"

皇帝的情绪，仿佛突然间难以自控，声音微微发颤，蓦地转过身去。

裴右安的身影定住了，但很快，他仿似反应过来，迟疑了下，谨慎地道："万岁言重了。即便真如万岁所言，想必当年万岁也是无心之过，姑母在天有灵，倘若谅宥前事，右安又岂敢妄论是非？"

皇帝望着裴右安，良久，情绪似乎终于平定下来，点了点头，再度开口，声音已平静许多。

皇帝道："今夜此刻，朕乃将你视为子侄，而非君臣，故向你提了几句陈年旧事。不瞒你说，因你姑母之殇，这些年来，无时无刻，朕心中不是如有针刺，便是至死，也难自谅。得你如此良言，朕也算稍加宽慰。荆襄之事，你止戈兴仁，慧眼独到，办得极好，定下了大局，如今老夫人不幸去世，朕知你哀痛难当，朕会派你疏中所荐之人前去出任郡守，代你安民抚地。你且歇着，好生休养身体，待过些时候，朕再视情况夺情用你，如何？"

裴右安恭敬地道："臣遵旨。"

皇帝又道："佑安，你记住了，往后无论遇到何事，朕盼你都不要瞒朕，尽管开口，朕若能应，必定无所不应。"

裴右安再次谢恩。

皇帝凝视着昏暗雪光中的裴右安，目光温柔至极，沉默了片刻，道："好了，朕这里无事了，天寒地冻，你领你媳妇儿回去，早些歇了吧……"

便在此刻，外头忽然传来一声低喝："什么人？"声音似是李元贵所发。

"万岁留下，臣去看看！"

裴右安开门，朝外疾奔而去，看见月影之下一道黑色身影犹如夜枭，在雪地中疾奔而去。

李元贵已拔刀,正护着嘉芙,又迅速打了声尖锐的呼哨,急唤先前被留于山门外的侍卫前来护驾,看见裴右安奔出,指着数十步外一株大树,道:"裴大人!这刺客方才竟匿身树上!"

侍卫迅速赶来,裴右安命侍卫护嘉芙入内,自己循着雪地留下的足迹,疾步追了上去。

裴右安循着雪地足印,一口气追到后山,见前头一个黑影借势腾挪,正纵身攀爬那道丈余高的山墙,身形如蛛,异常灵活。

山墙之外,便是老林,一旦被他逃走,如此雪夜,怕再难觅踪迹。

裴右安足下未停,朝前奋力掷出手中长剑,长剑如蛇,穿裂空气,朝着那个黑影驰掣追去,堪堪在那人攀上墙头、纵身待要翻墙而出之时,剑尖追至,插入后肩,那人身形一顿,从墙头跌落在地。

一个侍卫追赶而至,见那人挣扎着从地上爬起,犹要再逃,上去便将其制于地上,裴右安疾步到近前,俯下身去,迅速捏住那人颌骨,指间一个发力,伴着轻微咔嗒一声,那人惨叫,整个下巴脱了臼,从嘴里滚出一颗已被咬破的蜡丸。

皇宫后寝,周氏彻夜未眠。

今日逢有早朝,天近五更,皇帝却依旧未归。

她的人,也没有消息传回。

这是从太子大婚那夜之后,萧列第二次于深夜秘密出宫。

周氏已经确定,萧列那夜的所去之地,必是慈恩寺里的那个所在。

她也可以推断,皇帝今夜再次出宫,十有八九依旧和前次一样,还是那个地方。

她并非不知派人窥伺帝踪万一败露的后果,但她无法压制自己的这种欲望。

高丽、安南的王姬世女,很快就要被接入后宫册立为妃,不但如此,开春之后,礼部和宗人府还会主持秀女采选,这个后宫会继续充盈。

周氏明白,这里不再是武定王府,二十几年以来,自己独占丈夫一人的局面,将再不复返。皇帝身边,很快会有比她年轻、比她漂亮的女人了。从今往后,纵然她依旧统领后宫,地位高高在上,但个中滋味,也就只有她自己明白了。

但若仅如此,便也罢了,周氏绝不至于糊涂到要因为皇帝广纳后宫铤而走险。

多年以来,猜疑下的心病,让她从皇帝扩纳后宫这个原本再寻常不过的举动之中,嗅出一丝异常的危险气息。

先是太子妃妄言诞语,惹出一场意外祸事,后虽勉强圆过去,但太子妃和太子,自那以后,显便见恶于萧列。一波未平,一波又起,自己兄弟手段过激,邀功不成,弄得周家灰头土脸,再次牵累到太子。

其实萧列登基之初,便有礼部那些吃饱了没事干的大臣引经据典,上折建议皇帝扩立后宫。但那时,萧列一概以国事未定无心后宫为由,给打发了回去。

皇帝在这个时候纳言开立后宫,绝不可能只是表面所见那么简单。

倘若之前,皇帝还只是有所不满的话,那么此刻,或许便是太子之危的真正起始了。

萧列正当壮年,他还有的是时日。倘若他改变想法,这世上,又有谁能够阻止?

从那年,他将十六岁的裴右安带到武定那一天起,许是出于女人的直觉,周氏便感觉到了,萧列对这个所谓"故交"之子,异乎寻常。

而这一切根源,或许就在慈恩寺的那个院落之中。

如今,就算是为了自己的儿子,她也必须弄清关于皇帝的一切。

为了保证不出意外,她做得极其小心,连太子都不知情,所派之人,也是在武定时起便被她暗中所用的一个侍卫,万一事败,必会当场服毒自尽,这一点她非常确定。

周氏和衣而卧,终于蒙眬睡去,突被一个噩梦惊醒,悚然而起,发现天已微亮,忙召林嬷嬷问事,宫人奉命出去,片刻之后,林嬷嬷未入,殿外却传来一阵脚步声。

那脚步沉重异常,一声声地踏地而来,声响越来越近,恍若隐含怒气,震动耳鼓。

这个皇宫之中,还有谁会如此走路?

周氏心跳猛地加快,从那张凤床上飞快地爬了下去,才奔出去没几步,便见殿前宫人在地上跪成一片,垂地帐幕猛然浪动,被人一把掀起,伴随着金钩扯落在地的轻微撞击声,萧列的身影,出现在周氏面前。

周氏猝然停步,对上萧列投来的阴沉目光,心飞快地下沉,却定了定神,勉强笑

道："万岁不去早朝，来此可是有事？"

萧列冷冷道："你胆子不小，竟敢派人窥视于朕！即刻起，你迁出坤宁宫，迁往北苑，没有朕的许可，半步也不许出！"

萧列说完，转身便大步离去。崔银水领了几名壮硕太监，对着周氏躬身道："娘娘，万岁旨意，奴婢不得不从，请娘娘这就出宫，由奴婢护送娘娘去往北苑。"

北苑位于皇城数百里外，附近有皇族陵寝，本是太祖开国所建，禁苑占地虽广，宫室却流于简陋，当年每逢祭祖，太祖便会领皇室前去苦居一月，以表纪念先祖。太祖去后，这制度便渐渐被废，北苑日益荒凉，二十多年前，天禧帝为避开那场席卷全城的瘟疫，才迁到那里住了将近一年时间。如今北苑，已然如同冷宫。

周氏手足冰冷，脸色瞬间惨白，望着皇帝离去的背影，忽大叫一声，一把推开崔银水，几步追了上去，拽住皇帝的衣袖。

"万岁此言可有凭据？妾不知犯了何错！何为刺探万岁去向？妾被人诬陷！妾不惧对质！"

萧列转头盯着周氏，眯了眯眼："莫说朕已查明，便是没有活口，宫中除了你，还会有谁知朕昨夜出宫？"

他点了点头，冷笑："如今偌大后宫，也就你和东宫两宫为大，既不是你，很好，那想必便是东宫所为了。你要留下，自管留，朕这就叫人去审太子！"

萧列拽回衣袖，拔腿离去，周氏扑倒在地，伸手再次抓住皇帝的腿脚，失声道："万岁，此事和太子无关！是妾的错！妾认错便是！妾不该一时糊涂，铸下大错，求万岁看在妾侍奉万岁二十余载的恩情，饶过妾这一回！"

皇帝咬牙道："窥视帝踪，仅此一条，朕便足以废了你的皇后之位！你的后位，朕不动，但从今往后，你给朕过去好生养病，再不必见面！"

萧列拔出自己那只被皇后抓住的腿脚，怒气冲冲，再要前行。

周氏嚷道："万岁！当年先帝驾崩，您长兄猜忌于您，登基之初，便将您困于武定。天禧二年，您私自出境，也不告妾去往何处，竟半年不归，倘若当时，不是妾替您百般隐瞒，您能有今日？"

萧列怒道："你先时为保太子，以巫蛊之名，合起来欺君罔上，你们真当朕老糊涂了，任凭摆布不成？当时朕不过顾念二十年的血亲之情，容你改过罢了！不想你竟丝毫不知收敛！朕今日，便是犹念当年结发，这才最后留你些脸面！不必再说了，你去就是，从今往后，再不必回宫一步！"

萧列大步离去。

周氏趴在地上，睁目盯着皇帝离去的背影，泪流不绝。

崔银水等了片刻，朝太监使了个眼色，两个太监上前，一左一右，跪了下去，要将周氏从地上架起，口中道："娘娘恕罪，奴婢们也是听差行事，娘娘莫怪，还是快些过去为好，免得万岁降怒……"

周氏扬手，啪啪几声，太监脸上便各吃了一个巴掌，扇完人，她自己撑着，从地上慢慢地爬起来，拭去面上泪痕，冷冷盯了崔银水一眼，道："本宫再不济，还是这大魏的皇后！本宫自会走路，岂容你们这些贱奴作践？"

崔银水哎了一声，自己扇了自己一个耳光，弯着腰道："奴婢有罪，奴婢自罚！奴婢怎敢慢待娘娘？娘娘肯自己迁宫，再好不过，奴婢感激不尽。"说着他直起身，冷下了脸，朝外喝道："都还跪着干什么？万岁有旨，皇后娘娘有感于今岁各省旱情，民生多艰，自愿迁往北苑护陵祈福，还不起来，预备娘娘移宫？"

地上宫人如丧考妣，纷纷起身，周氏脸色惨白，转头，回望了一眼这座入住还不算长久的宫殿，终于迈步，朝前走去。

她走出坤宁门，看到太子领了太子妃，两人跪在道旁，替她相送。

她将目光投向太子，死死地盯着，纵口不能言，但此刻的心语，她相信自己的儿子一定能懂。

她一着不慎，触怒皇帝，便被逐出中宫，发往北苑。

如今这个皇帝，早已不是武定的云中王了。他天威难测，翻脸无情。

就在方才，在她听到要将自己遣往北苑的绝情之语从他口中说出之时，有那么一瞬间，她几乎忍不住，压在心底二十余年的那些愤恨和不甘就要脱口而出。

但她最后还是强行咽忍下去，一切都是为了太子。

现在她要自己的儿子更加隐忍，至少，在还无法和这个天下之主对抗的时候，千万不能沉不住气。

当年,天禧帝大婚之时,年轻的萧列也遵了先帝之旨,娶她为妻,和她生了儿子。这二十多年,纵然他身边再无别的女子,但周氏清楚,这个男人铁石心肠,从未爱过自己,也绝不会被她的眼泪打动。这回他将她送走,不久会有新人入宫,倘若没有儿子,她这辈子,或许再也不可能回到这座中宫之殿。

幸好还有太子。

迟早有一天,她一定会归来,走过这道位于中宫的北正门,拿回今日原本属于她的一切。

她便如此盯着太子,一步一步,从他面前走过。

可惜,悲哀的是,命运往往捉弄人,给人希望,而到最后,往往不过是为了让人越发深刻体察当初希望破灭的那种加倍痛苦。

周氏在这一刻并不知道,这确实是她最后一次走过坤宁门了。

萧胤棠盯着自己母亲渐渐离去的背影,目光阴沉,肩膀微微一动,就要从地上起身,却被身畔的章凤桐一把压住了手。

"千万不能冲动!母后已经不保,你便是再去万岁面前为她说话,万岁也不会听的,不定反倒迁怒于你。所幸母后后位尚在,太子如今当隐忍,日后伺机而动,妾料,此应当也是母后之愿。"

章凤桐压低声音,飞快地道。

萧胤棠盯了她一眼,撒开手,从地上起身,径直转身,往东宫行去。

当日,满朝文武官员便得知皇后迁宫去往北苑代民祈福之事,无不吃惊。礼部颁文表了一番。群臣私下暗议,揣摩过后,虽依旧不明就里,但隐隐也知,继周进之后,周后也是彻底不容于皇帝了。

周家门前,人人避而走之。章家许是物伤其类,章老这几日亦托病不出。平静的朝堂之下,看不到的暗流,无声涌动着。

裴家大房,这几日却闹了起来。

周后名为迁宫祈福,谁不知道,皇帝这是容不下她了。动了她,不啻给太子难堪,听说宫中很快又要有新娘娘进来,日后情况如何,实在难料。

辛夫人心中后悔当初让儿子娶了周娇娥，但生米成了熟饭，如今只能自认倒霉，对着周娇娥，虽依旧不敢发威，但也不复从前忍让，脸色却难看不少。裴修祉更是没了耐心，周娇娥捧着肚子要挟也不管用，屋里终日哭闹声不断，最后还是辛夫人不想被二房暗中笑话，命人将院门关了，以养胎为名，不许周娇娥随意出院。周娇娥似也终于意识到，自己的后台突然去了大半，想着日后还要仰仗肚子里的儿子，便也渐渐收敛，开始养胎，家里终于清净下来。

这个岁末，便如此匆匆忙忙地过去。

入了春，这些时日，嘉芙开始收拾行装。

就在几个月前，回泉州的孟氏来过一封书信，信中提及一句，说祖母胡氏在夏末染了场风热，后来病虽好了，但入秋之后，身子骨瞧着却有些弱下去。当时裴家这边，老夫人也是病重，嘉芙分身乏术，只能回了封信，随信同寄了些药材，聊表孝心。如今过了年，裴右安丁忧在家，终于无事，又出了热孝，得知胡氏身体不如从前，前几日主动提议，说趁入春，亲自陪嘉芙回一趟泉州探亲。

再过些时日，三月的泉州，城里城外到处开满刺桐，这样的景象，在京城中绝难见到。嘉芙对生养自己的那个地方极有感情，去年年底之时，心中便有了这样的念想，只是刚出热孝，且这几个月来，裴右安虽闭门谢客，终日在书房里，或执卷，或作画，或教她读书，看似悠然度日，嘉芙却感觉得到，他始终有自己的思虑，并且从不在她面前表露，她便也难以启齿，一直压在心底，却没想到，还是被他看出来，主动说要陪她回泉州一趟。

嘉芙欣喜雀跃，早早地收拾好东西，择好吉日，日夜盼望，终于到了出发那日，风和日丽，和裴右安一道，向辛夫人辞了声别，嘉芙带着刘嬷嬷、檀香、木香等人，裴右安随行杨云和另几个随从，一行总共十数人，到了码头，登上大船，迎着吹面已然带了几分怡然的南风，扬帆南下。

这一路南行，嘉芙如花解语，朝夕伴在裴右安身侧。

春光渐浓，裴右安渐渐似也抒出胸中块垒，晨间和她调琴鼓瑟，日暮临窗同听棹歌，宛如浮生偷来半日空闲，嘉芙心旷神怡，倘若不是想着早日和家人见面，心中倒是暗盼，这旅程永不到头才好。

这日，船入了福建，傍晚停靠在一处名为琅门的小渔港，船夫上岸采购补给，过一夜，明早继续上路，这样再走五六日的水路，便可抵达泉州了。

天色渐黑，舱室里掌了灯，此刻睡觉还早，一吃完饭，嘉芙便叫檀香拿出小棋桌，摆在舷窗畔的一张宽榻之上，亲自爬上去铺设，捧出棋罐，准备好了，叫檀香等都散去歇了，就把看书的裴右安强行拖过来，要他再陪自己下棋。

裴右安精于弈道，一路同行，常和嘉芙下棋消遣。嘉芙也会下，并且棋艺也不算很弱，可惜和他相比，还是不堪一击，往往下到最后，裴右安便是想让她赢，也苦于没有落子之处。一输再输，嘉芙被激出好强之心，便不肯和他下了，那日特意上岸，买了本棋谱回来，就此茶饭不思，抱着苦读，加上身边又有裴右安这位良师调教，不过短短大半个月，水平便精进不少——至少嘉芙自己感觉如此。方才想着，自己这两天背着他，偷偷新研究了一手棋谱，精妙无比，实在想看到他吃惊的样子，吃完饭，就迫不及待地拉他过来下棋。

裴右安被她拖着过来，坐下陪她落子，他执黑，嘉芙执白，照例是他让三子。嘉芙跪坐在棋枰前，专心致志，绞尽脑汁，一心布局，想将他的黑龙引入陷阱，偏偏他就是不入套，还闲闲地靠坐在舷窗之侧，一手拈子，另一手拿了本书，仿似陶醉其中，自得其乐，分明心不在焉的样子，嘉芙便停了手，气道："你欺负我！"

裴右安回过神来，瞥了她一眼，见她隔桌噘嘴怒视自己，这一番小模样，瞧着倒是惹人喜爱，却忍不住要再逗逗她，挑了挑眉："我怎欺负你了？"

"你瞧不起我！一心两用是个什么意思？"

裴右安忙将书放在一旁，向她赔罪，又保证自己会好好下棋，果然，接下来便正襟危坐，嘉芙这才作罢，继续落子。

只是还没走上几手，听到啪的清脆一声，他在边角落下一子，随即收手，道了声承让。

嘉芙盯着棋枰瞧了半晌，才回过味，顿时傻眼。

自己方才一心只想做局引他入彀，未免忽略了边角大势，他这落子之位，看似平平，实则下在棋眼之上，如神来一手，将黑龙首尾相续，势吞半壁，胜负实际已定，白龙便是不肯立刻认输，再继续在无关部位落子占地，也不过是苟延残喘而已，徒劳无功。

嘉芙抬头，见裴右安望着自己，一脸歉色，眼角却分明挂笑，顿时恼羞成怒，哗啦一声，抬手就把棋面胡乱给抹掉了，横他一眼，哼了声，扭身便爬下了榻，不再理他。

裴右安在她身后笑出声，抬手一把抓住她，将她强行拖回来搂入怀中，端详了下她，一本正经地点了点头："我的芙儿恼了。罢了，再陪你下一局吧，这回定要老老实实上你的当，你可满意了？"

嘉芙本已乖乖入他的怀中，一听，原来他早就看破自己的心思，赢了自己就罢了，偏这会儿还不忘取笑，顿时又恼了，奋力挣开他的胳膊，气道："你就会欺负我！我不和你下了！放开我，我去瞧瞧夜宵……哎哟，你做什么……"

抱怨声中，嘉芙被他凌空抱起，横在了榻上，裴右安一个翻身，顺势便压了上来，两人半边身子横在榻上，半边腿脚挂在外头。

"不想吃东西。就想和你下棋。"

裴右安抱着她道，带了点调笑的意味。

嘉芙脸庞红红，却不依不饶，作势要走，身子在他身下扭得成了麻花糖，忽觉他静了下来，俯首，贴唇到自己耳畔，低低地命了一声"不要动"，声音略微暗哑。

嘉芙一愣，顿悟。

祖母去世，裴右安作为承重孙，按制服斩衰之礼，其间夫妻自然不可行房。

先前祖母新丧不久，热孝期间，人都还沉浸在悲恸之中，嘉芙自然没想过这个。现在出了热孝，两人正当年轻，感情又好，朝夕相处，耳鬓厮磨，有时不可避免，便会遇到如同此刻这般的尴尬。

这种服丧，对于大部分人来说，说白了，其实不过就是做给别人看的而已，夫妻之事，关起门来，谁知道那么多。嘉芙却知裴右安，虽心疼他，却也不会故意在这种时候还要撩拨，感到他身子起了异样，立刻一动不动，睁大眼睛看着他。

裴右安从她身上翻身而下，仰面躺于榻上，抬手压住了脸，半晌，吐出一口气，慢慢坐了起来。

嘉芙偷偷瞄了他下头一眼，爬过去小声道："大表哥，方才我不是故意的……"

裴右安附耳，低低地道："芙儿，委屈你了。"

嘉芙使劲摇头："我多久都没关系！"

裴右安不再说话，只笑了，眉目温柔，伸臂将她搂入怀里。

银烛高照，水波潋滟，舱外偶有几声船家走过甲板发出的脚步之声。

嘉芙闭目，小鸟般依在他的怀中，和他静静相拥，心中只觉安谧无比。

突然，耳畔传来一阵迅疾的锣声，中间夹杂着一阵模模糊糊的呼声，因距离有些远，听不清在喊什么，但感觉得出来，岸上起了骚动。

嘉芙睁开眼睛。

裴右安推开舷窗，看了出去。

嘉芙也探出头去。

远处岸上，竟来了一队官兵模样的人，手执火杖，敲锣打鼓，一路高声呼喝："全部船家听着，倭寇袭扰泉州、平海！上头有令，为防倭寇来此，今夜起，立刻封锁港口！全部船只，不得擅离！如有妄动，一概以通倭论处！"

嘉芙长于泉州，对倭寇自然不会陌生。从祖辈前朝起，沿海一带就开始受到倭寇的袭扰，每每来袭，泉州首当其冲。太祖立国之后，为抵御倭寇，在沿海一带设立诸多卫所，操练官军，过去，泉州也曾因倭寇之患，被朝廷数次下令闭港，诸多商户包括甄家在内，深受影响。但嘉芙出生后的这将近二十年间，泉州再不曾受到过倭寇的大肆袭扰，便有来袭，往往也没来得及登陆，很快便被消灭。

她没有想到，这时节，竟会有倭寇袭扰泉州！看样子，这次来袭动静不小，否则，怎会惊动此地官府？

"大表哥！"嘉芙声音微微发颤。

裴右安轻轻拍了拍她的背，以示安抚，随即下榻，出舱唤了声杨云。没片刻，杨云便带了个官员模样的人，匆匆登上甲板，那人朝裴右安下跪："卑职琅门卫百户刘通，不知裴大人今夜竟行船到此，有失远迎，还望恕罪！"

裴右安命他起身，问泉州之事。

刘通道："裴大人，这回倭寇和粤东大盗勾结，里应外合，兵分两路，同时攻打泉州和永宁两府，来势汹汹。卑职听闻，不但在海上劫了十几条待要返港的商船，还趁两卫夜半防守松懈之时，突袭攻城，杀人放火。倭寇是从泉州南门进去的，李总兵虽及时赶到，打退了倭寇，但南城一带，听说死伤了些人，不少大户更是遭殃，有几户，听闻损失不轻。"

裴右安道："你可知甄家的消息？"

刘通道："泉州甄家？倭寇逃跑之时，放火焚烧近港仓库，大火烧了几天才灭，甄家财物想必也是有所损失。至于人丁，卑职不大清楚。"

嘉芙人在舱内，听得一清二楚，焦心如焚，等裴右安一进来，立刻抓住他的手，颤声道："大表哥，能不能快些回泉州？我家就在南城！我不放心我娘他们！"

裴右安道："我这就带你尽快回泉州。莫怕，一切有我。"

刘嬷嬷、檀香等人收拾上岸的行装。那琅门县令因事发突然，公务紧急，不敢怠慢，方才也亲自到港口督事，听闻裴右安路过在此，匆忙赶了过来，一番拜见，等了片刻，驿所便送来所需的马车和快马，裴右安向琅门县令道了声谢，带了嘉芙上马车，一行人便连夜赶往泉州。

剩下的这段路程，一行人再不复先前悠闲，路上除了必要的休息之外，一口气没有停歇，终于在三天之后，抵达泉州。城门口兵丁守卫，出入检查，裴右安带着嘉芙入城，渐近南城，一路所见，到处竟都是被劫烧过后的痕迹，不少人家门口，更是挂出丧事白幡，里面传出阵阵哭声。

嘉芙胆战心惊，终于赶到自家门前，拍开紧闭的大门，下人探出个脑袋，看见嘉芙，惊喜得跳了起来，转身就飞快进去通报。孟氏起先还不信，赶了出来，等真见到嘉芙和裴右安，这才喜极而泣，赶忙将女儿、女婿迎进来。

嘉芙不见哥哥和祖母，开口便问。

孟氏被触动心事，垂泪道："先前倭寇大盗杀进南城，到处杀人放火，我们家幸好有李总兵及时派兵过来守着，这才未被破门，只是你哥哥，如今想必落入了倭寇之手……"

孟氏悲从中来，一时哽咽，说不出话，早有一旁下人代讲。

原来上月，甄家有一条船要去往琉球，海途不算很远，甄耀庭征得祖母胡氏和孟氏的同意后，和张大一道上了船，原本这些时日就要回了，不想却遇倭寇来袭，船在半道被劫，连同甄家的一道，另外还有十几条商船。胡氏上次病后，身子原本就未完全恢复，又得知孙子落入倭寇之手，急怒交加，当时便晕厥过去，这几日卧病在床，水米不进，孟氏一边叫人不断去官府打听消息，一边服侍着病重的婆婆，可谓心力交瘁，正准备派人再往京中送信，此刻却乍见女儿女婿归来，情绪一时间如何还控制得住？

嘉芙忍住心中恐慌，急忙安慰母亲。

裴右安起身："芙儿,你照顾好岳母和祖母,我去衙门走一趟。"

他叮嘱完,转身正要出去,门房跑了进来,说巡抚高大人来了。

泉州出了这么大的事,一个处置不好,足以摘掉头顶乌纱,高怀远闻讯,如同火烧屁股,如何还坐得住?他一边往京中传递消息,一边亲自赶来泉州善后,昨日人便到了,方才正在亲自布置海防,听人回报,说城门那里传来消息,京城里的裴大人来了泉州,立刻带人上门。一见到裴右安,他便下跪在地,痛心疾首地叩头:"裴大人!下官有罪!下官也未想到,倭寇竟与粤东盗首勾结来袭!好在平日下官不忘防范,命各处卫所时有操练,此次才得以及时驱走倭寇!至于那十几条被劫船只,大人放心,下官已命总兵带着水师出海追击,虽大海茫茫,也必竭尽所能,只盼裴大人体谅下官难处,能在万岁面前替下官美言几句,下官感激不尽!"

高怀远并没撒谎,那日一听被劫船只里头有甄家的船,船上还有甄家公子,当时便叫苦连天,立刻便派水师出海搜救。但说实话,茫茫大海,毫无目标,想要追上贼船再救出人,无异于海底捞针,希望极其渺茫,自己说完话,都有些心虚,一时不敢抬头。

裴右安叫他起来,沉吟之时,外头又传来一声急报:"大人!大人!好消息!那十几条被劫船只都回来了!今日便能进港!"

日暮时分,在两列水师的护送之下,点点帆影缓缓进入港口,出现在众人的视线之中。

岸上已经挤满前来迎船的民众,看到船影,人群里起先起了一阵骚动,待渐渐看清,欢呼声四起,那些有家人在船上的,更是紧张激动,奋力挤到前头,焦急等待。

嘉芙和孟氏早已过来了,此刻候在码头前,睁大眼睛眺着前方,船只渐渐靠近,嘉芙终于看到了哥哥甄耀庭的身影,和一堆人挤在船头,有人激动流泪,有人拼命朝着岸边挥手跳跃。

要知道,商船若是落入普通海盗之手,家人交了赎金,人不定还能回来,但若遇到倭寇,通常只有一种可能,那就是沉船人亡。故那个高大人虽也派出水师前去援救了,但几乎所有人都不敢相信,人真的能被救回,实在是希望太过渺茫了。

但最不可能发生的事情,竟真的发生了。

孟氏看到儿子的身影，忍不住又喜极而泣，嘉芙搀扶着她，眼圈也红了。

甄耀庭老早就看到了孟氏和她身畔的嘉芙，欣喜若狂，船一停，搁上走板，抢先飞快就上了岸，冲着孟氏叫了声娘，又转向嘉芙，叫了声妹妹，问她何以这时会回泉州。听嘉芙说了经过，忙张开手，转了个身，道："我没事！叫你们担心了！"

孟氏捉住儿子的手臂，上下打量，见他除了黑瘦些，脖子、额头多了几道伤痕之外，看起来确实还好。拭去眼泪，她又问张大和其余之人，得知这一趟遇险，船和货物虽都没了，损失惨重，但张大和船上的其余之人都无大碍，只几人受了些伤，上岸养个几日便都能好，这才长长松了口气，朝着妈祖庙的方向拜了几拜。

甄耀庭道："娘，你要拜，别忘了也拜拜金面龙王。这回要不是有金面龙王，儿子怕是要回不来了！"

孟氏忙问缘故，一旁早有另外下船的人已经在向家人讲述经过。

原来数日前，他们行船海上，于返回途中遭遇倭寇，被倭寇船给追上了。倭寇海盗的船，打造得和普通商船不同，适合海上追逐，灵活快速，倭寇又穷凶极恶，这些普通商船怎么可能对抗，人员稍有反抗，便当场被杀死，抛尸入海。这回这些倭寇似想抓人去老巢修筑工事，他们才侥幸得以活命，总共十几条船被劫，将值钱的货物抢了，剩余连船凿破沉海，统共抓了数百人，全部关在货舱里，要逃走之时，竟和金面龙王的战船狭路相逢。一番激战，倭寇不敌，死的死，被杀的杀，剩余跳海逃跑，金面龙王救了包括甄耀庭在内的众人，护送返回，途中再次与官军水师相遇，双方打了照面，因情况特殊，那个总兵大人也没打金面龙王，将人全部接回，两边便各自行船离开。

这一趟历劫，各船东损失不少，其中自然也有人不幸死去，这会儿附近就有哭声陆续传来，但那讲述之人口才颇好，犹如说书，将当时经过描述得惊心动魄，那金面龙王更是被他讲得威风凛凛，众人听得无不入神，叫好声不断。

甄耀庭说了几句，便四处张望："妹妹，裴大人可也一道来了？"

他虽是名义上的大舅子，但年纪比裴右安小，至于底气，更是不足，故称呼他裴大人，不敢叫妹夫。

嘉芙转头，岸边人头攒动，见他身影立在水师一艘战舰的船头，近旁是那个高大人和另一些地方官，一个武将模样的中年男子想必便是那位李总兵，领了身后一列游击、参将，正在参见他，神态恭敬。裴右安仿佛一直在留意这边，转头看了一眼，和总兵说了句话，似是叫他稍等，自己便上了岸，来到嘉芙身旁。

甄耀庭对着裴右安向来有些拘束，听他问自己的好，忙说都好，为了表示真的好，还抡了抡胳膊。

裴右安一笑，点了点头，转向孟氏和嘉芙："岳母、芙儿，我这边还有些事，耀庭无事最好，我也放心了，我叫人先送你们回家，我稍晚便回。"

裴右安今日虽一身便服，但天生气质，玉山皎皎，于人群中实在犹如鹤立鸡群，附近民众早留意到他，又见他年纪不大，却连巡抚高大人也对他毕恭毕敬。泉州早有传闻，说甄家女儿先前出嫁，甄家得皇恩，老太太封诰命，全因女婿是京中的大官，此刻便猜到了，这个容貌俊雅、看起来甚至略文弱的瘦高年轻男子想必便是甄家那个大官女婿了，纷纷看着，目光敬畏，见他下船走来，周围便迅速安静下来。

孟氏知他到了这里，官面上的应酬是少不了的，何况这回又不巧，刚到就遇到这样的事，必定更忙，急忙点头。

裴右安便亲自将几人送上马车，高怀远等见状，也忙过来一道相送，等甄家的马车走了，方登回战舰入舱，那李总兵立刻跟入，高怀远不敢入，只和剩下官员等在外头。

裴右安微笑道："这回甄家之事，本官要多谢你，不但护住家宅，今日也平安带回了人。"

李总兵忙行礼："裴大人言重了，本就是卑职失职在先，便是拼死，必也要先护甄家周全。"

裴右安道："你这回虽有失职，但过后也算反应及时，未造成更大损失，将功折过。方才的诸条建议，本官会酌情替你直达天听。需牢记，你镇守于此，护的不只是一家一户，而是千门万人，时刻不可放松警惕，断不允再有此类事件发生！"

这李总兵镇守泉州多年，方才见面，便提出增设巡检司、扩充兵丁、增加战舰、更换武器，说自己的这些要求，前些年一直在向上头提请，但因多年没有大的倭寇之患，上头始终敷衍推托，以致人心不齐，防备松弛，加上又有粤东大盗里外勾结，这才出了纰漏。听裴右安如此回复，大喜，立刻扑地跪谢。

裴右安叫他起身，又细细问了那粤东盗首和沿海防备的状况，约明日察看地形，便叫他退下,总兵退了几步,迟疑了下,又上前拜了拜:"裴大人,卑职另有一事,不知当讲不当讲?"

裴右安道:"若关乎朝廷民生,讲便是。"

李总兵压低声音:"大人,此次甄公子等人能安然返回,功在金面龙王,卑职不敢夺。这个龙王,卑职早两年也曾奉命前去捉剿,只是他匿身的金龙岛位置隐秘,防守坚固,因他从不袭扰沿岸,上头泛泛而过,卑职也就由他了。此次倭寇来袭,除袭泉州,另有平海。卑职听闻,攻打平海的那路倭寇,还没来得及登陆,在海上便被人给围剿了,据官兵讲,似乎也是金面龙王之人所为……"

他顿了一下:"金面龙王助官府剿寇,本是立了大功,但卑职这几年暗中一直留意此人,总觉得他来历并不简单,此次终于得以与他打个照面,想起个人。"

"何人?"

"便是天禧朝的董承昂董将军!"

"你何以如此断定?"

"大人有所不知,卑职当年曾在董将军麾下做过游击,后董将军获罪,不知所终,卑职几经辗转,到了泉州,此次和那金面龙王终于碰头,虽远远只一个照面,见此人果真如传言那样,脸覆面具,但卑职总觉在哪里见过,且观他旗令帜号,亦似曾相识,故有此大胆推测。倘若这龙王真是当年的董将军,本就是个汉子,蒙冤在先,加上此次立功,若他投向朝廷,当今万岁想也会纳用。"

裴右安注视着李总兵:"这事你可曾告过旁人?"

"此事全系卑职猜测,未必是真,故未敢告知旁人,因知大人乃天子近臣,才斗胆相告,请大人斟酌决定。"

裴右安沉吟片刻,点头道:"你为人也算忠直,行事谨慎,本官会替你在皇上面前加以举荐。此事本官会多加留意,你这里,不可再向旁人透露。"

李总兵得如此嘉褒,喜出望外,再次扑地叩谢,起身后,感激退出不提。

第十六章 故人

嘉芙和母亲、哥哥一道回家,先去看了祖母,过后检点财物,报上来说,烧了仓库,损了一条满载货物的大船,损失惨重,且经此一事,朝廷必定很快就会再次下令海禁,一旦实行,便不知何年何月才能恢复通船,像甄家这样以船队走海的商户,必元气大伤,如被断命脉。

但这些都是身外之事了,所幸船上绝大多数人都平安归来。甄家在堂前设宴,安抚那些受惊的随船之人,给伤者和不幸死者的家属发放抚恤,内宅之中,也单独设了家宴,裴右安推了高大人的宴请,回到甄家用饭,当晚,孟氏替女儿女婿收拾好屋子,两人住下。

次日,裴右安便出去了,在高大人和李总兵的随同之下,察看海防,增减防兵,督促各地联合调兵,围剿粤地盗首,忙忙碌碌,早出晚归。

终于这日,传来消息,说已为患粤闽多年的盗首被捉,斩首枭示,泉州民众闻讯,无不奔走相告，到裴右安回城那日，满城欢庆，民众争相出街，争睹传闻中的裴相风采，又有大小官员和本地绅士，依次排设庆贺筵席，送来的请帖几将甄家帖盒装满。

当天晚上，裴右安陪着嘉芙，从祖母胡氏房中探病出来，回了两人屋里，他换了身衣裳，说自己还有一事，今夜可能回不来了，让她不必再等自己，早些歇了。

嘉芙死死抱着他的胳膊不放，噘嘴道："什么事这么放不开，非得连夜出门，还一去一夜？莫不是那些人又铺排花宴，请来什么彤云十艳，叫你灯下赏美，赏鉴品评？"

那些宴请，被裴右安以服丧为由，一概推拒了，嘉芙自然知道，只是见他来了之后，今日好容易才得空闲，晚上便又要出去。和他也朝夕相处这么久，她感觉得到，他今夜似乎怀了点心事，和先前忙的那些事情不同，听口气，还要出去一夜，心疼又有些不快，索性就和他闹了个小性子。

裴右安笑了，摇了摇头，低声安慰，哄了片刻，嘉芙终于松开他的胳膊，却改而抱住腰身，仰脸望他，郑重地道："大表哥，我知道你应当有事，我也知我没用，不能助力于你。但是我想叫你知道，你的事就是我的事，就算我帮不上忙，也希望你不要什么都瞒着我。我真的不是小孩子，我是你的妻。"

裴右安俯视她，两人四目相望片刻，他柔声道："我明日就回，你早些睡吧。"

嘉芙压下心中的失望，慢慢松开胳膊，微笑道："我知道了，那你自己小心，我等你回来。"

裴右安抬手托住她的脑袋，低头轻轻亲了下她的前额，转身出去。

他的肩上，到底还有多少重担？而在他心中，到底又还独自负了多少秘密？

嘉芙目送他的背影出门，心中慢慢涌出一丝沮丧，又猜测他今夜到底何事，竟不能和自己说，坐在那里发呆之时，忽然听到一阵脚步声临近，抬眼见裴右安竟又回来了。

"走吧，我带你同去。"

裴右安朝她微微一笑，说道。

嘉芙换了男子衣裳，束发于顶，收拾完了，跑出来停在他面前，转了一圈："大表哥，这样可好？"

裴右安看了她一眼，来到梳妆几前，招手示意她来，从钗匣里取了支自己的男子

发簪，替她插入髻中，端详了下，一笑，昏暗月影之下，她便成了他随身的一个小侍。

门外停了辆马车，杨云青衣小帽，驱马等待。裴右安未带别的随从，轻提嘉芙上了马车，自己跟着坐入，出了南城门，行至海边卫所近旁的一处刺桐林畔，李总兵领了手下几名参将，正骑马等在那里。

文官出行，喜坐车轿，既显身份，也更舒适，裴右安虽也带兵行军，前些时日，将为患粤闽多年的通海大盗也绳之以法，但在李总兵眼中，金殿传胪，少年卿相，他依然是文官典范，故丝毫无讶，见他到了，忙上前迎接。

裴右安下车，改骑马，被一行人簇拥着离去，留驭人抱着马鞭，靠坐车前，恍若昏昏欲睡，等着主人归来。

月华青白，水幕般洒落于刺桐林上，树影筛出斑驳月影，将马车笼罩其间。

方才在路上，裴右安对嘉芙说，今晚他要和李总兵等人先夜巡海防，叫她留在车里等他。

嘉芙便坐在树影昏暗的车里，侧耳听着不远之外的阵阵涛声，静静等待。

月影渐渐升高，亥时中刻，嘉芙听到外面传来一阵马蹄声，裴右安回来了。

李总兵家室不在泉州，今夜留于卫所，连夜草拟海防要疏，要亲送裴右安返城，裴右安辞，叫他留步。

李总兵和他处了这半个月，知这位年轻的大人虽身居高位，权略谋断却厉行督察，事必躬亲，又俭朴勤敏，并不喜官场上通行无阻的那套繁文缛节，故不敢强送，领人远远停于原地，目送他登上马车，马车出了刺桐林，朝着城门方向驶去，渐渐消失在夜色之中，这才叫人各自散去，自己匆匆入了卫所。

嘉芙一只小手，被身畔男子牵着，屏住呼吸，立于参天挺拔的刺桐丛后。两人身影被茂盛树冠投下的阴影遮挡。待马车离去，总兵一众人也渐渐散去，她仰脸看向他。

他稍低头，树影在他头顶投下了幽暗的夜影，一双眸底，却闪动着细碎的晶芒。

"我去见个故人。"

他紧了紧握住她的手，低低地道了一声，随即带她转过身。

嘉芙心跳加快，深深地呼吸了一口气，压住那种仿佛就要随他踏上历险之途的紧张之感，抬脚跟了上去。

她被他牵着，无声地穿过这片刺桐林，踏入一片被月光照得雪白的乱石滩，最后转到一处荒僻的海坳之中。

礁岩之畔，停了一条渔舢，船体随着轻缓水波，慢慢荡漾。

裴右安抱起嘉芙，蹚过浅滩，来到那条舢板旁，将嘉芙放坐进去，自己也上了船。

他以桨抵礁，推舢板出坳之后，坐到船尾，操起双桨，划桨而出。

这辰刻，海潮正慢慢退去，带着一叶扁舟，分波拂浪，朝前行去。

今夜浪平无风，银月倒映在远处的漆黑海面上，光波点点跳跃，宛若一块掉落粼粼星辰的墨曜宝石。

嘉芙坐在船首，和裴右安相对，时而看他不疾不徐泛桨带舟，看得入神；时而弯腰探身出去，伸手入海，任清凉海水从指间流淌而过；又或迎着海风，极目远眺，但见星夜入水，满船清梦，忍不住便忽发奇想，想不管这月光下的同舟男子，他将把自己带往何方。

只愿此时此刻，蓬莱不老，伴君共济。

舢板顺流出海，渐渐靠近一个落潮出水、涨潮隐没的小礁岩岛，船首轻轻触岸，裴右安下船，固住缆绳，带嘉芙上了湿漉漉的石岸，站定环顾一圈，随即取了支鸣笛，吹出一声海鸟仿音，远处一块礁石后，便现出一个男子的身影。

那人奔到近前，嘉芙望着，月光之下，见是个身材高大满面胡须的中年男子，唤了声"长公子"，朝着裴右安便要下跪。

裴右安一个箭步，将他一把托起。

中年男子显得有些激动："长公子，许久没有收到你的消息了，末将前日得知消息，实在迫不及待，好容易等到今夜，乃照长公子的吩咐，独自来此。长公子放心，就连小公子，末将也没让他知晓……"

他看向立于裴右安身后的嘉芙，顿了顿，目露惑色，转向裴右安："长公子，这位是……"

裴右安望向嘉芙，眸底泛上柔色："她便是泉州甄家的那个女孩儿，如今是我内

人，我和她成婚也一年有余了。董叔你不是外人，这回又救了她的哥哥，故我带她同来，好叫她亲自向董叔道声谢。"

中年男子方才便留意了下随裴右安同来的小侍，月影之下，见这小侍容颜若玉，心中有些奇怪，不解裴右安为何带如此一人同行，完全没想到她的身份。

他再看向嘉芙，认出她果是女子，忍不住啊了一声："她便是当年救了……"

他猝然停住。

裴右安微笑，点了点头，示意嘉芙过来："芙儿，这位便是金面龙王，我叫他董叔。你哥哥他们这回能安然返港，全仗董叔出手。"

来的路上，嘉芙想，裴右安口中的"故人"到底会是何人，怎么也没想到，见到的竟是哥哥的救命恩人，那个大名鼎鼎的海上龙王。

裴右安虽没多说，但嘉芙方才便瞧出来了，这中年男子自称末将，称裴右安为长公子，对他的态度又如此恭敬，不难推断，从前应是国公旧部，更何况，他此次还救了自己的哥哥。

嘉芙肃然起敬，向他屈身福了福："多谢董叔！那日我哥哥他们归来，乡民们便都纷纷称颂龙王功德。我代我祖母、母亲，还有这回有幸仰仗董叔庇佑才得以返家的数百乡人，谢过董叔救命大恩！"

董承昂急忙避到一边，摆手道："夫人折杀末将了，剿倭本就是末将分内之责，何须如此多礼？"

裴右安脱了外衣，铺在地上一块平坦的岩石之上，扶着嘉芙坐下去，蹲到她面前，和她平视，靠过来低声道："我与董叔还有几句话要讲，你坐这里等着，我就在一旁，有事唤我。"

嘉芙点头。

裴右安习惯般摸了摸她的脑袋，这才起身，和董承昂走到离嘉芙数十步外的一块礁岩之侧，停了下来。

董承昂犹面带唏嘘："长公子，末将实在没想到，从前救小公子的那个甄家女儿，如今竟成了长公子的夫人。实是天作之合，好极！"

裴右安回头，看了眼静静坐在月光下那娇小身影，一笑："方才内子虽已谢过董叔,我也还要再谢一番。董叔你忠肝义胆,这些年不但护着彧儿,无怨无悔,且身在草莽,犹不忘佑民,此次为泉州、平海两地民众驱逐倭寇,义行壮举,叫我等高居庙堂之辈,惭愧不已。"说着裴右安向他深深一拜。

董承昴忙还礼:"长公子何出此言!官军出动不力,我辈但凡胸中还有半点血性,便不会坐视倭寇血洗我沿海民众,此为我分内之事!末将只是有些担忧,此次事发突然,动静有些大,有违长公子当初要我韬光养晦的初衷,怕万一引发朝廷注目,末将生死倒是无妨,唯恐牵出小公子。"

裴右安沉吟。

董承昴神色微微一变:"长公子,莫非真的走漏了消息?"

裴右安道:"董叔稍安。此次确实有些不巧,引发了泉州卫总兵对你身份的猜测,但问题不大,我已压下,小公子之事,应当也未走漏出去。"

董承昴这才嘘了口气,面露微微愧色:"末将行事,还是欠考虑,险些惹出大祸,多谢长公子提点,回去后末将会加倍谨慎。"

裴右安道:"你心怀民众,何来错处,何须自责?只我这趟和你见面,确实也是有话要交代于你。当今万岁,当初曾昭告天下,称小公子若还在世,必虚位迎其归朝。我追随万岁多年,不敢断论,他此话言不由衷,但更不敢就此认定,万岁他确实心口如一。据我所知,这些年来,万岁派出追查小公子下落的密探始终不绝。也如你方才所言,此次动静是大了些,我总有些不放心。你这次回去后,暂时不要再有任何行动了,等待我的消息,再预备好万一有变的退路。未雨绸缪,总胜过亡羊补牢。"

董承昴颔首:"末将记下了!"

嘉芙坐在石面上,看着不远处裴右安和金面龙王的身影,风吹来,隐隐传来他二人低低的说话声,只闻嘈嘈切切,混着耳畔海风,消散在夜色之中。

她无意去探听裴右安和金面龙王的说话内容。

她有一种感觉,正如裴右安那断不可言的隐秘出身,除了天子近臣,朝堂折冲,他还有另一个不能为人所知的隐秘世界。

今晚,他终于愿意带她来到这里,将她以他妻子的身份介绍给他另一个隐秘世界里的人,她就已经感到非常满足了。

她托腮,凝视着月下那一道男子身影,看得渐渐入神之际,忽然感到近旁似有异动。

她转脸,借着月光,赫然看到近旁一块礁岩后,仿似有个人影轻晃,吃了一惊,正要高声呼喊裴右安,石后那人迅速探出头,冲她咧嘴一笑,月光之下,露出一副洁白的整齐牙齿,见她蓦然睁大一双眼睛,急忙以指压唇,朝她轻轻嘘了一声。

这是个十五六岁的少年,皮肤黝黑,头脸湿漉漉的,仿佛刚从水里钻出,一双眼睛却分外明亮,看着她的时候,眸里盛满了欣喜的细碎光芒。

嘉芙惊呆了,定定地盯着他,双眸越睁越大,突然大叫一声:"是你?你竟还活着?"

那少年似也被她吓了一跳,急忙将脑袋缩到了礁岩后。

裴右安迅速赶到近前,见嘉芙已经站起来,双目圆睁,手指着她身畔的礁岩,被吓得一时说不出话的样子,神色一沉,望向夜色里那块黑乎乎的礁岩,知石后藏人,缓缓拔剑。

"大表哥!"

嘉芙反应过来,急忙捉住裴右安的衣袖。

"我认得他!先问问——"

"别——"

少年的声音从石后传了出来。

伴着一阵窸窸窣窣的响动,他的脑袋再次露了出来,冲裴右安嚷道:"少傅,是我啊,彧儿,你不认得我了?"

董承昂疾步而来,看到少年,一愣:"小公子,你怎来了?你跟着我的?"

萧彧面露微微得意之色,从藏身的礁岩后纵身跃出,身形灵活似猿,脚步还没站定,人便扑至裴右安的面前,一把抓住他的臂膀:"少傅,这么久没见了,好容易你来一趟,却只叫了龙叔,还不让带上我!我也想见少傅!"

裴右安看向董承昂。

董承昂面露尬色:"长公子……"

萧彧见状,忙又道:"少傅你莫怪龙叔,是我得知少傅你近日到了泉州,还剿了盗首,我便猜到龙叔这些时日要来见你,一直留意着,傍晚见龙叔在大船上放下舢板,似要独自下海,我便提早悄悄躲在舢下,抓着缆环,就这么过来了。"

董承昂傍晚离开大船独自下海之后,为防万一被人跟踪,还时不时察看周围身后,却怎么也没想到,萧彧竟藏在自己船下,一路就这么过来了。

"长公子,是末将疏忽了……"

董承昂表情很是无奈。

这两年间,萧彧的变化极大。

董承昂虽也知道他来海上之前,曾在泉州过了几年颠沛流离的艰辛生活,但起初依然有些担心,曾经的少帝无法适应自己这种粗野又充满风险的海上生活,却没有想到,也不知是从哪天开始,这少年的皮肤晒黑了,个头拔高了,性情更是大变,和从前截然不同,倘若不是自己日日看着他过来的,实在无法想象,如今面前这个皮肤黝黑的矫健少年,便是当初刚来时,目中偶尔还会露出几分郁色的沉默少年。

裴右安方才眼底聚出的杀气瞬间消散,注视着面前这个突然冒出来的个头已经快与自己眉耳齐平的少年,他渐渐露出笑容,收剑,对董承昂道:"无妨,来了也好。"

嘉芙在旁看着,吃惊不已。

方才这少年从礁石后露出脑袋冲她笑,虽容貌有些变化,嘉芙却觉得少年的一双眼眸似曾相识,从前仿佛在哪里见过,印象极其深刻,忽然想了起来,似是从前那个被自己救了、后却又听说跳海自尽的少年。

他竟还活着,此刻这般在自己面前现身,嘉芙实在过于意外,这才失声大叫,引来了裴右安。

她知裴右安和金面龙王今夜会面于这浮礁之上,不能被外人知晓,这少年也不知怎的,竟贸然现身,心里总觉他并无恶意,怕裴右安不问便杀,故方才出言阻止,却没有想到,情势急转,原来裴右安不但认得这少年,看起来关系还不浅。

她压下心中的诧异,想了下,主动退远了些。

董承昂也退开,留裴右安和萧彧两人叙话。

裴右安端详着少年："并非少傅不想见小公子，只是最近刚出了倭乱，动静不小，怕万一引来朝廷暗探注意到你，故今夜叫董叔不带你来。原本想着等过些时日，风头过去了，我再另寻机会叫你出来，没想到你自己就这么跟了过来，实在危险，下次再不可如此莽撞，记住了吗？"

萧彧抹了把头脸上还沾着的水珠，嘻嘻一笑："水也不冷，况且，龙叔没和少傅讲，我如今能潜海闭气，半刻也不在话下吗？前次我还一人杀了头鲨鱼！就是肉太粗了，不好吃！对了少傅，龙叔还没和你说，这次是我带着几个弟兄出海时，偶遇倭寇集结的船队，我悄悄跟了上去，半夜爬上倭船，这才探听来消息，赶回去告诉龙叔。没想到龙叔太不仗义，自己带兄弟们杀贼，居然将我留在金龙岛，他怎么可能压得下我？这回我杀了不少倭寇，实在痛快！"

裴右安目露欣慰，点头道："小公子果然长大了！和从前大不相同！少傅很是高兴。"

少年方才絮絮叨叨，讲述着自己的经历，口气里原本带了点小小的夸耀，但听到裴右安真夸赞自己了，一张俊脸忍不住又有点发臊，停了下来，改口道："少傅，前次泉州一别，这么久没见你了，这两年，你过得如何？"

裴右安微笑："多谢小公子挂念，我很好。"

萧彧也笑了："那就好。少傅，我早就想见你一面了，这回实在忍不住，才自己跟过来的，因我有几句话，极想对少傅你说。"

裴右安神色转为郑重："小公子请讲。"

"少傅，那玉玺，留在我这里无用，如同累赘，我想交给少傅，如何处置，由少傅自己定夺。"

少年从起初于那礁岩后跳出来开始，脸上便一直挂着笑，此刻依旧带笑。

"我知道三王叔从登基后便在寻我。他对天下人说，愿意迎我回去，我也不知道他说的是真是假。管他是真是假，反正我是不想再回那个皇宫了。"

裴右安一时沉默。

少年神色渐渐也转为严肃。

"少傅，你勿多虑。彧儿两年前被你救下之时，就已对你说过，你不欠我父皇，更不欠我。那时二皇叔不放过我，派密探追杀，你不顾自己生死找到我，救了我的命，便已足够了。二皇叔害了我，夺了我的皇位，他自己却也身遭横死，也算天道轮回。我若真还想坐回那把劳什子龙椅，当初三皇叔武定起事之时，我便已经出来，要少傅你帮我了，那时才是最好的机会。如今天下早已大定，三皇叔于黎庶而言，也是一个好皇帝，我还留着玉玺做什么？何况，那三年的皇位，本也轮不到我的，我上头有两个长我多岁的皇兄，他俩没了，我稀里糊涂成了太子，后来又做了皇帝，那几年的滋味，我自己清楚。比起当皇帝，我更喜欢如今这样的日子，此为我肺腑之言！唯一一条不好，就是如今还要躲躲藏藏，这累赘东西，我想来想去，只能丢给少傅你了，或者销毁，或者少傅你怎么想个法子拿给他吧，从今往后，世人口中那个少帝真就死去，留我萧彧，自由自在，天地宽广，再无羁绊！"

裴右安和少年对望片刻，最后终究还是没说什么，只抬手拍了拍他的肩膀。

一切尽在不言之中。

他眸底目光复杂，萧彧却仿佛卸尽肩上担子，眉开眼笑："我就知道，就算天下人都不懂我，少傅你也知我！"

他说完，仿佛想起什么，飞快地转过脸，看了眼立在礁岛那头的那抹娇小身影，似怕被听到，凑过来一点，压低声吞吞吐吐地道："少傅，怎如此巧，你竟带了她来？莫非早猜到我也会来？当初要不是她救了我，我也等不到少傅你找到我了。这几年我无事下海，摸了些不错的南珠，串了条手串，今晚特意带了过来，本想托少傅，要是有机会日后帮我转给她，聊表谢意，没想到她人就来了……"

他说着，从身上摸出一个用鱼泡紧紧包裹起来的小匣，小心翼翼地撕开防水的鱼泡层，露出里面那个干燥的以沉香木所雕的盒子，递了过去，苦着脸道："这盒子也是我自己雕的，瞧着不怎么精致，我怕她嫌弃，我自己不敢说，少傅你帮我转给她，可好？"

裴右安一怔。

萧彧也不管三七二十一，说完就把匣子强行塞到裴右安的手里，又转头看了眼那道身影："少傅，我还不知她的名字呢。少傅你可知道？"

他问完，自己大约也觉不好意思，脸有点红，幸好皮肤黑，加上又是夜晚，也看不大清楚。

裴右安终于回过神，顺着少年的目光，望向不远处那个立于月下的娇小身影，又低头，端详了下被强行塞进手里的东西，略一迟疑，道："她如今是……我内子，今夜想着董叔来此，便带了她同行。"

少年起先呆住，忽然反应过来，慌忙伸手，一把夺回盒子："少傅，我实在不知这些！少傅你莫怪。我不送了，不送了！"

裴右安神色已恢复如常，再次看了眼那道还浑然不觉发生何事的身影，想了下，微笑道："无妨。她名叫嘉芙，我领你过去，你亲自向她道声谢，把手串送她吧。你的心意，她定会喜欢的。"

萧彧原本面红耳赤，望着对面男子投来的含笑目光，终于渐渐定下神来，点头。

嘉芙正等在那里，看到裴右安带着那少年朝自己这边走来，迎了上去。

裴右安笑道："芙儿，你从前救过他，但我一直没和你说，他本是我的一位故人，名彧，他一直记着你救他的事，想亲口来向你道声谢。"

萧彧道谢，又递上礼物。

嘉芙打开盒子，见里面躺了一串珠串，听裴右安说是他亲自做的，十分感动，立刻戴到手腕上。

"很是好看。我极喜欢，多谢小公子用心。"

嘉芙笑道。

萧彧知少傅小时起身体便不如常人，这些年长念却虑，又孤身一人，如今身边终于有女子照顾，她眉眼温柔，和少傅站在一起，月光之下，两人看起来是如此般配。

少年望着对面一双俪影，心中最后一丝忸怩不安也消失了，油然生出恋慕，只是脸依旧有点热，小声地道："师母不嫌弃就好，师母往后叫我彧儿便可。"

裴右安留他二人继续说话，自己来到董承昂身畔停住。

董承昂虽不知方才萧彧都和他说了什么，但这两年处下来，少帝所想，他又岂会毫无察觉？见裴右安注视着萧彧的背影，神色凝重，便低声道："长公子，从前我日思夜想，该当如何助小公子回京，如今我渐渐明白了，一朝天子一朝臣。顺安乱政之后，天禧朝旧臣凋零，今上在武定，却厉兵秣马，天下豪杰无不投奔，他当时登基称帝，人心所向，即便那时我等拥少帝复位，恐怕愿望也只能落空，非但不能成事，反为小公子引来杀祸。如今虽有遗憾，或也是天意使然。小公子既无意夺位，远离朝堂，长公子请放心，从今往后，末将必会代长公子好生照看小公子。"

裴右安眺望着远处的漆黑海面，出神片刻，道："风起于青蘋之末。朝廷之中，变数不定，我大约也不能在此久留了。董叔，你记住我起先的那些话，千万不能大意。"

董承昂恭敬应是。

裴右安转头，望向不远处嘉芙和萧彧的两道身影，见他二人似乎已熟起来，也不知萧彧说了什么，嘉芙发出几声轻笑。

他望着，并未立刻过去，直到嘉芙转头，似在寻自己，这才朝她笑了笑，走了过去。

月至中天，前半夜退去的潮汐又缓缓涨起，渐渐将脚下礁岛淹没。

裴右安和嘉芙站在高处，目送载了董承昂和萧彧的小船渐渐远去。

少年立于船头，依依不舍，一直望着礁岛的方向，直到站了那两人的礁岛越来越远，彻底消失在视线之中。

嘉芙上半夜坐过的那块石头已被潮水淹没，舢板漂浮而起，船体随海水拍击礁石卷出的暗波左右晃荡，发出轻微的水浪之声。

裴右安带她回到了船里。

明早，杨云会赶着马车再次出城，接他二人回去，今夜剩余的几个时辰，两人便在船上度过了。

小舟被舟底暗潮推着，往岸的方向缓缓漂荡而去。

嘉芙躺靠在裴右安的怀里，身上盖着他的衣裳，困了，慢慢地闭上了眼睛。

裴右安一夜未曾合眼。

大部分时间，他低着头，望着怀中人被夜色勾勒出的半张睡颜，在她仿似因为做了什么不安的梦闭着眼睛也将脸儿胡乱往他怀里蹭时，轻拍她的后背，直到她再次安然入睡。

嘉芙醒来时，船已回到昨夜那片浅滩间的海坳里，天大亮了。

昨晚两人坐过的马车，停在远处的刺桐林畔。

舢板随着海波慢慢漂荡，越漂越远，彻底消失在茫茫的海面上，昨夜的一切，金面龙王,还有那个名叫或的少年,想起来,仿佛也只是昨夜泛舟海梦的其中一部分而已。

两人回城,马车经过城门的时候,那里仿佛新张贴了一份官府的告示,前头聚满了人,有人吵吵嚷嚷,有人唉声叹气。

裴右安叫杨云停下马车,片刻后,杨云回来说,州府告示,即日起闭港,禁止所有船只下海,至于何时恢复,并未提及。

禁海对甄家影响自然巨大,甚至可谓断了财路。嘉芙见裴右安眉头微皱,仿似在想什么,怕他为难,忙道:"哥哥上回遭了那事,全家都还心有余悸,加上祖母身体欠安,家里正想缓一缓的,也想过官府会有通告的。既出了,慢慢等就是了。"

裴右安回过神,微微颔首。

到了甄家,两人进去,洗漱换衣完毕,刘嬷嬷和檀香领丫头送来饭食,整齐地摆在了小几上。

嘉芙早已饥肠辘辘,坐下便吃起来,吃到那盘银丝烩鸭,觉得鸭肉可口,顺手夹了一块,送到他的嘴边。

他瞥了眼近旁,见在旁服侍的下人早背过脸去,一笑,张嘴接了,随即夹了块嘉芙喜欢的樱桃蜜肉,放在她的碗里。

嘉芙含进嘴里,也吃了下去,见他视线落在自己的唇边,便下意识地伸出舌尖舔了舔,舔去唇瓣上沾上的一点糖汁,冲他甜甜一笑。

吃完饭,两人便去祖母床前探病。

胡氏这些时日,身体已渐渐好转,陪了片刻,孟氏说有自己在,叫两人歇着去。

裴右安叫人代回了陆续堆积起来的那些拜帖,闭门不出,陪嘉芙回了房。

午睡过后,南轩窗下,他衣衫整齐,腰束鞶带,依旧一丝不苟的模样,嘉芙却似午睡未曾餍足,杏面桃腮,青丝懒梳,身上随意穿了条湖水蓝的家常裙,露出胸口半寸月牙白抹胸,玉足未着罗袜,挂在榻沿,大半个身子懒洋洋地靠在他的肩上。

裴右安给她讲着棋谱,凭着记忆,一子一子地恢复了那日两人在船上未曾下完就被她给抹乱的残局,丝毫不差。

"当时你的前三十五手,下得很是不错,我也寻不到破绽,只在三十五手后,急于设局，但经验尚缺，于是出了败着。我来教你，当如何胜我。"

他专心落子，眼睛盯着棋枰，不去看她，口中道："看到没，你若这般走，打出的劫，对你来说便毫无顾忌。输，不会损己；赢，有意外所得，此方为无忧之劫……"

嘉芙嘴里含了颗梅子，梅子酸酸甜甜，她微眯着眼睛，嘴里嗯嗯个不停，小手伸向旁边一个装了荔枝、青梅、桃脯、榛仁的十二格白玉嵌碧果盒，拈出一颗杏脯，翻了个身，仰面倒在他的腿上，抬起一只玉臂，笑眯眯地将杏脯举到他的唇边。

裴右安的声音断了，他低头，目光落到她的脸上，停驻下来。

午后的暖风，夹了满院的熏人花香，从窗口习习而入，轻轻卷动着半卷青帘，帘子发出细碎的叩窗之声。阳光从帘格里漏入，随着晃动的帘子，跳跃着洒落到女子仰着的面上。

也不知是春光太过明媚，还是人面太过姣美，他一时竟有些晃了眼。

"棋道在修。起来，坐好。"

裴右安说着，声音有点干，表情严肃。

嘉芙嘟了嘟嘴："你吃嘛。"

裴右安别开脸："酸，我不吃。"

嘉芙吐出嘴里那颗沾满晶唾的青梅，咬了一口杏脯，露出一颗洁白的小犬牙："不酸，你吃一口嘛！吃了再教我。"

裴右安含着杏脯，酸中带甜的一股滋味，慢慢地在他舌底化开，口中生出了津液。

他望着仰在自己腿上，肆无忌惮地朝他撒娇博怜的女孩儿，忽想起从前读过的一篇说文解字。

"娇"，一"女"一"乔"，乔本意"拱"，言女子如马，拱背撒野，故"娇"，本意便是女子于男子面前如马般撒野，不肯听话。

"大表哥，你在想什么？"

嘉芙见他半晌不语，低头望着自己，目光有些古怪，便抬手到他面前，张开白嫩嫩的五指，招魂般轻轻晃了几下。

裴右安吞下口中的果子，将她从自己腿上轻轻抱开，下了榻，背过身道："听说清源山的景致不错，我来泉州有些日子了，还没去过，趁午后有空，你带我去走走吧。"

嘉芙欢喜应下，立刻从榻上趿鞋而下，叫人去和孟氏说了一声，便梳头换衣，又叫上哥哥甄耀庭同行，他却不肯去，嘉芙也就随他了。两人带上一两个随身之人，轻车简行，出了城北的朝天门，一路夷然，到了清源山，游玩一番，傍晚归来，虽腿脚酸软，心情却颇雀跃。因裴右安说，明日再去城西的紫帽山，要和她一道，把泉州的山水全都游览一遍，却不想回到家中，才进门，门房便迎上来道："裴姑爷，午后州府陈大人亲自过来，送了一封朝廷来的快报，说是发给姑爷您的。"

裴右安取函，启了火漆，看了一眼，便放了下去，神色如常，仿佛早有预料，看向嘉芙，目露歉疚之色，低声道："芙儿，万岁来函召我回京。你才回家没多久，祖母病也未好全，你暂且留下，我先归京，待过些时候，再接你回去，可好？"

嘉芙的第一反应是拒绝。

她要和他一起，无论他去哪里。

但裴右安的语气虽如他一般温和，似也是和她商议的口吻，嘉芙却听得分明，他的话里，带着一种犹如他已决定，而她只要照他安排去做的命令意味。

嘉芙平日有意无意，习惯地爱在他面前撒娇，因为知道这对他管用，他会因为她的撒娇而退让。

但她也清楚，撒娇并非每回都能管用。

譬如这回，她的直觉告诉她，他是不会改变主意的。

嘉芙怔怔地望着他，一言不发。

"万岁这次将我召回，应当是要我办差，我带你回京，若没两天又要出京，留你一人在京，何如在你母家？"

他将她搂入怀中："芙儿，听话，待过些时日，我便接你回去。"

皇帝的诏令很急，裴右安次日便要动身。是夜，他领了嘉芙，一道去向孟氏说明缘由，甄耀庭也在，得知他明日就要动身回京，暂时留嘉芙在家，又是意外又是惊讶。

孟氏原本以为女婿这趟过来，至少可以住个小半年的，却没想到，还没过完一个月，便又要匆匆动身离开。可皇命难违，也只能放他走，孟氏忙匆匆出去，亲自领着婆子给他收拾明日带上路的行装。

裴右安叫嘉芙先回屋，自己随后叫了甄耀庭出来，屏退左右之人，问他往后有何打算。

甄耀庭在他面前向来拘束，听他发问，吞吞吐吐地道："如今朝廷禁海，船只都入了船坞，且前些时日损失不少，如今一时也无别的想法。我读书不成，别的也不会，只能等朝廷重开海禁了……"

这大半年里，祖母胡氏身子骨坏了下去，他也觉到了自己肩上的担子，用心不少，跟着张大学做事，才觉得有些摸上门道，却又遇到这样的事，说完，自己也觉得无用至极，脸有点涨热。

裴右安道："若我所料没错，这回海禁，恐怕没那么快解禁。我回京后，过些时日，会叫人送些资财过来，张大做事稳重，你叫他陪你，去置些合适的田地庄子，若真做不成生意了，日后也可做个田家翁，下半辈子衣食无忧。我走了后，阿芙就托给长兄你照顾了，我先在此向你谢过。"

甄耀庭又是惊讶，又是激动："裴大人放心！阿芙本就是我妹子，你若有事，她在家里想住多久就住多久，莫说一年半载，便是一辈子，我也会照顾好她的！至于田地庄子，怎敢要你送钱来买？我家中这回虽有所损失，但底子还在，不过多了妹妹一张嘴而已，朝廷便是禁海十年，也不至于要裴大人你送钱来为我家买地置业！"

裴右安一笑："无妨，我的便是阿芙的，何分彼此。我不在时，你代我好生照顾她，便是我之所愿。"

甄耀庭连声答应。

州府官员消息亦是灵通，当晚便陆续得知裴右安被皇帝急召、明日便要离开泉州的消息，当夜陆续赶至甄家送别，自少不了携礼同行，怕裴右安不收，暗中便托给甄家。孟氏牢牢记住嘉芙的叮嘱，怎会擅自收礼？叫儿子和张大接待，客客气气，所有送来的财礼，一概原封不动退回。

裴右安一番应酬，终于得以回房之时，二更鼓点已经敲过，房内银烛高照，嘉芙沐浴过后，一衣如水，青丝垂肩，正独自坐在梳妆台前，手中拿了一柄梳子在慢慢梳发。听到他进来的脚步声，她放下梳子，起身要去迎接，裴右安已走到她身后，拿起发梳，自己帮她继续梳通方才晾干的长发，动作轻柔，十分仔细，丝毫没有扯痛她的头皮。

嘉芙忍住心中的离愁别绪，望着镜中立于自己身后的那个长身男子，笑道："裴大人原也梳得一手好头。我倒是奇了，世上可还有裴大人不会之事？"

天气渐热，裴右安梳通后，将她冰柔如丝的一把长发绾于头顶，取了枚发簪固住，微微俯身在她肩侧，端详着镜中映出的那张清水芙蓉般的娇面："自然会有。譬如妇人生产，我便是想学，也是学不成的。"

他说得一本正经，语气似还带着丝遗憾。嘉芙一愣，实忍不住，哧地笑出声，起先捧腹，最后笑得坐都坐不稳了，整个人趴在梳妆几上，嘴里哎哟哎哟个不停。

裴右安便在旁，望着她笑的样子，唇边带笑。

嘉芙渐渐笑出眼泪，便止笑，眼泪却还不肯停，一颗泪珠，从眼眶里滚落下来。她恨恨打了他一下，转头抬手胡乱擦拭，嘴里埋怨道："你这个人好坏，故意害我笑出眼泪……"

裴右安弯腰，将她整个人从凳上抱起来，抱到床上，放了下去。嘉芙便伸手攥住他的衣袖，强行拽他和自己一道躺下，裴右安躺到她的身边，她滚了过来，滚进他的怀里，伸臂抱住了他。

她紧紧地抱着他，将脸埋在他的胸前，想极力忍住，不愿再让他看到自己掉泪，眼泪却不肯听话，一颗颗地从眼眶里悄悄滚落。

"莫哭。过些时日，我便过来接你了。"

他在她耳畔说道。

嘉芙依旧想哭。起先眼泪还只是一颗颗地掉，到后来便汹涌而出，将他的衣襟打湿了一片。

裴右安起先还不停安慰，后来便低脸向她，吻住了她的嘴，和着她哭出的一脸眼泪。

嘉芙闭着眼睛，眼泪还在不停地溢，却因强行忍着，人都撞起了气儿，身子在他怀里一抽一抽的。

裴右安亲着她精致的下巴尖、修长的玉颈、新浴出水如凝脂玉瓶的洁白身子，再渐渐向下，他竟还不停下。

若有似无的幽香渐渐凝满床帐，珠帘子被南窗夜风轻轻掠动，荡出一圈如水波纹。

芙蓉帐中那个面带伤心泪痕的女孩儿，似被抽去了浑身气力，唯足尖紧绷，如坠雾渊，骨肉皆酥；又如被托云端，也不知身在何处，昏昏沉沉，混混沌沌，身子到了最后只剩下细细战栗。

如荷塘风中一枝无所托依的水莲，摇摆间红散绮香，露湿花月。

怀中的女孩儿，终止住了伤心哭泣，倦极了，蜷在他的臂侧，闭目沉沉睡了过去，一张芙蓉娇面，犹带残余红晕。

裴右安抱着她一动不动，醒着，到了天亮。

便如此，裴右安于次日一早离开泉州，踏上了返京的路程。

和数月前他携嘉芙同船南下不同，这趟北上，他走的是更为迅捷的驿路，披星戴月，一路紧赶，不到半月，这日便抵达京城，到时已入夜，径直向宫中递了条呈，随后候于宫门之外，没等多久，便被召入。

萧列见他于御书房。

二更鼓已过了，裴右安入内，见殿中灯火通明，萧列便服坐于案几后，面前堆满奏折条呈，李元贵和几个太监侍立在旁，听到裴右安入内的脚步声，萧列放下手中朱砂御笔，抬起了脸。

烛火映照，萧列眼底略带几缕红丝，面有淡淡倦容，等裴右安叩拜完毕，露出笑容，叫他平身。

裴右安起身，萧列问他路上情况，道他辛苦，又问泉州、平海倭寇之事，裴右安奏了一遍，萧列面露怒容，指着案几上的几本奏折："高怀远身为一省巡抚，尸位素餐，以致令朕沿海民众遭受倭寇登陆荼毒，朝廷颜面何在！"

"万岁息怒，倭寇之患，虽由来已久，但朝廷若增布海防，派得力之人总兵各地，倭寇是为跳梁小丑，并不足惧。"

"朕正有此意。你折中荐的那个李忠，我看了他的上疏，条理分明，是个胸有丘壑之人，朕明日便将他的奏疏发往兵部，着兵部商议此事。"

"万岁圣明，若倭患就此得以消除，海禁亦能重开，实为东南沿海民众之福。"

萧列看向裴右安，神色稍缓："我知甄家船队常年行走海上，此次朝廷禁海，生计必遭影响，但此为国策大计。你在那里，可曾听到民众抱怨朕？"

裴右安语气恭谨："禀万岁，朝廷此举也是出于防患之目的。民众痛恨倭寇由来已久，只要朝廷有心清倭，待海晏河清，海禁自然重开，民众岂有不满之理？"

萧列点了点头,又赞了几句他督领缉拿粤东大盗之事,最后看向李元贵,李元贵便领太监退下,带上了殿门。

殿内只剩萧列和裴右安二人,烛火将两人的身影投映于墙上,黑影幢幢。

萧列负手在后,在地上慢慢踱步,似若有所思,却一语不发,偌大书房,只有他足底落在地面发出的单调橐橐之声,入耳沉凝。

他踱了回来,停在裴右安面前,忽转过身,道:"右安,朕问你,你这趟去往泉州,除了报给朕的奏折之事,可还有别事要告于朕?"

他说完,凝视着裴右安,烛影在他眼底跳动,目光也随之微微闪烁。

裴右安和他对望片刻,道:"正有一事,因在奏折里不便陈述,故臣想着,回来当面禀告万岁。"

"讲来。"

"禀万岁,抗倭之事,臣料地方官员的折里有事未曾提及。万岁有所不知,此次倭寇袭扰,之所以能被及时击退,护了泉州、平海两地民众,除官军外,金面龙王也出力不少。"

萧列不语。

裴右安继续道:"这个金面龙王,历年沿海地方官员的奏折里,陆续都有提及,万岁当也知道。官员奏折里,此人是为海贼,实情却非如此,沿海民众对他颇为敬重,因行走海上,多得过此人庇护。但这并非臣今日要奏之事。臣要奏的,乃此人的真实身份,他便是天禧朝的董承昴将军。"

萧列神色如常,看起来竟无丝毫诧色,只自言自语般道:"天禧朝廷的将军,遭顺安逆王戕害,以至于流落江海,沦为大盗,实在可惜!"

裴右安下跪,朝双手负后的萧列叩头:"臣有罪。"

萧列慢慢转头,望着跪在地上的裴右安:"你何罪之有?"

"回万岁,董将军曾是我父军中旧部,右安数年前便知金面龙王身份,只是此前考虑到并无利害关系,故隐而未报。不瞒万岁,此次去往泉州,事发意外,臣也曾与董将军会了一面。"

萧列注视他片刻,点了点头,露出笑容:"无妨,你起来吧。那个董承昴,朕也知道些他的旧事。想必是对朝廷心灰意懒，这才隐姓埋名，行走海上，以他作为，也不失是条汉子，朕不怪你。"

他顿了顿，语气带了点漫不经心，仿似随口而发："右安，除此，你这趟南下，可还另有收获？"

裴右安膝跪于地，身体挺直，和皇帝对望片刻，再次叩头："启禀万岁，除此之外，臣确实还有一事，想要禀告万岁。"

"何事？"

"臣有了当年少帝彧的消息。"

裴右安声音沉稳，说出这一句话后，书房里的空气瞬间仿佛凝固。

裴右安缓缓挺直身体，对上对面那中年男子投来的两道目光，坦然道："万岁也知，臣与彧儿，当年有师生之情，臣这些年一直在寻访他的下落，也算天不负有心，此次终于叫臣得偿所愿。万岁曾昭告天下，言少帝若还在世，必虚位迎其归京。彧儿托臣转话万岁，他极其感激，更是惶恐。当年少帝已死，如今只余一个普通民间少年，其心向往自由，泯然于众。那寿昌玉玺，他愿归还宗庙，以表对万岁君临之拥戴。"

裴右安说完，书房里便再次陷入静默。

萧列盯着裴右安，面肌微微跳动，身影凝重，半晌，神色才渐渐转缓，喟叹一声："右安，你这一番话，实在叫朕惭愧。他既还在，倘真不愿回宫，退，亦可做一个安乐之王，此生富贵，总好过流落草莽，朝不保夕。你与他有师生之情，他若不便见朕，你代朕转话。"

裴右安道："万岁，彧虽还只是一个少年，心性却颇坚定。既下了决心，臣再多说，也是无用。况万岁当日登基，乃天命所归，彧愿献玺拥戴，不过顺应天命罢了。臣恳请万岁，成全那少年的一番心意，亦成全臣与他的一番师生之情！"

裴右安辞句恳切至极，说完，再次叩首至地，长跪不起。

萧列疾步上前，亲手将他从地上扶起，凝视他的面容，眼底渐渐露出柔色，颔首道："右安，朕知你心意，朕很是感动。你这一路赶回，必是辛苦，你回去歇息吧。"

御书房中，萧列深夜不眠，盯着面前那封火烤过后方显出字影的密信，神色凝然，

许久,递给一旁的李元贵:"烧了吧,传朕话,暂时什么都不必做,等朕后命。"

李元贵应是,接了信,走到殿角的一只博山炉前,掀开盖顶。

皇帝在登基之始,便暗派了密探,潜到少帝最有可能匿迹的南方沿海,暗中追查下落。金面龙王所在的金龙岛,自然也在皇帝的视线内。只是金龙岛位置隐秘,金面龙王组织严密,不随意招收外人,更无法登岛一窥究竟。也是到了一年之后,才终于混入一个资历极深的密探,成为龙王岛外围的低层水手,留心刺探龙王部众,渐渐疑心龙王便是当年的董承昂,但因无法靠近,也不敢肯定,直到此次倭寇来袭,金龙岛全员出动,此人奋勇争先,得以登上龙王所在的大船,暗中刺探,半个月间,终于让他探到些消息。

密信奏称,龙王指挥海战之时,进退旗号,极有当年卫国公之风,越发确定他的身份,且同船有个少年,曾远观过数次,龙王对其态度恭敬,但观少年举止,却似主非主,似仆非仆,年岁与当年失踪的少帝相当,身份可疑。

李元贵将纸投入炉中,伴着一阵挟了黑烟蹿起的火苗,纸张在香料里化为灰烬。

"万岁,三更鼓都过了,万岁连日操劳,当歇息了。"

李元贵回来,劝道。

萧列捏了捏眉心,从案几后起身,正待离开,一个宫人躬身入内,说太子求见。

萧列微微一怔:"何事?"

"奴婢不知。太子只说有要事急禀,此刻人便在殿外候着。"

"宣进来吧。"

伴着一阵脚步声,萧胤棠快步入内,行叩拜礼后,起身看了眼李元贵。

李元贵向他躬了下身,退出书房。

"如此晚了,你还来见朕,何事?"萧列坐了回去,神色淡淡。

从太子妃那回出了那事之后,萧列对着儿子,脸色便一直如此。

萧胤棠神色恭敬,目光微微闪烁,似正在极力压抑此刻的心情:"儿臣知父皇为国事劳心费力,今夜如此晚了,本不该再来搅扰,只是此事关系重大,不敢拖延半分。父皇可还记得当年命儿臣寻访少帝萧彧下落之事?当初儿臣去往泉州,虽无果而返,但始终不敢忘记父皇之事，留了个名叫刘义的亲随，办事周到，在那里暗中查访，皇天不负有心人，这回终于叫儿臣查到了些消息！"

他说完，望了眼皇帝，见他神色不动，又道："父皇当也知道南方海上，那个人称金面龙王的大盗。便在近日，刘义查到消息，这个金面龙王，极有可能就是当年天禧朝的董承昴！"

萧胤棠看着皇帝，见皇帝依旧无多表情，迟疑了下，复又道："父皇，此人若真是董承昴，因顺安逆王无道，流落为匪，这数年间，儿臣听闻他也未曾为害沿海民众，便也罢了，但这个董承昴极有可能隐匿了当年的少帝！"

他再压抑不住内心的激动，声音也高了几分："父皇，据刘义的消息，这个金面龙王身边，有个十五六岁的少年，无名无姓，身份可疑，人都称他小公子，儿臣猜测，这个小公子，极有可能便是萧彧！父皇您想，这董承昴曾是卫国公的旧部，卫国公与天禧一朝渊源不浅，董承昴流落为寇，将萧彧藏匿于海上，以待时机，东山再起，岂不顺理成章？"

皇帝微微眯了眯眼，不置可否。

萧胤棠顿了一下："且儿臣还有一虑！不知当讲不当讲。"

"讲。"皇帝注视着他。

"我知父皇一向信任裴右安，儿臣也绝无诬他之念，只是想提醒父皇，裴右安此人，隐忍深沉，非一般人能及。董承昴和他素有渊源，他与萧彧早年又是师生关系，如今萧彧真若还活在世上，父皇恐怕不得不防裴右安，免得日后万一生出事端！"

皇帝注视着萧胤棠，一语不发，若有所思。

萧胤棠渐渐觉得，皇帝的反应极是反常。

他太镇定了，镇定得令人感到奇怪。

从萧列还是云中王，打着复拥萧彧为帝的旗号起事的第一天起，虽然萧列从未在他这个做儿子的面前提过一字，萧胤棠也知道，自己的父亲应该不会真的存了这样的念头。

皇帝这把龙椅，只要有机会，天下何人不想坐上？

他之所以打这样的旗号，只是为了让天下归心，速速成事。

少帝极有可能已经死去，即便真还活着，也沦落成真正意义上孤家寡人的一个少年,哪怕还有少数人愿意拥他,他也只是活成了一个象征罢了,在真正掌握天下的强者面前,他完全不可能掀出真正意义上的水花。被找到,继而消失,这就是他最合理的结局。

所以今夜,在收到这个消息的时候,萧胤棠是激动异常的。

在太子妃、周进、周后,乃至于自己,均相继见恶于皇帝的劣势局面之下,他还是渴望利用这个新近得来的重大消息,尽量博回皇帝父亲对自己的好感和信任。

哪怕他曾做过的那个梦是真的,裴右安真的是自己父亲的私生子,倘若裴右安胆敢在帝位之事上和皇帝站不同的立场,皇帝也绝不可能容忍。

对这一点,萧胤棠原本十分笃定。

但是此刻,萧列的反应让他感到心里忽然有些没底了。

"倘若你的消息是真,那么依你之见,此事朕该如何处置?"

半响,皇帝忽开口,面色如水,不辨喜怒:"将裴右安以谋逆结党论处?再追捕少帝,将他除掉?胤棠,你莫忘了,朕当初曾如何对天下人许诺。朕听你方才的口气,莫非想逼朕除去少帝,让朕在天下人面前背负一个不仁不义的骂名?"

萧胤棠惊呆了,有些不敢相信自己的耳朵:"父皇!儿臣不懂了!天禧帝忌恨父皇,困父皇于云南,父皇隐忍二十余载,万千砥砺,九死一生,终成大业,父皇难道真的打算逊位于萧彧小儿?他何德何能,得父皇如此对待?"

皇帝从案几后起身,信步踱到窗前,眺望夜色,片刻后,回头道:"胤棠,倘若朕真秉承诺言,将这江山还给萧彧,你有何打算?"

他语气温和,仿似父子闲话。

萧胤棠僵了片刻,慢慢下跪:"禀父皇,这天下乃父皇得的天下,如何处置,全在父皇,儿臣只忠于父皇,唯命是从!"

他说完,低下了头。

萧列俯视他片刻,点头:"你能如此作想,父皇很是欣慰。你方才禀来之事,朕自会派人再去查证,你不可透露给第三人,也不必再插手了。"

萧胤棠叩首,起身退了出去,跨出御书房所在的这宫殿之时,他的脚步停了停,回首。

夜色迷离，他的脸绷得紧紧的，视线投向身后那扇透出灯火的牖窗，眼底迅速掠过一缕暗影，随即转头，继续朝前迈步离去。

裴右安出宫后，便回了裴府。

辛夫人、裴荃等不知他今夜回京，见他突然回了，得知奉命独自归来，嘉芙还留在泉州家中侍奉祖母。

才这么些时日，皇帝大约便要夺情起用他了，几人心下各自羡妒，面上却一团和气，嘘寒问暖。辛夫人叫下人将他的行装送回屋里归置，裴荃和他一番叙话，毕，裴右安回了从前和嘉芙同居的院落，沐浴后，身着中衣而出，习惯地走向衣帽架，走了几步，抬眼见上面空空如也，并无她从前每日会为自己准备好的干净衣裳，脚步顿了顿，转身，自己来到衣柜前，打开柜门取了套家常衣裳，待关合时，视线落到了折叠起来放在衣柜一角的一件外氅之上。

他还记得这件衣裳。便是当初那夜，在云南澄江府的驿舍里，他救下了衣衫不整的女孩儿，带她回了自己的住处，给她包裹身子那件。

衣裳那时就是旧衣了，后来他东奔西走，早忘了自己还有这么一件身外之物，却没有想到，今夜此刻，竟忽然看到它被折叠得整整齐齐，留在衣柜里头，一时恍惚，面前仿佛浮现出当夜她赤裸双脚，不安立于自己面前的一幕。

裴右安看了片刻，将手中衣裳放回去，修长手指落到旧衣之上，抚了抚，取了抖开穿上。

是夜，三更鼓后，一道身影推开虚掩的书房门入内。

书房里并未亮灯，南窗半开，裴右安坐于案后，身影被清冷月光勾出一道半明半暗的孤瘦轮廓。

杨云听完吩咐，低声道："大人放心，我会派信靠之人，尽快将消息递给董将军。夫人那里，也必照大人叮嘱行事，绝不敢怠慢。"

裴右安点了点头："有劳你了。这些年随我颠沛，如今还要犯险，我很是感激。"

"当年若非国公施恩，我杨家满门抄斩，属下的这条命，本就是大人的。属下只是有一事不解……"

杨云迟疑了下。

"董将军和小公子之事,越少人知道越好。属下实在不懂,太子的人如今即便有所察觉,想来至多也不过十之二三而已,大人却为何故意安排,让太子的人全部知晓?如此一来,万岁那里,岂非坐实此事?"

裴右安沉默片刻,答非所问:"杨云,朝廷此次海禁,你如何看?"

杨云一怔:"难道不是出于防范倭寇之故?"

"这只是表象。万岁此人雄心勃勃,仰帝德广运,求的是乃圣乃神,乃武乃文,要的是万邦来朝,彰显我大魏之文治武功,如此一次倭寇袭扰,绝不至于令万岁退缩守地,他非如此之人。我在泉州之时,最担心的事情,还是发生了。"

杨云吃惊:"大人是说,万岁已经知道了小公子?禁海的目的,是和小公子有关?"

"我接到万岁急召,便越发确定先前猜测。万岁所知,即便没有十分,也是八九不离十了,他召我回来,不过是为试探我,即便我此次遮掩过去,想必他很快也能查证。也是人算不如天算,我本以为,小公子之事就算日后纸包不住火,也不至于如此快地泄露,却没想到,因此次倭寇之乱,终于出事。既不慎泄露了,留给我的时间便也不多了。帝心难测,我怕我日后万一难以自保。我若一人,便也无所牵挂,但如今还有甄家,万一我出事,太子日后必定不会放过甄家,故我只能铤而走险,迫太子先动。只要太子动了,便不怕抓不到他的疏漏。"

杨云越发糊涂了:"大人,我实在不懂,这与大人故意透露消息给太子,有何关联?"

裴右安微微一笑:"你不懂。天家父子,亲情往往薄若一纸。我若所料没错,万岁和太子,父子猜忌已然多过信任。我是在赌,但愿我能赌胜。"

杨云对裴右安,除为报恩慕义,甘心追随之外,对他的智计谋划,向来也是深信不疑。

他既如此安排,想必便有他的道理。

杨云虽然依旧不解,但见裴右安不再解释,便也闭口不问了,只朝案后那道身影下跪:"裴大人,多保重!"

杨云行礼过后,起身迅速离去,身影消失在夜色之中。

裴右安在昏暗里独自坐了许久,看向角落那面铜壶滴漏的影子,想来早过了她从前限定自己回房睡觉的最晚时辰亥时中刻。他伸了个懒腰,起身踏月回房。

隔几日，满朝文武便都知道，皇帝下朝，频召裴右安入御书房议事，进膳之时，乃至于分汤而饮，一碗而食。

吏部虽还未曾下文，但显然，这是要夺情起用守丧还不到半年的裴右安的一种预兆了。

如此殊荣，不过再一次验证一直以来的一件事：君臣相和，皇帝对裴右安的倚重和信赖超乎寻常。

裴右安自归京后，行事依旧低调，除受召入宫，少与同僚往来，大多时间在府中闭门不出。倒是一直有个传闻，说他和白鹤观里的含真女冠向有交情，除了替那女冠的弟弟看病之外，和女冠也有和诗应赋的一段风雅往事，这次回京，也被人看到去过观中。

一个是玉骨含香、不同俗流的传奇女子，一个是惊采绝艳、权重望崇的傀傥郎君。

所谓檀郎谢女，惺惺相惜，且谢郎着帽，文人风流，自古以来，这也在所难免，想必裴右安也未能免俗。众人提及，倒是艳羡不已。

白鹤观里，裴右安为迟含真诊脉察病完毕，转身到书几前，提笔蘸墨。

许久不见，迟含真人比黄花，病得弱不胜衣，方才因咳得厉害，此刻面颊聚起的红晕尚未褪去，撑着被一个小道姑搀扶而起，跟了过来，面含愧色道："病了有些时候了，换看过几个郎中，都未见好，病势反更缠绵，宫中太医先前来此，乃奉命为我弟弟看病，如今我也不敢再请太医。一副残破之躯，原本死不足惜，只是我若有个不好，留下幼弟更是无人照拂，只得厚颜，又烦扰大人了。"

裴右安写了方子，待墨迹干后，交给侍立在旁的另一个小道姑，转向迟含真，温言道："你何出此言？先前我便对你说过，无论何事，你若有了难处，只管来寻我，何况关乎身体？你此次病得不轻，除身子孱弱所致，想来思虑也过重，内外相交，方一病不起。除了依方吃药，更需放宽心怀，勿做无谓之思。"

迟含真目中泪光闪烁，点头答应。

裴右安环顾了下四周，见四壁徒然，陈设比之从前空了许多。

"方才入观时，我听清心道姑说，你近日当了不少物件？"

迟含真道："此处为女观，我阿弟身体见好，毕竟男女有别，且我自己亦寄人篱下，故叫他搬了出去，托付给一个同乡，人是极信靠的，只阿弟日常吃穿用度，需费

些银钱,我手头无多少积蓄,故收拾了些身外之物,或当或鬻,叫大人见笑了。"

裴右安道:"可需我周济一二?"

迟含真慌忙摇头:"大人万万不可。我便是不愿再受外人之馈,这才当鬻物什。大人本就对我助力良多,我只恨报谢无门,怎会再要大人周济于我?"

裴右安微微颔首:"气清志洁。也好,我便不强行以俗物侮你。只是往后,你若实在困难,无须矜持,尽管告知于我。"

迟含真低眉,朝他深深拜谢。

裴右安收拾了携来的医箱,开口告辞。迟含真不顾病体孱弱,亲自送他到了院中。

裴右安叫她留步,自己行了几步,忽似想到什么,略一迟疑,转身低声道:"你祖父当年字画双绝,我记得天禧先帝曾做题跋,还盖过先帝私印。不知那些字画,如今你可都还保存?"

迟含真追忆过往,目露怆色:"难为大人还记得祖父字画。当年家中出事,人尚且不能自保,何况别物。恰好当时,祖父也是感念先帝之恩,因那几幅上头有先帝御笔,故预先留存,悄悄托付给了一个密友,如今已经回我这里了。也就剩这几张字画,权作念想罢了。不知大人问及,所为何事?若是有需,大人稍等,我这便取来,大人拿去便是。"

裴右安微笑道:"你误会了。我是见你一个弱女,独力照看幼弟,境况未免艰难,你又不愿平白受人恩惠,故想提醒下你,那几幅带了先帝题跋的字画若在,你好好保管,到了日后,必千金难求。"

迟含真目露惑色:"大人之意,我有些不解。何以到了日后,便会千金难求?"

裴右安微微一笑:"你记住我的话便是了。我先告辞。你吃了药后,病情若还反复,不必顾虑,尽管叫人告知于我。"

他朝迟含真点了点头,随即转身离去,衣袂微拂,步履沉稳。

迟含真定定望着前方那道渐去渐远的背影,目露苦痛之色,竟是痴了。

第十七章 惊变

六月,上林苑监正上奏,上林苑新辟四门,已扩建完毕,如今占地数百余里,中间缭以山墉,湖泉相对,内中獐鹿雉兔,奔走不计其数,一切完备,只待皇帝御驾亲临,以检成果。

上林苑地处城西,距城数十里,管理极其严格,规定一应人等不得擅入围猎,犯禁治罪,虽亲王勋戚,概莫能免。萧列年少起,便喜好射猎,犹记十六岁那年,曾偷偷带了几个亲随入苑游猎,当日是尽兴了,不想到了次日,却被人告于皇帝面前。皇帝虽喜爱这个幼子,但为儆惕效尤,不得已小按制处罚了他,当时境况,诸多羞耻,沦为兄弟笑柄。至二十岁,被遣往云南后,数十年间,每逢苦闷,他也常以射猎遣怀。如今登基为帝,任贤革新,励精图治,一晃竟也将近两年,忙忙碌碌,终日不得空闲,这日见到奏报,萧列一时起了兴致,恰好又逢今科武举,各省举子纷纷入京,便择了日子,下令罢朝一日,将武举殿试移到上林苑内,凡在京四品以上官员同行,既是游猎,也是考核取士,可谓一举两得。

萧列登基后,自己勤政不怠,不分寒暑,几乎日日早朝,累得文武官员也跟着如陀螺般转,天天四更起身,预备五更早朝不说,有时连休沐之日也不得安宁,皇帝召之即去,不敢有半分松懈,听得终于能罢朝一日,游猎于上林苑内,无不欣喜。到了出发前夜,众人都放松下来,随同大臣,各自预备明日随帝出发,侍卫军则几天前就开始入驻上林苑了,大汉将军、府军前卫带刀官、神枢营等,把总、指挥,领着各自手下,清理猎场、校场,预备迎接帝驾。

这一夜的月有些诡异,如六月间下起了一场夜雪,毛白的月光纷纷茫茫地洒在东宫的琉璃殿瓦之上,泛出一片冷冷的幽光。

这一夜,太子萧胤棠的心,仿佛也被一把利刃从中一剖为二。一半如火,鼓动、跳跃、燃烧,令他眸底泛出红光,血管里血液激荡澎湃;一半却如这瓦顶的月光,叫人心底深处泛出丝丝怨凉。

他的父亲萧列,这个帝国的至尊皇帝,终于令他彻底失望了。

那夜,他曾怀着激动的求好之心,将消息带到父皇的面前。而父皇的反应,令他失望,甚至是愤恨。

在此之前,他根本就没想过,自己的父皇竟真的动过要把皇位逊让给别人的念头,哪怕那夜之后,他还是不敢相信。过后细细回想,他甚至觉得当时可能只是父皇对自己的一种试探。

直到那日,太子妃把女冠和裴右安的见面经过,以及裴右安说过的全部话转到他面前。

裴右安为何提醒女冠保管好有天禧帝题跋的字画?他说将来,这些画将会千金难求。这是什么意思?

萧胤棠想明白后,一切便豁然解开。

萧或还活着。作为天禧朝旧臣的裴右安,不但和他关系匪浅,对天禧朝必定也怀了一种旁人所无法理解的感情。

极有可能,就是裴右安在游说萧列秉承当初许诺,迎少帝归来。

萧胤棠不确定自己的父亲到底是否真的被裴右安说动了,但萧胤棠相信,如他梦中所知，皇帝对裴右安这个不能被人知道的儿子，所怀的感情远远胜过自己。皇帝对这个儿子的信赖和倚重，也非一般人能够想象。

以裴右安的城府，他应当不会力劝皇帝自己逊位。但如果他旷日持久地在皇帝面前进言，劝皇帝将即位者定为少帝，以此博名史书，流芳千古，这对于皇帝来说，未必没有半点吸引力。

萧胤棠知道，裴右安容不下自己，就像自己容不下他一样。两人之间，你死我活，他们心里都很清楚这一点。

曾经，萧胤棠以为自己只是皇帝唯一的儿子。现在他才知道，这只是个笑话。

这二十多年来，皇帝不仅有另一个他真正所爱的儿子，或许不久的将来，还会有更多的儿子。

即便裴右安最后没能如愿，但等皇帝有了那些儿子，以今日自己父子的离心，他的这个太子之位，到底还能安坐多久？

萧胤棠冷汗涔涔。

今日一切，和他梦中的情景，截然不同。

但他固执地相信，他曾在梦里见的一切，都是他今生原本该有的样子。

甄氏确曾是他的女人，他也确曾是这天下人的皇帝。

现实一切不同，唯一的变数，就在裴右安一人身上。

是他夺了自己的女人，如今还要夺去自己的帝位。

这个天下，唯一能让裴右安仗势和自己斗的，就是皇帝。

只要皇帝没了，这一世的裴右安，等待他的结局，也就只是孤身一人，被一碗毒药毒死于塞外。

就在如今，皇帝和他的那个儿子，正在向着自己磨刀霍霍，步步逼近。

留给他的时间不多了。他必须为自己全力一搏。

在皇帝、裴右安和他的三人厮杀中，就像梦中向他昭示的那样，他是笑到最后的那一个。

次日早，京城清道，侍卫军在安远侯和中军都督刘九韶的统领下，护卫着皇帝，

百官跟随于后,于道旁百姓的跪拜之中,浩浩荡荡出城去往上林苑。

裴右安本也随帝驾出行,但从前几日开始,迟含真的病再次加重,昨夜一度高烧,竟至昏迷不醒,情况极其危险,裴右安闻讯,向皇帝告了个缺,便急唤一名太医,自己也亲自赶去,一夜无眠,直到今早,迟含真的高烧终于退去,但人依旧昏睡不醒。

太医年迈,熬了一宿,此刻早筋疲力尽。裴右安请太医去休息,自己信步来到院中一处石亭前。

石亭整洁,一石桌一石鼓,桌上搁了几卷黄经,旁有一副笔墨纸砚,想是迟含真平日闲暇之时的另一处读书写字之所。

裴右安上了石亭,随手取了卷道经,翻阅片刻便放了下去,似乎兴之所至,开始慢慢铺纸,研墨,拿起搁于笔架上的一支银毫,蘸足了墨,悬腕而书。

他一夜未眠,眼底亦布下了几道浅浅血丝,但身形依旧如雪中修竹,挺拔清逸,丝毫不见倦怠,只立于石桌之畔,微微低头,挥毫洒墨,凝神书写。

朝阳正慢慢升起,一缕金色光芒倏然穿过亭畔的那丛夹竹桃枝,投射入亭,照在了他的身上。

一管衣袖,随着挥墨而动的臂腕,在清凉的晨风里微微飘摆。

迟含真悄悄立于窗后,痴痴地望向亭中那拢了满袖清风的男子,再也忍不住,一把扯下方才小道姑拧了贴于自己额前的冰帕,哗啦一声推门而出,在小道姑惊讶的目光之下,朝着石亭疾步奔去。

她是真的大病在身,脸色蜡黄,才走这十来步的路,额前便冷汗直冒。她伸手扶着一根亭柱,喘息了两口,道:"裴大人,你莫管我了!今日该当去哪里,便快去哪里!千万莫因我而耽误大事!"

裴右安瞥了她一眼,手腕未停:"你醒了?回房歇着吧。"

"裴大人!"

迟含真脸色焦黄,抬脚走来,却双腿一软,人便摔在了亭阶之上,挣扎着爬坐起来,道:"裴大人,你快走吧!不要管我了!"

裴右安神色不动,写完最后一字,看了一遍,将笔管慢慢搁回笔架之上,方转身,看着爬跪在石阶上的迟含真,神色平静,一语不发。

"裴大人，我再不想骗你了。前些时日，我阿弟被人接走，有人以他要挟我，要我刺探于你，我不敢违抗，只能违心骗你。当时为了生病，我以冰水浸泡自己，过后也未吃你开的药。到了数日前，我又被告知，必须在今日将你留在观中，不能叫你离开半步，否则阿弟就会没命……"

迟含真泪流满面。

"那人可是太子妃？"裴右安淡淡问。

迟含真闭目："是！"

"人人颂我气节，却无人知晓，我心底亦藏有污泥浊水，并非甘愿一生就此寄身道观。当初太子妃与我往来，我虽犹豫，但为抬身价，终究还是不舍割断红尘，却不料如今作茧自缚，落得今日地步！"

她泪流不绝："裴大人，你那日称我气清志洁，我又如何当得起如此赞誉？你顾念当年我祖父与你的一点师生之交，待我至情至性，我却如此欺骗于你！你快走吧，今日当去哪里，就去哪里！再不走，怕是要出大事的！"

她扑到阶上，哀哀痛哭。

裴右安俯视她片刻，从亭阶上下来，朝外迈步离去。

许久，小道姑终于壮着胆子靠近，将她从地上扶起，坐到了近旁的石凳之上。

迟含真望向还摊于石桌上的那一纸墨迹。

诗万卷，酒千觞，几曾着眼看侯王，玉楼金阙慵归去，且插梅花醉洛阳。

千乘侯，万乘王，风飘玉笛梅初落，酒泛金樽月未央，九原丘陇尽侯王。

前半阕取自朱岩壑之《鹧鸪天》，后半阕出自前唐刘长安之《春夕遗怀》。

一道朝阳，洒在墨汁犹未干透的淋漓手书之上，字字雄浑，风骨沉着。

迟含真泪眼蒙眬，喃喃诵念，转头再寻那道身影，身影早已消失在院门之外。

当天，一个消息震动朝野。

今上游猎于上林苑，殿试武举，中途竟遭刺客刺杀，当时境况极其凶险，幸而刘

九韶心细如发,竟叫他预先察觉图谋,刺客尚未近身,便被刘九韶领人捉拿。皇帝受惊,命就地初审,得知竟是顺安王余党所为,大怒回宫,随后罢朝三日。就在群臣惶恐猜测之时,三天之后,不料皇帝竟发了一道罪己诏。

罪己诏称:"朕与顺安王本是兄弟,同祖同父,骨血相连,却不料当初手足相逼,朕也未顾全棠棣之情,以至于祸结衅深,宗族蒙羞。昨夜梦见先祖呵斥,醒来惶恐,恐日后无颜见先祖于地下,本当亲自回往庚州祖地守陵思过,奈何乾坤黎民,羁绊一身,幸而太子纯孝,甘愿自去太子之位,以庶人之身,代父回往祖地守陵,以全孝道。"

这道罪己诏一出,满朝哗然。章老、周兴求见皇帝,出来后,面如土色,若非随从相扶,几乎不能走路。

再两日,章老便以年迈体衰为由,上折请求告老还乡,皇帝准奏。周家却没那么幸运,周进以朋党之罪被黜,随后畏罪,自尽于大理寺牢狱。此案,受牵连的官员竟多达几十之众。

短短不过半个月间,朝廷竟发生了如此翻天覆地的剧变,一时风声鹤唳,文武百官人人自危,表面纷纷上折,附和罪己诏,赞太子孝道,实则暗中可怕的消息在迅速传递。

据说,那日上林苑的刺杀事件,查明实为太子和周进同谋。皇帝震怒无比,杀周进,废太子,下令囚于祖地,有生之年,不允踏出半步,如出,杀无赦。

这是帝王死令,绝无更改的可能。

御书房中,此次上林苑之行的总领刘九韶,详细禀告完经过,又道:"四卫营之右卫,人数共计五千余人,把总指挥,多为周进亲信,当日万岁出城后,右卫便擅自暗中分散调度,乃周进为万一刺杀不成而做的逼宫准备,现已被制。一应口供,俱已齐全,请万岁圣裁。"

他说完,见皇帝双目盯着案前烛火,身影犹如凝固,脸色淡淡发青,不敢再望,低下了头。

半晌,他才听皇帝说道:"你此次调度及时,忠勇可嘉,很好,先下去,过后朕有封赏。"

刘九韶叩谢，退了出去，见裴右安静静候于殿外，忙上前唤了声"裴大人"。

他对裴右安，如今佩服得五体投地。此次上林苑之行，倘若不是他预先提点多加防范，以这场刺杀逼宫预谋之周密，实在难以想象当时到底会成何种模样，便是此刻想起，犹心有余悸。

裴右安颔首。

殿外不可停留，刘九韶临行前，低声道："大人放心，上林苑大人虽未同行，但大人之功，我不敢埋没，俱已如实禀告万岁。"

裴右安微微一笑。

刘九韶离去，他立在殿阶之下，举目望向踞于琉璃殿顶正脊的一排鸱吻脊兽。

脊兽整齐排列，兽面森然，双目如鼓，倨傲俯望脚下一切。

宫人从里出来，对他躬身道："裴大人，万岁传唤。"

裴右安收回目光，迈步向前，入内，向萧列行叩拜之礼。

萧列端坐于案后，面上青气犹未散尽，望着跪在面前的裴右安，一时并没说话。

裴右安也未起身，依旧跪在地上。

"右安，刘九韶方才禀于朕，此次上林苑之行，他曾得过你的提点？

"你是如何料到太子预谋行刺？你既有所察觉，为何不提早告知于朕？

"抬起头来，回朕的话！"

萧列终于开口，声音却异常凝重，隐隐似带质问。

裴右安抬头，对上了萧列投来的两道目光，神色坦然。

"万岁，此话臣从前不可讲，但今日，臣只能说了。无他，只因太子向来以不臣之心料臣，臣不得不有所防备。"

御书房里陷入沉默，片刻后，萧列再度开口："你何以就认定，太子容不下你？朕曾再三教导太子，朕与你父情同兄弟，朕愿你二人亦……"

他的声音渐渐略带暗哑，停了下来，目光萧瑟。

裴右安慢慢叩首在地。

"臣有罪，未尽到人臣本分，以至于太子心结不释，令万岁失望至此。"他低声说道。

萧列沉默。

裴右安直起身,唤了声宫人,命取来自己方才携带之物。宫人递入,裴右安展开,竟是一件女子中衣,一侧衣袖染了暗渍,颜色发黄,看起来有些时日了。

皇帝一怔:"此为何物?"

"禀万岁,此为内子从前赴太子妃母寿宴所穿的衣裳。内子那夜赴宴归来,对臣讲,当时太子妃领酒,命随同宫人为同桌宾客斟酒,轮到内子酒杯之时,被她看到宫人执壶手法有异,当时不敢喝下,就势将酒水悄悄倒入袖中。回来后,内子想起太子妃当众发狂一幕,心有余悸,心中亦是不解,便将此事告知了臣。万岁也知,臣略通医道,幼起为治病,对域外药物也有涉猎,当时起了疑虑,便取辨附于衣上的酒渍残液,多加查证,最后得知竟是密宗迷药,服后状若醉酒,神魂癫狂。"

萧列神色慢慢绷紧。

"臣犹记当时,冷汗湿衣。那夜倘若内子饮了药酒,后果如何,臣难以想象。便是那夜之后,臣不得不起防备。太子妃事后,周进、周后,亦相继自绝于万岁,纵万岁殷殷父心,拳拳可见,太子亦难免殃及池鱼。臣妄加揣测,太子恐起了自危之心。至于此次万岁幸驾上林苑,端倪起于白鹤观。臣为迟含真诊病,她却言辞闪烁,且病情反复,至临行前夜,病重至昏迷,臣不得不告假。臣知迟含真早先与太子妃有交,此次病情,有些蹊跷,恰又发于万岁出宫之时,故心中起了疑窦,怕万一万岁有失,故提醒刘大人,须面面俱到,多加防范。"

裴右安抬起眼,注视着对面的皇帝。

"溪壑可塞,贪黩无厌。人生而有灵,却往往被野心欲望所驱而不自知,此亦是一苦。万岁,上林苑事发之前,一切都不过是臣就人心的几分妄揣而已。臣也不信,太子会做出如此自绝于宗室先祖的逆举,又怎敢妄然来到万岁面前,公然离间天家父子之情?

"此便是个中全部缘由,再无隐瞒。臣为自保的几分私心,置万岁安危于不顾,臣有罪。"

裴右安说完,再次叩首于地。

萧列宛如入定,坐在那里闭目不语,良久起身,步履带了几分沉重,慢慢走到俯跪于地、一直没有抬头的裴右安身前，弯下腰，双手将他从地上扶了起来。

"右安，你何罪之有！朕不怪你。朕也当反省，多年以来，朕私德有亏，警醒不够，未能觉察太子日渐离心，以致到了弑父的地步，丧心病狂，骇人听闻。此次上林苑之事，你虽未同行，功却不在刘九韶之下。

"想朕坐拥天下，身边竟无一人……"

他蓦然收紧十指，紧紧地握着裴右安的双臂，声音亦陡然变得颤抖，话未说完，便戛然而止，定定望着裴右安，片刻，似意识到自己的失态，松开握住裴右安的双手，转身定了片刻，坐回案后。

"右安，从你十六岁来到朕的身边，朕便信靠于你。从今往后，你与朕同心勠力。

"天下虽是朕的天下，朕日后，却也绝不会亏待你。你可记住了？"

萧列凝视着裴右安，一字一顿地道。

裴右安迟疑了下，再次下跪，叩首致谢。

萧列叫他起身："朕知太子天性凉薄，从前以为太子妃贤良淑德，这才将她定给太子，本想她能辅佐太子，不料她却也与太子沆瀣一气，实在叫朕失望。原本此次要遣她同去，终身监禁，只是昨日，东宫之人来报，说她有了身孕，便先容她些时日，待生产完毕，再另行处置。她加害甄氏，如此处置，你们不会怪朕偏袒吧？"

裴右安道："万岁处置得当，内子便是得知，必也敬服。"

萧列颔首："朕有些乏了，你也退安吧。"

裴右安退出，萧列凝视着他的身影，待他行至殿口，忽又叫了一声。

"万岁有何吩咐？"裴右安停步。

"老夫人去世，你身为承重孙，朕本当放你好生服孝。只是国事重于家事，老夫人生前便深明大义，如今在天有灵，想必也不会怪朕。因前些时日，荆襄之地奏折雪片而至，纷扰不断。流民归化一事，实在十头万绪，虽有你先前定的大计，但地方官吏能力欠缺，履行不力，且与民众时有冲突，朕怕如此下去引发民怨，若又起乱子，便是大事。因此事你曾牵头，当地民众亦信服于你，故此次将你召回京城，本意便是夺情复你官职，想派你再去一趟西南，代朕落实民生，既造福地方，又杜绝后患。你意下如何？"

萧列语气，听起来似在征询他的意见。

裴右安身影定了定，随即道："臣遵旨。"

萧列注视着他："既如此，朕明日便命吏部下文，你择日动身……"

他迟疑了下，道："右安，朕知你这些年，为朕殚精竭虑，东奔西走，没片刻得闲，朕都看在眼里。等这回事情处置完毕，朕必让你好生歇上一段时日。你也是不容易。"

"万岁言重。臣不过尽了本分而已。臣告退。"

萧列面露笑容，唤入李元贵，命李元贵送他。

"裴大人，请。"

李元贵恭敬地道。

裴右安向皇帝行了一礼，低头转身，出了书房，没行几步，对面崔银水急匆匆入内，神色瞧着有些惊惶，见李元贵停步皱眉，急忙靠过来，低声道："干爹，北苑那边出事了！皇后娘娘要见万岁，宫人不递消息，竟放火自焚，幸好发现得早，及时扑灭，未酿成大事……"

李元贵停下了脚步。

裴右安微笑道："李公公请留步，我自出宫便可。"说完，转身离去。

他步出殿堂，步下了殿阶，面上笑容渐渐消失，双目注视着前方，沿着宫道朝前行去，渐渐加快了脚步。

北苑一座宫苑内，周氏脸色苍白，目光躁乱，宫鞋鞋底踩着地面，在殿内不断地来回走动。

空旷的殿内，不断回响着她空洞而急促的脚步声，突然，她看见一道高大身影从烛火照不到的殿口黑暗深处走来，地上投出一道漆黑的长长影子。

那个男人，最后就站在那里，冷冷地看着她，目光冷漠，不带丝毫感情，似连厌恶也不复存在了。

周氏朝他奔了过去，终还是不敢靠近，跪在距离数步之外的地上，眼泪流了出来，叩头："万岁，妾接到了万岁的申斥，诚惶诚恐。胤棠固然犯下滔天大罪，但若不是周进挑唆，我的儿子绝不至于做出此事！他一时糊涂，虎毒不食子，求万岁看在你我

438

多年夫妻的分上，饶了他这一回吧！"

她不住磕头，额头碰地，发出砰砰的声音。

萧列冷冷道："你以死见朕，朕还当你有悔过之心，看在二十年夫妻分上，便也来了，不想你不反省自己的教养之过，竟还口口声声将罪责推到旁人头上？羊有跪乳之恩，鸦有反哺之义，你的儿子却做了什么？登基之后，朕便立他为太子，他有何不满？如今弑父夺位，朕已饶他不死，待章氏生产后，毋论所得男女，以皇嗣教养。二十年来，朕自问并未亏欠你母子。你好自为之吧，朕去了。"

说完，他转身迈步离去。

周氏睁大一双通红的眼睛，死死盯着皇帝离去的背影，忽尖声道："万岁，你说你未亏待我和胤棠，你以为我不知，当年那半年间，你私出云南是去了哪里？你分明潜入京城，到了慈恩寺，和裴文璟在一起，是也不是？这些年，你的眼里只有裴文璟给你生的那个儿子，你何尝多看过胤棠一眼？他才是你天经地义的儿子，皇位的继承人！你偏心至此，胤棠走上今日歧路，你也脱不了干系！你又何德何能！你以为你宝贝的那个见不得光的儿子对你就没有二心？"

周氏的尖声在空旷的殿宇里回荡，仿似泛出道道回声。

萧列猛地停住脚步，慢慢地转过头来。

烛火跳跃，映在他的面上，他脸色铁青，面肌微微抽搐，神色狰狞，宛如一头瞬间暴怒的恶兽。

"你方才说什么？"

他咬牙，一步步地逼近周氏，目光阴森无比。

周氏瑟缩了一下，目露恐惧之色，忽然仿似回过神，扑到他的脚边，抱住了萧列的腿："万岁，妾罪该万死，妾方才胡言乱语。妾求万岁，饶了胤棠，再给他一次机会……"

她哭得肝肠寸断："妾就这么一个儿子，如此处置，和要了他的命，又有什么区别？"

萧列低头，盯着抱住自己腿脚哀哀痛哭的妇人，半晌道："何为天经地义？世上又何来如此多的天经地义？朕的皇位，本也不是天经地义所得，何以定要传给你的儿

子？人心不足，自绝于天！"

萧列拔脚离去，再未回头。

帝命如山。

次日，吏部便发公文，皇帝夺情复用裴右安，封西南经略使，督荆襄流民归化一事，不日赴任。

消息传开，平日与裴右安有往来的同僚纷纷前来送行，少不了一番迎来送往。忙碌了两日，次日便要动身了，这个傍晚，裴右安独自打马出城，来到慈恩寺山下，在一片山前暮霭的陪伴之下，独自登上山阶，叩开寺门。

正是寺庙晚课时分，晚钟阵阵，随风飘送。

裴右安来到附于寺东的根本堂，入了供有裴家先祖莲位的跨院，守院的老仆夫妇见他突然现身，忙迎出来。叙了几句，裴右安问玉珠的近况。

老夫人亡未满一年，莲位如今尚未归位，而是单独于此辟了一间灵塔，消灾去孽，满一年后再入根本堂。

老夫人当初临走，除了安排两房分家，替伺候了自己将近十年的玉珠也做了安排，还了她的身契，留给她足够下半辈子的一笔钱财，还有一个院子，说往后她若有合适的人，愿意嫁了，就从裴家出门。当时热孝过后，明里暗里寻来给她说亲的人无数，玉珠一概不应，跟着老夫人的莲位到了这里，如今一晃眼，已经过去半年多。

老妪听裴右安问，忙道："这半年多，玉珠日日在为老夫人诵消业经。先前大奶奶叮嘱过我，叫我多加照顾玉珠姑娘，老婆子都记着的。"

裴右安点了点头，来到单独供着老夫人莲位的那间屋前，推开了门。

玉珠正跪于牌位旁的一张青叶蒲团之上，默诵经文，听到身后推门声起，转头，急忙起身，向裴右安见礼，惊喜地道："大爷，你怎在此？不是陪大奶奶回泉州了吗？"

半年不见，她确如方才那老婆子说的，人清瘦了不少。

裴右安向着老夫人灵位叩拜，完毕后起身，道："前些日才回的京，万岁夺情用我，留了大奶奶在泉州。"

他看了下光线昏暗的屋子，略一沉吟，问道："玉珠，你往后如何打算？"

玉珠慢慢低头,沉默了片刻道:"等这里替老夫人守满一年,报答了老夫人对我的恩情,我便寻个庵子落脚。"

裴右安道:"玉珠,我想请你帮我一件事。"

玉珠一怔:"大爷请讲。我从前是老夫人的丫头,如今老夫人虽去了,我还是裴家之仆。只要玉珠做得到,赴汤滔火,在所不辞!"

裴右安道:"你如今已非裴家奴婢了。我是想请你去泉州,代我照顾大奶奶。"

玉珠再次愣住,迟疑了下,道:"大爷,你这是何意?我有些不懂……"

裴右安微笑道:"万岁这趟用我,没个一年半载,恐怕回不来的,那些地方险山恶水,大奶奶身子娇弱,也不适合接去。如今她祖母身子渐弱,家中虽有信靠可用的下人,但母亲柔弱,哥哥也稚气未脱,她从前就和你说得来,你也细心能干,你可愿意过去与她为伴?"

玉珠定定望着对面那个背对暮霭而立、身影被浓重暮色所笼罩的男子,朝他慢慢跪了下去,叩头道:"能伴着服侍大奶奶,是玉珠的福分,玉珠愿意。"

裴右安颔首:"过两天会有人来接你,你收拾好就动身去吧。"

玉珠应是,送他出了门槛,目送他的背影渐渐消失在暮色之中。

裴右安是夜宿于寺中。次日清早,东方天际尚未泛白,人便出寺,下山回城。

五更,晨曦微白,田野里白雾飘荡,伴随着沉重而古朴的一道吱呀之声,闭合了一夜的皇城城门慢慢开启,从里出来一列重兵人马,前后甲卫,中间是辆蒙着青毡的小车,晃晃荡荡,穿破了蒙蒙晨雾,朝着城外驶去。

这便是奉命护送废太子回往龙潜祖地代父守茔思过的那队人马,领队的锦衣卫大汉将军骑于马上,看到对面道旁行来一道牵马的人影,起先并未留意,待走得近了,认出那人竟是裴右安,急忙命队伍暂停,唤了声"裴大人",下马向他见礼。

裴右安朝这大汉将军微笑颔首,牵了马,沿着边道继续朝城门走去,经过那辆毡车旁时,车体忽然剧烈晃动,里面传出镣铐用力碰击铁栅般的金铁之声,似有人在里奋力挣扎,接着,一道声音穿破青毡,从里透出:"裴右安,莫以为你这就赢了我!天机之兆,胜负未定,此绝非我之终了!哪怕天机误我,终此一生我不能回来,你的

下场,也绝无善终!他的眼里,只有天下和这皇位,你以为他会给你善终?"

字字句句,声声入耳,犹如凝了刻骨仇怨。近旁甲卫无不变色,面面相觑,裴右安却恍若未闻,双目望着前方,脚步也未停下半分,继续牵着手中马匹朝前走去,和这青车错身而过。

大汉将军见裴右安已经走过去,立刻喝令全队向前,再不作片刻停留。

马蹄踏地,车轮辚辚,一行人马短暂停留过后,继续朝前驶去。

车里开始慢慢传出笑声,起先只是低沉冷笑,继而变成狂笑,笑声越来越大,越来越大,直到行伍渐渐消失在晨雾之中,这才终于彻底消弭。

当夜,萧列问裴右安。

李元贵道:"禀万岁,裴大人今日已离京,奴婢亲自送大人出城,崔银水也跟了过去,必会用心服侍大人起居,请万岁放心。"

李元贵觑了他一眼,又小声道:"再禀万岁。前两日,裴大人一直忙于应酬,昨夜独自去了慈恩寺,先去根本堂,想是拜祭祖宗,出来后,便去了轮转藏经阁,在藏经阁里过了一夜,天明出寺,随后归城。"

萧列出神片刻,问:"李元贵,朕问你,倘若朕与朕的那个侄儿不能相容,右安会站朕,或是站他学生?"

李元贵躬身道:"万岁怎会有此疑虑?裴大人对万岁的忠,还用经过奴婢的这张嘴说出来?"

萧列沉默片刻,又问:"朕再问你,朕这回如此行事,他日后知道了,会不会与朕离心?"

李元贵迟疑了下,道:"万岁多虑了。万岁有龙德,飞腾而居天位,勤政爱民,天下人莫不交口称颂,君臣相和,如鱼得水,裴大人又最是明辨道理之人,怎会和万岁离心?"

萧列慢慢吐出一口气,道:"但愿如你所言。只是此事,暂时还是不能叫他知道的,须保守消息。"

李元贵应是,见接连多日,皇帝面上终于难得露出一丝放松神色,自己也跟着松了口气。

每年八月,是泉州一年当中最为炎热的一段日子,也是贸易旺季。往年这时节,各个港口停满新近入港的大小船只,岸上挤满前来采货的各地货商,每日但见熙熙攘攘,人头攒动,但今年,诸港变得冷冷清清,大白天的,港口也只剩下几只白头海鸟,跳跃在空船船头觅食。

城中大半居民,平日都是靠海为生,如今一下失去生活来源,未免焦虑,起先还日日结伴去市舶司打听消息,到了如今,市舶司也大门紧闭,门口一张闭衙告示,见不到半个人影,也不知这海禁要到哪年哪月才会结束。一些贫苦之人,无可奈何,只能想方设法另谋生路,剩下那些尚可度日的人家,也是愁眉苦脸,唉声叹气。

这座原本充满生机的古城,一夕之间,仿佛便被抽掉了生命,整个小城死气沉沉。

大势如此,甄家也难以幸免,前次的变故,虽不至于令甄家伤筋动骨,但损失不轻,加上如今,片帆不能出海,无事可做,无可奈何,给那些依附于自家过活的水手帮工发放三个月的救济粮钱后,渐渐遣散人员,关闭船坞,只留孤儿寡妇,继续度日。甄耀庭则和张大在船坞里,趁如今无事,做着检修船只、重建仓库的事。

这日午后,整个甄家静悄悄的,嘉芙从祖母那边回到自己屋里,无心午睡,坐于窗前,托腮望着窗外一丛芭蕉,渐渐出神之时,刘嬷嬷来报,说玉珠从京城来了,这会儿正在花厅拜见孟氏,孟氏赶紧打发她来唤嘉芙过去。

嘉芙惊喜不已,急忙起身过去,到了花厅,见母亲正拉着玉珠的手,两人说说笑笑,玉珠人看着清减了些,精神却很是不错。看见嘉芙过来,玉珠十分欢喜,立刻上来就要拜见,依旧是行从前的礼节,被嘉芙拦住:"如今你和我们一样了,快不要这样。"说着拉了玉珠坐下,叙了些路上行程的话,嘉芙便问裴右安的近况。

他离开已数月了,只在上月,收到了一封经由官驿传来的报平安信,说自己已抵京,一切安好,叫她不要记挂,安心暂且留在泉州,接下来便没了消息。嘉芙有心想自己动身回去,但想到他临走前的交代,一向听话的她便又迟疑。嘉芙就这样患得患失,最近心下颇有度日如年之感,今日突见玉珠来了,惊喜之余,隐也猜到她的到来应和裴右安有关,说了几句,忍不住便问。果然,玉珠说他被皇帝夺情复用,再去西

南办流民归化一事,临走前安排她来泉州,这才有了她的此行。

孟氏便问要去多久,听得至少一年半载,忍不住哎了一声,看了眼女儿,忙又笑道:"也好,可见万岁对他的器重,就算一年,也是快的,如今八月,年底没几个月了,等出了年,想必他也就回了。"

嘉芙心中失落,面上却笑着,陪玉珠又坐了片刻,知她路上辛劳,随后和孟氏一道领下人在自己住的院落里另收拾出一间敞亮的大屋,一番安置,带她去拜见了胡氏。向晚,甄耀庭从船坞回家,听得玉珠到来,欣喜若狂不提。自此玉珠便以孟氏侄女的身份住下,甄家下人见她来自京城,举止、气度,便是本地有些大户家的正经小姐也难以企及,加上主母和小娘子和她又亲热,怎敢轻看于她,都以小姐看待。

当夜饭毕,嘉芙去玉珠屋里,给她送去冰镇过的消暑果子,玉珠正和个小丫头在归置小物件,见嘉芙亲自送果子来,急忙来迎,嘉芙道:"我来瞧瞧你。你屋里要是还缺什么,和我说一声就是,千万不要将就。"

玉珠感动不已:"我今日来了,从老太太开始,到下头你们家里人,对我没一个不好的,哪里来的将就,倒是我,无功受禄,心里实在过意不去。"

嘉芙笑道:"咱们从前就好,你何必和我见外。何况你自己也是有傍身的,又不是来我们家要我们养,只是你顾念旧日情分,听从了大爷安排,来助力我娘罢了。我家家业虽不大,但事情也不算少,如今祖母不能理事了,一下全压到我娘肩上,有你过来帮衬,我娘不知道多高兴呢。"

玉珠虽是裴右安安排送来的,但初来乍到,心里难免有些不自在,被嘉芙这一番话,说得心里却渐渐通透,暗下决心,往后定要竭尽全力,方不负甄家如此厚待,道:"大奶奶放心,我既厚着脸皮来了,往后便定会尽力,盼能帮上些忙。"

嘉芙点头,终于将话题引到了自己想问的事上:"玉珠姐姐,大爷那日去慈恩寺里找你的时候,都是怎么说的?你能把当时经过和他说的话,全给我讲一遍吗?"

玉珠点头,便将当时裴右安的话全部复述了一遍,最后道:"大爷叮嘱完,去根本堂拜过祖宗莲位,那夜便在藏经阁里过了一夜,第二天一早,我过去时,他人就走了,僧人说天还没亮,便下山了。"

嘉芙又问了几句,再问不出什么,再坐片刻,叫玉珠早些休息,自己也回了房,是夜，辗转难眠。

裴右安被皇帝夺情，派去西南办从前未完的流民归化之事，临行前，安排玉珠来到泉州，既是帮衬自己，也算给原本矢志要替老夫人守灵的玉珠安排了条路子，非常顺理成章的一件事。但不知道为什么，联想起离开前的那夜，他对自己的异常温柔和恋恋不舍，嘉芙的心，总定不下来，便仿佛要发生什么事情似的。

裴老夫人走之前，将关于皇帝和裴右安之间的那个秘密展给了她。嘉芙明白，在老夫人看来，这或许是裴右安这辈子的一个大坎，她怕自己的孙子会过不去这个坎，她希望有朝一日，当裴右安面临这大坎的时候，自己能在旁给他助力。

但嘉芙真的有点害怕，她怕万一有朝一日，事情真的来临之时，自己是否有足够的力量可以像祖母期待的那样，给予裴右安助力。

她不禁又想起那个晚上，他带自己出海登上礁岛，所遇的那个名叫彧的少年。

当夜那少年走了后，裴右安没再向她讲述更多，嘉芙也没问。但那少年唤裴右安为"少傅"，嘉芙却听到了。

这世上，什么样的学生才有资格唤自己的老师为"少傅"？

嘉芙想到旧朝传闻，想到裴右安年少时的一些旧事，这些时日，隐隐地，她终于有些明白了。

裴右安自有他的信条和风骨，嘉芙再明白不过。

但从想明白那少年的身份那一刻起，她就在为裴右安捏一把汗。

他穿行于白天和黑夜之间，看似游刃有余，这些年，踏出的每一步，足下却都如刀尖行走。

嘉芙又想起傍晚哥哥回来时偶提及的一件事，说白天在船坞，有人传言，这几日，曾有人远远看到朝廷十数艘战舰下海，又重金招募熟悉海路的老渔民做向导，据说是要去打倭寇老巢了。

哥哥说起这事，很是兴奋。

确实，真若早日剿完倭寇，这也意味着禁海令能早日解除，自然是个好消息。

但嘉芙心情十分忐忑。

她总有一种不好的预感。

裴右安，他还是有事瞒她，并且，是件极大的事。

崔银水随裴右安去往荆襄，路上虽舟车劳顿，却丝毫不敢懈怠，一路勤加服侍。这日到了南阳，离此行的目的地新设的安化郡也没几天路程了，这夜，赶路终于到了驿舍，人困马乏，驿丞见路引，知裴右安再度回来执事，殷勤奉迎，笑道："裴大人德重恩弘，前次匆匆离去，百姓们至今还在念想，没想到又回来了，实在是荆襄之福！"

裴右安问了几句民生，随后安顿下来，时至深夜，依旧坐于桌前，手中执卷，挑灯夜读。

崔银水在旁立着，渐渐眼酸目涩，劝道："大人，白日赶路辛苦，明早又要早起，也好歇了，我出来前，干爹叮嘱，说大人这趟是个苦差，要我好生服侍大人，大人若累坏了身体，怕干爹知道了，要责备于我。"

裴右安一笑，放了手中的书，道："也好。我睡了，你也去歇了吧。"

崔银水忙为他展开铺盖，等裴右安上了榻，方为他吹了灯火，自己轻手轻脚出去，带上了门。到了次日，崔银水早早起身，在外等候裴右安起身，等了许久，不见里面有动静，大胆推门而入，却见床上被衾整齐，裴右安并不在屋里。

崔银水忙唤来驿丞。驿丞道："裴大人四更便动身走了，说你赶路辛苦，叫我不必惊动你。"

崔银水吃了一惊。

他这一趟西南之行，除了服侍，也被李元贵叮嘱过，叫路上留意着些裴右安的动向，若发觉有异，须立刻知照当地密所。一路行来，并无半点异常，他却没有想到，今早裴右安竟不告而别。崔银水顿了顿脚，转身急忙要走，一个同行的侍卫已拦住他。

"崔公公，裴大人吩咐了，说这一路你辛苦了，叫小的们留你在此，好生歇息几日，等歇好了，再去寻他不迟。"侍卫盯着他，笑道。

在茫茫的东南海域之上，大小岛屿星罗棋布，这些岛屿，或潮落而出，潮涨而没，寸草不生，人迹罕至，或可自给自足，于是被人辟为家园，更有那地势奇绝之处，成为各色草莽盗匪的落脚之地，海阔天空，逍遥自在。

无数的岛屿之中，有一岛，名金龙，地处海域深处，茫茫不可寻找，原本籍籍无名，只因几年前，这里来了一群人，登岛辟荒，虽名为海匪，却因有别于真正盗匪的护航之举而渐渐被沿海居民口耳相传，金龙岛也成为海民心目中的义岛。据早年曾因暴风雨而偶然误上过岛屿的老渔民讲，岛上土地肥沃，四季长春，如海上花园，景色宜人。

但是今天，这座海上花园再不复天堂般的美景，炮火轰鸣声中，岛上火光冲天，树折草断，惨烈之状，犹如人间炼狱。

三天前，朝廷战舰神不知鬼不觉地抵达了金龙岛的附近海域，将岛屿四面包围，红衣大炮齐齐朝着岛上发射了一夜的火炮，在彻底摧毁岛上的外围防御之后，下放便舟，训练有素的水师兵丁登岛，蜂拥而上，发动最后的进攻，金面龙王的人在坚守两日之后，金龙岛彻底告陷。

官军此役，大获全胜，但在清点俘虏之时，却不见金面龙王和那被称为小公子的少年。负责此次攻岛行动的海帅，刚被提拔为闽粤两省水师都督的李忠讯问俘虏，终于得知，原来先前，金面龙王便有弃岛之念，半月之前，驾了一船离岛出海，去向不知，至今未归。

李忠皱眉。

皇帝看中他的水战能力，对他委以重任，此次，他以迅雷不及掩耳之势，出动了满载水师的十数条大舰打到这里，最根本的目的，还是那个身份神秘的小公子。现在一番折腾，金龙岛是拿下了，最要紧的人物却不在了，等于无功。

李忠沉吟半晌，唤来心腹，命将金龙岛周围的官船降桅，全部撤开，不准再挡着附近出入水道。心腹不解，问缘故。

"若我所料没错，金面龙王应是有所警惕，这才有了弃岛之念，打算转移，十有八九，此次应是去探查新的落脚之处。大海茫茫，没有定向，我再能耐，也不可能追得到他。只他想来做梦也不会想到，咱们的舰，会来得这么快！海上消息传递不及陆上方便，我料他此刻还不知金龙岛失陷，必会回来的，咱们就来个守株待兔，只要他的船回来，到时就是瓮中捉鳖。"

心腹钦佩不已，立刻前去发布号令。李忠又拣选了精明的手下，穿上岛众的衣裳，扮成龙王手下，驾着便舟，回到数日前攻岛时被摧了的瞭望台上，装作无事，耐心等待龙王归来。果然，七八天后，这日中午，他得到消息，说在龙王岛西南方向数海里外，发现了一条大船的桅影，十有八九就是金面龙王的那条大船。

李忠欣喜若狂，立刻命手下不要妄动，等大船入了包围圈再动手，却不料再等片刻，又有消息传来，说大船渐渐靠近之时，发现了瞭望点的船，以旗语传话，自己这边的人出了纰漏，应是被大船上的人识破，大船迅速掉头，已经离开。

李忠立刻下令，命潜伏的战舰出动，全部桨手到位，全速追击。

李忠的料想并没有错，董承昴和萧或此刻确实就在这条大船上。这趟归岛，董承昴本打算和追随自己多年的部下做个交代，不愿走的，随自己离岛另迁，要走的，发放散伙银钱，从此山高水长，来世兄弟。他却没有想到，朝廷水师来得竟如此之快，发觉情况有异，立刻掉转船头，全速前行，船后的海面火炮声不断，如此出去十来海里，一枚火弹从后赶上，击中了一根主桅，桅杆从中折断，船速锐减，渐渐地，身后海面，十来艘战舰以一字排列，很快追赶而上，李忠一声号令，分散开来，最后将龙王大船团团包围。

李忠立于主舰船头，命桨手渐渐逼近，高声喊话："董将军，李某从前曾是你的部下，对将军崇敬有加，原本不该如此相逼，只是食君之禄，忠君之事，李某也是无可奈何，请董将军勿为难于我。万岁有令，只要董将军将那位小公子交出来，既往不咎！董将军若愿继续为国效命，回去了就是一等侯爵，跟着你的那些兄弟，也吃香喝辣，远胜刀口舔血。若无意，万岁也绝不为难将军，你走就是！"

他喊完了话，见对面船上没有动静，面色渐渐凝重，又喊道："你若听不进去李某的话，李某没法，只能得罪了。你的金龙岛已落入李某之手，你便是不管那些追随你多年的部下，难道也不管小公子的死活了吗？万岁并无为难他的意思，不过是想接他回京，往后再不必颠沛流离而已！倘若你执意反抗，螳臂当车，只要李某一声令下，火炮齐发，你的船顷刻便会倾覆，到时纵然你有龙王之名，也保不住小公子逃出生天，反倒害了他的性命！"

龙王船上，众人静悄无声，目光齐齐望向董承昴。

今日此局，自己不过一条船，两百人，对方却是十来条全副武装的战舰，人数至少数千，已无路可退，但这个历了百战的汉子，却丝毫没有胆怯，心中唯一所恨，便是在得了裴右安的警示之后，自己依然低估了朝廷动作的迅捷，没有及时撤离，以至于酿成今日之祸，赤目道："诸位兄弟，你们从前都是卫国公旧部，后随我多年，是我对不住大家伙！皇帝要的不是你们的命。你们当中，但凡有意投效朝廷的，这就立刻过去，那个李忠不会为难你们！"

一人道："卫国公若在，今日又岂会为了活命投去那边？生同生，死同死，我等不惧！"

剩余众人，也异口同声："生同生，死同死，我等不惧！"

董承昂目含热泪，点头道："是我轻看了你们！如此，我等今日便护着小公子奋勇一搏，是生是死，端看天意！"说完，他命人准备于船尾放便舟，转向萧彧道，"小公子，官军大炮威力虽大，准头却有所欠缺，且距离过近，威力反而大减，你换了衣裳，我等以大船掩护，撞开了口子，只要冲出包围，上了便舟，再列阵护你，海域宽广，便有活命逃出的希望！"

方才董承昂与众人说话之时，萧彧面向大海，始终一言不发，此时闻言慢慢转过身，神色凝重："不必了！便是侥幸出了包围，茫茫大海，后有追兵，又能逃去哪里？金龙岛已经因我而毁，我若再要你们为了我无谓丧命，便是活下来，也是羞耻。皇帝要我，我去就是。"

见董承昂要开口，他摆了摆手，人朝外走去："我意已决，你们不必再说！"

"小公子！"

董承昂双目通红，朝边上人使了个眼色，一人上去，朝着萧彧后颈一击，萧彧便晕倒在了甲板上。

董承昂立刻命人将他抬上便舟，布置船阵，预备硬冲出去。

李忠先礼后兵，喊完了话，见对面还是没有响动，踌躇之时，同行督阵的钦差张简已按捺不住，冷冷道："拿不到活的，死也无妨。和他们说那么多做什么？先将船轰沉了，看他们还能逃往哪里！"

官大一级压死人。

李忠无奈，只能领命，下令朝着大船开炮。

金龙大船之上，桨手各归其位，喊着整齐划一的号子，在身边轰然不断作响的火炮声中，奋力驱动大船，朝着前方挡道的一艘战舰冲去。

金面龙王的这艘船，龙骨金坚，船头以坚铁包打，牢固异常，船体虽已中了多炮，开始慢慢漏水，但在数十桨手的驱动之下，却依旧朝前急速冲去，对面官舰没有防备，看出它这是要和自己同归于尽，慌忙掉头想要避开，一时却哪里完全躲得开，只听轰的一声巨响，靠近船头一侧的船舷已被金龙船给撞破，因冲力巨大，船体竟剧烈摇晃，如要倾倒，船上水师官兵急忙自救。

李忠看在眼里，大吃一惊，没想到董承昂身陷如此包围，竟还悍勇如斯。此战关系自己前程，若叫人从自己手里逃走，回去之后，他必定没法交代。见董承昂的身影立于金龙船船头，沉着指挥，威风凛凛，李忠心知若不除去他，不定还会生出什么麻烦，此刻也顾不得别的了，唤来一排神箭手，命瞄准龙王，先将他射倒。

弓箭手列队，数十铁弓拉满箭弩，瞄准前方那个人影，只待一声令下，弓箭齐发。

便在此时，一个瞭兵匆匆跑来禀报，说身后追上了一艘战舰。

李忠惊讶，急忙来到船尾，果然看见一船鼓满风帆，桨手齐发，正朝着这个方向全速而来。他很快便认了出来，确是此次未曾出港的一条朝廷战舰，起先以为是援兵，又觉不像，更不知何人所领，看到战舰船头立了一人，凝目眺望，待稍近些，李忠便认了出来，那人赫然竟是裴右安。李忠忙命手下撤防，先围住金龙船，暂时停火，自己冲着来船高声喊道："裴大人！你怎也来此了？莫非万岁又有旨意？"

舰很快到了近前，两船靠近接驳，裴右安只身登上主舰，衣袍被海风吹得猎猎作响，快步而来。

李忠和闻声而来的按察使张简急忙向他见礼。

裴右安来到船头，望了眼前方那条金龙船，转过头："都督，本官并无万岁旨意，今日来此，不过是想向都督要个人情。"

李忠不解道："裴大人此言何意？要何人情？"

"本官想请都督放了金龙船。"裴右安语气平静。

李忠吃了一惊，一旁的张简也是目瞪口呆，反应过来："裴大人，你若有万岁圣旨，下官自然无话，立刻放船。但若没有圣旨，这实在叫下官为难，须知船上乃朝廷钦犯，就这么放走的话，下官担当不起这个罪责。"

裴右安道："我知此事叫二位大人为难了。回去之后，我自会面圣请罪，一切罪责，由我裴右安来担，绝不连累二位大人。"

李忠面露为难之色，张简的脸色却渐渐难看，语气也变得生硬："裴大人，下官知万岁对你向来器重，但下官只知奉命行事。下官奉的，是万岁的命。此事干系重大，请裴大人勿插手此事！"

裴右安负手而立，岿然不动。

张简朝两旁自己的亲信使了个眼色，几个带刀亲随便悄悄靠近，只还没来得及拔刀，锵的一声，一人腰间一轻，刀已不见，抬头，见刀到了裴右安的手上，刀锋闪过，那张简还没反应过来，便觉脖颈一凉，刀竟已架到了自己的脖颈上。

"张大人，你执行上命，裴某原本不该为难于你，但今日不得已为之，怕是要得罪定了。"

张简直着脖子道："裴右安，我乃朝廷堂堂三品大员，你敢动我？"

裴右安一笑："张大人，天禧朝时，你在福宁一个县下做了个小小的推官，后钻营而上，至顺安朝，你做到了四品的福安知府。身为一地父母官，本当戢奸暴，平狱讼，你却心狠手辣，为了官迹，在地方的那些年，你手里不知道判下了多少冤假错案，说你一声酷吏，应当不为过……"

他面上笑容蓦然消失，目光转为阴沉，手腕一紧，张简脖颈立刻冒出一道血痕："我既敢来此要你们放船，再多杀一个区区三品官员，又有何不敢？"

张简脸色大变，忍住脖颈疼痛，再不敢动。

裴右安看向李忠，淡淡地道："李大人，放船吧。"

李忠回过神，咬牙，终于下令解围，那十来条战舰得令，缓缓向两边退开。

裴右安转向对面，高声道："董将军，不必为我担心，我自有退路！你带着你的人，走得越远越好，今生今世，再不要回来！"

声音伴着呼啸海风，传送出去。

金龙船上，董承昂热泪涌流，领了身后之人奔到船头，朝着裴右安跪地叩首，喊了一声"长公子"，随即起身，喝令启船朝前。

伤痕累累的大船,朝着前方驶去,终于渐渐消失在大海的尽头。

裴右安继续制住张简,以刀尖挑了条马扎过来,坐了下去,理了理自己被海风吹得翻卷而上的一段衣袍,抬起脸,看向一旁望得目瞪口呆的李忠,笑了笑。

"回吧,李大人。"

数日后,舰队归港,水师登陆,李忠小心翼翼,一路相随,预备一道返京复命。

那是一个黄昏,残阳如血,一行人经过泉州城的镇南门外,李忠迟疑了下,命队伍暂停,自己下马,来到裴右安面前,低声道:"裴大人,下官信你为人。你若需进城和夫人叙话,尽管去,下官在此处等你便是。"

裴右安骑于马上,转头眺望着南门的方向,身影凝固了许久,回过头,纵马继续朝前奔去。

那个黄昏,那道残阳里的身影,如一阵风,无声无息地掠过,没有留下半点痕迹。

直到三天之后,杨云来到甄家求见嘉芙,拜见过后,双手奉上一封书信,恭敬地道:"夫人,此为大人从前命我转交。"

嘉芙定定地看着杨云,这些时日以来,一直萦绕在她心底里的那种不可言述的不安,于这一刻,突然间铺天盖地地朝她涌来,将她吞没。

她盯着那封托在掌心里的信,良久,问:"大人他,出事了,是吗?"

杨云慢慢跪了下去,低头,将信高举过顶。

该来的,终究还是来了,如同宿命,无法退缩,纵然她万分不愿看这封信。

嘉芙闭了闭目,定住心神,终于睁开眼睛,伸手将那封信取了过来。

半月之后,这一天,裴右安、李忠一行人终于抵达京城,停在南门之外。

此时已是深夜,城门早已关闭,开启之后,对面城楼里的暗夜之中,站了一个身影。

李元贵神色端凝,盯着城门外的裴右安。

裴右安翻身下马,足履踏过脚下青石地面,经过那道数丈深厚的城门,朝着李元贵走了过去,停在他的面前:"李公公,劳烦你了。"

他脱下了头上的冠帽,说道。

"随咱家来吧,裴大人。"

李元贵声音冷淡,说完,转身上了停在一旁的一顶坐轿,小太监抬了起来,一行身影,很快便消失在笼罩住皇城的夜色之中。

宫门沉重,缓慢开启。裴右安走了进去,穿过吞没在漆黑夜色下的重垣殿宇,最后被带到了天子的那间书房前,停在槛外。

李元贵并未发声,到了这里,便领着侍立在外的宫人离去,四周随之陷入一片死寂,夜风从不知何处的角落吹入,掠动着远处的一道宫幔。

裴右安拂起衣角,于门槛外端正下跪,对着门的方向叩了一礼,额头触地:"罪臣裴右安,叩见皇上。"

门掩着,门内灯火深沉如夜,良久没有半点回声,裴右安便一直如此跪着,一动不动。

良久,门内终于传出一道恍若发自腹喉深处的声音:"进。"

裴右安起身,推门而入。

方室尽头的长案后坐了一人,烛火映照,身影如钟。

裴右安行至案前,再次下跪,依旧叩首不起。

萧列双目落到他的头顶,语气沉沉:"忘亲非孝,弃君非忠。你自称罪臣,你可知何罪?

"朕当年将你带回武定,这些年来,自问待你不薄,将你视为子侄,对你寄予厚望,你却背朕私交,不但如此,如今还做出如此之事。你何来的底气,今日竟还敢来见朕?

"你何不弃朕于不顾,随那些人一道走了?"

一连三声,最后一声,竟似还带了点嘲意。

"事不辞难,罪不逃刑,臣之节也。"

裴右安答,语气一如平常,不见丝毫波动。

气氛慢慢凝住了。

萧列的嘴角动了一动,似淡淡讥笑,但很快,便成了再也掩不住满腔怒气的冷笑。

他盯着跪在自己面前的裴右安,呵呵冷笑出声,眼角肌肉控制不住地跳动。他突然起身,拂袖将案前之物一把扫在地上,稀里哗啦声中,海晏河清墨、云龙长方砚、

朱砂印鉴,连同批了一半的一沓奏折,全部散落在地,满目狼藉。

"好个臣之节也!你还知道你是朕的臣子?在你心里,奉的恐怕是另一个君主吧?"

萧列扫落了一地物件,双手捏拳,左右重重按于桌沿,身体猛地前倾,俯视着裴右安,咬牙切齿,面庞微微扭曲,近乎低吼,宛如一头被激怒了的猛虎。

近旁烛台一缕烛火,随他衣袍掠出的暗风晃了一晃。

裴右安直起身体:"罪臣心中,唯万岁一君,此肺腑之言。"

裴右安缓缓地道,抬起眼睛,望向倾身逼视自己的萧列。

萧列胸膛微微起伏,喘息声渐渐平复,和他四目相对了片刻。

"那你为何还要忤逆朕?"

裴右安沉默。

"朕要你讲!"

他的声音拖长,带了微微的颤抖。

裴右安依旧沉默着。

萧列慢慢地直起身体。

"昔文王葬枯骨,公刘敦行苇,世人称仁。又所谓君子求名,小人狥利。你自然不是为了趋利,如此犯君,莫非想效仿古贤,以博求仁义之名?"

"名声于罪臣,如浮尘轻羽。罪臣之所以如此,并非尽然出于师生之情,更非为报效天禧先帝。无他,为我之心。

"他不当死。"

裴右安终于开口,声音平静。

萧列一愣,随即冷笑:"你为你心,你可曾为朕心考虑?你曾说少帝如今只是一个平凡少年。诚然,如今他确实如此。只是谁能担保,日后他就不会改变心意?为了天下这个位子,兄弟可以相杀,朕的亲儿也要取朕性命,你又拿什么担保,少帝日后不会复出再争太下?成王败寇,自古皆然!"

他顿了一顿:"话既说到这地步了,朕再问你,倘若朕如今放过那少年,日后却真有那么一日,这少年起了夺位之心,到时你又将如何自处?"

"万岁,即便真有那么一日,罪臣亦不会辅他与万岁相争。罪臣犹记当年陛下登基之时,文武进献万民愿书,上有一言,大道之行,天下为公。罪臣深以为然。天下非一人之天下,自然也非那少年之天下。万岁顺应天时,登基为帝,勤政爱民,是为明君,天下万民,既得安居乐业,罪臣又怎敢为一己之私,公然与万民为敌?"

萧列盯着他平静的面容,良久,眼底躁怒慢慢褪去,只是面上依旧如同罩了一层严霜:"你知这个道理便好。这回朕不怪你。你救他一回,也算是全了你和他的师生之情,不算对不住他了。他如今的去向,你即便真的不知,也必有联络法子。你告知朕,则你我君臣,从前如何,往后还是如何。"

裴右安恍若未闻。

气氛再次凝住,萧列死死地盯着裴右安,方才消下的怒意,渐渐又爬上眼底。

"右安,你口口声声心中只朕一君,到了此刻,你却还在欺朕!你分明存了二心,摇摆不定!朕一再退让,你却丝毫不见悔过!朕知你,你不畏死,此次抱定必死之心,只是以你犯下之罪,罪诛九族也不为过!朕就奇了,难道你就丝毫不怕甄家因你遭受牵连?"

"罪臣追随万岁多年,知圣人明君,必不至于迁怒无辜。罪臣信万岁。"

萧列眉头微挑,冷冷地道:"你似颇善于观察人心,只是这回,朕告诉你,你怕是要犯错了!你高看了朕!"

裴右安不语,萧列也不再说话,只盯着他,眸底暗光闪烁,半晌,他慢慢地吐出一口气,足底踩过方才被他扫落于地滚来的一支玉管紫毫笔,踱到裴右安身前,停下。

"右安,你听着,你与旁人不同。朕绝不容你有二心。朕再给你三天考虑,三天过后,你若还不肯一心效忠于朕,朕不动你,朕先叫你知道甄家因你连累之祸!

"你好生想清楚。想清楚了,朕再见你。"

裴右安朝前方空着的御座叩首,随即起身,走了出去。

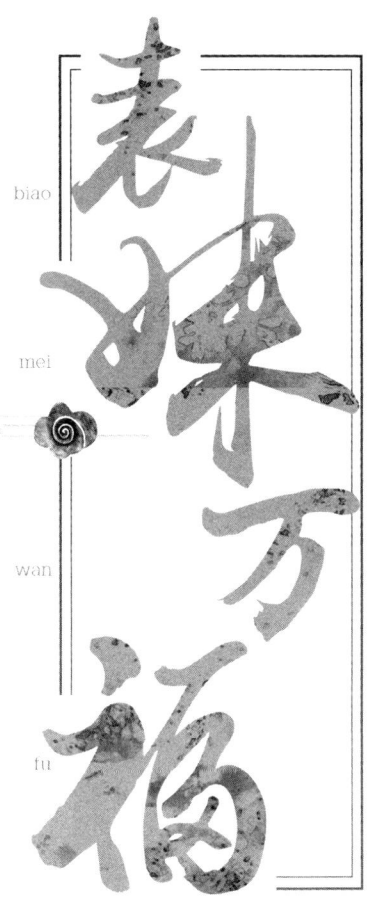

表妹万福

下册

蓬莱客 作品

PENGLAIKE WORKS

江苏凤凰文艺出版社
JIANGSU PHOENIX LITERATURE AND ART PUBLISHING, LTD

第十八章 北放

这个深夜，南城门外那人的归来，并没有引起京中任何人的注意，朝臣们都以为那人此刻还在西南。

他就像是一滴水落入湖海，消弭无痕。

三天后的这个晚上，李元贵来到西苑秘监，打开门锁入内，见墙角一灯如豆，摊在纸上的笔墨丝毫未动，上不见一个大字。裴右安闭目，盘膝坐于地上，身上衣衫整洁，不见半点褶痕，除了面容略带憔色，看起来和平常并无两样。

听到李元贵的脚步声，他慢慢睁开眼睛，双目清明如昔。

他朝李元贵点了点头。

李元贵望着他，心情有些复杂，低声道："裴大人，万岁多年以来对你信靠倚重，你也当自知的。旁人便也罢了，这回叫他知道你对他也有二心，如何能忍？这几日，万岁也是彻夜难眠，未曾合眼。你犯下了如此大罪，万岁都愿意宽宥你，你又何必和他作对到底？说出来，表个忠心，也就过去了。何况，大人你难道真的不顾甄家死活？"

裴右安微微一笑："我之罪，我来担。我信万岁，非迁怒无辜之人。"

李元贵望了他半晌，摇了摇头，转身出了秘监。

萧列几夜没有睡好，此刻脸色隐透暗晦，眼底泛着血丝，听完李元贵的回报，面露怒色："他莫非真以为朕不会对甄家下手？"

李元贵慌忙道："万岁三思。且再容裴大人多考虑几日。奴婢也再回去劝。"

萧列咬牙道："朕话既出口，便无儿戏！先将人投入牢中，朕看他说不说！"

李元贵待要再劝，萧列已冷下脸："你不必多说了，这就去传朕的令，命地方执行，不得延误。"

便在这时，外头传来一阵太监行路的急促脚步声，似有突发要事。李元贵忙转身出去，见自己的另一个干儿子行来，满面喜色，见了他，扑通跪了下来，禀道："干爹，大喜！天降祥瑞！天降祥瑞！"

就在半月前，泉州甄家为扩修船坞，深挖淤积了多年海沙而变得越来越浅的坞口之时，在淤泥和堆沙之下，挖出了一枚四方玺印，冲刷干净之后，发现玉玺之上竟有"受命于天，既寿永昌"八字篆文，当时引来无数民众观看，一道护送到了官府。泉州知府认出，此物应当便是先前失踪了的玉玺，顺安王一朝销声匿迹，如今却重见天日，立刻以红布包裹，收入锦盒，带了甄家之人和泉州当地推举出来的士绅宿老，一行人敲锣打鼓，献送到了福建巡抚衙门，高怀远欣喜若狂，亲自护送玉玺，日夜兼程，方赶到了京城，因没有上命，不敢擅自入城，此刻一行人就在城门外等候，以献祥瑞。

太监报完信，喜笑颜开，巴巴地看向李元贵，见他眼睛一亮，露出喜色，只是还没笑开，这喜色便突然冻住，似又想到了什么不好的事，不禁疑惑，小声地道："干爹，你怎么了？"

李元贵这才回过神，脸上重新露出笑容，点头道："好消息。你暂等着，我这就去回禀万岁。"

李元贵转过身，面上那丝笑容便再次消失。

丢失了多年的传国玉玺重见天日，地方以祥瑞献上，说明今上乃真命天子，天命所归，这原本是件天大的好事，但是凑在这个时候发现，恰好又是在泉州甄家的船坞里重见天日，如此巧合，内中缘由，李元贵怎会想不明白。

裴右安竟然连这一步也考虑到了，这一手安排，如同棋局里的天眼，一子落下，便彻底堵了皇帝的路。心思之缜密，果然非一般人能及，可谓算无遗策。

但这也恰说明一点，他在做那件事的时候，就已做好了万全准备，将身边人也都安排好了后路，而自己，宁愿承受皇帝的雷霆之怒，也矢志不改，甚至甘用性命去护那少年。

在这件事情上，裴右安的抉择有多坚定，皇帝随之而来的怒火就会有多么巨大。

李元贵深知这一点，所以更无法想象，这个时候，倘若自己把消息给禀上去，皇帝的怒气将会是如何可怕。

他压下心中涌出的不安，入内，斟酌着言辞，小心地将方才听来的消息说了出来。

这几日，朝会、议事、召见大臣、批阅奏折，朝廷内外，事情是一件不少，皇帝这里，却没往日顺畅，至今日，案上奏章已经堆了数日，前所未见。李元贵入内禀话之时，萧列原本正低头在批着奏折，一边批，一边听他说话，听到甄家因修建船坞挖出了传国玉玺，泉州民众以为天降祥瑞，高怀远日夜兼程送了过来，神色陡然凝住，提笔的那手也定在半空，一动不动。

萧列慢慢地抬起头，双目圆睁，望着前方，仿佛那里站了什么人，提笔的那只手也微微地开始颤抖。

一滴墨汁渐渐凝聚到笔尖，随着萧列那只手不断颤动，倏然滴落，溅在了笔下的奏折页上。

"万岁！"

虽没见到最为担心的大发雷霆，但萧列此刻这个样子，也着实吓人不轻。

李元贵见他脸色渐渐发白，唤了一声。

萧列肩膀微微一晃，闭了闭目，手中笔管渐渐歪了，从指间滑落下来。

"万岁当心龙体！"李元贵慌忙扶住了他。

萧列闭目，以手撑额，半响，一动不动。

"万岁若体有不适，奴婢这就去唤太医！"李元贵抬头，便要唤入宫人。

"不必了。"

萧列慢慢地睁开眼睛，声音有些嘶哑："朕没事……"

他又道了一声，坐着，脸色灰白，眼底黯淡，目光发直。

李元贵在他身边跟随了几十年，纵然早先被天禧帝和顺安王打压得最厉害的时候，也没见他露出过如此疲惫的模样，看得有些心惊，又担心不已。

"万岁……"

"高怀远那些人，你代朕去看一下吧，先安顿了。朕有些累了，先去歇了……

"这些奏折，留到明日再看……"

萧列最后喃喃地道了一句，慢慢地起身走了出去，脚步有些沉重。

次日早朝，文武百官获悉，那传国玉玺不久前竟在泉州重见天日，巧的是，还是在裴右安岳家所有的船坞里发现的，福建巡抚护着这天降祥瑞，昨夜连夜送抵京城，今晨敲锣打鼓，百姓闻讯，竞相出街迎接。

百官欢欣，纷纷对着皇帝歌功颂德。

皇帝坐于龙椅之上，指礼部尚书安排迎玺事项。玉玺最后被放在一面金盘之中，经百官之手，依次跪递，最后呈到了皇帝的宝座前。

皇帝神色肃穆，亲手持玺，加盖于翰林院紧急撰出的敬天祭文之上，但见一枚鲜红印章，上赫然有"受命于天，既寿永昌"八个篆字，字字分明，纹路清晰。百官无不激动，齐齐跪拜，高呼万岁。

皇帝面带笑容，对此次有功的福建一应官员以及甄家一一加以封赏，随后宣布举行宫宴，以示庆贺，百官谢恩。当夜，宫宴散了之后，众人提及甄家此次所立之功劳，难免便又联系到了裴右安。

这传国玉玺，从前乃随着少帝之殇而消失的，顺安王上位的那几年间，暗中虽多方寻找，但始终没有下落。这些年里，不少朝臣都相信，玉玺应当是被少帝给带走的，如今玉玺竟再次面世，以天降祥瑞的方式，大张旗鼓地呈献到了今上面前，无疑是助皇帝向天下人宣告正统，乃上天授命，可谓功劳不小。众人私下提及之时，无不羡慕裴右安的运道，人虽远在西南，此次在皇帝面前却又露了一个大脸，待下回他再从西南归来，功上加功，还不知要如何封赏。

是夜，宫宴毕，萧列回到后宫，脚步略微踉跄，应是多喝了些酒，躺了下去，便闭上双目，沉沉醉睡。

这一夜，萧列未召后妃侍寝——事实上，那些个后妃进宫后，萧列就极少召见，而从废了太子后，更是一次也无，这一点，李元贵心里再清楚不过。因知皇帝这些时日抑郁不乐，今夜又醉了酒，放心不下，便由自己守夜服侍。

至深夜，鼓楼隐隐传来三更鼓点，李元贵渐渐也困乏了，见皇帝睡得仿似很熟，便从坐榻起身，捶了捶腰，正要退出寝殿，忽听龙床里传来几声含混梦呓："阿璎……阿璎……"

李元贵神色一紧，迅速回头看了眼寝殿门口，见那两个值夜小太监远远靠在外殿角落的柱子旁在打盹，方松了口气，急忙回到龙床旁，轻轻唤了声"万岁"。

萧列睁开眼睛，目光有片刻的茫然，随后慢慢坐起身，出神片刻，低声问："几更了？"

"禀万岁，三更鼓过了还没片刻。万岁可口渴？奴婢给您端水。"

萧列接过水，一口气喝下去，随即躺了回去，再没翻身。

李元贵在旁守了片刻，见皇帝背影一动不动，以为他又睡了过去，蹑手蹑脚，正要离开，忽听身后传来一道低沉的声音："朕想去慈恩寺。"

倘若今夜成行，这将是皇帝入京以来，第三次夜访慈恩寺。

李元贵微微一怔，随即低声应是。

裴右安到达慈恩寺时，四更刚过，正是漫漫长夜里，夜色最为深沉的那个时刻。

四下万籁俱寂。

他停在那个院落的门前，看向李元贵，略微带了点不解。

"裴大人，进去吧，万岁在里头等你。"

李元贵朝他躬了躬身，随即退后了些。

裴右安略一迟疑，压下心底涌出的一丝怪异之感，推开虚掩的门，朝里走了进去。

院落里并不见人，那夜他曾与皇帝对话过的那间屋里，透出一缕暗淡灯火。

他朝着灯火走去，推开门，见桌上摆了一方莲位，前方香炉里插了一炷香火，青烟袅袅，皇帝背对着门，似在凝望那座莲位，出神了良久的样子。

裴右安朝那背影行叩拜之礼，萧列慢慢转身，命他起来，望着他，久久一语不发。

皇帝脸色憔悴，眼底带着几缕醉酒过后的残余血丝，但目光幽深，如此凝视着他，原本刚硬的五官线条，渐渐变得柔和起来。

裴右安心中的那种怪异之感越发强烈。

他望了眼桌上的莲位，见上面的名号并非自己姑母死后被天禧皇帝所赐的谥，而是极其简单的"裴氏闺名文璟生西莲位"，不禁微微一怔，迟疑了下，道："不知万岁深夜召罪臣来此，所为何事？"

萧列转头，向着莲位道："右安，你过来，向你生母叩拜行礼。"

裴右安神色一僵，视线从莲位落到萧列的身上，再从萧列身上转回到那座莲位之上，道："万岁，罪臣既到了此处，又见到姑母莲位，祭拜自是本分。只是万岁此话，实在叫人费解，罪臣不知万岁是何用意。"

"右安，你并非卫国公之子，卫国公实是你的舅父，朕才是你的生身之父！"

萧列一字一顿地道。

裴右安的目光蓦然凝住了。

"右安，此事，今生今世，朕原本是不欲叫你得知的，只是如今情势不同，朕思前想后，想着还是叫你知晓为好，免得你我父子误会加深，心结难解，故今夜将你唤来……

"你母裴文璟，你父乃朕，此千真万确。你要信朕。"

萧列话音落下，屋里便陷入死静。

良久，裴右安便只望着对面那人，身影一动不动，也不曾开口。

"万岁怕是醉酒未醒。罪臣告退。"他突然说道，嘴角紧抿，随即掉头，转身大步要去。

萧列一个箭步上前，按住了门。

"右安！你听朕说！朕和你母青梅竹马，此事，前次和你在此相遇之时，朕也讲过。她蕙质兰心，才堪咏絮，朕爱她至深，曾自誓，倘这辈子有幸能娶她为妻，此生必独对她一人。那年朕十七，她十五，行了及笄之礼，朕正要向父皇提亲，恰关外胡人来犯，朕那时少年血性，一心建功，想立了功勋，回来再提亲也是不迟，便请命随裴老将军赴关外作战。那时卫国公也在军中，与朕并肩作战，二人同袍，情同兄弟。那仗打得异常艰难，为夺河套，胡人倾巢而出，出动三十万骑兵，陆续打了一年多，因天降大雪，胡人粮草不继，方退了回去。那时朕人在关外，突得知消息，父皇病重，朕的长兄太子向父皇提亲，父皇做主，赐婚了他和你母，父皇许也知自己时日不久，考虑国不可无母，赐婚不久，太子便大婚。待朕不顾一切赶回之际，她已成人妇，父皇也撒手宾天，临终之前，封朕为云中王，亦为朕安排了婚事，指了大族之女……"

萧列停了下来，神色黯然，目光落向桌上的那尊莲台。

灯火昏暗，香头烟柱缓缓升空，如丝如缕，在莲位前凝成了一团纠缠的白雾，又慢慢散开，消失不见。

"父皇驾崩不久，朕便去了云南，从此再没见过你母之面，本以为今生再不得见了，后来，却听闻京中时疫泛滥，你母也不幸染病，被独自送到此处养病，性命垂危。朕得知消息，焦心如焚，带了土人之药，从云南潜来此处，暗伴她半年。她病好后，朕不得不走，却万万没有想到，她随后就生下了你……"

萧列长长地呼了一口气，望向始终神色紧绷、更是一语不发的裴右安。

"右安，朕知你一时必定难以接受此事，只怪造化弄人。你可还记得你十六岁那年，朕将你从死人堆里找出时的一幕？朕那时欣喜若狂，唯一所想，便是上天终究还是厚待了朕。文璟虽去了，却为朕留了你这一点骨血，朕要好好待你，有你在朕身边，便如同你母……"

"我问你，我姑母，她既然不是染疫而死，她是如何死的？"

裴右安突然打断了他，问。

萧列黯然更甚。

"当时朕亦不在她身边。你祖母去世之前，朕曾去见她，听你祖母之言，你出世后，她出血不止……"

他的声音微微颤抖，停了下来。

"血崩而死？"

裴右安眼底慢慢地绷出了几缕血丝，咬牙道。

萧列凝视着面庞仿似也微微扭曲的裴右安，眼底渐渐泛出一层泪光。

"你母不幸过世后，你就被你舅父抱养。朕知道有你之时，当时你已是卫国公府长子了，朕再也没法将你接到身边，只能暗中关注。右安，你的容貌，和你母亲极是相像，你的才情也是出自她。你不知道，当年你还是个少年之时，名满京城，朕虽不能靠近你，心中却是何等骄傲，又何等遗憾。朕极是羡慕你的舅父，能得你朝夕相对，对你言传身教……"

"我再问你。当初是她心甘情愿，还是你强迫于她？"

裴右安再次出声，打断了萧列。

萧列对上裴右安投来的目光，沉默了许久，转头再次望向那莲位。

"你为何不说话？"

裴右安神色渐渐冰冷。

"右安……"萧列闭了闭目。

"朕不敢亵渎你母芳魂……一切都是朕的过错。那夜是朕越了大防……"

"那是因你没有资格再亵渎她！"裴右安蓦地厉声说道。

萧列一愣，随即目露焦色："右安，你听朕解释！朕当初来时，全无半点旁念，只一心盼上天可怜，能叫她病体痊愈，只是那夜，分别在即，朕一时冲动，难以克制……"

"所以你便以情之由而越大防？你任性之时，可曾替我姑姑想过半分？她一个女子，以她当时心境，如何强行拒绝于你？莫说是你迫她在先，即便她被你感动，心甘情愿，你若真如你所言珍爱于她，明知此为不当之举，又怎忍心如此待她？"

"人之所以为人，乃知敬畏，知羞耻，知克制。否则，和禽兽又有何异？"

裴右安眼角泛红，声音亦微微颤抖。

萧列呆住了，定定地望着裴右安，泪光闪烁，半响，点头道："你骂得是，朕禽兽不如。朕这些年，每每想起当初做下的禽兽之举，便痛悔不已。倘若不是朕的过错，你母也不会早早而去。如今文璟已去，朕再无法弥补亏欠她的，幸而还有你。右安，你不知，朕是何等希望……"

萧列朝裴右安走了一步，伸手似要抓住他的手臂。

"以母之命，换我之命，我宁愿不曾生于世上！"

裴右安冷冷地道，绕过了萧列，来到那张供桌前，凝望莲台片刻，下跪叩了三叩，随即起身，开门离去。

萧列追了上去，冲他的背影道："右安！朕对不起你的母亲，朕也对不起你，朕今夜告诉你这些，是盼你我父子同心！朕乃你父！你母当初既拼死生下了你，想来也不愿看到你我今日成如此局面。朕已经想好，朕的这个江山，日后……"

裴右安蓦地停住脚步，转头，盯着追上的萧列，眸底宛若渗出一层淡淡血痕。

萧列猝然停住，竟不敢再发一声。

"我父裴显！大魏上柱国一等公卫国公裴显！万岁慎言，罪臣告退！"

字字句句，从他齿间迸出，道完，他转头离去，出了那扇院门，身影迅速消失在夜色之中，再未回头。

萧列再追了两步，慢慢停下，望着前方，呼吸粗重，整个人都在微微打着哆嗦。

李元贵慌忙从暗处现身，入内扶住皇帝，不敢发声。

萧列被扶着，在漆黑夜色下的孤院里站了许久。

天渐渐明了。远在千里之外的泉州，这日一早，甄家便上下忙碌，送嘉芙踏上了返京之路。

嘉芙做出这个决定，告知家人之时，甄家上下还沉浸在刚挖出天降祥瑞的喜气里。孟太太突然听女儿提出要回京城，又是意外，又是不舍，劝她说女婿如今人也不在京中，况且先前走时，也特意叮嘱过的，叫她安心留在泉州，如今大可不必这么早就回去。但嘉芙以服侍婆母为由，坚持要走，孟太太也就不好阻拦，安排她的返京之事。甄耀庭本要亲自送妹妹回京，却被嘉芙以家中需他支撑为由给劝下了，最后择了信靠管事护送嘉芙上路，方才孟氏、甄耀庭、玉珠等人相送，一一告别。

人上了马车，嘉芙面上的笑容便消失不见，出起了神。马车渐渐出了城门，上往驿道，忽然却停了下来，管事说有人拦。

嘉芙探头出去，见杨云拦在车前，迅速走来，见礼道："夫人，大人先前有话，留夫人在泉州，请夫人听从大人之言，也勿为难卑职。"

嘉芙盯着他："我问你，前些日我家船坞里挖出的那东西，是不是你安排的？"

前些时日,甄家船坞里被做事的人挖出了一尊玉玺,最后说是已经匿踪数年的传国玉玺,轰动全城,甄家人也是难以置信,全家欣喜若狂。

嘉芙听到消息之后,立刻便猜到应是裴右安的安排,心中越发忐忑,如何还留得住?

她问完,见杨云不语,冷笑道:"你们家大人都干了什么好事,他不和我说,想来我问你,你也不会说的,我索性也不问,免得为难你。只是这路,也不是你家大人造的,这趟京城,我是回定了!他既不让我去,你就叫他亲自来拦。他不来,我便去!"

她说完,便放下窗帘子,命管事继续前行。

马车上了驿道,疾驰而去,身后扬出一片黄尘。

眼见马车越去越远,杨云无可奈何,只得护送,便翻身上马,追了上去。

嘉芙命同车的檀香将自己的包袱取来,从里拿出那日杨云转来的信,从里面抽出一张纸,盯着又看了一遍,将其慢慢撕成两片、四片、八片,一直不停,在檀香惊诧的目光注视之下,将那纸撕成了碎片,最后手伸出车窗,松开五指。

小纸片被驿道上的大风吹得瞬间四下翻飞,如蝴蝶般狂舞,消散在田野之中。

接连三日,皇帝没有露面。

这三日里,没有朝会,没有议事,没有哪个大臣见到皇帝的面,那些送上去的奏折,更是迟迟不见批复。

朝臣只记皇帝勤政不辍,便是生病,平日也从无辍朝,如此情况,从登基至今,前所未见。众臣向李元贵打听,李元贵只说万岁前夜不慎染恙,体感不适,故辍朝养体。第一日还好,第二日,群臣开始私下议论,至第三日,众说纷纭,便有位分高深、平日时常出入御书房的,被推举出来探病,在外等候许久,李元贵终于出来,和焦心的大臣们应对一番,最后传了皇帝的口谕,说明早便恢复早朝,众人这才放下心。

李元贵目送大臣们离去,转身入了寝宫。

寝宫里空无一人,宫人都被清了出去,层层帐幕低垂,大白天的,里面光线也很昏暗。

李元贵轻手轻脚走到寝宫深处,来到那张垂着床帐的龙床前,躬身,隔着帐子小心地道:"万岁,人都走啦!"

帐子里没有声音。

李元贵等了片刻,终于伸手,轻轻撩开帐子。

才十月初的天气,白天正午,穿个夹袍,在太阳下走几步,有时还会有出汗的热感,此刻,皇帝却从头到脚裹了床大被,人坐在床上,只露出一张脸,两只眼睛盯着前方,一动不动,犹如入定。

帐内光线昏暗,眼睛看起来便黑洞洞的,神色有些骇人。

李元贵又道:"万岁,大臣们都走了。万岁明日还要早朝,奴婢去叫个太医,给开个调气的方子……"

"朕没病,几十年都过来了,这么点事,死不了——你告诉朕,这几日,他都在牢里做什么?"

"裴大人什么都没做——"李元贵小声道。

皇帝呵呵两声:"朕懂了!他油盐不进,朕那晚上的一番苦心,全白费了!"

他慢慢地转头,瓮声瓮气:"朕掏心掏肺,盼他忠心于朕,父子同心,他却如此对朕,丝毫不顾朕的脸面!朕是皇帝,朕要脸的!李元贵,你说,朕当如何治他的罪?"

李元贵眼泪一下便掉了出来,用袖角飞快擦了擦,跪了下去:"万岁,龙体要紧,千万不要想坏了身子。至于裴大人那里,万岁再给他些时日,父子天性,骨血使然,慢慢他会想明白万岁的一番苦心。"

皇帝恍若未闻,半晌,冷笑道:"朕的苦心,他恐怕都看成驴肝肺了。罢了,看在她面上,朕再给他一次机会。他若还是执迷不悟,拼着被她责备,朕也是认不了这个儿子了!"

李元贵一愣:"万岁是想……"

"朕先去批奏折!"

皇帝一下将已经披了一天的大被甩开,翻身便下了榻,披头散发,只着身上的一件白色中衣,鞋也未穿,赤脚踩着冰凉平滑的宫殿地面,朝前便大步行去,衣袂拂风,大袖飘飘。

他少年时性格飞扬,仪容英美,如今老了,虽性情大变,性格阴鸷,但此刻未着龙袍不修边幅，双肩依旧架山，背影看去，倒多了几分化外人般的飘洒不羁之味。

李元贵一愣，随即哎了一声，提起地上那双鞋，急忙追上去："万岁，当心脚凉，奴婢给您穿鞋……"

子夜，月黑风高，羁着裴右安的那所西苑秘监之内，灯火沉沉。

裴右安侧卧于监房地上铺着的一张草席之上。

渐渐地，监房外传来一阵脚步声，那脚步声越来越近，最后停在监门前，伴随着一阵开锁声，有人跨入牢门，站在了地上。

裴右安睁眼，慢慢回头，看了一眼，起身抚平衣摆而跪，朝着前方那个身影行了一礼。

萧列的半张脸映了昏暗烛火，仿佛镀了一层浅浅灯色，另半张脸，却匿在烛火照不到的阴面里，双目一明一暗，目光幽幽。

"右安，从你十六岁至今，你在朕的身边将近十年。这十年里，你为朕分忧解难，和朕朝夕相对，如今你知朕为你父，你对朕，难道真就没有半分孺慕之情？"

萧列发问，声音沉沉。

裴右安道："回万岁，罪臣的命，当年是万岁所救。这些年，罪臣为万岁所办的每一件事，既是报恩，亦是出于人臣本分。万岁乃天下人的皇帝，更是天下人的父母，令天下人孺慕，方为君王之道，更不负当初龙潜武定二十年间的梯山航海、削衽袭带。"

萧列眼角跳动，深深呼吸了一口气："很好，既然你以君臣相譬，朕便以君之身份，最后给你一次机会。

"朕问你，少帝之事，你还是无话可讲？"

裴右安沉默片刻，道："回万岁，罪臣无话可讲。"

萧列呼吸再次粗浊，手掌捏紧，手背几道青筋慢慢鼓胀，宛若肤下暴走青蚓。

"你当真不怕死？"

"雷霆雨露，莫非天恩。"

萧列双目暴突，直直地抬着手臂，一指指着跪于地上的裴右安，拖长已然变调的嗓音："无君无父，不忠不孝！朕这里，再容不下你这般大逆不道之人！朕当年从素叶城将你带来,如今你给朕回去那里!从此两清,各不相欠!"

他说完,猛地转身,袍角摆动,朝外疾步离去,橐橐步伐声中,身影渐渐消失在走道的尽头。

裴右安依旧直直跪着,脸色变得苍白,腰背慢慢地躬了下去,额头触着冰冷的泥地,身体一动不动。

他忽然感到喉咙似甜,又慢慢地直起身,咽回了那口涌出的积闷在胸已然多日的暗红瘀血,随即坐回那草席之上,闭上了眼睛。

数日之后,整个大魏朝堂,被一个在私下疯狂蔓延的消息给搅得彻底翻了个天,人人无心政务,连上朝之时,也都在暗中观察皇帝的脸色,想从中寻出点蛛丝马迹来。

那三天令人费解的罢朝过后,这几日的皇帝,已经恢复原本的样子,躬勤朝会,散后召问,事无巨细,了如指掌。但凡臣工有应对不当,便发难责成矫枉,一如皇帝的作风。大臣无不如履薄冰,全神应对。

没有人敢相信,那个暗中流传的消息是真的。

数日之前,黎明时分,有人看到一人被两个老卒押着,出了皇城的北门。

这京城里的许多人都认得裴右安。据说那个人的样貌,和裴右安极其相似,只是那日不复朱紫,一身青衣,出了城门,便向北去。

接着,有人确证,荆襄至今为止,确实不见裴右安到任一日。于是消息就此蔓延开来。

据说,裴右安去往西南赴任之时,不知何故,擅离职守,抗命不遵,触怒了皇帝,皇帝龙颜大怒,遂革他官职,发往北方,以示惩戒。

至于内情如何,皇帝为何又没有公开示众,一时众说纷纭。这日,刘九韶和安远侯一道面圣,以裴右安为朝廷重臣,若真有罪,也当三司会审的理由,向皇帝求证消息。不想皇帝勃然大怒,当场将二人申斥一番,罚了三月俸禄。自此,满朝噤声,再无人敢多议论一句,"裴右安"三字,成了不可说。

这个秋日的清晨,东方刚刚泛出一缕鱼肚白,道旁残柳垂丝,寒芦飘絮。裴右安

和老卒为伍,继续上路。

倘若运气够好,再这样走上几日,或许就能遇到朝廷发往北方的军辎队伍了。

渐渐行至前头那座桥亭时,身后忽然传来马车上来的辚辚之声,追到近前,是辆青毡小车,停下后,一个女子从车里爬了下来,一身朴素,胳膊挽了个包袱,喊他留步。

"大人,有小娘子追你哩!"一个老卒说。

裴右安转头。

迟含真追了上来,停下,紧紧地攥着手中包袱,双眸凝视着他,微微喘息。

老卒对望一眼,便让到了一旁。

"你可还好?"裴右安朝她微微点头,一如从前,温和有礼。

迟含真喘息渐定,望着他消瘦的面容,眼中渐渐蕴了泪光。

"裴大人,我听闻了你的消息,我已安顿好弟弟。关外苦寒,请裴大人允我同行,我无别念,只想留在裴大人身边伺候,哪怕为奴为婢,这辈子也是无憾。"

裴右安展眉,微微一笑:"你的好意,裴某心领。我是戴罪之身,此为发配,万岁有命,家人亦不允同行,如私下同行,罪加一等。你回去吧。"

他转过了身。

"裴大人——"

迟含真又追了几步。

"佛经云,弱水有三千,只需取一瓢饮。我这一生,有内子伴了我两载,已然无憾!你回吧!"

裴右安头也未回,大步朝前走去。

迟含真停在原地,定定地望着前方那道青色背影。那笔直背影,如竹,如松,晨风拂着衣角,他阔步向前,渐渐消失在行道尽头。

芙儿吾妻。向来书信,提笔必是见字如晤,吾却但愿此信不用展于汝面。非吾不念汝,不愿晤面,乃倘若汝见此信,便是吾之无能,负与汝当初之约,亦负吾曾对汝所许之诺。

记仲夏离别,汝悒悒不乐,吾不忍,遂低语告汝,不久必接汝同归。彼时吾尚存几分侥幸，唯愿冥冥予以成全。至今夜，独处西南偏隅，陋室烛残，听夜阑漏声，声声催晓，知再不可自欺，遂提笔落字。

吾每逢下笔，千言往往一笔而就，然今夜此刻，竟墨凝思涩，心中言语，纵然万千，却不知如何付诸笔端。

犹记两年前于澂江府，那夜吾如今夜，孑然宿于驿舍，深夜难眠，起身灯下执卷，忽竟闻汝唤我之声，难以置信。待开门而出，汝衣衫不整，赤足蓬发，状若惊兔，扑至吾前，竟投吾怀抱，良久不放。彼时，吾震惊莫名，以为怪诞，然如今想来，那夜当是吾此生欢愉之始，历历在目，鼻息留香。

吾自幼起，读诸子百家，熟先贤教诲，毋不敬，思无邪。然，纵使博我以文，约我以礼，乱我之者，却始于卿卿。

忆武定数月，同居屋瓦，汝百般狡黠，吾常训斥于你，安敢云，吾彼时亦非乐在其中而不自知？及至婚成，云屏香暖，锦帐低语，细看，无不俱好。

汉书载，梁鸿每归，妻为其具食，不敢于鸿前仰视，每每举案齐眉，传为千古佳话。然吾不羡梁鸿，吾独爱汝之恣肆娇憨，纵当时不悦，如今想来，已是求而不得。料此生再难见汝娇态，更不得听汝以大表哥唤吾，方知遗憾，深入心髓。

吾父曾教导吾幼时兄弟数人，曰君子不易，行正道，循礼义，吾曾深以为然，然时至今日，吾方知，天下最难者，并非如何行君子之事，乃汝与正道礼义，吾当如何取舍。

吾终是食言，未秉当日许诺，南归接汝，负汝翘首之待。明日吾须上路，做一当做之事，此事恐致杀身，而吾涉险前行，并非曲求物誉，更非爱汝不及旁人，乃人立于穹壤之间，有必行之事。

今日此事，便为吾之必行，无可推却，然吾终究辜负于你。

卿卿，汝当初奔吾，乃寻吾之庇佑，今日无双全之法，吾负了你，倘有朝一日，汝得知吾之凶讯，万万不可自伤，更不必徒劳奔走，吾之罪，于君王，罪不可赦。

此一生，吾虽身居庙堂之高，实不过一副残躯，揣阴鄙身世，少时又声名狼藉，为一不祥之人，得汝不弃，相伴双载，生，余岁足够咀嚼欢趣，死，亦是命数使然。唯一遗憾，便是往后再不能护汝之安乐，好在已做安排，虽不能亲自护汝余生，料汝

应当也可安然度日，不必再栗栗危惧，恐遭鱼肉。此亦吾为汝做的最后一事了。

附页乃放妻书。吾今日既舍汝，从今往后，汝亦不必再挂念于我。汝蕙质动人，若逢良人，可自续姻缘。吾得知，必也含笑欣慰，遥祝嘉好。言尽于此，卿卿保重。

右安于八月廿七夜四鼓手书

裴右安的这信，共有两书。

一书便是这内容，另一书为放妻书，已被嘉芙在那日撕碎丢弃。

这几页纸，她不必再看了，字字句句，早刻入脑海。

也是在收到这信之后，嘉芙才明白过来，原来那夜，他临走之时，就已有了和自己诀别的准备。只是当时，自己沉溺于和他即将离别的伤感不舍，后又被他那般抚慰，神魂颠倒，完全没有觉察到他的异样。后来，从哥哥那里得知他临走前的吩咐和安排，再后来，玉珠也来了，种种堆积在一起，她终于嗅到不祥的气息。

但是，所有的忐忑和猜疑，在没有看到那封信的时候，还只是预感，还能够心存侥幸。

直到信至的一刻，嘉芙的担忧和焦虑有多深，随之而来的怒气和伤心也就有多大。

她要好好留着这东西，等见到了他，把他自己写的东西拍回他脸上，要他一字一字，全给吃回去！

嘉芙便是怀着如此焦虑、担忧，以及现在还不能发泄的怒气和伤心，披星戴月，风尘仆仆，终于在这日赶到京城，到了裴家。

裴家还是原来的裴家，但不过短短半年多，这趟她回来，裴家仿佛又已经成了另一个样子。门房前堂，下人零零落落，一路进去，躲懒的躲懒，闲话的闲话，忽然看到嘉芙一行人入内，这才慌忙来迎，只是神色间隐约带了几分异样，和从前大不相同。嘉芙径直入了自己住的院，打发人去知会了辛夫人那边，说换好衣裳去拜，随即便叫刘嬷嬷去打听消息。没片刻，刘嬷嬷回来，脸色惊惶，说不知怎的，大爷从泉州离开后，竟似没去西南，人似在京城，却又没有露脸，然后半个月前，传言因触怒皇帝，被免职夺位了，有人看见有日清早，他被两个老卒解着出了城门，发往北边去了。

嘉芙心突突乱跳。

虽然裴右安在那封书信里，根本没提他做的那"恐致杀身"的"当做之事"是什么，但她有种感觉，必定是和萧彧有关。

也唯有沾上这种事，"于君王"才"罪不可赦"。

她一阵腿软，但很快定住了心神。

他的书信，字里行间，处处可见，裴右安是抱着最坏的打算去做那事的。而现在，皇帝并没有杀他。

或许这在他自己的意料之外，但嘉芙心知肚明，这到底出于何种缘故。

罢官就罢官，她毫不在意。发去北边儿，她也无惧相随。她唯一的担心，只是他的身体。

上辈子的他，就是去了塞外，后来旧病复发，又极有可能被萧胤棠暗害，最后死在素叶城中。这辈子，就算萧胤棠不能再加害他了，但塞外苦寒，他独自一人，她怎么放心得下？

她终于赶了回来，他人却已被发去北方！

嘉芙压下了立刻就想动身追上去的强烈冲动。

他已经走了半个多月。北边那么大，他到底被发去了哪里、走的什么道、事情经过到底如何，她都不清楚。

她写了封拜帖，叫人火速送往刘九韶的府邸，投给刘夫人，自己这边，虽满心不愿，却也只能强打起精神，换了身衣裳，叫下人拿了自己从泉州带来的伴礼，去了辛夫人那边。

周娇娥上月生产了，生了个女儿，刚出月子还没几天，辛夫人如今对她极是冷淡。裴修祉却凭了那面铁券，已恢复国公爵衔，平日也不大看她。

嘉芙进去的时候，恰看到全哥儿站在院里，朝周娇娥屋子窗户的方向砸了一把石头子过去，伴着一阵炒豆子般的噼里啪啦声，几颗石子儿投了进去，里头传出一阵婴儿的啼哭声，夹杂着周娇娥的尖叫叱骂。一个婆子开窗探出头来，那全哥儿转身便跑，却不提防，一头撞到了正过来的刘嬷嬷身上，刘嬷嬷哎哟一声，险些被撞得仰倒，幸好檀香手疾眼快,扶了一把。那全哥儿自己身量小,反被弹了出去,一屁股坐到地上,顿时哇哇大哭。乳母丫头慌忙出来,看见嘉芙,一愣,叫了声"大奶奶回了",便去哄那全哥儿。辛夫人听到哭声,很快也出来了,骂道:"叫你们好生看着哥儿的,又叫他哭了!"

乳母丫头看了眼嘉芙,张了张嘴,不敢应,全哥儿却指着刘嬷嬷嚷道:"是这臭婆子,故意撞了我!"

辛夫人抬头,看到嘉芙,一顿,停了下来,似笑非笑。

嘉芙忍住心中对那小孩的厌恶,道:"婆母,我方才到家,过来拜见,嬷嬷随我同行,才进来,瞧见全哥儿往那屋的窗里丢石头子儿,丢完就跑,一头扎在了嬷嬷身上。嬷嬷年老,不经撞,险些摔倒,还好被扶了一下,不想全哥儿自己也摔了。罪过!"

辛夫人没有出声。她身后跟出来一个十七八岁的脸生俏丽女子,看打扮不像下人,盯着嘉芙一行人。

"是这臭婆子撞的!她故意撞我的!祖母你要替我出气!"全哥儿倒在地上,撒泼打滚。

"起来!"

身后起了一声吼叫,嘉芙回头,见裴修祉匆匆而来,到了近前,厉声叱着地上的全哥儿。

"分明是你撞人在先,竟还撒泼耍赖!你给我起来,去跪祠堂,面壁思过!"

全哥儿立刻止了哭闹,刺溜一下钻到辛夫人身后。

辛夫人皱眉道:"罢了罢了,进屋我好生教他。"说着叫人先带全哥儿回房,这时只见周娇娥抱着啼哭的孩子,从屋里跑出来,哭道:"见我家里没人了,个个欺负我,一把石头就往我屋里砸!逼得急了,我可什么都做得出来!哎哟,我苦命的女儿啊……"

"老太太孝期还没过呢!"周娇娥继续朝这边嘶喊,"以为我不知道,如今就往屋里放人了——"

数月之前,辛夫人以周娇娥怀孕不能伺候儿子为由,给裴修祉新纳了个名叫芸娘的妾,自然了,老太太一年孝期未满,这妾还没过明面儿。

听周娇娥叫嚷,辛夫人脸色一沉,厉声喝道:"都还看着干什么?还不把二奶奶请回屋里去!"

她话音落下,众人便呼啦啦地跑了过去,身后丫头婆子劝的劝,拉的拉,推着周娇娥进去,乱成一团。

嘉芙压下心中厌恶,朝辛夫人见了一礼,叫人放下伴手礼,便告辞。辛夫人态度冷淡,只点了点头,嘉芙才出院,就听见身后隐隐传来婆子的低声议论:"落毛的凤凰不如鸡,瞧她,还当自己什么似的……"

刘嬷嬷也听到了,面露怒气,停下脚步,转身就要过去理论,被嘉芙拦了,继续朝前走去。快行至自己院门前,身后传来一阵急促的脚步声,裴修祉追了上来:"嫂子,长兄之事,你莫难过。往后你只管安心住在家里,有事和我说一声便是。"

嘉芙淡淡一笑:"费心。"她说完便转身入内,又打发人将东西送到了二房那里,自己却没过去,只等着刘夫人的回信。

至傍晚,刘夫人竟亲自坐了马车过来,嘉芙将她迎了进来,下人奉上茶点,嘉芙目含泪光道:"我今日一回京,便听到了那些事情,晴天霹雳,更是无计可施,因刘大人与夫君一向交好,故想到了夫人,原本只想向夫人打听点消息,想知那北去之人是否确实便是夫君,没想到夫人不避忌讳,竟自己来了,请受我一拜。"

刘夫人急忙扶住她,道:"妹妹何必和我见外,当初要不是裴大人,哪里还有我刘家今日。我实话告诉你,那人确是裴大人。只是到底为何获罪于万岁,便是我家夫君也不知晓。前些时日,他和安远侯一道去见万岁,问的便是这个,非但没问出来,反被万岁申斥了一番。"

刘夫人叹了口气:"我家夫君也实在想不明白。后来再打听,说万岁还特意发了话,道不许人随裴大人一道去,连下人也不允随同,否则便罪加一等。妹妹,你如今打算如何?"

嘉芙拭去泪,道:"凡事总要讲个道理,夫君便是真的犯了逆天大罪,罪有应得,也当公之于众,好叫人心里明白。如今这样不明不白就被发去了北边儿,我怎能安心?我想求见万岁,能否劳烦刘大人,明日代我向万岁陈情?"

刘夫人一口答应下来,又劝慰嘉芙,再坐了片刻,便匆匆走了。嘉芙一夜无眠,次日午后，刘夫人再次登门，说刘九韶已经传话上去了，只是皇帝当时没有吭声，他亦不敢催问，叫她再等等。

这一等，就是七八天，一直没有消息，嘉芙焦急不已，自己再去寻刘夫人，请刘大人再帮着传话给李元贵，想改见李元贵。转眼，又数日过去，依旧没有动静。

就在嘉芙心急如焚之时，这日，李元贵身边的那个崔银水来了，传话道："干爹叫我转告夫人，万岁如今还在气头上，一时还不好得见，叫夫人再耐心等等，过些时日，待万岁慢慢消了气，干爹自会代夫人求情。"

如今已是十月底，她回京也半个月了，这半个月耽搁下来，裴右安人都不知到了哪里。这边天气便已转寒，北边儿更是不用说了，十一月大雪纷飞也是常事。想他孑然一身，也不知带了寒衣否，且平常就不是个会照顾自己的人，如今更不知成了如何模样，眼泪一下便涌了出来。

崔银水见她坠泪，慌忙躬身："夫人莫哭……"

嘉芙转脸，默默拭泪。崔银水看得发呆，又一阵心疼，一咬牙，转头见近旁无人，靠过去小声道："夫人不必过于担忧。干爹也怕裴大人经不住北边天气，瞒着万岁，先前偷偷叮嘱过老卒，多加照顾大人的。实在是大人这回，把万岁气得太过，否则万岁也不至于如此。夫人再等等。"

嘉芙这才稍稍放了点心，只是这样等皇帝消气，谁知道要等到猴年马月。

她定定出神，突然，脑海中想起了一样东西，急忙起身，叫崔银水等等，自己过去，将那块从前裴右安拿来作为婚约信物的玉佩递了过去，道："劳烦崔公公，回去代我向李公公道谢，再将此物转给李公公，请李公公代我转交万岁。"

崔银水往香囊口里瞧了瞧，见是一块玉佩，也不知是什么来历，迟疑了下。

嘉芙道："崔公公放心，绝不会有事。请崔公公帮忙。"说着她便向他行礼，崔银水哎哟了一声，忙往边上闪避，将东西收了，道："罢了，我先代你转给干爹吧。至于干爹转不转万岁，我便不知道了。你等消息吧。"

嘉芙送他出去，忐忑里又过了一夜，到了次日晚间，一辆宫车停在裴家门前，崔银水再次过来，说是皇帝有命，召见嘉芙。

车停于宫门外，崔银水亲自拿了脚凳放在车旁。嘉芙下车，被引入宫中，七拐八折，最后行到大婚次早被裴右安领来谢恩过的那座殿前，入内，停于外殿。崔银水嘱她稍候，匆匆进去，片刻后便出来了，再引嘉芙入内，行至内殿口，轻声道："禀万岁，甄氏到了。"

李元贵走了出来，示意崔银水退下，嘉芙感激他对裴右安的暗中安排，只是这里也不好道谢，便向他福了一福，李元贵忙退让，轻声道："随我来吧。"旋即转身朝里去。

嘉芙定了定神，跟上步伐，走了进去，皇帝一身龙袍，还是坐于当日那张黄花梨螭龙纹椅上，人看着消瘦了些，但神情森严，全无当日的慈和模样。见他目光投向自己，嘉芙低头，朝地上铺的一张垫上跪了下去，行叩拜之礼。

李元贵也出去了，殿里只剩嘉芙和萧列二人。萧列道了句平身，又道："李元贵说你要见朕，何事？"语气淡淡。

嘉芙谢恩，却依旧跪着，道："禀万岁，罪妇求见万岁，乃恳求万岁开恩，容罪妇亦去往北地。夫君获罪于万岁，若已伏诛，罪妇当为他收尸，如今有幸得万岁宽宥，留他性命，自古夫妻一体，罪妇亦甘同罪，随他同行。"

她说着，暗暗留意着萧列的神色，见他神态虽依旧冷淡，但看起来并无怒气，叩头再道："除同罪之心，不敢欺瞒万岁，亦是出于担忧。北地苦寒，风沙暴烈，罪妇又听闻，那些地方十一月便雪窖冰天，夫君自幼体弱，这些年，先是戎马倥偬，继又东奔西走，罪妇嫁他两年，他留在家中时日屈指可数，本就劳身焦思，如今又去往那地，无人知他冷暖，罪妇忧他衣衾不暖，旧病复发，倘若有个不好，便辜负了万岁的留命之恩。"

她说的这话，虽是在提醒萧列，却又何尝不是心中所想，渐渐双目泛红。

"他这是咎由自取！朕给了他数次机会，他弃之不顾！"

萧列终于开口，语气不复片刻前和自己说话时的冷淡，语调微扬。

嘉芙见他表情仿似微微激动，头低了下去："当初祖母临终之前，曾屏退旁人，对罪妇言及夫君身世。夫君名为卫国公府长子，实则公爹当年从外抱养而来，夫君生身之父，乃公爹一异姓兄弟，当年事出有因，无法抚养他，生母又于生下他两日后，便不幸血崩而去，身世极其可怜。祖母说，她将其视为亲孙，知他体弱多病，她去后，唯一放心不下的，便是他了，命罪妇无论如何，须代她照顾好他。罪妇当时应允了，如今不敢弃他不顾。求万岁再度开恩，容罪妇同去，既尽妻之本分，也全当初对祖母的诺言。"

殿内一片沉默，萧列未曾开口。

嘉芙等待之时，悄悄抬眼，望了眼皇帝，见他目光凝滞，一动不动，料自己方才那话，必戳出了当日他去探望祖母一幕时的回忆，便再次低下了头。

"朕问你，此物你何来？你可知此物来历？"

半晌，萧列终于再次开口，声音低沉。

嘉芙抬眼，见那块兰纹玉佩被皇帝不知从哪里取出，放在了案几之上。

他的视线投向自己，目光幽暗、晦涩。

这块玉佩，当初裴右安来泉州，递出之时，说是其父临终前所遗。

但在知道了裴右安的真正身世之后，嘉芙却觉得没这么简单。

她从前便暗中从家里的老人那里打听过来，说裴文璟自幼喜爱兰花，早年她待字闺中，所居院中植满兰花。她亦善画，裴老夫人那里，还留有一幅她早年所画的画，落款印章为芜兰秋君，她越发确定，这块雕有兰纹的玉佩，必定是裴文璟的遗物。此次入京，她急着想见皇帝，皇帝却迟迟不见，心急如焚，忽然想到了裴文璟的这件遗物，便拿了出来。

以皇帝和裴文璟当年的亲近，嘉芙料他必定认得这块玉佩，只是和这玉佩到底有没有关系，却不大确定。

此刻见到皇帝的神色，凭一种直觉，嘉芙立刻断定，皇帝非但认得这东西，而且极有可能，应当还和玉佩有着莫大的关系。

她便道："禀万岁，此玉佩乃当初家夫所赠之婚约信物。"

"既如此，你何以将它递到朕的面前？你此举何意？"萧列又问，神色紧绷，语气略带咄咄之意。

嘉芙道："禀万岁，此亦是祖母临终吩咐。祖母曾言，倘若日后家夫有难，便叫罪妇持此佩面圣，道万岁看在故人情分，必会解家夫之难。罪妇前些时日急于求见万岁,万岁迟迟不见,想到祖母当日叮嘱,这才大胆,呈上玉佩。罪妇不知家夫所犯何罪,不敢问,但料必是罪不可赦,否则以万岁之英明,断不会如此激怒,故不敢为家夫求饶,只求万岁容罪妇与他同行,照料于他,免得万一有失。"

萧列凝坐片刻,神色渐渐放缓,半晌,忽又问:"裴老夫人可曾对你提及有关这玉佩的别事?"

嘉芙抬眼,见皇帝双目紧紧盯着自己,神色间似略带紧张,垂眸道:"只听祖母说,夫君生母去世前两日,手心一直握着此佩,临终之前,方将此佩郑重放于夫君襁褓之中……"

她停了下来。

"她可曾对你提及,右安生母临终之前,可有怨恨?"萧列倾身朝前,声音有些不稳。

嘉芙摇头:"祖母那时体极弱,说了几句,便止住了。罪妇亦未再敢多问。只是……"

她低头,轻声道:"只是以罪妇所想,但凡女子,倘若临终之前握着一物不放,必是心存挂念,岂会有恨意。何况还郑重留给孩儿,必是盼着此物能保佑孩儿一生无灾无痛,喜乐无忧。"

萧列一动不动,神色似喜似悲,眼底隐有泪光。

良久,他从座上起身,撇下嘉芙,转身朝外,脚步声渐渐远去。

嘉芙不敢起身,依旧那样,独自一人,跪在空旷的殿中。

片刻后,身后传来一阵脚步声,李元贵疾步入内,见嘉芙还那样跪着,亲自来扶,面上露出笑容,道:"甄氏,好事,万岁准了你的所求,允你同去。"

方才那些话,其实不过都是嘉芙根据自己猜测,顺着皇帝心意胡诌而已,便是说错了,料裴文璟天上有知,也当理解她此刻苦心。听到皇帝终于松口,嘉芙喜极,忍住便要夺眶而出的泪,向李元贵道谢。

李元贵道:"我不过一奴,何敢要你的道谢。万岁方才说了,你比裴大人知理,万岁颇感欣慰。毕竟君臣一场,裴大人从前有功,万岁待裴大人如何,你心里当也有数。万岁说,裴大人这回是存了异心,这才罪不可赦,你这趟过去,也和裴大人讲明白道理,忠君如父,万岁便可赦他,你夫妇也能早些回来。"

李元贵说一句，嘉芙便点一下头，心里只恨不得立刻动身才好。李元贵大约也是瞧了出来，微笑道："如此，你收拾好物什，咱家便派人，尽快送你过去。"

玉佩没见李元贵拿回来，嘉芙自也不好开口相问，出宫回了国公府。

辛夫人和二房那边都知道她被一辆宫车给接走，见她这会儿回了，便有丫头和婆子挨挨擦擦地过来，向院里粗使婆子打听消息，很快，国公府的人便都知道了，大奶奶也要动身出京去北边儿了。

这回的事儿，虽人人都在传，裴右安获罪于皇帝被发配出关，但到底，无论是刑部或是大理寺都未就此下过任何文书，所有传闻的来源，也不过起始于那日清早被人看到的几个背影，故先前也不好完全确定这事是真的，毕竟，以皇帝和裴右安从前君臣关系之密切，一夜之间发生这样的事，实在匪夷所思。但这下坐实消息了，国公府暗地里少不了又是一番骚动，没片刻，二房那边孟氏来了，向嘉芙确证了消息，面露同情之色，安慰了几句，又说，二老爷方才也叫她带个话，说事既出了，难过也是无用，叫她放宽心，路上多加看顾身体，到了那边，过些时日，万岁赦免也是指日可待，留了片刻，说何时动身，自己来送她。嘉芙道谢，将她送了出去。

嘉芙已从李元贵那里得知，裴右安是被发去了甘州素叶城。竟然如此巧，恰就是梦中他最后离世的地方，她也顾不得感慨，只越发心急，恨不得今晚立刻动身才好，等孟氏一走，立刻便收拾行装。

裴右安此次出关，不是上任去做官，两人现成的那些华裘丽服自是不好带的，嘉芙一番翻箱倒柜，拣了些厚实的寻常冬日衣裳，怕不够，又立刻动手裁衣，用的是普通衣料，夹里填塞最好的丝绵，院里但凡针线好的丫头婆子都来了，团团围坐，你缝衣袖，我做面襟，连夜飞针走线，才不过一夜，便做出来数件新的御寒衣裳，一一打包入箱。

次日早，行装便差不多收拾好。李元贵没说皇帝不准她带仆从，那便是能带了。檀香、木香两人年龄合适，服侍嘉芙多年，自己开口便要同行，刘嬷嬷也是真心疼爱嘉芙，亦要过去，却被嘉芙劝退，让她回泉州，帮自己带信给母亲，叫她往后在泉州安老。

刘嬷嬷攥着嘉芙的手，絮絮叨叨，又叮嘱檀香、木香服侍好大奶奶，说到伤心处，眼圈泛红，众人也无不眼中含泪。

一屋子人正伤感着，辛夫人身边一个婆子过来了。

嘉芙拭了泪，叫那婆子进来。

婆子进来，看了眼地上的箱子包袱，脸上堆笑，躬了躬身："大奶奶，前些时日你不在时，咱们府里原先的库屋起了场火，当时扑得虽及时，但房子损了，如今不好再用。夫人想着，若是翻建，又是一笔银子，那个连桥边的大院子，已空了这么多年，空着也怪可惜的，夫人的意思，大爷日后便是回来了，想也不会再搬到那边的，故想把里头那些旧物给腾出来，稍加整饬，改成库屋，便可省下一笔钱。趁大奶奶还在家，打发我来说一声，里头那些旧物，哪些还有用，叫人给搬来这里，若没用的，便一并给收掉了。"

那个连桥南院，便是裴右安少年时住过的地方。先前成婚，老夫人拨了这个靠自己北屋的小院子给小夫妇两个住，那边虽没住回去，但里头依旧存了裴右安小时起收集的许多藏书和别的杂物，真要搬，没个几天，是清不空的。

嘉芙沉默片刻，淡淡道："改作仓房也好。我去瞧瞧，书不要弄坏了，全给搬到这边来。"她带着几个下人去了那院，还没到门口，就见外面路上堆了一堆从里头搬出来的桌椅，院门敞开，院里也堆满了从屋里清出来的桌椅、书柜，一堆书就摊散在地上，丫头婆子进进出出，忙着搬东西，辛夫人身边那个姓叶的婆子站在台阶上，正高声指挥婆子们往外抬书架，书架沉重，一时没抬好，往一侧歪去，上头还没拿下的一摞书，稀里哗啦全落在了地上。

"死沉死沉！快来帮着撑——"

抬书架的婆子高声嚷嚷，一旁的人蜂拥而上，七八只脚，踩着掉在地上的书，终于将大书架抬到了空地上。

嘉芙走过去，蹲下，捡起地上一本被踩了个黑脚印的书。

书很旧了，书页泛黄，上面有嘉芙熟悉的字，句子或长或短，是裴右安少年读书时留下的札记。

嘉芙仔细地掸掉上面沾着的泥巴，将地上的书一本一本地捡了起来。

那叶婆子见状，过来帮着捡书，笑道："大奶奶你来啦？你看看，这些东西，哪些还要，我叫人打包了，送去你的院子里。"

嘉芙将手中的几本书摆好，放在一旁桌上，直起身，冷冷地道："全部都要！连这院子，我也还要！把东西全给我搬回去，物归其位。怎么搬出来的，就给我怎么搬回去！"

众人停了下来，面面相觑。

叶婆子一愣，赔笑道："大奶奶，你这不是为难我吗？我也是照夫人的意思做事。"

嘉芙环顾一圈周围的丫头婆子，冷笑道："你们是瞧着大爷就这么走了，往后再回不来，这才可劲地糟蹋是吧？我告诉你们，今天大爷是失了势，可往后的事，谁也看不到！劝你们看长远点，别一个个偷油的耗子，随了主子，只瞧得见眼前的两寸丁点地方！这辈子还长着呢！谁今天要是再敢踩一脚这院里的东西，给我等着，今天你踩一脚，往后我就叫你知道，我可不是什么佛心佛性的泥巴人！"

院子里变得鸦雀无声，片刻后，方才那几个婆子急忙上来，七手八脚将地上的书都给捡了起来，口里道："大奶奶莫怪罪，方才只是一时不小心。"

嘉芙转向叶婆子："你搬不搬？你不搬，我自己叫人搬。"说着她转头，命刘嬷嬷去把院里的下人都叫来。刘嬷嬷应了一声，转身飞快去了。嘉芙也不再理会叶婆子，继续收拾着满地狼藉的书籍。

叶婆子脸上带着讪笑，靠旁悄悄地往外挪，到了门口，飞快离去。

嘉芙指挥着人，把已经搬出来的书籍先整理到一起，桌椅书柜，抹了灰尘，也一一再搬回去，正忙碌着，辛夫人被叶婆子等人伴着走了进来，见状皱眉，不悦地道："这是怎么说的？我是见这里空了这么多年，老大从前在家也是不用，家里今非昔比，想着能省几分是几分，便叫人腾出来。不也去问了你的意思？"

一院子的下人停下了手里的活，嘉芙走过去，淡淡道："我正想去禀婆母一声，这院子，日后夫君回来，即便不用，也要先问过他的意思。里头都是多年积攒的藏书，杂物也多，搬来搬去，万一损毁。婆母要开辟仓房，家里空屋子也不是没有，烦请婆母另寻个合适的地方。"

辛夫人盯着嘉芙："你眼里可还有我这婆婆？便是右安在此，不过腾座空院罢了，想来他也不会如你这般和我说话！"

"婆母既也记得夫君的好，如今他人都不在家，便请婆母也不要动他的东西。婆母若对我不满，日后等他回来，叫他休了我便是！"

嘉芙说完，转头命刘嬷嬷领着带来的人继续搬东西。刘嬷嬷高声应了一句，横了辛夫人一眼，指挥人继续，院子里又忙碌起来。

辛夫人气得一时说不出话，脸色一阵红一阵白，却也无可奈何。

嘉芙冷眼看着跟前这妇人，心里忽然涌出了一种当年在孟木部和人打架时那种痛快之感，心里的那口恶气，似乎纾解了些，便不再理会她，自己继续整理书籍。一群人正忙碌着，一个丫头飞快跑了进来，嘴里喊道："宫里来人了，万岁爷下了赏赐！"

辛夫人惊讶，也顾不上这里了，急忙转头问赏赐给谁。丫头茫然摇头。

想来想去，应该也就只有自己儿子了，辛夫人盯了嘉芙一眼，撇下这里，急忙转身离去。

嘉芙听得是赏赐，和自己自然八竿子打不到，反正和皇帝撕破了脸，明日就要走了，也不去跪迎了，留下继续整理杂物。没想到片刻之后，那丫头又飞快地跑了回来，嚷道："大奶奶，是给大奶奶您的赏赐，大奶奶快去！"

刘嬷嬷等人惊喜不已，纷纷看向嘉芙。

嘉芙匆忙赶到前堂，见来的还是崔银水，边上几个小太监，抬着一溜蒙了黄帛的描金螺钿箱子。辛夫人和那叶婆子等人也都在，脸色比起方才，又是另一番景象。

崔银水拉长声调："甄氏听赏。"

嘉芙跪了下去，其余人也跟着陪跪听赏。

皇帝赏了嘉芙白银五百两，苎丝罗、纱、锦若干。崔银水念完单子，又从一个小太监手里接过一个匣子，托了过来，笑吟吟道："甄氏，此乃今岁青海刚刚上贡的一盒上品玉树虫草，一年间也就集了这么一些，万岁也赏了你。谢恩吧。"

嘉芙谢恩，收了赏赐，送走太监，再回来，辛夫人已推托身子不适，不见了人，一路遇到的婆子丫头，见了嘉芙无不恭敬，个个争着喊大奶奶，俨然又回到了从前的时光。

人情冷暖，世态炎凉，不过短短半日，在这国公府里便上演了一出好戏。嘉芙也顾不得感慨，回到那院里，见里头已来了许多下人，全在争着做事，连二房那边也来人了。等一切恢复原样，嘉芙环视一圈，亲手关闭门窗，锁了门，转身离去。

经过那株据说当年吊死过人的大树前，嘉芙停了停，转头吩咐："把树砍了，连根挖掉！"

第十九章 追随

第二天,嘉芙随了一支人数近百的发往关外的辎重军队,坐着一辆马车,离开京城,踏上了去往北方的路。

杨云也护她同行。

她是在十一月上旬离的京,这一天,距离裴右安出京,已经过去差不多一个月。

这支军队,运送的是一批发往甘州边城的急需药材,速度不慢。按照计划,十二月中旬前就能到了。起先一路也算顺利,跋涉一个月后,嘉芙随军队抵达肃州,领队百夫长告诉她,过了肃州,再往西北去数百里,越过天山的一段山岭,大约十天的路程,就能抵达甘州的素叶城了。

这一路跋涉,不可谓不艰,嘉芙的双脚因为久困马车,加上天气严寒,已经生出冻疮,但她丝毫不觉得苦,得知很快就能抵达,满心期待。没想到就在这时,天气骤然恶劣,在经过天山岭道之时,一场大雪铺天盖地而来,没两天就掩盖了那条千百年来被兵马慢慢踏出的古道，也淹没了群山峻岭之间的高塬和沟壑。寻不到路，一个不慎，掉下去就是悬崖深渊，队伍被迫停在了一处避风的山坳，停了七八天后，大雪终于停了，前锋士兵探寻着路，走走停停，又费了好些天，才终于走出这段山岭古道。最后队伍终于抵达素叶城时，已是这一年的岁末，天上下着大雪，狂风怒吼，没几天，就是除夕了。

素叶是个千年古地，但从前只是西域通商路上的一个停留点，因位置折冲，附近又有丰美水草和天山泉水流下的湖泊，后来，不知哪个朝代开始，朝廷筑土为城，这里渐渐便聚居起大量人口。如今，这里已经成了甘州驻兵用以抵御胡人的重要城池之一，军民达十数万之众，城中有统管军民的都司府，都司胡良才在得知嘉芙从京城到来后，并未见她，也没派人接待。嘉芙站在都司府外的雪地里，冻得手脚麻木，等了良久，才从一个看不过眼的都司府老守兵那里得到消息，说裴右安到此差不多两个月了，但人不在城里，去了城外的料场。

老守兵说自己在此几十年了，所以知道些事。这个胡良才的父亲，早年曾也是卫国公的部下，因触犯军纪，受了军刑，胡良才耿耿于怀，如今自己做了素叶都司，裴右安以戴罪之身被发来此地，胡良才表面很是客气，将他派去了料场做看管。

这职位看似空闲，实则是个苦差。地方远离城池，周围荒凉无人，料场里，除了管着供应此地大军全部军马的草料进出，还收治被送来的病弱战马，手下又只有几个老弱病卒，事情繁重不说，要是遇到有意刁难的上司，以马匹瘦弱或病死为由，随时都能问责发难。

嘉芙向这老卒道谢，回来让杨云去找那个一路同行而来的百夫长，请他再派人引路，送自己去城外的马场，不想那个百夫长以为她已被胡良才接待，人去交接药材了，要傍晚才归。

也就是说，要是等着那百夫长回来，她最快也要明天才能动身。

嘉芙只觉一刻也没法等下去了，恨不得立刻插翅飞过去才好，赶回去再寻了那老卒，请求他替自己引路，立刻便要过去。那老卒恰交接完毕，答应了，杨云便赶着马车，老卒坐于身旁，嘉芙和两个丫头带着行李坐在车厢中，数人一车，在这座西北孤城外的漫天大雪之中，朝着旷野深处踽踽而去。

嘉芙想象着见到裴右安，将那封信狠狠拍在他脸上的一幕，纵手脚已经僵硬，竟丝毫不觉难熬。如此一路往前，行了半天的路，到了傍晚，突然马车一顿，马匹嘶鸣，停了下来。

嘉芙探出头，发现马匹身体倾歪，前蹄深深陷入雪窝之中。杨云下去检查了一遍，说马蹄踩入了一个被雪深埋的坑洞，前蹄折伤，不能走了。

老卒说天快黑了，要么只能回头，附近有一处可供歇脚的地方，先去落个脚。

嘉芙问抵达马场的路程，老卒说，还有八九里的路。

嘉芙望着前方的茫茫大雪，说道："就这么点路，走去吧！"

杨云劝不住，无奈，只能将受伤的马匹和车先引到路边，嘉芙和两个丫头带了轻便包袱，在老卒的带领下，深一脚浅一脚地踩着没到小腿的积雪，顶着风雪，一步步地朝前走去。

嘉芙最后终于站在料场那扇栅栏门前时，已是亥时。

天穹漆黑，大雪纷飞，这一路走来，她不知道滑摔了多少次，全身沾满了冰雪。

一个老卒打着哈欠，开了大门，得知竟是裴右安的夫人过来了，半晌才有反应，提了盏马灯，急忙引她进去，穿过一排排用作仓廒的库场，最后停下，指着一排屋子的尽头，道："裴大人就住那里。"

那是一排破旧的屋子，黑漆漆的，只在老卒所指之处，窗里隐约透出一点昏黄色的灯火。

"裴大人对马匹是真好，来了后，这里头的病马都好了不少。就是自己都病了，这几日，咳嗽得越发厉害。"

老卒在旁，低声嘀咕道。

嘉芙整个人都在战栗，定了定神，转头让杨云寻个地方先安顿下冻得脸庞已经发青的檀香和木香，自己朝着那点灯火的方向，快步行去。

她踩着地上积雪，疾步奔去，越走越快，越走越近。

快要走到那扇门前，她却又慢了下来，最后停住脚步。

大雪飘飘洒洒，从无尽夜穹的深处无声地飘落，四周漆黑一片，唯有面前的那扇门窗里，还零星映出几点昏黄的灯火。

门窗很旧了，木头的缝隙之间，到处都是裂痕。嘉芙屏住呼吸，压住跳得就要跃出喉咙的心，慢慢地来到那扇破旧的窗前，从木头的裂缝里看了进去。

屋角一床、一桌、一凳、一炉，除此别无多物。炉里的火，看着已要熄灭。

才半年多没见，他竟消瘦得厉害，面色苍白，身上披了件旧袍，坐在桌前，就着桌角那盏昏暗的豆油灯，低头似乎在誊写着什么。

他写了片刻，忽然咳起来，面露微微的痛楚之色，随即停笔起身，弯腰去提水壶，似想倒水。

忽然，仿佛觉察到什么，他停了动作，慢慢地直起身体，转头，目光投向嘉芙所在的窗口方向。

"何人在外？"

他问，声音略微嘶哑，却极是平静。

门外没了声音，也没了任何动静。

他到此后，白日忙碌，夜间常彻夜难以入眠，调息也是无用，身体有些坏了下去，前些时日又咳起来，听力却敏锐如昔。

就在方才，他转身倒水之时，听到门窗外起了一道积雪被踏发出的咯吱声。

虽然这声音很轻，也极短促，但清清楚楚传入了他的耳朵。

裴右安想不出来，这个岁末，这塞外孤城的荒野里，这大雪纷飞的深夜，会有什么人来这个料场寻他。

他想起前些日潜进来偷食，被丁老卒设陷阱打伤脚捉住的那只小狼。后来自己治好了它的脚伤，拿食物喂了它，随后将它放了。但如此天寒地冻，无处觅食，这小东西不知死活，不定又闯了回来。

方才那踏雪之声，或许便是它所发出的。

裴右安咳着，走到门边，打开了门。

一阵狂风夹着雪片，迎面扑了进来。

他往左右看了一眼，一个娇小的女子身影出现在他的视线里，她浑身冰雪，靠站在窗边，一动不动，仿佛一个刚堆出来的精致的雪人儿。

雪片在她头顶飞舞，片片沾于发顶。她凝视着他，颗颗泪珠无声地从已冻得发红的面颊上滚落。

裴右安视线在那女子面上停了一息。

"芙儿！"他竟惊叫了一声。

裴右安向来泰山崩于前而不变色，过去的这二十多年，他从没有像这一刻这样震惊，以至于到失态的地步。

有那么一瞬，他甚至以为自己是在梦中，根本不敢相信自己所见，身形完全僵住了。

"大表哥，我来找你了。"嘉芙哽咽着，颤声说道。

她再也忍不住了。这半年多，从他那日离开泉州之后，日复一日，所有堆积在心头的担忧、思念、期盼、委屈、气愤，在见到他的这一刻，全部化为泪水和这一声大表哥，跟着她便哭出声，眼泪如珍珠般掉落。

裴右安跨到她的面前，伸臂将她抱住，收紧了臂膀，力道大得几乎要将她的身子捏断。

"芙儿！芙儿！"他完全不会说别的了，只紧紧地抱着她，不断地重复着她的名字。

一阵狂风吹来，木门被吹得打在了门墙上，发出啪的一声巨响。

怀中身子冰冷，瑟瑟颤抖。裴右安摸了下她的手，神色一凛，脑子立刻清醒了，打横将她抱了进去，放到自己的床上，脱下她身上已被冰雪浸润得半湿的外氅和靴袜，扯过被衾，将她的身子包裹住，命她躺着，随即关门，先往炉中添炭。

他忙碌时，一双手臂忽从他后腰两侧插入，紧紧地收在了他的腹前。

嘉芙从床上滑了下来，从后面抱住了他，将脸贴在他的后背上。

"大表哥……"她低低地唤他，声音还带着哭后的一点娇软鼻音，几多眷恋，几多满足。

裴右安停了停，转身再次将她抱住送回床边，自己这回也和她一并躺了下去。

那张老得快要掉牙的木床，忽然承受两个人的体重，床腿发出轻微的咯吱一声。

他用掌心抚她还沾着残余泪痕的冰冷面颊,搓暖她冰冷的手,随即摸到了她的双足,用自己的体温为她暖脚。

"芙儿你这傻子,你怎突然来了这种地方……"

他语气带了点责备,望向她,见她睁大泪光蒙眬的双眼看着自己,停了下来,两人便四目凝视,半晌,谁都没有再说话。

屋里安静极了,耳畔只有旷野里刮过的呜呜北风之声。炉火也旺了起来,屋里慢慢回暖,如同她的体温。

裴右安的脸,朝她渐渐压了下去。

嘉芙眼睫微颤,慢慢地闭上了眼睛,唇快碰到她的唇的一刻,他却又忍住了。

"大表哥,你就不想亲芙儿吗?"

嘉芙睁开眼睛,喃喃地问,微微含泪的目光,带着失落。

裴右安苍白的面庞之上泛出一层淡淡红晕,他摇头,低声道:"我想亲你。只是前些天咳嗽了。你再等等,过两天我病好了,我便亲你……"

嘉芙一臂勾住他的脖颈,一臂压住他的后背。

许是病了这些天,他确实无力,被嘉芙一压,人便软软地倒在了床上,毫无反抗之力。

嘉芙像只小兽般扑了上去,跪在他的身旁,压着他的脸,亲吻他、啃咬他,他吃痛,躲她尖尖的小牙齿,嘉芙起先还笑着,慢慢停了下来,趴在他被扒开衣襟的胸膛上,后脑勺对着他,自己默默地流泪。

裴右安一动不动,闭目片刻,忽然一个翻身,将她压在身下。

嘉芙醒来,已是次日。

大雪仿佛停了,太阳升了起来,金灿灿的光从木头门窗的罅隙里漏了进来,屋子里安静得像是一个梦境。

裴右安昨夜后来大概真的太累了,差点虚脱,此刻还沉沉睡着,没有醒来。

他面朝着她,闭着眼睛,一臂揽着她的腰肢,呼吸轻轻落在她的额前,暖暖的,很是让人安心。

嘉芙往丈夫怀里又拱了一下,贴得再紧些,眼睛一闭,便又睡了过去。

她再次醒来,应该差不多中午时分了,床上只剩下她一人,但裴右安就在门外不远处。嘉芙听到了他和杨云说话的声音,虽然听不清在说什么,但声音断断续续地传入了屋内,悦耳,悦心。

屋里炉火燃得极旺。嘉芙躺在被窝里,暖洋洋的,从里到外,上上下下,每一根发丝、每一寸肌肤,无不舒适惬意。

昨夜在雪地里艰难跋涉的一幕,此刻她再想起,仿佛不像是真的。

她从来不知道,原来自己这么会走路,竟然一口气在没过脚踝的积雪地里走了八九里。

这在从前,简直匪夷所思。

嘉芙懒洋洋地伸了个懒腰,坐了起来,低头找自己的衣裳,见昨夜后来被脱下的都不见了,枕畔却放了一套干净的,从亵衣到袜,一应俱全。想是裴右安起身后,从她包袱里帮她取出的。

她打了个哈欠,伸手去够衣裳,听到门口传来了他的脚步声,接着,门被轻轻推开。

裴右安进来了。

嘉芙立刻刺溜一下钻进被窝,闭上眼睛,装作还在睡觉。

他关上门,轻手轻脚地进来,察看了眼火炉,随后来到床边,轻轻坐了下去。

嘉芙虽然闭着眼睛,却也能感觉到,他似在默默地凝视自己。

幸好她是背朝外脸朝里睡的,要不然,被他这么看着,十个她也早憋不住了。

片刻后,嘉芙感到身后的男人慢慢俯身靠了过来,一时猜不透他要做什么。

她还没反应过来,感到后背一暖,他竟在她露于外的裸背上轻轻印了一吻,接着便替她拢高被子,盖住方才来不及缩进去的一截雪白肩背,动作轻柔无比,似怕惊醒她。

做完这些,他便起身,似要出去了。

嘉芙被那印于后背的悄悄轻吻给弄得心如鹿撞,再也忍不住,咭地轻笑一声,睁开眼,从被窝里爬了起来,两只光溜溜的胳膊搂住了他。

她柔软的身子一贴上去,他便松了腰劲,被她一扑,便顺从地仰在了床上。

老床的床腿又发出了咯吱一声。

嘉芙一个翻身，人趴在他的胸前，半眯着那双刚睡醒还带了点猫儿媚的眼眸，朝他得意地仰起自己的小下巴。

"你趁我睡着，竟然偷亲我！"

裴右安眸底闪动着愉悦的细碎光芒，他一笑，抬手隔着被子轻轻拍了她一下。

"醒了还装睡，不老实。肚子饿了吧？快起来吧。"

嘉芙哪里那么听话，缠着不放，裴右安好一阵哄，嘉芙才终于松开他。

裴右安帮她一件一件地穿好衣服，最后穿袜时，手停了下来。

她双足原本宛如莲瓣，莹洁无瑕，如今却生满红肿冻疮，脚背也肿了，像两只馒头，看着极其可怜。

嘉芙缩了缩脚趾，笑道："也就有时发痒而已，不痛，没关系的。"

裴右安不语，用手心包住她的脚，揉捏足底片刻，随后取了瓶药膏，擦在生了冻疮的地方，又揉了片刻，方帮她轻轻穿上袜子，最后取了双嘉芙这回出门前给他预备的新棉鞋，帮她套了上去。

嘉芙双脚生了冻疮，又肿胀起来，穿自己原本的鞋子，箍得确实很不舒服，昨晚也不知是凭了哪股子蛮劲，竟让她坚持走到这里。

她下了床，踮起脚，吻了下他的下巴颏，便趿着那双大得犹如拖鞋的鞋，啪嗒啪嗒在地上试着走了几步，开心得像个小女孩。

她走到那张桌边，探头看了眼桌上的账册，见不过都是些料场日常进出的单子，杂乱无比，想昨夜如此深夜，他生着病，还在弄这些东西，再想他的从前，如今真正是蛟龙浅水、牛刀杀鸡，心里忍不住涌出一丝伤感。

裴右安仿佛觉察到她的心思，笑道："战马珍贵，料场便是关乎战马之事，也不能有半点疏忽。这里也很好。"

嘉芙爱他，不但为他过去的惊采绝艳、挥斥八极，更爱他宠辱不惊的胸襟。

对比之下，倒是自己小看他了。

嘉芙露出笑容："大表哥，这些文书的杂事，你教下我，往后我帮你。"

裴右安笑着点头，过去开门，叫了声人。

很快,檀香和木香便送进热水,嘉芙洗漱梳头完毕,在屋里吃了饭,见外头雪霁天晴,不肯闷在屋里了,要去看料场。

裴右安拗不过她,替她裹了件厚氅,带她走了出去。

料场占地广大,东边是仓廒,西边是马场,里头现在有几百匹马。裴右安带她到了马场口,便停下脚步,笑道:"里头不干净,回去吧。"

嘉芙兴致勃勃,不肯掉头,裴右安只好带她继续参观。

如今虽无战事,但冰天雪地,许多战马腿脚或被冻伤,或因年老旧伤难愈,不断地被送来这里,倘治不好腿脚,无法在战场上冲杀,于军队而言便是废马,留着也是浪费粮草,照惯常做法,便是杀了用作军粮。

裴右安少年便曾从军,对军中这种处置方法自然见怪不怪,但来了这里后,在他的救治和精心照顾下,才不过短短两个月间,便已有几十匹战马慢慢地恢复健康。

嘉芙一路进去,见马舍干干净净,里面关养了一排排的战马,远处两个老卒正在添加草料,看到他带着昨夜刚到的夫人来了,过来向二人见礼,态度恭敬。

裴右安问了几句事,叫两人继续做事,仿佛想到什么,示意嘉芙跟来,带她到了一处暖棚,指着让她看。

里头是匹枣马,毛色油光,十分漂亮,细看,体形比外头那些马匹要小些,腹部却大。

嘉芙起先不解,忽然想到了,惊喜道:"是肚子里有小马驹了?"

裴右安笑着点头:"前些时候不吃不喝,以为生病,被送来了这里。"

嘉芙十分欢喜:"我能给它喂食吗?"见他答应,她急忙捧了一捧豆子,小心地凑过去喂,手心被湿热的马舌舔得阵阵发痒,她忍不住咻咻笑个不停。

喂完食,洗了手,她被裴右安带了出去,心情极好,踩在雪地里,听着咯吱咯吱的声音,简直恨不得转圈欢呼。

她喜欢这个地方,哪怕周围茫茫旷野、冰天雪地,住的屋子也破旧漏风,她还是打心眼里喜欢。

裴右安却怕她冻了,强行将她送回屋里关了起来,又怕她闷,叫两个丫头陪着她,自己忙着修补屋子门窗上的裂缝，连同丫头们住的那间也一并修好了，又不知道从哪里找来一个大木桶，乒乒乓乓地敲打了一下午。天黑之前，房子的所有漏风口就都补好了，嘉芙也有了一个可以舒舒服服泡热水澡的浴桶，放在屋子墙角，前头挂一面帘子，便又多出一个简单的浴房。

吃过晚饭，裴右安例行去检看料场周围，还没回屋。嘉芙替他在炉子上煎好药，又自己动手，把床上那套有些发硬的旧寝具换成了自己带来的柔软被褥，再拉上白天新挂上的窗帘子。

茶壶在炉火上咕嘟咕嘟地冒泡，外面旷野无人，天寒地冻，这间小小的屋子，却令她感到如此温馨。

嘉芙布置完屋子，天也黑了下来，听到门口传来脚步声，转头见裴右安进来，欢喜地迎了上去，帮他脱去外衣，端上方才算好时间倒出来凉的药，看着他喝了下去，小手揉了揉他的胸口，埋怨："老丁说你已经咳嗽好些时候了，你都替马匹治病，自己的病怎么不治？"

裴右安道："我在吃药……"

"在吃，怎么越咳越厉害？"

想起昨夜看到他咳得面露痛苦之色的一幕，嘉芙气就不打一处来。

"还有！你来这里也不是一天两天，这么久了，明明半天就能修好的房子，你就是不管！还没完！昨晚我刚到的时候，屋子里都没半点热气，就跟掉进冰窟窿没两样……"

裴右安顾左右而言他："你布置的屋？芙儿如此能干，为夫甚是欣慰。"

嘉芙横眉："我在和你说正事！"

裴右安笑："吾亦如是！"

嘉芙乱拳捶他。裴右安任她捶，只抱着她，低低地笑。

嘉芙白了他一眼，推开他，不理他了，自己过去开门，叫水。

这料场里，除了七八个老卒外，还有一个当地妇人，是昨夜替嘉芙开门的那个丁老卒的婆娘，力气很大，平常除了做饭，也干别的杂活。今日她乍见嘉芙，如见天人，

夫人长夫人短地叫个不停,又见檀香、木香也是标致女孩儿,那些重活、粗活,自己无不抢着干。看到裴右安弄了个浴桶,她知道是给夫人洗澡用的,傍晚就用雪水烧了热水,这会儿在等着送,听到来叫了,便和丫头们一道送水进来,注满了大半个浴桶。

两人一起挤在里头,泡了个澡,出来,嘉芙浑身皮肤泛着淡淡的粉红,身上披件垂到脚踝的衣裳,松松地掩了衣襟,便坐在炉前,烘着洗过的一头湿发。

裴右安坐在桌后,继续理着他的账册,只是时不时抬头看一眼那婀娜纤秀的背影。

渐渐地,长发有些干了,裴右安站了起来,来到她身后,从她手里拿过梳子帮她梳发。

嘉芙懒洋洋的,眯着眼睛歪在他的怀里,像只被顺毛的猫,舒服得快要睡过去,忽然听到他在自己耳畔道:"芙儿,杨云都跟我说了,你吃了这么多苦才过来,我这里,却连间像样的屋也没有。"

嘉芙睁眼,转过头,见他凝视着自己,目光里满是歉疚,立刻摇头:"我一点也不觉得苦。这里很好!"

裴右安微微一笑,爱怜地摸了摸她光亮如匹练的长发,目光中怜惜更甚,柔声道:"我在想,等这个冬天过去,开春天气转暖些,我便叫杨云送你回泉州吧。你放心,今日起,我一定会好生照顾自己,再不叫你为我担心……"

嘉芙原本眉目含笑,渐渐愣住,看着他:"大表哥,你说什么?"

"芙儿,你待我之心,我知道。我是无妨的,但这地方,确实不适合你长居。我不想你跟着我吃苦……"

"你方才那句说什么?你再说一遍。"嘉芙一张小脸,慢慢地黑了下来。

"等开春暖了,我想叫杨云先送你回泉州……"

嘉芙沉默片刻,冲他微微一笑:"送我回泉州做什么?让我另外嫁人,是吗?"

裴右安一顿,没有应。

嘉芙盯着他,面上渐渐露出冷笑,突然狠狠一把推开他,点头道:"你是要让我走,是吧?既如此,也不用等到开春暖了,我这就叫杨云给我备车,今晚我就走!免得赖在这里碍着你!"说着她站起来,到了门口,哗啦一声打开门闩,探出头去,高声就叫人。

她突然间就变了脸,裴右安起先仿佛愣住了,这才反应过来,一个箭步从后追至,将她拖了回来,关上门,焦急地道:"芙儿,你听我解释,并非如你所想。我只是不想你跟我在这里吃苦……"

嘉芙已经红了眼睛,像条困在渔网里的鱼,使劲地挣扎,却被他抱着不放,竟挣脱不开,恨极了,低头一口咬在他的手腕上。

裴右安吃痛,嘶了一声,手一松,嘉芙趁机挣脱出来,扭头奔到几个白天搬进来靠墙放着的箱子前,哗地打开了其中一个,大半个箱子,里头装的竟都是书。她从里面胡乱抱出一摞,朝他摔了过去,冷冷地道:"这是我出来前,特意从你过去住的老院书房里头给你挑着带过来的。我也懒得带回去了。你要是觉着还成,你就留下。要是嫌我多事,随你撕了烧了,和我也无干系!"她一边说,一边眼泪便扑簌簌地落了下来。

裴右安被书砸中脸,那书掉在地上,他却一动不动,怔怔地望着嘉芙,看到她落泪了,这才终于清醒过来似的,快步过来,伸臂将她抱住。

嘉芙再次奋力挣扎,他却紧紧地抱着,嘉芙再次张嘴,这次咬他的肩膀,他非但不松,反而抱得更紧,两人僵持片刻,嘉芙终于没了气力,松了牙齿,身子也软了下来。

裴右安将她抱了起来,送到床上。

"芙儿……怪我不好……你要是还气,你再咬我……"

裴右安不断地亲她,吻去她眼睛里涌出的眼泪,声音焦急无比。

"裴右安,你方才说,我待你之心,你知道。我的心,你何曾知道?你道我为何万里之遥也要跟你到这里?我若是怕吃苦,我就不会来了!我知道,你当初勉强娶了我,在你心里,从来就未曾当我是你的妻!你有了事,也从来不和我说!先前哪怕那样要掉脑袋的大事,你竟也瞒我瞒得跟铁桶似的!你是觉着我痴呆,想着给我安排好后半辈子,不欠我了,再随便留封破信,我就能被你打发是吧?也是怪我,不自量力,以为追随你来了这里,你便能知道我对你的心,从此也会真的一心对我,把我当成你的妻。原来还是我自作多情了!罢了,我算是认清你了,你从来就是这样一个人!这样也好,我回去便是了,一拍两散,你过你的,我也另嫁人好了,又不是没人要……"

她哭得梨花带雨,抽噎竟至不能言语,身子微微颤抖。

裴右安凝视着她,眼角亦慢慢泛红,忽然堵住她的嘴,用力地吻她,嘉芙起先还在挣扎,捶着他的肩膀和后背,渐渐停了下来,只闭着眼睛,默默流泪。

裴右安终于放开她,微微喘息着:"芙儿,我错了,我不该有那样的念头,你留下可好?"

嘉芙睁眼,眼中含泪:"你不是要我走吗?你还要我留下做什么?"

"我不想你走。"

他眼底泛红,双眸一眨不眨地凝视着她:"昨夜看到你突然现身,我以为我在做梦……我是不知我如此处境要到何日,我是不忍你跟着我在此受苦。我知我错了。芙儿,你留下可好?"

"我想你陪我。"

"倘若有朝一日,你真舍了我另嫁,此生于我,想来也再无生趣可言……"

他慢慢地轻声说道。

嘉芙渐渐止了泪,盯着他,突然再次推开他坐起来,趿了双鞋,径直来到那箱子前,摸了一阵,从里面掏出一封信,拿回来朝他掷了过去:"裴大人,你文采斐然,这信写得不错,你再读一遍给我听,我便不和你计较了。"

那信不偏不倚,掷在裴大人英挺的鼻梁之上,掉到了他的脚下。

他呆了呆,低头盯了片刻,慢慢地弯腰下去捡了起来,突然直起身,一个转身便跨到火炉子前,将信投了进去,动作迅捷无比。

"你敢烧?且试试看!"身后传来一道声音,娇滴滴的。

裴大人顾不得烫手,慌忙又将信从火炉子里一把抢了回来,信封一角已被火星子点着,他手忙脚乱地拍了几下,可算是把火星子给拍灭了。

嘉芙从他手里拿过信封,取出里头的信纸,帮他展开,放回到他的手上。

"念吧。"她笑眯眯地看着他。

裴右安捏着信,一脸尴尬,在她跟前站了片刻,突然咳嗽起来,越咳越厉害,最后咳得弯下腰去,脸都涨红了。

嘉芙急忙帮他揉胸拍背,好一会儿,裴右安才渐渐止住咳,紧紧抓住她的小手,感动地道:"芙儿,你对我实在是太好了。"

嘉芙抽回自己的手。

裴右安再去抓。

嘉芙啪地拍开他的手："别碰我！以为咳个几声我就心软了？我心可硬着呢！你不读是吧，也好，那就自己吃下去，把这信给我吃了，一个字也不能少！"

裴右安苦笑："好芙儿，你饶了我吧。先前真的是我错了，日后我不敢了。我要是再这样，我就……"

"你还想有日后？"嘉芙冷笑，"你的话，我往后是不敢信的！分明走之前，红口白牙说好要接我回去的，一个转身，你是如何对我的？你这个骗子，这会儿说什么都没用了。要么念，要么吃，你自己看着办！"

嘉芙说完，撇下他，自己爬到床上去，舒舒服服地靠在床头，冷眼看着他。

裴右安慢慢地跟她过来，坐到床边，凝视着她一语不发。

这男子，真生得那叫一个琼枝美树，因刚沐浴出来，屋里温暖如春，身上也只松松地披了件中衣，半掩衣襟，三分病态，七分风流，两只漆黑眼睛，清冷冷地默默看过来，便如诉了千言万语。一句话都不用，才被他这样瞧了片刻，嘉芙的一颗心便忍不住怦怦地跳，恨自己无用，干脆转过脸面朝里不去看他，却忽听他轻声道："故人万里，关山难越，料从此双鱼无信，青鸟不至。徒留病残万死身，梦破五更营角声，莫道前途不消魂。燕然山前风雪夜，玉人不期度昆仑，面如芙蓉笑如梦。"

他顿了一顿。

"芙儿，此为我写给你的另一封信。裴右安负你在先，何德何能，得你不离不弃，追我到此处，我竟还蒙了心眼要送你回去，我是身在福中不知福！莫说吃信，便是你要我吃石头，我也绝不皱眉。我这就吃它，一个字也不少！"

嘉芙转头，见他凝视着自己，神色郑重，竟真的将那信一撕为二，卷成一团，塞进了嘴里，惊讶万分，本也不过是太气了，想要敲打他而已，哪里舍得真的让他吃纸。何况，这信前头字字句句，如听他表白，她怎舍得毁去，便扑了过来，将纸团夺回，展开，见已经成了两半，更兼皱巴巴不像样子，又生气了，抬脚踹了他一下："你赔我！"

裴右安一把捉住她的那只脚，一拉，嘉芙就滑了下去，衣衫也卷到腰臀处，登时露出两条光溜溜的玉腿，煞是惹眼。嘉芙哎哟一声，急忙缩腿并拢，要拉衣裳遮掩，人却被他压在了身下。

裴右安深情凝望："芙儿，饶了为夫这次，可好？"

屋里安静下去。

嘉芙和他对望片刻，抬手分开他衣襟，露出方才被自己咬了许久的一侧肩膀，见上头留了个深深的齿印，指腹轻轻抚摸，柔声道："夫君，方才被我咬得疼不疼？"

裴右安点头，又摇头："不疼。"

嘉芙目露怜惜之色，凑上去，唇轻轻碰吻，爱怜不已。

两人身上都不过一层单衣，体肤相磨，裴右安身子早被磨蹭软了，下头却慢慢充血，闭目享着她的亲吻。心生绮念之时，肩膀处突然传来一阵疼痛，他脑子立刻清醒，睁眼，见嘉芙张嘴，竟又狠狠咬了他一口，这才松了嘴，笑眯眯地道："既然你不疼，那我就再咬一口，让你记住了！免得你记性不好，下回转头又忘了你对我说过的话！"

裴右安摸了摸自己布满她齿痕和口水的肩膀，苦笑。

嘉芙不再理他，一把推开他，自己拿了被撕破的信，下了床，到桌边铺开，忙着要找东西压平。

祖母去世已经逾一年了，虽然照承重孙的身份，还要再守制两年，但人被放逐到此处，天地悠悠，旷野茫茫，从前束缚了天性的种种，仿似也渐渐远去，心底竟生出从前未曾有过的不羁。

和她成婚也算两个年头，但掐头去尾，两人真正在一起的时间，算来竟不过数月而已。且分开又如此久了，昨夜骤然相逢，实在情难自禁，既已破了守戒，想着祖母若在天有灵，当也不会责备自己，裴右安再无顾忌，便跟了过去，捡起地上的几本书，放到桌上，随即从后抱住她，低头吻她袒露在衣领外的一片细嫩雪背。

嘉芙嫌痒，不断地缩脖躲着他。

裴右安见她没有反应，无奈，强行抱她送到了床上，附耳低低地唤："芙儿……"声音微微绷紧。

嘉芙含羞垂眸："大表哥……"

裴右安感到被她的小手轻轻一碰，虽隔着层衣物，却也血液涌流，心跳加快，凝视着她，手指轻轻抚她的唇瓣。

"睡觉吧。睡着就好了！"嘉芙拿开他的手。

裴右安一怔。

"我没来时，你不照顾好自己，屋子漏风，炉火不暖，药也不好好吃。你身子本就底子薄，又病了这么久，昨晚就算了，今晚还想？好好睡觉吧，病没好，你什么也别想了！"

嘉芙说完，从他怀里滚了出来。

裴右安将她又抱了回来："芙儿……我的病已经好了……不信你今晚瞧着便是了……"

嘉芙脑袋摇晃得像只拨浪鼓："不行就是不行！我要睡觉了！你也睡！"说完她翻了个身，背对着他，想了下，又转头，唇贴到他的耳畔，"大表哥，你听话，以后我会对你很好。"

裴右安自觉昨夜睡了那长长一觉过后，精力饱满，病也好了大半，偏她不让自己和她亲热，想来除了真的心疼他前些时候生病体弱，应也存了故意惩罚他的心思。

打是打不得，如今他想像从前那般板起脸教训她听话，更是端不起架子了。

裴右安一时拿她没辙，苦笑，见她已经翻过身去不理自己，只好也闭目慢慢调息，良久，睁眼，见她竟就撇下自己，已经睡着了。

他凝视着身畔女子全然放松的一副娇憨睡态，心底渐渐被一种无法言喻的暖意所盈满。他熄了灯，伸臂将那温暖的柔软身子拥入怀里，闻着她芬芳的气息，在屋外阵阵怒号的北风声中，睡了过去。

两人一夜好眠，次日醒来，便是这个岁尾的最后一日了。

料场里那七八个老卒，除了老丁夫妇，其余都是孤寡，长年吃住在此，过年也无地可去。一大早，嘉芙给了丁嬷一些钱，叫她去城里采购，杨云用马车送她。丁嬷便叫了檀香同行，午后，三人便回来了，从城里买来了米、面、鸡、猪头、两扇羊，并此地冬天唯一有的萝卜、白菜等蔬菜，还有几坛好酒。

老卒们知今年因了夫人到来，晚上能打上一顿牙祭了。看这食材，便是城中都司府的年饭，想来也不过如此，无不喜笑颜开，一见马车进来，纷纷上去抢着帮忙搬东西。料场的厨房里也热闹起来，柴火烧得噼啪作响，猪头在锅里慢慢炖出肉香，刀啪啪地在案上剁着馅，大铁锅里不断传出葱花爆油的嗞嗞声。食物香气飘散出去，老远就闻得到，那些个老卒，常年也难得吃一顿荤腥，此刻闻着这香气，如何还等得到天黑，全聚到了厨房前吞咽口水。

　　嘉芙和裴右安看完那匹怀了小驹的母马出来，见老丁从料场大门的方向走来，手里提了个食盒，看见裴右安，兴高采烈地追了上来，口中喊道："裴大人，方才城里胡大人打发了个人来，说大人来了后，料场管得不错，今日岁末，身为上司，当有所表示，故特意叫人送了些酒菜过来，叫小人交给大人。"说着他将食盒递上来，又乐呵呵地道，"多亏了夫人，小人晚上也有的打牙祭了，天也快黑了，这就去关了大门。"说着，他躬了躬身，转身匆匆走了。

　　嘉芙上去，要打开盖子，却被裴右安轻轻挡住："不必看了。"

　　嘉芙顿时起了疑心，不顾他的阻拦，强行打开，见里头竟是一盘烂白菜帮子、一只明显被啃过的鸡骨架，还有几样残羹冷炙，一看就是吃剩后装上盘的，一怔，顿时明白了，必是那个胡良才借机在羞辱裴右安，顿时怒火三丈，一脚就将食盒踢翻在地上，又狠狠踩了几脚。

　　"随它吧，小心你的脚踢疼了。"

　　裴右安笑了笑，走过来握住嘉芙的手，搓了搓，往上头哈了一口热气。

　　想他虎落平阳，竟被这些人如此对待，就算他自己并不在意这些，但嘉芙心里依旧难过，望着他一动不动。

　　裴右安轻轻刮了刮她俏丽的鼻头，微笑："走吧，回屋了，外面冷。"

　　天慢慢黑了，老丁在一根竹竿上卷了鞭炮，插在积雪里，噼噼啪啪地放了一阵，此时年饭也备好了，料场的老卒们上了一大桌。嘉芙也不去想方才那事了，打起精神，因感激杨云、檀香和木香的这一路相随，跟到了这天寒地冻的塞外苦地，今夜也不讲主仆之分，叫他三人一同上桌，他几个却无论如何也不肯，嘉芙无奈，知便是勉强逼他们上了桌，怕也要拘束，反倒不够尽兴，遂由了几人心意，分出酒菜，他几个叫了丁嬷一道吃，自己和裴右安两人在屋中，把门一关，一张小桌，几盘菜馔，小炉上温了一壶甜米酒，两人相对而坐，酒酽春浓，将那一片冰天雪地，全挡在了门窗之外。

裴右安因还零星地咳着，不过才饮了一杯，嘉芙便夺了他的酒杯，不让他喝，只许他喝茶。因那酒酿得很甜，自己倒不知不觉饮了好几杯，渐渐热起来，脱得只剩里头一件水色小袄，领扣也解了两颗，露出锁骨下的一片雪肌，莹白耀目，下去便是水蜜桃般的饱满胸脯。

裴右安起先还吃着菜，渐渐地，视线落到了她的身上，见她一杯接一杯地喝，粉面泛春，慢慢放下筷子，将她手中酒杯拿走，自己喝完杯中残酒，随即起身，将她抱了起来，放到床上，自己坐在床沿边，俯身下去，轻轻地吻她。

"今日我可听话？"

他的温热气息，在她耳畔萦绕。

嘉芙明明还没喝醉，脑子却茫茫然，睁大眼睛看着他，傻傻地点头。

裴右安微微一笑，修长手指不疾不徐地慢慢除去了她的衣裳。

新年的第一天，一大早，裴右安就找了几块木料，亲自动手加固床腿，免得下回又发杂音，令他的嘉芙提心吊胆，唯恐声音被近旁睡着的丫头们听到，总觉不能尽兴。

他忙碌之时，并不知道，此刻，远在千里之外的京城，发生了一件事情。

昭平二年正月初一的大早，因昨夜守岁，今日百业休市，城门开启之前，城门外等着入城的民众比平常要少了许多。稀稀拉拉的队伍里，有个风尘仆仆的少年，在城门开启后，随着人流，入了京城。

他的皮肤黝黑，经年日晒的颜色，这是南方海边人的特征。那里的人，很多人终其一生，或许也没有机会能够亲眼目睹这个帝国京都的繁华景象。但这个少年，仿佛对这里的一切都十分熟悉。

他径直来到皇宫外，对守卫说，他有承宁少帝的消息，随后他被蒙住头脸，带进了皇宫。

这一天，皇帝十分忙碌，百官朝贺，李元贵第一时间秘见少年，向他盘问了许多事情，最后禀告皇帝，这个自称是皇帝想要找到的人的少年，确实应当就是萧彧。

他知道这座皇宫的每一个角落，甚至能说出，那张龙椅右首边扶手上所盘的第二

条金龙的前爪,有一只脚趾是弯折的。那是因为从前,那个九岁大的孩子,每天坐在上头听着下面大臣说事的时候,喜欢偷偷掰它的脚。如果他继续多坐几年,说不定有一天,那只龙爪就会被他给掰断。

萧列感到无比震惊,但并没有立刻见人。这个还没有从自己所爱女人留给他的儿子那里所得到的巨大挫败中平复过来的皇帝,最近脾气暴躁,动辄申斥大臣。揣着对一切的怀疑和憎恶态度,他命人将那少年带到西苑的孔雀园里,随后,自己暗中观察着他的举动。

萧列和萧彧虽名为叔侄,但萧彧出生的时候,他这个三皇叔已经去云南多年。

这是萧列第一次见到自己侄儿的模样。他看到一个少年立在孔雀园的池边,微微仰着头,眯着眼睛,眺望天际,两道视线仿佛越过了困住他的孔雀园,越过了高高的宫墙,看向无穷的远方尽头。

三日后,皇帝见萧彧。

没人知道这场见面的经过如何,就连李元贵也不知道。见面完毕后,皇帝独处了一夜,殿内灯火,彻夜不息。

初四日,朝廷年假毕,今早便恢复早朝。五鼓将至,李元贵入内伺候,见皇帝还是昨夜的装束,靠坐于一张屏风榻上,脸色晦暗,双眼布满血丝,似是一夜无眠。

"万岁,今日早朝可要推延,或是罢了,待明日再开?"

李元贵小心地问。

萧列慢慢地转过脖颈,看向李元贵,盯了许久,目光幽暗,就在李元贵渐渐也感到不安之时,忽听萧列问:"李元贵,你觉着朕,也是错了,是也不是?"声音嘶哑,极是难听。

李元贵一惊,慌忙跪到地上,磕头:"万岁怎出此言?天下无不是的君父。何况万岁登基以来,乾枢御极,勤政爱民,万岁可登南门同乐楼瞧瞧,这几日,从早到晚,万民争相至城楼前顶礼膜拜,自发为万岁向天祈福,万民如此,奴婢自然也是如此!"

萧列冷笑一声:"你口中说得好听,恐怕心里也在腹诽朕!是啊,他们一个一个都是忠臣!都是义士!只有朕是不义之徒!"

李元贵趴在地上，不住地磕头："万岁息怒，奴婢不敢！"

萧列从榻上一个翻身下来，一手叉腰，在地上走来走去，神色渐渐激动。

"罢了，那又何妨！就让他们去做忠臣！去做义士！让朕来做这个不义之人好了！朕不怕！"

几乎是咆哮着说完了这话，萧列停在李元贵的面前，独自出神片刻，又面现冷笑："连上天也站在朕的一边！右安以为这回他赢了朕，他没有想到，最后还是他输了！

"朕的儿子，不识朕的苦心，不肯认朕，和朕作对。他不要朕的东西！

"朕不给的东西，这天下无人能夺。朕要给的东西，这天下也无人能拒！他以为他赢得了朕？

"李元贵，你瞧着，朕把话放在这里，总有一天，朕要他自己回来，心甘情愿地向朕低头！

"他是赢不了朕的。"皇帝一字一顿地道。

李元贵趴在地上，抬头吃惊地看着皇帝，一时不敢发声。

萧列闭了闭目，长长地吐出胸中的一口气，神色终于渐渐恢复平静。

"今日朝会不改。更衣吧！"皇帝沉声道。

李元贵应了一声，急忙从地上爬起来，唤入宫人。

"浏阳王可到了？"

更衣之时，萧列忽然问道。

浏阳王封于偏远的湘西之地，属宗亲近支，论辈分，属萧列的侄辈，年纪却比萧列要大，多年以来，老老实实地在那个不大的湘西封地里做着藩王，却运气不好，到如今五十多岁了，也没有生出继承者，膝下无子，渐渐绝望，只等自己死后，这个王爵也就削除，在大魏众多的皇亲贵胄之中，毫不显眼。每年年底，皇帝照例会选召部分藩王入京参与朝贺，以示宗亲恩典，浏阳王十多年没被允许入京了，去年底，本也没想过这个，却不料忽然得召，允许入京参加朝贺，惊喜万分，当时预备好朝贡，携了老王妃一道，立刻动身入京，偏运气不好，路上不顺，竟耽搁了几日，以至于错过了初一的大朝贺。

"禀万岁，浏阳王夫妇昨日刚到京城，因错过朝贺，惶恐不已，乞万岁宥罪。"

萧列笑了笑："到了便好，何罪之有。朕今日要召见浏阳王夫妇，你去安排。"

李元贵应是。

昭平二年正月初四，早上的朝会过后，皇帝于宫中召见了浏阳王夫妇，称浏阳王持节爱民，贤名远播，故今年特允夫妇二人一同入京朝贺，赐下厚赏。浏阳王夫妇感激涕零，在京城中过了半个月，于元宵后，辞谢出京，回往湘西。

这个浏阳王，封地小而穷，年事已高，王爵等他一死，也就削除，实在太过不显眼了，所以连皇帝对他的格外厚待也没能引发多大的关注，朝臣只以为皇帝此举是想为大魏的众多藩王树立典范，故也无人在意，没几日，也就无人再谈论此事。

命运便是如此，往往叫人措手不及。包括今日的浏阳王夫妇在内，谁也不会想到，今日这小小的一段插曲，日后竟成为影响大魏朝堂天下局势的一个先奏。

裴右安纵然天赋不群，此刻，远在塞外僻地的他，又怎可能想到，暗流自此而起？

当初在他决定掉头南下之时，他以为他什么都已经算好了，却唯独忘记考虑一件事，那就是他想成全的那位少年的心。

"我听说万岁找我，我便来了。一切概因我而起，今日起，一应罪愆，由我承担，死生无怨。"

这是少年那日见皇帝时，说的第一句话。

从这一点来说，他确实没有赢皇帝。

这一局，君臣、父子，实皆两败，没有赢家。

第二十章 归家

　　转眼元宵过去，嘉芙到此也半月多了，吃穿住行，和从前相比，自是艰苦。每天能吃到的蔬菜，只限白菜、萝卜几样，鲜果全无，脚上冻疮也一直不得痊愈，出门便裹得像只胖粽子。那日她一时兴起，要裴右安带她再出去转转，不慎一腿陷进积雪里，自己动弹不得，定在那里像根雪里的葱，最后被裴右安给拔了出来，过后还被他笑了一番，心中却满足得很。她更高兴的是，这几天，裴右安在忙着将住的那间屋和边上相连的那间打通，改造出了一个专门的浴房。

　　这里实在太冷了，当地居民，有些人一个冬天也就洗个一两次身黹了。嘉芙却素来喜爱干净，从前在娘家或是京城，夏日天天沐浴，冬天最少也是两天泡一次澡，但到了这里，洗澡却成了个难题。虽然有了浴桶，但颇占地方，叫本就不大的屋子显得越发窄小，转个身都要磕碰，且厨房离住的屋子也远，烧出注满大半个浴桶的热水送进屋里，本就不便，也没法添续热水，这样的天气，往往倒进去，没片刻就凉了，出来人都瑟瑟发抖，只得匆匆擦身，总觉洗不干净。这里的冬季，非常漫长，要到三四月天气才能慢慢转暖，还有几个月的严寒。想舒舒服服泡个热水澡，倒真成了一种奢侈。

正月里，料场也是空闲无事，裴右安便从城里找来泥水匠，打通两间屋，将隔壁那屋从中一分为二，前头筑了一个炉灶，后头用作浴房。又叫来铁匠，多给了工钱，叫照着自己画出的图纸，加紧烧制铁管。那管子弯弯曲曲，匠人从前也没烧过，不知什么用的，但主家指定要了，且不怕费钱，便也不惜工本，加紧做出模具，试了几次，没几天，就送来裴右安要的管道。裴右安用管子连接了炉灶的出水孔，另一头引入浴房，每次洗澡，只要在炉灶里起火烧出热水，在浴房那头打开木塞，热水便源源不断地流入，更方便的是，边上还有一条通冷水的管子，冷热调和，想泡多久就泡多久。

有了这个新的浴房，不但彻底解决了嘉芙洗澡的问题，也方便住边上的两个丫头来取用热水，更不必抬来抬去地送水。浴室完工的这天，三人都很高兴。唯独老丁家的丁嬷，起先见裴右安忙忙碌碌，还花大钱请人做那些东西，以为要用作什么大用场的，最后发现原来不过是要给夫人弄个能洗澡的地方，看得目瞪口呆，咋舌不已。

这天晚上，外面又飘起大雪，屋子里却春意融融。嘉芙第一次用新的浴房，十分顺利，泡完热水澡出来，浑身毛孔舒张，肌肤泛出淡淡的粉红颜色，人躺了下去，裴右安坐于床尾，帮她揉搓生了冻疮的脚背。

嘉芙夸他："没想到裴大人连这个都会，太能干了。"

裴右安微笑："美人新浴罢，芙蕖酥馥开。只要我的芙儿满意，我必倾尽所能。"

嘉芙知他在调侃自己，且"倾尽所能"，听起来总让她忍不住想歪，脸都热了，胸口下也怦怦地轻跳，咬唇道："你这人越发不正经了，从前我怎不知道。"

裴右安凝视着她宜嗔宜羞的一张娇面，心中忽然生出一种许久不再有过的冲动，柔声问道："脚还疼痒吗？"

嘉芙摇头："好多了。"

裴右安便命她侧身朝外而卧，塌下腰肢，微屈一腿。

嘉芙见他目光闪闪地望着自己，又亲自摆弄着她的身子姿势，以为他突然来了兴致，想和自己换个姿势来，心跳越发快了，又有几分期待，颊泛红晕，却乖乖地嗯了一声，又悄悄瞥了眼门的方向，戳了戳他，低声提醒："大表哥，门还没上闩呢……"

裴右安一怔。

嘉芙这回来寻他，随身所带的行李并不多，但其中一个箱子，装的全是他的书和这种地方便是有钱也买不到的上好文具。澄泥砚、松烟墨、八宝文具匣，还有不少上好的宣纸和花笺。

她知他从前无一日不读书，是怕他在此地心无所依，这才特意带出这么一个沉重的箱子，跋山涉水而来，用心之苦，用情之深，叫裴右安只觉粉身也难报答万一。起先他其实只是见她出浴后，姿态娇媚，颇是撩人，忽然起了多年来再未曾有过的兴致，想替她画一幅美人卧榻像而已，忽被她提醒闩门，一时还没反应过来，再见她含羞垂眸，连耳朵尖儿都微微泛出娇羞的粉嫩颜色，顿时明白了，忍住笑，轻咳一声，附耳低声道："芙儿可想为夫那样待你？为夫方才只是想替你画幅像而已。"

嘉芙一愣，抬眼，见他望着自己，一副极力憋笑的样子，这才知道自己想岔了，脸顿时涨热，哎呀一声，双手捂住脸，翻身便趴在枕上，压住了脸。

裴右安再也忍不住了，哈哈大笑，心中只觉爱极了面前的这个女孩儿。

随了那夜她的到来，这间原本昏暗寒冷的旧屋，亦变得如此温暖而明亮。

他压了上去，抱住她的肩膀，亲吻她的后颈和后背，唇移到她的耳畔，含住她滚烫的娇嫩耳垂，呢喃低语："芙儿今夜想我怎样对你？"

嘉芙扭着身子不让他亲，裴右安还如何再有什么心思去画画，二人正笑闹之时，听外头传来一个声音："裴大人，枣马要生啦！"

嘉芙立刻睁开了眼睛。

"快去看看！"

她露出惊喜的笑容，一把推开他，从床上爬了下去，飞快地穿着衣服，扭头见裴右安还躺着不动，一副懒洋洋的样子。

"快些！"

这母马，早不生，晚不生，偏拣在这时候生，也实在是……

裴右安暗叹了口气，只得下床。

嘉芙本来很是怕冷，到了这里后，却天天要去看看那匹母马，现在听说它要生了，心急火燎，匆匆穿了衣裳，转了个身，打开门，撇下裴右安就往外跑去。

裴右安追上去，一把将她抓了回来，拿了件厚氅罩住她，替她结好领口的系带，又给她戴上帽子和手套，裹得严严实实，两人这才冒雪朝马厩行去。

天气严寒，马厩虽已堵了所有的破风口，但这母马怀着小马驹，嘉芙总怕它冷，入夜在它的马厩外燃了个马粪炉，进去后，里面也暖暖的，墙上已经插了照明的火把，那母马自己躺在干草堆上，正在努力生产。

听到母马要生了，老丁夫妇、杨云那些人也都跑来围观，檀香和木香起先害羞，不敢过来看，后来见嘉芙也去了，急忙也跑来看。

嘉芙站在厩门外，紧张又期待地等着小马驹的降生，终于，看到马臀后推挤出一条小马腿，惊喜不已，睁大眼睛等着小马驹的出世。可是那只小马腿一直卡在那里，始终出不来，母马似乎渐渐没了力气，躺在那里，肚子一起一伏，不住地喘息。

嘉芙抓着裴右安的胳膊，嘴里念叨着："怎么办？怎么办？它好像没力气了！"

裴右安安慰她几句，脱了外衣叫她拿着，自己进了马厩，喂母马吃了两把麦子，抚揉它腹部片刻，随即洗了手，来到马臀后，试探着慢慢地伸手进去，摸索了片刻，终于将另一只卡在口子里的马腿也拉了出来，随后拿住小马驹的两只蹄子，慢慢地、一寸一寸地帮着母马往外拖拽，终于，口子里涌出一团带着白色胞衣的东西，小马驹的脑袋也出来了。

母马仿佛受了鼓舞，接下来，很顺利地产出了整只小马驹。

嘉芙松了一口气，和身畔的檀香、木香一道，发出了一声欢呼。

这是一头黑色的小公驹，模样非常漂亮，躺在厚厚的干草堆里，浑身湿漉漉的，很快却睁开了一双圆溜溜的眼睛，晃着个小脑袋，好奇地打量着这个新的世界。

母马很快从地上站了起来，来到小马驹身边，伸出舌头，温柔地舔舐着自己刚出世的孩子，叼着它的脖颈，帮它抬起脖子站立。

慢慢地，小马驹的脖子伸直了，两只前腿跪在地上，母马继续舔舐着它，慢慢地，小马驹的后蹄也跪了起来，终于，摇摇晃晃地站了起来，蹭着母马的脖颈和肚子，母子亲热。

嘉芙竟然被这一幕感动落泪，心里舍不得离开，裴右安叫了她好几次，见她不走，趴在栅前看着马厩里的母子俩，一副恨不得晚上就留在这里的样子，笑道："枣马懂得如何照顾马驹的，莫担心了。不早了，你也好回去，睡觉了！"

嘉芙恋恋不舍地离开了马厩，两人回到屋里，裴右安去洗澡，嘉芙坐在床上，托腮出神。

裴右安从浴房里出来，上了床，两人并头而卧。

"大表哥，我想给你生个孩子，你喜不喜欢？"

嘉芙呢喃低语。

裴右安闭着眼睛，未应，嘴角却慢慢上翘，手掌摩挲着她肌滑如丝的柔软腰肢，渐渐向下。

"大表哥，你喜欢男孩儿，还是女孩儿？"

嘉芙细细喘息，双手紧紧地攀着他磐石般的肩背，却还颤着嗓儿发问。

"只要是芙儿给我生的，我都喜欢……"

他低语，吻住了她的唇。

万籁俱寂，这夜的雪，落在屋顶之上，发出细细的簌簌之声，天地之间，一片安宁。

时令迁移，渐至三月，冰雪渐渐消融，迎面吹来的风，也起了几分骀荡，这个漫长的苦寒冬日，终于过去。

周围大片空地，土地渐渐解冻之后，嘉芙在屋前开垦出的几畦空地里撒播了蔬菜种子，没几日，嫩叶便从土里探出头，叫人看了着实可喜。她又叫裴右安给自己搭了个鸡笼，从城里买来几只小鸡，正月里生的那匹小公马，嘉芙常给它喂食，亲自给它洗澡，梳理毛发，在她的精心照料之下，一天天地长大，奇异的是，出生时的黑色毛发渐渐变成红色，通体油光发亮，四蹄也褪去了黑色，露出雪白马蹄，跑动犹如踏雪，极是漂亮，才两三个月大，便已跑动如风，丈高的料场围墙，它纵身一跃便轻松而过，性子也和母马截然不同，常偷溜出去撒野，很是暴烈，只认嘉芙，和她亲热，旁人都不让碰触，连裴右安靠近，也不大乐意似的。

料场里有个养马养了一辈子的老卒，自称会相马，说那母马品相不错，但无特别之处，但生出的这头骓，却绝非凡马，看这骨架、四蹄，绝非普通公马的种，倒似这

母马私自出去和不知哪里的野马媾合而得，才两三个月，便已有如此品相，待再大些，想必越发神骏。嘉芙欢喜，给它起了个名字，唤它"踏雪"。

这日，踏雪一早出去，傍晚还没回。裴右安在替一头病马治病，嘉芙在旁看了一会儿，有些担心踏雪，便到料场大门前翘首等它。终于，她远远看到它的影子朝着这边疾驰而来，身后却追逐了一行十来人马，呼喝不绝，踏雪似乎受了惊吓，远远看见嘉芙身影，发出一声受了委屈般的嘶鸣，朝她狂奔而来，到了近前，停在了她的身后，浑身汗如雨下，鼻息咻咻，不安地甩着马尾，用脸蹭着嘉芙的胳膊，似在寻求保护。

嘉芙见它一副受了惊的害怕模样，极是心疼，转头见那十几个人越追越近，看着都是军中人的模样，急忙牵了踏雪就要进去。那些人转眼却到了近前，一个二十多岁的男子纵马，一头撞开围场大门，冲到嘉芙身前，横马拦住了她的去路，扬起手中马鞭，高声吆喝："这驹子是料场里的？极好！我要了……"

他话音未落，视线落到嘉芙的身上，目光便定住了，扬着马鞭的那手，也生生地停在了半空。

嘉芙见他两眼一错不错地看着自己，心中厌恶，急忙牵了踏雪，绕过那男子横在前头的坐骑，匆匆朝里去。

外头那些随从模样的军士，此刻也哗啦啦地纵马而入，冲着嘉芙的背影呼喝："知这位是谁吗？都司胡大人的亲弟！还不快留下马！"

这男子名叫胡良友，确是素叶都司府都司胡良才的弟弟，去年春随兄赴任到此，一路飞升，如今已到参将职位。在城中闷了一个冬岁，枯燥乏味，他早按捺不住，见天气转暖，今日便带了亲信外出游猎，偶在旷野地里撞见这匹小红马，虽体形尚小，却看出并非凡品，便以索套套它，不想这小红马竟灵活异常，被它逃脱，胡良友带人一路狂追，追到了料场，见那小红马被一个女子牵走，似是她所豢养，自恃身份，纵马便闯了进来，不期竟见到了一个如此貌美的小妇人。莫说在这种塞外之地，便是从前未来这里，江南风流，十里烟花，他也难得见这般绝色，邪念顿起，见自己那些手下呼喝，急忙喝退，朝着嘉芙露出笑脸："这小红马是小娘子所养？罢了，留给小娘子吧。我乃胡将军亲弟，名良友，不知小娘子如何称呼，今年贵庚？"

嘉芙牵了踏雪，低头飞快离去，胡良友岂肯这么轻易放过，所谓色胆包天，他翻身下马,一个箭步便拦在嘉芙身前,哎了一声,轻佻笑道:"小娘子,此地荒芜,未免寂寞,不如我带你入城,你随我进都司府,有人伺候,吃香喝辣,绫罗绸缎,比这里不知要好多少……"

他说着,卷起马鞭,轻佻地伸了过来,要挑嘉芙的下巴,不想小红马突然发飙,怒嘶了一声,抬起前蹄,朝着胡良友便踢了过去。

这小红马虽才几个月大,站起来却高过人顶,突然发怒,狠狠来了这么一脚,胡良友登时被踢翻在地,恼羞成怒,高声命人射杀小红马,那十几个军士便呼啦啦地围了上来,张弓搭箭,将嘉芙和小红马围在了中间。

"射死这畜生!我看它还敢踢我——"

胡良友被人从地上扶了起来,一瘸一拐朝着小红马走来,挥起手中马鞭,朝着小红马的头恶狠狠地挥鞭抽来。

"大表哥——"

嘉芙不顾一切扑到了小红马身边,伸手抱住它的脖颈,用自己的身体护住它,闭上眼睛尖声大叫。

一个套马索从天而降,套住了胡良友的脖颈。胡良友还没反应过来,活扣便已收死,套马索倏然绷得笔直,胡良友整个人立刻住后仰倒。

身后那股力量极大,绳索紧紧勒入肉中,胡良友眼前发黑,呼吸困难,只能双手拽住套马索,凭借本能拼命挣扎,在地上被生生倒拖出去数丈,这才停了下来,脚后的黄泥地上,被蹚出两道深深拖痕。

嘉芙没等到马鞭落背,倏地回头,看见裴右安竟来了,手里绷着一根马绳,松了口气,急忙转身,撒腿朝着裴右安便跑了过去。

小红马忙也啪嗒啪嗒地跟了上来,停在身后。

"芙儿你没事吧?"裴右安低声问。

嘉芙咬了咬唇,恨恨看了眼地上的胡良友,摇头:"我没事。"

裴右安握了握她的手,以示安抚,随即示意她退后,松开了绳索。

"胡二公子好大的威风。不过一头牲畜而已,何必和它如此计较。"裴右安淡淡地道。

胡良友本已快晕厥,终于得以释放,大大呼出一口气,喉咙又痛又痒,咳嗽了半晌,才停下来,浑身沾满黄泥,模样狼狈不堪。他抬头看去,见这说话男子面容清俊,二十四五的年纪,长身而立,乍看便似一手无缚鸡之力的书生,实在难以置信,方才那几乎要将自己脖颈勒断的绳索便是他所放的。他压下心中惊惧,厉色道:"你便是裴右安?你好大的胆子!你以为你还是从前的朝廷大员?你如今是戴罪之人!我兄长是看在当年你父的面上,这才安排你来此守场。你不思回报,上官到来,不加接待便罢,竟还以下犯上!我这就治你一个不敬之罪!来人!把他给我绑了!"

那些个军士闻言,面面相觑。

裴右安从前在朝廷里的名声实在太大,且卫国公生前以节度使之职在此镇守多年,坐镇一方,影响深远,如今虽过去多年,但提及裴家人,依旧如雷贯耳,这些人也都知道,见裴右安目光投来,隐含怒威,一时不敢上前,被胡良友催促着,迟疑间,方慢慢地围了过来。

裴右安笑了笑:"二公子,你且回吧,此地荒凉,我便不留你了。"说完转身,牵了嘉芙的手,带她朝里去。

胡良友见他似是丝毫没将自己放在眼里,随从都看着自己,咬牙,从近旁一人手中夺过弓箭,拉弓搭箭,瞄准前方那个背影。

裴右安仿似背后生眼,停了脚步,缓缓地转头,方才面上的微笑已经不见,冷冷两道目光望来,犹如鹰顾,随即转身,向弓迈步走来。

胡良友的手渐渐发抖,眼见裴右安越走越近,竟不敢放箭。

裴右安停在胡良友面前,盯着他,慢慢抬手,握住了搭在弓上的箭柄。

"胡良友,你平日集市踏马,此为扰民,触犯军规第三条;调戏妇人,更是军中大忌,照我大魏军法,当杖责五十。你如今既已升至参将,都司大人平日都未曾教你?"

他手指蓦地发力,咔嚓一声,箭柄从中折断,一分为二,从弓弦上掉落在地。

胡良友脸色一阵红,一阵白,僵在原地,一动不动。

那一行人垂头丧气,打马离去,天也黑了下来,料场又恢复原来的平静。

嘉芙将踏雪拴回马厩。这小红马仿佛也知道方才自己惹了祸,平常不愿进马厩,这回却老老实实，站在那里一动不动，又探过头来，伸头想舔嘉芙的脸，讨好于她，嘉芙推开它的脸，手指戳着它的眉心，教训道："今日都是你，惹来了事！下回你再偷溜出去，我便再也不管你了！"

她语气严厉。小红马眨巴眼睛，继续将头凑来，蹭着嘉芙的胳膊，被她推开，垂头丧气，喉咙里发出呜呜的哼声，仿似在撒娇求饶。

嘉芙又狠狠教训了它几句，转头见裴右安站在一旁，含笑望着自己，这才放过了，往它马槽里投了食物。两人出去，一路上，她没有再开口说话。回到屋里，两人更衣洗手之时，裴右安问她。

嘉芙犹豫了下，低声道："大表哥，我有点担心。今天你为了我和踏雪，得罪了那个胡大人的弟弟，万一那个胡大人向你发难……"

裴右安帮她脱去外衣："不必担心。这个胡良才也算是个有能之人，领兵多年，但到此地，头尾不足一年，根基不稳，虽暗中排挤我父亲从前的旧部，但表面上和我还算客气。今日之事，还不至于让他和我公然翻脸。"

"那他为何去年底派人送来残羹冷炙，公然羞辱？"

她问完，自己也顿悟了："我知道了！难道是这个胡良友叫人送来的？"

裴右安赞许般摸了摸她的头："放心吧。我有分寸。"

胡良友打马回城，已是深夜，径自回都司府，胡良才还在和幕府商议边防之事。胡良友冲入，高声嚷道："大哥！你要替我做主！"

胡良才见他满身泥土，狼狈不堪，吃了一惊，忙问缘故，胡良友便将白日之事添油加醋说了一番，挺着脖子，露出脖颈的一道红紫瘀痕，诉道："大哥，这个裴右安欺人太甚，弟弟我险些丧命于他手！我便罢了，大哥你厚待于他，他却半点也没将你放在眼里！若不给他点颜色瞧瞧，我们胡家兄弟的脸，今后在这素叶城里还往哪里搁去！"

胡良才大怒，拍案而起，朝外走了几步，却又硬生生停住了，叫胡良友先出去，自己问幕府。其中一个姓杨的幕府，熟知朝廷掌故，道："胡大人，此事不可莽撞！裴右安曾是天子近臣，万岁对他倚重，有目共睹，此次突被发配来此，个中缘由，实在蹊跷,朝廷至今无半纸公文,众说纷纭。以小人之见,大人不可太过得罪于他,须知有东山再起一说。且裴家父子,在此地根基深厚,军民至今不忘,大人来此时日尚短,若是动他,怕他也不会束手就擒,到时万一惹出乱子,怕是不好收拾。大人不如将参将随从唤来,问问清楚,今日到底出了何事,以至于生出事端。"

胡良才被幕府的一番话给提醒,忙将胡良友的随从唤来,一番逼问,很快便得知事情经过。原是追马入了料场,调戏裴右安的夫人,这才吃了马索套脖之苦,心中又气又恨,气的是自己兄弟惹是生非,恨的是当年裴显当众对自己施加军刑,如今裴右安也不给自己一点儿颜面。他强行忍住怒气,将胡良友唤来,狠狠训斥了一顿,命其往后离那料场远些,不许再惹是生非。

胡良友吃了个大苦头,此刻咽喉还红肿疼痛,本以为兄长会替自己出气,没想到非但不能如愿,反被教训了一顿,唯唯诺诺,退了出去。

数日之后,深夜,料场的一座仓廒突然起了火光,只是放火的两人还没来得及逃走,便已被守在附近的杨云捉住,一阵锣声,老丁带着人火速赶到,迅速将火扑灭。

被捉住的两个放火之人,便是那日胡良友的随从,杨云连夜讯问,才三两下,两人便招供了,说是奉了胡良友的命,半夜潜来纵火。

料场里贮存了三个月的军马粮草,先不论大火片燃是否噬人,倘仓廒烧毁了,军马失了粮草来源,按照军法,看守之人,便是杀头之罪。

裴右安命杨云将人捆了,连同招供书一道,连夜送去都司府,交给胡良才。

第二天,胡良才身边的那个杨幕府来了,对着裴右安,毕恭毕敬,带来了两颗人头,正是昨夜那两个放火之人,以此赔罪,又说胡良友乃被这两人撺掇,这才一时糊涂,误入歧途,胡大人已经打了胡良友军棍,以示惩戒。原本今日胡良友也要一并来的,只是腿脚被打烂了,起不了身,这才没有同行,请裴右安见谅。

裴右安但笑不语,客客气气,送走了杨幕府,此事终于就此过去,再也不见那个胡良友来了。

嘉芙终于放下心,每日喂鸡、遛马,因天气渐暖,又和两个丫头忙着裁单衣,做新鞋,日子虽然过得清贫,却简单安稳。除了有时想念家中亲人近况,实可谓现世安好。不期这日，清早起床，她忽感到泛恶干呕，自己起先还以为昨夜吃坏了肚子，呕几下停了，也就不以为意。裴右安在旁看到，却露出微微紧张之色，立刻扶她躺下，拿了她的一只手腕，为她诊脉。

嘉芙见他郑重其事，起先还取笑他两句，见他诊完了脉，一语不发，凝视着自己，目光微闪，神色似喜忧参半，忽然顿悟了："咱们有孩儿了？"

裴右安点了点头。

嘉芙一怔，一骨碌从床上爬了起来："大表哥，我真的有孩子了？你没骗我？"

裴右安再次点头。

嘉芙兴奋地短促尖叫了一声，一头便扑到了他的怀里。

裴右安抱住她，低头，见她宛若孩子般欢天喜地的激动模样，心中渐渐亦被欣喜的柔情溢满，轻轻拍她后背，待安抚下了她的情绪，将她轻轻放倒在床上，摸了摸她平坦的小腹，微笑道："踏雪脾气坏，今日起，可不能再去骑它了，听见没？"

嘉芙点头，仰脸和他对望片刻，摸了摸他的脸，目露不安："大表哥，我有孩子了，你不高兴？"

"你是担心这时候生下孩子，会被人说不孝？"她迟疑了下，问。

裴右安一怔，随即明白了，想是自己方才的顾虑被她觉察。听她如此担忧，他失笑摇头道："只要祖母不怪，我有何可惧？"

他伴她躺了下去，将她搂住，紧紧地拥了片刻，方低声道："芙儿要为我生孩儿了，我怎会不高兴？方才只是想到如今艰辛，怕日后委屈了你和孩儿……"

嘉芙摇头："我不委屈。咱们的孩儿，不管男孩儿还是女孩儿，也定会和我一样，盼着出世见到爹爹的样子。"

裴右安笑了，目光闪亮，再次将她紧紧搂住。

很快，檀香、木香和丁嬷等人，便相继都知道嘉芙有了身孕的消息，无不欢喜，纷纷过来道喜。嘉芙自此安心养胎，裴右安待她如珠如玉，照料得无微不至。

她怀孕的消息，在显腹后不久，被传送到了千里之外的皇宫之中。

那一天，皇帝的心情原本很是恶劣，散朝后，御书房里刚出来几个因为办事不力

被申斥的满头冷汗的大臣——皇帝最近这大半年里，情绪总是无常，李元贵也早习以为常，等大臣们散去，立刻入内上报。

萧列听到消息，坐在那里，一动不动，半晌，眼睛里露出隐隐的激动之色和许久未曾有过的欣喜光芒。

李元贵见机又禀："万岁，奴婢还收到了消息，说素叶都司府都司胡良才因早年得刑于卫国公，如今挟怨，对裴大人多有不敬，其弟为泄私愤，还派人纵火料场，蓄意加害裴大人。"

萧列面露恚怒之色，拍案而起："可伤到人？"

"万岁放心，"李元贵忙道，"幸而裴大人有所防备，当时便抓住了纵火之人，裴大人和夫人，皆安然无恙。"

萧列慢慢地又坐回去，冷冷道："既无事，何必禀朕？他不是手眼通天，算无遗策？本事大着呢！戴罪之身，如今不也如鱼得水？朕日理万机，往后这种事，少来搅扰于朕！"

"是，是，奴婢明白了……"李元贵擦了擦汗，点头。

"传朕的话，务必保护好甄氏，不得有半点闪失！"

李元贵退出之前，萧列忽又叫住了他，吩咐道。

李元贵应声，躬身告退。

光阴弹指而过，忽忽大半年过去，至这年的冬十一月，嘉芙已是大腹便便，算着日子，再用不了一个月，应当便是产期了。

随着腹部越来越大，她的腿脚也肿胀得厉害，有些难受，晚上上床，裴右安总会为她揉捏腿脚，不厌其烦，直到她睡着为止。

这天晚上，嘉芙蜷在裴右安温暖的怀里，睡得正沉，突然被外面传来的一阵杂声惊醒，侧耳听去，远处隐隐似有马匹嘶鸣之声。接着，老丁的声音在门外响了起来："裴大人，都司府里突然来了军令，要紧急调用粮草！"

裴右安坐了起来，叮嘱嘉芙继续睡，自己穿好衣服开门出去，来到前头，见仓廒大门敞开，四周火把通明，来了大队人马，一个姓梁的佐将，正指挥着人，将一袋袋的草料搬上车,士兵来回奔走运送,老丁和另一些被惊醒的老卒站在一旁看着,低声议论。

那姓梁的佐将看见裴右安,急忙上来对他行礼,态度甚是恭敬。

裴右安侧身避让:"我已非官身,将军不必多礼。今夜为何突然要调如此多的草料?"

他方才看了调单,如此数目,足够供应万匹战马一个月的口粮。

梁佐将道:"胡大人得到紧急消息,胡人欲出动十万骑兵攻打剑门关,图谋河套,胡大人紧急应战,派末将前来调运草料,不日发兵,去往剑门!"

裴右安眺向漆黑夜色下的剑门关方向,沉吟良久。次日一早,他入了素叶城,径直来到都司府门前,见大门敞开,不时有全副盔甲的军官进出出,无不神色凝重,一种大战即要来临前的气氛,迎面扑来。

他平日极少入城,站在都司府门前,那两个守卫也不认得他。裴右安上去,报了名字,叫守卫代为传报。一个守卫面露惊诧之色,上下打量裴右安一眼,露出难以置信的表情:"你就是那个京城里的裴大人?"

裴右安微微一笑:"正是。烦劳代我传报一声,我有事要见都司大人。"

守卫忙请他稍候,转身飞快入内,身影消失在都司府的大门内。

片刻,那守卫出来了,躬身道:"裴大人,胡大人说军务繁忙,此刻没空见大人,大人要是真有事,便先等着,待忙完了,再见大人。"

裴右安微微蹙眉,想了下,道了句劳烦,便立在一旁。

大门里的人进进出出,偶投目于立在一旁的裴右安,也无人识得,个个行色匆匆,军马倥偬。

两个守卫不时偷偷打量着这个年轻的清俊男子,即便此刻,依旧有些难以置信,那个大名鼎鼎的天下名臣,竟然会这般近距离地站在自己的近旁等着胡大人召见。虽一身布衣,这等气度,如此亲下,乃平生第一回见,两人只觉敬爱无比,甘愿听他差遣。又等了约莫两炷香的工夫,见他似渐渐露出些焦色,不待他开口,守卫便主动又进去问话,这回出来,却耷拉着头,期期艾艾,一时说不出话。

裴右安何等聪明之人,知这守卫必定是吃了顿骂。

倘若寻常之事，等等也是无妨，但此事关乎城池安危，且他早也猜到，这胡良才即便有空，也未必肯见自己，方才那些不过是托词，便拍了拍那守卫的胳膊："累你受责了。我有急事，耽搁不得，我自去见他吧。倘若怪罪，二位说是我强行闯入便是。"随即他朝里大步而去。

都司府里的布局，裴右安自是了然于胸，径直便到了议事堂，推门而入。里头那胡良才正和副将、参领、游击、幕府等下属在排兵布阵，忽听身后大门被人推开，转头见裴右安立于门外，一怔，随即沉脸："你怎入的此处？本将方才不是传了话，叫你再等等吗？"

裴右安向他见礼："叨扰胡大人了，因事情紧急，故贸然强行闯入，恳请胡大人拨冗，听我一言。"

堂中那些参将、游击，无人不知裴右安的名字，除了那杨幕府，其余人都是生平头回得见，见他突然这般现身，无不吃惊，纷纷看了过来。

胡良才瞥了眼，见个个面露惊诧，裴右安对自己态度又如此恭敬，众人面前，心中颇觉受用，这才点了点头："何事？这里说便是。本将事忙！"

"胡大人，裴某听闻大人获悉，胡回勾结，欲出动十万人马袭取剑门，图谋关内。胡大人可回顾过往，自古以来，胡人但凡大举入侵，无不在春夏时节，数次大战，皆是如此。如今天寒地冻，胡地冰雪覆路，寸草不生，即便人员万全备战，不惧寒冻，何来道路可走？战马又何来食源？胡人作战习性，与我等不同，向无仓储，出战亦轻辎重，求迅捷，以战养战，靠沿途劫掠以供养军队。剑门路途遥远，目下如此穷冬，胡人出动十万大军进取剑门，违背常理，不可轻信。以裴某之推断，胡人应是诓我大军去往剑门，趁着边境空虚，奇袭劫掠，倘大军去了剑门，恐怕到时顾此失彼。但既有了消息，也不可不防。以裴某之浅见，大人可知照燕云守将探听消息，防守剑门，留兵于此地边境，布防素叶、集乃几座城池，严防胡人轻骑偷袭。大人以为如何？"

他话音落下，堂中静悄悄不闻声息，胡良才环顾一周，见众人都看着裴右安，怫然道："裴右安，你方才也说了，一切不过是你的推断，你便敢如此笃定，对本将妄加干扰？本将有确切的消息来源，错不了的！倘若听了你的，留大军于此，万一胡人攻破剑门，到时罪责，何人承担？"

裴右安上前一步："胡大人所言不差，故请胡大人知照燕云守将，调兵多加防备，以免万一。但此地边境的数座城池，却断不能不防！"

胡良才来此后，一直没大的军功，心中颇有郁郁不得志之感。他亦是个讲手段的人，这两年间，暗中往胡廷派去了不少探子，此次消息，便是其中一个信靠的探子秘密送至。胡良才收到消息后，第一时间又另派人员潜去求证，回报说，胡人大批兵马确实已集结成队，先锋往剑门方向，就此深信不疑。

剑门关位置重要，万一攻破，便是掉脑袋的大罪，但若在那里能将胡人击退，也是大功一件。他一心想要立功，唯恐被燕云两地守将得知消息抢了功劳，故做出全速进军的准备，明早便要发兵，此刻如何还听得进去？冷笑道："你不必说了！如今你不过一白身，管好你的料场便是，何来资格对军机大事指手画脚？倘再不自行退下，莫怪本将以犯上滋扰之罪，拿你问刑！"

裴右安和胡良才对望片刻，见他面带冷笑，神色倨傲，拱了拱手，转身离去，行至通往大门的路上，身后传来一道唤声，他转头，见从前来过料场的那杨姓幕府匆匆追至，便停步。

杨幕府上前，深深一礼，低声道："裴大人，实不相瞒，小人初听消息，也觉蹊跷，曾劝胡大人三思后定，胡大人不听，反斥小人畏手畏脚。因他坚称来源可靠，故小人也不敢断定了，方才听了裴大人的一席话，小人深以为然。小人如今虽不过一庸碌幕僚，靠身以求糊口，当年却也出身举子，报国之心，至今未死，此事干系重大，关乎数城军民安危，大人国士无双，小人素来景仰，料大人必不会就此作罢。大人若有用得着小人之处，尽管吩咐，鞍前马后，小人愿誓死效劳！"

次日五更不到，天穹依旧漆黑，素叶城外军营校场之上，号角声传，火杖通明，辕门之前，大军磨盾草檄，按照先前排兵，只留少量人马于此地镇防，其余人马，由诸多副将参军带领，早整军列队完毕，只等帅正抵达，祭旗后便发往剑门。

五鼓至，胡良才却不见人影，再等片刻，依旧没有动静，诸多兵将，渐渐露出不解之色。

胡良友见兄长过时不至，恐军心动摇，正要叫人入城去探究竟，忽然看到城门方向纵马来了一队人马,火把点点,向着辕门疾驰,以为是兄长到了,大喜,忙命人击鼓相迎。等那队人马到了近前,众人却见一人迎面纵马而来,一臂高举一物,高声喝道:"帅节在此!尔等听令,全部人马按序退回军营!"

此人名唤李睿,在边关多年,从前官至副将,机敏善战,颇得军心,胡良才来此后,因他是卫国公旧部,一再打压,如今被贬成了游击,此次出战,自然也不会点他同行,只命他带五百人马留守此地。

胡良友震惊,大怒上前:"李睿,你想造反?竟敢妄传帅令!帅节怎在你手中?我兄长呢?他人何在?"

李睿喝了一声拿下,身后便拥出十来人,迅速将胡良友擒住,咔嚓一声,戴上军枷。胡良友奋力挣扎,叫骂不停。

此一变故,实在事发突然,直到胡良友被锁拿,他身后那些参将才回过神来,纷纷拔刀逼近,喝令李睿放人。两边剑拔弩张、一触即发之时,城门方向再次来了一人,战马疾驰入营,停于双方中间。

来人挽缰高坐于一匹雄健乌骓之上,神色端凝,视线掠过前方那排揎袖攘臂的参将,目光锐利如电,纵一身布衣,其褥威盛容,逼迫而来。

有人认了出来,惊呼一声:"裴右安!"

其余人愣住,定在原地。列于附近的军队却起了一阵轻微骚动,军士低声交头接耳,纷纷踮脚翘脖,争相观望。

裴右安翻身下马,在万众的注视之下,快步来到那座点将台前,沿着两边插满火炬的阶梯,快步而上,登上高台,面向大军,环顾一圈,提气高声道:"胡良才已被夺帅印,某裴右安,暂领其职。上从将领,下至士卒,全部听令,就地返回营中,等待后命!"声音隐含威势,振聋发聩,远远传送,遍及角落。

营房前一片寂静,遑论普通士卒,便是那些个胡良才兄弟的亲信,此刻被裴右安的气势震慑,一时面面相觑,竟也不敢作乱。

胡良友虽被戴了枷锁,竟不肯就此服输,被他奋力挣脱开押住自己的两名士卒,厉声喊道:"裴右安,你早不是官身,竟狐假虎威至此地步!你凭何代我兄长指挥军队?你贻误军机,就不怕日后朝廷追责?我乃朝廷堂堂四品龙威副将,我何罪之有?

你今日公然辱我于阵前，戴我枷锁，待日后，你想除我颈项枷锁，便没那么容易了！"

他话音落下，一群亲信数百人亦随他高声起哄，胡良友晃动脖颈枷锁，发出哗啦啦的声音。

裴右安从高台下来，行至胡良友面前，笑了笑："胡副将，裴某若要除你枷锁，又有何难？"唇边笑意未绝，他便转头，喝道："来人！把他的脑袋砍下，除了枷锁！"

胡良友起先听裴右安说要替自己除枷，得意不已，做梦也没想到，他按下来竟陡然变脸，要砍自己的脑袋。见那李睿拔刀，疾步上前，胡良友大惊失色，奋力挣扎，却被人强行压倒在地，还没反应过来，一道寒光当头而下，脖颈一凉，头颅便与颈项分离，枷锁哗啦落地，溅出数丈高的血迹，瞬间染红了身前一地积雪。

李睿抓起人头，高声道："胡良友长久以来违反军纪，今日又抗命不遵，就地正法，以儆效尤！"

胡家兄弟的那些个亲信，见裴右安谈笑之间，转眼竟真就砍了胡良友的脑袋，无不震慑，见裴右安的两道含笑目光再次投来，竟不敢再动，僵在原地，很快便被李睿之人解了兵器，束手就擒。剩余那些将领士卒，平日早对胡良友借兄长地位作威作福心生不满，如今见他被砍了脑袋，无不痛快，又皆仰望裴家父子之威，如何还有不服，朝着裴右安下跪，高呼："我等唯裴大人马首是瞻，誓死效力！"其余士卒，亦纷纷效仿，轰然呐喊，校场之上，热血沸腾。

裴右安暂领帅印，当场提拔李睿诸人为副将，命军士暂时回营待命，派人火速向燕云两地将领传信，自己带人回城，入都司府议事，此时，天刚刚拂晓。

裴右安一直忙碌到下半夜，诸多事情终于初步安排完毕，众将各领其命。

料场之中，虽已留了杨云，但算来，连上今夜，已是一天两夜没有见到嘉芙了，裴右安心中挂念，也怕她为自己担心，将这里的事情再交代了一番，不顾众人挽留，于四更出素叶城，借着雪地反光，一路纵马狂奔，寒风打面，踏碎了不知道多少野径冰雪，终于在拂晓之时，赶回料场。

素叶城中，已换日月，这荒原中他居了一年的此处家园，却依旧静谧如昔，淡淡黎明，四周静悄一片。

裴右安眺望前方那片白皑皑覆满冰雪的矮屋屋顶，心中只觉温暖无比，打马渐渐奔至大门前，却看见一人胳膊里拎了个包袱，站在积雪之中，应是赶了夜路，才到不久，似想拍门，又似犹豫不决，翘首东张西望。忽听到身后马蹄声响，那人转头，认出裴右安，面露喜色，拔脚飞快跑来，不想足下一滑，扑倒在地，也不顾疼痛，继续爬着起来，奔到路上，扑通跪在路中间，叩头道："裴大人，奴婢崔银水，来此伺候大人和夫人。往后奴婢就是大人和夫人的人，听凭差遣！"

裴右安神色冷漠，便似没有见到他这个人，马匹速度丝毫不减，朝着跪在路中间的崔银水纵马而来，眼见就要撞上来，崔银水不敢躲闪，趴在那里，咬牙只等被马踏踢，却不期马匹从他头顶一跃而过，径直到了大门前，这才停下。

老丁听到裴右安的叫门声，忙来开门。崔银水定了定惊魂，慌忙从地上爬起来，追了上来："裴大人——"

"你回吧，我这里无须你服侍。"

裴右安坐于马背之上，头也未回，道了一句，便命老丁关门，纵马入内。

嘉芙如今大腹便便，行动不便，晚上睡觉，本就睡得不好，何况这两夜，裴右安又不在身边，更是难以入眠。这夜睡睡醒醒，四更不到，她便再也睡不着了，心中记挂着他，却不知他城中之事进展如何，正在床上辗转反侧，忽然听到门外传来咯吱咯吱踏雪而来的脚步声，立刻辨出是他，果然，下一刻便听到他在门外轻唤自己的声音，心中欢喜，坐了起来，披衣扶着肚子爬下床，趿鞋去为他开门。

裴右安在门外跺了跺靴履上沾着的积雪，才打起门帘弯腰入内，怀中便多了具香暖的柔软身子。嘉芙不顾他满身寒气，扑到他的怀中抱住了他，仿似两人已经分开许久。

裴右安心中一暖，却怕自己冷着她，说："我身上冷，你快躺回去。"

嘉芙摇头，松开了他，帮他脱了外衣，拉到炉子前，按他坐下去，裴右安抱她坐到自己膝上，问她这两天饮食睡觉，嘉芙说自己都好，又问他经过，裴右安简单和她说了下，半句不提自己杀人镇场，只道："胡良才已被我暂时软禁了。事急从权，驻军绝不可调离，不得已如此为之。昨夜初布防完毕，我便具信报送陇右节度使唐老大人了，请老大人火速派人来此主事。"

陇右节度使唐老大人与卫国公裴显的父亲是同辈，卫国公早年尊他为叔父，裴右安则呼他叔祖。少帝承宁元年，顺安王摄政时，唐老将军告老归乡，数年后，顺安王登基上位，随着董承昂等一批朝廷旧将贬的贬，走的走，西北竟一时无人，顺安王又将当时已经六十多岁的老将军请出了山。老将军虽对顺安王谋朝篡位心怀不满，却不忍边境百姓遭受荼毒，遂领了陇右节度使一职，坐镇直到如今，已年近古稀，依旧未卸战甲。

数月之前，老大人与裴右安有过一次书信往来，字里行间，流露出再次解甲之意，对裴右安的遭遇变故，亦抚慰了一番。信中最后说，他知胡良才乃一猛将，从前也为朝廷立过功劳，但刚愎自用，好大喜功，担心胡日后贪功冒进，万一用兵不当，将置民于水火，谆谆叮嘱裴右安，如今虽为白身，却还须时刻牢记其父卫国公当年守这一方黄土的沙场英魂，若有危急，可便宜行事，一切当以大局为重。

裴右安说得轻描淡写，嘉芙却依旧听得惊心动魄。但只要是他做的事，不管做了什么，哪怕是杀头的事，在嘉芙眼中，也全是对的。她除了崇拜，还是崇拜。

她钻进他的怀里，裴右安反搂着她，两人温存了片刻，嘉芙想起他昨夜必定一夜没睡，此刻应当又饿又累，要去给他叫饭食，好让他吃了早些补觉。

裴右安说自己出去，仿佛想起来，又道了一句：“崔银水来了，被我关在大门外头。等下你吩咐丫头一声，给他包点热食叫他拿了立刻走，不要留下他！”

嘉芙一愣，没想到崔银水这个李元贵跟前最得脸面的宫中小太监，怎么会在这时突然现身于此，便问事由。

"说是来伺候你的。"裴右安淡淡地道。

嘉芙又问了几句，得知崔银水独自一人，思忖了下。

她自然无须崔银水伺候，但这个太监的到来，必定是皇帝的意思。虽然不知道皇帝此举究竟是何意图，人既然来了，外面这么冰天雪地，想到这小太监从前对自己也算客气，嘉芙心中不忍，便道："他自己也未必乐意来这种地方，想是奉命行事而已，外头这么冷，无论如何，先叫他进来暖暖身子吧，留不留，我听你的。你想必也累了，先躺躺，等下饭食好了，我叫你。"

裴右安见她要穿衣出去，急忙抱了回来，放在床上："你就是心软。罢了，让他

先进来取暖也好。只是不要留下他。"

天亮了。

他已经两夜没有合眼，吃了些东西，洗了个澡，被嘉芙催着躺下去睡觉，他却要她陪着睡。两人睡了才不过一两个时辰，城中就赶来了人，说新收到消息，发现胡人原本发往剑门关的前锋骑兵折道，似往边境来，李睿等人急请裴右安前去议事。

裴右安醒来，立刻起身。嘉芙默默服侍他穿了衣裳，送他出去，靠在门口，望着他离去的背影。

裴右安走了几步，忽又反身回来，在她耳畔低声道："我会尽快回来，陪你一道，生出咱们的孩儿。"

他用力地抱了抱她，随即快步离去，身影渐渐消失在视线之中。

嘉芙慢慢地回了屋，坐在那里，忽然想起崔银水，问了声，檀香道："早上不是叫他进来烤火了吗？他自己不进，就啃了几口馒头，这会儿还跪在大门外呢。"

嘉芙蹙了蹙眉，叫檀香去把人叫进来，没片刻，见那崔银水来了，一张脸冻得犹如被霜打过的萝卜，白里泛青，眉毛头发上结了层冰霜，两个膝盖裤腿上沾满冰雪，瞧着寒气已经透进里头，整个人瑟瑟发抖。进了屋，看见嘉芙，手足关节僵硬，他一时竟跪不下去，整个人直挺挺地趴在了地上，仿佛一条冰棍，连舌头似也冻住，话都说不出来了。

嘉芙吓了一跳，急忙叫来老丁夫妇抬了人下去暖身，半晌，那崔银水终于泛回些活气，回到嘉芙跟前，跪了下去，感激万分，向她磕头道谢。

嘉芙道："我这里无须你伺候，你也不要再那样跪在外头了，你回吧，见了你干爹，代我向他问个好，就说我们这边用不着派你来伺候。"

崔银水不住地磕头："求夫人可怜可怜奴婢。这趟出来前，干爹发过话的，说要是被赶回去，奴婢也就不用在宫里待着了。奴婢无父无母，十岁起入宫，成了一个废人，要是被赶出宫，奴婢也就没了活路……"

他说着，一把鼻涕一把泪。

嘉芙知他在夸大其词博取同情，皱眉道："万岁突然要你来这里做什么？真就伺候这么简单？"

崔银水立刻指天发誓,说要是有二心,罚他下辈子也做太监,赌完了咒,仿佛想起来,他忙道:"对了,奴婢这趟过来,还给夫人带来了一封泉州家书。"说着,他从怀中摸出一封信,递了上来。

此地偏远,若非官府,寻常人和关内本就难通音信,何况泉州,更是一南一北,天各一方。也就年初之时,嘉芙到来之后,裴右安多方打听,终于在城中寻到一个祖籍福建的伤归老卒,给了钱,托他将嘉芙的一封平安信带回了娘家。如今忽忽一年过去,嘉芙虽深信家人应当一切都好,但有时想起,还是有些挂念,此刻忽然听到带来了家书,喜出望外,急忙接了拆开。

信是孟太太写的,说四五月里,收到了她的报平安信,知她和女婿在那里一切都好,甚是安慰,家中一切都好,祖母身体也未再坏下去,叫嘉芙放心,叮嘱她和女婿要自己保重好身体,盼着能早日相见。

信的末尾,说到了她哥哥的婚姻之事。说先前女婿风光着的时候,家里几乎天天有人上门,有意结亲,连地方里的官员也有,当时险些挑花眼,不想一年前,女婿出事,被贬出关外的消息传开之后,家中便门庭冷落,原先那些有意议亲的,都改了口,再看不到人了。她便张罗想娶玉珠进门。经此大起大落,老太太如今心态也和从前不同了。见玉珠稳重、能干,过来这一年多,里里外外,帮自己管得无不妥当,又知孙子一心想娶她为妻,故也不再反对。原本就想来信告诉嘉芙这事,只是苦于天南海北,信无人可带,恰好有日,竟有个人自己上门,说要去往关外,可为甄家人捎带家书,孟太太欣喜不已,当即提笔写了书信,托那人带去,盼望能送到嘉芙手中,免得她挂念家人。

嘉芙将母亲的信来回看了好几遍,欣喜不已。

崔银水偷偷瞧着嘉芙,见她面带激动,忙又恳求:"奴婢虽说是被派来这里服侍夫人的,却知夫人是一等一的好主子,奴婢心甘情愿伺候,求夫人不要赶奴婢回去。

"便是真要赶,也求夫人可怜,等开春天气暖了再赶……这会儿实在天冷了,奴婢来时,冻得一只耳朵都差点掉了……"

崔银水哭丧着脸。

嘉芙瞥了他一眼。这样的天气,她终究不忍心真就这么强行赶他上路,想了下,道:"罢了,等过了冬再说吧。我这里不是皇宫,你不必贱称,跟我们一样说话就好了,也不必动不动下跪,没那么多规矩。你记着,要老老实实,若有什么花花肠子,我拿你没办法,我夫君的厉害,你也当知道的。"

"是,是,多谢夫人!"崔银水欣喜万分,又朝嘉芙磕了个头,这才欢天喜地地退了出去。

这崔太监便如此暂时留了下来,勤快异常,事情抢着做,嘴巴又甜,对着檀香、木香,满口姐姐长姐姐短,没半天,两个丫头便和他熟了起来。

当天晚上,裴右安打发了个人回来,给嘉芙传了封简信,信上说,此次战事,起源于胡良才的细作被胡人发现,胡人知他立功心切,遂将计就计,做出做了万全准备预备出其不意攻打剑门关的样子,意在声东击西。据探子回报,胡人骑兵不日便到,他今夜动身去往边境,安排紧急撤民,布防守军,接下来数日可能会有一场战事,无法回来,叫她安心在家,不必挂念。

嘉芙看了信,面上虽然若无其事,心中却如何做得到不去挂念?每天都在盼着他的消息,终于在他走了七八天后,她收到确信,说几场战事之后,昨日在距离素叶城两百里外的素叶河畔,裴右安亲领士兵,一场大战,彻底击溃了胡人攻来的数万骑兵,胡人死伤惨重,余部仓皇北退,再不敢入侵。

消息传至素叶城中,民众欢声雷动,不顾天气严寒,许多人带了酒食衣物,自发出城数十里,迎接犒劳裴右安和他领的军士。

料场里的人,得知消息,也无不欣喜。

嘉芙又收到裴右安的一封简信,说自己天黑前尽量赶回。

嘉芙压下心中激动,实在等不到天黑,傍晚便叫檀香、木香扶了自己,慢慢去往料场大门,想在那里等他回来。行至半路,她忽然感到腹部一抽,裤下有热流涌出,人便定在了原地,用力抓住檀香的手,慢慢地道:"我大约快要生了,扶我回去吧。"

这个头生的孩子,比预计时日提早了将近半月,便迫不及待地要来了。

以裴右安的慎虑,自己既不在她身边,自然也考虑到了这一层。他去素叶城的次日，城中便来了一个接生半辈子的经验丰富的产婆，这些天都在这里，以备不时之需。

夫人发动生产的消息，立时经由檀香的呼唤，乱了这原本正沉浸在战捷喜讯传来的荒郊野场，气氛变得紧张起来。人全赶来了，产婆和丁嬷布置着产床，崔银水和木香忙去烧水，杨云骑上如今一岁奔跑如同闪电的踏雪，去往素叶城里寻裴右安，报告这个消息——说也是奇的，踏雪天性桀骜，平日是绝不允除裴右安和嘉芙之外的人靠近的，便是裴右安骑它，身前若无女主人同坐，也是要先跳纵一番，甩不下人方快快作罢。今日它却仿佛通了灵性，双眸看着嘉芙扶着小腹被送进屋后，杨云试着靠近，它竟异常温驯，容他架上了马鞍，上了自己的背，嘶鸣一声，纵蹄便往素叶城里飞驰而去，那丈高的料场大门，也不待老丁开启，纵身一跃，如红云般跳了出去，转眼便在野径上奔成一团远去的模糊黑点。

还未生产之前，随着肚子里的孩儿一天天地长大，嘉芙有时会猜想，她和裴右安的这个头生孩儿会是男孩儿还是女孩儿。

她憧憬能先生个和裴右安一样的儿子。因她知道，有裴右安这样的父亲，他们的头生长子，一定会如一株小小青松，哪怕扎根于雪岩峭壁，风雨如磐，他也定会探向长空，茁壮成长。

她也知道，待日后她再给丈夫生一个他暗地里心心念念的娇娇女儿时，儿子一定会是个好哥哥，帮着父母一道，疼爱保护着妹妹。

希望和憧憬之余，她和所有即将为人母的女子一样，随着产期日益临近，有时免不了也会有一丝紧张。

她听说过妇人生产便如跨鬼门关一说。这种紧张，随着这几日裴右安不在身边，有时她独自感到孩儿在腹中的胎动时，会渐渐萦上心头。

但此刻，知这孩儿出世在即，她反倒心无杂念，先前萦绕的那一缕紧张，更是烟消云散，再无半分。

不管是男孩儿，或是女娃儿，都是在她一腔母腹之内所孕的裴右安的骨血，她要平安诞下。想象着丈夫和孩子相见的一刻，她心中充满了柔情和力量。

起先只是间或一阵，并不如何疼痛，渐渐地，阵痛变得频繁，亦加剧起来。嘉芙口中紧紧咬着顶入的软木塞，忍着那仿佛渐渐变得麻木却又分明要将肉体寸寸割裂的疼痛，闭着眼睛，在产婆的吩咐声中发力，再次努力，想要将腹中的孩儿送至人世。

此时距离昨晚她开始阵痛，已经过去一个黑夜又一个白昼。

窗畔白了，又渐渐黑下，裴右安也在门外，已经整整守候一天一夜。

至次日天黑，那产婆探得宫腔终于大开，但似还未足够婴儿探头而出，如此持续已经有些时候，且一个昼夜的疼痛，产妇乏力，此刻整个人犹如从水中捞出，亦吃不下东西，产婆自己亦无多办法，只能叫一旁的丁嬷再给她喂些糖水，自己揉她小腹助产。

被咬出深深两道齿印的软木，从嘉芙口中被拔掉，伴随着腹部又一阵疼痛袭来，嘉芙下意识地发出了痛呼之声，痛声透出门窗："夫君——"

这一个昼夜，她终于发出第一声呼叫，传入了裴右安耳中。

他身上还穿着未来得及脱卸的战甲，甲袍之上，染满已经干涸的血迹。

就在昨日傍晚，在素叶民众夹道相迎的欢呼声里，他方入城，从寻来的杨云口中得知嘉芙就要生产的消息，便立刻丢下一切，骑了踏雪赶回家中。

一夜又一个白天的等待，他却始终没有等到她的平安消息。

这是裴右安有生以来，从未经历过的最为漫长而煎熬的一个昼夜。

他曾是惊采绝艳的少年卿相，曾是经天纬地的一朝鼎臣，就在这一刻，哪怕他被贬至此地，卑微沦为一料场看守之人，在边城军民眼中，他亦是万流景仰的铮铮砥柱，却无人知道，他非神人超脱，更非钢铁无情，在他生而为人的数十寒暑之间，他亦有过噬心的灰暗片段。

生也非他所愿，死亦无所牵绊。

是这个自顾自执意唤他"大表哥"的女孩儿，在那夜奔向他的怀抱，才叫他从此活着变得有了生趣。

又一盆刚擦过她身子的血水从屋里被端出来，汪红一片，泼洒掉，檀香白着脸，又飞快端了一盆干净的新烧好的热水进去。

裴右安昨夜刚回来时的那种喜悦和激动已经荡然无存。他脸色苍白，唇也早已褪尽血色，这般的严寒天气，额前却沁着滚滚汗滴，五指紧紧抓着门框，手背青筋暴起，如此，也抵不住手在微微颤抖。

身后的崔银水早已面无人色，两腿软得瘫跪在地上，朝着前方胡乱跪拜磕头，嘴里不住地无声念叨着什么，也不知这太监拜的是个什么神，嘴里念的又是个什么词。

裴右安再也忍耐不住，推开房门，解掷战甲丢弃于地，赤红着双目，朝床上女子奔去。

"芙儿！芙儿！我在！"

男人一膝跪于地上，紧紧地抓住她冰冷汗湿的手，送到唇边，想用自己的体温去烘热它。

一个昼夜的疼痛，折磨她到此刻，浑身的力气都被一丝丝地抽走了。

嘉芙已经近乎虚脱，全是凭了心底里那一点定要将孩儿送至人世的念头，才坚持到此刻。

她甚至已经没有多余的力气睁开眼睛，但她感觉到了那握住自己的手的力量，听到了他在耳畔呼唤自己的声音。

她不能叫他失望。她这辈子，是有多幸运，才嫁了如此一个男人。

她也不能叫他们的孩儿失望。她是有多期待他能降生于世。

他们都在等着她。

她咬紧牙关，用尽全力，再次发力。

"头出来了！头出来了！夫人再用力些，再用力些就能生出了！"产婆惊喜大叫。

嘉芙身子不受控制地微微颤抖着，那只小手却一寸寸地抓紧了男人的大手，和他五指紧紧交缠。

嘉芙感觉到腹中的那个小生命，仿佛也开始和自己一道努力了。

她一寸寸地用尽全部力气，帮着腹中孩儿降世。

这是漫长的痛苦，却又是一个充满希望的历程。

"出来了！出来了！是个大胖小子！"

伴随着一声嘹亮的婴儿啼哭，产婆惊喜的声音突然在她耳畔响起。

折磨了她如此久的疼痛，竟在那一刹那陡然离她而去，嘉芙整个人也随之放空。

她想睁开眼睛，看一看自己刚生出来的孩儿是什么模样，她更想看一看裴右安此刻那张应当欢欣的脸，却没有半分力气了。

她和男人紧紧交握的那只手慢慢地松软下去，意识也随之渐渐飘忽。

耳畔除了婴孩的啼哭声，仿佛还夹杂着裴右安呼唤自己的声音。

她想回应他，却睁不开眼睛，只在唇畔露出浅浅一缕笑意。

她想让裴右安看到她的笑，他看到了，也就知道了，她很好，让他不要担心。她只是有点累而已，想睡一觉。

她仿佛被拉入了一个梦境。

梦中的自己，身体变轻了，如同片羽，慢慢地腾空而起。她惊讶地睁开眼，却发现自己其实还躺在那张产床之上，微微歪着脑袋，脸上沾满汗湿的乱发，双目闭着，唇边带着一丝浅笑。她身下慢慢有血流淌，而那个男人，跪在床边，紧紧地抱着她，用力地拍打着她的脸，不停地高声呼唤着她。

他的背影，看起来充满恐惧。

嘉芙心疼极了。虽然知道会醒来的，但她还是不舍得让他如此害怕。她想立刻回去，睁开眼睛对他微笑，可是她的身子太轻了，她没法控制，飘荡间，所有的声音渐渐远去。

嘉芙被铺天盖地般的黑甜笼罩了，她睡了长长一觉，也不知睡到了什么时候，终于睡饱，她心里清楚，她该醒来了，一时却寻不到路。

飘飘荡荡间，她发现自己竟又回到了曾经生命中的最后一刻，她被封在地宫那口华丽的棺椁里。

漆黑的地下是如此冰冷，她瑟瑟发抖，拼命抓着封住她的在她头顶的那块沉木木板，她想要出去，却徒劳无功。

就在她被那种曾经历过的绝望和将死的恐惧再次深深笼罩住时，眼前出现了一片白光，她看到了父亲慈爱的面庞，他送了她一串紫鲛珠子。泪光闪烁中，父亲消失了，另一个年轻的男子，从漆黑的远方深处朝着她走了过来，他衣袂飘飞，风致无双，面带着温柔的微笑，来到她的面前。

"芙儿，回家。"

他握住她的手，和她五指相交，紧紧地扣在了一起。

嘉芙意识渐渐恢复的时候，感到自己仿佛被人抱在怀中，舌下苦涩无比，鼻息里也满是浓重的药味，那人似在往她口中送着药汁。

她素来吃不了苦药，此刻眼睛还来不及睁开，下意识就想扭头避开，脸却似乎被那人掐住了。她没有力气，也发不出声音，前一口苦药还没咽下去，又一口送进了她的嘴里。

她颤着睫毛，皱起双眉，努力和那股逼迫自己吃药的力量反抗——便在这时，感到那人仿佛癫狂了，自己的面庞也痛起来，似在被什么不停地拍打着。

"芙儿！芙儿！醒醒！"

呼唤声越来越清楚，又一口苦药被灌了进来，因为她的反抗，一半流入喉咙，另一半顺着嘴角溢了出来。

嘴里好苦……脸还好痛……

嘉芙呻吟一声，终于从最后的那片幻海梦境里苏醒，慢慢地睁开了眼睛。

睁开眼眸的第一时间，她看到的便是幻海的最后一幕，那个从黑暗深处向她走来，朝她伸出手，说要带她回家的男子。

只不过，此刻面前这个正搂着她的男子，全然不复梦境中的翩翩风姿。

裴右安衣衫染血，眼窝深陷，颊颔冒出了凌乱的胡楂，一双疲倦黯淡的眼密布血丝，双眸一眨不眨，凝视着她。

"大表哥……"

嘉芙感到浑身无力，软软地靠在他的怀里，用小奶猫般的微弱声音，低低地唤了他一声。

裴右安眼底渐渐闪烁一片带了血色的泪光。

嘉芙也已经全想起来了。

他去打仗了，传来了凯旋的消息，她想去大门口等他回来，还没走到，却要生孩子了。她生了一天一夜，很是艰难，最后终于生下孩子，她觉得很累，就睡了过去……

她不知道自己睡了多久，但知道自己一定吓到他了。

"我好好的……你不要怕……"

她抬起手，爱怜地摸了摸他憔悴的面颊，安抚他，又动了动身子，转头想寻自己生出的孩儿。

她的手碰到他的面颊的那一刹那，裴右安却潸然泪下，一下将她拥进了怀里。

他紧紧地抱住她，越抱越紧，越抱越紧，紧得仿佛要将她嵌入自己的骨肉，力气大得也几乎要将她勒得再次晕过去。

嘉芙有点难受，却更是吃惊。

这是她第二次看到这男人流泪。

上一次，还是祖母临终，他赶回来跪在祖母身前。但那次，他也没有像这回这样。

他仿佛已经完全无法抑制自己的情绪了，却又要强行忍着。他抱着她，将脸深深地埋在她的长发里，一动不动，慢慢地，嘉芙感到自己长发下的脖颈间，无声无息地漫出了一片带着温度的湿意。

裴右安便如此抱着她，抱了许久，再次抬起头，嘉芙已经看不到他的眼泪了，但眸底依旧通红。

他扶着嘉芙，将她轻轻地放倒在枕上，动作轻柔无比，仿佛她是个一碰就碎的玻璃人儿，给她盖好被子，沙哑着声音，微笑道："咱们的孩儿在另一间屋里睡着了，你先吃些东西，有了力气，我就抱他过来，叫他和你一起睡。"

"我想现在就看他——"

裴右安摇了摇头，将嘉芙轻轻按回枕上，端着药碗出去了。

外面传来一阵欢呼声，嘉芙听到两个丫头、丁嬷，还有那个小太监，几人的声音混杂在一起，各自听不清楚，但无不充满欢欣。

崔银水两腿一软，站立不住，一屁股坐到了雪堆里，爬起来又不住地朝天跪拜，嘴里再次念念有词。

檀香进来服侍嘉芙换衣。嘉芙看了眼窗外的漆黑天色，问了句，这才终于明白，为什么自己刚醒来的时候，裴右安的模样会如此憔悴，情绪更是如此失控。

她是前夜生完孩子的，至此刻苏醒，中间已经过去两天三夜！当时她生完孩子，还在出血，人也昏迷过去。裴右安在旁守着，喂她吃药，药喂不进去，他便自己含在口里，一口一口地哺进她的嘴里。他整夜抱着她，从她那晚生孩子开始，直到今夜此刻，四个夜晚，三个白天，没合过片刻眼。

嘉芙禁不住亦闪出泪光，檀香忙给她拭泪："刚生完孩子，可不兴哭，要落下病根儿的……"

532

嘉芙自己飞快拭去眼泪，叫她端来吃的。她肚子很饿很饿了，她要多吃些东西，快些恢复力气，让裴右安放心，也好快些叫他答应抱孩儿过来。

她吃了一大碗肉糜粥、一个甜蛋羹，还有两个包子，终于觉得恢复了力气。裴右安再次给她端来药，她乖乖地几大口就喝下了苦药，张嘴含了他放到自己口中的一块红糖，便眼巴巴地看着他。

裴右安笑了，朝她点了点头，随即转身出了屋子。

嘉芙知道他要去抱儿子过来了，又紧张又兴奋，靠在那里，两只眼睛一眨不眨地盯着门口，片刻后，他便回来了，臂弯里抱了婴儿，檀香为他打开门帘，他弯腰进了屋。

婴儿被包裹得严严实实，轻轻放在了床上，裴右安展开包裹住他的斗篷，嘉芙睁大眼睛，看到一个白嫩嫩、圆滚滚的小人儿，出现在自己面前。

小人儿生得极是漂亮，一头毛茸茸的短发，淡淡的眉，才几天大，两排睫毛便又长又卷，鼻头挺秀，粉嫩粉嫩的小嘴巴。他醒着，睁大他那双圆溜溜的漆黑眼睛，仿佛也好奇地看着朝自己慢慢凑过脸来的嘉芙。

裴右安说，他已经替儿子起好了乳名，便叫他慈儿，希冀他能牢记亲恩——慈是上古神鸟阳乌，嘴白名慈，求食哺母，故而得名。

嘉芙看到这孩子的第一眼，便彻底忘记自己为了生他而经受的那些痛。她忍住心中涌出的对他的无限爱意，小心地伸出手指，碰了碰他的一只小手，那孩儿便立刻抓紧她的手指，轻轻晃动，口中发出咿咿呀呀的欢喜之声。

"他笑了，他笑了！"

嘉芙激动不已，抬起头："大表哥，我能抱抱他吗？"

裴右安凝视着自己这个有时也还如同孩子般稚幼的妻，勾了勾嘴角："傻芙儿，你是他娘，怎么不能抱了？"

嘉芙又是欢喜，又是紧张："我怕我抱不好他……"

裴右安笑了，双手轻轻抱起襁褓里的孩儿，将他放到了嘉芙的怀中。

屋里暖洋洋的，小人儿身上穿着嘉芙先前做的一件柔软小袄，软软的一坨，身上带着淡淡的奶香，靠到嘉芙的怀中，仿佛闻到母亲身上的气息，一张小脸便焦急地蹭了过来，不停地拱啊拱。

"慈儿肚子饿了呢。"裴右安含笑望着她。

嘉芙羞红了脸,叫他去给自己拧一块干净的热毛巾,轻轻地放下小人儿,在裴右安含着笑的目光注视下,微微侧过身,解开衣襟,擦了擦胸前,随即躺下去,将小人儿抱到了自己身边。

慈儿闭着眼睛,大口大口地吸吮着母亲的乳汁,慢慢地睡着了。

裴右安也躺了下来,侧身卧在床侧,默默地看着嘉芙哺乳,等到小人儿终于睡着了,起身将他轻轻抱起,放到了一旁的小床上,替他盖好被子,回来,靠了过来,吮去还沾在那胸前的一抹残余乳汁,朝面颊嫣红的嘉芙一笑:"累了吧?快睡吧。"

他带了点不舍地将她的衣襟掩好,扶她躺平。嘉芙却钻进他的怀里,抱住他:"大表哥,我是不是吓到你了……"

裴右安沉默了。

嘉芙慢慢地松开他,仰脸望着他,有些不安:"大表哥……"

裴右安忽然将她抱入怀中,紧紧地搂着,胡乱亲吻着她,吻如雨点般落在她的额前、鼻头、面颊、脖颈、胸口,又回到她的嘴边,顶开唇瓣,狠狠地吸住她的香舌,彻底和她绞缠在一起。

他深吻着她,久久不放,两人津液互渡,直到她快要窒息,他才松开她,将她的头按到自己的胸膛上,嘉芙感到他心口跳得飞快,喘息急促,良久,才终于慢慢地平息下去。

"芙儿,你是不知,你睁眼之时,我是如何感激上天。你未醒来的那两夜,我每每想到生我之母,心中便恐惧万分。芙儿,幸而你最后还是醒了,倘若你就此不归,此生独余我一人……"

他蓦然停下,声音喑哑而凝涩。

嘉芙心突然怦怦地跳,却不敢乱动,只温顺地依在他的胸前,听着他对自己说的话。

"芙儿,从前我一直未曾告诉你,我的生身之母,不是别人,而是我的姑母,天禧朝的元皇后,而我的生身之父……"他再次停了一下,闭了闭目,"便是过去的云中王,如今皇宫里的那个人。"

他终于还是咬着牙,一字一顿地说了出来。

"当年便是在慈恩寺里,我母生下我后,血崩不止,不过两日,便离世了,我被我父接至裴府，以长子抚育，这才有了后来之我……"

他停住，长长地呼吸了一口气，仿佛在平息此刻的心情。

"此事我从前一直未曾告知，因实是难以启齿。今夜我却想叫你知道，哪怕你会轻视我。芙儿，我原本只道我乃我父私生之子，却怎知实情比我从前所想加倍不堪，我更是个不祥之人，生母亦因生我而死，我恐她在天有灵，想必也是对我厌恶至极。本就为这世上多余之人，倘今日我再失你，我生又有何欢可言？"

嘉芙从他胸膛间支起身子。

"夫君，倘我告诉你，祖母临终之前，便已叫我得知了你的身世，嘱我伴你一生，你又会如何想？"

裴右安目光定住了。

"夫君，你错想了，你怎会是多余之人？我又怎会因此轻视你？祖母、舅父当年将你抚育大，祖母临终前，依旧对你念念不忘，心中对你自是有爱。他们尚且如此，何况是拼死生下你的生身母亲？她当年若真的厌恶你，又怎会十月怀胎，冒着风险也要将你生下？她心中实是对你爱极，这才不顾安危，舍了性命也要将你带到人世。倘她地下有知，知你如此看她，她心中必定难过。

"夫君，你母爱你，我亦如此。她不在人世了，这辈子有我，我来伴你。

"君若不老，我不敢白头。君若白头，我便随你老去。

"夫君，你可愿意？"

裴右安将她紧紧地抱住，慢慢地闭上了眼睛。

第二十一章 麟儿

两个月后，初春，素叶城外广袤原野的深处，地平线依旧被没有化尽的积雪连成一片白皑，但靠近城池和烟火人家的地方，冻了一个漫长冬季的泥土已开始变软。连着放晴几日，料场那片矮屋前，前两日，东一簇西一簇的，也已悄悄有零星的湿苔从墙角根的石头缝里冒出头。

过了午，裴右安骑着踏雪去了素叶城。因来了消息，唐老大人亲自来素叶城了，要裴右安过去——上回那场战事过后不久，唐老大人便派了人来素叶城暂时接管都司府。裴右安回了料场，一边等着后续处置，一边和嘉芙过起初为人父人母的小日子，照顾慈儿，调理嘉芙的身子。忙忙碌碌间，不知不觉，两个月就过去了。

上回那事儿，虽然先前已有过唐老大人的叮嘱，允许裴右安"便宜"行事，但"便宜"到这样的程度，往重里说，就是谋逆造反。这两个月间，唐老大人必定已将事情报到了皇帝跟前。

虽然凭直觉，嘉芙觉得应该没什么大事，想来皇帝无论如何也不至于砍裴右安的脑袋，但也吃不准皇帝心里头现在到底在想什么。万一皇帝还恼着裴右安，借机再给他穿双小鞋，弄个罪加一等什么的，也不是没可能。故裴右安去了后，嘉芙有点忐忑，带着儿子，和两个丫头在屋里做针线，消磨时间。入夜，陪着儿子玩了片刻，见他困了，她便上床哺乳，慈儿吃饱，渐渐睡了过去。

嘉芙靠在床头，拿起白天没做完的那只虎头鞋，慢慢地缝着鞋头上的那只小老虎，忽然听到门被轻轻推开的声音，转头，见裴右安回了。

裴右安脱了外衣，去洗了手，轻手轻脚地来到床边，探身去看睡过去的儿子，轻轻摸了摸他的小脸蛋，唇边露出笑意，随即坐到床边，朝嘉芙伸过手来。

嘉芙入了他怀中，低声问他饭吃了没，他说在城中陪唐老大人用过了。

嘉芙看出他似有话要和自己说，便仰面望着他。

裴右安手掌轻轻抚摸着她垂在腰间的秀发："芙儿，白天见了老大人。朝廷准他告老致仕了，不日老大人便要返回关内，解甲归乡。只是……

"朝廷问老大人，何人可替，老大人荐我，朝廷准了。今日老大人便带了朝廷旨意而来……"

他顿了顿。

唐老大人今日向他宣读的那道圣旨，先是列了他的罪行，皇帝斥他胆大妄为，目无纲纪，说原本罪加一等，严惩不贷，但念在当时是万不得已的权宜之举，最后立了大功，过后又立即向陇右节度使府呈情请罪，查明确实是出于公心，所以从轻处置，罚他一年俸禄。又因为得到了唐老大人的大力举荐，老大人还出具担保，所以朝廷决定采纳老大人之荐，任命裴右安接替陇右节度使一职，望他从中牢记教训，忠君体国，再不可辜负朝廷对他的厚望等。

嘉芙松了口气。

原来真是自己想多了。

离开京城一年多后，这次出了这样的事情，皇帝不但没有问半点罪，反而顺势让他领了节度使一职。

虽然上辈子，裴右安就是卒于这个节度使的官任，这辈子绕了一圈，最后他又回

到这位置之上,嘉芙却不担心。

她深信,上辈子裴右安在素叶城的去世,一定和萧胤棠脱不了干系,这一点从萧胤棠死前的梦呓就能推断出来。

这辈子,萧胤棠被废了,囚在萧家祖地庚州,他想要翻身,可能性微乎其微。而废太子妃章凤桐,据崔银水告诉她说,先前生了个女婴,未及满月便夭折。章凤桐悲恸欲绝,日夜哭泣,对女儿思念成疾,最后竟癫狂成疯,不但失禁,竟还当着宫人的面,将秽物混入食中食用,众人无不骇然,她却嬉笑自若,又和夭折了的女儿隔空对话,解衣哺乳。那时已过半年,按罪,原本当被送去祖地同囚,当时已归乡的章老,上书泣求皇帝法外开恩,皇帝便命太医检视章凤桐,确系失了心疯,遂允章家将废太子妃领了回去。据说自此被章家人幽禁于深院,不见天日。想来这一辈子,也就如此活到头了。

一切都和从前不同了。这辈子,就算兜兜转转,裴右安最后回到了素叶城,乃至又领节度使一职,但嘉芙知道,他和自己一定会携手同行,白头偕老。

"芙儿,节度使一职,我当领不当领?"

裴右安神色有些凝重,沉默了片刻,忽问她。

嘉芙从他怀里爬了起来,望着他道:"大表哥,你虽问我,但我知你自己心里,应当也已有了思量。节度使的印绶,虽是朝廷所授,你领的俸禄,亦是朝廷所发,但那些唤你大人、盼你带给他们安乐日子的,是千千万万的庶民。大表哥你做官,不是为了皇帝而做,乃为了庶民。从前如此,如今也是一样。倘若你不做,换成另一个胡良才来做,最后苦了的,还是治下百姓。朝廷既有旨意,老大人又这般举荐,还为你具保,你若推却……"

嘉芙悄悄瞥了他一眼:"那个人毕竟是皇帝,治不治你个抗旨不遵之罪且另说,你岂非辜负了老大人的一番信任?"

白天接到那道旨意后,裴右安心神有些恍惚,回来后,情不自禁便问嘉芙,本也只是信口而言,却没想到她如此劝了自己一番,字字句句,仿佛都说到了心里去。他呆了呆,不禁惭愧,叹了口气:"芙儿,枉我一大男子,遇了此事,心胸竟也不及你一女子开阔。你说得是,做官乃为了百姓,并非为了一家一姓。老大人如此信任我,我岂能令他失望？这印绶，先父当年曾用，如今我追随他便是了，倘能造福一方民众，也不枉先父当年对我的栽培抚育之恩！"

所谓当局者迷，以他如今和皇宫中那个人的关系，嘉芙知他心中起先应还存了疙瘩，这才犹豫不决。

聪明人有了心结，往往自己反倒最难化解。见他被自己给说开了，嘉芙心里欢喜，却故意蹙眉："大表哥你此话何意？为何女子心胸就定要比男子狭隘？"

裴右安一怔，随即失笑，拍了拍自己的额，将嘉芙抱到腿上，亲吻向她赔罪。是夜，屋中温情无限，身畔慈儿也是乖巧无比，睡在相拥而眠的父母身畔，一夜酣眠，直到天亮。

半个月后，陇右原节度使卸任而去，裴右安继领节度使一职。

消息传开，整个素叶城的民众都沸腾了。

须知当日战事完毕，裴右安向唐老大人派来的人交印完毕，揽下一切罪责，出城去之后，城中民众，无不为他捏着一把汗，唯恐皇帝治罪于他。今日获悉如此消息，岂有不高兴的道理？只是陇右节度使的府衙，向来设于雍州，距离关内更近些，与素叶边城遥遥相对，民众欢喜之余，不舍裴右安离开，第二天，便有许多人自发聚集，人数多达数千，一路浩浩荡荡敲锣打鼓地来到了料场。

嘉芙当时正在屋里收拾东西，裴右安躺在床上，将慈儿抱到自己胸膛上，逗弄着娇儿，屋里都是父子俩发出的笑声。

在这里住了将近一年半了，现在要搬走，嘉芙心中竟有些不舍。所谓敝帚自珍，连那张被裴右安修过腿的老床，她现在看着，都觉得充满了温馨的回忆。她正忙碌着，这也舍不得丢下，那也想要带走，忽然听到外头隐隐传来一阵喧声，老丁又急匆匆地跑来，远远地嚷道："裴大人，城里来了许多的民众，要替裴大人和夫人送行呢！"

裴右安坐起身，和嘉芙对望一眼。嘉芙忙将慈儿接过来，交给檀香，帮裴右安理了理衣衫，两人到了外头，见料场大门外挤满了民众，手里有抓着鸡的，有提着酒的，还有个小伢儿，怀里抱着只小羊羔，看见裴右安和嘉芙出来，飞快地跑了过来，将小羊羔高高举起来。一个老汉磕头道："这是我家孙子，这羊羔是他养的，今天抱了过来，请大人和夫人勿嫌，实在是老汉一家人的一点心意！"

他话音落下，其余人也纷纷下跪，争相要将带来的东西递送上来。

裴右安急忙去扶那老汉，又叫人都起来，说东西不收，那些人却哪里肯听，扶起这个，那个又跪下，将他团团围住，一人道："那日若非有大人护住城池，我们这些人如今都不知如何了，何况这些东西！请大人务必收下！"

嘉芙心中感动，更为自己有如此一个丈夫而感到骄傲，见那小孩子还举着羊羔，学他祖父跪在那里。那小羊虽才几个月大，却已被养得圆滚滚的，可见平日照料细心，又想是有些沉，那孩子举得有些吃力，却还努力顶着，便过去，将羊羔从他手里抱了下来，笑道："你很喜欢这小羊吧？抱回去吧，裴大人不会收的。"

那孩子仿佛害羞，却摇头不肯。

裴右安露出微微动容之色，抬手，示意众人安静下来，说道："裴某不过尽本分而已，却得诸多父老如此厚爱，裴某不胜感激，更是惭愧。我在少年之时，曾两度来素叶城，对此地，亦怀有别样之情怀。此城毗邻边境，人口众多，地理更是折冲，不瞒诸位父老，裴某正考虑将节度使府衙搬迁至此，日后更有利于戍边卫境。诸位父老今日心意，裴某与夫人心领了，只是这些东西，请一概带回！"

民众本就是舍不得他走，听他说要将府衙搬来这里，欢声雷动，只是那些东西，无论如何也不肯带走，朝着夫妇二人磕头，纷纷将东西放下，人便要走，无不喜笑颜开。

裴右安便是智计无双，对着这么多强行放下东西就走的人，一时也是无计可施。

嘉芙便上前一步，对着众人高声道："诸位父老，皇帝曾有严令，官员若取百姓之物，视同敛财，即便百姓甘心所赠，亦不可妄取，否则便是触犯我大魏律法。请父老听裴大人之言，诸位的心意领了，我夫妇二人万分感激，但这些东西，请务必收回！"

裴右安被提醒，忙抱拳。

嘉芙说完，亲手将那只小羊羔抱了起来，放回到那孩子的怀里，笑着将他从地上扶了起来。

民众相互对望片刻，这才无可奈何，将自己方才放下的东西纷纷拿了起来，只是心中，对这一双即将到来的新任节度使夫妇，更是钦佩敬重，再次下跪叩谢，这才起身，欢欢喜喜地去了。

一个月后，朝廷批复，准陇右节度使府衙搬迁至素叶城，府衙设于原本的都司府内。

昭平三年四月底的这一日，在一队士兵的卫护之下，裴右安带着坐于马车中的嘉芙和慈儿，在民众夹道欢迎的锣鼓声中，入素叶城，迁入节度使府。

东风解冻，雨水桃华，蛰虫鸣振，玄鸟将至，又是一春，循环复始。

这一春，本也只是一个寻常的新年伊始，但对于京城百官、在外王府、各文武衙门，乃至大魏的万万子民来说，下月廿六，却是一个举国大贺的特殊喜庆之日。

这一年是昭平六年，下月廿六，便是皇帝五旬整的万寿之日。

今上自登基以来，忽忽已然七个年头过去了，在大臣们的私评里，虽有严刑峻法、苛刻不近人情之嫌，但皇帝休养生息，登基多年，无土木声色之乐，勤劳政事，夙夜不怠，如今天下太平，民安居乐业，此为有目共睹，故逢他五旬万寿，不断有大臣上表，提议大赦天下，由礼部操办千秋贺仪，到时天下大庆，万民同贺，一道为皇帝祈福祝寿。

皇帝对于自己过寿一事，向来兴致缺缺，每年逢日，不过在宗庙内具礼致祭，百官不贺，年年如此。但今年，或许年纪大了，也或许是逢五旬整寿的缘故，皇帝竟一反常态，并未出声反对。于是元宵过后，由礼部、宗人府牵头，下属太常寺、光禄寺、鸿胪寺协力，其余五部、朝廷九卿，无不放下别事，全都预备起了下月廿六的万寿庆典。众臣提议的设坛、建醮、建庙祈寿等项，均被皇帝否决。唯独去岁，东南沿海亦取得了剿倭战事的大捷，彻底捣毁倭寇匿于澎湖数岛的老巢，剿杀倭寇近万人，俘虏数千，余下如丧家之犬，惊惶逃回倭国，为患多年的沿海倭患，终于得以肃清，军民欢欣鼓舞，如今翘首只等海禁再开，兵部提议的万寿之日于皇城午门前举办一场献俘之礼，以此庆贺皇帝万寿，张扬国威，皇帝照准了，兵部遂操办。

深夜，三更将至，李元贵手执一表，匆匆入殿，面上带了微微的喜色，快步到殿口，看了眼内里，见乌沉沉一片，问一值守小太监："万岁歇下了？"

小太监低声道："万岁略乏，奏折不多，亥时批完，便歇下了。"

李元贵捏着手中奏表，又看了眼内殿，迟疑着时，忽听黑漆漆的内殿深处，传出皇帝的声音："是李元贵？"声音听起来略带喑哑。

李元贵忙应了一声，将奏表揣入怀中，入内燃了烛火，行至龙床前，将一面垂帐撩起，以金钩挂住。

萧列睁了眼睛，慢慢地坐起身。李元贵见他白色中衣的后襟上有层汗迹，贴于后背，额头亦隐隐浮出一层水光，似刚从梦中惊醒的样子，忙取汗巾为他拭汗。

萧列接过，自己慢慢擦了把额头。

"万岁头可还疼？自己定要保重龙体，那些糊涂人的糊涂之言，万万不必上心！太医也说了，万岁乃肝火郁躁，气结于心，倘日常舒心缓气，身子自然便会好。"

从去年起，萧列的身体渐渐就没几年好了，夜间眠浅，时有头痛。今日白天下朝回来，他又疼了片刻，原因便是那万寿庆典。朝会中，群臣议预备事项之时，一身兼詹事的翰林学士竟上奏，称东宫关乎国体，乃朝廷大事，宫位却至今空置，朝臣无不焦虑。废太子已守灵多年，盼皇帝借此万寿之机，施恩召回，提点教化，助其裨益，则朝廷大幸，天下大幸。

这奏言虽然半句也没提复立废太子，但个中含义，不言而喻。

皇帝登基迄今七载，唯一的皇子，从前于太子位上被废，送去祖地守陵，这些年间，后宫再无任何动静。又据传闻，皇帝后宫如同虚设，这几年间竟从未召寝过嫔妃。朝臣表面无波，暗中却各种揣测，底下暗流涌动。尤其这两年，朝臣越发关注此事，渐渐有人推测，皇帝应是有意复立太子，只是寻不到合适契机，如今操办万寿，便有嗅觉敏锐之人，譬如这位詹事大学士，借机上了一表，原以为揣摩圣意投其所好，却万万没有想到，皇帝听罢，勃然大怒，竟当场将那詹事革职，廷杖三十，随后怒气冲冲罢朝而去，留下满朝文武或战战兢兢，或骇异莫名。皇帝回了后宫，头痛便也发作，太医过来，折腾了好一会儿，才慢慢恢复过来。

萧列并未应声，自己擦了擦汗，丢下汗巾，问道："你来何事？"

李元贵忙笑道："万岁，陇右节度使偰门的祝寿贺表连夜送到了，奴婢想起万岁的吩咐，不敢压下，方才带了过来……"

萧列立刻转头，看向李元贵。李元贵便从怀中取出那封打了火漆的贺表，恭恭敬敬地双手呈上。

萧列盯了片刻，慢慢地接过，启了火漆，手定了定，终于从里头抽出贺表。

薄薄一张纸，上头不过寥寥数列字而已。皇帝扫了一眼，视线定了片刻，一动不动，良久，目光里渐渐流露出一种混合了失望的怒气。他将手中的贺表掷在了地上，冷笑道:"朕便知道!果然如此!"

贺表飘飘落地,掉在了龙床前。

皇帝万寿大庆,所有不能进京的各省在外王府、七品以上文武衙门,按制,一概由主官令下属就地行告天祝寿之礼,完毕后,送入表文。

李元贵屏住呼吸,瞥了一眼贺表,瞥见最末一行字:"恭惟皇帝陛下万寿圣节,应乾纳祜,奉天永昌。臣裴右安等诚懽诚忭,敬祝万万岁寿。"

正是本朝官员历来用以向皇帝上万寿贺表的通用致辞,一字不多,一字不少。这些时日,各省每日都有大小衙门数十封类似贺表送至,内容千篇一律,唯一不同,便是主官姓名而已。

李元贵识得裴右安的字体,认出应是他本人所书,并非幕僚代笔,这才略略松了口气,忙捡了起来,赔笑:"万岁万勿多思。此为万寿贺表,各省历来皆有规制,裴大人如何能别出心裁与众不同?心里必定也是不忘,万岁您看字体,乃裴大人亲笔所书,一字一顿,笔迹可循,可见书写此表之时,必正襟危坐,极是恭敬。"

萧列一语不发,慢慢下榻,趿鞋行至北窗,推开窗牖,朝着漆黑夜空,面北凝立。

李元贵不敢再发声,只垂手站在一旁,忽听皇帝道:"崔银水那里,最近可来了孩子的消息?"

"禀万岁,便是去年底传来的那信,奴婢已转呈万岁。如今尚无新的消息。万岁若挂念,奴婢这就传信,命他报来。"

皇帝沉默了片刻,道:"那孩子生于昭平三年立春,如今六年立春,三岁了。朕很想见他。"

"朕下月便五十岁了。朕的孙儿,也该回来了。"他转过身,注视着李元贵,缓缓地道。

李元贵跪地,叩头道:"奴婢领旨。"

入春,素叶城中,冰雪渐渐消融,再过几日,便是春集。

到了春集,来自西域和关内的各地商人,都会云集于素叶城,换货交易。来自西域的葡萄酒、玉器、药材、镔铁,来自关内的丝绸、棉布、瓷器,乃至胡人马匹,天南海北，各种货物，琳琅满目，那半个月间，商人驼队和马帮马队，往来不绝，四方民众也携家带口地前来赶集。素叶城的热闹程度，几乎能与关中城池相媲美。

素叶城因地处要道的交汇中心，这种商人集中起来交易的春集，早十几年前便有了，但规模一直不大，人也不多，三两日也就毕了。便是这三年间，裴右安就任陇右节度使，名传西陲，又将府衙迁到此地，鼓励西域和关内商人来此交易买卖，素叶城的春集，这才吸引了许多慕名而来的商人，规模迅速扩大，去年一直持续十来天。今年虽然离开集还有几日，但前些日里，便已陆续有商人抵达，栈居人满为患，城中大街小巷，到处可闻驼铃之声，瞧着比之去年，更要热闹上几分。

但凡来城交易的商人，都需先去城北的节度使府衙登记造册。故一大早，在府衙大门前摆出桌椅的文书便忙碌起来，商人来来往往，络绎不绝，更有不少人，登记完了还不愿离开，滞留附近，寻着门路，盼能被引见进去，得以拜见那位名声远扬的节度使大人。

府衙前头如此热闹，后头的一个小校场里，却很是安静。一个男童，大清早便来了这里，开始日常练功。

男童不过三四岁大而已，穿了件浅蓝小衫，容貌俊秀，发梳两结，顶在头顶两边，宛如两只小角，模样十分可爱。来了后，他对着对面架子上点燃的一炷香，扎起了马步。

这是父亲给他交代的功课。父亲说，从上月开始，他满三岁了，要开始进学。逢单，每天早上，读一篇书，写一篇字；逢双，则到小校场里扎一炷香工夫的马步，然后再练习射二十支箭。

今日逢双，父亲有事没能陪他，小家伙便自己来了，像往常那样，照着父亲教他的姿势，摆出了马步，一丝不苟。

太阳渐渐升高，香短了下去，男童额头开始沁出汗。陪在旁的一个随从——面白无须，嗓音尖细，便是太监崔银水，如今已经伴了这小公子三年，见状十分心疼，左右瞧了下，见男主人不在，急忙来到香前，鼓起两个腮帮子，帮着用力呼呼地吹着那香火，吹得两眼翻白。这样的天气，后背都冒出了热汗，可算将那一炷香吹完了，长长地呼了一口气，转过身，高兴地道："小公子！快看，我帮你把香火吹完了！今日马步扎好了！"

那男童便是裴右安的儿子,却仿似没有听到,继续蹲着马步,小身子一动不动,眼睛只看着前方兵器架投在地上的那道黑色影子。直到影子和墙角贴在一起,他这才站直身体,踢了踢有点发酸的两条小腿:"崔伴儿,等下我爹要是来了,问我有没有练满一炷香,我就说你帮我吹香火了,我只好看前日的日头影子,也不知满不满一炷香。"他话声里还带了点奶稚之音,听起来软软的,崔银水却吓得不轻,哎哟了一声,蹲跪在地上,两手交替抽着自己的嘴巴子:"叫你嘴贱!"他哭丧着脸,"小公子,你就饶了我这回吧。下回我再也不敢了!"

男孩儿看着他抽了自己几下脸,这才上去,拿开他的手,道:"崔伴儿,我知道你对我好,可我不喜欢这样。答应了爹的事情,我就一定要做到!刚才我是吓唬你的。只是下回,你要是再这样,我就真生气了!"

崔银水用力点头,男孩儿这才露出笑,又从兵器架上拿起一张父亲亲手给他做的小铁弓,站在数丈外的地上,搭箭,拉满弓弦,瞄准后,朝着前方的靶子射出飞箭。

咻的一声,箭头钉入了靶子,虽离靶心偏了两寸,但小小年纪,那眼神、那架势,竟沉稳异常,隐隐已有大家风范。

那男童射出一箭,见箭头未中靶子正中,便一箭又一箭地接着练,早满了二十箭,却仿佛铆上了劲,继续练习,一丝不苟,渐渐热了起来,汗流浃背,又把外衣脱了。

崔银水在旁看着,又好一阵心疼,简直恨不得自己上去代劳。只是这回他却不敢再发半声了,只在一旁陪着,帮那孩子递箭。这时,校场大门里进来个二十出头的窈窕丽人,明眸雾鬓,穿条秋香色底裙,因风吹来还带了点冷,出来便往肩上搭了条鹅黄底绣海棠纹的白狐领短披肩,貌美无比,朝着这边走来。崔银水听到脚步声,转头,见是主母来了,面露喜色,急忙迎上去,指手画脚地说了一通。

慈儿上月才刚满三岁,就被裴右安拎着来校场了,嘉芙也是心疼,起先阻拦,偏儿子竟不领她的情,嘉芙也是无奈,只好放了他。方才听檀香说大人有事出去了,她不放心,便自己找了过来,见儿子在那里一箭一箭地放着,唤了一声。慈儿听见,见娘亲来了,急忙放下弓箭,跑了过来。

嘉芙将他抱住,见他一脸汗,摸了摸,后背也都是汗潮,心疼得紧,忙取出帕子替他擦汗,问累不累。

慈儿在父亲面前，是个小大人的模样，到了嘉芙这里，却恢复成软软的小人儿模样，抱住嘉芙的脖子，小脸儿靠了过来，摇头。

嘉芙见他小手手心都被弓弦勒出红痕，问了崔银水，知他早射满裴右安规定的二十支箭，便带了儿子回屋，帮他擦身子，里外换了衣裳。

木香送来一碗点心，嘉芙亲自喂他，慈儿吃了两口，杨云来求见，说寿礼连同寿幛都已封好，交由快驿，发往京城了。

皇帝过五十万寿，天下皆贺，消息早早就传到了陇右，裴右安这里，却只发出一封公文式的贺表，除此再无任何表示，每天依旧忙忙碌碌。嘉芙便赶做了一道寿幛，又亲手做了件寿喜之服，以陇右节度使府的名义，叫杨云再送进京里。

她做寿幛和衣服，也没瞒着裴右安，那日特意叫他看到。他盯了一眼，便板着脸，过去了。嘉芙见他没出声反对，做好了，便叫杨云给送出去。

杨云禀完，退了出去，嘉芙继续喂儿子吃东西，却见慈儿眨了下眼睛，好奇地问："娘，京城在哪里？皇帝什么样？他过生日，娘为何要亲手给他做衣裳？那日我都看见了，爹爹为何不高兴？"

慈儿眼睛睁得圆溜溜的，望着嘉芙，等着娘亲的回答。

嘉芙道："京城离我们这里很远，要走很多天的路才能到。城里有一座大屋子，房顶是用琉璃瓦盖的，太阳一照，就会闪闪发亮，皇帝就住在里面。他管着天下的人和事，和寻常人不一样。他过生日，娘给他做衣裳，是本分的事情。你爹爹……"

她一时语塞，还在想着该如何向儿子解释，慈儿眼睛一亮："我知道了，爹爹是心疼娘亲辛苦，这才不高兴了！"

嘉芙为赶做出那件寿喜衣裳，还熬了几个晚上，裴右安确实很心疼，越发不高兴。

慈儿才三岁，平日不大爱说话，却聪慧得很，嘉芙疑心裴右安小时大约就是儿子的模样，很是不好糊弄，正伤脑筋该怎么回答他爹不高兴的问题，忽听儿子自问自答了，松了口气，正要把话题岔开，忽听门口传来一阵脚步声，裴右安进来了。

慈儿原是靠在嘉芙怀里的，看到父亲来了，急忙爬起来，叫了声爹爹。裴右安点了点头，坐到旁边，问他早上练功之事。慈儿小身子坐得笔直，一一应答，话音稚嫩，望着父亲的神情却极认真。

裴右安道："方才爹去看过箭靶子了，慈儿射得不错，也不止射了二十支箭。只是慈儿刚开始学，不必过多，每次只要用心射够二十支便可，记住了吗？"

慈儿对父亲极是崇拜，在这个小小男孩的眼中，这个男人无所不能，就像高山一样令人仰望。得到嘉许，他双眸露出欢喜之色，用力点头。

裴右安笑着，摸了摸儿子的小脑袋，自去靠墙的一面书架前，翻起了书。

嘉芙将儿子抱了回来，继续喂他吃点心，勺子送到他嘴边。慈儿含进嘴里，咽了下去，见母亲继续要喂自己，仿佛有点忸怩，偷偷看了眼父亲的背影，凑到嘉芙耳畔，低声软软地道："娘，我的手不酸了。我自己吃吧。爹爹说，慈儿三岁了，要自己吃饭了……"

嘉芙知他练射箭练得手酸，这才亲自喂，见儿子说完，伸手管自己要调羹，只好递了过去。

慈儿自己舀着碗里的小点心，张嘴大口大口地吃着，吃得一点不剩，嘴边沾了些汁，嘉芙替他擦嘴。

裴右安过来了，叫崔银水将儿子领出去。

嘉芙知他应是有话要和自己说，便也没出声反对，帮慈儿穿好鞋子，外面再加了件厚的小斗篷。看着崔银水牵他出去，带上了门，她这才转头，埋怨道："慈儿才三岁，你瞧你把他拘的，你一来，就跟个小夫子似的，我不过喂他一口饭，他都怕你说他！有你这么当爹的吗？"

裴右安一笑，坐到嘉芙边上，拿书轻轻敲了下她的脑袋："慈母多败儿！有你宠他就够了，我心里有数的。"说着，他看了眼慈儿吃剩下的那个空碗，将她抱到膝上，"我肚子也饿了。你眼里只有慈儿，都不管我了！我进来这么久，你只顾喂儿子吃饭，都没听你问我一声饿不饿。"

嘉芙睨了他一眼，推开他，口中道："是，是，是我不好。裴大人你等着，我这就去给你拿吃的来。你要是手也酸，大不了我再喂你……"

她要从他腿上爬下去，才扭了个身，腰肢便被他握住，哎哟了一声，人被横在了身下的那张美人榻上。

裴右安压了下来。

"秀色可餐，我吃你便好……"

嘉芙被他压住，挣扎了几下，便柔顺了。

半晌，裴右安终于放开她，说了件正事。明日春集开集后，他便要动身去边境春巡。

天气渐暖，为防备胡人趁着春暖袭掠，每年这时候，他都会亲自去边境巡检边防。陇右治下有数州，边境曲折而漫长，来回一趟，至少要大半个月。

果然，嘉芙一问，得知要下月中才能回，心中很是不舍，却也知这是他的职责所在，嘱了声早去早回，便起身去给他收拾行装。裴右安这个白天也没再出去了，一直留在府中，陪着嘉芙和儿子。

晚上，裴右安在灯前伏案，嘉芙给慈儿洗过澡，带了儿子坐在榻上，拿出棋盒，陪他下棋。

这副棋是裴右安送给儿子的三岁生日玩具。棋子一共三十二枚，两只骑马将军、两只狮子、四只马拉的战车、四匹马、四匹骆驼，还有充当士兵的十六个端坐着的小人，全是用木头雕刻出来的，栩栩如生，模拟双方对阵作战。慈儿非常喜欢，当宝贝一样收着，从父亲那里学会规则后，着了迷，天天都要拿出来玩，有时要嘉芙和崔银水陪他，有时自己一个人摆弄，一坐一两个时辰，若不是嘉芙来打断，连饭都不吃。刚开始，嘉芙陪儿子下，还能赢他，最近已经开始吃力了，一不留心就要输。

过了一会儿，府里下人有事，嘉芙被檀香叫走，便叫裴右安代自己一会儿，又嘱了一声，若到戌时中自己还没回，叫他先送儿子去睡觉。

裴右安放下手中文牍，走了过来，上榻，坐到对面。

裴右安因为事忙，除了刚开始那两天抽空教儿子，和他下了几次外，最近都没陪他了。慈儿显得有些兴奋，跪坐在榻上，小身子端得笔直，双目严肃地盯着棋盘，俨然一派大家高手的风范。

裴右安陪儿子走完一盘，已快到嘉芙叮嘱的时间了，待开口叫他回屋睡觉，又见儿子仿似意犹未尽，眼巴巴地看着自己，一时心软，便又陪着下了一局。下到一半，从前那姓杨的幕僚，如今已为裴右安所用的，来寻他问个事，裴右安便放下棋子，叫儿子等等，自己出去了。片刻后回来，他发现儿子已经趴在棋桌上睡了过去，一只小手还紧紧地攥着那枚骑马将军的棋子。

裴右安将儿子手中的棋子拿掉，抱他起来，送到隔壁相连的那间小卧房里，将儿子放到床上，轻轻脱掉外衣，替他盖好被子。他正要出去，忽听到身后传来一声含含混混的稚音："我还要和爹爹下棋，还没下完——"

裴右安转头，见儿子努力睁开惺忪睡眼，揉着眼睛，似还要爬起来，忙回来，侧卧在他身边，轻轻拍着他的后背："慈儿好睡觉了。那盘棋爹爹记住了，下回再陪你下完。"

慈儿闭上了眼睛，过了一会儿，又睁眼，小声道："爹爹放心，慈儿会陪着娘亲。"

裴右安对上儿子那双明亮的眼眸，心中慢慢涌出一股暖流，低头轻轻亲了亲儿子的额头——在儿子面前，做父亲的他一向内敛。慈儿从记事起，就只记得娘亲总爱亲自己的脸蛋，父亲却从没亲过他，今夜真的是头一回。他心里忍不住又是欢喜，又是害羞，小脑袋靠在父亲的肩膀上，一动不动。

裴右安亲了亲儿子的额头，柔声道："你娘亲爱哭鼻子，爹就把娘亲交给慈儿了。爹不在家，慈儿要哄娘亲高兴，不要让她哭鼻子。"

慈儿嗯了一声。

裴右安笑了，将儿子的小身子往自己身边又拢了拢，轻轻拍他后背，哄道："睡吧。"

慈儿闭上眼睛，在父亲的怀里，慢慢地睡了过去。

裴右安凝视儿子睡着了的一张稚嫩小脸，微微出神片刻，方回过神，轻手轻脚地下了床。

次日，裴右安出节度使府邸，带了一队士兵，动身离开素叶城，留下杨云和另两名得力副手在城中维持春集秩序，保护府邸。

丈夫走了，要好些时日才能回，嘉芙心中自然不舍，但这也不是头一回了，想着大半个月很快就过去，何况身边还有儿子要她照料，很快也就驱散了心中的失落。次日，她陪着儿子在房中练字，写好了一张纸，侍在一旁的崔银水称赞小公子的字写得好。

三年前，嘉芙原本只答应留崔银水到春暖，后来生了慈儿，那段时日，裴右安一直忙于照顾嘉芙的身子，也无暇理会崔银水，崔银水里里外外，事情无不抢着做，服侍得无微不至，到了春暖时节，他百般恳求，就差以死明志了，嘉芙不忍心强行再赶他走，裴右安拗不过她，加上崔银水的脸皮厚如城墙，裴右安勉勉强强，最后睁只眼闭只眼，也就这么让他留了下来。

这太监心细如发，将慈儿照顾得极好，嘉芙也看出来了，他对慈儿真心好，且随

549

着时间推移,并没觉察他有什么异动,渐渐地,便也不再阻拦他靠近儿子。如今一晃三年过去,崔银水早成了慈儿的贴身伴随。

"娘,外头那么热闹,我写完字了,想出去玩一会儿,好不好?"慈儿恳求嘉芙。

嘉芙见儿子眼巴巴地看着自己,想到一年到头,城中也就这半个月如此热闹,平日出了城,夏日荒野黄沙,冬日冰天雪地,怎忍心拒绝儿子,便点头答应。

慈儿从椅子上一跃而下,蹦蹦跳跳,欢喜极了,崔银水忙去预备马车。嘉芙叫了檀香、木香还有跟过来做事的丁嬷,几人听到要去集市,也都高高兴兴,换了衣裳。因杨云今日不在府里,嘉芙另叫了两个侍卫随行,一行人出了节度使府,去了集市,走走停停,买了不少东西。嘉芙又带慈儿去看了变戏法的,到了中午,方兴尽而回。

回来的路上,嘉芙带着慈儿坐马车里,崔银水陪在一旁。

慈儿意犹未尽,尤其对方才看到的变戏法念念不忘,靠在嘉芙怀里道:"娘,崔伴儿说,京城的集市,比我们这里还要热闹上许多,天天都有,还说那里的戏法,能变出天上飞的鸟、水里游的鱼。娘,咱们什么时候能让爹带咱们去京城一趟吗?我想看看,京城到底什么模样。"

嘉芙看了眼崔银水。

崔银水讪讪地赔笑:"我就随口说了两句,小公子就上心了……"

嘉芙抱儿子坐到自己膝上:"等日后,你爹有空闲了,带你去京城,好不好?"

慈儿目露向往之色,点头,一行人回了节度使府。用了饭,嘉芙因逛了半日,感到有些乏,见慈儿还玩着集市买来的玩具,丝毫不困,便叮嘱崔银水带着他玩儿,自己先回房,眯了一会儿眼。醒来过了未时,唤了声檀香,檀香进来帮她梳头,嘉芙见她脸色怪异,似欲言又止,便问了一声。

檀香低声道:"午后府里突然来了个京城里的人,便是宫中的那个李公公。我想来叫夫人,李公公不让,说让夫人歇着,这会儿人还在外头呢。"

"李公公?李元贵?"

嘉芙吃了一惊。

"是。崔银水叫他干爹。"

嘉芙心咚地跳了一下,浑身汗毛直竖。

她怎么也没想到，皇帝万寿在即，李元贵竟在这时来了自己这里，急忙问儿子，得知崔银水领了慈儿到前头去了，心慌意乱，立刻叫檀香帮自己梳好头，匆匆换件衣裳，疾步便往前去。一脚跨进前堂，她竟真看见李元贵站在那里，穿了身寻常衣裳，弯着腰，正在和儿子说话，也不知说了什么，一副恭恭敬敬的样子，旁边陪着崔银水。

嘉芙见儿子还在，松了口气，急忙唤了一声。慈儿转头，见娘亲来了，飞快地跑了过来，拉住嘉芙的手，指着李元贵道："娘，他说他认识爹和娘。还说慈儿有个皇爷爷，就住在娘说的京城大房子里，皇爷爷很想慈儿，还生了病，他想带慈儿去看皇爷爷。"

"娘，他说的都是真的吗？慈儿真的有个京城里的皇爷爷？"

慈儿仰头望着嘉芙，问。

嘉芙抬头，见李元贵面带笑容地朝自己走来，一把抱住儿子，飞快地后退了几步。忽见儿子一脸困惑，意识到他应是觉察到了自己的紧张，怕吓到他，嘉芙定了定神，蹲下去，微笑道："娘和他要说几句话，慈儿先跟檀香姑姑回房，等下娘去找你，好不好？"说罢她便命檀香带走慈儿。

慈儿点头，回头又看了眼李元贵，一步三回头地去了。

"李公公，你怎来了？"

慈儿一走，嘉芙也顾不得什么礼节了，实在是被儿子方才那一番话给听得心惊肉跳，开口便问。

李元贵朝嘉芙见礼，一脸恭敬，道："夫人不必多虑。奴婢这趟来的目的，便如方才小公子所言。万岁五十千秋在即，又极是想念小公子，故打发奴婢过来，想请夫人带小公子一道入京。若夫人方便，可否今日便动身上路？夫人放心，路上的照应，皆已安排妥当，一切以夫人和小公子合宜为上。"

嘉芙看了眼崔银水，崔银水慌忙垂下眼皮子，耷拉着脑袋，不敢和她对望。

嘉芙道："我须知会慈儿的父亲一声。"

李元贵神态越发恭敬，躬身道："裴大人有事在身，此刻怕无暇分身。夫人放心，待裴大人巡边完毕，奴婢自会告知裴大人夫人和小公子的去向。"

嘉芙心里雪亮。

李元贵这是算着裴右安不在，这才直接上门来"请"自己和儿子进京。即便裴右安这次不是恰好要去巡边，他想必也会用别的什么法子将其调走。

"李公公，慈儿父亲不在，我怕我不方便和慈儿入京。"

嘉芙盯着对面的这个大太监，道。

李元贵再次躬身："万岁实在是想念小公子。还请夫人勿为难奴婢。"

嘉芙沉默片刻，道："我明白了。公公安排便是。"

李元贵松了口气，面露感激之色："多谢夫人体谅。"

嘉芙带着慈儿坐上马车，对儿子说，自己先带他进京，等父亲回来，他就会跟来。

慈儿这才放心，紧紧地抱着怀中带出来的那个棋盒，道："娘，等见了皇爷爷，我就教他下棋，他的病就会好起来的。"

嘉芙望着儿子那天真无邪的双眼，压下心里涌出的纷乱情绪，微微一笑，点了点头。

廿三日，皇帝万寿庆典前三天，嘉芙和慈儿母子二人抵达京城。

那时已是深夜，载着母子二人的马车径直从长安左门入了皇宫。行至承天门前，母子下马车，改上一顶四面封闭的软轿，往北入端门，穿过左社稷右太庙中间的甬道，过午门，再往西，一重重宫门次第开启，最后经过西华门，来到西苑。三更鼓过，母子二人被送到了一处名为蕉园的宫苑。

蕉园里花木繁茂，白桥清波，太液池和园池款曲相连，池里养了数百尾尺长的五彩锦鲤，逢了晴朗的白天，若是站在桥上朝着池面撒喂鱼饵，锦鲤争相环游跳跃，煞是喜人。供母子落脚歇息的宫室，显然也预先经过精心布置，地铺云毯，锦帐绚烂，玉屏锦霞，博山吐香。

坐轿从宫门来到这里，行了一段不算短的路，慈儿还在轿中被嘉芙抱着时，便在母亲的怀里睡了过去。嘉芙将儿子安顿好，是夜，和衣睡在儿子的外侧，虽行路疲乏，却半点睡意也无，醒着到了天亮。

次日早上，慈儿睡饱醒来，崔银水人已在殿外等着伺候。嘉芙未用他，只叫他回，崔银水跪在了地上，嘉芙也不叫别的宫人进来服侍，自己帮儿子穿衣净面，又为他梳头。起身整理完毕，吃了早饭，慈儿好奇地打量四周，得知这里便是那座叫作"皇宫"的大屋子，记起那个大太监口中未曾谋面的"皇爷爷"，问道："娘，我什么时候能见到皇爷爷？"

他话音刚落，嘉芙便听到外头传来李元贵的声音："夫人，万岁到了。"

嘉芙转头，伴着一道脚步声，看到一个人影跨入，身影出现在殿门口，那人朝内缓缓走了几步，便停下。

萧列来了，头戴一顶乌纱折上巾、身穿一件圆领窄袖襟肩各绣一金织盘龙的常袍，立定在原地。

嘉芙微微吃惊。

她是昭平二年秋离开京都去往素叶城，如今昭平六年春，中间三四年的时间，不算短，也不算很久，但皇帝看起来竟苍老了不少。许是这几年国事操心过度，如今两鬓已生华发。

在嘉芙原本的印象里，皇帝应当还是个中年之人，但是此刻，看到皇帝的第一眼，她却觉得，皇帝真的老了，再不复壮年之态。

嘉芙只看了一眼，便立刻低头，带着身边的慈儿，领着他一道下跪，向面前的那人叩首，口称万岁。

萧列的目光落在嘉芙身边那个向自己叩拜的小小身影之上，定定地凝视着，身影一动不动。片刻后，见那孩子悄悄地抬头，偷偷看向自己，明亮的一双眼眸，露出好奇困惑之色，萧列便朝那孩子露出笑容，向他招了招手。

慈儿便从地上爬了起来，朝面前那个身穿黄衣、腰束玉带的人走过去，停在距离他数步之外的地上，微微仰头，和萧列对望片刻，迟疑了下，小声问道："你就是我的皇爷爷？"声音稚嫩，犹带奶音，神情却极郑重。

萧列声音微微发颤："你就是慈儿？"

慈儿点头："慈儿是我的小名。我大名叫裴翊渊。'鸢飞戾天，鱼跃于渊'的翊渊。"

萧列凝视着面前的这孩子，强忍住心中翻涌而起的无限激动，朝他走了过去，最后停在他的跟前。

"裴翊渊，朕便是你的皇爷爷！"

萧列弯腰，将那孩子一下抱起，高高地举了起来。

嘉芙抬头，看见儿子小小的身子被皇帝高高地举过头顶，儿子发出快活的笑声，

笑声如铃,回荡在这殿室四角,心中不禁越发骇异。

她不禁想起上一次她和皇帝见面时的情景。那时她赶到京城求见皇帝,皇帝余怒未消,在她觐见之时,他还盘问自己具体都知道了些什么。

当时她应付过去。皇帝或许真的相信了,或许并不相信,心照不宣而已。

几年过去了,那日李元贵来接她和慈儿,开口对慈儿说"皇爷爷",便已令她吃惊,至此刻,皇帝竟当着她的面,自己直接就认下慈儿,再没有丝毫遮掩之态。

他究竟想做什么?

仿佛觉察到了她的骇异,萧列慢慢放下慈儿,看向嘉芙,道:"你的寿礼,朕收到了。慈儿是朕的孙子,亲孙子。你将他带得很好,你起来吧。既来了,你安心留下便是。"他说完,看向那孩子,面露笑容:"慈儿,皇爷爷带你去皇爷爷那里玩,你去不去?"

慈儿待要点头,却又迟疑了下,转头看向嘉芙,跑了回来:"娘,皇爷爷要带我去他那里玩,我能去吗?"

嘉芙对上皇帝投向自己的两道锐利目光,看向目光里含了期待的儿子,慢慢地点头。

慈儿高兴地转头,对着萧列道:"皇爷爷,我娘准许了!"

他又转头望向嘉芙:"娘,我和皇爷爷玩好了,就回来陪你。"

他说完,仿佛想起什么,飞快地跑了进去,手里抱着那个棋盒,跑了出来。

嘉芙目送萧列牵着儿子的一只手,带着蹦蹦跳跳的儿子出了殿门,身影渐渐消失在视线之中,不禁陷入愣怔。

萧列罢了早朝,牵慈儿来到御书房,屏退宫人。李元贵笑容满面,亲手送上龙眼、荔枝、桃仁、八宝糖、腌梅、枣栗等十二盘干果,苹果、棠梨、葡萄等六盘鲜果,随后退出,只祖孙二人相对。

萧列招手,示意慈儿过来,见他抱着棋盒,双眼一眨不眨地望着自己的脸,笑道:"慈儿这么看皇爷爷做什么?"

慈儿道:"我娘先前和我说,皇爷爷你和寻常人不一样。皇爷爷你哪里不一样了?"

萧列一愣,摸了摸自己的脸,放声大笑,将慈儿抱上自己平常起居的那张三面围紫檀木边螺钿云龙插屏的长榻，笑道："你娘说错了！皇爷爷和寻常人并无两样。看不到慈儿，也会想念。"

"那个没有胡子的人还说，皇爷爷你生病了，才接慈儿和我娘来看你。皇爷爷你的病好了吗？"

萧列再次大笑，点头："皇爷爷看到慈儿，病就全好了。"

慈儿露出欢喜之色。萧列看向他怀里抱着的那个盒子，笑着问道："慈儿抱了什么？"

慈儿忙将盒子放在榻上摆着的一张小桌上，小心翼翼地打开盖子，拿出里面的一枚枚棋子，口中道："这是爹爹送我的生日礼物，是我爹爹亲手做的。皇爷爷你想下棋吗？你要是不会，慈儿教你。"

"好，好！"

萧列急忙点头，跟着上了榻，盘膝坐在了慈儿对面。

慈儿将折叠的棋盘摆开，一枚一枚地摆好双方棋子，一边摆，一边教着萧列如何走法，神情严肃而认真。

萧列凝视着对面那个忙忙碌碌的小人儿，欣慰之余，目中渐渐露出犹如下了最后决心的决然目光。

"裴翊渊，再过三天，皇爷爷便要五十岁了，到时候，皇宫的午门之前，会有一场献俘之礼。那些俘虏，都是戕害我大魏沿海百姓的倭寇，数十年来，他们杀人放火，无恶不作，如今那些倭寇皆被扫平荡空，倭国使者诚惶诚恐，递上罪书，皇爷爷到时要在午门之前，下令将那些人全部斩首，扬我国威，祭我英魂。裴翊渊，你怕不怕？"

慈儿面庞渐渐涨红，睁大一双眼睛："裴翊渊不怕！我爹爹在素叶城中，便杀了无数的坏人！裴翊渊也想早些长大，和我爹爹一起杀坏人！"

"好！朕再问你，到时候，你愿不愿意陪皇爷爷一道登上午门，观看这场大礼？"

"我愿意！"

慈儿紧紧地握着手中的棋子，点头说道。

萧列再次哈哈大笑，笑声震动殿瓦："好，那皇爷爷就和你说定了，到时候，皇爷爷就带你一道登上午门城楼，由你帮皇爷爷下令，杀尽那些胆敢犯我大魏的跳梁之辈！"

第二十二章 父子

嘉芙已经三天没有见到儿子的面了，人亦如同被软禁，出不了蕉园一步，虽然有宫人每天给她带来慈儿的消息，说他和万岁同吃同住，一切安好，但嘉芙还是焦急万分。并非担心儿子的安全，而是她不知道皇帝此举，究竟是什么意图。

终于，廿六万寿日的前夜，李元贵亲自来了，说是代皇帝传话，明日，皇帝要带慈儿同登午门城楼，一道现身于献俘礼上，礼毕，便会将慈儿送回蕉园，叫嘉芙不必担心。

嘉芙惊骇万分，当场愣怔。

李元贵传完话，便退了出去。

嘉芙盯着他渐渐离去的身影，不顾一切地追了上去，拦住他："李公公，我要见万岁！"

李元贵躬身道："夫人稍等，奴婢这就去给夫人传话。"

御书房里，慈儿坐在一张特制的高脚椅上，萧列站于他的身后，弯腰，手握着慈儿的手，慢慢地在一页奏折上面，写下了"朕已阅，照准"五个朱砂大字，随即放下笔，端详了下，抚须笑道："此便为批阅奏折。若合意，便如此批复大臣；若不合意，写上不合之言，发回六部各科命重制。慈儿可懂了？"

慈儿似懂非懂，点了点头。

"慈儿可是困了？"

慈儿揉了揉眼睛："皇爷爷，我想娘亲了，我想回娘亲那里。"

萧列柔声道："慈儿今夜再在皇爷爷这里过一晚，待明日，献俘之礼完毕，皇爷爷便送你回你娘亲那里，可好？"

慈儿迟疑了下，终于点头。

萧列便牵了慈儿，正要亲自带他回寝宫，李元贵入内，附耳低声说了句话，皇帝便召崔银水，崔银水忙上前，抱了慈儿，低声哄着出去了。

嘉芙入内，萧列坐在案后，批着奏折，命平身。

嘉芙跪地不起："万岁，方才李公公传话，称万岁明早要带慈儿同去献俘之礼，可是当真？"

"自然。慈儿此刻已睡了。明日礼毕，朕便让他回蕉园。你不必担心。"

"万岁！此事万万不可！慈儿当不起万岁如此厚待！"

萧列抬起头，看了眼嘉芙，慢慢放下了笔。

御书房里的气氛，一下沉凝了下去。

嘉芙对上萧列投来的两道视线，丝毫没有避让："万岁此次将慈儿接入京中，倘若只叙天伦，臣妇无命不遵。只是明日的献俘之礼，事关重大，慈儿年幼不知事，臣妇身为人母，不得不发声。请万岁收回成命，容臣妇将慈儿带回！"

萧列盯着嘉芙，沉默了片刻。

"甄氏，当年之事，朕料你当也知晓了。朕实话告诉你，慈儿乃我大魏之储君。此事，非但朕心意早决，亦为天意使然。"

嘉芙心脏一阵狂跳："蒙万岁错爱，本是慈儿莫大之福分，然慈儿名不正、言不顺，如何当得大魏储君？请万岁三思！"

萧列道:"这些无须你顾虑。朕自有定夺。"

嘉芙勉强定下了心绪,望着萧列:"臣妇人微言轻,却斗胆再说一句,此事关系重大,慈儿父亲迟早亦会知晓,到时怕是也不敢欣然应承的!"

她这话犹如质问,又隐含提醒,话虽简短,实则冒犯至极。

萧列却神色淡淡:"朕等着他来便是了。"说完重提毛笔,新取了本奏折,打开,低下头去,口中道,"你退下吧。"

嘉芙如何肯退?

萧列要将皇位传给自己的儿子,让慈儿做皇帝,纵然旁人眼中,这是贵不可言的齐天福分,但只要丈夫不愿,她便不会退让。

而丈夫是必定不会愿意的。再没有人比她更清楚这一点了。

"万岁!慈儿父亲乃是为了大魏而去戍边的,临行之前,将孩儿交托给我。倘是别的寻常之事,臣妇万万不敢忤逆万岁。但此事,关系实在重大!臣妇不敢不争!恳请万岁,明日之事,无论如何,要等慈儿父亲到来之后,再行决定!"

她朝座上的萧列叩头。

萧列面露诧色,仿佛第一回认识她,盯着嘉芙瞧了片刻,竟也没有发怒,只眉头蹙了蹙,抛下朱砂笔,站了起来:"罢了,你不走,朕走便是了。"说罢他双手背后,朝外走去。

嘉芙心乱如麻。

她终于明白了皇帝的意图。

先将慈儿带到京城,等过了明日的献俘大礼,便如同是向天下人宣告他储君的身份。在那之后,即便裴右安再赶来,也已事成定局,覆水难收。

嘉芙咬紧牙关,瞬间,也不知哪里来的勇气,从地上爬了起来,来到那张御案前,一把抓起笔架之上的一柄锋利裁刀,对准了自己的脖颈。

"臣妇只有一求,万岁便是有此打算,也须先叫我夫知晓!否则,臣妇便自裁于此!"

萧列猛地回头,盯着嘉芙,面上渐渐露出怒气:"大胆!还不放下!"

"臣妇死不足惜,但臣妇若死,万岁从今往后,便再无裴右安这个儿子,更无裴翊渊这个孙子！臣妇此话，绝非恐吓！孰轻孰重，请万岁自己定夺！"

李元贵闻声，从外冲了进来，大惊失色："夫人，切莫冲动，快放下刀具！"

嘉芙丝毫不惧，手腕微微一收，刀尖便扎进了娇嫩的肌肤里，立刻出现一道血痕。

萧列怒目圆睁，死死盯着嘉芙，慢慢地抬起手，指着嘉芙："你……你……"话音颤抖，一时竟说不出话，只见他脸色越来越青，越来越青，突然，身子一歪，人便往后，咕咚一声，仰倒在地上。

"万岁！"

李元贵大叫，纵身扑了上去，见皇帝双目紧闭，气若游丝，惊惧万分，高声大呼："太医——"

嘉芙也是被这突然一幕给惊呆了。

她一心只想阻止皇帝明日要带儿子同登午门，逼不得已，用了这个最笨、也或许是唯一有效的办法，却没有想到，情势急转直下，萧列竟然被自己给气晕厥了。见状，她急忙放下手中裁刀，奔到近前，见皇帝面色灰白，已是不省人事，也是吓得不轻，急忙帮着李元贵和闻讯赶入的小太监一道，将皇帝抬送到那张榻上。

很快，夜值的胡太医赶了过来，见状大惊，急忙施以针灸急救，折腾许久，听到皇帝喉咙里咯咯了两声，吐出几口污血，慢慢地，终于睁开眼睛，双目却黯淡无光，定定地望着上方，神色萎靡至极。

"万岁！万岁！您怎样了？"

李元贵不停地低声呼唤，又往皇帝口中喂水，水却沿着嘴角流了下来。

"万岁——"李元贵的眼泪掉了下来。

嘉芙心情极其复杂，慢慢地跪在地上，看着太医和宫人进出奔走，许久，至三更，皇帝虽依旧面若金纸，但情况看似终于平稳了些，太医先退了出去，李元贵命宫人也退下，自己站在门边。

皇帝躺在榻上，慢慢地睁开眼睛，出神片刻，低低地道："你起来，回去也歇了吧。你懂右安的心，你在护着他，朕不会怪你——

"朕还是那句话，朕心意已决——等右安来了，朕自会和他讲清楚的——"

萧列说完，仿佛十分疲倦，闭上了眼睛，再未发出半点声息。

"夫人，请回吧。"李元贵走来，轻声道。

嘉芙眼中慢慢地沁出了泪，自己也不知到底为何流泪，为何会如此难过。

或许是为萧列口中那句"你懂右安的心，你在护着他，朕不会怪你"。

或许是为自己的无能，拼尽全力，到了最后，竟还是无法帮上裴右安半分。

她从地上起身，慢慢地退了出去。

次日，昭平六年，三月廿六日，正逢大魏皇帝五十千秋万寿，朝廷大赦天下，除谋反、大逆、恶逆、不道、大不敬等十恶以及故意杀人狱成者外，其余犯人，皆得以赦免出狱，天下感恩。京城之中，到了这一日，民众更是欢欣喜庆，有新衣的穿新衣，无新衣的穿上浆洗过后的干净衣裳，家家燃香，顶礼膜拜，代天子向天祈寿。京城那条从南门通向皇宫的大街两旁，更是被人挤得水泄不通，人人都在翘首，等着观看押送倭寇俘虏的囚车队伍经过。

是日，艳阳高照，日头渐渐升高，照在皇宫午门那座宏伟的城楼之上，重檐黄瓦的庑殿顶上，金光耀目。

一千五百余名锦衣大汉将军分列在午门城楼两侧的广场之上，队伍绵延百丈，大汉将军无不英武挺拔，俱身披明甲，腰配军刀，手执长戈，阳光照在明甲之上，熠熠生辉。朝廷大臣，从六部九卿往下，至四品以上，共五百余人，按照文武班序，身穿朝服，戴翼善冠，手抱玉圭，肃然而立，等着皇帝现身登上城楼。

巳时中，午门正中门楼左右的阙亭之中，传出钟鼓之声，两声相和，悠长沉凝，一顶龙辇，在前后仪仗的护卫之下，被抬到了午门的北门前。

龙辇停下，皇帝的身影，终于出现在通往午门城楼的那条步道上。

皇帝头戴十二旒的帝王冠冕，身穿日月、星山、织火、华虫的十二章帝王冕服，朝着城楼一步步走来。

他的面色是灰白的，眼底带了血丝，刚刚下辇的一刹那，脚步微微一晃，仿似有些站不稳脚，额前十二旒簌簌晃动，幸被身旁的李元贵一把扶住。

"皇爷爷，你怎的了？"

一早起，慈儿便也觉到了皇帝的异常，此刻有些不安，轻声问道。

"皇爷爷没事。"

萧列朝他一笑，推开了扶住自己的李元贵，将慈儿从辇上抱了下来，轻轻放在地上。

慈儿仰头，眺望了眼前方那座雄伟的城楼，小小年纪，仿佛也感觉到了一种非同寻常的迫人气势，迟疑了下，轻声道："皇爷爷，我真的能上去吗？"

萧列朝他伸出手："不要怕，随皇爷爷来。"

慈儿被萧列牵着手，来到了城楼下，一步步登上台阶，终于，一大一小，两个身影，同时出现在城楼预先设好的御座前。

一大一小，两张座位，起先因为高度，城楼下的百官并未留意，直到依稀看到皇帝和身边那个孩童同时出现的身影，百官这才觉察，纷纷面露诧色，无不踮脚仰头，极力眺望，想要看个清楚。

皇帝带着慈儿入了御座，站于城楼垛子口边的一名宣令官高声宣令，号令被身边两名侍卫传下，二传四，四传八，依次迅速合声传递了下去，五百余名朝廷官员和一千多名大汉将军面北，朝着城楼上的皇帝齐齐下跪，伴随着明甲和刀剑相碰的金铁之声，山呼万岁，震耳欲聋。

慈儿坐在小座之上，一双小手紧紧地抓着座椅两旁的扶手，眼睛一眨不眨。

一队人马，渐渐从承天门进入，来到端门前，一声号令，一个身材魁梧、满面胡须、身穿战甲的凛凛大汉，领着身后千名昂扬雄壮的军士，穿过端门，整齐阔步，来到宏伟的午门广场前，朝着上方那远得只能看到模糊人影的城楼高声禀告："臣荡倭总兵董承昂，奉旨荡剿东南倭寇，上有皇帝陛下天恩浩荡，下得沿海军民同仇敌忾，前后历时三年，终不辱使命，扫平倭患。今日献上两百二十三名大小倭首，恭请皇帝陛下发落，扬我大魏天威！"

他禀告完毕，带领身后将士起身，分列两边，只见身后押来数百名倭奴，无不脖戴枷锁，手足镣铐，行到广场中间，伴随着四周雄浑激荡、直冲云霄的"杀""杀""杀"的怒吼之声，这些平日一身恶胆的倭奴武士，此刻俱面无人色，纷纷软倒在地。

刑部尚书手中捧了城楼上送下的圣旨，快步行到距离城墙一箭之遥的广场中心，高声宣读罪状，宣读完毕，转过身，等待远处城楼之上皇帝的发令。

萧列慢慢地站起身，抱起慈儿，行到城楼前，在城楼下无数惊诧目光的注视之下，

转过脸,对着慈儿道:"发令。"

慈儿一双小手紧紧地捏成了拳,扬起还带着稚嫩的声音,高声道:"正法!"

这一道"正法"之声,被身旁侍卫再次联合传递下来,最后传至广场正中,一千五百名大汉将军,齐声高喝"正法",倭奴被刽子手拖出端门,来到承天门外。在那里,预先已经设好刑台,在周围挤满了的无数民众的目光注视下,鬼头大刀应声齐齐而落。

"吾皇万岁,万岁,万万岁——"

排山倒海般的声音再次回荡在午门城楼前,鸽哨阵阵,养在承天门附近的白鸽,振翅飞上了天空。

董承昂随身边的文武百官,向着前方远处皇帝的方向下跪,叩首,抬起头时,眼中掠过一道难言的复杂情绪。

裴右安一身风尘,纵马如风般闯至皇宫最外的承天门前时,耳畔听到的,便是城门内传出的那阵排山倒海的山呼万岁之声。

他停了马,在那山呼万岁的回荡余声之中,仰头望着远处阙楼上方回旋的鸽群黑影,身影凝固,一动不动。

·

在群臣和大汉将军们的山呼万岁声中,午门城楼上,皇帝和那孩童的身影消失。

典礼结束了,广场上的文武百官,却无一人离开,依旧聚在那里打听消息,议论着那个片刻前突然出现在视线里的稚童。

如此重要的场合,那稚童不但被皇帝带上午门城楼,竟还代皇帝下了"正法"之令。

以常理而言,这个孩子,应该就是皇帝所属意的大魏储君了。

皇帝登基至今,唯一的一个儿子,多年前在太子位上被废,如今还圈禁在庚州祖地。因皇帝这些年再无所出,加上频露老态,群臣日渐焦心,近来,渐渐便以为皇帝有意再复立太子。就在传言甚嚣尘上之时,那个进言接回废太子的詹事竟被廷杖,于是这个猜测,也就随之破灭。

群臣私下再议此事,认为日后有两种可能。第一,皇帝老来得子,则一切难处迎刃而解。第二,皇帝日后只能从宗室择选合适子弟,过继以承其皇位。群臣万万没有想到，今日万寿之际，情势竟又突变。

群臣终于见到了极有可能的未来储君，这原本是件好事，但今日之前，谁也没有见过这孩子，更无人知道他的来历，于是此刻，吏部尚书何工朴、礼部尚书张时雍、右司马陆项，以及刘九韶等这些个平日常在御书房里走动的堂官大臣，无不成了众人围堵的对象。

承天门前的鸽群尚在空中徘徊时，一个传言，便已迅速地传播开来。

浏阳王此次再次得以奉召入京，这并不是什么秘密，但据说，他这趟入京，不但是为贺寿，还为皇帝带来了一个孩子。

这个孩子是皇帝的亲孙，其父是皇帝年轻时遗在外的龙子，此子不愿归宗，遂将皇孙交托给当年事的知情人浏阳王。如今，浏阳王奉命将皇孙带回了京城，认祖归宗。

浏阳王带来的皇孙，便是今日被皇帝抱上午门的那个孩子。

这个消息彻底搅翻了朝堂，未至傍晚，又有新的传言流了出来。

据说，事情起于三十年前。天禧帝登基后，将当时还是云中王的今上藩困于云南。彼时的云中王，年轻气盛，心中苦闷，有个大半年的时间，曾私离藩地四处游历，便是行经浏阳王所在的湘西之时，偶遇神女（女祭），二人结下姻缘，但那女子心系子民，不愿随云中王归往云南，云中王亦外出许久，需急归藩，无奈和女子分开。神女后诞育一子，子再生孙，后二十年间，因云中王受天禧帝猜忌更甚，阴错阳差，多年以来，皇家血脉不得归宗。如今皇帝年老，日渐思亲，遂命浏阳王将孙儿带回京城，择日拜祭太庙，认祖归宗。

浏阳王夫妇，便是三十年间关于此事的见证者，亦是将皇孙带回皇宫的执行者。

群臣瞠目。

有恍然大悟的，有激动万分的，也有疑虑重重的。

恍然的是终于明白了，几十年间默默无闻的浏阳王，当年为何会得到皇帝青眼，厚赏有加。

激动的是大魏有了皇孙。怪不得皇帝不愿复立太子，且看皇帝今日的架势，必是要将那孩子立为皇太孙了。

疑虑的是这孩子身世背景里关于"神女"传言的可信程度。

但那孩子是皇帝亲孙,这一点,毋庸置疑。

皇室血脉,尤其皇帝子嗣,关乎江山社稷,不容半点差池。倘这孩子来历不明,以皇帝的精明,他怎可能被浏阳王所欺?

何、张、陆等人,在得知传言后,被人问及,皆三缄其口,并不表态,就等皇帝的下一步动作。

而事实上,比起或震惊或疑虑的朝臣,此次再次入京的浏阳王夫妇,心中的骇异,才是真正莫可言状。

四年前,浏阳王夫妇载恩出京,次年,李元贵秘密来到王府,传了皇帝密旨,要他夫妇"生"出一个老来之子。王妃遂往腹部裹带,逐月加厚,"怀胎"十月之后,"生"了一个"儿子",为掩人耳目,浏阳王还去民间秘密抱了一个男婴入府,随后上报宗人府,入了宗室牒谱。

浏阳王夫妇心里明白,三年前,皇帝要他夫妇"生"出这个"儿子",应是为了日后借"宗室过继"之名,扶立某个皇帝真正想立为储君的孩子,因此事关系重大,夫妇俩守口如瓶,三年来,将那抱来的孩子养在王府之中,极少露面,做好一切准备,只等来日圣旨到了,便将真正的储君以王府世子的名义,送入京城。

不管皇帝想立什么人为储君,这个法子,从四年前起便开始筹谋了,时至今日,可谓面面俱到。

夫妇两人,怎么也没想到,临末了,也不知为何,皇帝竟弃了这个筹谋数年、显然更万无一失、绝不叫大臣起半点疑虑的立储法子。

如今这个当年"神女"之说,也不是不行。倘若皇帝的手腕足够强硬,力压四方,自然也能成事。没有哪个大臣敢去怀疑,做皇帝的会胡乱认下一个血脉不明的孩子充当皇孙。但比起精心筹划了数年的"过继",这法子,显然有些仓促,倒似是临时起意,恐怕也会引来大臣的猜测。

浏阳王夫妇实在惊诧。但皇帝的命令岂会不遵?自是照吩咐暗中行事不提。

嘉芙人在蕉园,隔着重重殿宇,至午,隐隐之间,仿佛也听到了东南方向那一阵排山倒海般的山呼万岁之声。

她站在园里鱼池边的那座白色拱桥顶端，心惊肉跳，望向园门方向，翘首等着儿子回来。

这里是园中位置最高的地方，视线能越过围墙，看到外头的甬道。

申时一刻，终于，远远看到甬道尽头来了一行人，慈儿被崔银水抱着，朝着这边过来，身后跟了几个宫人。

慈儿仿佛已经迫不及待，远远地就从崔银水的身上挣扎着爬了下来，自己撒开两腿，朝着这边跑过来。

嘉芙下桥，飞奔而出。

"娘！娘！"

慈儿看到嘉芙，跑得更快，像只小鸟一样，一头扎到嘉芙的怀里，抱住了她的脖颈。

嘉芙紧紧搂住儿子的小身子，强忍住就要夺眶而出的泪。慈儿起先极是欢喜，渐渐地，笑容消失，望着嘉芙，抬手摸了摸她的眼皮："娘，你不高兴了吗？"

嘉芙摇头，用力亲了下儿子的脸："娘没有不高兴。只是看到慈儿，太高兴了。"

她抱起了儿子。

慈儿终于放心了，软软的两条胳膊环在嘉芙的脖颈上。

"我天天都想娘，可是皇爷爷说，要等到献俘礼后，才能送我回来。娘，今天下面好多好多的人站在那里，他们一起喊出声的时候，声音很大很大，就和爹爹去年秋天在大校场里点兵一样！后来来了一个很威风的大将军，押了许多坏人过来，那个将军说，那些都是害我大魏百姓的坏人，皇爷爷让我帮他说正法。娘，我想快些长大，像爹爹和那个大将军一样去打坏人……"

嘉芙和着儿子的话，转身入内，崔银水手里拿着慈儿的衣物，小心地跟了进来，偷偷看着嘉芙的脸色，不敢靠近，只远远地站在门口。

慈儿今早起得很早，又经历了这一场于他而言，懵懵懂懂还并不完全知是何等意义的盛大场面，终于也回到了母亲的身边，靠在嘉芙怀里，渐渐犯困，说着说着，便睡了过去。

献俘典礼过后，萧列便回了宫中的起居殿。

早上的这个典礼，仿佛耗尽了萧列的精力，回来后，换下冕服，人便躺了下去。太医来瞧过，萧列吃了药，闭目歇片刻，便披衣坐起，开口叫李元贵将奏折拿到龙床之上。李元贵见他精神依旧萎靡，面带疲态，不欲拿，在一旁苦劝他再歇息，正说着话，一个宫人竟飞奔而至，说裴右安无诏回京，竟直闯宫门，在第二道宫门处，被侍卫所拦，侍卫急来传报，问如何处置。

李元贵心里咯噔一跳，虽知裴右安会回，却没有想到回得如此之快，他看向了皇帝，不禁带了点担忧。

就在片刻前，皇帝还面色灰败，尽显疲态，就在听到这消息的那一刹那，整个人突然便抖擞起来，竟精神焕发，猛地撩被，从龙床上翻身而下，道了句"叫他进来，不得阻拦"，随即便催促李元贵替自己梳头更衣。

宫人领命，匆匆离去，李元贵无奈，急忙唤人入内，服侍着皇帝梳头更衣。

很快，换妥了整齐的衣裳，萧列又亲自挑了一条五色玉带束于腰上，再至镜前，亲自拿了髻梳，对镜梳理胡须，左右照了一番，摸了摸鬓边华发，转头望向李元贵，目射精光，沉声说道："朕就等着他来！朕知道你！不许在他面前提朕病了的半个字！"

李元贵知皇帝一生好强，不肯服输，见他此刻竟还如此，不肯有半点示弱，应声退下后，心中忧虑。

裴右安立于皇宫二门之前，对面是一排蓄势拔刀虎视眈眈的侍卫，那领队的大汉将军识得他，知他如今官居陇右节度使，也不敢过于开罪，但亦不敢放他入内，上前躬身道："裴大人，请勿为难小人，小人已遣人去通报，若有回话，小人自不会阻拦。"

裴右安闭目不语，极力平息着此刻胸中升腾而起的怒火。

胡人对河套之地，一直不曾放弃觊觎，数年前，王庭易主，这几年间，根据裴右安陆续获知的消息，对方一直在暗中蓄势。

他有一种预感，如几十年前那般的一场大战，迟早再临。或许是今日，或许便是明日。故这个初春，天气稍暖，他便加紧戒备，早早就亲自出去巡边。

半月之前，他终于巡边完毕，回了素叶城，才发现嘉芙和慈儿竟被双双接入京城，杨云则被皇帝派来的人所制，不叫他去给自己通报消息。

他于昭平二年秋出京来到素叶城，至今三四年过去了。那日，就在得知嘉芙母子被皇帝趁他不在"接"入京城的消息的一刻，他心中便生出了一种预感。

在他将近三十年的生命里，他过得最为安心的这短短数年平静生活，从此怕是要被打破，一去再也不能复返了。

他交代完事情后，当夜便动身上路，终于在今日赶到。

然而，他还是迟了。

承天门外，他遇到了陆续出来参加完典礼的旧日同僚们。在一片或惊喜或惊诧的目光注视里，刘九韶向他奔来。

刘九韶以为他是受召入京来参加万寿典礼的，为他迟来一步而深深惋惜，告诉他说，就在方才，皇帝竟然抱着一个三四岁大的孩童，一道现身在午门城楼之上，据说那孩子是皇帝年轻时就藩云南所生的龙子之孙。显然，皇帝这是有意要将那孩子立为皇储了。

裴右安面带微笑，与刘九韶以及那些上来的旧日同僚寒暄几句，借故分开后，掉头便闯入皇宫，直到被侍卫拦截在这道二门下。

远处的甬道上，一个太监跑得上气不接下气，没跑到近前，便大声喊道："万岁召裴大人觐见——"

裴右安蓦然睁开眼睛，推开了还拦在自己面前的那个大汉将军，迈步朝里，大步而去。

嘉芙安顿好儿子，自己躺在他的外面，闭着眼睛，想着裴右安。

算着时日，他应当早回了素叶城，想必此刻，已知道自己和慈儿的消息，只是不知他何时会赶到京城。

皇帝一意孤行，还是将儿子推到了天下人的面前，等裴右安赶到，知道了发生的事情，还不知道两人会发生何等冲突。

嘉芙想到裴右安可能会有的怒气，眼前又浮现昨夜皇帝晕厥吐血的一幕，心绪纷乱，又如何睡得着？她正辗转思量，忽听到外头传来崔银水小心翼翼轻唤自己的声音，便下床走了出去。

"夫人，干爹叫我告知你一声，裴大人方才到了，入了宫，这会儿往万岁那边去了……"

崔银水躬着身，面带焦色，却又小心翼翼，吞吞吐吐。

嘉芙一愣，没想到裴右安这么快，竟然已赶到！

李元贵打发崔银水来传话的目的，嘉芙自然明白。

这个对皇帝忠心耿耿的老太监，定也是担心这父子俩会再起一场冲突，对昨夜之事心有余悸，这才叫自己过去，大约是盼着盛怒下的裴右安见到她后，能消下些怒气，不至于冲撞皇帝太过。

嘉芙不满皇帝的一意孤行，亦有些无法理解。

倘若说他是因皇位无人继承，那么当初刚废萧胤棠的时候，他完全可以幸后宫生子嗣，但多年以来，后宫竟无一后妃有所动静，也是匪夷所思。

退一万步说，即便无所出，亦可过继宗室子弟立为储君，此亦合乎天理人情。

但他明知裴右安不愿，却还偏偏如此行事！

事情既已发生，她自也不愿看到裴右安和皇帝再如从前那般正面冲突。就算不考虑皇帝如今的身体状况，这也已经于事无补了。

嘉芙叫崔银水看着慈儿，在一宫人的引路之下，匆匆赶了过去。

裴右安入了面前这座已阔别数载的宫殿，大步行至御座前，停在那里，身影一动不动。

萧列正襟危坐，上下打量了眼裴右安，最后慢慢抬起视线，盯着他投来的目光："外放几年，竟连面君的规矩也忘了，要不要朕叫礼部派人再教你？"

裴右安慢慢下跪，朝着前方的皇帝行叩首之礼："裴右安叩见皇帝陛下。"一字一顿，如发自肺腑胸臆的最深处。

萧列淡淡道："平身吧。"

裴右安起身："我这趟入京，无他，为带回我妻儿。请万岁将人叫来，我带他们母子出宫，便立即回往关外。"

皇帝道："你的妻，你可带走。裴翊渊，朕要留下。"

裴右安注视着神色漠然的皇帝，眼底渐渐凝出隐忍着的怒气，咬牙道："他姓裴，非萧，我为其父，其为我子！万岁如此行事，将一三岁稚童带上午门城楼，可问过我的意思？"

"右安，当初你私放萧彧，你可问过朕的意思？"

皇帝冷冷反诘。

"你不认朕为父便罢，朕也无意再勉强你。你把慈儿留下给朕，从今往后，朕与你便只是君臣。

"甄氏在西苑蕉园，你带她回吧！"

殿内气氛死寂，唯镏金卷耳瑞兽香炉的兽嘴顶盖上，静静地泛着白色的香烟，袅袅不绝。

"倘若我不应呢？"裴右安的声音传来，沉郁而抑扬顿挫。

"朕知你天生反骨，无君无父！"

萧列脸色紧紧地绷了起来。

"慈儿是你的儿子，你若强行将他从朕这里带走，朕确实奈何不了你，也治不了你的罪！只是右安，有一件事，你大约还不知道。今日献俘典礼上的荡寇将军，你可知是何人？"

皇帝身体坐得越发笔直，一字一顿地道："他便是董承昴！"

裴右安的目光倏然定住。

"你很吃惊？"皇帝笑了笑。

"右安，这几年你在关外，很多事情，你大约都不清楚了。朕告诉你，不但董承昴为朕所用，便是你从前为了他不惜掉脑袋的萧彧，如今也在朕手里！

"朕也无须隐瞒，他是四年前在你去往关外后不久，自己入京面朕，称再不欲连累他人。朕敬他骨气，但天无二主，朕原本当初便应杀他的，并非出于恩怨，乃天下社稷之需。朕当初却顾念于你，这才留他在世。

"朕以大魏国运为誓，朕不杀他，放他远走海外。只要他和他的后裔子嗣，有生之年，不再踏上大魏国土一步，从今往后，朕便绝不再为难他半分！

"朕退让了一步，朕要你也向朕退让一步。慈儿认祖归宗，改姓萧，为我大魏储君。

"立皇太孙之日，便是萧彧自由之时。你应否？"

"你若不应，现便可带你妻儿出宫，朕于宗室另择人即位。"

"朕杀萧彧，永绝后患！"

皇帝的声音，沉甸甸、冷冰冰，回荡在殿内四角。

裴右安十指慢慢地紧捏成拳，指节咯咯作响。

"这个天下，乃朕的天下，朕要给谁，便是谁人所有！何况，朕如今是要把天下交给朕的孙儿，天经地义！"

裴右安目下泛出隐隐一层血丝，咬牙，朝着皇帝一步步走了过去。

萧列岿然不动，冷笑："莫非你想弑君？"

他拔出案上搁的一柄龙泉宝剑，将剑递送而来："你若无胆杀朕，那就给朕跪下，请罪，谢恩！"

裴右安一手握了剑柄，一手握住剑刃，身形如同石化。

良久，那道白色剑刃，在他双手之间慢慢地弯成虹拱之状。

突然，伴着蓦然而起的一道刺耳短促铮音，剑身生生地从中断为两截。

鲜血如注，沿着裴右安的那只掌心不断溅落，淅淅沥沥，溅在他脚下的地上，染红了一片。

"我临出素叶城时，胡人已有异动，不日便要赶回。无罪可请，无恩可谢！

"你于黔庶，是为明君。然我这一生，耻辱莫过于身上流了你的血脉！"

他松开双手，伴着当的绵长一声，剑柄、剑刃，齐齐跌落在地上。

裴右安转身，朝外走去。

萧列的两道视线，从地上的那摊血迹上，慢慢地抬了起来，落在裴右安的背影上。

手渐渐颤抖，他脸色发青，猛地站了起来。

"你给朕站住！你这个不孝的逆子！"

轰的一声巨响，萧列面前那张沉重的檀木边松花玉石御案，竟被他推翻在地，桌上物件瞬间滚落满地。

"朕至今记得，你十六岁那年，朕将你从死人堆里翻出的一刻，朕曾是何等欢欣感恩！莫说补偿，便是要朕拿己命去换你的命，朕亦心甘情愿！你却让朕一再失望！

非朕逼迫你至此地步，乃你迫朕不得不如此行事！你不认朕便罢了，朕要将这江山传给朕的孙子，你竟也要和朕忤逆？好，好，你走……"

嘉芙赶到殿外时，恰听到里面传出一阵桌椅倾覆似的轰然之声，又隐有皇帝的咆哮之声，殿外空荡荡的，宫人早被李元贵驱走，此刻只他一人，在门口焦急地来回走动，忽看见嘉芙赶到，急忙迎上。

嘉芙心惊肉跳，不顾一切，一把推开了紧闭的殿门，疾步入内，被看到的一幕给惊呆了。

裴右安侧身站在殿室中央，脸色苍白，一语不发，面上带了冷笑，左手手心一滴一滴不住地往下淌血。

皇帝立于那张被推翻的御桌后，怒目圆睁，鼻翼急促张翕，面色更是一片瘀青，大口大口地喘息。脚下掉了柄剑刃染血的断剑，其余纸笔砚台，连同大小印玺，滚了一地狼藉。

"大表哥！"

嘉芙惊叫一声，飞快跑到裴右安的身边，一把抓起他那只流血的手，见手心被横割出一道几乎深可见骨的伤口，血还在不停往外涌，立刻撕下一片裙角，将他的手掌伤口紧紧绕缠止血。

"我没事，你莫怕。你先出去吧……"

裴右安仿佛终于反应过来，转身，那只没有受伤的手轻扶嘉芙的肩膀，轻声说道。

嘉芙一言不发，推开了他，跪在地上。

"万岁！夫君！我为人母，方知母心。姑母当年决然不悔，难道便是为了今日如此场面？她在天若是有灵，何以能安！求万岁，求夫君，便是有天大的怨气，也要三思而后行，免得覆水难收，日后追悔莫及！"

她朝着皇帝重重叩首，又转向裴右安，待要叩下去，裴右安一个箭步上去，将她扶住。

"芙儿！"

裴右安眼角泛红，将嘉芙从地上扶起。

嘉芙再次推开他，走到依然僵立在那里的皇帝面前，跪下。

571

"万岁，他平日对慈儿颇是严厉，慈儿才三岁，有时犯错，他便加以苛责，以致慈儿在他面前，常拘束本性，不复亲近，然他心中对这孩儿实是爱极，只是慈儿尚不知事，不知他严父苦心罢了。想来天下为父者的苦心，皆如此。万岁爱屋及乌，要将慈儿认祖归宗，此原为慈儿莫大洪福，我夫妇二人，当感激涕零。但从今往后，他父子分明骨肉相亲，相见却再不得以父子相称，天伦不复，此切肤之痛，想来非亲历过骨肉分离、相见不能相认者，难以体察。他也是仓促之间，一时难以接受，这才冒犯天颜。

"臣妇恳求万岁，此事再斟酌一二。即便万岁圣裁不改，臣妇亦恳求万岁，可否再容他多些时日？世间人以亿兆计，能生而成为父子，亦是上天眷顾，人非草木，父子之情，血浓于水，怎可能说断就断？"

嘉芙说完，潸然泪下，朝着皇帝再次叩首，额触于地，久久不起。

殿内再次沉寂。

裴右安定定望着嘉芙跪于地上的背影。

皇帝身影亦凝如岩柱，只听他喘息声慢慢小了下去，面上那层原本骇人的青色渐渐褪去，脸色变得灰白，整个人仿佛失去了力气，慢慢地坐回那张御座之上。

裴右安走过来，将嘉芙从地上扶起，带着她，出了殿门。

皇帝五十万寿庆典上的余声尚未消散尽，不过数日，一封来自剑门关守将的八百里急报，便送抵皇帝的御案之上。

探子得报，胡人于王庭集结了数十部落三十万骑兵，歃血盟誓，疑不日出兵南下。

倘若消息确实，这将是继三十年前那场大战之后，大魏和北方胡人之间的再次雄兵对决。

这几日，大臣们原本都在揣度那日午门城楼上关于那孩子的各种传言，千方百计想从宫中打听出更多的内幕，但宫中竟无半点消息流出，大臣们便只好等着皇帝。但皇帝那里，自大典那日后，却静悄悄不再有任何动静了，大臣们正费解之时，突然之间，战报传来，一时注意力都被转移，兵部、户部急召御前会议，拟调拨大军，筹粮草军饷，以备大战。

整个朝廷的气氛,陡然紧张起来。

裴右安那日来蕉园,父子见了一面,出宫后,这几日,嘉芙依然带着慈儿住在西苑蕉园里。

她已经知道他明日便要回关外领军备战的消息,心情低落。

虽然皇帝这几天没再有进一步的动作,却也不放他们母子出宫,并且,那日过后,她便再没见到裴右安的面了,应是不再被允入宫。

夜渐渐深了,慈儿睡了,嘉芙躺在儿子身畔,又如何睡得着觉?她正辗转反侧,忽然听到庭院里传来一阵步伐声。

这脚步声,她再熟悉不过。

嘉芙心跳加快,立刻披衣下床,连灯都来不及亮,趿了鞋,飞快出了内殿,来到外间,打开门,看到门口立着一道人影。

"大表哥!"嘉芙低低娇呼一声,一头扑到了他的怀里。

裴右安将她抱住,低头吻她,将其压在门框上,随后将她整个人横抱起,送到围屏旁的一张坐榻上,放了下去,再度压上她。

他急躁,迫不及待,极其有力,甚至有些弄疼了她,仿佛还是个未怎么经历人事的毛糙少年。

幽阒的夜色里,传出嘉芙低低的娇喘声,却又仿似怕惊醒了睡在内殿里的儿子,声未出喉咙,便生生抑住,化为无限缠绵。

终于,裴右安长长地呼出一口气,抱着嘉芙,就这么和她挤在那张稍显狭窄的榻上,沉沉地睡了过去。

这个春夜,终于变得叫人心里充满安宁。

嘉芙闭目,在他怀中,慢慢也睡了过去。

下半夜,她醒了,发现自己已躺在内殿的那张床上,身畔是儿子睡梦中的小小身影。

她爬坐起来,下床走了出去,透过那扇半开的门,看见裴右安坐在门外的一道石阶之上,下半夜的月光,映出他一道月白的背影。

嘉芙走了过去,坐在他的身畔,靠了过去。

裴右安将她抱起,靠坐到自己的怀里,随即脱下外衣,罩在她的身上。月光下两人的身影重合成了一团。

"芙儿,白天我见了董将军。他对我说,当初彧儿不告而别,只给他留书一封,说一切事因他而起,也当由他而终,叫董将军和他的兄弟们再不要牵系于他,可四海为家,亦可为朝廷效力,再不必过那种刀口舔血的日子。董将军追到京中之时,已晚了一步……"

他顿了一下。

"当初我以为我盘算周全,再无遗漏。我却没有想到,先是你不顾一切追我到关外,我也没有想到,彧儿会自己回京……

"他如今也当是弱冠之年了……这个傻孩子……"

他低低地叹了一声。

嘉芙眼前仿佛浮现出许多年前,她在泉州自家码头的海边,刚救下那个少年时的一幕。那少年有一双明亮的眼睛,即便身陷泥沼,奄奄一息,亦无法埋没眸中的净澈光芒。

"大表哥,当初倘若我不追随你而去,你便是替我安排下了一辈子的锦衣玉食,我亦寝食难安。萧彧想必也是如此。倘若那时候他就此而去,他这辈子便是活到终老,心中也将一生难安。他之所求,想来亦是心安。

"明日你便回了,你要照顾好自己。你也放心,我留在这里,照顾好咱们的慈儿。"

裴右安低头,唇轻轻碰触她脖颈上那日留下的那道伤痕,无限爱怜,慢慢地,双臂将她一寸寸地抱紧。

"芙儿,我亦不知是我上辈子做过什么,修来了福分,这辈子竟能得你相伴……"

嘉芙凝视着月光下这男子的面容,唇边慢慢地露出笑容。

"大表哥,你上辈子救过我的,这辈子我牢牢记得,所以虽然你忘记了我,我却赖上了你。"

裴右安微微一怔,随即以为她玩笑,虽心中苦闷,却也笑了起来,将她抱得更紧。

"大表哥,我们进去吧。那日你走后,慈儿念你,今早读书,还写了篇字,说要给你看的。"

裴右安和嘉芙入内,点了灯,在灯下看了儿子写的字,放下,轻轻来到床边,望着床上还沉沉入睡的那个小人儿,伸手过去,轻轻摸了摸他的小脸蛋。

次日清早，慈儿得知父亲要独自回素叶城去打坏人，自己和母亲却要继续留下，不能像以前那样和父亲在一起，伤心不已，却又牢牢记住父亲从前教导过他的，男子汉不可轻易哭泣，双眸包泪，擦着红彤彤的眼睛，和父亲挥手告别。

裴右安将妻儿一道纳入怀中，紧紧抱了抱，随即松开，转身离去。

裴右安临行前，给萧列留了一道折子。

那折子，一直放在御案角落，皇帝没有展开，直到第三天的清早，皇帝熬夜，连夜批完了户部昨晚于深夜赶送至的战事预算奏折，将那长长一道多达数十页的折子丢下，放下笔，揉了揉眉心，目光落到桌角那道折子上，盯了许久，终于伸手过去拿到面前展开。

几列龙飞凤舞的草字，上书一首偈颂。

哭不彻，笑不彻，倒腹倾肠向君说。

父子非亲知不知，抬头脑后三斤铁。

萧列定定地望着，良久，将那折子合上，闭了闭眼睛。

"李元贵，去将慈儿领来。"

来到京城才短短数日，却接二连三，发生了如此多的事情，件件都叫嘉芙措手不及，裴右安匆匆赶至，又因战事匆匆回了关外，自己却无法同行，夫妻如此分别，下回不知何日再能见面。

嘉芙心中忧虑苦闷，在慈儿面前却不显露，对慈儿发问的为何不和父亲一道回去，只解释说，因为边关战事，父亲是怕自己和他在素叶城里有危险，这才让他们继续留在皇宫之中。等父亲打完仗，他就会来接他们。

慈儿当时乖乖点头，但或许是他也感受到了父母离别时那种异样气氛，从裴右安走后，这两日便不再像刚来时那般活泼，对周围一切都充满好奇。慈儿话少了，总跟着嘉芙，晚上入睡也要攥着她的手，仿佛生怕醒来，就会看不到她似的。

一早，慈儿醒来，穿衣洗漱完毕，吃了东西，便坐上桌子，拿起裴右安从前为他编撰的识字书，开始完成父亲留的功课，就像从前在素叶城的节度使府里一样。嘉芙坐在旁边，陪着他写字，忽见崔银水进来，说皇爷爷叫慈儿过去。

这几日，因北关突发战事，皇帝异常忙碌，慈儿也已经几天没见到皇爷爷的面了，听了，转头看着嘉芙。

崔银水忙道："万岁昨夜看户部预算，熬了一宿，今早也睡不着，是想叫小公子过去陪他下棋，下完就送回来。"

嘉芙默默帮儿子换好衣裳，目送儿子抱了棋盘，被崔银水牵着离去，想了下，追了上去，道："慈儿，无论皇爷爷问你什么，你都和他说自己的心里话，知道吗？"

慈儿眨了眨眼睛，点头。

嘉芙微笑，亲了口儿子，让崔银水带他过去。

萧列抱了慈儿上榻，自己坐到他的对面，看着慈儿摆开棋子，道："慈儿这几日可有想皇爷爷？"

慈儿点头。

萧列伸手，慈爱地轻轻抚摸了下他的小脑袋，目露欣色："慈儿这几日，都在做什么？"

"皇爷爷，昨天我射了弓箭，今早在读书。"

萧列笑着点头："很好。慈儿若是累了，便休息。你还小，再大些，皇爷爷再替你寻个好的老师。"

慈儿摇头："爹爹去打坏人了，等爹爹回来，爹爹教我就好。"

萧列微微一怔，想了下，环顾了下四周："慈儿，皇爷爷这里好吗？"

"好。"慈儿点头。

"那日皇爷爷带你登上午门城楼，你喜欢吗？"

"喜欢。"慈儿再次点头。

"皇爷爷若是日后叫你一直住这里，让你再登城楼，但有一条，你在旁人面前，爹爹不能叫爹爹，娘亲也不能叫娘亲，你愿不愿意？"

慈儿正在摆棋子，停了下来，抬起头，困惑地道："慈儿为何不能叫爹爹和娘亲？"

"爹爹和娘亲还是你的，只是不在旁人面前叫而已。"

慈儿摇头："不要。我要叫爹爹和娘亲！爹爹和娘亲在哪里，我就在哪里。"

萧列沉默片刻，问道："慈儿，方才那些话，可是你爹娘教过你的？"

慈儿再次摇头："我自己想的。方才我娘说，皇爷爷要是问我事情，我怎么想的，就和皇爷爷怎么说。

"皇爷爷，你不高兴了吗？"

萧列微微一笑："皇爷爷高兴。"

慈儿手里抓着棋子，微微歪着脑袋，盯着对面的萧列。

萧列扬眉："慈儿又这么看皇爷爷做什么？"

"皇爷爷，你是坏人吗？"慈儿小声地问。

萧列一怔，想了下，笑道："慈儿为何如此发问？"

"我爹爹是好人。慈儿那天偷偷听到了我爹娘说话，爹爹好像不喜欢皇爷爷……"

萧列望着对面那双凝视着自己的纯净眼睛，哈哈大笑起来，将孙子隔着小桌，抱到了自己的怀里。

"慈儿说说看，你喜不喜欢皇爷爷？"

"慈儿喜欢皇爷爷，可是爹爹不喜欢……"

萧列望着怀中那个露出苦恼神色的孩子，将他慢慢地抱紧，出神片刻，道："皇爷爷这一辈子，对不起很多人，不是个好人。但皇爷爷会努力做一个好皇帝。慈儿要一直喜欢皇爷爷，好不好？"

"好！"慈儿点头，神色郑重。

皇帝露出笑容，伸手，摸了摸他的小脑袋。

昭平六年春，为谋河套，在时隔三十年后，北方胡人集结了三十万骑兵，再次汹汹南下。

陇右节度使裴右安封定北大将军，领燕、云、甘等十数州经略之职，统领朝廷军马，北上迎敌。

就在北方边境狼烟再起之时，四月，宗室昌乐王称自己寻回了少帝萧彧，借萧列不还位于正统为由，在封地东昌府起兵造反，暗中派人突袭庚州，攻破守卫，将已被囚禁数年的废太子萧胤棠解出，遂打着正王道的联合口号，号称集结了十万人马，略

577

东昌,占济南。起初声势浩大,整个山东人人自危,半年后,至这一年秋,领兵出山东之时,遭遇了刘九韶的强力阻击。

昌乐王大败,仓皇退回到东昌府的堂邑,随后,城池被包围。

昌乐王负隅顽抗之时,被萧胤棠趁乱诛杀,萧胤棠一并杀死了昌乐王的几个儿子和兄弟,连同那个被推为少帝的假萧彧,高挑十几个人头在堂邑的城头,称自己自始至终无意造反,先前只是被昌乐王从祖地挟持到了此处,迫不得已,如今趁机诛杀逆首和那冒充少帝的假萧彧,希皇帝明察,赦免其罪。

刘九韶一边继续围城,一边派人将萧胤棠的陈情书火速递送到了京城。

那封陈情书送到皇宫御书房时,萧列结束了这日早朝,才回来不久,正和慈儿在下棋。

早朝之时,朝臣议论了两个消息。

一个是北方关外的战事进展。在和胡人陆续相持大半年后,十几天前,裴右安领军,摆阵于剑门关外,大破胡骑,胡人往西北逃去。为不给对方以重整旗鼓的喘息机会,裴右安乘胜追击,图破王庭,以绝后患。战事进入了关键的时期。

另一个消息,则是刘九韶围困住了昌乐王、废太子和那个假冒的少帝,如今就等瓮中捉鳖了。

两个都是好消息,不但朝臣喜笑颜开,萧列的心情也难得有些轻松,回到御书房,处理了些奏折,叫李元贵去唤慈儿。

慈儿被崔银水带来,爷孙俩便又开始下棋。

这大半年间,萧列未带慈儿拜祭太庙,但也没有放嘉芙和慈儿出宫。大臣们原本以为萧列要立那孩子为皇太孙,等了大半年也不见有后续。起先因外忧内患,无心于此,最近局势渐渐明朗,大臣们放下了心,便又关注起此事,开始有人上折,委婉试探立嗣之事,但无论大臣们怎么试探,萧列皆三缄其口,既不否认,也不点头。大臣们素来惮于萧列积威,故也不敢有越格之举,事情便这么拖了下来。

西苑如今是慈儿的生活场所。有太液池,有天鹅房、虎房,内中豢养诸多珍奇异兽。慈儿便跟着嘉芙,每天早上完成父亲交代的文武功课,雷打不动,剩余时间,或伴着母亲,或游戏,或被萧列召去伴于膝下——萧列常召慈儿下棋,以此解乏,转眼慈儿也快四周岁了。

下着棋时，萧列说了句他爹年底前应当能回，慈儿双眼发亮，欣喜万分。萧列起先亦抚须而笑，渐渐仿佛想到什么，望着对面欢天喜地的孙儿，目光渐渐沉凝下来，这时李元贵入内，送来了刘九韶发自东昌府的捷报。

萧列一目十行，看完了刘九韶所奏的萧胤棠杀死昌乐王以及假冒少帝等人的奏报，冷冷道："他当朕不知？章家人和逆王早暗中勾结。他弑父在先，丧心病狂，如今又伙同逆王谋逆造反。他这是走投无路了。"

"万岁，刘大人一道送来另一封奏报，道是废太子的陈情告罪书……"

李元贵又呈上了另一道以火漆密封的密信，小心地看着萧列。

萧列瞥了眼密信，脸色极是难看，半响，终还是接了过来，拆开，抽出内中信笺，扫了一眼，脸色大变，定定地盯着那信，突然双眼一闭，咕咚一声，整个人一头从榻上栽了下去。

李元贵大惊失色，急呼太医，自己和近旁宫人将萧列抬上榻，急掐人中，萧列却双目紧闭，毫无反应。慈儿方才手里拿了棋子，正等着皇爷爷回身继续和自己下棋，突见他不好，吓得扑了上去，叫着"皇爷爷"。李元贵忙叫崔银水将慈儿先送回去，留意到那张还被萧列死死捏在手中的信纸，抽了出来，飞快瞥了一眼，亦是大惊失色，立刻将信纸藏入怀中。

儿子被皇帝接走后，嘉芙在房里做着针线，还没多久，忽见崔银水送了他回来。慈儿面带泪痕，扑到她怀里，伤心抹泪："娘，方才皇爷爷和我下棋，看了封信，忽然就不好了，一头摔了下去……"

嘉芙吃了一惊，问崔银水，这才知道皇帝方才似是收到了个关于东昌府叛乱的最新消息，人就不好了，晕厥过去，至于到底是什么消息，崔银水也不知。

嘉芙抱儿子入内，安抚了下他。因自己也不好随处走动，毫无消息，心急如焚，至深夜，慈儿睡过去后，崔银水寻了来，说李元贵请她过去。

嘉芙叫崔银水守着慈儿，自己立刻去了御书房所在的承光殿，入内，见皇帝躺在那里，面如金纸，竟还没有醒来。胡太医几人面色凝重，正全力救治，李元贵在一旁，目带深深忧色，看见嘉芙来了，拭了拭眼角，示意她随自己过来。两人到了一间偏殿，李元贵屏退宫人，嘉芙焦急问道："万岁怎的了？到底出了何事？"

李元贵默默地从怀中取出一张信纸，递了过来。

嘉芙接过。

信竟是伙同昌乐王叛乱的萧胤棠写来的。他说，他已为皇帝杀了挟持自己造反的昌乐王和假少帝那些人，如今向皇帝提两个要求。

第一，复立他为太子，复立之后，皇帝以太上皇之名退位，由他登基接位。

第二，收到这封信的当日，立刻将嘉芙送至东昌府的堂邑。十天之内，他若看不到人，就向天下昭告裴右安的身世，叫天下人人都知，裴右安是当今皇帝和天禧元后当年私情所生的儿子。

萧胤棠说，自己所知的这个秘密，确凿无疑。卫国公府的裴修祉，如今人就在他手上。裴修祉亦证言，裴右安不是卫国公的亲生儿子，而是三十年前，被卫国公从外抱来的养子。

萧胤棠最后说，倘若皇帝答应他的这两个条件，那么他登基之后，必会善待裴右安，留其性命。

但只要有一个条件不得满足，与其被囚一辈子，他宁愿玉石俱焚。

嘉芙看完信，惊呆了。

裴修祉在两个月前一次外出赴宴之后，便未再归府，离奇失踪，辛夫人当时焦急万分，裴荃于数日后，也向朝廷报了此事。毕竟是个国公，莫名不见了人，五军都督府当时全城发动搜寻，但始终没有找到人，最后只好列入名单，不了了之。

万万没有想到，裴修祉竟然落到了萧胤棠手里。

"刘将军说，堂邑已被他困死，城内粮绝，废太子叛军最多可再支撑十来天了。万岁白日不省人事，此刻还未醒来，我怕被朝臣得知，朝廷生乱，还死守着消息……"

李元贵望着嘉芙，低声说道，神情沉重无比。

嘉芙心里清楚，萧胤棠要自己半个月内过去，除了目下需以她为质，阻止刘九韶的攻城之外，想得再深远些，应当也是为了日后防备裴右安所用。

但是裴右安的这个身世秘密，除了已去世的祖母、卫国公、皇帝、裴右安和自己外，这世上，应该再无旁人知道。

萧胤棠到底是如何得知这个秘密的？难道周后从前也猜到了，曾在他面前提及？

嘉芙一时心乱如麻,手足更是冰冷无比。

萧胤棠以太子之尊,一夕被废,从云端跌落泥潭,在庚州被囚了这么多年,好不容易叫他借乱脱身,造反还不到一年,又遭失败,倘真被逼到绝路,极有可能鱼死网破。

嘉芙根本就不敢想象,一旦裴右安的身世秘密大白于天下,到时一切将要如何收场。

"夫人,此事干系实在重大,容不得有半分闪失,万岁还昏迷不醒,我只能擅作主张,将夫人请来商议。请夫人修书一封,将事情告知裴大人,我今夜便着人发出!"

嘉芙压下紊乱的心绪,来到桌边,就着预先备好的纸笔,匆匆写了书信。李元贵以火漆封印,召入一个亲信,交代了一番,亲信纳信入怀,立刻离去。

"李公公,信多久可以送到?"

李元贵眉头微锁:"以八百里加急,五天可到,只是裴大人万一追击深入胡地……"

就算消息能够准时送达裴右安手里,他人在关外,战事缠身,也根本不可能于十天之内赶回来。

嘉芙闭目片刻,睁开了双眸:"李公公,十天之内,他是无论如何也不可能赶到堂邑的。废太子既要我过去,我去便是……"

"夫人,你怎能只身涉险?万万不可!"

"我必须去,先稳住他,等夫君回来!公公你也知道,此事天大的干系,不但涉我夫君和今上,更牵连到元后。哪怕废太子只是恐吓,也绝不能拿这个冒半分风险!"

嘉芙脸色微微苍白,声音不高,语气却极其凝重。

"你不必说了,我意已决。你替我准备上路,我今夜就动身!"

李元贵定定地望着她,慢慢向她下跪,叩头道:"奴婢遵旨!"

嘉芙赶回西苑时,皇宫东北角那钟鼓楼的方向,传来三更鼓声。

慈儿尚在睡梦之中。嘉芙坐在床畔,凝视儿子片刻,俯下身去,轻轻亲吻了下他的额头,随即转身,朝外走去。

崔银水并不清楚事情的来龙去脉,只知应是出了件天大的事,她要出宫,亦不知何时归来,将小皇孙交托给他照看,抹泪道:"夫人放心,奴婢会照顾好小公子的。"

嘉芙点了点头,转头,最后看了一眼熟睡中的儿子,转身匆匆离去。

昭平六年十月末,在那信中限定的最后一日,一辆载了个神秘女子的马车,穿过千军万马的阵营,最后停在了被包围得水泄不通的东昌府堂邑城西城门前。

萧胤棠立于城头,高声喝令刘九韶围兵退出一箭之地,随即飞快下了城头,命人打开城门。

嘉芙身披一件从头罩到脚的斗篷,只露出半张脸,从马车门里弯腰步出,站在那里,双目注视着前方。

城门开启,一个身影从里快步奔出,朝她疾步而来。

多年不见的萧胤棠,她上辈子最后梦魇里的那个男子,就这样,再次出现在她面前。

萧胤棠盯着她,双目闪闪,渐渐地,唇边露出笑容。

他朝她伸出一只手,要将她扶下马车。

嘉芙避过,自己扶着车辕下了车,朝着城门走了进去。

堂邑城中的景象,触目惊心。城中的士兵,多是王府投来的府兵,剩下的是章家延揽而来的人马,章凤桐的两个兄弟在城中到处散布消息,称朝廷在关外刚打了败仗,元气大伤,自己正有援军赶到,叫所有人必须以命护城,倘若日后打下皇城,个个封官晋爵,倘在援军到来之前被攻破,则必遭屠城,全部死无葬身之地。

大街小巷,时不时可见死于前些日内斗时来不及处置亦无人处置的横七竖八的士兵尸体,有些已经开始腐烂,就被堆到墙角,随意覆盖了些稻草或是破席。士兵仿佛已经多日没有吃饱饭了,人人的眼睛都是红的,交织了恐惧和困兽般歇斯底里的目光。空气里,充斥着一股脓血的恶臭气息。

昌乐王府如今已被萧胤棠所占。王府占地广阔,前庭后园,装饰奢华,美貌侍女垂手而立,静候听命,门里门外,犹如两个世界。

嘉芙甫入内,便看见一道身着华服的女子身影站在门内,身体挺得异常笔直,近乎僵硬。

这女子便是章凤桐。

数年不见,她的容貌变化极大。嘉芙印象中那张珠圆玉润的脸不见了,她现在枯瘦如柴，二十多的女子，看起来犹如中年模样，神情更是不复从前的从容和稳重，所有的阴沉和尖刻，都毫无保留地透露在她耸起的颧骨和暗沉的目光之中。

她便如此盯着嘉芙，两道目光，从她进来后便投在她的身上，双眼一眨不眨，忽然，眼珠微微一动，又转到了萧胤棠的身上。

萧胤棠仿佛根本没有看到她，从她的身畔直接入内，引嘉芙进去，推开了一扇门。

嘉芙慢慢摘下斗篷，转过身，朝向跟随自己入内的萧胤棠。

萧胤棠没有说话，只上下打量她片刻，目光闪动，抬起脚步，朝她慢慢地走来。

嘉芙没有后退，对上他的目光："萧胤棠，倘若我没猜错，你这个时候要我来，无非为了以我挟我夫君。即便你能得偿所愿，你的父亲将皇位传给了你，你也还是忌惮我的夫君。我既来了，便不会惮死。一个活着的我和一个死了的我，哪个对你更有用处，你比我更清楚。"

萧胤棠停在她面前，和她对望片刻，目光渐敛："你既知道，你还来？父皇那里怎么说？"

"他病倒，我出来时，他还未曾苏醒——"嘉芙盯着他的眼睛，"你怎知我在京中？倘十天内我未能赶到，难道你真不惜一切，要玉石俱焚？"

"猜你在宫中，又有何难？我的父皇，于万寿之时，将一孩童抱上午门城楼，我岂不知那孩童是谁？所谓神女之后……"他冷笑一声，"他是要将皇位传给裴右安的儿子！那孩子既入了宫，料你也在近旁不远。被逼到如此地步，我如今还有何舍不出去的？我本贵为太子，我的父皇偏心至此，裴右安更是害我至深。被囚在高墙内的那些年里，我日夜椎心泣血，生不如死！与其那般苟活一生，今日不如拼死一搏！"

"倘我不来，刘将军攻破了城池，你又如何放出消息？天下又有何人会信你之言？"

"我实话告诉你吧，我知我父皇不会轻易答应的。这城池，我也是守不了多久的。我既放出话，便做好了周全准备。今日便是第十日了，我早安排好人，倘你不来，抑或是传出我的死讯，不出数日，各地宗室藩王，便会收到有关此事的消息！"

他的神色渐渐激动，双颧泛出了兴奋的红晕："那些宗室藩王，这些年里失地限权，个个被我父皇逼得走投无路，如今倘叫他们得知，皇帝竟和天禧元后私通，裴右安竟是不伦之子，你料他们会如何反应？一个假萧或算得了什么？到时候，恐怕处处都会是假萧彧！我的父皇，只要他还在位一天，这天下就休想再得安宁！他便是死了，他和元皇后的丑事也将传得天下尽人皆知！到那时，我看裴右安还有何脸面苟活于世！"

他哈哈狂笑："我死无妨，我要叫我的父皇和裴右安，生不如死！便是死了，他们也休想得到安宁！"

纵然在来之前嘉芙已经料定，以她上辈子对萧胤棠的了解，照他那种偏执的性子，那封信上的言辞，必定不会只是空洞恐吓。

但当真的听到如此话语从他口中说出，嘉芙心中的骇异，还是无法抑制。

她盯着面前这个近乎疯狂的男子，后背冷汗直冒，心脏更是跳得几乎就要蹦出喉咙。

"萧胤棠，你怎知道此事？除了你，还有谁知道？"

萧胤棠停了笑，盯着嘉芙，唇边渐渐露出一种令嘉芙毛骨悚然的奇异微笑："阿芙，说实话，你今日肯来这里，亦是出乎我的意料。你这是在向我打探口风？你实在令我失望。你不知道，你这辈子，原本命定应该是我萧胤棠的女人，我也本该是这天下的皇帝。但如今，你既来了，我便也不和你计较了……"

他凝视着她，目光竟渐渐变得温柔无比，柔声道："阿芙，从今往后，你忘记裴右安，安心留在我的身边，可好？"

嘉芙毛骨悚然，突然间，什么都明白过来。

从萧胤棠开口叫她第一声"阿芙"起，那种似曾相识的口吻，便叫她回想起了自己的梦中前世。

她睁大眼睛，骇异地望着面前这个男子。

原来他竟也和她一样！

"阿芙，你不知道，上辈子你就是我萧胤棠的人了。这辈子，倘若我还能做皇帝，你便是我的福星，我必履行我从前对你的承诺，这辈子，我一定让你做我的皇后，我会待你很好很好……"

他朝嘉芙伸出手，慢慢地走来。

嘉芙后退，不住地后退，终于退到墙边，再无路可退，忽冷冷道："萧胤棠，上辈子我被你所囚，无名无分，不见天日。你便是死于如今这场关外战事，你受伤死去，还不放过我，要我随你殉葬。殉葬便也罢了，你可知我最后如何死的？我还活着，却被人钉入棺材！"

萧胤棠一呆，停住脚步，目中柔色顿时消失，面露惊骇。

"你不必如此惊讶。你记得前世之事，我亦记得。"

半晌，萧胤棠才仿佛终于反应过来，咬牙切齿："那个贱妇，竟敢如此待你！待我脱困，我必为你报仇，绝不会放过她的！她从前如何对你，我便也如何还她！"

嘉芙摇了摇头："上辈子的事，我本早就不在意了。我只问你，裴右安最后死于素叶城，是不是你下的毒手？他死后，你登基为帝，次年，便遇到了如今关外这场战事。你嫉妒他，即便在他死后，即便你是皇帝了，他的英明依旧压你一头，你为了向你的大臣，也为了叫天下人知道，你不比他差，便御驾亲征，上天却也不帮，你死于这场战事，可谓因果报应。

"我至今记得，你在临死之前，梦中尚惧怕他的英魂。上辈子如此，这辈子，看起来依然如此。我一个女子，既只身来此，一切便是豁了出去，大不了一死而已。但萧胤棠，你为男子，口口声声说要对我好，但除了威逼，你还做了什么？"

萧胤棠眼里露出掺杂着惊诧和狼狈的神色，表情渐渐凉了下去，一语不发。

萧胤棠盯着嘉芙，冷冷道："我本真龙天子，从前他就不是我的对手。这辈子他想赢我，也没那么容易！"

他说完，转身出屋，锁上了门。

天色渐渐黑了，是夜，有个女侍来服侍嘉芙，萧胤棠自己未再露面，章凤桐也不见人。

一晃数日过去，嘉芙被关在那间屋里，外头情况到底如何，也是丝毫不知。

这日深夜，嘉芙和衣躺在床上，闭目冥想，辗转反侧之时，忽听外面隐隐传来一阵异响，仿似有人在高声呼喝，那声音，在这寂静的深夜，听起来格外刺耳。

嘉芙从床上爬了下去，飞快奔到窗边，透过被钉死的窗隙，看到王府大门方向，竟起了大片的火光。又一阵此起彼伏的喧嚷声传来，仿似有人正在强行朝里冲入。

嘉芙看了眼四周，拔下一支蜡烛，将那支铜座尖头烛台捏在手中，柄端藏于袖里，才刚藏好，就听门外传来一阵急促的脚步声，那道上了锁的门，竟被萧胤棠一脚踹开。他神色阴沉，几步入内，见嘉芙躲在墙角，上去将她一把拽住，带着便朝后院方向疾步而去。

外头的官兵还没攻打进来，城中自己先便生了乱。这些日里，也不知是哪里传出的消息，在城中到处流传，说朝廷在关外大捷，正往这边调来重兵，城中所谓的援军之说，全是子虚乌有，城中人心惶惶。王府一拨吃不饱饭的府兵今夜纠合人马，杀死了章凤桐的一个兄弟，方攻入王府，章凤桐的另一个兄弟，正领了自己的人在抵御，局面一时失控。

萧胤棠一语不发，强行拽着嘉芙往后院疾奔而去，穿过一扇垂花门，奔到一处假山前，奋力推开，假山后赫然露出一扇门，萧胤棠去推，却推不开，低头，借着月光，见那门上竟上了道铁索。

萧胤棠仿佛有些惊怒，立刻抬脚猛踹，只是那门牢固，一时竟踹不开。萧胤棠又拔出腰间所佩长剑，奋力砍斫，剑刃和铁索相击，夜色之中，溅出点点火星。

"太子殿下，你要去哪里？"身后忽然传来一道幽幽之声。

嘉芙回头，看见一道身影从一丛树影后慢慢走了出来，月光照在那人脸上，映出了章凤桐的一张脸。

她身上依旧穿着华丽的宫装，头戴凤冠，在月色下闪闪发亮，双目盯着萧胤棠，神色似笑非笑，看着极其诡异。

萧胤棠回头看了她一眼，继续奋力砍铁索，当的一声，手中宝剑竟生生折为两截。

"你想从这密道逃走，日后东山再起？这道铁索，是用乌金所打，你是砍不断的。"章凤桐微笑着说道。

萧胤棠怒喝："原来是你这贱妇所为！"

他猛地转身，朝着章凤桐大步走去，行至面前，伸手抓住了章凤桐的衣襟。

"钥匙！"

他厉声喝道，突然，身体仿佛被人猛击一棍似的定住了，随后慢慢地佝偻下了腰身。

噗的一声，章凤桐拔出了方才刺入他腹部的匕首。

萧胤棠跌在地上，捂住小腹，面露痛楚之色，难以置信般盯着章凤桐。

"你这……贱妇……"

章凤桐后退了一步，盯着地上痛苦挣扎的萧胤棠，冷笑："太子殿下，我自嫁给你后，自问对你掏心掏肺，并无半点对不住你。你被废后，我对你日夜牵挂，为了日后能有机会救你出来，甚至不惜自己害了我的女儿，我装疯卖傻，为了掩人耳目，连自己的脏物也下了腹。我出宫后,说动我的家人,暗中为你奔走,终于将你救出。可你是如何待我的?不过凭了那女人的满口胡言,你便要将我活埋?还要许她为后?你何其狠心!"

她呵呵地笑:"实话告诉你吧,这些日,城中流言俱是我所为!你既要我死,我怎能让你独活?要死,大家伙死一块儿才好。"

她说完,撇下萧胤棠,朝着嘉芙走来,手中那把匕首闪闪发光。

嘉芙被方才那一幕变故给惊呆了,见章凤桐朝自己走来,双目发光,状若鬼魅,转身就跑,奔回到方才那道垂花门前,才发觉门竟也被章凤桐给锁住了,一时再无退路。

章凤桐已经追到身后,挥起匕首,朝嘉芙狠狠刺了过来。

嘉芙死死捏着手中的烛台,将尖头倒了过来,没等章凤桐扑到面前,挥臂横扫,章凤桐没有防备,痛叫一声,手腕被烛台锐头划中,登时鲜血直流。

"贱人!你这个贱人!我非要杀了你不可!"

章凤桐捂住受伤的手,暴跳如雷,头上凤冠也歪掉了,却凶悍异常,竟还死死地攥着那把匕首,跌跌撞撞地朝着嘉芙继续追来。

嘉芙大惊,只能绕着庭院拼命躲她,最后借着夜色,藏在了一片回环假山的凹洞之中。

"贱人!你给我出来!"

章凤桐状若疯癫,一边嘶声大骂,一边挥着手中匕首,胡乱刺着树丛和石头,发出叮叮之声。

嘉芙屏住呼吸,一动不动。

"贱人!贱人!"

章凤桐的声音越来越近,越来越近,眼见就要到近前,嘉芙毛骨悚然,转身正要再逃,忽然,听到一声惨叫。

嘉芙透过假山缝隙,见萧胤棠不知何时竟从地上爬了起来。

他停在章凤桐的身后,手中的那柄断剑,从她后心直直插入,贯胸而出。

章凤桐的身影僵住了,手中匕首叮地坠地。

月光照出她扭曲了的一张面庞,她双目发直,慢慢地转身,嘴里低低地道:"太子，你……"

萧胤棠面色冰冷，挥手便拔出断剑，章凤桐随之扑倒在了他的脚下，片刻后，慢慢停止挣扎，一只手还紧紧地抓着他的脚腕。

萧胤棠厌恶地抽出脚，将她的尸身踢开，随即撕下自己的一片衣角，裹扎住腹部伤口，环顾了一圈，道："阿芙，你在哪里？你出来，我带你离开这里。"

外面忽又传来一阵隐隐的厮杀之声，火光冲天，几乎半个王府都烧着了火。

"阿芙！你躲不掉的！你再不出来，等我找到你，对你就不客气了……"

他口中继续唤着，脚步声越来越近，嘉芙将身子拼命缩成一团，躲在那个凹洞里，大气也不敢出。

脚步声终于从身畔走过去，嘉芙稍稍定了定心神，只是，还没来得及松一口气，忽然后颈一凉，一道声音已在身后响了起来："出来吧。"

嘉芙慢慢转头，见萧胤棠的身影就立在自己身后，月光之下，两道目光阴恻恻地投向了自己藏身的所在。

就在这时，那扇垂花门外，传来一阵急促的脚步声，接着，刘九韶的声音响了起来："废太子，此处已被包围！你若束手就擒，不定还有一条活路！"

萧胤棠身影蓦然一定，转头望着门外那片火光，出神片刻，弯腰将嘉芙从藏身之处一把抓了出来，紧紧地箍于臂中，厉声喝道："刘九韶，你算个什么东西？也有资格和我说话？我是太子！你去叫皇帝过来！他若亲自过来，要打要杀，我由他的便！否则，那个前日送进城的女子，你可知她是何人？她此刻就在我手上，我能和她死在一块儿，也是不亏！"

垂花门外响起一阵砰砰之声，门被人强行劈开，一列火把光照之下，嘉芙看到一道身影立于垂花门外，火光映照出了那人的轮廓，衣犹披甲，周身凝肃，两道目光投向了她。

就在这一刹那，嘉芙心脏狂跳，眼眶发热，泪几欲夺眶而出。

萧胤棠以十日为限，信中言辞，已然可见魔怔。上辈子在他身边多年，嘉芙深知他的秉性，为避免他狗急跳墙，只身而来，只求先稳住他。

她这一趟，本已做好了不归的最坏打算。

上一辈子的裴右安，在他生命中的最后一刻，明知那药有毒，却依旧含笑赴死。

起于身世的心结，于他是何等耻辱和深沉痛苦，再无人比嘉芙更清楚了。在她决意之时，她想得更多的，不是这秘密被曝光后可能引来的宗室动荡、血雨腥风，而是她不能容忍，他因此沦为世人茶余饭后谈资的可能，半分也不能容忍。纵然力量微薄，即便身死，她也要尽己所能保护他。

"裴右安！"萧胤棠陡然失声。

裴右安的视线从嘉芙面上抬起，落到了他的脸上，目光沉沉，拂了拂手，士兵纷纷退去，刘九韶亦下去了，很快，门外只剩下他一人。

两个男子，便如此隔着那道垂花门，相对而立。

"你若还是男人，放开她！"

他道，锵的一声，将手中长剑投掷两人中间的地上，又卸下护身战甲，弃于一旁。

月光肃杀，自青空倾泻而下，地上投出了一道孤瘦身影。

萧胤棠渐渐挺直胸膛，仰起头颅，和门外之人对望了片刻，忽发出一阵笑声，笑声越来越大，直至狂笑，笑出眼泪："裴右安！你夺了我的阿芙，夺了我的皇位，此刻你是预备要来取我性命了？你这个卑贱的不伦之子！你凭什么与我争夺这一切？来得正好！既生瑜，何生亮！你我之间，是该来个了结！"

他目光狂野，将嘉芙推开，朝着裴右安走去，脚步起先凝重，突然加快，俯身去夺地上长剑，裴右安疾步而上，一脚踢开，长剑应力，脱鞘而出，萧胤棠奋力飞身扑去，抓住剑柄，先夺了兵器。

长剑在手，一道森森剑芒闪过，剑身便朝裴右安刺来。

"芙儿退开！"

裴右安喝了一声，抄起地上剩下的乌金剑鞘，挡住长剑，噗的一声，剑鞘被长剑斩为两截。

嘉芙擦去眼中夺眶而出的热泪，从地上爬了起来，奔到死去的章凤桐身边，将那柄掉落在地的匕首捡起，奔了回来，叫了一声，将匕首朝着手无寸铁的裴右安投了过去。

几乎就在同一时刻，刺的一声，宛如迅雷不及掩耳，森森剑气已从裴右安的臂上划过。

裴右安身形未止，纵身以另一臂接住了匕首。

嘉芙站在一处假山后，睁大眼睛，看着月光下那两道以命相搏的身影，双手紧紧

抓住山石，连气都快要透不出来了。

一寸长，一寸强，长剑在手，便犹如一场棋局，萧胤棠开局便先占了上风。

剑气森森，他的每一次出手，都是精准而狠厉的，只要对手有半分不防，便要伤于他的剑下，裴右安避过了十数次的致命攻击，渐渐退至墙边，再无后路可退。

"裴右安，上辈子，你就不敌于我，死在我的手里，这辈子，依然如此！"

"受死吧！"

他冷笑，唰的一声，剑芒再次朝着裴右安直刺而下。

裴右安非但没有闪避，反而挺身迎上，噗的一声，剑尖深深刺入了他的左侧肩胛，就在同一时刻，电光石火之间，萧胤棠目中泛出的快意之色尚未消失，裴右安一个反手，伴着一道迅如闪电般的青芒掠过，那柄短匕的匕刃，已然抵在了萧胤棠的咽喉之上。

死亡的森森气息，瞬间迎面扑来。

萧胤棠陡然僵住了，睁大双眼，死死地盯着裴右安，两双眼睛，近在咫尺。

"有本事，你就杀了我！"

萧胤棠额头青筋暴跳，咬牙切齿，一字一顿地道。

裴右安盯了他片刻，一语不发，一个发力，匕刃便在萧胤棠的脖颈上割出一道血痕，随即贴压在他一侧正汹涌偾动的大动脉上。

便在这时，身后又传来一阵急促的脚步声，方才退下去的刘九韶，此刻亲自护了一顶软轿疾步而来，那软轿停在近前，同行的李元贵将轿帘掀开，从轿中慢慢出来一道身影。

那人青衣布鞋，双目望着前方，一步一步地走了进来。

萧列来了！

裴右安回头看了一眼，目光阴沉。良久，他终于慢慢地松开手中匕首，将其丢弃于地，拔出那柄还刺在自己肩膀上的长剑，朝着嘉芙所在的方向走去，步伐有些踉跄。

嘉芙从山石后扑了出来，将他的身子紧紧地抱住，却感到他身子一重，朝自己压来，接着，人便倒在了地上。

第二十三章 天下

　　仿佛睡了长长一觉，裴右安慢慢睁开眼睛时，见自己躺在一张床上，身上伤处已经包扎，窗外漆黑，屋里点着烛火，嘉芙趴坐在床畔，就这么沉沉地睡了过去，倦容之上，犹沾了残余泪痕。

　　他凝视她片刻，慢慢地撑着臂膀，想要坐起身，才略微动了动，嘉芙眼睫轻颤，立刻便惊醒了，一下直起身，睁开眼睛，突然对上他凝视自己的一双眼眸，定住了。

　　两人便如此凝望着对方。

　　她前次那信，送到关外时，裴右安正领兵追击胡骑，深入胡地，那信未能及时传至他的手中。十日之前，他领兵大破胡骑主力，俘王叔王子数人，大获全胜之际，才收到她的信，又同时收到李元贵随后发出的另一信，信中说，废太子以十日为限，信中言辞，隐见魔怔，夫人为先稳住废太子，令他不致狗急跳墙，去了堂邑，皇帝三日后方苏醒，知悉消息，亦不顾病体，动身去了堂邑。

裴右安当时之惊怒，莫可言状，不顾一切，日夜兼程入关，途中跑死了数匹快马，多日未曾合眼，终于赶到，当时体力已是耗尽，被嘉芙抱住，松懈下来，再支撑不住，人才倒了下去。

这一睡，便是一天一夜，他此刻醒来，已是次日的深夜，嘉芙在他身旁，一直伴到此刻。

嘉芙目中渐渐泪光闪烁，她轻声道："大表哥，你可还好？胡太医说你太累了……"

裴右安突然伸臂，一把将她揽入了怀中，用力地抱着。

"芙儿，萧胤棠言，上辈子我是死于他手。我不知他此言何意，但我知道，这辈子，倘若不是你，我如今身在何处，自己也是不知。从前我为少帝一事，触怒天颜，曾遗你一信，后来你追我至关外，恼我弃你不顾，要我读信，我当时未读，然信中字字句句，皆是我由衷之言。信中我曾言，那夜于澂江府驿舍，你朝我奔来之时，便是我裴右安此生欢愉之始。

"于我裴右安而言，宁愿千夫所指，万人唾弃，也不愿你有半分损伤。

"我的话，你可记住了？"

他放开嘉芙，盯着她，神色凝肃，一字一顿地道。

嘉芙望他许久，慢慢点头。

裴右安放她倒在了枕上，低低地叹了一声："我的傻芙儿，睡吧，我没事了……"

嘉芙呜咽一声，将脸埋在他的怀里，伸手抱住了他的腰身。

裴右安紧紧抱了她片刻，将她的脸抬了起来，低头轻吻她眼角不断溢出的泪花，唇沿着她的面庞渐渐往下，深深吻住了她。

昌乐王府的那间秘密囚室里，烛火昏暗，萧胤棠披头散发，手戴铁索，歇斯底里地在囚室里不停地来回走动，咆哮怒吼，又用身体去撞铁门，发出砰砰的巨响，终于筋疲力尽，最后倒在了地上，大口喘息之时，铁门被打开，一道人影出现在门外。

萧胤棠慢慢地抬起头，死死盯着门口那个身披斗篷的人影，渐渐地，身体发颤，忽然从地上爬起来，跪了下去。

"父皇，饶了儿子吧，我错了——"

他目中蕴泪，朝着那人不住磕头。

萧列一动不动，低头看着他，良久，缓缓道："胤棠，你当初弑朕在先，朕念父子之情，饶你性命，你贼心不死，又和外人勾结作乱，如此便罢，今日你竟还……"

他声音微微颤抖，停住了。

萧胤棠停了磕头，慢慢地抬起头："父皇教训得是，只是你怎不说你自己太过偏心！裴右安是你的儿子，我便不是了？你处处为他着想，什么好的都要给他！当初是我先要的甄氏，你分明已经应了，裴右安一开口，你却立刻改了主意！父皇你如此厚此薄彼，你心里何来我这个儿子？"

萧列冷冷道："黑白颠倒，是非不分，人心不足蛇吞象，说的便是你这种人！朕登基之初，便封你为太子，朕还有何对不住你的地方？倘你持守分本，朕又何以会起废你之念？朕废了你，送你回庚州祖地，本盼你静心思过，你不思悔改，如今还造下这孽，你自取灭亡，天能奈何？"

萧胤棠定定地望着萧列："父皇，你这是狠心要儿子去死了？"

萧列闭目。

萧胤棠目含泪光，朝前膝行几步，忽厉声吼道："父皇，我生在帝王之家，本就是皇帝。我不甘心，我不甘心——"

他猛地从地上站起来，高高举起手中铁索，朝着萧列一头扑去，铁索待要缠上萧列之时，李元贵从后迅速冲入，伴着噗的沉闷一声，刀刀刺入萧胤棠的胸口。

萧胤棠那具高大的身躯，无声无息地扑倒在地，身体抽搐片刻，停了下来，口中慢慢涌出鲜血，双目久久圆睁。

李元贵立刻向萧列下跪。

萧列闭目良久，慢慢地睁开眼睛，神色萧瑟，并不去看地上萧胤棠的尸身，转身朝前慢慢迈步，走了两步，停下脚步，身体慢慢歪了过去，靠倒在一旁的铁门上。

持续了大半年的昌乐王叛乱终得以平息。

皇帝出京之时，胡太医随驾，在胡太医的建议下，御驾一行在堂邑秘密停留了数日，休养过后，预备明日返京。

傍晚，嘉芙端药入内，和一个随行宫人一道，服侍皇帝吃了药。李元贵匆匆入内，面上带了微微喜色，俯身对着皇帝低声道："奴婢方才得报，已从章氏兄弟之口追查到废太子数月前安排在外的余孽一党，悉数得以捉拿，无一漏网，秘卫亦严密监防各王府，诸事稳妥。"

李元贵禀完，向嘉芙投来感激的目光，朝她点了点头，随即站在一旁。

皇帝恍若睡了过去。

嘉芙闭了闭目，亦慢慢地嘘出一口气，正待轻悄退出，忽听皇帝开口唤自己，停住了脚步。

萧列睁开眼睛，凝视窗棂射入的一片金色夕阳，片刻后，道："你和右安不必随朕同行了，你代朕转告他，萧彧这几年一直被囚金龙岛，他要去，随时去便是。"

皇帝说完，再次闭上了眼睛。

嘉芙慢慢下跪，朝榻上的皇帝郑重叩头。

朝廷禁海，一晃已经六七个年头过去，泉州这座因海繁荣的古城，如今也因海彻底没落下去。市舶司门口那两扇紧闭的大门，油漆剥落，铁锁斑驳，港口停泊的旧船，经不住风吹雨打，日渐腐朽。

从当年的翘首盼望到如今的不复希望，再无人提海禁重开的话题了。城中人口锐减，这些年间，除了世代居住于此的老泉州人，其余为了生计活路纷纷离开，街头巷尾，再不复当年海市兴旺之时的熙熙攘攘。

春去秋来，唯刺桐花开，刺桐花落，年复一年，周而复始。

伴着古城的没落，曾兴旺一时的甄家，亦沉寂下去。

从前提起甄家，都道是泉州巨富，家中女儿更是嫁得天子殿前金龟婿，连老太太也得封诰命，满门荣华，谁人不羡？至今泉州人还记当年从甄家船坞起出天降祥瑞，众人敲锣打鼓呈送上去的热闹一幕，那时风光，惊动全城，如今说起，老泉州人依旧记忆犹新。

讽刺的是，当日那一幕，仿似也成了甄家荣华的顶点，自那之后，戛然而止。

有一段时间，满泉州的人都在传言，说甄家女婿获罪于天子，被发配到关外。便是从那之后,甄家门庭冷落,门口再看不到官轿往来。虽然这两年间,慢慢又有消息流传开来,说那裴姓女婿又被朝廷起用了,只是官职也远不如从前在京城时来得风光,在关外苦守边城,抵御北胡,甄家女儿也跟了过去。一番唏嘘,也就过去,慢慢地,再无人提及。

倒是甄家人,这些年间几度荣辱,经历过地方大员趋之若鹜登门结交的锦上添花,亦见识过门可罗雀,旁人路遇,唯恐避之不及的嘴脸,沉浮之间,竟也能守住本心方圆,将家中和船坞里如今用不上的众多下人和帮工遣散,大门一关,自成一统,数年未再开启,家人进出,皆走角门。如今因老太太年老体衰,当家的那孟太太虽是个寡妇,性情本也柔弱,却也将家打理得甚是妥当。外面田庄,有张大照管,家中内事,有儿媳帮衬,儿子虽无大能,偶还犯浑,但极孝顺,这几年间,亦得了儿女双全,更难得的是,当年船坞里的那些孤儿寡母,至今仍受甄家照拂,提及此事,老泉州人无不竖起拇指,称赞甄家厚道。

这日午后,一骑快马从福建道的方向,沿着官道那条黄泥大路,朝着泉州城门疾驰而来。

来人乃福建道衙的信使,入了城门,一边朝着州府方向疾驰而去,一边高声大呼:"朝廷有令,海禁解除!朝廷有令,海禁解除!"

宛如死水被搅出了波澜,路人纷纷停下脚步,坐在柜台后昏昏欲睡的布店掌柜跑了出来,几个坐在门口晒太阳纳鞋底的妇人站了起来,滚铁环的小伢儿掉了铁环,两个正为赶着驴车起了擦碰口角、待要动手打架的车把式也停了下来。

人人都盯着前头那一骑绝尘的信使背影,睁大眼睛,露出难以置信的表情。

渐渐地,越来越多的人从家里跑了出来,相互传着那话,脸上无不交织着狂喜和难以置信的表情。有人开始追那信使,一传十,十传百,没多久,全城都轰动了,人们放下手里的事情,纷纷朝着州府衙门赶去,聚在门口,翘首张望,议论纷纷,等着确切的消息。

傍晚,盖着鲜红衙印的官府通告便连夜张在州府衙门前的风雨亭上,衙役敲着锣鼓,一边巡街,一边高声宣着官府通告。市舶司那扇多年紧闭的大门,在户枢已遭虫蠹过后的吱呀声中连夜开启，天还没黑，全城便已传遍，朝廷不日将重开市舶司，恢复包括泉州在内的诸东南港口的海外交易。

人们喜笑颜开，敲锣打鼓，纷纷拥上街头，城东南的夜空之上，忽啾的一声，飞升起一道烟火，烟火在半空爆裂，绽出一朵绚烂烟花，也不知是哪家人，竟提早放了为过年而备的烟花。接着，越来越多的烟花升上夜空，照亮了城外那片已寂寞多年的海港。

是夜，整个泉州城都沸腾了，陷入一片欢乐的海洋里，连城门也破例开启，因许多的人，迫不及待，此刻已经打着灯笼赶往海边要去检看自家那些已经空停多年的大小船只，官府便也顺应民情，开了一夜的城门。

甄家亦灯火通明，孟太太亲自赶去老太太屋里报喜讯。

老太太如今耳聋眼花，脑子却还灵清，听了消息，拄着拐杖，慢慢走到窗边，望着远处夜空里的朵朵烟火，喃喃地道："这是要变天了吗？好事……好事……"

甄耀庭叫张大唤了两个仆从，拿出炮仗烟花，自己领了如今已经五岁的一双双胞胎儿女——儿子乳名平哥儿，女儿名喜姐，为遥祝远方关外的姑父、姑母平安喜乐之意，打开了那扇闭合多年的大门，放着烟花爆竹。两个孩子捂住耳朵，躲到爹的身后，一边害怕，一边却又发出欢乐的咯咯笑声。放完一地的烟花爆竹，甄耀庭这才领了一双儿女，欢欢喜喜入内。

夜渐渐深了，聚在街头巷尾的人群才慢慢散去，城中灯火却依旧不熄，许多人家，父见子，兄唤弟，老伙计召老伙计，都在灯下开始合计起开港后的营生。甄家亦是如此，张大连夜唤回了那些如今还在城里的老伙计，连同东家甄耀庭在内，十几人围坐在一张方桌前，点着油灯，商议着事，人人面上都带着兴奋之色。

玉珠和厨娘做了些消夜，拿到屋外，叫厨娘送进去，自己便回了屋，忽听外头传来一阵叫声："太太！少爷！少奶奶！姑爷和姑娘回了！"

孟太太连鞋都来不及穿好，领了儿子媳妇一路奔出去，张大挑了灯笼跟出，行至二门，看见对面来了一双人影，皆外出便服的装扮。男子年近而立，头戴一顶斗笠，一袭元色外氅，帽檐下面容清瘦，眉宇温润，双目轩邃，身畔那妇人二十出头，罩了件银鼠貂毛的连帽昭君氅，正是多年未见的裴右安和嘉芙夫妇二人。

嘉芙唤了声娘，飞奔着到了近前。

"阿芙！"孟太太犹在梦中一般，不敢相信自己的眼睛，阔别多年的女儿，竟突然如此就回来了，奔到自己面前。

她紧紧地抱住女儿，眼泪掉落下来，七分欢喜，亦三分心酸。母女俩抱泪之时，玉珠亦红了眼眶，上去向裴右安见礼。甄耀庭在旁低声劝了几句，孟太太方醒悟过来，见裴右安过来，知是要向自己见礼，急忙拭去泪珠，放开嘉芙，迎了上去，欢喜道："回来就好！回来就好！正好今日官府也来了消息，说朝廷重开海禁，你二人今夜又回来，实是双喜临门，都快进屋去吧！"

裴右安和嘉芙入内，重新叙了一番话，又去见了老太太，当夜，嘉芙伴在孟氏身边，如她出嫁前那夜，母女同床抵膝，说不完的话，道不完的情，哭哭笑笑，至下半夜，孟太太才送女儿回屋。

裴右安还坐于灯下，手握一卷，目光却凝然，书页亦许久没有翻动。听到门外传来脚步声，他放下手里的书，起身开门，将嘉芙接入屋内。

夫妇并头而眠，嘉芙闭目片刻，手臂慢慢将他的腰身抱紧，低低地道："大表哥，我有些怕……"

明日一早，他们便要去往金龙岛了。当年的那位卓尔少年，因心中一点不灭的明火，成了一只被折翼的青鸾，失了自由，困在金龙岛的那一方狭窄牢笼之中，日复一日，年复一年。

而今再次相见，那少年将会变成如何模样？少年眼中那一抹曾令她一见难忘的勃勃神采，又是否依旧？

便是在这一刻，嘉芙眼前浮现出慈儿牙牙学语，用稚嫩之声，开口唤出自己第一声"娘亲"时的一幕，心底里忽然模模糊糊地生出一丝犹如要失去什么的恐惧。

她知她枕畔的丈夫，此刻必定深知她恐惧源于何处。

他凝视着她的双眸，良久，慢慢地将她揽入自己怀中，吻了吻她微微泛红的眼皮子。

"睡吧。"

他低低地哄她，声音格外温柔。

次日清早，晨光熹微，裴右安带着嘉芙来到水师营港，董承昂、李元贵已经早早等在那里。夫妇俩登上一艘大船，水手扬帆划桨，朝着外海驶去。

大船驶近金龙岛的那日，天近黄昏，夕阳下的海面金光泛鳞，嘉芙站在船头上，借着目镜，眺望着前方那块变得清晰可辨的黑色陆地，视线里渐渐出现一艘大船的轮廓。靠得再近些，她终于看清楚了，就在海边一块平坦的沙滩之上，矗立着一艘崭新的福船，通体黑漆，头尖尾宽，两端高昂上翘，船体长约九丈，前后各有一小风帆，中间一道主帆，远远望去，桅杆高耸，宛如触云，一个身影，正踩立于那道主桅的顶端。

夕阳的金色光芒，照在那身影脚下的一片白色巨帆之上，犹如勾勒出一幅金边的底画，而那道看得还并不十分真切的身影，便是画中游移的风景。偏他自己浑然不觉，一臂抱桅，一臂够了出去，低头似正专注于整理桅顶的那一片缆索。

嘉芙心跳微微加快，转头看向身旁的裴右安。他双眸一眨不眨，正凝视着风帆顶上那道忙忙碌碌的模糊身影。

大船越靠越近，进入警戒距离，船头慢慢升起令旗，旗帜迎风招展。瞭望台上，按季轮换的守卫以目镜察看，向着隐在礁岛后的炮台发送了放行的旗号。

大船一路无阻，靠到岸边。嘉芙透过目镜已经看清，风帆顶上那道忙碌的身影，是个皮肤黝黑、身姿矫健的青年。

甲板上，盘膝坐了一个老船工模样的老人，正在那里抽着水烟休息。他看到了来自海面的那艘朝廷官船，起身走到风帆之下，咚咚两声，敲了敲桅杆。

帆顶上的那道身影，终于觉察到来自身后海面的异样。

他停下手中的事，慢慢地转头，迎着略微刺目的金色夕阳，眯了眯眼，望着海面上那艘越行越近的船影。

他的身影凝固住了，忽然，他猛地松开缠于臂膀上的那十数道尚未系好的缆索，风帆失了牵引，宛如失了风的风筝，沿着桅杆猝然坠落。那身影亦随之迅速下滑，很快滑到甲板上，还未站稳脚，转身便冲到了雕着栩栩龙头的高翘船头之上，纵身一个跟斗，人便如一头矫健猎豹，翻身已跃下船头，在沙滩地打了个滚，随即一跃而起，赤足朝着海边狂奔而来。

裴右安疾步下了甲板，登上沙滩，朝对面那个正向自己奔来的青年大步而去。

他便是萧或了。

漫长的囚禁,令他从一个十五六岁的少年,变成了今日的弱冠青年。

偌大的金龙岛,从多年前的那一场海战过后,便成了困住他的囚笼,海岛之上,除了定期更替的守卫,便只有一个哑巴老船工陪伴着他。

他被囚于此的时候,曾被问过有何要求。那少年沉默许久,最后说,他想打造一艘能够远洋航行的福船。

他的要求得到准许。这几年间,造船所需的所有材料,根据他的要求,漂洋过海,被送到了这里,随那些材料一道来的,还有那个被他唤作安叔的哑巴老船工。

安叔是个老水手,也精于造船之术,曾为朝廷船厂造过无数艘战舟。这几年间,便是在这哑巴安叔的指导之下,少年开始打造属于他自己的海船。他亲手磨平每一块木料,将它们打成需要的样子。

梁、枋檣、栈板、舵杆、橹……

漫长的囚禁日子,这般在指间如流水淌过。

福船慢慢成形,变成了今日的模样,当初那少年,也在日复一日的忙碌之中,长成今日的青年男子。

萧或奔到裴右安的近前,还剩最后几步,突然硬生生地刹住脚步,凝视着裴右安,一动不动。

裴右安大步走到他的面前。

"或儿!"他伸出双手,紧紧地握住了萧或的双臂。

"少傅!"

萧或停了停,扑到了他的肩上,热泪瞬间盈眶。

裴右安紧紧拥着这个如今已经和自己一般个头的当年学生。

"啊——"萧或忽然仰天大声长啸,仿似在尽情发泄自己此刻的内心情绪,啸声和着海风,远远传送。

裴右安目中亦渐渐迸出隐隐泪光。他轻拍萧或的后背:"或儿,少傅来迟了,叫你受了如此多的苦楚委屈……"

萧或蓦然停啸,一把抹去面上泪痕,冲着裴右安嘻嘻一笑,露出一副洁白的整齐牙齿。

"少傅！这不是苦楚委屈！当初一切是我心甘情愿！我只是高兴！我没有想到，这辈子，我竟还能再次见到少傅和师母……"

他望向已从船上下来，走到近前，停在一旁，含笑望着自己的嘉芙，凝望嘉芙片刻，朝她微微一笑，点了点头，随即拉着裴右安的手，带着他往那艘福船大步走去。

"少傅你看，这就是这些年我自己亲手用木料一根根打造出来的福船！少傅你上知天文，下知地理，但你就算知道再多，我猜你也不会知道，何等木料用于船体何处！梁与枋樯，可用槠木、樟木，但若用樟木，不可用春夏所伐，否则日久粉蛀，栈板不拘何木，倘用舵杆，则需榆木、椰木，桨橹用杉木、桧木、楸木皆可，还有龙骨和主桅……"

萧彧带着裴右安，快步登上了船舱甲板。

"需以珍贵柚木打造！不惧日晒雨淋，不怕火袭，亦不被蚁虫蛀食。少傅，我这福船的龙骨和主桅，极其牢固。便在数日前，我刚打造完毕！他日，倘我这福船能够入海，必不惧风浪，哪怕行经数十年头，亦绝不腐朽！"

萧彧摸了摸那根粗壮的桅杆，转头看向裴右安，目光闪闪，面露骄傲之色。

"小公子——"

同行而来的董承昂亦疾步登上甲板，待要朝萧彧下跪，已被他一把托起。

萧彧打量了下董承昂，爽朗大笑："董将军，你也来了？倭寇打得如何了？你可知道，我这几年，唯一遗憾，便是不能和你们一道再去打倭寇了！"

董承昂目含泪光："托小公子的福，倭患已除，朝廷也重开了海禁之令，沿海民众，无不欢欣鼓舞。"

萧彧大笑："好！"说完，目光望向站在一旁始终一言不发的李元贵，他面露微微疑惑之色。

李元贵道："小公子，万岁有旨，当年万岁曾对天下有诺，他日若寻回少帝，必迎奉归京，万岁命老奴随二位大人前来，履当年之诺，请小公子即刻归京，万岁必亲迎小公子于郊畿，择日祭拜宗庙，昭告天下，登基复位，以正天道。"

"小公子！"董承昂下跪，面露激动之色。

萧或身影僵住，面上神色渐渐转为肃穆，他忽然看向裴右安道："少傅，我想和你说几句话。"

次日清晨，海面朝阳初升，那艘崭新的福船借着涨潮下海，萧或和老安叔扬起风帆，借着风力，在海面渐渐远去。

萧或高高立于船头，冲着目送自己的裴右安和嘉芙，挥臂高声道："少傅、师母！他日待我行遍四海天下，有朝一日，我必会回来看望你们！"

李元贵跪了下去，朝着萧或离去的方向，恭恭敬敬地行了一个大礼，随即起身。

嘉芙望着萧或渐渐变小的身影，脑海里浮出了他对裴右安说的那句话。

他说，少傅，这些年，我虽无法离开此地半步，我心却从未被囚，更是从未如此安宁。

少傅，我是个自私之人，当年我回京城，求的不过便是自己安心，如今我的心中，更是装不下这天下万民。

少傅，世间事，纵不如意有七八，仅存之二三分好，亦足以叫人心向往之。求你成全于我，从今往后，长风破浪，云帆沧海，则我此生，亦不空来一世！

她又想起了远在京城的慈儿，心中的那种忐忑之感，越发强烈。

便在此刻，慈儿身在何方，又做了何事？

南国渐渐入春，万里之外的京城，此刻却还寒冬不去，白雪纷飞。

皇帝月前曾以养病为由，罢朝将近一个月，群臣无一人得见，焦心不已，终于月前复又露面，群臣这才放下了心。

只是自那之后，皇帝的身体便迅速衰了下去，行走亦不大方便，须拄了拐杖，亦不再每日朝会，若有事，只于御书房里召人议事。

这日，萧列议完了事，待大臣们离去，便唤出静静坐于屏风后的慈儿。

慈儿坐在自己的位置上，读书写字。皇帝批着奏折。崔银水往火炉里小心地添了几块银炭，屋里暖融融的，十分安静。

"皇爷爷，'古之善为天下者，计大而不计小，务德而不务刑，图其安则思其危，谋其利则虑其害，然后能长享福禄。'这是什么意思？"

慈儿捧了本自己从御书房里取的书，来到萧列身边，问道。

萧列看了一眼，微笑着解释了一番。

慈儿似懂非懂，点了点头，想了下，又问："皇爷爷，我也常听到大臣们说天下，这个天下，到底是什么？"

萧列想了下，放下笔，命人取来外出的寻常衣物，被服侍着穿妥当后，亲手为慈儿罩上一件披风，戴了顶毛茸茸的兔儿帽。

"皇爷爷，是我爹爹和娘亲回了，要出宫去接他们吗？"慈儿露出欢喜之色。

萧列摸了摸他的脑袋："皇爷爷带你出宫，去看看何为天下。"

天近傍晚，雪渐渐止住，皇宫东北角更鼓房侧的一扇角门开启，里面出来了一顶暖轿。

两个身着便服的太监，抬着轿子，沿着宫墙下的步道南行，穿过保太坊，最后停在通往灯市的街坊口，压轿。

轿里下来一对祖孙，祖父年近五旬，一手拄拐杖，一手牵了那四五岁大的男童，一大一小，两道身影，沿着街道朝前继续慢慢走去。

十数步后，数名同样身着便服的侍卫，默默地跟随同行。

祖孙入了灯市。但见街道两旁店铺林立，酒肆铺张，天还未黑，家家门前便已灯笼高挑，门里更是灯火辉煌，宾客如云，笑声阵阵，不绝于耳，更有龙马香车，川流不息，整条街道，远远望去，犹如银龙蜿蜒，匍匐向前。

此处，便是京城皇宫外最为繁丽的所在。富贵气象，帝都繁华，大抵也就不过如此了。

所谓灯市，最初原本只是太祖在上元之时，为与民同乐而在皇宫东侧所设的一处灯场，那时每年到了上元前后，朝廷搭设锦绣彩楼，招徕南北富商，入夜张灯作乐，施放烟火，全城民众，上从王侯公卿，下至苍头百姓，无论贵贱，无不至此，既为赏灯，也为游乐，流连不去。当时前后十日，后来渐渐改成每月初五、十五、二十，一月三次。再后来，这一片地方集齐了珠宝古玩、香绸瓷锦、南北奇货、海外珍物，更兼酒肆店铺，豪宅丽邸，一路迤逦往东，绵延长达几十里地。至今，灯市虽名字依旧不改，但早就不再限于上元或是每月三次的集市了，一年到头，若无特殊情况，人来人往，灯火往往通宵达旦。

慈儿跟着祖父，穿行在到处都是身着轻裘华服路人的街道上，左看右看，走完灯市最为热闹的一条街后，怀中已抱了数样玩物，都是方才路过街边铺子时，侍卫代他买的。虽腿脚有些乏了，他却很是兴奋，随祖父坐回到那顶等在街尾的软轿里，问东问西。

萧列一一应答，最后道："慈儿，这地方好吗？"

慈儿点头："好。"

他想了下，仰脸又问："皇爷爷，你说带我去看天下，这里就是天下吗？"

萧列道："皇爷爷再带你去个地方，等下你就知道了。"

暖轿一直前行，走了一段仿佛很长的路，终于停下来，轿子再次被压了下去。

慈儿跟着祖父，从轿子里下去，抬眼四顾，微微一怔。

面前的街道狭窄而阴暗，两旁的房子低矮破旧，道路中间的积雪，被践踏得成了污黑的颜色。天气寒冷，天亦快黑，街道两旁的那些人家，家家户户几乎都是门窗紧闭，里头漆黑一片，偶尔只有几户，从缝隙里透出些许昏黄的灯火。一眼望去，不远处的前头黑漆漆一片。道上行人稀稀拉拉，便是走在路上的，也无不缩头缩手，面带愁苦之色。

和方才在灯市所见的景象相比，犹如一个在天，一个在地。

这一对祖孙的出现，显得有些反常。几个迎头撞见的路人看了两眼，便也无心多看，步履更是匆匆不停，想是急着赶回家去，吃一口热饭，喝一口热汤，暖暖被冻得僵硬的手脚，消去在外奔波一天的辛劳。

一个和慈儿差不多年纪的女孩儿，穿了件许是母亲衣裳改做的蓝底碎花夹袄——那夹袄很旧了，上头的白色碎花都泛出了陈霉的旧黄，想必也不保暖。女孩儿却不顾寒气，站在开了半扇门的门槛里，一边往手掌心里哈着气，一边朝外伸头张望，仿似在等人，瞧着已等了有些时候了。

慈儿平日不大见得着和自己年龄相仿的孩子，便停下脚步，睁大眼睛瞧着那女孩儿。女孩儿发现了他,再看一眼他身旁的萧列和身后紧紧跟随的那几个侍卫,仿似害怕,立刻将门掩了。

慈儿仰头,看了眼含笑望着自己的祖父,挠了挠头,只好迈步继续朝前,这时,身后的雪地里,传来一阵咯吱咯吱疾步而来的步伐声。

慈儿转头,见身后上来一个挑着货担的货郎。大约是天气不好的缘故,他的东西似乎并没卖出去多少,担子瞧着还很沉重。

方才那扇才掩上的破门,突然又吱呀一声开了,那个还躲在门缝后朝外看着的女孩儿,再次露出头来,欢快地叫了声爹,跨出门槛,朝那货郎飞奔着迎了上去。

货郎原本面带愁色,瞧见女孩儿奔出门外迎接自己,立刻露出笑容,从担子里拔出一根冰糖葫芦,递给了女孩儿。女孩儿欢喜地接过,一手拿着冰糖葫芦,一手抓着担绳,蹦蹦跳跳地进去,口里呼道:"娘!爹回来了!"

一个妇人闻声从里出来,看了眼还满满的货担,再看一眼女孩儿手里的冰糖葫芦,叹了口气,埋怨道:"家里就只剩几日口粮了,你的胭脂水粉又卖不动,还花钱给丫头买这个做什么!"

货郎道:"不过一个铜子儿罢了。我明日再多跑几个街坊,多卖些便是了。"

"罢了,你每回都是如此。赶紧进来吧,暖暖身子,好吃饭了——"

在妇人的唠唠叨叨声中,那扇破旧的门被关上了,那家人的背影消失在门后。

周围安静下来,空气里,从不知何处,仿佛飘来了一阵带着烟火味的炊饭香气。

慈儿怔怔地望着那扇闭合的门,小小身影,一动不动。

萧列拄着拐杖,默默立在一旁,起先并未打扰他,等了片刻,方微微俯下身去,牵起他套了暖手的一只小手,轻声道:"再和皇爷爷往前走走?"

慈儿慢慢地收回目光,点了点头,跟着祖父继续朝前走去。

越向前去,道路便越难行,两旁的房屋也更是破旧,那些屋子,几乎不能称之为屋,不过就是四根柱子围上一圈捆扎起来的茅草破布,上头再覆一层草席,以石头压住四角,如此便成了居人之所。

一堵坍塌了半边的土墙角落里,点燃了一堆火,边上围坐着几个露天过夜的乞丐,附近的几间茅棚里,不断有咳嗽的孩童哭闹声传出,中间夹杂着妇人的长吁短叹。

身后的几名侍卫变得紧张起来，紧紧地跟随于后，不敢有半点放松。

慈儿的目光变得凝重起来，小嘴紧紧地抿着，他不断回头张望，却还是被祖父牵着手，带着一步步地穿过了这片位于天子脚下，纵有阳春德泽亦无法布及的贫民居区。

终于走出这片漆黑的窄巷，街道两旁，灯火渐渐零星复见。

"快走快走！别挡了门！"

一间透出昏黄灯火的小酒肆门旁，站了个借光的卖橘老翁。老翁身上衣衫单薄，站在寒风之中，抖抖索索，地上坐了个身上裹着祖父的破棉袄的小女孩，但即便如此，小女孩的脸蛋还是被冻得乌青。

酒肆伙计出来赶人了。

"行行好，容我再站片刻，等卖完了橘，我便走。小孙女生了病，家中就我一人，只能带她出来，等着这卖橘钱看病的……"

老翁苦苦哀求，忽然看见一行人走过，急忙转身。

"客官，买几只橘吧。

"只剩十来只了，都是好橘，原本要卖十文，客官若都要，算五文钱便可。"

老翁说完，用渴盼的目光，望着这一行人。

慈儿转头看了片刻，慢慢地仰起脸望向祖父。

萧列示意随从过去。一个侍卫走过去，给了二十文钱，将那一包橘子包了过来。

老翁喜出望外，不住地朝萧列和慈儿鞠躬，小心翼翼地将铜钱放进钱袋，仔细地缠在腰间，忙收拾起东西，将小孙女放在一只箩筐里，另一只压了块石头，挑起担子，踩着积雪地面，蹒跚朝前走去。

慈儿忽然挣脱祖父的手，迈开两腿追了上去，将自己的暖手脱下，塞给了那小女孩儿，这才转身跑回来，跟着祖父，上了那顶来接的暖轿。

轿里安了个小铜炉，内中燃了炭火，十分暖和。

路上，慈儿坐在祖父腿上，一语不发。

暖轿循了原路返回宫中，祖孙二人回到御书房里。

萧列微笑道："慈儿，你可知，何为天下了？"

慈儿望着祖父。

"《尔雅》有云,春为苍天。所谓苍天,乃万物苍苍然生。而万物之中,又以人为灵长。故所谓天下,实是万民。皇爷爷是皇帝。慈儿可知,皇帝要做的事,又是什么?"

慈儿摇头:"慈儿不知。"

"皇帝要做的事,便是治天下。"

慈儿眼睛微微闪亮:"皇爷爷,我懂了!所谓的治天下,便是治万民。"

萧列笑了,颔首,目光无限欣慰。

"慈儿说得极是。皇爷爷今日带你出去走了一圈。京城之中,有膏腴之地,富贵之人,但毕竟少数,更多的,还是那些为了一家老小的一口饭食而辛勤劳作的百姓。慈儿也看到了,便是在皇爷爷的眼皮子底下,也有那么多的人吃不饱,穿不暖,雪天亦无片瓦遮身。京城尚且这般,天下之大,你想,又有多少如此之事?皇帝要做的事,就是治好天下,让更多的百姓有饭吃、有衣穿、有屋住。你懂了吗?"

慈儿慢慢点头。

"慈儿,皇爷爷老了,不能一直做皇帝。等皇爷爷不能做了,皇爷爷想让慈儿继续做下去,让天下得安宁,让万民归其道。你愿意吗?"

慈儿点头,又摇头:"皇爷爷,我要先问过爹娘。"

萧列道:"好。你爹娘应当也快归京了,皇爷爷就先去问你爹娘。倘若他们答应了,慈儿也就答应,好不好?"

"好。"

萧列凝视着他:"慈儿,做一个好皇帝,会非常辛苦,甚至还会叫你失去珍贵的东西。但人生在世,便是如此,有所得,便有所失。你记住皇爷爷的话,日后等你长大了,你就会明白。"

慈儿点头:"慈儿记住了。"

三月末,江南烟柳,陌上扶桑,正是一年当中最美时节,裴右安和嘉芙却无心美景,出泉州后,立刻北上赶往京城。

裴右安自是急于回京,却又担心嘉芙吃不消赶路的辛苦,起先也只照平常的行程安排上路。

嘉芙已数月未见儿子的面了,牵挂之余,又暗含隐忧,心中只恨不得插翅飞回去才好,何惧路上辛劳,一路只不停地催促,裴右安只得加快行程。

终于这日,二人赶回了京城,径直至皇宫求见。顺利入宫,夫妇二人被引至皇帝御书房所在的承光殿,于空无一人的轩陛之下等待片刻,听见殿内传出一阵奔跑的急促脚步声,抬眼,见竟是慈儿从里头奔了出来。

"爹爹!娘亲!"

慈儿跨出高高的门槛,面带欢喜笑容,朝着二人飞快地冲了过来。

嘉芙再也顾不得宫规礼仪,丢下一旁的裴右安,飞奔上去将儿子一把接入怀中,紧紧地抱住,亲吻便如雨点般落到慈儿的额面之上。

慈儿被嘉芙亲了好几口,心里欢喜,却偷偷看向一旁的父亲,见他凝望着自己,又忍不住感到微微羞赧。见母亲又要亲来,他躲了躲,凑到她的耳畔,低声道:"娘,爹爹在看着呢……"

嘉芙压下心中此刻的百感交集,转头,见丈夫朝着这边慢慢走了过来,这才放下儿子。

慈儿走到裴右安面前,像平常那样,规规矩矩要向他行礼,身子还没跪下去,裴右安便伸出双臂,竟将他搂入怀中,紧紧地抱住了。

不只是慈儿,便是嘉芙,也感到几分意外。

裴右安深爱这个儿子,嘉芙知这一点,但在慈儿面前,他却向来是内敛而隐忍的。

像今日这般,表达他心中对儿子的情感,嘉芙还是头回看到。

慈儿被父亲紧紧地抱在怀中,起先仿佛有些吃惊,渐渐地露出欢喜的笑容,试探着慢慢地伸出一双小胳膊,搂住了父亲的脖颈,小脸儿靠到他的耳畔,低声道:"爹爹,你去打了这么久的坏人,慈儿和娘亲都很想你……"

裴右安眼角微微泛红,越发紧紧抱住儿子,久久不肯松手。

"裴大人,万岁说,让甄氏带着小公子去西苑,裴大人请入内,万岁有话要说……"

崔银水方才从里头跟了出来,一直站在一旁,觑着裴右安的脸色,小心翼翼地道。

嘉芙心中咯噔一跳,看了眼丈夫。

裴右安将儿子交还给嘉芙，和她对望了一眼，低低地道了声"你先带慈儿去吧"。他慢慢吐出一口气，迈步朝里走去。

萧列不复从前面对裴右安时的精神抖擞模样了，此刻身上只松松地披了件外袍，靠坐在榻上，手里拿了本奏折，正在看着。

裴右安跪下，向他行了君臣之礼。

萧列道平身，慢慢地下榻，坐回到平常那张御座上，双目望着裴右安："右安，最近朕收到的大臣奏折里，说得最多的，有两件事。一是北方战事大捷，你大破胡骑，俘虏了数位王室成员，如今匈奴王庭有意求和。此战，你厥功至伟，很好。"

裴右安语气平静："承皇帝陛下洪福齐天。臣不过尽了本分而已，不敢居功。"

萧列笑了笑，盯着面前的裴右安："这第二件事，便是催问我大魏后继之人。"

他将手中的奏折，连同放在桌角上的一沓，丢到裴右安面前，发出啪的一声。

"最近发生太多的事，朕从前的想法也有所改变。朕本是想迎回萧彧，履朕当年对天下之人的许诺。可惜，你也亲眼见了，那孩子自己无心于此，不肯回来。朕看中了慈儿，好生栽培，他日，慈儿必会成为我大魏之一代圣君。

"朕明日便叫钦天监择选吉日，朕带慈儿，拜祭太庙，认祖归宗，立他为我大魏之皇太孙。

"右安——"

萧列唤了一声他的名字，双眸凝视着裴右安："你与朕当初离心，一切皆源于萧彧。如今朕于萧彧，已做到了朕的极致，朕要你退让一步，这不算过分吧？"

他一字一顿地说道。

裴右安注视着萧列，萧列亦盯着他，丝毫未加退让。

四道目光，彼此相对。

"万岁，你早就料到彧儿不会回来了。他当年甘心回京引颈就戮时，你便清楚了这一点。那时你未杀他，将他囚于金龙岛，容臣妄言，恐怕并非出于万岁不忍之心，乃为了日后要挟于臣吧？"

裴右安的神色已不复从前之怒，眉目萧索，语气平静。

萧列目光之中露出一丝狼狈，但很快，这狼狈就消失了。

他盯着裴右安："朕确实料到萧彧不会回来。朕亦实话告诉你，朕早几年前便想过要立朕的亲孙为大魏之后继者。除非你夫妇二人于我有生之年未能得子，否则，你夫妇之子，日后即便没有成为圣君的资质，成为守成之君，必是绰绰有余。当初朕留萧彧，确实是为了你的考虑。但朕今日要立慈儿，再不是为了要挟于你！朕心意坚定，绝不会改！此子资质过人，为朕生平前所未见，倘若好生加以教导，他日成为一代圣君，亦未可知！"

萧列说着，目露微微激动之色，闭了闭目，慢慢定下情绪，方又睁开眼睛。

"右安！"萧列再次唤他名字，深深地凝视着他，"你我今生做不成父子，乃朕命中无福，朕不再强求。但有子如此，乃大魏之幸，更是天下百姓之幸，你为何不能舍下私情，与朕同心，为我大魏，也为了泱泱天下，协力扶出一代圣君，光耀千古，留名史册？"

裴右安身影凝然，一动不动。

嘉芙带了慈儿回到蕉园，和儿子说着话，又勉强按捺下心中不安，焦急地等着裴右安的归来，有些魂不守舍。

"娘，那日我问皇爷爷何为天下，皇爷爷带我出宫，说日后想要叫我帮他继续做皇帝。娘，你和爹答应吗？"慈儿终于说到了那日之事，说完睁大眼睛，看着嘉芙。

虽然心中早已有了预备，但当她真的听到这话从儿子口中说出，嘉芙浑身的血液还是犹如蓦然间凝固在一起，胸口发闷，一时竟无法呼吸。

慈儿倘若成为大魏的储君，这意味着什么，她再清楚不过。

她定定地望着慈儿的面庞，一语不发。

"娘？你不高兴？"

慈儿很快便觉察到来自母亲的异样，担心地望着她。

"爹爹和娘亲不要生气，慈儿听你们的话！"慈儿急忙又道，双臂紧紧地搂住嘉芙的脖子。

嘉芙凝视着儿子那还懵懵懂懂的纯净双眸，压下心中的不舍和心酸，摇头："慈

儿莫担心，娘没有不高兴……"

话说一半，剩余一半，终究还是哽在了喉头。

"爹爹！"慈儿忽唤了一声。

嘉芙蓦然转头，看见裴右安不知何时竟已回了，立于门外，双眸望着自己和慈儿，身影静悄悄一动不动。

听到慈儿的呼唤，他仿佛终于回过神，跨入门槛，一步步地朝里走来，停在了嘉芙和慈儿面前。

他凝视慈儿许久，唇边慢慢露出一丝微笑，伸手，轻轻抚摸了下他的脑袋，命崔银水先将慈儿带下去玩。

慈儿被崔银水牵着，一步三回头地去了。

终于，屋里最后只剩下嘉芙和他相对。

他神色有些惨淡，凝视着嘉芙，一言不发。

嘉芙和他相顾无言，良久，她朝他慢慢地走去，颤声道："大表哥，万岁那里，再不能改了？"

裴右安低低地道："芙儿，我对不起你……"

嘉芙将脸埋在他的肩膀上，闭目，眼泪慢慢地流了出来。

第二十四章 万福

三个月后,昭平七年六月,令大臣们揣度了许久的皇嗣之虑,在沉寂许久之后,终于水落石出,一锤定音。

皇帝带了当日那个曾随他登上午门城楼的孩子,前去拜祭太庙。

次日,朝廷颁布圣意,皇帝立那孩子为皇太孙,待己归天之后,继承大统。

与此同时,皇帝又颁布了另一道诏书。

裴右安在对胡战事中劳苦功高,对朝廷忠心不贰,即日起官复原职,除恢复原有的所有爵衔,再加封皇太孙太傅一职,从今往后,担辅教导皇太孙之重任,望克勤克勉,不负皇帝所期,亦不负天下之托。

这一天,于数日前便已回国公府的嘉芙,在这个消息迅速传开之后,应酬着那些络绎不绝登门拜访恭贺的朝廷命妇和夫人。

裴夫人正当女子的花信之年,恰美貌巅峰,容颜之中,丝毫不见多年塞外苦寒生活所留之印记，较之当年，反更添了几分雍容华贵，见者无人不啧啧称赞，或百般奉承，或刻意结交，她面带笑容，不卑不亢，接人待物，无不得体。

深夜，裴右安归府。

数日之前，嘉芙以归自塞外的名义回到卫国公府后，慈儿便也从住了一年半的蕉园中搬了出来。萧列怕他一时不惯，亲自带他居于承光殿中，一应起居，亲自过问。

今夜，裴右安一直留于宫中，直到此刻，才终于出宫回府。

屋里还亮着烛火，裴右安推开那扇虚掩着的门，入内便见嘉芙笑脸迎出，为他脱衣，催他入浴房沐浴，半句也未提到慈儿，若无其事。

裴右安沐浴而出，嘉芙还未上床，取了件衣裳，亲自替他穿上了，低头为他系好腰间系带，口中道："大表哥，我见你最近又瘦了些，晚上我给你做了消夜的，你等着，我叫人送来，你吃了再睡。"

她说完，朝他微微一笑，转身又忙朝门口走去。

裴右安望着她的背影，再也忍不住了，一步上前，从后紧紧地抱住了她的腰身，低头吻她的发顶，哑声说道："芙儿，这些时日，我知你心中难过，你若想哭，只管哭便是，在我面前，莫要强忍。"

他将她的身子转了过来，面朝着自己。

嘉芙面上笑容消失，贝齿紧紧咬着唇瓣，眼眶慢慢泛红。

"大表哥，慈儿这几日怎样了？"

裴右安凝视着她，脑海里浮现出今夜，自己和儿子分别之时，慈儿紧紧跟随，死死拽着他的衣袖不肯松手，含着泪花问他，从今往后，倘若自己人前不能叫他和娘亲，无人之时，能否再叫他们爹爹和娘亲的一幕，这个半生历尽坎坷，阅遍朝堂云波诡谲，曾经翻手为云、覆手为雨、钢铁般坚强的男子，此刻也是忍不住眼角泛红。

他将泪意逼了回去："皇帝说，他望慈儿日后能成一代圣君。我并未如此期许。但慈儿长大之后，应能做一个称职君王。倘如此，则你我今日之失，也未尝不是没有得报。"

嘉芙无声地抽泣，哭得肩膀微微颤抖，不可抑制。

裴右安将她抱了起来，送到床上，和她一起躺下，抬手轻轻抚摸爱妻柔软如云的一片青丝："你放心，慈儿虽小，却极懂事。往后我自由出入宫中，你若想他，亦可随时入宫。"

"大表哥，慈儿长大之后，会不会怪怨你我如此便舍下了他？"

嘉芙泪眼蒙眬，哽咽发问。

裴右安凝视着她，微微一笑："揽天万丈高，得失方寸间。待慈儿长大成人，自会有他所想。"

嘉芙凝睇于他。

裴右安的脸慢慢向她靠来，一颗一颗轻轻吻去她面上的泪珠，爱怜无限，最后将她拥入怀中，紧紧抱住。

斗转星移，光阴荏苒，伴着又一年的积雪消融，昭平十年的春，如期而至。

这三年里，于内，天灾大减，除去年山西蝗灾、前年安徽水淹之外，其余各地皆获丰收，岁帑充足，国库首次有盈。

于外，胡人三年前一战，一败涂地，元气大伤之后，至今闻裴右安之名而胆寒，按所订之约书，北去五百里地，十年之内，决计不可能再有能力大规模挑衅边境。

而于宗族，就在去年年底，皇帝也平掉了最后一个被密告为有谋反异动的敬安王。过去三年之中，最后仅存的包括敬安王在内的另外七八个被认为有实力或是有可能效仿昌乐王的王爷，相继以确凿罪名，或畏罪自尽，或削爵沦为庶民，竟无一人能得善终。皇帝平藩心力之坚定、手腕之铁血，可见一斑，其余幸存藩王，无不战战兢兢，唯恐延祸上身，纷纷主动交让兵力。朝廷彻底收回了在外所有藩王手中的精锐武装，并严格限制了诸王权限，朝廷一品大员，见诸王，从此不必再伏而拜谒。至此，从萧列登基之后就着手的限藩举措，在艰难推进的第十个年头，终于见到成效，取得卓著胜果。

新的一年，按说原本应当是个瑞兆之年，国泰民安。但就在全城民众翘首盼望元宵乐时，朝廷里的气氛，陡然变得沉重起来。

除夕夜的爆竹声犹在耳畔，才不过两日，消息便传开，说皇帝极有可能要支撑不住了，或许便是这些天里的事了。

皇帝的身体，从数年前废太子作乱伏诛之后便每况愈下，这两年更有油尽枯灯之相，却一直就这么挺了下来。直到年底前些日，敬安王伏诛的消息传来之后，或许是彻底松懈，据说当晚，皇帝便倒了下去。

这一倒，任凭太医如何竭尽全力，亦再也无力回春了。

年初，朝臣本都还在春假之中，这消息传开，何工朴、张时雍、陆项、刘九韶等大臣，日日来到内阁所在的东阁随候待命。得知过去的这数日里，大部分时间，皇帝都是昏沉而眠，粒米未进，全靠药汁和参汤续着，众人脸色无不凝重，不约而同，纷纷看向了裴右安。

这两年，寻常的朝堂之事，皇帝皆已放手，交给以裴右安为首的内阁处置，政务之余，裴右安亦亲辅皇太孙的学业，皇太孙对太傅极其敬重，师徒之情，眷眷拳拳。

皇太孙不但天资聪颖，小小年纪，举手投足之间隐然已有恪肃之风，满朝文武，便是老资历的何、张等人，也不敢在这七岁稚童面前有所放肆。至于他被立为皇太孙之初时，朝廷里隐然暗传的有关他来历不合体统的一些议论，如今也早销声匿迹，再无人提及半句了。

所有人都心知肚明，旧的朝代即将过去，即将到来的，便是面前这隐然权倾朝野的皇太孙太傅与他那个因未成年而需辅教的幼帝学生的时代了。

人人都知，皇帝倒下的当夜，裴右安便连夜入了皇宫，次日起罢春假，每日除探问皇帝病情之外，剩余时间，人都在东阁，如常那般处置阁事。而皇太孙和皇帝的祖孙感情极好，皇帝一病不起，皇太孙伤心焦虑，夜难入寐，考虑到皇太孙尚年幼，怕他伤心过度损及身体，宫中又无姑长引导，身为太傅的裴右安，这些日便将自己夫人接入宫中，暂时照料皇太孙，安抚于他。

对于他的这个安排，何、张等人，自然没有异议。

东阁内，在周围数名阁僚的目光注视下，裴右安沉默着，一语不发，和平常看起来，并无多大区别。

啾——伴随着尖锐的破空之声，一道烟火在距离皇宫东外墙不远的灯市夜空之上升起，爆出朵朵绚烂的烟花，前一朵尚未消失，后一朵便又迫不及待地争相绽放，渐渐地，满城烟花，争奇斗艳，竞相照亮这个上元节的京城夜空。

皇帝自病倒后，便没有出过承光殿半步。

这座宫殿位于皇宫靠西苑的方向，距离东市原本很远，但今夜，满城火树银花，在那遥远夜空绽放出来的噼啪声响，越过高高宫墙，隐隐竟也飘游到了此处。

李元贵在皇帝的病榻前，已接连守了半个月，困极，便在地铺上胡乱合上一眼。

太医们刚刚出去不久。皇帝已经接连昏迷两天两夜了，就连续命的参汤，今日也难以喂进去了。

太医们退出的时候，望着龙榻上犹如已经睡去的皇帝，眼中的惶恐之色呼之欲出。

李元贵望着那碗还剩一半的药汁，压下心中涌出的悲戚，唤了宫人上前，正要一道再试着将药汁喂入皇帝的喉咙，忽然，病榻上的那人一双眼皮子微微抖了一下。

咻——隐隐地，远处的宫墙外，仿似又飘来一阵烟花之声。

皇帝的眼皮子，抖得越发厉害了。

李元贵看到了，扑了过去，急忙唤着"万岁"。

萧列的眼睛，终于慢慢地睁开了。

咻——远处仿似又是一声。

萧列似在侧耳倾听，片刻之后，目光渐渐变得清明。

"万岁，您醒了？万岁用药！药吃下了，万岁的病也就好了！"

李元贵眼含激动热泪，声音微微颤抖，急忙端起那碗药汁，用调羹舀了一勺，喂到皇帝的唇边。

萧列恍若未闻，一动不动，只继续倾听着远处夜空之上的烟花爆裂声，良久，用微弱得几乎听不清楚的嘶哑声音，轻声问道："今夜可是上元？"

"是。万岁您已经睡了半个月……"李元贵声音再度哽咽。

"朕都已经睡了半个月了……"萧列喃喃地重复了一遍。

"真快啊……朕方才还梦见朕十四岁那年的上元之夜……可是她已经走了，一晃都三十多年了……好在朕也要走了，要去找她了……"

他轻轻叹了一声，辨不出是喜是悲。

李元贵低头拭泪。

"你去，把朕那个匣子里的东西取来。"

李元贵一怔，随即明白了，匆匆奔到一个戗金填漆龙纹柜前，取钥匙打开柜门，从里捧出一个匣子，拿出匣中放置的那块玉佩，捧到病榻前，小心地放到了皇帝的手中。

温凉的美玉，落到了萧列摊开的手掌心中。他闭上眼睛，慢慢地收紧五指，最后将那块玉捏在了自己的手心之中。

在他片刻之前的梦境里，那一年，他十五，她十四，也是一个如此火树银花的上元之夜，记得月上柳梢，他偷偷出宫，龙马银鞍，少年浪荡。他纵着欢腾的马，故意冲到了那个女孩子面前，将她手里提着的一盏兔儿灯给撞坏了。

她自然认得他，小时起便时常碰到，知他仗着皇帝的宠爱，在宫中也一向横冲直撞的，恼了，却又碍于身份不敢骂他，只生气地转身，要唤家人同行。他便追了上去，将那块他很久以前自己亲手一刀一刀雕出来、此刻贴身而藏、还带着他的体温的玉佩，飞快地塞到了她的手心里。

她喜爱兰花，他知道。

"算我赔你的，拿去吧！"

他仰起下巴，浑不在意地道，心却跳得厉害，脸也微微红了。

她很是吃惊，又很害羞，望着面前这年轻皇子那张意气飞扬的英俊面庞，飞快地将玉佩塞了回去，掉头就走，仿佛它是什么会咬人的东西。

少年皇子便将玉佩悬在柳条上，冲着她的背影道："我挂这里了，你不要就算！"

她走了几步，忽然看见家人从对面走来，飞快转头，见他还站在柳旁，目光闪闪地盯着自己，一脸恼人坏笑，禁不住心慌意乱，恐被家人看到，慌忙转身，跑到那株柳树旁，将那块还晃荡着的玉佩一把摘了下来，飞快地捏在手心之中。

皇帝慢慢地睁开了眼睛。

"李元贵，甄氏何在？"片刻之后，他喃喃地问。

"皇太孙伴万岁于病榻前，不肯离去。太傅便接了甄氏入宫，这几日叫她照料殿下。"

"去将甄氏唤来。"皇帝道。

嘉芙入宫陪伴慈儿已有数日。

这个白天，慈儿一直在祖父的病榻前守着，半步也不肯离开，入夜才被嘉芙带了回来，此刻终于沉沉睡了过去，睡梦之中，一只手还捏住嘉芙的手不放。

这三年来，嘉芙做梦也想能再次这般搂着儿子伴他入睡，如今终于得偿心愿，却未料是如此情境，又如何睡得着觉，握着儿子那只软软的小手，凝视着他的睡颜，直到深夜，模模糊糊、半睡半醒之间，忽听帐外传来崔银水的轻声呼唤。她立刻醒来，轻轻翻身下榻，来到外间，得知皇帝方才苏醒，突召唤自己，换了件衣裳，便急忙往承光殿，入内，见昏睡了多日、中间不过数次短暂醒来的皇帝竟披衣而起，此刻靠坐在榻上，虽病容枯瘦，双目却极是清明，精神更是异常好，竟似大病已然初愈。

嘉芙心底掠过一丝不祥的预兆，上前跪在榻前，以臣妇之礼，叩拜问安。片刻后，她听见上头一个声音说道："甄氏，你也和右安一样，如今也还不愿唤朕一声父皇？"

嘉芙微微一惊，抬起头，见皇帝双目望着自己。

嘉芙心下纷乱，迟疑之时，忽见皇帝微微一笑，笑容竟似带了几分自嘲："你起来吧。罢了，朕也知，这一皇位天下也并非人人想要。朕之故，你与慈儿天生母子，却不能以母子相见，你不恨朕，朕便已然欣慰……"

皇帝忽咳了起来，李元贵急忙上前拍背。

皇帝渐渐止咳，呼吸却异常急促。

嘉芙从地上起身，端起近旁一杯温着的药汁送了上去。

皇帝摇了摇头，推开药，待喘息渐平，双目望着前方，出神了片刻。

"甄氏，朕叫你来，并无别事，只是方才，朕做了一梦，朕梦见了些少年往事，想寻个人说说话而已……

"朕坐拥天下，富有四海，如今临终，竟寻不到一个能说话之人。方才想起朕五十大寿之际，你为朕所呈的衣裳。衣裳朕虽一次也未着身，但你的心意，朕很是感激……"

"万岁若是有话，但请吩咐。"嘉芙压下心中涌出的难过之情，低声道。

"甄氏，你可知，朕何以执意要立慈儿为帝？"

嘉芙注视着病榻上的萧列。

"朕少年时阴错阳差，永失所爱，后铸下大错，再难弥补。不管右安如何看待，在朕看来，这帝位，便是朕所能给予的最大补偿。

"朕出生于皇家，这一辈子，经历过手足相残、父子相逼、宗室更迭。朕知他以身世为耻，但他身上流着皇室之血，这一点毋庸置疑，此更为一切罪愆之源头。

"既不幸，如此生而为我萧列之子，则今生今世，唯登顶一路而已。

"朕这一生，对不住很多人。朕这样的安排，日后福祸到底如何，朕亦不敢断言。

"世上少有两全事。既生入皇家，叫六合八方，匍匐脚下！

"执鹿刀宰人，而非砧上待宰！

"于朕看来，如此方为一生长久之计！"

皇帝一口气不停顿地说完了话，再次喘息，整个人亦仿似失了所有精力，双肩骤然垮塌，朝后仰倒，被李元贵一把扶住，放他慢慢躺了回去。

"朕要说的，全在此了。你也回吧，好生照顾慈儿——"

半晌，皇帝闭目，低声说道。

嘉芙慢慢下跪，叩首，起身退出，跨出殿槛，行了几步，转头望了眼身后那座殿宇被夜色勾勒出的深沉轮廓，泪已潸然。

是夜虽是上元佳节，但因了皇帝的病况，东阁里依旧有阁臣值夜。

今夜除了裴右安，张时雍和陆项亦在轮值，二人低声议论着皇帝的病情。

"万岁吉人天相，此次定能逢凶化吉……"

"裴大人，你亦精通医道，你可有法子？裴大人？"

二人未听裴右安回应，转头，见他身影步出东阁，消失在门外。

裴右安从东阁出来，在夜色里，停住了脚步。

高高一堵宫墙，将墙外和墙内分隔成了两个世界。墙外上元灯火，火树银花，墙内深宫重苑，暗影幢幢。几盏宫灯在夜风里微微摇曳，地上投出一团晃动着的暗淡光影，更添了几分幽阒和寂寥。

裴右安微微仰头，出神地眺望着远处宫墙外的那片绚烂夜空，片刻后，朝前走去，最后停在了承光殿外那扇闭合的宫门前。

他伫立于门外，站了许久，终还是转身，慢慢离去。

嘉芙回来，慈儿依旧沉沉而眠。她和衣卧在床侧，想着方才皇帝召见的经过。

她心里清楚，这是最后的一面了。

那些话，皇帝或许原本是想说给裴右安听的，或许，也真的如他己言，只是想寻个人，说几句话而已。

她闭目冥想了片刻，终还是起身出来，开门正要唤崔银水，叫他去往东阁将裴右安请来，却见一道人影正立于阶陛之下。

上元夜的明月，高高悬于如洗青空，那人身影淡淡，面如月华。

裴右安来了。

嘉芙快步迎了出去，握住他微凉的手，将他带入。

裴右安坐于床畔，看着熟睡中的慈儿，片刻后，轻轻起身出去，嘉芙跟了出来，送至门口，他抱了抱她，微笑道："方才突然有些想你们，便过来了。我该回东阁了，你再睡吧。"

嘉芙环抱着他的腰身，仰面望着他："大表哥，方才万岁召我过去，说了几句话……"

嘉芙复述了一遍，最后道："万岁并未叫我传话于你，只是我想，他心中应还是希望你能知道的。"

裴右安沉默片刻，亲了亲她，低声道："我该走了，你再去睡吧。"

"阿璟……朕这一辈子，都是个混账东西……

"朕如此安排，亦不知合你心意否，你若不喜，待见了朕，你只管骂朕……

"阿璟，倘光阴如旧，朕必早早便去向父皇提亲，娶你为妻……"

萧列喃喃自语，握着玉佩的那只手掌越收越紧，越收越紧，视线落在殿顶上方那片烛火照不到的昏冥之中，目光仿佛穿透出去，看向那遥远无边的虚空之处。

咻——一道燃烧的烟火光柱，从灯市的方向破空而上，冲至半空，绽放出一朵巨大的绚烂烟花，几乎照亮了大半皇城东的夜空。

烟花渐渐熄灭，消散在夜色之中。

"太医——太医——救驾——"

一道骤然而起的厉声，打破了皇宫的死寂。

随侍在承光殿外的胡太医一行人，闻声匆忙入内。

张时雍和陆项从东阁被紧急召至承光殿时，看见一道人影，已经候立在殿外。

那人背影挺直孤瘦，立在那里，一动不动，正是皇太孙太傅裴右安。

很快，何工朴、刘九韶等大臣接讯，亦陆续赶至殿外。

"宣裴右安、张时雍、刘九韶觐见……"宫人匆匆出来，拖长语调，宣着圣旨。

张、刘随了裴右安入内，见内殿深处的龙床之上，皇帝仰面而卧，仿似已经不能说话，双目半睁半闭，似睡非睡，旁边地上，跪着一溜太医，李元贵手托圣旨，立于床尾，面含戚色。

"裴右安、张时雍、刘九韶听旨——"李元贵上前一步，宣道。

张、刘立刻跟着前头的裴右安下跪，俯伏于地。

皇帝自知弥留，道己去后，由皇太孙即位，一概丧祭，从简为宜，以日代月，天下臣民二十七日皆可释服，嫁娶不限，所留后宫之嫔妃，免殉葬，妥加奉养。幼帝亲政之前，以裴右安为顾命大臣，总揽内外国事，加封张、刘上柱国之荣衔，共辅朝事。

张、刘二人涕泪交加，随裴右安之后，叩首应承。

龙床上的皇帝，依旧那般闭目而卧，一动不动。

"三位大人，圣意在此，接旨完毕，退下吧！"

张、刘二人双手托着圣旨，一边流泪，一边躬身后退。

裴右安亦离地起身，脚步异常凝重，缓缓退至殿门口，他停住，慢慢地转头。

龙床上的萧列不知何时已睁开了眼睛，转脸朝外。

宫烛摇曳，那两道视线正落在他的背影之上，目光凝滞，一动不动。

裴右安的身影凝了片刻，他突然转身，一步一步，回到那张龙床前。

最后，他朝着萧列再次下跪，端端正正，行了一个稽首之礼。

他额头顿地，便如此俯伏着，良久，身影一动不动。

就在那一刻，皇帝的双目之中，恍若透出了一种长久以来从未曾有过的得慰般的释然之色。

他定定地凝视着床前那个向着自己长跪不起的身影,唇边露出一丝若有似无的微笑,长长地嘘出一口气,慢慢闭上了眼睛。

三鼓过,京城还未从上元夜的漫天烟火炮仗中安静下来,皇宫的东北角方向,突然传出钟鸣之声,共鸣九道,四方寺院随之纷纷应和,钟声回荡在京城的夜色之中,久久不绝。

生活在京城中的民众,对这样的钟声并不陌生。

全城四门,早已戒严。家家户户,相继除灯。

天未明,全城便已缟素一片,哭声四起。

慈儿在睡梦中,也被这钟鸣之声惊醒了。

他爬了起来,靠在嘉芙怀里,揉着眼睛,人还是半睡半醒的,嘴里嘟囔着说,天亮了,要去看皇爷爷。

嘉芙知道,就在此刻,群臣已至殿外,等待迎接皇太孙过去,以即位为帝。

崔银水进来了,于旁垂手等候。

钟鸣声歇,外头随风隐隐送来一阵宫女太监的哭声,哭声虽甚是遥远,亦断断续续,但因这夜的寂静,依然传了进来。

慈儿也听到了,仿佛明白了什么,睁大眼睛望着嘉芙。

皇爷爷已经病了很久,有一天会离他而去,到了那时候,皇爷爷不希望他难过,皇爷爷希望他能做大魏的好皇帝——皇爷爷先前曾不止一次对他这么讲过。

慈儿的眼睛里,慢慢地溢出了泪花。

嘉芙一时百感交集,抱住儿子那稚嫩的身子,为他擦去眼泪,亲手一件一件地帮他穿好衣裳,抱他下床,最后再重重地抱了他一下,终于松开手,将他交给了等在一旁的崔银水。

崔银水走来,朝嘉芙下跪,叩了一个头,这才起来,引慈儿走了出去,自己跟随在他身后。

嘉芙站在那里,目送慈儿几步一回头地望着自己,凝视着他,向他微微颔首。

她和裴右安,从生下慈儿之后,至今七载,始终没有再生养孩子了。

早几年，是裴右安对她当年生产一事心有余悸，再不愿让她涉险。他通医道，也不知是从哪个太医那里得来经验，竟叫他知晓她每月间哪些日子同房容易怀孕，哪些日子不易。后来，渐渐被她也摸到了些门道，但无论她怎么想再生个孩子，在他不和她同房的那些日里，使出各种手段，在他面前撒娇、诱惑、威胁、强迫，抑或是佯恼，他要么岿然不动，要么即便同房了，也绝不让她得逞，再生个孩子的心愿，便一直落空。

及至如今这几年，不但裴右安，便是嘉芙，也再没有起过再生个孩子的念头了。

夫妻两人，虽从没就此言明，但无论是裴右安还是嘉芙，从慈儿被立为皇太孙的第一天起，便心照不宣。

在慈儿没有长大之前，他们是不会再要第二个孩子了。

他们不愿让慈儿感到如被丢弃的孤独，他们也没有多余的爱，能够分给除了慈儿之外的另外一个孩子了。

今夜过后，她的儿子，就将成为大魏的新一代皇帝了。

慈儿刚来到人世的时候，她从未曾想过，原来上天竟给她的孩子安排了这样一条道路。

今夜，从他走出这道殿门的第一步起，嘉芙知道，在他往后的成长路上，必少不了艰辛、波折，乃至各种各样如今自己还无法预料的危机。

但嘉芙相信，终有一日，她的儿子，定能步步前行，最终成为如先帝所盼那样的一代英主。

嘉芙望着前方，直到那道小小的身影终于完全消失在殿外。

遵大行皇帝遗诏，七岁的皇太孙登基为帝，从次年起，年号将改为永颐。幼帝亲政之前，以裴右安为顾命，行走御前，免跪拜之礼。

和他同样获此待遇的，还有同时受先帝临终召见的张时雍和刘九韶，二人一文一武，助裴右安共同辅弼幼帝。

先帝驾崩三日后，北苑亦传来丧报，被囚多年的废周后亡故。照先帝先前所留的遗命，周氏以皇后之礼入葬皇陵，陵寝之中，日后亦将陪葬那些死去的太妃。但先帝并不与后妃同穴，而是独自寝于陵东。地面筑出的那座山坡，若逢阴雨天气，远远望去，矗于天地之间，犹如一尊望像，朝向皇家慈恩寺的方向，烟雨蒙蒙，寂然无声。

先帝的丧葬，虽然留有从简的遗命，但毕竟是天子，再如何从简，这个葬礼亦持续了大半个月。待丧葬完毕，先帝遗诏所言之二十七日斩衰也过去了，天下皆除服，民间并未受到多少皇帝驾崩的影响，照旧嫁娶，行乐无碍。至于朝廷，这两年间，先帝本就已经放手大部分政务，如今有裴右安为首的内阁执掌，过渡顺利，国事在国丧那段时日短暂停滞之后，恢复了原本的通畅。

过往之事，该当过去，便由它过去。人生而在世，总归是要朝前看的。

嘉芙明白这个道理。她知裴右安必定比自己更是清楚。

皇帝临终之前，裴右安去而复返，来到他面前，向他行了那个稽首之礼。

在当时旁观的大臣们看来，裴右安的这个举动，或许应当只是出于感念帝恩。

但嘉芙知道，于裴右安而言，在他心里，那一刻起，他是真正放下了。

嘉芙当时不在近旁，裴右安也没有向她详细描述当时的一幕，但嘉芙相信，皇帝当时应当也是如此。

他必明白裴右安这回身稽首的含义，那是只有他君臣父子之间，才能知晓的含义。

有时候，大音希声，无声胜过有声。

皇帝在临走前一刻，心中必也是得了长久以来渴求的一丝慰藉，想是也能走得释然。

国丧过后，幼帝登基，裴右安终日忙碌，早出晚归，有时甚至半夜，若逢外省急报入京，也须得匆匆入宫。

这些时日，嘉芙也没闲着，在檀香的助力下，打点东西，奔走于国公府和南薰坊位于皇城东南门旁的一处宅邸之间，择日搬家，以方便裴右安日后出入皇宫，冬天也少受些路上的奔波之苦。

檀香早几年前便嫁了杨云，生了个儿子，夫妇二人这些年一直各自助力于裴右安和嘉芙，忠心耿耿。

至于卫国公府的大房、二房，这几年间，又各自是另一番景象。

三年前，裴修祉莫名失踪了一段时日，直到大半年后，才被裴右安亲自秘密地送了回来。辛夫人后来得知，儿子竟和谋逆的废太子一党有所牵连，虽极力辩白，称是被迫，但若不是皇帝看在丈夫卫国公和裴右安的面上，怕最后也要以谋逆之罪论处的，惊恐不已。打那之后，她又见儿子再不复从前的模样，一蹶不振，空挂了个国公的头衔，再看不到有半点前途的迹象，家中又妻妾不宁，自己终日不得省心。

反观二房，这几年却过得顺风顺水，裴荃自己官途虽无大前途，但裴修珞前年考中了进士，从前结亲的曹家，老丈人如今也升为吏部侍郎，更叫辛夫人暗恨的是，裴右安如今以顾命大臣的身份，辅佐幼帝，势如中天，时人背后称为"裴相"，可谓万人之上，权倾朝野。自己虽名为"亲母"，和他夫妇的关系却始终尴尬，不冷不热。这几年，二房那边却逢迎拍马，裴修珞在外，处处以裴相之弟自居，对他夫妇毕恭毕敬，孟二夫人更是殷勤万分。渐渐地，那些平日有所往来的应酬人家的夫人，仿佛都知道了，自己这个"亲母"和长子夫妇关系冷淡，说不上半句话，倒是二房的孟太太，本就是裴右安夫人的姨母，如今关系又亲热，那些想走门路的，纷纷去寻孟二夫人经营关系。孟二夫人整日春风得意，笑容满面，叫辛夫人心中又是暗恨，又是眼红，整日患得患失，精神恍惚，渐渐变得脾性古怪，夜不成寐，动辄暴怒，身体也渐渐坏下去。

裴家的国公爵位，早年既从裴右安这里转至裴修祉身上，有裴修祉撑立门面，则裴右安如今为辅政方便，从国公府里搬迁而出，也是名正言顺。

到了选定的日子，嘉芙安排好了事情，便从住了多年的卫国公府搬迁到了新的宅邸。

迁居之事，她一直是悄悄进行的，并不想惊动外人，但以丈夫如今之地位，自己的一举一动，也无不成为京城诸多命妇的关注焦点，刚搬过去，拜帖和访客便络绎不绝，更有人借乔迁贺喜之名，送来各种贵重礼品。嘉芙一概推挡了回去，分文不取，如此忙于应酬，陀螺般转了大半个月，事情才渐渐消停下去。

一转眼，便是四月中了，逢先帝去世满三月之大祭，这日，裴右安代幼帝，领了一干臣子去往位于京城数百里外的皇陵行告祭之礼，这一趟，要三四天后，才能回来。

嘉芙一人在家，到了傍晚，孟二夫人不请自来，给嘉芙带了些笋干之类的土产，说亲家从老家那里不远万里带来的，自己想到了，给嘉芙送了些过来："婶娘知你向来不收贵重之物，好在这些也不值钱，不过是个心意，吃惯了龙肝凤髓，你和右安也尝个新鲜，若合口，我那里还有，下回再给你送过来。"

嘉芙向她道谢，收下了，因是饭点，便留她一道用晚饭。饭毕，天已黑了，二夫人依旧谈兴不减，和嘉芙说东说西，最后说起裴右安这几日不在家的事，喟叹了一声："右安如今位高权重，事情难免要多，只是总叫你如此一人，连婶娘都看得心疼……"

她握住嘉芙的手，低声道："阿芙，我既是你婶娘，也是你姨母，就是把你当自个儿女儿看，才跟你说这个的。你和右安夫妻多年，早年在关外生的那孩子不幸走失，如今也这么多年过去，肚子怎还没动静？我瞧着极是心焦，一直在替你留意。前些时日，听说了一座极灵的寺庙，妇人但凡诚心前去求告，回来的人，一年半载，便都生了儿子。不如婶娘带你过去，你也去试上一试，回来若真灵验，岂不是好事？"

嘉芙微笑道："多谢婶娘。下回我若得便，再去麻烦婶娘不迟。"

二夫人一心要替儿子在裴右安这里再弄个前程，见他夫妇多年未再有孩子，以为是求而不得，遂到处打听，最后打听到了那寺庙。她本想讨好嘉芙，见其态度淡淡，有些不甘，正要再劝，只见自家一个下人竟匆匆闯入，面带张皇，不禁恼怒，正要呵斥没有规矩，却见那下人扑通一声跪地，磕头道："夫人，不好了，家中起火，三爷不见了人，二老爷不在家，三奶奶打发我来叫夫人快些回去！"

裴荃此次也在祭陵之列，故这几日也不在。

二夫人大吃一惊，猛地站了起来。

嘉芙虽不喜裴家如今的这些人，但老夫人和国公对裴右安的恩情，足以盖过裴家这些人的不是。听到裴家出事，她又怎可能置身事外？急忙带了几个下人，随二夫人一道，坐了马车，匆匆赶往国公府，还隔着好几条街，远远便看到国公府方向火光一片，街口被围观之人堵得水泄不通，马车竟无法进入。有五军都督府的人，知裴家失火，不敢怠慢，正赶过来，驱散围观之人，以水龙扑火，道路这才重新得以通行。

嘉芙赶到裴家时，大火已被隔断，烧完起火的那些屋子，渐渐也就熄灭了，但接下来的所见，才叫她吃惊不已。

大火是从后厢一间平日用作贮存细软丝绸的库房开始烧的，而三爷裴修珞竟被人反锁在里头，待下人听到他的呼救声，奋力将他救出之后，脸已被烧坏，人也吸入烟气，昏迷过去。三奶奶趴在他的边上，哭得肝肠寸断，孟二夫人见到儿子这般模样，两眼一翻，人便一头栽倒在地上。

嘉芙立刻打发人以自己的名义去急召擅长医治火伤的太医，太医赶到，一番救治，往裴修珞身上被烧坏的地方抹满伤药，裴修珞终于苏醒过来，躺在那里，奄奄一息。

二夫人咬牙切齿，追问他是被谁给关进库房的，裴修珞两眼发直，喉咙也被烟火呛坏，只见他嘴唇翕动，却说不出话来。

三奶奶哭道："听下人说，傍晚仿似看到二嫂身边的一个丫头来寻过三爷，定和那边脱不了干系！大嫂子，求你，要给我家三爷做主！"

三奶奶冲着嘉芙哀声哭泣，求告个不停。

二夫人见自己原本玉树临风的儿子被烧成这般模样，就算活了，日后也如同废人，绝不可能再出仕为官，多年养育如此毁于一旦，想到儿子下半生的绝望，犹如心肝儿被摘了去，泪流满面，咬牙切齿："好啊，黑了心的人，自己儿子空占祖上爵禄，成了个扶不起的阿斗，如今就见不得我儿子的好。阿芙，你且替姨母做个见证，便是拼了这条命，我也要替我儿子讨个公道！"

二夫人抹去泪，叫媳妇看顾好儿子，带了一帮子仆妇丫头，怒气冲冲地往大房那边赶去，半路，见裴修祉走来，满面通红，脚步踉跄，一身酒气，大着舌头道："二婶……三弟如何了……"他话还未说完，被孟二夫人一口唾沫直直地吐到了脸上，一把就给推开了。

裴修祉跌跌撞撞，一连后退了好几步，一头摔在地上，人便醉死过去，倒在那里，一动不动。

孟二夫人领了人，大步往辛夫人的院子奔去。院中丫头仆妇见她双目赤红，咬牙切齿，宛若噬人之状，无不心惊，竟无一人敢上前问话。最后还是辛夫人身边那姓丁的婆子壮着胆拦道："夫人病着，方才还被那火给吓到了，这会儿躺着呢，二夫人有事，先和我说，待我去禀……"

她话音未落，吃了一个响亮的耳光子，半边脸顿时留下一个清晰的五指印。

那婆子被打蒙了——须知两边平日虽早不怎么往来了，但如此动手，还是头回。她捂住脸，眼睁睁看着孟太太一帮子人拥进去，一把推开了门。

辛夫人脑门上包着块头帕，坐在床上，焦急万分，正拍着床沿，催促人再出去找全哥儿——那全哥儿如今十四岁了，也不知何时起，被人给教唆了，小小年纪，染上赌博的恶习。从前他只在家中偷偷呼小厮聚拢，投掷骰子赌着小钱玩乐，去年起，见父亲终日醉酒，那个名叫芸娘的小妾生了个死胎，随后自己也没了，继母周氏屋里，还三天两头闹事儿，祖母身体也日渐坏了下去，管不住自己，便大着胆子偷溜出去，跑到那些私人开设的暗场里赌钱。里头的人知道他是卫国公府的孙子，见他年纪小，是条肥鱼，个个拿话捧着他，起先故意让他赢些钱，待尝到甜头，全哥儿竟三天两头溜出来，越赌越大，钱没了，就开始偷家里头的古玩器具，还不拿显眼之物，竟叫他偷到库房钥匙，自己暗配了一把，专从库房里神不知鬼不觉地往外拿。辛夫人也是去年年底要用到一些物什，发现不翼而飞，这才查到此事，告诉了裴修祉，裴修祉将全哥儿痛打一顿，关了起来，又叫人去端了那赌场。只是那种地方，三天换一个场，选的都还是阡陌纵横的开阔场地，有人专门四角放风，还定下了只有自己人才知道的暗号，官兵还没到，人早就已经四下哄逃。

全哥儿年后起被关在家中，手头也没半分钱，看着本老实了许多，辛夫人以为孙子已经收心了，却没有想到，前日竟又叫他偷溜了出去，至今未归，想必又是去赌钱了。检查过一遍，家中却未见财物损失，有些蹊跷，辛夫人焦急万分，打发阖府可用之人，出去寻遍了所有可能的地方，都不见他的人影。忽见孟氏带了一群人，怒气冲冲地闯入，吃了一惊，叫人扶着自己起来，冷冷道："老二家的，你这是何意？我晓得公屋库房那边起了场火，修珞有些不好。只我方才也是叫人去扑了火的，你闯来我这里，是要问我的罪不成？"

二夫人怒目圆睁，再不见平日一团和气的模样，咬牙切齿地道："你这恶妇！从前我是看在老祖宗的分上，这才处处忍让你！你是见我儿子出息了，你心下不满，这才叫人把我儿子锁进库房，想一把火烧死他，是也不是？你如此歹毒，就不怕报应在你儿孙身上？可怜我的珞儿，他这是招谁惹谁，何以竟遭如此残害！"

母子连心，二夫人想到儿子那生不如死的恐怖，泪滚滚不绝。

早有婆子匆匆跑到辛夫人耳畔，详细说了方才那边的经过。辛夫人听闻裴修珞被彻底烧坏了脸，大半身体也惨不忍睹，听太医的意思，性命攸关，这才意识到问题的严重，大吃一惊，此刻也顾不得孙子的下落了，厉声叫人去把周娇娥和那丫头叫来，却不料门外传来一声干号："夫人，不好了！二奶奶房门倒扣，叫也无人应答，方才打开，二奶奶她……吊死在房梁上了！"

众人大吃一惊，呼啦啦地掉头出去，辛夫人被人扶着，一口气跑到儿子那屋，见周娇娥已经被人解下，直挺挺地躺在地上，面色乌青，舌尖外吐，两个脚尖伸得笔直，脖子上一道深深的青紫瘀痕，看着早气绝多时。边上几个丫头仆妇，无头苍蝇似的跑来跑去，周娇娥那女儿扑在地上，瑟瑟发抖，哭个不停。

辛夫人见状，脸色发白，孟太太却瞪大眼睛，手指头戳到了辛夫人的面门前，神色越发激动："果然不出我所料！你先害了我儿子，转过头又逼死儿媳妇，你当这样，你便能把自己撇开了？阿芙！阿芙！"

孟太太转头，一边流泪，一边高声唤着嘉芙："阿芙，你都看到了！等右安回来，你可要主持公道，替姨母说话，我那可怜的珞儿……"

她跌坐到一张椅上，掩面哀哀痛哭，随她同行而来的仆妇们纷纷劝解。

嘉芙赶到，看了眼地上周娇娥那直挺挺的模样，吓了一大跳，忙叫人先将那女孩儿带走好生安抚，又急召太医过来。

太医很快赶到，翻了翻眼皮，以指触过周娇娥的脖颈一侧，摇了摇头，便退下了。

周娇娥竟这样死了，嘉芙一时也是难以置信，见一个婆子拿了块布，虽盖住了地上周娇娥的尸体，却还能闻到屋里一股子恶臭，一时难以呼吸，转身刚出去，却见辛夫人身边那丁婆子攥了个丫头的胳膊从地上拖进来，推到了孟二夫人的脚边。

辛夫人跟了进来，喝令闲杂丫头婆子全下去，待人走得只剩几个心腹，丁婆子便狠狠掐了地上那丫头一把。那丫头是周娇娥身边的人，便是傍晚被人看到去见裴修珞的那个，一边躲着，一边哭道："二奶奶和三爷早几年前就相好了，三爷去年起就要断，二奶奶傍晚叫我偷偷去给三爷送个口信，说晚上在库房那里见面，等他来，就把三爷从前送的东西还给他，把两人的事情了了。我就只传了个信儿，至于后来，三爷如何被关进去，库房里又如何起的火，我就不知道了，大奶奶、大夫人、二夫人，求你们饶命……"

丁婆子往那丫头嘴里塞了块布，抽根绳子将丫头捆住了。

辛夫人脸色还是惨白，但比起刚才，总算泛回了点活气儿，她盯着还目瞪口呆的二夫人："孟氏，你也听到了，此事要怪，就怪你自己儿子，竟来勾引我的儿媳。如今想必一个是要脱身，一个不肯放手，狗咬起了狗，这才落得如此下场！"

她冷笑："你若要把事情闹大，我是光脚不怕穿鞋！若还要各自留点颜面，我这里就自认倒霉，你回去也好生管好你那个儿子，吃相也太难看了。"

孟太太的脸色红了又白，白了又红，变了数变。

裴修珞表面正人君子，实则私下里打小好色，尤其偏好妇人。从前孟太太手下有个管事，家中婆娘有几分姿色，一来二去，裴修珞竟和那妇人勾搭上了，幸被孟太太发觉，将那管事夫妇远远给打发走了，这才罢了。

知子莫若母。裴修珞有这恶习，孟太太如何不知？只是她做梦也没想到，儿子竟然会和周娇娥搭在一块儿。

孟太太突然转向嘉芙："阿芙，你千万不要信她！我们家修珞怎么可能做出这样的事？这个疯婆子，她血口喷人，想要污蔑珞儿！"

她回头看向辛夫人，亦冷笑："周娇娥已经吊死了，随你怎么编派。一个丫头的几句空口白话而已，如何作得了数？你要害我儿子性命不算，竟还败坏他的名声，用心何其歹毒！我是看在右安和阿芙的面上，才把事情压在家中。你要是再敢说他半句不好，我拼着撕破脸皮，和你绝不善罢甘休！"

辛夫人气得脸色又登时惨白，手指头戳着孟太太，不住地颤抖，一句话也说不出来。

"夫人，夫人，哥儿找回来了！"

便在此时，外头传来一阵嘈杂声，辛夫人急忙出去，看见全哥儿果然回了，却是横着被送回来的，两个下人抬着他，脑袋被染血的布条裹着，面如金纸，又一脸血污，浑身沾满干了的稀泥，仿佛在田渠里打过滚回来，双目紧闭，昏迷不醒。

杨云跟在后头。

辛夫人大吃一惊，冲上去"全哥儿""全哥儿"地叫了几声，直着嗓子让人再去请太医过来。那太医还在观察裴修珞的烧伤病况，并未离开，闻讯又匆匆赶来，命人将全哥儿抬进屋里放下，着手救治。

太医处置着全哥儿的伤情，神情异常凝重。

太医忙碌之时，杨云来见嘉芙，说裴大人知京中暗赌日益猖獗，上从白发老叟，下到无知少年，不少人倾家荡产，还有权勋子弟参与其中，贻害无穷。他对杨云还提及了全哥儿，命五军都督府全力清堵，叫杨云也一同参与，若见到全哥儿，将其捉了。昨日，杨云和五军都督府的人收到消息，赶到距离城西百里之外的山坳，打掉了一个暗设在那里已有些时日的规模极大的暗赌场所，抓捕了上百名赌客，在附近搜查逃跑之人时，在一道臭水沟里，发现了被丢进去的全哥儿。

全哥儿脑袋被一块大石给砸出了个洞，那人不但下手极重，而且还将他倒栽进了水沟里，显是要谋他性命，幸而发现得及时，当时救治一番，这才勉强保住一条命，杨云先连夜将他送了回来。

太医忙忙碌碌，重新包扎了全哥儿的伤口，又往他的鼻孔里吹了些药粉，片刻之后，全哥儿终于慢慢苏醒，却口眼歪斜，嘴角流着涎水，眼睛斜盯着一旁的孟太太，嘴巴张合个不停，似在努力说话。

太医道他头受重伤，这般苏醒已是不易，此面相，也为头颅严重受损的后遗之症，莫说日后能否痊愈，便是能否存活，也是要看天意，说完叹息一声，摇头退了出去。

辛夫人肝肠寸断，上前抱住孙子，却听全哥儿费尽了气力，含含混混地道："三叔和继母相好……从前被我瞧见了……我就管三叔要了点钱……三叔却要害我性命……"

全哥儿说完，眼睛一翻，人又昏死过去。

屋里一下陷入死寂，只剩辛夫人的哀哀痛哭之声。

嘉芙惊呆了。

这一晚上，意外竟然一桩连着一桩，叫人应接不暇。

至此，事情的脉络，终于清晰起来。

看起来，应是裴修珞和周娇娥多年前开始私通，被全哥儿发现了，他却不说破，只向裴修珞勒索，裴修珞不胜烦扰，更怕万一被说出去，自己前途尽毁，于是安排人在城外赌场伺机对侄儿下手，以消除后患。

同时，应也是他急着要和周娇娥撇清关系，周娇娥却不肯，或许是条件不得满足，或许是她真的爱上了这个三爷，被逼得急了，一时想不开，这才做出如此两败俱伤的事。

孟太太记挂儿子的伤情，方才原本想先走了的，忽听自己儿子被全哥儿提及，又停下脚步，仔细听着，等听清楚，勃然大怒，冲了上去，厉声吼道："你们大房，一个一个，是要轮流一起置我儿于死地？我可告诉你们，我儿子堂堂进士出身，行得正，坐得端，任你们再怎么咬，他就是清清白白，我拿我的性命替他担保！"

辛夫人盯着又昏迷过去、翻着白眼、手脚不断抽搐的孙子，眼前阵阵发黑，一把攥住近旁的一个婆子，定了定神，慢慢地转头，恶狠狠地盯着孟太太瞧了片刻，突然转向嘉芙道："老大媳妇儿！事到如今，我也没什么不能说的了！当年右安十六岁时出的那事，无论是老夫人还是你夫妇，心里恐怕都认定是我干的，那妾的命，也是我害的！

"我冤啊！当时我还不知道，如今我才想明白，我是稀里糊涂图，不但中了离间，还被人利用，白白担了个杀人害命的名头！"

二十年前的往事，一幕一幕地浮现在脑海之中。

那时候，辛夫人刚刚丧夫，但悲痛也无法叫她抑制下自己对于那个夺走儿子一切的嫡长子的仇恨之心。

就在那种恨意不断啃啮心底时，一天半夜，她被身边一个婆子叫醒，告诉她说，方才出来时，竟然看到国公的那个小妾，吊死在长公子的院子前。

辛夫人起初十分震惊，立刻要去通报老夫人，那婆子却又说，必定是长公子见色起意，在孝期冒犯了亡父留下的姨娘，否则她好端端的，为什么偏偏要吊死在长公子的院门前？这事若是传扬开来，只怕长公子往后身败名裂，这个国公府，将再也没有他的容身之地。

辛夫人就是被这样一句话，给打动了。

她的潜意识里也是不信，那个十六岁的清孤少年会做出这样的事，小妾的死，以及悬尸在他门外，必定另有原因，但是心里的另一个声音不停地敦促她，让她选择相信这个说法，于是她默认了，当作不知道。第二天，可怕的流言就遍及全府，裴老夫人甚至还来不及压住下人的口，这消息就已经传到御史台的耳中。

辛夫人转向一旁脸色微变的孟太太，眼底泛出血色，恶狠狠地盯着她，朝她逼了过去。

"你这个贱妇！那事不是我做的，这个裴家，除了你，还有谁？只是这么多年，我一直想不明白，你们好端端的为何要逼死那个妾。我当时为确保万无一失，还叫人去摸过那小妾，卫国公分明没碰过她，当时她却是失了身的。如今我可算是想明白了！定是你那个杀千刀的儿子动了那个小妾，兴许还是他掐死了她，你怕被人知道，毁你儿子前程，便想出了如此一条毒计，既陷害了我，又陷害了右安，还令我和他母子反目，至今形同陌路！"

辛夫人看向嘉芙，两行懊悔的眼泪滚滚而下。

"老大家的，我自知我对不住右安，如今我也没脸求你夫妇谅解，我只恨自己当年太蠢，竟被人看出心思，设下这毒计，诓我钻了进去。那婆子早就不在了，如今想来，当初便是她的了。她为了保住自己的儿子，不但害我，还害和她毫无瓜葛的右安！你的这个姨母，心肠之歹毒，如今你应当有数了。我方才那些话，字字句句，全是真话，若有半句虚假，叫我不得好死！"

嘉芙彻底震惊了。

她原本一直以为，当年那个逼死卫国公的小妾、又设局陷害裴右安的人，就是辛夫人，却没有想到，中间竟还有如此一番曲折。

她看着孟二夫人。

在她的印象里，小的时候，母亲曾不止一次地在她面前提及，说自己那个嫁入京城国公府的姐姐当年在闺阁中时，是何等温柔细致，二人姐妹情深，后来想起，还很怀念。

发生了什么，叫一个能让自己母亲回忆多年的闺中姐妹，变成这样一个利欲熏心、极端自私、罔顾旁人死活的妇人？

孟二夫人突然怪叫一声，朝着辛夫人恶狠狠地扑了过去，一边厮打着她，一边叱骂，面红耳赤，披头散发，哪里还有半点朝廷命妇的风范？

"都给我住手！"嘉芙忍无可忍，厉声叱道。

孟二夫人打了个哆嗦，停了下来，慢慢地转过脸，和嘉芙对望片刻，脸色渐渐变得苍白，不断地摇手："阿芙，你千万不要听她的！她满口胡言乱语，她得了失心疯！她恨极了我，也恨极了你和右安，到如今，还在挑拨离间！"

嘉芙不加理会，后退一步，目光环顾一圈在场那两个夫人的心腹，见个个神色如丧考妣，冷冷地道："今夜之事，仅限于此，待大爷回来，我自会和他说明，该当如何，一切由他定夺。倘若有半句话传出去，你们在场的，勿论对错，全部打死！"

仆妇们慌忙下跪，口称不敢。

孟二夫人瘫坐到地上，目光发直，一动不动。

"二夫人，三爷不好了——"

外头忽然传来一声张皇呼叫。孟氏如被针刺，挣扎着从地上爬了起来，嘴里喃喃念着"珞儿，娘来了，娘来了"推开了挡在前头的人，跌跌撞撞地跑了出去。

嘉芙转身出屋，经过那条道旁，看见裴修祉还醉醺醺地倒在地上，边上一个小厮在他耳旁不停叫唤，他却紧闭双目，呼呼大睡，便停下脚步，叫人端来一盆冷水，朝着他劈头盖脸地泼了下去。

裴修祉惊叫一声，一下睁开眼睛，弹坐而起，抬头看见嘉芙站在跟前，眉头紧皱，俯视着自己，目光冰冷，七分厌恶，三分鄙视，不禁自惭形秽，竟不敢和她对望，慢慢地低下了头。

"裴修祉，你枉为国公之子！但凡你有半点你父的男子气概，也不会活成如此废物，害人害己！我劝你一句，与其整日怨天尤人，恨其不公，不如多想想你裴家先祖当年之烈，如何效行，否则，你就这般死了，有何颜面去见你裴家先祖？"

嘉芙说完，转身离去。

裴修祉呆呆地望着她的背影，坐在那里，一动不动。

这个晚上，嘉芙没有回去。

她和裴右安从前所居的那个院落还空着，檀香收拾了，铺了铺盖，嘉芙便宿了下来。

崔银水后来也来了，传了幼帝口谕，命太医留在国公府全力救治，崔银水则侍奉着嘉芙。

"万岁命奴婢传话，请夫人定要多加保重身体，勿要伤悲。"崔银水说道。

嘉芙几分欣慰，几分骄傲，又有几分酸楚。

她的慈儿才这么大，说的话，却已带了点老气横秋的意味。

她也没有睡意,坐在灯下,檀香陪在一旁,说着闲话,做着针线,忽听外面传来几声话音。檀香出去看了一眼,回来道:"是二爷家的那女孩儿,家里头乱,跑来了这里。"

那女孩儿名叫慧姐,嘉芙忙让檀香将她带进来。檀香应了,片刻后,牵了慧姐进来。那小女孩儿停在一张凭几后,头发蓬乱,面带哭泣过后的污泪痕印,怯怯地看着嘉芙,起先不敢靠近。

嘉芙含笑走过去,牵了她的手,带她坐到床边。檀香去打了一盆温水过来,帮她洗了脸和手,嘉芙将她蓬乱的发辫拆了,拿了梳子替她慢慢梳平,又给她扎了两条辫子,端详了下,微笑道:"伯母没有女儿,往后你若无事,记得常来伯母这里玩。"

周娇娥生前对这个女儿不算不好,只是她性子躁烈,婆媳不和,丈夫不爱,自己过得不顺,动辄叱骂慧姐,拿这个女儿出气,过后后悔,下回却又如此,长年累月,加上祖母和父亲对她也无多少关爱,故慧姐从小胆小。过去这三年,嘉芙居于国公府里,周娇娥因嫉,平日并不许女儿来找嘉芙,但慧姐心底里,对这个看起来那么和气、笑起来又极其好看的年轻大伯母却怀了一种深深的孺慕之情。今晚母亲突然没了,跟前的乳母和丫头担心日后出路,人心惶惶,人也不知道跑去了哪里,她心中害怕,不知不觉就找到了这里。

慧姐睁大一双眼睛,呆呆地望了嘉芙片刻,眼泪又涌了出来。

嘉芙将她抱进怀里,轻拍她的后背。

渐渐地,小女孩儿在她怀里闭上眼睛,沉沉睡了过去。

这时,外头又传来一阵动静。

那乳母终于发现慧姐不见了,寻到这里。

嘉芙将慧姐轻轻放躺在床上,叫檀香出去传话,慧姐睡着了,叫她在这里过夜,明早再来接回去。

乳母讷讷而应,躬身退了出去。

嘉芙替女孩儿盖好被子,叫檀香几人都去歇了,自己也睡在外侧。

二更,二房那边传来消息,裴修珞伤势过重,方才已经死去。

嘉芙起身穿衣赶过去,人还没进院,便听到一阵哭声,走进去后,见曹氏怀里抱着一岁多的儿子,几人围在床边,哀哀痛哭。

太医道:"三爷伤得太重,我亦无力回天……"

他叹了口气,向嘉芙躬身,退了出去。

二夫人坐在床边,双目通红,两眼发直,定定地看向嘉芙,渐渐地,目光落到她身后门口的方向,仿佛看到什么,眼睛蓦然睁大,死死地盯着,目露恐惧之色。

嘉芙回头,见身后空荡荡的,门外黑黢黢一片,并无任何异物。

二夫人却连坐也坐不稳了,滑跪在地上,哭着磕头:"求你了,放过我儿子吧……我不是故意的,你也不要来找我……我给你烧纸钱,我去给你做法事,你快回去,你不要来找我……"

"二夫人!二夫人!"

仆妇惊慌呼唤,上去要扶她,二夫人却大叫一声,跟瞧见厉鬼似的,推开那几只手,从地上爬起来,掉头没命地跑,一头撞到墙上,咕咚一声,双目翻白,人便倒在了地上,昏迷过去。

仆妇们又惊又怕,纷纷看向嘉芙。

嘉芙让人将她抬回屋里,命仆妇下人各司其职,大房那边也来了消息,说辛夫人亦病倒了,发烧说起胡话,好在全哥儿伤情还算稳定,并未继续恶化,嘉芙又请太医前去诊治了一番,过后安排休息。

这乱糟糟的一夜,终于彻底过去了。

第二天的深夜,裴右安赶了回来,听嘉芙讲述了一遍经过,沉默之时,下人来禀,说裴荃在外求见。

嘉芙跟到门口,见裴荃牵着孙子,两人立于院中。他神色憔悴,双目浮肿,整个人看起来陡然老了不少,看见裴右安,话未开口,先便泣不成声,撩起袍角竟要下跪。

裴右安上去一步,立刻将他托起,请裴荃先至家中祠屋稍候,说完话,见那孩子仰头望着自己,纯净双眸懵懵懂懂,摸了摸那孩子的脑袋,随后叫人去将裴修祉一并传去,说道:"你告诉他,我有话说。"

下人领话,转身匆匆离去。

裴右安待要出去,脚步却又停了下来。

他转过头，望向立于门里正凝视着自己的嘉芙，朝她微微一笑，笑容温暖无比。

等嘉芙亦回他一笑，他点了点头，随即牵过那孩子的手，带着朝外走去。

嘉芙目送他的身影，渐渐出了院门。

这个深夜，国公府的祠屋之中烛火通明，长燃不熄，裴右安和裴荃、裴修祉在里停留了很久。除了裴家先祖，没人知道他和他们说了什么，候在祠屋外的下人，后来也只隐隐听到裴修祉的哭声从门里传了出来。

裴右安离开之后，他还跪在先祖位前，久久不起，直至天明。

裴右安回房时，已近四更。嘉芙一直等着他，听到那熟悉的沉稳的脚步声，心中欢喜，立刻飞奔到门口迎他。

这辈子，从两人相识至今，弹指之间，忽忽竟已有十数载。她不复豆蔻青春，他也早过而立。身边的人，来的来，去的去，云卷云舒，是非难断，但唯独两心，依然如故。

在他面前，她永远还是那个当初在驿舍里唤他大表哥，不顾一切朝他飞奔而来，一心只愿缠依于他的娇娇少女。

裴右安推门而入，见她面带笑容，飞快地迎向自己，这一夜，尚残留在心中的那些沉重和遗憾，顷刻间烟消云散。

他笑着，将她抱了起来，送到床上，低声责备她还不睡觉。

嘉芙仰面躺下，手拽着他的衣袖："你不在，我不睡！"

裴右安一笑，带了几分宠溺的无奈，脱了外衣，随她躺下去，侧身过来，一臂揽她入怀，轻轻拍了拍她的后心："我回了，睡吧。"

嘉芙胳膊习惯地抱住了他的腰身。

"大表哥，有需要我做什么的吗？"片刻后，她轻声问。

裴右安沉默了片刻。

"芙儿，明日家中举丧，对外只说库房失火，火势蔓延，不幸波及人命。外头的事我会出面，其余……"

"我知道。"嘉芙立刻点头，"我已吩咐过檀香，明早便将我的东西收拾过来，我住些日子，料理事情。"

"辛苦你了。"裴右安抚摸着她的长发。

嘉芙冲他一笑:"我不辛苦。你才是。"

裴右安亲吻着她,最后将她紧紧地抱在怀中,叹息一声:"芙儿,叔父会好生教养那孩子,修祉也在先祖面前起誓,往后定要奋发向上,照料好他的母亲和一双儿女。方才回来之前,我也去看了辛氏。见她如今这个样子,我想起十六岁那年,她在父亲牌位前怨恨诅咒时的一幕。因我当年之出生,他们的一生也随之改变,便如辛氏,幽怨一生,时至今日,方有所解脱。有时我忽发奇想,倘若这世上从没有过我,他们的一生,是否应会比现世喜乐?"

嘉芙摇头:"大表哥,前些时日,我读佛经,论及人生之苦。何谓八苦?生、老、病、死、恩爱别、所求不得、怨憎会、忧悲恼。人生在世,苦痛便如影随形,智者超脱,不灵者作茧自缚。即便没有你,他们的一生,亦会有别的苦痛。根源不在你,而在于人心。

"我也不管他们如何,我只知道,大表哥,没有你,我这一生,永无喜乐。倘若我说,上天安排你来人世,叫我两世为人,就是为了成全我,你信也不信?"

裴右安目光略微惊奇。

"你可还记得,从前你说,你也不知自己上辈子做过什么,这辈子得我相伴,当时我是如何应你的吗?"

不待他应,她接道:"当时我说,你上辈子救过我,这辈子我牢牢记得,所以虽然你忘记了我,我却赖上了你。

"我说的是真的。哪怕那些只是一个梦,唯有所经历,我才知道,因为大表哥你,我变得如此幸运。

"这辈子,纵也有不如意事,我却是个有福之人。"

她的语气,郑重异常。

裴右安凝视着她。

嘉芙依偎过去,双臂紧紧搂住他的脖颈,唇贴在他的耳畔,低低地道:

"大表哥,那时候,你也是我的大表哥,我也是你的表妹,我却不知道你有多好,更不知道你所背负的苦痛。我浑浑噩噩地过着日子,彼此陌路,直到后来,余生唯

——次再遇,在我最为绝望无助之时,你毫不犹豫地救了我。那时我才知道,这个世上,原来还有像你这般磊落清正的男子。好不容易有了这辈子,我记住了你,大表哥,你说,我怎可能再次错过?"

裴右安的眸底,有细细的微光闪动。

"芙儿,我想听你告诉我你的前世之梦,想知道,我在你的梦里,是如何救你的。"

嘉芙眉目含笑,指尖爱怜地抚过他清瘦而英俊的面庞,最后凑过去,亲了亲他:"那你可要做好准备。毕竟,那可不是一个令人愉快的故事。"

裴右安微微一怔,随即失声而笑,将嘉芙抱起来,带着她在床上滚了一圈,最后让她趴在自己的胸膛上。

四目相望,两人都看见了对方瞳仁里映出的那个自己。

"我们不是已经有了现世吗,我与芙儿,这一辈子,永不分开。"

他含笑,一分一分地收紧圈住她的臂膀,直到将她紧紧拥入怀中。

二人中间,再无半分间隙。

后 记

清晨,山色霁明,朝阳升举,伴随着一阵悠扬的晨间钟声,皇家慈恩寺的大门外,来了一对特殊的香客。男子人到中年,青衫布鞋,高瘦英俊,寻常文士打扮,妇人貌美至极,最难得的,目光依旧如少女般清亮,嘴角微微盈笑,周身也无任何多余装饰,但依着丈夫,二人并肩立于山门之外,却显真独简贵,非同俗流。

僧人自然识得这中年夫妻,方丈闻讯,为表敬意,亦亲自出来相迎,向门外夫妇合十为礼,二人向方丈还礼之后,入了山门,向里行去。

这男子是裴右安,女子便是嘉芙。

这一年,已是永颐九年。

两年前,被先帝指为顾命大臣的裴右安,在摄政多年之后,还政于十四岁的皇帝,少年皇帝开始亲政。

这两年间,裴右安依旧身居庙堂,辅佐皇帝,但诸多朝事,逐一放手,俱由皇帝自己做主。

三个月前，帝满十六岁，在另一辅政张时雍因年迈体衰，递呈告老折后，感其多年辅政辛劳，立其孙女为后，待帝年满十八，再行大婚。

随后，恰平静多年的关外再起风声，裴右安便向少年皇帝上了一道请命疏，称自己当年蒙先祖帝错爱，忝居高位多年，如履薄冰，不敢懈怠。所幸皇帝真龙天子，天资卓越，如今已然成人，亲政两年，赫斯之威，天下敬伏。自己也愿再为皇帝负戈前驱，但心之所在，却非朝堂，而是少年之时曾洒血戍卫过的关外之地。他愿请命，再赴关外，为皇帝、为大魏百姓，亦为自己之本心，戍边守城，恳请皇帝予以准许。

少帝不允，裴右安心志坚定，再上二疏。

三疏之后，少帝含泪准奏，下了一道圣旨，保留太傅辅政这将近十年间的所有衔职，不再另封他人，加封晋王，凌驾宗亲之上，位列亲王第一，王府传承永世，与国同休。

过去的这将近十年间，大魏可谓"道无不行，谋无不臧，君圣臣贤，运泰时康"，裴右安总揽国事，威望素著，而少年皇帝，随着慢慢长大，这几年亦崭露头角，不但沉稳睿智，隐隐也开始显露他君临天下、裛威盛容的帝王之态。朝野暗传，张时雍的告老，实为少帝不满其近年结党，暗迫所致，至于又立其孙女为后，而将婚期延至两年之后，则为怀柔之策，既彰显帝王成年，又能安抚人心，待两年后，那时世事如何，谁又说得清楚？

早几年前起，便有人私下议论，虽说这些年，君臣相和，但一个是权倾朝野的顾命权臣，一个是锋芒毕露的少年皇帝，在裴右安掌政长达将近十年之后，要他日后还政于帝，过程恐怕少不了要起波折。

万万没有想到，三疏一旨，短短数月，风云未起，朝事便已尘埃落定。

裴右安不日即将离京，今早带着嘉芙出城，二人同来皇家慈恩寺，留随行于山下，入寺后，先去拜过裴家根本堂，再拜卫国公、祖母，最后行至姑母生前曾留居过的那所院落，夫妇二人入内，在院中向着居所和先帝陵墓的方向，跪地各行稽首之礼。遥空跪拜过后，两人出来，传话僧人，往后再不必空留此院，可物尽其用，此亦应当为天禧元皇后之心愿。

两人在寺中一直徜徉至傍晚方辞行，被僧人送出山门。

裴右安携着嘉芙的手,领她下山,行至半山腰间,两人停住脚步,立于羊肠山道同观落日,但见漫山遍野,层层染金,百鸟归巢,林秀如画。

裴右安笑道:"李义山所作之'夕阳无限好,只是近黄昏',虽为千古佳句,但未免过于颓伤。谁说近黄昏便不好了?过了今夜,明朝便又是新的日举。我不才,将它改为夕阳无限好,竟夜驾东曦,芙儿你看如何?"

嘉芙笑着啐了他一口:"你好大的脸,竟敢批评义山之诗!你怎不说李义山此诗前头两句?向晚意不适,驱车登古原。如此心境之下,你要他如何作出你那竟夜驾东曦之言?"

裴右安心情畅快,哈哈大笑,笑声震越山林,惊得附近几只归鸟扑棱棱振翅,飞上天空。

落日归隐,他继续牵了她的手下去,回到山脚,两人同车而归。嘉芙依在丈夫怀中,行至半路,忽听耳畔传来他的声音:"芙儿,不日你便要随我去往关外,苦了你了。"

嘉芙坐直身子,见他凝视着自己,双眸脉脉,无声之处,胜过千言万语,便嫣然一笑:"大表哥,慈儿必能胜任他的位置,你我从今往后,别无牵挂,你之所在,便是我心所向。你若窗下读书,我替你烹茶添香;你若着甲出战,我便候你归来。我们一起,何来之苦?"

裴右安将她拥入怀中:"芙儿,难怪我心深处,总是对素叶城念念不忘。倘那里真是我前世英年埋骨之所,则今生今世,我何其幸运,因了有你,前世埋骨之城,亦成我之归乡。世人生平,以不如意居多,我也是如此,然又有几人,能如我这般,因有你而心致圆满?"

他温柔亲吻着她,叹息之间,皆是满足。

马车入城,归府停在门口之时,已近三更。

裴右安下了马车,抱嘉芙下去,嘉芙站定,看到门口拴马石旁停了一匹高头大马,那马儿金镳玉辔,昂扬健美,神骏非凡。看到她现身,它仿似认出了她,前蹄轻轻顿地,欢快地甩着尾巴。

嘉芙一眼就认了出来,这是踏雪,多年前,裴右安将它送入御马监,让它伴着慈儿成长,待慈儿十岁后,它便成了慈儿的坐骑,一直伴他至今。

没有想到，今夜此刻，她却突然会在这里，再次看到踏雪现身。

嘉芙心跳突然加快，急忙入内，还未等她开口，门房便已下跪，说皇帝陛下今夜微服到来，于书房候他二人，此刻仍未离去。

嘉芙和丈夫对望一眼，匆匆行至后堂裴右安的书房，看见崔银水站在门口，见他二人入内，急忙迎了上来，躬身道："大人、夫人，万岁就在里头……"

嘉芙撇下丈夫，一把推开了那扇虚掩的书房门，跨了进去，抬眼便看见书桌后静静地坐了一个英俊少年，他风神秀异，眉目若画，眉宇之间却又隐含峻肃，身穿一袭青衫，手中执了裴右安的笔，微微低头，似正聚精会神地写着什么。

他手边的桌面上，是那沓裴右安至今还保留着的他小时的功课练笔，纸张如今已经泛黄，却一张张地装订了起来，整整齐齐，纸上一笔一画，稚嫩若爬，却也足以能见当初书写之时的认真。

嘉芙猝然停下脚步，定定地望着那少年的身影，一时竟不能动弹。

少年被脚步之声惊动，终于抬起头，凝望着嘉芙，双眼一眨不眨，慢慢地，他放下笔，突然一个起身，快步到了她面前。这个如今站起来已经高过她的少年，就像小时那样，伸手过来，紧紧地抓住了她的衣袖，唤了一声"娘亲"，双膝矮下，跪到她面前。

顷刻间，嘉芙潸然泪下，紧紧地抱住儿子的脑袋，轻轻抚摸着他的头发。

裴右安站在门外，静静地望着这一幕，并未入内，亦未出声打扰。

良久，那少年被嘉芙拉了起来。

她已拭泪，少年双眼也微微泛红，面上却带了笑容，牵着嘉芙来到桌边，指着上头自己方才临的帖，道："娘，你来看，我如今的字，比小时候，可有进步？"

嘉芙忍不住又是心酸，又是欢喜，强行忍住又要夺眶而出的泪花，一张张地看着，不断点头夸赞。

少年立于一旁，默默望着自己依旧年轻美丽的母亲，双眸含笑，目光里满是温柔。

他抬眼，看见立于门外的那道身影，便扶嘉芙坐了下去，自己朝着门口走去。

少年面上方才对着嘉芙时的那种温柔笑意已经消失，他神色肃穆，一步步地行到近前，和那个伟岸如山的男子对望片刻，朝他慢慢地跪下。

"父亲,孩儿今夜到此,是想陪父亲,下完当年那盘没有下完的棋。"

少年恭恭敬敬地叩首到地,说道。

少年拿出了三岁时,裴右安亲手为他做的那副棋盘。

棋盘已经老旧了,棋子常被触摸的地方,却还光亮如新。

裴右安乍看到的时候,有那么一瞬间,恍恍惚惚,竟似回到了旧日时光。

那夜,一个父亲陪儿子下棋,下到一半,有事出去,回来时,儿子已趴在棋盘上睡过去,醒来之后,却还记着没有下完的棋。做父亲的便说,他记住了那副棋,等日后有空,定再陪他下完。

"父亲,你大约不知道,这些年我在宫中,深夜难以入眠之时,便会拿出棋盘,一心分二,自己和自己对弈。我知父亲是棋道高手,儿子今日棋艺如何,还请父亲指点。"

裴右安拿过一枚棋子,拇指轻轻触摸着光洁的木头纹理,长长地呼吸一口气,闭目冥想片刻,睁开眼睛,将手中那枚棋子放在棋盘的一个格位上。

一枚又一枚,很快,当年那盘未竟的棋局,便出现在少年面前。

他朝对面那少年微微一笑:"可是这般?"

少年慢慢抬起视线,眸底闪烁着微微闪亮的光芒,点头。

这一盘棋,一直下到五更。

鸡鸣之时,方出胜负。

裴右安以一子之误,惜败全局。

他审看了一番棋局,抛下棋子,摇头叹息:"我老了,算不如你。"

少年微笑:"父亲让我而已,我岂会不知?便如父母大人,这些年来,为了叫我安心,再无弟弟妹妹……"

他转头,看了眼熬不住困,早蜷在一旁榻上自顾自睡过去,身上盖着父亲外衣的美丽母亲,压低了声:"爹爹,从前我不懂事,如今我已长大,早几年前起,我便盼着娘能再为我生个弟妹,倘能得偿所愿,慈儿今生,便再无遗憾。"

643

裴右安望向睡梦里浑然不觉的爱妻,唇边慢慢露出一丝笑意。

少年将棋子一枚枚归纳回去,最后收起棋盘,如同珍宝,紧紧握于手中,最后起身,向着裴右安和嘉芙再次下跪,郑重叩首完毕,最后看了一眼还在睡梦中的那女子,低低地道:"爹爹,踏雪更适合关外的宽广天地,它喜欢尽情驰骋,皇宫对它而言,如同牢笼,我把它交给爹爹了。"

"爹爹再代我,照顾好娘亲。"

他说完,转头离去。

裴右安目送少年那一抹青色背影出了门,渐行渐远,出神片刻,抱起睡梦中的嘉芙,送她回房。

嘉芙半梦半醒,脸靠在丈夫温暖的胸膛上,舒服地蹭了蹭,突然间想起来,猛地抓住丈夫的胳膊,睁开了眼睛:"慈儿呢?"

裴右安道:"下完棋,走了。"

嘉芙急忙从他身上下来,飞奔出去,到了院中,见东方晨光熹微,院门开着,晨露晶莹,四周已然空空荡荡,哪里还有那少年的身影?

她在原地,定了片刻。

裴右安上来,将方才从她身上掉落的那件外衣披回她的肩上,柔声道:"怕你要哭,故方才未叫醒你。"

嘉芙眼眶已经泛红,扑入丈夫怀中,闭目哽咽:"慈儿可有说什么?"

裴右安低下头去,附耳说了几句,嘉芙破涕为笑,又面庞羞红,一把推开他,不再理他,转身朝里走去。

人至中年,若能再得一个和她的孩子……

很是不错。

裴右安望着娇妻的背影,微微一笑,双手负后,不疾不徐地跟了进去。

番外一 塞外曲

天高云淡，北雁南飞，一望无际的起伏沙原之上，金色的胡杨林绵延不绝。

塞外的秋，比之关内，自另有一番雄浑辽阔的景象。

这日，甘州古道上，由远及近，行来一列旅人。数十名的骑卫，虽都是寻常旅人的装扮，却个个精壮昂藏，前后护着几辆头尾相衔的马车，朝着前方迤逦而去。

这一行人马，便是去往素叶城的晋王夫妇和同行的随从。

远处地平线的尽头，隐约已能看到城池筑墙的一道黑色影子——那里，便是陇右节度使府的所在素叶城，也是他们的目的地。

边境已经安定了十几年，随着早年陇右节度使府搬迁来此，这些年间，这座城池不断吸引四方之人迁徙而来，人口不断增加，城墙亦数次扩张，犹如点缀在漠土黄沙里的一颗明珠，成了塞外最为繁荣的一座城池。城中百业兴旺，商旅云集，倘若不出城门，不见黄沙，城中情景，和关内城池看起来也并无多大区别。

而在三个月前,当民众闻讯十几年前那位曾将节度使府迁来此处、又一手缔造这十数年平安的节度使裴大人如今就要再次归来,不但如此,这回他是以晋王身份,往后在此开府就藩,全城欢欣,城民无不翘首期盼。

这一路行来,并不紧赶,裴右安护着嘉芙,白天行路,夜间早早休息,遇到景致别致之处,便停留徜徉个一两日,待游玩一番,再行上路,故从初夏出发,直到入秋,今日才终于抵达。

嘉芙撩开马车帘子,朝着前方眺望。

他们离开已经十几年了,十几年间,这里也发生了很大变化。前几年起,除了常设的边境贸易场所,一年一度的春集,也变成了春、秋两集。

如此赶巧,抵达的这日,便是秋集中最为热闹的那几天,城中东西两市容纳不下,便将集市绵延到了城门外。

一行车马,渐渐靠近城池,道路变得拥挤,不断有牵着驼队的商旅和各种肤色打扮的路人在道上往来行走,见到这一行显然来自关内的人马,纷纷驻足侧目,目光无不好奇。

或许因为裴右安,嘉芙对这座曾生活过数年的城池,从心底里,一直怀了一种别样的亲近之感,往事一幕一幕浮现,心情不禁微微激动,行路之疲,都不翼而飞。

她叫了声骑马在旁的裴右安,说想下去走走。

裴右安原本担心她路上疲乏,想尽快入城让她休息,此刻见她一脸期待地看着自己,想了下,便命车队停在路旁,托了嘉芙的胳膊,领她从车厢里下来。

坐了大半天的马车,两腿都酸胀了。嘉芙下了马车,活动了下腿脚,往头上戴了顶当地妇人惯戴的尖顶遮阳帽,便随了裴右安,和他并肩,两人朝着城门的方向慢慢朝前走去。

道路两旁的平地上,搭了一顶顶临时而起的帐篷,妇人提了水壶,向官府停在道旁的水车取水做饭,小孩在旁嬉笑打闹,在帐篷里钻进钻出,笑声随风传送,老远就能听到。集市向两侧延伸出去,一眼几乎看不到头,商人在自家摊子前吆喝叫卖,又和客人高声讨价还价,但见人头攒动,熙熙攘攘,一派繁荣的兴旺景象。

前方是个杂耍摊子,一个汉子表演了吞火,又表演空中走绳,吸引了不少人前来围观。

嘉芙停在道旁看了一会儿,想起那年自己带着慈儿去集市游玩的一幕,如今一晃,十几年都过去了,种种往事,想起来却仿佛还是昨天,历历在目。

"在想什么?"

裴右安问她。

嘉芙回过神,摇了摇头,冲他一笑。

裴右安环顾一圈,看到前方不远挤满了人,呼喝声四起,瞧着极是热闹,便牵了嘉芙的手带她过去,到了近前,原是个射箭擂台。

擂主是个胡人,在地上画了一道线,又往数十步外的空地之上,用一根细绳高高地悬了一只玉韘(古代射箭戴在手指上的扳指)。那玉乃羊脂美玉,价值不菲,称人人皆可上阵试射,以一箭为限,只要尖头能从玉韘孔中穿过,将它钉在其后的靶子之上,玉韘便归他所有。

胡人自己先立于线后,弯弓搭箭,瞄准之后,射了出去,箭术果然超群,一箭入孔,就将玉韘钉在了其后竖起的那面靶子之上。

周围人喝彩过后,见他射得轻松,有几分箭术的,无不跃跃欲试,便是平日没拿过弓的,贪图玉韘价钱不菲,也都蠢蠢欲动,纷纷上阵试射。

却不料此事,看着容易,实际极难,只有一次机会,尤其是那玉韘,中孔本就不过拇指大小,又被绳索悬吊半空,凭风晃动,加上如此距离,想要一箭穿孔,难上加难。

这摊子摆出来已经三天了,三天之中,已有不下数百人前来试过,但竟无一人挨边。裴右安牵了嘉芙过来,两人在旁围观时,恰素叶都司府下的一群军官今日逢假,听闻胡人摆下擂台,无人能破,那胡人得意扬扬,言辞之中对魏人颇多藐视,心中不忿,便结伴而来,上阵试射,谁知到最后,竟还是没有一人能够射中。

内中那名平日箭术最为出众者,发出之箭,许是受了风力影响,偏差了一点点,箭头未能穿孔,误将玉韘磕碎,韘裂成两半,坠落在地。

全场顿时鸦雀无声。

胡人道:"我听闻魏国军中,有专门的步弓军、马弓军,号称百步穿杨,战无不胜,心中仰慕,便趁着秋集来此,摆下这个擂台,本想亲眼见识一番,没想到……"

他摇头，命身旁一个奴仆过去，往空绳上再拴了一枚同样的玉韘，哈哈大笑："碎了便碎了，我们札木一族，要什么没有？岂会舍不得区区一枚玉韘？也不用你们赔，只管去叫人再来，只要能如我那般将韘钉入靶子，我便立刻送韘，收摊回往札木，此生再不踏入魏地一步！"

十二年前，裴右安领军大败胡人，王庭被破，向魏俯首称臣。先帝为了便于治理，在胡地依照族落分封出了二十多个汗国，各册封汗王，以允许和魏国贸易互通为条件，令彼此制约。

这法子确实奏效，漠北如今汗国林立，彼此猜忌，再无哪个部族能像从前那样统一漠北，建立一个大一统的汗国。但经过十几年后，到了如今，慢慢也有部族开始坐大，这札木部便是其中之一，新即位的汗王野心勃勃，做梦也想重新统一漠北，以恢复昔日的汗国荣光。

三个月前，漠北诸多汗国收到了来自大魏朝廷的旨意，晋王到素叶城开府建藩，命诸多汗国遣使觐见，从今往后，由晋王府代替朝廷纳贡，行宣慰之职。如今诸多使者早已齐聚城中，被安置在驿馆内，只待晋王抵达觐见。

札木部自然也来了。

围观民众见这胡人姿态倨傲，羞辱魏人，无不着恼，嘘声一片，那十来个军官更是面庞涨红，性子急躁的便要冲上前去，那胡人的随从，立刻也围了上来。

"此人乃札木部的神箭手，百发百中，前些日随札木使者同行来此。"

杨云已打听了过来，对裴右安说道。

裴右安叫嘉芙稍等，自己朝前走去，拍了拍那几个军官的胳膊，示意他们后退，自己到了那条线前停住，取了悬于一旁的弓，搭箭，渐渐满弓，瞄准前方那枚悬在空中的玉韘，倏地发箭。

他一现身，全场便静了下来，无数双眼睛紧紧地盯着他的一举一动。

嘉芙知他小时为了强身，随名师习箭，箭法很是不俗。但如此场合，依旧紧张，睁大眼睛望着，见那箭射出去后朝着前方笔直而去，还没得及眨眼，那箭已经钉入靶子。

箭杆之上，赫然套了一物，恰是那枚玉韘。

她顿时松了口气，围观之人，短暂静默之后，随之亦爆发出一阵欢呼之声，个个喜笑颜开，比自己射中还要高兴。

那胡人起先见人群里出来个看似文士的中年男子，根本没放心上，却没想到，此人箭法竟如此精妙，愣了半晌，方勉强压下心中懊恼，正要叫人去将那玉韘取下，见他竟再次搭弓，一箭过后，那根系着玉韘的细绳，竟也从中断开，在风中晃荡个不停。

全场再次爆发出一阵欢呼，民众纷纷看向那射箭之人，议论不停。

胡人面红耳赤，又暗自心惊，盯着那男子："你是何人？"

裴右安不答，将手中弓箭搭回去，对方才那射失手的军官说道："箭术练到最后，最高境界，不在继续苦练技巧，而在于心眼合一。以你的熟练和技巧，做到钉那玉韘上靶，原本不难，失就失在众目之下，心浮气躁。回去之后多多练心，胜这胡人，又有何难？"

那军官早被折服，此刻见他如此和自己说话，语气如同上级，吃惊地望着裴右安，一时说不出话。

"裴大人！你便是裴大人！"

就在这时，另一个军官终于认出裴右安，失声囔道，激动之下，仍以旧日称呼称他。

裴右安含笑，微微颔首："正是裴某。"

军官们跟着朝他下跪，近旁的民众，陆续也有人认出裴右安，纷纷跟着下跪。

裴右安请民众起身，从那群目瞪口呆的胡人身边走了过去，回到嘉芙身畔。

嘉芙看了眼他的身后，低声笑道："都怪裴大人，一来就出风头，人人认得你了。集市看不成了，还是快些进城吧。"

裴右安一笑，带她回了马车，自己翻身上马，一行人入了城门。

很快，素叶城的都司闻讯，急匆匆地赶了过来迎接。

在民众一路的簇拥随行之下，一行人终于到了如今已改为王府的原节度使府大门前。

嘉芙下了马车，仰头望着油漆一新的门楣，脚步停了停。

裴右安从后跟上来，轻轻握住她的一只手，低声道："走吧，进去了。"

嘉芙看向身边这男子，见他微微低脸，含笑望着自己，慢慢勾紧他握住自己手的五指，点了点头，随他迈步过门，朝里走去。

刚到的那段时日，裴右安接见漠北使者，代朝廷或封赏，或施威，以镇札木和像

札木一样的漠北部落。

除了这些使者,还有陆续前来参拜的当地守将、各城都司,白天少不了一阵子忙忙碌碌,如此一转眼,两个月就过去了,漠北边陲,又成了一片冰天雪地的世界。

嘉芙掐着手指,再次开始算着自己的小日子。

前些天里,她又来了月事。

这已是两人不再刻意于那些日分房后,她第三次来月事了。

她感到微微失望。

她很想再为裴右安生一个孩子。

这个愿望,从慈儿两三岁后,便一直萦绕在她心头。

后来这些年,她没再想了,本渐渐也淡了心思。但如今一旦再次有了这念头,便如同老房子着了火,整天想的都是这个,恨不得能立刻再次怀孕才好。

虽然裴右安在她眼中,永远都如初见,她照镜子,也从不觉得自己有多老了。但他已过不惑之年,自己虽然比他小了不少,但也确实不算年轻了。想要如愿,看起来还是要做周全准备。

最近空下来后,她每天便做好吃的,还炖各种补食,除了自己吃,每晚裴右安回房,也不管合不合他口味,强迫他吃——自然了,补食也不是乱吃的。

她在出京前,特意悄悄请了个精通妇科的太医给自己看过。太医说她体质极好,不寒不燥,无须吃药,但到了她这年纪,可适当温补,如此更容易怀胎,荐她多食用黑豆、姜、莲子,说黑豆有助受孕,姜、莲子可温补身体。至于裴右安,自然也要同补,荐了些温补肝肾的药膳,给她写了一张长长的单子。

太医的话,表达得很隐晦。所谓妇人三十如狼,四十如虎,而男子一旦过了四十,大多就都开始心有余而力不足,故媚药之类的邪物,才会大行其道,不知害了多少人命。

反正太医的意思,只要注意量,男人到了他这个年纪,这些食物,隔三岔五,平时多吃吃,对那个方面总是有好处的。

虽然迄今为止,嘉芙对两人在这方面的相处感到很是满意,也没觉得裴右安对着自己是在勉力支撑,但在时隔十六年后,想再生个孩子,预备之事自是不厌其烦,多多益善。

今晚她又开始期待了。

她的月事,向来很准,每月上下相差最多不过一天。根据太医的教导,加上这么多年和裴右安相处得来的经验,知道今晚开始,接下来的几个晚上,倘若两人同房,有孕的机会要比别的日子大得多。

从前每月到了这段日子,两人心照不宣,都会避免做那种事。

但如今不一样了。

天刚黑,屋里的炭火便烧得暖暖的。嘉芙早早地去洗了澡,出来后,趴在贵妃榻上,让檀香替她弄干长发,再往皮肤上抹了她喜欢的宫廷御造茉莉芳膏,细细地擦匀,从头到脚,没一寸肌肤闻起来不是香喷喷、甜滋滋的。随后她挑来拣去,在一堆衣裳里选了条藕荷色的罗裙,外罩一件薄若蝉翼的纱衣,面匀轻粉,唇点淡脂,发绾堕马髻,青丝如云,向面倾垂,鬓边斜斜簪了一朵雪里山茶,人面娇花,娇慵中流露出精致。

她已经好久没这么精心装扮过了,待梳妆换衣完毕,揽镜自照,自己瞧了,都觉美艳无俦,很是满意。

裴右安想必会喜欢得很,嘉芙猜想。

酉时末,他便从前头回了后堂,嘉芙笑吟吟地迎了出去,替他掸去落在肩头的雪花。

裴右安入内,乍看到她,仿佛微微一怔,视线落在她的身上。

嘉芙心中欢喜,推他去洗澡,出来后帮他换了衣裳,便叫人送来今晚准备的吃食,按他坐了下去,自己站在他的身后,一边亲手替他捏肩,一边殷勤地催他吃东西。

碗里的东西一坨一坨,有肉有米,汤汁淋漓,裴右安还没吃,便闻到一股掺杂着淡淡药味的羊臊气味,苦笑道:"这又是什么?"

最近这半个月,隔三岔五,什么鹿肾汤、猪腰子、枸杞羊肾粥……

一开始还好,吃到现在,他光是闻着,就已经有点反胃了。

"这是归元汤。淮山药、肉苁蓉、菟丝子少量,加核桃仁、粳米、和瘦羊肉、羊脊骨同熬,我足足熬了一个晌午,最后加几根葱白、生姜、花椒、料酒、胡椒粉……对了,还有八角。太医说,吃了对男子身体好。"

"我刚才已经替你尝过,味道很好的,你赶紧吃。"

嘉芙睁大眼睛，面不改色地撒了个谎。

她刚才是尝了一口，但那个味道……好奇怪……

反正她是不想再吃第二口的。

裴右安自忖并无肾精亏损、耳鸣眼花、腰膝无力等诸多中年男子时常面临的不可言症状，半点儿也不想吃这玩意儿，但在她饱含期待的目光注视之下，想到前几个月，她发现来了月事后的表情，实在不忍让她再失望，只能硬着头皮，一口一口地吃了下去，吃到最后，他连吞带咽，一口气咽了下去，拍了拍发闷的胸口，长长松了一口气。

他现在还真的有点怀念她从前给自己做的那些甜点……

比起来，他更喜欢她喂自己甜点，而不是这些光闻着就足以让人泛呕的所谓食补。

嘉芙见他一口气吃完了，连汤都喝得涓滴不剩，心里欢喜，其实也是有点心疼的，揉了揉他的胸膛，又替他捏了片刻的肩，估摸着刚才吃的已经落下去了，方柔声道："夫君，不早了，就寝吧。"

裴右安被她拉了起来，带到床边。

他低头，默默地看着她欢欢喜喜地替自己一件件地脱了衣裳，再被她推倒在床上，躺在那里，又望着她自己脱去披在外的那件薄纱，再一层层脱去别的，最后钻进被窝里，香喷喷的柔软身子，整个儿往他怀里拱，那张红唇，凑到他的耳畔，撒娇般哼哼："大表哥……"

鉴于前几个月的经历，为了保证今晚开始，接下来的几个晚上能让他尽情挥洒，从这个月月事结束后，直到今夜之前，嘉芙都不准许他和自己同房。

裴右安转脸，凝望她片刻，一个翻身，将她压在了身下。

帐子也落了。

伴着床帐起了一阵水波般的拂动，进行到一半，嘉芙春情正浓，却感到他仿佛有些力不从心了，越来越勉强，最后甚至停了下来，不禁奇怪——

其实今晚，从一开始，嘉芙就觉得他一直奇怪，总感觉哪里不对，仿佛有点提不起精神。

按理说，不该这样的啊——

她不解地睁开眼睛，却见他已从自己身上飞快地翻了下去，一把掀开帐子，探身出去，人竟呕吐起来。

嘉芙吓了一大跳，绮念顿消，慌忙爬起来，帮他挂起帐子，又跪坐在一旁，轻拍他的后背。

裴右安不但吐掉了方才吃下去的那碗归元汤，连先前的晚饭也一并吐光了。

嘉芙急忙披了衣裳，下床给他倒了杯温水，端过来服侍他喝下去，见他靠在那里，不禁担心不已，要去叫郎中，被他拉住了。

"我没事。

"芙儿，就是你能不能不要再逼我吃那些东西了⋯⋯"

他有气无力地道。

"不用吃那些东西，我也能行的。"

仿佛怕她不高兴，他又补充了一句。

嘉芙一愣，望着他心有余悸的一副表情，瞥了眼他下头，见那里早就已经软下去，不禁又是好笑，又是好气，拉过被子盖住他，让他躺下去，放下床帐，自己穿衣下床，开门叫人进来，打扫了床前，又叫送进来热水，催他一道去洗了洗。两人回到床上，她再次钻到他的怀里，抱住他的身子，仰面望着他，吐气如兰："大表哥，都怪我不好，逼你逼得太紧了。以后不用你再吃那些难吃的东西啦！我不急了，还是顺其自然吧。晚上你累了吧？早点睡。我也睡了。"

她说完，面颊爱怜地轻轻蹭了蹭他的下巴，便依在他的身边，乖乖地闭上了眼睛，一动不动。

裴右安凝视着她的面庞，忽然坐了起来，穿好衣裳，又将她从被窝里拖出来，抱她坐到床边，开始给她一件件地穿起衣裳。

"外面下雪呢！你要带我去哪里？"

嘉芙有点不解，几次问他，他都笑而不答，只在最后替她穿好鞋袜，往她身上披了件绲毛边的昭君衣，这才牵着她的手，笑道："下雪才好。你去了就知道了。"

嘉芙跟他出了屋，反坐在踏雪的背上，蒙头盖脸，整个人被他用毛氅裹在怀里，两边胳膊紧紧地抱着他，一阵腾云驾雾般疾驰之后，出了城，仿佛一直在爬坡，最后终于停下，从他怀里钻出脑袋，发现到了一座相对而立的山坳前。

借着雪地的反光,她见入口之处修筑了一道门墙,看起来仿佛是刚完工不久的样子。

这地方,嘉芙依稀还有印象,记得十几年前也曾来过,当时也是被踏雪带来的。因这山坳和素叶城周围那些大多光秃秃的山岩不同,冬天的地表,比别的地方要湿暖,且积不住雪,有时还有青草,只是因为地势陡峭,一侧就是风化的高达数十丈的悬崖,没什么现成的山道可以上来,所以平日人迹罕至。踏雪那时候很顽皮,有一天,也不知道怎么让它跑到这里来的,后来就常来这里寻新鲜的嫩草吃。

嘉芙看了眼那扇门墙,依旧不解。

裴右安将她抱下马背,带进了那扇门,顺手反闩,随即引她弯腰,小心地经过一段狭窄的岩隙,最后钻了出来,视线顿时豁然开朗。

外头看不出来,里面别有洞天,竟是个犹如环井的小山谷,面前一潭月牙般的池水。

白雪纷纷扬扬,从谷口飘洒而下,不断地堆积在岸边,水面上却白雾腾腾,竟是一口温泉!

更叫人惊讶的是,就在温泉边上,还静静地立了一座小木屋,看起来也是新建不久的样子。

嘉芙惊喜不已,跑到泉边,蹲下去,伸手探了探水,暖洋洋的,舒适极了。

裴右安笑道:"我记得此地,十几年前是没有这口泉的。两年前,记得朝廷钦天监曾接过素叶都司府的奏报,称当年八月间,此地发生地动,所幸不强,未造成大的破坏。但想来,这口泉便是当时出来的。也是托了踏雪的福,上月有天迟迟不归,杨云找到这里,偶然发现里面还别有洞天。我下去探过深浅,又取水,凉后以牲畜饮,未见异状,见能用,想着若是下雪,带你来这里泡泡也是好的,便给你修了这地方,几天前才修好的,方才想起来,便带你过来,也算是……"

"向你赔个罪。"他顿了一下,柔声道。

嘉芙却早就没听他还在说什么了,欢呼一声,拉着他进了那座小木屋,点亮烛台,见里面地方不大,床榻桌椅却无不齐备,床前的地上,铺了一张毛茸茸的白色地衣,最妙的是,屋角还有一个炉子,边上堆了一堆已经劈好的柴火。

裴右安还在生火暖屋,嘉芙便已脱了衣裳,赤脚下了温暖的泉水,整个人脖子以下,全泡在了水中,靠在池边修好的坐台上,仰面望着头顶夜穹之上飘飘洒洒的漫天雪花，舒服得只剩下叹息。

裴右安生好了炉火，从木屋里出来，自己并未下去，只蹲在池边，看着嘉芙。

嘉芙睁开眼睛，抹了抹湿漉漉的脸，朝他招手："大表哥，你也下来。"

裴右安微笑摇头，摆了摆手："我不下了。你洗好了，我抱你进去。"

嘉芙美人鱼般游到了他的身边，伸出一手抓住他的衣袖，用力一拽，哗啦一声，伴着嘉芙的笑声，裴右安便被她拽到了池子里。

嘉芙和他在水里相拥，泡了许久，渐渐感到浑身酥软无力，才被他抱出来，回到了小木屋中。

裴右安擦干嘉芙的头发和身子，放她躺在床上，目光和指尖，流连在她被温泉水浸泡得吹弹可破的柔嫩肌肤之上。

"芙儿，你可乏了？"

他的唇来到她的耳畔，低低地问她，沙哑的嗓音里，带着浓浓的一缕缱绻。

嘉芙睫毛轻颤，慢慢睁开眼睛，和他对望片刻，慢慢坐了起来，将他推倒在床，在他吃惊又莫可名状的极度兴奋的目光之下，红着一张芙蓉娇面，自己爬到他的身上，樱唇附到他的耳边，低低地道："大表哥，你想我怎样，我都听你的……"

雪花静静飘落。在木柴燃烧发出的悦耳的噼啪爆裂声中，木屋的这个冬夜，温暖如春。

从小木屋回来后的当月，嘉芙的月事便停了，再到下月，她便开始呕吐、嗜睡，确定怀胎。

嘉芙终于如愿，虽然被孕期反应折磨得人都瘦了，心情却极好，自此开始安心养胎，每天无事，又扳着指头，开始算产期。

裴右安的心情，却和嘉芙有些不同。

他早已不年轻了，再过个几年，两鬓不定便要染上白霜。

过去的这十几年间，他辅佐幼帝，可谓心无旁骛，殚精竭虑，再也没想过，这辈子他还会有一个自己的孩子。

如今小娇妻再次有孕，望着她欢天喜地、丝毫不以为苦的模样，他的内心深处自然是欣喜感动的。但这欣喜感动背后,却也伴着隐忧。

即便到了如今,十几年过去了,每每想起当年她头胎生产时所受的苦楚和经历的风险,他便依然感到心有余悸。

伴随着嘉芙肚子一天天变大,裴右安也变得越来越紧张了。除了早晚陪她散步,亲自照顾她的饮食起居,在她离生产还有一个多月时,连远在京城那个擅长千金妇科的太医也赶来素叶城住下,以备王妃到时生产的不时之需。

相比裴右安的紧张,嘉芙自己却平静得多。

有过上次的艰难,这一回,她反而丝毫没有感到害怕。

最坏的都有过了,她还有什么可怕的?她每天该吃的吃,该睡的睡,该起来散步,便去散步,吃吃喝喝之间,心宽体胖。到了次年秋天,有一天傍晚,裴右安陪她散步时,她忽然发动,才不过一个多时辰,便顺利生出一个女婴。

时隔十七年后,他人至中年,竟然再次为父,有幸成为这个漂亮女娃娃的父亲。

裴右安小心地抱住那女婴软软小小的身子,入怀之时,心中的激动和狂喜,简直无法以言辞来形容。

他唤女儿阿元。

元,始也,又有善吉之意。

他愿自己和嘉芙中年所得的爱女,如她名字所含的意寓那样,新生起始,一生善吉。

番外二 晞光

1.

晞光的名字，是祖父为她起的。

父亲告诉她，她出生的时候，正是黎明，朝阳的第一道光线照进了张家的庭院。因为上头已经有三个兄长，族房至她这一辈，生的也都是儿子，祖父得知生了个孙女，认为补全"好"字，于门庭是为福气，很是欣喜，便以朝阳为她起名晞光。

张家是北方著名的高姓大族，从前朝起，先祖便累世为官。书香门第，源远流长。至晞光祖父张时雍，生前官至礼尚，加封上柱国，受先帝遗嘱，协裹相辅佐当年还不过七岁的幼帝，可谓荣显至极。却不想朝荣暮落，到了十几年后的今日，张家竟会面临如今进退维谷的尴尬处境。

两年前，祖父因受都察院左右都御史之争风波的牵累，被迫称病，上书致仕。归家后，祖父心结难解，加上本就年老体衰，身体渐渐坏了下去，就在数月之前，不幸辞世。

祖父致仕之时，为感念他多年辅政之功，一道圣旨，十四岁的晞光被定为大魏未来的皇后。原定两年之后，待皇帝年满十八，二人再行大婚之礼，婚期原本迫近了，不想这个时候，祖父辞世，十六岁的晞光要为祖父守孝一年，婚事也就耽搁下来。

祖父丧礼，皇帝虽未亲自吊唁，却派了使者前来，为祖父追封荣衔，赐下谥号，身后之事，自然还是哀荣至极。

但晞光的父亲张铭，诚惶诚恐，日夜不宁。

晞光知道，父亲感到恐惧。

从两年前起，祖父致仕归家，自己成为大魏未来的皇后之后，这种恐惧，便如影随形，一直伴随着丁忧在家的父亲。

和祖父相比，父亲的仕途显得平淡了许多。他生性淡薄，不求荣达，丁忧之前，官也就只做到了太常寺少卿，日常负责朝廷的各种祭祀、礼乐之事而已。

那个皇帝，如今也才十八岁，却已亲政四年，从两年前起，摄政的裴相出京就藩关外之后，他不但完全把控了朝事，且日益积威，令朝臣不敢有半分轻视。

父亲的这种恐惧，便是来源于自己这个未曾谋面的未婚夫、当今的皇帝。

父亲知道，祖父已经见恶于皇帝。自己的这个"皇后"之位，于张家和自己，或许也是一个隐患，而非外头那些不知情之人所羡那样，是件光耀门楣的荣光之事。

晞光的祖父，身居高位，一生为官谨慎，不想到了最后，还是栽在自己的一个得意学生手里。

那个学生，便是当时的都察院左都御史杨松，因与一政敌不和，为了扳倒对手，暗中奔走，联合多人一道在皇帝面前弹劾对手。

那个被弹劾的，后来罪状确证，被革职问罪，但杨松还没来得及庆贺，接着就也以私下结党之罪，被人告到皇帝面前，予以发难，证据确凿，甚至列出详单，上有某年某月某日某刻，于何地，何人参与，竟无一遗漏。

这些弹劾，隐隐也牵涉到晞光的祖父，称杨松暗中奔走之时，曾不止一次向人暗示，此亦为恩师之意。

裴相虽摄政多年，是为首辅，但那时候，因他三疏，朝臣都已看出了裴相的去意。

一旦裴相离朝，无论从资历还是威望来说，祖父便是延升而上的当朝不二重臣。

杨松和晞光祖父渊源不浅，极得后者赏识，朝臣人人都知。便是因此，那些人才会被杨松说动，愿意追随。

皇帝当时没有亲自发落，而是将弹劾杨松一党，包括质疑他本人在内的所有奏折，全部转给了晞光的祖父，命他全权处置。

祖父为政保守，固执己见，而这几年间，皇帝就军国之事，却开始慢慢显露出意图变革的锐意。

这两年，在皇帝亲政之后，随着裴相渐渐放权，少年皇帝和祖父这个老辅臣之间的矛盾，其实也在日益加大。

谨慎了一辈子的祖父，最终还是一朝不察，栽在自己的得意门生身上。

或者说，是栽在了那个十六岁的少年皇帝手里。

后来，晞光也听到了一种说法，说皇帝其实早就得了密报，知杨松为扳倒政敌，擅以晞光祖父之名暗中奔走结党，皇帝却隐忍不发，等到最后一刻，才将事情转到自己祖父手上，还美其名曰由他全权处置。

心机之深沉，可见一斑。

祖父也是到那时，才彻底明白过来。

当年那个不过七岁登基的幼帝，如今真的长大了。连裴相也要退出，以避免掣肘之嫌，何况是自己？

皇帝不再需要裴相，更不再需要自己了。

那个旧的时代，彻底过去了。

晞光至今记得清楚，那一夜，祖父书房里的灯火，彻夜不熄。

次日，祖父上折，建议将此事交由大理寺查办，该当如何，便如何定罪。随后，祖父便以病上书致仕。

皇帝准奏。不久，一道圣旨，晞光成了未来的皇后。

她需为祖父守丧一年，故原本定好的大婚之期，也将推后。

晞光几位已出仕的兄长，因祖父去世，和父亲张铭一样，皆丁忧。

她那两个年长的兄长，皆走科举而出仕，丁忧之前，都在远离京城的偏远之地做着小官。

这是祖父从前的意思。祖父自己虽地位显达，宗族之中却没有身居显位之人。

他惜名了一辈子，不愿被人诟病自己借权势提拔张家子弟，却不想临了，栽在一个他曾极为看重的得意门生手里，不可谓不是讽刺。

祖父的丧礼，已经过去三个月，几个兄长都已先回了老家。晞光因未来皇后的特殊身份，如今还留在京中的宅邸里，父亲伴她在京。

晞光美貌出众，从小受家风熏陶，琴棋书画无一不通，又得家人宠爱，唯一遗憾，便是母亲早年去世，但二娘性情温柔，视她如同己出。她与妾母感情极好，故也无身世之叹，原本性子极其开朗活泼，只这两年，知家中变故，这才慢慢沉静下来。

父亲身体本就不是很好，最近因为操办丧事，加上忧思过重，前些时日染了风寒，一直没有痊愈。

这晚上，她和二娘一道，将煎好的药送至书房，服侍父亲吃了，望着父亲愁眉不展的模样，极是心疼，忍不住道："爹爹，女儿知爹爹心归田园，何不离京归乡？从今往后，便是种豆南山，也胜过如此被困京城，终日不得开怀。"

张铭摇了摇头："你为大魏日后的皇后，如此身份，爹怎能带你出京？"

晞光垂眸半晌，终于鼓起勇气道："爹爹，女儿也知道，皇帝表面上客客气气，实则不喜咱们家，都是做给别人看而已。别人都羡我，我却不稀罕那个皇后之位，有什么好的！他便是真娶了我，日后只要存心，随便一个什么理由便能废了我。祖父为朝廷效力了大半辈子，对皇帝忠心耿耿，没有功劳，也有苦劳，皇帝却如何待他？最后落得个如此下场，我想起便觉心寒。我料皇帝也并非真心要立我为后，当初想必也是另有所想，趁如今这机会，爹爹何不上折，就说国不可一日无后，不能叫他因我而耽搁了国事？说不定他正盼爹如此开口呢。等应了，那时我便陪爹回老家，种瓜种豆，再无烦心之事，岂不比如今这样日日担心要来得好？"

二娘没想到她如此大胆，睁大眼睛，吃惊地看着她。

张铭微微一怔，看向女儿。

晞光刚满十六，正是女孩儿一生最为美好的碧玉之年。前几日除去热孝，但依旧着白，素衣衬得她越发明眸皓齿，玉腕赛雪，宛如一朵初绽的娇蕾。

她睁大一双眼睛，直直地看了过来。

"爹爹如此看我作甚？女儿说得不对？"

晞光并不惧，反问了一句。

家中这个唯一的女儿，从小如珠如玉地养着，以至于被宠得如此大胆，连这种话也敢说。

宫中那个年轻的皇帝，宏博而贤明，铁腕却丝毫不逊先帝，甚至比起先帝的威刑肃物，他更为隐忍深沉。

有时想着，倘若当初自己父亲没有识时务地主动上书致仕，如今会是什么下场，犹未可知，想多了，甚至叫人不寒而栗。

张铭皱眉叱道："这话也是你能说的？不许胡说八道！"

他对这个女儿极其疼爱，如此严厉教训，生平还是头一回。

晞光双眸渐渐泛出泪光，贝齿紧紧咬了片刻唇瓣，道："爹爹，我真的不想做什么皇后！我虽没见过皇帝的面，却也知他不是个好相与的人，倘我真入了宫，那么多双眼睛看着，爹和哥哥们往后必越发艰难。我往后如何，无关紧要，我是不忍爹和哥哥们往后如履薄冰，战战栗栗……"

晞光想到父亲和兄长对自己的疼爱，晶莹泪珠从她的面庞上滚落而下。

二娘急忙过来，一边低声安慰，一边取帕为她拭泪。

晞光自己接过，低头胡乱抹了抹眼睛，抬头继续看着父亲，目光中带着一丝倔强。

对着如此娇娇女儿，做父亲的，心一下便软了下来。

张铭长长叹了口气，摇头道："傻女儿，你当爹便忍心舍你？只是皇命难违而已。你方才的建议，爹不是没有想过。看似顺应帝心，实则万万不可。爹若真以你祖父去世耽误国政为由，请陛下另立皇后，你以为陛下会应？他若应了，必定被人诟病。故绝不会答应。非但如此，不定还反会疑我张家行欲擒故纵之法，以博世人同情。此法不通。好在不过一年而已，不如等你孝期满了，爹想想办法，看能否在晋王那里求个通融。晋王和你祖父同朝多年，你祖父为官如何，他再清楚不过。若能得他相助，远胜爹自己开口，你懂吗？"

晋王离京就藩甘州虽已两年，但皇帝对晋王的厚待，非但没有消减，反更胜从前。

去年年初，王妃诞下一女，皇帝闻讯，不但派太监崔银水远赴关外，带去诸多贺礼，还破格封那刚出世不久的小女娃为公主，号长宁，食邑万户。当时有朝臣以为僭越，上言劝阻。皇帝回复说，朕七岁起得太傅辅佐，便称一句相父也不为过。朕亲政后，太傅不愿居功，自甘远赴苦寒边地，为我大魏戍守疆土，你们谁能做到？如今他中年得女，朕不过封她一个公主封号而已，也值得你们如此说道？那个大臣当时哑口无言。

"往后你就安心在家，再不要胡思乱想。一切有爹。"

张铭最后安慰女儿。

晞光自然也听说过晋王夫妇的一些事情，知他夫妇是表兄妹出身，夫妇二人如同神仙眷侣，向来景仰。出神片刻，她叹了口气："女儿明白了。方才是女儿说错话，往后再不敢了。"

次年春，皇宫。

这日，崔银水奔到御书房中，喜笑颜开地奏报，说晋王夫妇带着长宁小公主，一行人已经行至京畿之地，再两三日便能抵京了。

时间过得如此之快，那夜，那个十六岁的少年皇帝微服去往裴家，盘桓一夜，天明离去。

一切仿佛都还在昨日，一转眼，三年竟已过去了。

很快，他就能再见到父母，还有如今已经两岁的妹妹。

不知父亲风采是否依旧？母亲是否还是那么娇气，在父亲面前，动不动爱红了眼睛哭鼻子掉眼泪？

还有妹妹，那个他早经由画师之手，已经想象过无数次可爱模样的妹妹。

十九岁的年轻皇帝，抑制不住内心的激动之情，那张平日于人前轻易不露喜怒的英俊面庞上，溢满笑意，猛地投笔，从御案后起身："快派人去迎！"

他踱了两步："派礼部尚书，叫他亲自带人去迎！"

"是！"崔银水笑道，"礼部尚书大人正有此意，只是不敢擅自出京，方才正要问万岁的旨意,奴婢这就叫人传令下去。"

崔银水匆匆出去。

皇帝再无心思批阅奏折,走到窗边,推开窗户,朝着庭院长长地吐出一口气,忽然想到一事。

张家父女并不知道,他们去年家中书房里的那一番对话,当夜便被记在簿册之上,一字不漏地秘密送到了他面前。

诚如张时雍孙女所言,他当初立他孙女为后,乃出于制衡考虑。

三年过去了,朝局早在他的掌控之中。如今娶不娶,已是无关紧要。

娶了,以张家如今的情况,日后那女子便是生出太子,也绝无外戚擅权之忧,算是他合意的一个皇后人选。

若不想娶,改诏便是,也不愁寻不到合适的理由。

那个女子,如今也快出孝了。

就在数日前,其父张铭果然呈上了一封奏报,罗列其女种种不足,称无才无德,不堪皇后之位,为天下之计,不敢虚占中宫,甘愿让贤。

张铭在呈上这封奏报之前,想必已先在父母那里打过招呼了。

他心知,父母这次回京,必是为了此事。

那个瞧不上皇后之位、不愿嫁他的张家女儿,他到底是娶,还是不娶?

今早一场春日急雨,方才雨过天晴,御花园里,阳光明媚,草木凝露。

年轻的皇帝,目光落到窗外一朵被急雨给打折了的娇艳美人蕉上,凝神半晌,两道英挺剑眉,不知不觉微微皱了起来。

2.

入春,素叶城外覆盖了一个冬日的积雪,慢慢开始消融。这日午后,裴右安从外回来,不见女儿,猜她应在后花园里玩耍,正要寻去,听到门外廊庑里传来呼唤爹爹的声音,抬眼,见女儿小小的身影出现在门口,迈腿跨过门槛,正朝自己奔来。他脸上露出笑容,急忙迎上去,将她一把抱了起来,见她鼻尖儿冒着细细的汗珠子,刘海也被汗水给黏在额头,问了声同行的嘉芙,说是方才一直在玩耍,跑来跑去,方出了

一身热汗。

虽入春了，但天气还是冷的，嘉芙带了女儿去洗头洗澡，洗完了，换上干爽暖和的衣裳，见女儿刘海也有些长了，有些盖着眼睛，正想叫府里那个会剪头发的嬷嬷过来，裴右安已抱着女儿，放她坐到梳妆台前的凳子上，拿了把小剪子，说自己替她剪，保证不会比那嬷嬷剪的差。

阿元满两周岁，虚三岁了，活脱脱就是嘉芙小时候的模样。奶白奶白的皮肤，眼睛圆溜溜，琼鼻樱唇，玉雪可爱。婴儿肥的小女孩儿，伸出一只小手，五指短短肥肥，手背上还能点出几个下陷的小肉窝，却已经知道爱美了，见父亲要替自己剪刘海，便在镜子前乖乖坐着，一动不动。

裴右安一剪子下去，刘海有些歪了。阿元表示不满意，当爹的便修，越修越短，越修越短，最后可算剪齐平了，但原本漂漂亮亮的一排齐刘海，也被剪得只剩下短短的一茬。

阿元的眼泪，渐渐在眼眶里打起了转。

当爹的本以为剪个齐平刘海只是小事，没想到剪成了这样，见女儿泫然欲泣，懊悔不已。恰好嘉芙进来，看到女儿的短刘海，咦了一声："怎剪得这样短？"

阿元再也忍不住，哇一声哭了出来。

裴右安慌了手脚，急忙来哄女儿，越哄，阿元便哭得越伤心。

裴右安左哄右哄，最后想起来，说过几天就能带她去京城了。

阿元早就知道这件事了，心心念念着再过些天，等冰雪融化，爹娘就要带她去个叫京城的地方，看望住在那里的哥哥。听到父亲这么说，她才高兴起来，但转念一想，头发被爹爹剪得这么丑，万一哥哥看见了不喜欢自己，忍不住又抽抽搭搭，再次掉起眼泪。

裴右安说她无论怎样，哥哥都会喜欢，又说去京城的路要走一两个月，等到了那里，头发就长回来了，阿元又会和以前一样漂亮可爱了。小姑娘这才破涕为笑，开始翘首日日等着出发的日子。

终这日，一切安排妥当，裴右安和嘉芙带着阿元，踏上了返京的路途。

这是三年来，两人第一次返京。

这几年，身边虽有丈夫和小女儿伴着，但看到阿元，嘉芙常常不自觉地想起慈儿小时候的样子。犹记她和长子最后见面时的情景，那时他还是个十六岁的少年。而今三年过去，他即将大婚了。

上路之后，一切顺利，这日行至京畿，停于驿馆歇脚之时，礼尚出城五十里地，奉命亲自来迎晋王夫妇。在驿馆里住了一夜，次日天黑之前，抵达京城，一家人落脚在从前曾住了多年的那座宅邸之中。

当夜，皇帝便微服前来，父子、母子相见。

虽然已经隔了三年，当日那个十六岁的少年，如今也长成了青年，完全是成人的模样了，但他一开口，一声满含拳拳之情的熟悉的"爹爹、娘亲"，便立刻驱散了嘉芙此前心中因为时空隔离而生的所有忐忑，只剩下欢欣和激动，眼圈一红，眼泪忍不住又掉了下来。

年轻皇帝笑着为她擦去眼泪，和一旁笑而不语的父亲对望了一眼。父子之间，默契满满。

"哥哥，我是阿元！"

阿元虽然从出生后就没见过哥哥的面，却从父母的口中，早就将哥哥深深地记在脑海里，今夜终于见到了，一眼就喜欢上这个英俊的哥哥，见他替娘亲擦眼泪，跑过来紧紧抱住了他的腿，仰头冲着他笑。

皇帝笑容满面，将这小豆丁妹妹抱了起来，将她高高地举过头顶，就仿佛自己小时候，第一次见到祖父时被他举起那样，久久不放，仿佛唯有这样，才能表达自己此刻心中对她的喜爱之情。

阿元乐得发疯，一个晚上，紧紧地缠着皇帝哥哥，皇帝哥哥也一直抱着她，家中全是她的笑声。

至夜深，嘉芙留他父子在书房叙话，自己好不容易，先哄了女儿去睡觉。

阿元躺在被窝里，还絮絮叨叨，嘴里全是哥哥长哥哥短，说哥哥明早要接她去他那里，兴奋不已，直到深夜困极，眼皮子实在撑不住了，这才迷迷糊糊地睡过去。

嘉芙带着阿元去睡觉，书房里剩下两父子。皇帝主动向父亲提及自己最近正在进行的几件国政大事，裴右安点头，微笑道："我知你胸中自有丘壑，我也无不放心之

处，只是有一事……"

他停顿了一下。

"父亲请讲。"皇帝立刻起身，恭敬地道。

裴右安叫他坐下："想必你也知道的，便是和那张家孙女有关。前些时日，我收到了张铭张大人的一封信，言下之意，对其女被立为皇后一事隐露悲观。慈儿，张家孙女，不日便出孝期，当年所定之婚事，你如今有何打算？"

"婚姻之事，全凭父母做主。不知父亲、母亲，当下何意？"

皇帝说出这话之时，神色平淡。

裴右安沉吟。

三年前，在自己去意坚决之后，张时雍被卷入杨松一案，继而被迫称病致仕。

裴右安心知肚明，这是张时雍一时放不开权势地位，而年轻的皇帝雄心勃勃，如鹰隼初击长空，怎愿面前再有当年的"顾命大臣"对自己有所掣肘？

君臣一旦步调不协，这样的结果，也就不可避免。

当时他并未出手干预，而是静观其变，待尘埃落定，出于弥补，亦是为了平衡，这才有了立张家孙女为后的想法。

他提出后，儿子当时一口便答应下来，如今张家却流露出退却之意，裴右安一时定夺不下，这才问儿子的意思。

听他如此回答，裴右安便道："你年已十九，尚未大婚，如今便是不立张女，也要另择别家改立皇后。你的婚事，既是私家之事，亦是关乎国体的朝廷之事，宜稳不宜变。我若所想无误，张家应也并非真的不愿结下这门亲，而是对当年之事心有余悸罢了。我的意思，当初既已择定张女为后，天下皆知，如今你若无上心的别家女子，与其毁约引朝臣议论，不如安抚张家，往后多加厚待。尽快将婚事办了，安天下臣民之心。"

他凝视着儿子英挺的面容，想到他不过三岁便和自己夫妇分离入宫，不分寒暑，日日读书，学习日后如何做这泱泱帝国的君王，到了七岁，别人家的孩子都还在父母膝下承欢，他便已经登基，个中辛苦，再无人比自己更清楚了，声音不自觉柔和起来："慈儿，为父当年择定张家孙女，事先也是有所知的。张家世代书香，门风严谨，孙女才貌双全，柔婉贞惠，和你甚是相配，若能娶了，日后必能与你相互扶持。"

"一切听凭父母大人做主。"

皇帝想起张家孙女从前在其父面前的私下所言，目光微动，面上却不动声色，只站起来，恭敬地应道。

第二天早上，阿元一睁开眼睛，便看到嘉芙的笑脸，说哥哥派来接她的人已经到了，这会儿就在外头等着。阿元欢呼了一声，也不赖床了，一骨碌就从温暖的被窝里爬了起来，急忙催着母亲给自己穿衣梳头，又大口大口地吃了早餐，最后被嘉芙牵着，欢天喜地去了前厅，看见那里站了一个身穿红衣的圆脸之人，看见自己，飞快跑了过来，躬身喊她小公主，向她行礼。

昨晚去睡觉前，哥哥再三地向她道歉，说今早有事，没法亲自来接她，但会派一个叫崔伴儿的人来接，见这人笑眯眯的，看起来很是和善，阿元便问道："你就是崔伴儿？"

"哎哟，可不敢当。小公主喊我崔公公就是了！"

崔银水如今也四十多了，胖头圆脸的，除了比年轻时发福了，看起来倒没老多少，如今早已是宫中第一大太监了。过来和阿元逗笑了几句，他便朝嘉芙躬身道："王妃，如此奴婢便先引小公主进宫了。王妃放心，奴婢定会带好小公主。"

崔银水一向会照顾孩子，也没什么不放心的，嘉芙叮嘱女儿过去了不可胡闹，便松开手，目送女儿在崔银水的陪伴之下，一蹦一跳地跑了出去。

皇帝哥哥退朝后，放下一切事情，带着妹妹去西苑豢养着珍禽异兽的天鹅房、孔雀房等处游玩，乐不思蜀，当晚没有回来，就睡在了宫中，第二天也是如此，直到第三天，新鲜感渐渐过去，阿元开始想念父母，这才出宫回来。

没几天，朝臣就都知道了，张家孙女已出祖父孝期，礼部开始操办皇帝的大婚之事。而晋王夫妇此次回京，也正是为了此事。钦天监一番测算过后，将大婚之期定在了三个月后的大吉某日。

几年前，裴右安提出立张家孙女为后时，嘉芙便暗中留意过那女孩儿，知她名叫睎光，从见过她面的刘九韶夫人那里打听得知，她不但貌美，才华出众，刘夫人还说，最为难能可贵，便是那女孩儿性子活泼，很是爱笑，有林下之风，却无半点矫揉之气，很是惹人喜爱。

刘夫人对她赞不绝口。

嘉芙当时一听，很是满意。

女子集美貌才华于一身，虽难得，却也并非不可得。

最合她心意的，是刘夫人所描述的那女孩儿的性子，感觉和儿子颇为互补。

儿子做了皇帝，娶妻也就成了立后，不再是他私人之事。尽管嘉芙私心里也是盼着他能得一佳人，从此两心合一，天长地久，便如自己和他父亲那样，但考虑到他的身份，亦是因了母子分离多年，出于对他本心的尊重，嘉芙从未在儿子面前提过半句这样的期许。

嘉芙只是盼着，那个将来能够和儿子比肩称后的，是个足够聪明的女孩儿。

嘉芙了解自己的儿子。

他的心太大了，大得甚至连她这个母亲，也不尽然了解。

而他的妻子，哪怕贵为皇后，号为"国母"，她的世界，也就局限于后宫的那一方天地。

那方天地，太过窄小。

倘若那女孩儿不够聪明，只将那方天地和自己这个当皇帝的儿子视为全部，天长日久，哪怕她再美貌、再有才华，怕也会在日复一日希望与失望的轮回交替里迷失双眼，继而失了本心。

如同一颗熠熠生辉的明珠，渐渐变成一文不值的鱼眼。

女人这样的悲剧，在后宫那座金碧辉煌的宫殿里，一代代地上演，屡见不鲜。

嘉芙期待着，张家的这个孙女，多年之后依然能够保有刘夫人口中的"林下之风"和她那活泼爱笑的天性。

倘若如此，便是她的福气，亦是自己儿子的福气。

这日，嘉芙带了阿元，来到城西的长宁别苑。

这是慈儿给妹妹的一座园林，以阿元封号为名，从两年前获悉她出生之后，便开始在皇宫西苑旁选址修筑。数月之前，方全部完工，通太液池，占地广阔，内中亭台楼阁，奇花异草，美不胜收。

嘉芙到别苑住了一夜，次日，以赏花为名，派人将晞光接到了别苑。

前些时日，晞光从父亲口中得知退婚无望，不禁大失所望。

失望过后，事情既定了，如今她也就只能等待大婚了。

晋王曾来访，过后，父亲对她说，晋王言，陛下乃出于对其祖父的敬重之心，这才立她为后，晋王叫父亲放心。

虽不知真假，但有了晋王的这一句话，父亲也算是吃了颗定心丸。

从晋王来访过后，父亲比起从前，看起来似乎放松不少。

接着，皇帝的举动，似乎也证明了晋王的话。

在祖父周年祭的时候，皇帝亲自撰了一篇祭文。两个孝满的哥哥，不但复官，也分别得了提拔。

这接二连三的抬举，落在旁人眼中，自然是皇帝对一个曾辅佐他多年的辅臣家族的恩赐，无不欣羡。

晞光这些时日，只能等待婚期，半步也不出门，也不应酬别人，直到这日，接到了晋王妃的邀请，不敢怠慢，这才出门，坐上来接的马车到了别苑。

晋王妃看起来还很年轻，最多也就三十出头的样子，带她到了花园，一边赏花，一边随意和她闲谈，身边只跟了个蹦蹦跳跳的小公主，连仆妇也都远远跟随在后，气氛极其轻松。

晞光来之前，原本有些紧张。

毕竟，晋王对皇帝的影响力，满朝皆知。听说长宁小公主抵京后，出入皇宫如同自家花园，皇帝还放下朝事，亲自陪她去逛了几天西苑。

但此刻，在见到晋王妃和小公主后，晞光很快便放松下来。

不但小公主活泼可爱，很快就和她熟了，晋王妃也非常和气，没有半点架子。

她感觉得出来，王妃似乎颇为喜欢自己，心中便也油然生出一种亲近之情。

王妃告诉了她很多关于皇帝的事情。

皇帝喜欢吃什么、喜欢读什么书，最后说道："晞光，皇帝陛下或许看起来很

难接近,那是因为他从小就很孤独。所以你更不能怕他,也不要惮于在他面前展现你的本性。"

"我很喜欢你,我想皇帝陛下,当他知道你有多好之后,也一定会喜欢的。"

晞光呆住了,定定地望着微笑看着自己的王妃,忽然想起早几年间,也不知道从哪里听来的一个传言。

据说,晋王就是先帝和当年那位"神女"的儿子,因身世曲折,寄养于和先帝情同兄弟的卫国公名下,而当今皇帝,就是晋王的儿子。

这样的传言,也不知起于何时何人何地,因太过荒诞,传了一阵,渐渐也就烟消云散。

但是就在这一刻,晞光忽然有一种奇妙的感觉,她觉得自己仿佛感应到了王妃对于她口中那位"皇帝陛下"超乎寻常的一种深切之爱。

一股暖流,渐渐地从她心底涌出。

她凝视着面前这位朝自己投来殷切希望目光的女子,慢慢地用力点头:"王妃放心,我会尽力。"

"姐姐!我们去荡秋千!我可喜欢荡秋千了!"

小公主忽然拉住晞光的手,指着前面的一架秋千,高兴地嚷道。

晞光从小也喜欢荡秋千,胆子还大。从前,每年的女儿节,闺阁少女们聚在一起荡秋千的时候,总是她荡得又高又飘,年年拔得头筹。

她看向王妃。

王妃含笑:"去吧,小心些。"

晞光点头,牵了小公主,朝着那架秋千走去。

她站上秋千,在用崇拜目光仰脸望着自己的小公主和渐渐被吸引过来的丫头侍女们的拍手和欢呼声中,迎风越荡越高,越荡越高,仿佛回到了从前那种无忧无虑的豆蔻年华,露出了许久不曾有过的笑颜。

皇帝得知母亲和妹妹昨天到了别苑,要在那里小住数日,这个午后,便出宫过来,想再陪陪母亲和妹妹,却被花园里飘来的笑声所吸引,寻了过来,见到的便是这样一幕。

远远地,他看到一个身穿绛衣的美丽少女,站在那架他命人特意给小公主搭建的秋千上,紫藤如瀑,她皓腕如雪,轻盈如燕,迎风飘荡,广袖拂风,衣袂飘飘,笑靥盈盈，笑声随风入耳，无忧无虑，犹如降落人间的天外飞仙。

皇帝未再靠近，站在那里，默默望了许久。

晞光和小公主玩了许久，直到小公主累了，这才和丫头们一道送她回去休息。

方才鬓发被风吹得有些乱了，晞光理妆之时，发现鬓边的一朵珠花不见了，疑心方才荡秋千时掉落在了草丛之中，便在丫头的陪伴下，循原路回来寻找。

寻了半晌，寻遍秋千架下每一寸草地，皆不见珠花踪影，晞光无奈，只好放弃，正要离开，忽听身后一个男子声音传来："你要找的，可是此物？"

晞光蓦然回头，看见一个英俊的年轻男子，竟不知从何处现身，就如此立在那里，目光投向自己。

他一手掌心之中托了一物，那东西，恰是自己遗落不见的珠花。

晞光吃了一惊，实在不知此地怎会放陌生的年轻男子进来，立刻转身，疾步离开。忽然，身形顿住，她慢慢地转身，再次看向那年轻男子。

他立在那里，身姿挺拔，目光笔直，眉目之间，不怒自威，周身隐隐散发着一种唯身居高位之人才有的威慑之力。

晋王妃的别苑后花园，出入如无人之境，这个天下，除了那人之外，还会有谁？

晞光心跳突然加快，竟忘了要向他下跪叩拜，只僵立在那里，睁大眼睛，呆呆地看着他朝自己走来，最后停在了她面前。

年轻皇帝个头很高，两人距离这么近，他便成俯视之态。

晞光终于反应过来，定了定神，急忙朝他下跪。

他的目光，在她方才荡秋千热得还未散尽红晕的面庞上停留了片刻，随即慢慢落到她那少了一朵珠花的发鬓上，抬手，竟将珠花轻轻插回了她的发间，动作十分温柔。

晞光心跳越发快了，面庞顿时绯红，连耳朵都热了，一时不知该如何反应。

当谢恩？还是别的什么？

她还没想好，忽觉顶上一团阴影笼下，耳畔一个声音道："朕听说，你瞧不上朕的皇后之位，不愿当朕的皇后？"

晞光顿时僵住了，慢慢地抬起头，见这年轻男子微微俯身，望着自己，神色似笑非笑。

"你想的也没错。当朕的皇后,确实是件很糟糕的事。但你没的选,知道吗?你想种瓜种豆,也不难,到皇宫来,朕让你种一辈子的瓜豆。"

他的脸靠得更近了,近得她几乎能闻到他衣上的龙涎香的味道,用近乎耳语、似是戏谑又似是威胁的语气对她说道,说完,道了句"平身",转身便大步离去。

年轻的皇帝,在那女孩子面前终于说完了如鲠在喉的那几句话,离开的时候,透过眼角余光,瞥见她脸色发白、呆若木鸡的模样,心情突然变得前所未有地好。

娶了她,叫她在坤宁宫里种瓜种豆,似乎是个不错的主意。

他愉快地想道。

3.

冗长而充满繁文缛节的帝后大婚礼仪,从正午一直持续到天黑。

灯穗拂风,红烛如林。

当身边人退尽,晞光终于得以独自坐在那张以猩红锦被铺就的巨大的龙床畔时,整个人从脖颈往下,僵硬得几乎已经没法自如转动了。

可是还没完。这一刻,于她而言,或许才是这一夜,乃至一生的起头而已。

她并拢双腿,一双手掌心朝下,分开平放在自己覆着繁丽祥云金凤大红缂丝礼服的双膝之上,挺着腰肢,将隐在礼服下的身体拗成一段竹子似的坐在那里,等着那个年轻男子的到来。

她一直闭着眼睛,直到听到殿门开启,一个人由远及近,在宫殿那光整而冰冷的金砖地面上踏出清晰的、带了回响般的脚步声,朝着自己渐行渐近。

年轻的皇帝,萧翊渊,停在她的面前,双肩承托龙袍,身形英挺如剑。

他微微低头看着她,双瞳在照得如同白昼的烛火映照之下,泛出一种近乎透明没有感情的釉质光泽。

帐头悬着如意丝绦的金钩轻轻晃动,锦帐低低地落下,将这间内殿里的所有光挡在了外面。

在这张泛着犹如梦境般昏红暗光的龙床上,晞光躺在那里,第一次将自己那少女的无瑕身体,毫无遮掩地展露在一个于她而言几乎可称陌生人的男子的眼皮底下。

她知他在看，怎敢睁开眼睛？只闭着双眸，眼睫微微颤动，一张姣美面庞布满了云霞般的红晕。

那年轻的男子，却迟迟没有碰她。

她终于慢慢地睁开眼睛，对上了他的目光。

他将目光从她身上收了回来，薄薄的唇，漫不经心，带着丝讥嘲地扬了扬，说："瘦。还是养养身子再说吧！"

晞光目光凝住，玉面红云顷刻间便褪去了。

他说完，却翻身仰了下去，大咧咧的姿态，闭上双眼便睡了过去。

第二天清早，他离开了。

没多久，宫中渐渐传开消息，说帝后大婚次日开始，皇帝陛下便再也没有踏入皇后寝宫一步。

倘若只是一日两日，还能以皇帝躬亲政务的理由加以解释。

但一连一个多月，在旁人眼中，这个被厌弃的年轻皇后，恐怕难免要起那深宫孤清的怨恨了。

不止后宫那些等着晋位的女官看她的目光带了暗藏得意的同情，渐渐地，连宫人也开始在背后对皇后投来轻视的目光。

是有多不得圣心，才会受到年轻皇帝这般丝毫不加掩饰的嫌弃和羞辱呀？

倘若再被那些人知晓她所经历的那个屈辱的大婚之夜……

晞光心里自然难过，却不是因为自己受到的羞辱和无礼对待。

她担心的是父亲和兄长，怕他们会因为自己在后宫所受的冷遇而遭到外人的讥笑，也怕他们得知她的境况，会为自己牵肠挂肚。

幸好不久，这种担忧便消除了。

虽然从大婚过后直到今日，她还是连皇帝的面都没见着一次，但令她欣慰的是，不久消息传来，皇帝提拔她丁忧已满的父亲为通政使司，加光禄大夫。虽职位清闲，却位列九卿。兄长也都各有去处。

晞光终于慢慢地放下心来，对于自己在后宫所受的冷待，便也不大上心了。

以她对父亲的了解，即便他的女儿身居后位，他也永远不会像祖父那样，令皇帝产生威胁之感。

只要家族韬光，自己在后宫不犯大错，凭着皇帝和祖父之间那段特殊的过往，她在这座皇宫里的下半辈子，应该是可以预见的。

皇帝如今厌她，不来坤宁宫，目前于她而言，远算不上无法接受。

婚前的那场邂逅，令她心底，对这个年轻的皇帝起了深深的戒备。

何况，经历过那样一个新婚之夜，她也不愿再和他直面。

如今这样的境况，正好能容她静下心来，细细地想好自己往后的方向。

但是事情，起了点小小的意外。

这两天，晞光病了。

起因是前夜，因为在庭中纳凉之时她多吃了几口凉糕，又贪凉，不听身边宫人的劝，于水榭旁睡到深夜才回寝殿。结果，第二天一早醒来，她便头疼脑热起来。

太医来看，开了药。她便老老实实地吃药，想着接下来，再不敢如此漫不经心了。

没有想到的是，也不知是不是太医回去后说了什么，或者就是无中生有，后宫里又开始流传另一则关于皇后的笑话。

说她思宠，故意着凉，生了病，想叫陛下来看她。

服侍晞光的宫人都很恼怒。

皇后虽然不受皇帝待见，但人好，待他们极是亲厚。

宫人便出去，极力辟谣。

谣言这东西，有时越辟，反而让传的人越发兴奋。

过了几天，晞光病好了，皇帝始终也没来看她，而那个关于她借病求宠的笑话，在后宫里传得已是尽人皆知。

这个午后，晞光膝上抱了一只白猫儿，坐在莲池畔的紫藤架下，手里执了一卷闲书，消磨着又一个漫长的宫中白昼。

阳光从紫藤架的缝隙里穿落，光斑点点，投在泛黄的书卷上。紫藤开了一树，风是香的，红鱼在水下啄着随风飘落到水面上的花瓣，鱼嘴凿出一个又一个小气泡。白猫儿轻巧地从她膝上跳下，鱼儿受惊，倏然逃离，摆动的鱼尾在水面上划出了几圈小小的涟漪。

晞光渐渐困了，眼皮发腻，不知不觉，靠在椅上打起盹来。

迷迷糊糊之际，她忽想起前几日吃过的一道菜，眯着眼睛说："阿春，晚膳要吃上回吃过的鸡茸莲藕饼，要多放些萝卜丝儿，少油……"

阿春是她身边的一个宫女。

她说完了，等了一会儿，没听到回声儿，睁开眼皮子，定住了。

她的面前，立了个人影儿，黄灿灿的，衣袍肩膀上绣着的那条张牙舞爪的金龙上的绣线在阳光下，亮得有些刺目。

"陛……下……"

晞光之前的睡意顿时消失得无影无踪，她迅速回头看了一眼，见宫女们不知何时，都已远远地退了下去，周围只剩下她一人。

她一动，忘了搁在膝上的那本书。

书卷从她膝头滑了下去，啪的一声，坠落在她脚下。

她下意识地想捡，眼前一晃，皇帝已经弯腰，拿起书随意翻了几下。

这是她一个月前入宫时，随身所携的私人藏书里的一册，为从前于民间书坊里搜集而来的一本游志，内中详细描述了各地的风土人情，还夹杂了些传奇和话本，很是有趣。

她脸庞微微一热，也不知皇帝怎会突然想起来无声无息地到了这里。她有心想拿回书，又开不了口，想站起身向他行礼，皇帝已经放下了书，一手落于她的肩上一压，她身不由己，便又跌坐回椅中。

"病好了？"

皇帝双手负于身后，慢慢踱到她的椅背处，语气闲闲。

"禀陛下，已经好了。多谢陛下相问。"

晞光一时有些猜不透他此举的目的，僵硬地坐在那里，谨慎地应。

脖颈后忽然微微一热。

是呼吸之气碰触到肌肤时那种潮热。

"听说，你是故意着凉生病，就是想让朕来看你？"

皇帝俯身，唇凑到她一侧的耳畔，轻声问了一句。

也不知是不是她的错觉，为何她竟听出了几分戏谑的味道？

晞光瞬间面庞发烫,不仅面庞,连耳垂尖儿都泛出一层粉莹莹的浅红。

紫藤架上阳光洒落,照得上头的根根细茸都能看得清清楚楚。

她下意识地摇头,却不料耳垂擦到了他凑过来的鼻尖。他的鼻尖温度是凉的,和她滚烫的耳垂相触,犹如冷玉的感觉。

她的脸涨得更红了。她慢慢地站了起来,转过身面对那男子,行了一个标准的礼。

"妾参见陛下。"

她的语调不紧不慢,唯有如此,才能以平静来掩饰此刻内心的慌乱和不安。

"陛下切莫听信传言。妾那晚确是不慎着凉所致,也不知怎的,便出了那样的谣传。妾也是百思不解。"

皇帝慢慢地直起身体,和她对视片刻,方才眼中那一抹淡淡的调笑般的目光消失了。

他微微抿了抿嘴角,神色变得冷淡。

"朕来此,是告知你一声,过些天晋王妃要去慈恩寺礼佛,王妃点名要你同行。你预备下,到时出宫。"

皇帝语气也很冷淡,说完便离去。

晞光微微屈膝恭送,尚未行完礼,他的身影已消失在庭院的一片郁郁葱葱之间,只留下跪了一地的宫人。

晞光慢慢地站直身体,长长地吐出一口气,整个人终于放松下来。

她这才惊觉,后背竟悄悄沁出一层热汗。

三天之后,晞光伴着晋王妃,来到位于城北的慈恩寺。

王妃似乎对这座皇家寺庙有着很深的感情,礼佛完毕,仿佛还意犹未尽,来到后山的藏经阁。

那里有条两侧生着千年银杏的步道。

王妃带着晞光,两人慢慢地行在这条步道之上。

王妃说,再过些时日,等到了深秋,她们脚下的这条小道就会铺上一层厚厚的银杏落叶,放眼满目金黄,人踩在上面,走路沙沙响。

晞光小时候随母亲来过慈恩寺,却从没有到过后山这条通往藏经阁的路,更不知道这里还有如此一条银杏古道。

她想象着王妃口中描述的那片秋色，不禁有些神往。

"阿令。"王妃忽然唤了声晞光的小名，语气听起来仿佛是在和她闲话。

"你和陛下成婚也已一个多月了。宫中你可还习惯？"

"一切都好。多谢王妃关爱。"

晞光心微微一跳，却微笑着道。

王妃说："这就好。我是听闻，陛下这些时日对你有些冷落，怕你胡思乱想，故今日领你出来走走……"

她停下来，仔细地看了晞光一眼，脸上露出笑容："气色也是不错，如此我便放心了。"

晞光沉默，微微垂眸。

王妃顿了顿："这里也没旁人。我知道你受委屈了。还记得我从前曾对你讲过的话吗？皇帝陛下或许有些不好相处，但你莫要灰心。有心事也不要总自己闷在心里，寻个机会，可以和他讲讲。

"他从小，就是个极其懂事的孩子……

"大约便是小时太过懂事，故长大了，在你面前，反而任性起来……"

王妃仿佛被触动什么心事，低低地叹息了一声。

晞光心里忽然有些发酸。

她再稳重、再知隐忍，毕竟也是个女孩儿。

被自己的新婚丈夫如此对待，说半点儿也不难过，都能想得开，又怎么可能？

她极力忍住心底的波动，不教自己眼眶泛红，微笑道："我晓得。我也未受多大的委屈。陛下只是不常来我这里，见面少些罢了。想来他政务繁忙，待慢慢空了，便会好的。"

"如今你们才刚开始，一辈子，还很长。一切，都掌握在你自己手中。"

王妃含笑凝视着她，说道。

从寺里归来，已是入夜。

因白日走了些山路，晞光觉得有些乏了，回宫后泡了一个香汤澡，梳理过头发，早早地便命人闭上宫门，歇了下去。

她闭着眼睛，脑海里回想着白天在寺中的一幕，渐渐地困意袭来，正半睡半醒之际，忽然听到殿外那扇宫门啪的一声，仿佛被人用力强行推开，接着便是宫人的说话声。

"皇后呢？"

晞光的耳朵里飘入了一个男子的声音，带着隐隐的怒气。

"禀陛下，皇后娘娘已歇下……"宫人似乎有些手足无措。

毕竟，这可是从那个大婚夜后，头一回，皇帝又驾临此处。

一阵脚步声，朝着内殿疾步而来。

睡意顿时没了，晞光从床上一骨碌地翻身坐起，飞快地寻着自己的衣裳，还没来得及披好，那脚步声便已到了床前。

呼的一声，垂下的帐帘被一只手猛地拉开，帘钩子不住地抖，悬在钩子下的几串金珠相互撞击，发出轻微的瑟瑟之声。

晞光下意识地抓起那幅被衾头，遮住自己的胸脯，抬起头，撞上了一双恼火的眼睛。

皇帝盯着她，神色恼怒，目光阴沉沉的，叫人看了有些胆战。

晞光定了定神，忽然意识到自己这举动有些不敬，在他那两道目光的盯视之下，慢慢地放下被衾角，披好衣裳，尽量不动声色地收拢衣襟。

皇帝斜睨着她，唇边带着冷笑。

"陛下，可是有事？"

她仰起一张脸，轻声问道。

年轻男子盯着她，目光闪烁："你今日在王妃面前都说了什么？"

晞光一怔："并未说什么。"

"陛下，你怎的了？"她有些茫然。

皇帝冷笑更甚："好个未说什么！你若真没说什么，王妃回来，怎会怪朕冷落于你？"

晞光这才顿悟，急忙道："陛下，你莫误会！我确实不曾对王妃提及半句你我之事！只是后宫人多眼杂，陛下大婚次日起，便半步未曾踏入我这里一步，也不知王妃从何人之口得知，今日在寺中提及此事，我便是想瞒也瞒不住，便应了几句，如此而已！"

"你告诉了王妃，朕未曾与你圆房？"他眯了眯眼。

"怎会！"晞光顿时又羞又恼，面庞又迅速飞红，"王妃面前，我半句也不曾提及此事！只说你因忙于政务，不大来我这里罢了！"

许是急了，她的呼吸有些急促，连声音都变得微微发颤。

寝殿里安静下来，晞光仿似能听到自己扑通扑通的心跳声。

渐渐地，皇帝的神色似也终于缓了下去。

"陛下，若是方便，可否叫我知道，王妃与你都说了些什么？"

晞光想起王妃曾两次对自己语重心长叮嘱过的那些话，终于鼓起勇气，抬眸对上他的视线，轻声问道。

"没说什么！"

皇帝避开了她投来的明媚而勇敢的目光，微微转过脸，嗓音有点含混。

"罢了！折子还未批完，朕先去了！"皇帝松开那只一直抓着帐帘的手，转身要走。

晞光坐在床上，隔着帐帘，看着那道转过身的模模糊糊的男子背影，忽然，也不知道哪里来的勇气，飞快地撩开帐帘，光着脚追了几步，从后轻轻地拽住了他的衣袖。

皇帝停住脚步，转过头来。

"陛下……"

晞光心跳得越来越厉害，却勇敢地抬起双眸，对上了他的视线。

"王妃今日对我说，若有心事，可对陛下讲讲。陛下，你可愿意听？"

皇帝注视着她，并没有什么表情，也未开口。

晞光方才好不容易聚出的勇气，在面前这年轻男子的盯视之下，又如潮水般渐渐消退。

捉住他龙袍袖子的纤指慢慢地松开，指节微微泛白，她垂下眼眸，低低地说："妾恭送陛下。"

皇帝依旧一语不发，却忽然转身，在她猝不及防的轻呼声中，将她一个打横便抱了起来，送至床上。

"前次生病，真的不是故意的？"年轻男子放大的脸，凑到了她面前。

晞光望着这张近在咫尺的英俊面庞，咬了咬唇："我便是故意，陛下不也未曾露面？"

连她自己都未觉察，这不经意间流露出的委屈和嗔怪，如此鲜活动人。

他唇边带出一丝隐隐的笑意,脸再凑了些过来,也不知是无意还是故意,鼻尖轻轻地蹭了蹭她一侧的柔嫩耳垂。

"你是在怪朕狠心?朕还未叫你去种瓜种豆呢。"

他在她的耳畔含含混混地道,语调愉悦。

晞光咬唇:"陛下若真下令,妾谨遵便是。只是哪日,王妃若是再寻陛下问话,陛下莫再怪是我告状便好……"

在年轻男子所发的一阵低低笑声里,锦帐再次落下,帐内光线也随之暗了下去。

夜渐渐转为深沉,枕畔的他或许是真的累了,已闭目睡了过去。

和新婚夜不同的是,这个晚上,他向她而卧,一只臂膀还紧紧地搭在她的腰肢之上。

晞光也很累了,却无半点睡意。

她睁大眼睛,注视着枕畔这张年轻而英俊的熟睡面庞。

此刻,睡梦中的他,和白天时她所看到的样子,是如此不同。

一双浓密的长睫,低低地覆了下来,嘴角微微上翘,神色安宁,睡得很熟,此刻的他,再不是那个令人俯伏不敢仰望的少年皇帝了。

他是她的夫君。

不管她初心如何,她都将和他一起,在这座华丽却又冰冷的巨大皇宫里度过自己的余生。

她朝身畔的他慢慢地靠了些过去,闭上眼眸,心底慢慢地宁静下来。

做这个掌握着帝国无上权力的男人的妻子,是幸,还是不幸,或许就像今日晋王妃最后对她说的那样,一切,都握在她自己手中。

番外三 另一种人生

塞外，隆冬。

胡人后援紧急补给的粮草，在运输途中被一支神不知鬼不觉地深入腹地的大魏精骑所袭，全部粮草付之一炬，接着，组织起来的最后一次全力反扑，又遭到大魏前沿军队的无情阻击，溃不成军。

接二连三的打击，终于令胡人不得不接受一个现实。

尽管他们为了这一天已经准备多时，倾举国之力，和大魏开战，这场战事从去年的初夏，断断续续持续到今岁的隆冬，但想要击败大魏老卫国公所统的军队，从他手中夺取河套，这似乎已经变成一个遥不可及的梦想。

连上天亦不给活路，大雪下了三天三夜。接连多日，不断有人马因为饥寒倒毙，再不撤退，一旦魏人形成合围之势，他们即便依旧保持着驱策马匹誓死战斗的勇气，剩下的人马也要死于饥饿和寒冷。

当夜，胡人兵马北逃，至天明，营寨雪地之中一片狼藉，只剩那些还来不及被掩埋的倒毙骑兵和战马的尸首。

已经打了一年多的这场艰难的河套保卫之战，终于以大魏取得的这个决定性胜利，而告一段落。

这场战争，旷日持久，打得异常艰难。天明之后，魏人的军营之中，胜利的欢呼之声响彻云霄。

美酒一坛坛地运来，牛羊一群群地待宰。这个万众期待的庆功宴，如今就只等那支冒着生命危险、突入胡人腹地成功实施奇袭的精骑勇士归来。

这支勇士的领队，就是当朝三皇子萧列和魏军主帅老卫国公的长子裴显。

这一年，萧列才十八岁。

萧列和裴显自小一起长大，二人情同兄弟。一年前，塞外爆发战事，十七岁的萧列从皇帝那里请来圣命，和裴显一道，跟随老卫国公随军，效命朝廷。

因了他的身份，刚开始，老卫国公唯恐他有所失，首战裴显为先锋，萧列却被委为粮草调度。萧列至帅帐求战，慷慨激昂，老卫国公被他满腔热血感染，遂答应他亦可赴战，但为防万一，命他随于自己身后，不可擅自行动。至数战后，萧列作战英勇，和裴显二人配合默契，联手屡立战功。老卫国公这才慢慢放下心来，此次便将这奇袭重任交给了自行请命的萧列和裴显二人。他二人果然不负众望，烧了胡人后继粮草，为战事的终结立下了大功。

大雪纷飞，北风怒号，遭遇如此恶劣天气，但疾行而归的这一行全部由年轻骑兵组成的精锐轻骑，却马蹄如飞。统领萧列和副统领裴显，两人更是心情轻松，当夜，扎营过夜之时，二人同宿一帐，分饮酒囊中剩余的最后半袋酒，相约待返回军营，二人再一道请命，趁着胜利士气，去攻打前朝之时被胡人夺去的一处名为木托的地方。借着几分酒意，拔剑起歌，少年热血，激越昂扬，歌罢，裴显笑道："三殿下，你出京也一年多了，屡立功勋，不但父帅，全军将士对殿下亦是刮目相看。送入京中的凯旋奏报，少不了对三殿下的褒扬，陛下必定龙心大悦。三殿下可想好，到时要何等赏赐？"

今上三子，以幼子萧列资质最为出众，皇帝亦宠爱于他。但萧列生母早早故去，也无舅家可依，加上自小生性飞扬，旁人眼中，太子仁慈，二皇子稳重，三皇子却恃宠而骄，暗地被人冠以混世魔头之称。

"伯明，我若说，待攻下木托，归京之后，我不想要父皇赏赐，只想从你父帅那里求件珍宝，你以为如何？"

萧列唤裴显的字，望着裴显，微笑道。

裴显一怔，和他对望一眼，见他盯着自己，双目微微闪亮，心里立刻明白了。

三殿下和他的妹妹文璟，两人情投意合，这件事父母是否知晓，他并不确定，但他早就瞧了出来，只是一直没有道破罢了。

犹记那年元宵，他带妹妹去灯市赏灯，因人太多，不小心走散，幸而妹妹身边有忠仆伴随，加上先前也说好了，万一走散，便在灯市桥头会合。

他找过去时，远远看到三殿下的身影就在妹妹身畔，两人立于柳下，三殿下往柳枝上挂了个仿似玉佩的物件，也不知说了句什么，妹妹起先没有理睬，掉头就走，随后仿佛看到自己出现，大约是怕被自己瞧见，慌忙掉头回去，将那玉佩给摘走，藏了起来。

这件事虽然发生在几年前，但至今，他记忆犹新。

他亦盯着萧列，面上笑容渐渐消失。

"三殿下，我知你何意。我只有这一个妹妹，容不得旁人轻慢于她，父母更是将她视为掌中明珠，不求显达，只愿她能得一良人。殿下虽身份金贵，但若戏于文璟，我第一个便不会答应！"

他一字一顿地说道。

"伯明，我可对天起誓，对她若有半分戏弄之心，或是日后有负于她，叫我萧列不得善终！即便苟活于世，亦生不如死！如何，这样你可相信我对她的真心？"

萧列一改先前的笑颜，神色异常郑重。

裴显和他四目相对片刻，突然哈哈大笑："有殿下这话，我还有何不放心？回去后，我便带殿下去见父帅。只要殿下开口，父帅岂有不应的道理？他便是不应，我亦会助殿下一臂之力，必叫你和妹妹做成眷属。殿下放心便是！"

萧列大喜，倒出酒囊中剩余的酒，二人一口干尽，萧列笑道："有伯明此言，我放心了。"

是夜，二人畅谈，直至深夜，尽兴而眠。

萧列渐渐入梦。

梦中冰天雪地，分离了一年多的那个他心心念念的少女，面带微笑，正朝他渐渐行来。

他丝毫不觉严寒，心中煦暖如春。

他心中满溢着欢喜，高声叫着她的名字，朝她疾步奔去。

战事结束了，大魏获胜，他不但实现了自己从小上阵杀敌的英雄梦想，更证明了自己的能力。

他不是旁人眼中那个只会凭着父皇宠爱为所欲为的混世皇子。

他是萧列，一个凭自己的努力而获得大魏铁血军士敬重的皇子。

再过些时日，最迟明年春天，他就可以回去了，让她也为自己感到骄傲，然后，他再娶她为妻。

这一辈子，有她相伴，足够了。

但是，就在他快要将她拥入怀中时，突然，仿佛一道无形的霹雳，在他和她的中间划出了一道深不可逾越的鸿沟。他无法跨越，只能眼睁睁看着她立于对岸，面带悲戚，双眸凝望着自己，身影越来越小，越来越小，最终消失不见。

一幕幕奇怪的画面，开始在他眼前闪现。

父皇的葬礼上，他远远地看到了她的背影，她仿佛有所感应，亦回头望了他一眼。

不过匆匆一眼而已。

那时候，她已嫁为人妇，成为刚即位为新皇的他的长兄的皇后。随后，他便去了云南，在那里开府。

那一眼，就成为他去往云南之前，她留给他的唯一，也是最后一眼。

后来，京城里发生了瘟疫，她染了病，被送去寺庙治病。

他看到自己悄悄潜去那里陪伴于她，半年之后，临走之前，他铸下大错。

便是那一次的错，夺走了她的生命。

他看到她艰难地为自己生下了一个孩子，随后便死去了，而当时，那个真正的他，丝毫不知正在发生的一切。

他看得清清楚楚，她在临死之前，手心里还捏着那块从前上元夜时，他半是无赖、半是强行送给她的玉佩……

"文璟！"

他心脏狂跳，骇然大叫，猛地睁开眼睛，却发现自己还在帐中。

那盏吹熄了的烛火，不知何时复又燃起，身畔的裴显正酣眠不醒，而他的对面，不知何时竟立了一人。

这是一个青年男子，双目明亮，叫人过目难忘。

他高而瘦，文质而温雅，周身却又透出一种仿佛可驱千军、可策万马、教天下指麾即定般的力量。

此刻他安静地立在那里，望着自己，神色寂寂，目光似带悲伤，又似怜悯，一动不动，便如此凝望着他。

萧列心中，从见到这青年男子的第一眼起，便陡然生出一种奇异的感觉。

他非常肯定，在他此前十八年的生命里，从未曾见过这个男子。

但是他的感觉，如此似曾相识——仿佛那男子是他生命中最亲近的一个人。

"你是谁？"

萧列从睡觉的地方慢慢起身，站起来问道。

因为那个可怕的梦境，他的声音都在微微颤抖。

那人凝视着他，道："我来是想告诉你一件事，皇帝陛下不久便要离世。倘若你再去攻打木托，等你战罢，明年春日归京，太子已然求了皇帝陛下的指婚，终此一生，她将不再会是你的妻子。"

太子早已成年，但有高人从前从太子的生辰八字推断太子不宜早立太子妃，加上这几年，太子本人对此亦不上心，故至今未能册立太子妃。

萧列立刻想起方才梦中所见的一切，越发惊骇："你到底是谁？何来如此荒诞之言？太子怎会向父皇求娶文璟？"

那人却不再说话，转身出了帐门。

萧列立刻追出去，却追不上那人的步伐，眼睁睁看着那个背影衣袂飘飘，就要消失在视线里的雪夜尽头。

他心急如焚,再次迈步追赶,脚下一个不慎,跌倒在雪地之中,大叫一声,忽然听到耳畔一道熟悉的声音,有人唤着"三殿下",他一下醒来,再次睁开眼睛,竟看到裴显已坐起身,望着自己,方才便是他叫醒了自己。

"三殿下,你可是做了什么噩梦?方才听你大叫不停,我被你叫醒,你却还睡着。"

裴显目露关切之色,道。

萧列通身冷汗,如此冬夜,整个人却犹如刚从水里捞出,呆呆地坐在那里,双目直直盯着前方,片刻之后,猛地一跃而起,冲出帐篷,却见前方积雪皑皑,漆黑夜空之下,哪里还有梦中那人的身影?

"三殿下,到底出了何事?"

裴显追了出来,见萧列竟赤脚立于雪地之中,惊疑万分。

萧列身影凝固半晌,蓦然转身,颤声道:"伯明,我有一要事,须得今夜立刻动身回京!"

他说完,转身匆匆入了帐篷,穿好衣甲,疾步奔往马帐,牵出自己的那匹战马,翻身上了马背,驱马便去。

荒野的雪地之中,一匹雄健战马,被一个刚满十八岁的年轻皇子驱策着,朝着京城的方向狂奔而去。

他的心中,此刻充满了惊骇、恐惧和焦虑,恨不得插翅,立刻飞回那座此刻距离他千里之外的四方之城。

太子母后三年前薨,这日,逢三周年祭,太子亲去皇家慈恩寺主持祭礼,至晚回宫,去见魏帝。

魏帝年初染了一场风寒,引发旧疾,太医虽全力医治,但病情非但没有好转,一年下来,反而有向坏的趋势,临近岁末,已是多日没有上朝了。也就前些日,收到来自关外的捷报,得知卫国公领军击溃胡人,历时一年半的这场战事,终以大魏获胜而终结,朝臣庆贺,举国欢欣,魏帝精神这才好了些。听得太子来见,便命传入。

太子入内,行过跪拜之礼,禀了白日祭祀之事。魏帝将今日刚收到的一封奏报转给太子,道大军开春即将回拔,随即叹息一声,语气里颇多感慨:"这些年来,胡人厉兵秣马,意在夺取河套,此为朕之一大心事。如今战事终得以告捷,胡人仓皇北退,元气大伤,料十年之内,再无南下犯事之力,朕可谓去了一件心事。"

"上仰仗祖宗福荫和父皇洪福齐天,下有裴将军等将士勤力效忠,我大魏方战无不胜,四海升平。"太子恭敬应道。

魏帝注视着太子:"朕还有另一心事,便是太子妃的人选。朕的病,怕是好不了了。你是太子,东宫至今只有侧妃,却无正妃,不合体统,立妃之事,不可再拖延下去……"

"父皇吉人天相,自有上天庇佑。儿臣之事,待父皇病体痊愈,再议不迟!"

太子扑通一声下跪。

魏帝摆了摆手。

"朕知你诚孝,但此事不可再耽搁了,先前是你为你母后守孝,如今孝期满了,定下后便及早大婚吧,如此,朕安心,朝臣亦可安心。"

太子叩首,哽咽道:"儿臣听凭父皇安排。"

魏帝示意太监将一折子递给太子。

"此三家,不但门庭兰桂,闺中女儿亦有母仪之德。"

太子接过,展折飞快阅了一遍,并不见自己心中所想之人,一时沉默。

他的脑海之中,浮现出另一女子的倩影。

她的母亲裴夫人与他的母后从前乃闺阁之交。母后喜爱裴夫人的女儿,从前常召裴夫人带她入宫叙话。

就这样,裴家那个慢慢长大的女儿,渐渐入了他的心,令他时常记挂。

只是那时,他已定了婚约。

后来,那个和他有婚约的女子去世了,而那时,她还未曾及笄。

太子便寻了借口拖延立妃,默默等待。

再后来,母后不幸病故,一晃三年过去,她也终于长大了,如今已经十六。

他为母后守孝期满了,父皇身体也每况愈下,必定会在此时为他立妃,这在他的预料之中。

但他没有想到的是，她怎未在太子妃的候选之列？

不提她本身的闺阁美名，单就家世而言，裴家世代忠良，如今的卫国公在朝廷上素有威望，又知进退，加上此次北征又建大功，立他的女儿为太子妃，不但顺理成章，于自己也是多有裨益。

据他原本所知，魏帝此次圈定了四家大臣之女，她的名字，位列四女之首。

而此刻，她竟不在太子妃的人选之中，太子一时难以置信。

魏帝道："这三家之中，朕以为，以你太傅之女最为适合。自然，另两家也无不妥，你可从中择之。"

皇帝的语意，太子岂会听不出来，立太傅之女为太子妃，这是皇帝的最后意思了。

太子终还是勉强压下心中涌出的失落，叩首，恭恭敬敬地道："儿臣谨遵父皇之命。"

魏帝笑道："甚好，此事便如此定下了。朕明日便颁诏，择日于年前尽快大婚，令普天同庆。"

太子再次叩首谢恩，待要告退，听魏帝忽又道："你的三弟，如今正在赶回京中的路上，过些天想必就到了。他从小淘气，去年执意要随裴将军从军，朕本以为他过一阵子也就回了，没想到竟受住了苦，不但得了历练，还立下军功，可见长大成人，朕心甚慰，待他回来，朕便封他为王。"

太子一怔，随即喜道："我还道三弟明年春才随裴将军归，不想这就回了，到时我必出城相迎。"

魏帝面露欣色，颔首道："兄弟同心，其利断金。待朕去了，朕料你必能善待兄弟。往后你御极天下，你的两个弟弟佐助于你，则朕去了，也能安心。"

太子恭敬应声，退出，当夜，他便得到回报，这才终于明白，为何最后时刻，她竟不在太子妃的人选之列。

就在昨日，他忙于预备祭祀之事时，发生了一件他不知道的事情。

魏帝收到了一封来自他三皇弟萧列的书信。

那封信，是萧列命人以八百里加急，快马昼夜不停，一路送至京中的。

他人如今还在路上，但那封信，早于他被送到了魏帝手上。

无人知他信里说了什么,但看起来,似乎就是因为收到了那一封信,皇帝才将裴家女儿的名字临时从那张名单之中划去的。

太子收到这个消息,一夜难眠,心情分外复杂。

这个三弟,因得了父皇之宠,从小性格张扬,在宫中犹如异类。

去年他自请随军,在太子眼中,这个三皇弟不过是不知从军之苦,贪图新鲜,冲动之下的冒失举动罢了。

萧列从军之后,如魏帝所想,太子亦认定,他不久便会归京。没有想到,他非但坚持了下去,最后竟还立下战功,令所有人刮目相看。

萧列的生母和裴夫人带了点远亲,故小时起,萧列便常出入裴府。

太子知此事。

但太子没有想到的是,萧列也钟情于裴家女儿。更没有想到,原定最快也要明年春才能回来的这个三皇弟,此刻竟然提早归来。

看他的行程,犹如临时起意。

尤其是那一封信,更是可疑。

难道他是知道了自己的心思,这才提早归来,为的就是要在自己开口择选裴家女儿之前将她求走?

数日之后,萧列归京,立刻入宫拜见魏帝。

随后发生的事情,果然印证了太子的推断。

确实是因为他送来的那封信,魏帝才将裴文璟的名字从名单上划去。

萧列在信中说,自己生母早逝,从小得裴夫人的关爱,遂立下心愿,非裴家女儿不娶,只是自知顽劣,从前又身无寸功,不敢贸然开口。此次跟随大军北征,侥幸立下寸功,这才飞信回京,恳请父皇代自己向裴家提亲,以偿夙愿。

夕阳从一片镂花窗格中照入,映出梳妆台角摆放着的一盆兰花,绿叶幽油,郁郁葱葱,几朵素心白兰,已于叶丛中悄然绽放,暗吐芬芳。少女一袭月白衫子,凝坐于镜前,手执木梳,慢慢地梳着垂于胸前的一缕长发,悬于玉腕的一只银镯,随她动作轻轻晃动。

少女似有心事，终于放下手中木梳，目光落到那个雕漆妆匣上，出神片刻，伸手打开匣子，从最下层的格子里取出了一块玉佩。

玉佩通体碧翠，上有兰纹，雕工虽不见精美，却拙朴可喜。少女为它打了条丝绦，正好相配，这般静静卧于少女手心之中，莹碧玉光几乎盈透那只纤纤素手，与腕镯交相辉映，格外温婉动人。

少女微垂螓首，凝视着掌心的玉佩，想起了那年上元之夜，那个少年将它强行送给自己的一幕。

那夜过后，她原本想寻个机会还他的，但要么不巧，近旁总有外人，要么他就是不接。日子一天天地过去，这块玉佩，终还是被留了下来，最后留成了她的一桩心事，剪不断，理还乱。

去年他离开前，走得很是匆忙。临行前的那夜，曾叫他身边那个名叫李元贵的小太监给她传了封书信，信中说，他会在她家后园西南角的偏门外等她。

他说，他想见她一面。

这是那个上元夜后，这几年来，他第一次私约她。

犹记那个晚上，天黑之后，她心如鹿撞，亦曾对镜新妆，亦曾试遍罗衣，但临了，终还是未曾踏出赴约的一步。

她只叫自己的贴身丫头代她去了那里，传了一句话，叫他多加保重，早日归来。

他走后这一年半的日子里，从母亲那里听到父亲和兄长的消息，继而想象他在军中都做了什么，成了她每天小小的甜蜜乐趣。

也是在他走了之后，她才第一次深切地感觉到，不知从何时起，这个从前叫她想起来便又羞又恼的无赖子，原来竟已悄悄地占据她的心房。

她再也无法将他忘记了。

她没有想到的是，如今事情会变成这个样子。

太子孝期满三年了，近来，她隐隐听到了些风声。皇帝要为太子择太子妃，据说，自己也是其中之一的人选，而且被选中的可能性极大。

多少人羡慕的皇家恩赐，却令她终日忐忑，寝食难安。

但愿一切只是讹传，但愿她能落选但愿……

她能等到他归京的那一天。

"阿璟！阿璟！"

伴随着一阵脚步声，门外忽然传来母亲呼唤自己的声音。

裴文璟一惊，回过神，飞快地将手中玉佩放回匣中，转过头，见门已被推开，母亲被一群嬷嬷丫头簇拥着进来了，面带笑容地望着自己。

"恭喜小娘子。方才宫中来了人，传了个好消息！"

母亲身边的一个嬷嬷喜笑颜开，抢着说道。

丫头们也都望着她，个个笑吟吟的。

裴文璟立刻想起那个传言，双颊骤然失了血色，一只手扶着梳妆台的桌沿，慢慢地站了起来，看向自己的母亲，双目微微空洞。

裴夫人立刻觉察到女儿的异常，急忙走到她的身边。

"阿璟，你怎的了？连手心都如此凉，可是身子哪里不妥？"

裴夫人握住女儿的手，扶她坐下。

裴文璟摇了摇头，道自己无事，终于勉强稳住心神，轻声道："娘，宫中来了什么消息？"

"方才李元贵来了，说三殿下今日回京了。万岁欲赐婚三殿下，将你许配给他。"

裴文璟呆了，一颗心骤然跳得飞快，几乎不敢相信自己的耳朵。

她慢慢地抬眼，看着自己的母亲，轻声道："娘，你说什么？"

"万岁欲赐婚你与三殿下。李元贵说，万岁的意思是等太子大婚之后，便操办三皇子的婚事，圣旨不日便下。消息是有些突然，但娘想着，你与三殿下打小相识……"

"阿璟，娘以为，这是件好事，你应当高兴的。"

裴夫人将女儿牵到床畔，两人坐下，裴夫人将她搂入怀中，注视着她，目光里带着欣慰和释然，柔声说道。

裴文璟苍白的面颊上，渐渐地泛出红晕，鲜艳若花。

"女儿一切听凭母亲做主……"

她将一张面庞埋入了母亲的怀中，含羞闭目，低声含含混混地说道。

太子大婚半个月后，魏帝封幼子为云中王，着礼部操办了他和卫国公女裴文璟的婚事。

次年春，魏帝病故，太子即位。三个月后，新帝以祖制为由，遣云中王就藩于云南武定。

朝中暗传云中王被新帝所恶，离京那日，除裴显等寥寥数人之外，再无旁人相送。一路跋涉，数月之后，萧列一行人终于入了云南，随即马不停蹄去往藩地武定。

武定那时还只是西南边陲的一座乱城，十几年前才归于朝廷管辖，远不及数十年后的繁荣安定，道路残破，民生凋敝，盗贼更是横行无忌，入境才不过一天，于野径之上，竟就遇了两次劫匪。劫匪穷凶极恶，所幸萧列早有耳闻，寸步不离地守护在裴文璟所乘的马车旁，劫匪尚未来得及靠近，便已被他和侍卫斩杀于道。

云中王就藩来此，这个消息不胫而走，盗匪闻风而逃，接下来的数日，路上才得了安宁。

王妃所乘的马车，在快要抵达武定城时，因天下大雨，道路颠簸，车轮陷入泥泞石坑，车轴断裂，无法前行。

这里前不着村，后不着店，又近傍晚，为免露宿荒野，裴文璟便改上了后头那辆载着行李的马车，人挤在角落里，终于在天黑之前入了城，抵达王府。

王府便是从前城主的府衙所在。地方虽大，但在十几年前朝廷收复此地之时，曾遭战火焚烧，屋宇毁损过半，这些年来，也未修缮，进入大门，入目所见，一片破败。

萧列和裴文璟当夜所住的那间屋，是王府里最好的一间，但雨下得太大了，半夜，屋角的瓦顶开始漏雨，雨水沿着墙壁慢慢下渗，积水流到床底，涌进地洞，匿鼠逃窜出洞，一时寻不到出屋的口子，慌不择路，竟沿着床架蹿上帐顶，在上头爬来爬去，发出吱吱的叫声。

行路的辛劳、藩地的破败、前途的渺茫……一切都无法冷却两个年轻人那两颗紧紧相贴的心，年轻男子的精力，更是仿佛无穷无尽，缱绻了一场，他仍意犹未尽，只是见娇妻实在太累了，星眸半睁半闭，不忍再强要，便放她睡了。

裴文璟正蒙眬入睡，突被头顶爬鼠惊醒，惊叫一声，睡意全无，钻进了身畔男子的怀里，一双玉臂，紧紧地抱着他不放。

萧列笑着，亲吻她、安慰她，最后用被子将她的身子包住，自己下床，拔剑驱赶老鼠，终于将这几只不速之客赶走。他撩帐上床，见她还蒙头蒙脑地缩在被窝里，听到了他上床的动静，才从被头里露出一双明眸，飞快地瞥了一眼帐顶，问他，鼠可去了？

萧列本想再吓唬她一下的，好叫她再像方才那样钻进自己怀里，抱着他，不要撒手。

他爱极了这种被她紧紧抱住寻求保护的感觉，便如同他是她的天。

但是就在对上她那一双美丽眼眸的一刻，他的情绪忽然低落下来。

她曾是裴府的掌上明珠，宛若一株名贵娇兰，合该得到这世上最为金贵的呵护，如今却随了自己，远离繁华京城，来到这西南边陲，要吃这许多的苦。

他名为亲王，她是他的王妃。但连一间能够让她倦了安稳睡觉的屋子，自己如今都没法给她。

唇边的一缕笑意，渐渐消失。

"阿璟，怪我无能，叫你跟我吃苦了……"

他低声说道。

这一路颠沛，从小娇养长大的她，竟半句也没有叫苦过。

他的心底，越发感到歉疚。

裴文璟和他四目相望，唇边却慢慢地露出笑容。

"我不曾觉得有半分苦。我是你的妻，你去哪里，我便也去哪里。我们一起，永不分开。"

她的声音很温柔，但字字句句，透出了一种坚韧的力量，直达他的心底。

年轻的云中王，凝视着枕畔这张从他少年起便悄然萦于他梦里的容颜，慢慢靠了过去，将她紧紧地拥入怀中，爱怜地亲吻着她，宛若她是这世上最为珍贵的珍宝。

诚然，她便是他在这世上最为珍贵的珍宝。

他差一点就失去她，永远失去，今夜却这般和她同衾共枕，他是何等幸运。

那个不识愁滋味的少年皇子，一去不再复返。

这一刻，他在心底起誓，余生定要竭尽所能，为她奉上他所能给的最好的一切。

三年后，被夺职后赋闲的老卫国公去世，萧列奏请入京奔丧，天禧帝不允，随后，萧列被人以密谋大逆之罪告至天禧帝前。接着，顺安王又参刚承袭爵位不久的裴显亦参与谋逆。天禧帝震怒不已，将裴显下狱，削了萧列王爵，命发兵捉拿问罪。萧列发布告天下书，辩白冤情，称为自保，领兵起事。

据魏书载，世宗起事之初，人马不过寥寥数万，朝廷兵马却以数十万计，人皆言蚍蜉撼树，必败无疑。不料上天亦有助力，次年，正当世宗情势危急之际，宫中传出天禧帝暴病身亡的消息。据称天禧帝临终之前，传位于向来深得帝心的顺安王，满朝哗然，舆论四起，皆疑顺安王发动宫变谋害天禧帝而夺位。萧列趁机延揽人心，逆势而起，得多方助力，于三年之后，挥戈入京，被拥立为帝，定年号昭平，是为世宗。

那一年，萧列不过二十五岁而已，和裴后已有一双儿女，幸福美满。

登基后的首个上元之夜，他牵了裴后之手，二人并肩立于摘星殿的高楼之巅，遥望满城璀璨灯火，回忆十五岁那年的上元之夜，两人相视而笑，皆怀念不已。

是夜，帝后夜话，深夜不眠。

皇帝的脑海里，再次浮现出多年前，那夜于塞外野地的军帐之中，那个惊醒自己的梦中之梦。

梦中那年轻男子凝望自己时的一双眼眸，直到此刻，依旧深深印于他的脑海，难以忘记。

他这一辈子，都无法忘记。

梦中之人，和自己必定有着某种自己所不知的牵连，而这种牵连，深入骨髓，无法割裂。

皇帝的直觉，令他深信这一点。

他想知道，那人究竟是谁，又是为了什么，天机入梦，成全了他和他的心上之人，继而改变了两人的命运。

他更想知道，那人如今又身在何方，做着何事。今生今世，他是否还能再次得见那人一面？

萧列登基的次年，昭平一年，东南沿海的泉州城里，一户甄姓富商人家，今日喜气洋洋。

甄大爷的祖父早年有恩于一户孟姓的官家，孟老爷便将一个女儿下嫁到了甄家。年轻夫妇感情极好，十分恩爱，先前已经生了一个儿子，起名甄耀庭，就在今日，孟氏又顺利诞下一女，女儿生得玉雪可爱，乖巧伶俐，起名嘉芙，被夫妇俩当成心肝宝贝养着。

转眼数年过去，甄家生意越做越大，跃居泉州首富，甄家女儿也出落得越发好，才五六岁大，便已是个十足的美人坯子，无人见了不喜。这一年，孟氏带着一双儿女到南山金佛寺中拜佛许愿，祈丈夫出海平安——从嫁到甄家之后，每逢丈夫随船出海，这样的拜佛许愿，便成了孟氏必不可少的一件虔诚之事。

金佛寺坐落于城外南山之中，乃千年古刹，据说千年之前，化缘建寺的禅师在此地悟得大道，修成罗汉，故名金佛。山中奇峰叠嶂，清泉鸣涧，寺里青松翠柏，鸟啼其间，清幽胜地，别有禅意。

这日因有法会，孟氏虔诚拜佛完毕，便去听法。午间用了素斋，见小嘉芙困了，孟氏便领了一双儿女到静室午睡，叫仆妇陪着，自己又去前头继续听法。

小嘉芙的哥哥耀庭，自小顽皮，怎肯老实睡觉？勉强闭目片刻，见母亲走了，趁着看护的仆妇出去不在屋里，便悄悄推醒妹妹，凑到她的耳畔，说今早自己发现后寺有好玩的地方，领她去玩。小嘉芙便被哥哥带到了后寺。

今日寺中，香客众多，又逢踏春，桃花盛开，游人往来不绝。哥哥像只皮猴，在人丛里钻来钻去，小嘉芙腿短，一时追赶不上，转头，竟不见了他的身影。她忍住心中惊慌，找了片刻，非但找不到哥哥，发现自己不知不觉，竟走到了一处偏僻的空旷之处，不但找不到回去的路，连人也看不到半个，心中害怕，忍不住掉下了眼泪。

她一边抹着眼泪，一边喊着哥哥，哥哥却始终不见人影，自己仿佛也越走越偏。最后她不敢走了，停在山路之上，呜呜地哭起来，哭得正伤心时，忽然听到耳畔响起一道温柔的声音："你怎的了？"

嘉芙抬起眼睛，泪眼蒙眬中，看到路边的那株桃花树下，不知何时，立了一个陌生的少年。

他看起来，也就和哥哥差不多大的样子，身上的衣衫已经洗得发白，却干干净净、一尘不染。他的手上拿了一本书，似在附近读书之时，被自己的哭声给引了过来。

他清瘦如竹，长得十分好看，双眸漆黑，目光明亮，亮得小嘉芙几乎都能看到自己在他瞳仁里的投影。

不知道为什么，看到他的那一刹那，她方才所有的惊慌和害怕，突然就都消失了。

她心里觉得自己仿佛在哪里见到过他，却又想不起来。

嘉芙忘了哭，呆呆地看着面前的这人。

"莫害怕。我这就带你回去。"

少年放下书，蹲了下去，用自己的衣袖爱怜地为她轻轻擦去方才哭出的眼泪和鼻涕，一点儿都不嫌她脏，又给她折了一枝桃花，递到了她面前。

小嘉芙破涕为笑，接过他折给自己的桃花，仰面看着这个温柔而英俊的小小少年，问道："你是谁？你住哪里？"

少年望着面前这个仰着小脸望着自己的粉嘟嘟的小女孩，沉默着，眸底深处，万千柔光。

前世的她，于绝境中曾向他求助，短暂相逢之后，两人再无交集，各自走完了自己的人生之路。

她终被活埋于地宫，他亦以英年，早早死于塞外孤城。

人都说，他天纵英才，不但有少年宰相、白衣公卿之名，后来还以第一功臣的身份辅佐帝王登基，位极人臣。

他既为儒臣，又是雄帅，死前的那些年间，威服边塞，叫胡人北归，不敢掉头，又教化民众，设立医馆，安民济物，四方归附。

他死于一碗鸩药。

他知一旦喝下药汁，此生一切，所有的荣光、耻辱，都将会在那座孤城的雪夜里戛然而止，彻底埋葬。

但他还是饮了下去。

那一碗鸩药，早在他的预料之中。

他亦准备好了那一天。

并非他惧怕那个要置他于死地的人，而是他无意去争。

那个世间，他想不出还有什么羁绊住他的人或者事。

他本就是个多余之人，去了，不过也是归位而已。

他走得很是平静，但就在临死前的那一刻，他的脑海里，不知怎的竟浮现出多年前，那个曾短暂相逢的表妹寻到自己，向他求救之时，那双饱含了恐惧和感激之情的楚楚眼眸。

那场战事之后，他曾出手相助过的这个表妹，据说后来不幸死于乱兵，连尸身也不见下落，此后再无她的消息。

他本以为，自己早就已经忘记了，却原来这么多年过去，当日她奔来求助自己的一幕，一直还印在他的脑海深处，他从未曾忘记。就在他死前一刻，那双美丽的眼眸，竟再次浮现。

他死后，民众为他建庙，香火供奉，令他精魂不散，也是到了那时，他才终于知悉，原来当年她并未死去，而是被人匿于深宫，最后活埋在地下，香消玉殒。薄命至此，连司命亦是不忍，遂令她转世新生。

所幸，在她新生的那个人世，历经磨难，她终和那世的自己成就良缘。那个自己，亦因她的到来，人生方得圆满。

欣慰之余，对那个有幸得她朝夕陪伴的自己，他心之深处，亦未尝不是暗生羡慕。

纵然自己死后精魂不灭，纵然与天同寿，而苍梧碧海，朝朝暮暮，心无所归，与那孤魂野鬼，又有何不同？

这一世，太多遗憾了。不论是她、给了他生命的生身父母，抑或养育了他的裴家亲人，无不命运多舛。

他对司命说，他甘愿舍了自己这不灭精魂，以换来所有这些人的无憾一生。

少年沉思片刻，微笑道："我就住在这里，你叫我右安哥哥便可。"

"右安哥哥……"

嘉芙认真地念了一遍他的名字，点头道："我记住了。"

她喜欢这个名叫右安的少年哥哥，对着他笑，笑得眼睛弯成了一双月牙儿。

少年将她领回前头的时候，孟氏正急得不行，叫家人和寺庙里的僧人到处在找女儿，忽然看到嘉芙朝自己跑来，一把抱住了，喜极而泣。

嘉芙在母亲的怀里，回过头，看见少年哥哥朝自己微笑着点了点头，随即转身离去，身影渐渐消失在人群之中。

孟氏情绪平定下来，才想起方才那个带她回来的少年，四处张望，却已不见那人。

看那少年衣着，似出身贫寒。孟氏感激他带回女儿，向寺中僧人描述少年的样子，僧人听了，笑了，告诉她说，那少年无父无母，是个孤儿，尚在襁褓中时，便被云游在外的叔祖禅师从外抱来，收养于寺中。那孩子从小便聪慧过人，三岁读书，过目不忘，禅师本想收他为关门弟子，后来不知何故，却又放弃了这个打算，以国姓为他姓氏，为他起了俗家之名右安。两年前，他小小年纪，便以州府第一名被录为秀才，当时轰动了整个州学，学官亲自来到寺中，亲自考他学问之后，意欲接他入学，却被他婉拒，如今他还住在后山一处庐舍之中，以粥为食，终日读书，安贫守道。

孟氏回去，和丈夫说了此事。

甄大爷从前也听说过金佛寺那贫寒少年的才名，既有如此巧合机缘，便亲自去寺中看望，见那少年年纪虽小，却落落大方，不卑不亢，心中极是喜欢，更认定这少年虽出身清寒，他日却绝非池中之物。回来之后，他便一直念念不忘。某日，抱着女儿坐于膝上之时，甄大爷忽发奇想，想到招那少年为婿。

他是个急性子，想到了，立刻和孟氏说了，孟氏自然赞同，甄大爷去禀了声母亲，当即匆匆赶去金佛寺，寻到了那位当日抱养少年的叔祖禅师，将来意说明。

他忐忑地望着禅师，唯恐禅师不应，不料禅师听了，不置可否，只带他到了少年所居的庐屋前，问少年是否愿意被甄家招为女婿。

少年当时坐于桌后，手执一卷，放下书册，出了门槛，朝着甄大爷，毫不犹豫，竟端端正正下跪，叩首唤他岳父。

甄大爷欣喜万分，当即立了婚约，自那之后，时常前去探望，派人送米送衣，视这少年如同己出。

就这样，光阴似箭，从嘉芙六岁那年在金佛寺的后山和他相遇开始，数千个日子，如流水般在指间静静淌过。

她和她的右安哥哥，青梅竹马，岁月静好。

这一年，已是昭平十三年，嘉芙年满十三了，枝头豆蔻，绝色初绽，而他亦年满十六,长成了一位英俊儒雅的翩翩少年。

记得当年小时,父亲每每带她来看他时,嘉芙最爱跟在他的身边,"右安哥哥""右安哥哥"地叫他,他去哪里,她便也要跟去哪里,哪怕什么都不做,看他在窗前读书写字的样子,一看半天,也不厌倦,不舍离开。

后来她渐渐长大,明白他是自己将来的郎君,知晓害羞之后,便不再像小时那样时常去寻他了,可是心底总是记挂着他。有时他来甄家,她便躲在暗处,悄悄看他,哪怕远远看到他的身影,一颗心也充满甜蜜,鹿撞不已。

父亲说,待她及笄,便为她和右安哥哥完婚,让他们结为夫妻。

这一年,十六岁的他要去参加秋试,因事关重大,嘉芙父亲取消了原定的出海计划,决定留在家中,等他秋试完毕。

甄大爷没有想到的是,因为这个临时变动的计划,竟救了他的性命。

几个月后,先前约定一道出海的另一户人家的船队,在行至外海某处时,遭遇了一场不可测的狂风暴浪,船只倾覆,最后除了一个抓住漂于海面的桅杆而侥幸获救的船上水手,无人生还。

消息传来,甄大爷难过之余,亦是庆幸自己竟如此逃过一劫。

倘若当时他也一道出海,如今能否回来,实在不得而知。

甄大爷躲过一劫,等到右安秋试完毕,十一月,好消息传来。

他中了秋试,成了泉州有史以来最为年轻的一个举人。

四方贺客不断,甄家人也终日喜笑颜开。

至次年春闱,萧右安又入京春闱会试,恰北方时局在安定了十多年后,再次开始动荡。皇帝便令天下举子以此为题策论。他的文章,鞭辟入里,有理有据,堪称庙胜之策,考官为之惊艳,圈为状元,送到御前复览。皇帝读完,大喜,又知写出此文之人,今春刚不过十七岁而已,越发惊讶,迫不及待,便立刻召他入殿觐见。

这一年,萧列已经做了十几年的皇帝,年近四十了。

第一眼看到这个名叫萧右安的少年举子之时,皇帝惊呆了。

他一眼就认了出来,面前这个十七岁的少年,就是多年前,曾入梦提点自己的那个青年。

纵然他如今还未长成梦中青年的模样，但面容轮廓，已是极其肖似。

尤其那一双明亮得叫人过目难忘的眼睛，更是一模一样，他绝对不会认错！

萧列震惊无比，散朝后，单独于御书房召见这少年，详细问他生平，得知他是孤儿，从小在寺中长大，唏嘘不已，叫来了裴后。

裴后早知道了丈夫当年经历的那个奇怪梦境。

这些年来，她亦常常做梦，梦中的自己，还有另外一个孩子，她想将那孩子看个清楚，面前却总是一团迷雾，醒来之后，心底深处犹如缺失一角，常常感到遗憾不已。

就在这一刻，看到这个少年人时，不知为何，她心中竟慢慢生出一种既心酸又欢喜的感情，仿佛他便是自己梦中那个失散多年的儿子，眼泪控制不住，竟夺眶而出，亲自过去扶起了他。

没有任何异议，这个十七岁的少年，金殿传胪，高中状元。

一朝揭榜，天下皆知。甄家那个曾被人在背后讥为倒插门的女婿中了状元的消息，很快便传到泉州。甄家犹如过年般热闹，甄大爷亲自在大门之外放鞭炮，贴喜联，前来上门道贺的人，从早到晚，络绎不绝，几乎踏破了甄家门槛。

妻凭夫贵，于是一夜之间，嘉芙也成了众人眼中最为羡慕的好运之人。

但是，在她等待他归来的一天天里，泉州城里，慢慢又开始流传一些传言。

据说皇帝对他极其赏识，委以重任，他少年得志，一飞冲天，往后前途不可限量。

又据说，京城之中，家中有适龄待嫁女儿的官员，或托人，或亲自开口，无不想着招他为婿。

于是有人就说，那少年今非昔比，如今登跃龙门，而甄家只是商户人家，少年恐嫌弃甄家门第，往后再不会回来了。

这样的流言，越传越盛，最后连甄家人也都知道了。

父母十分气恼，更怕女儿伤心，嘉芙却置之一笑，非但如此，反而安慰父母。

从他出现在她面前的第一刻起，嘉芙便对他生出了深深的信赖。

她全然信赖于他，并且深信，哪怕她和他相隔千山万水，冥冥之中，命中注定，一根红线，将他和自己系在了一起。

在她六岁那年，那根红绳便将他带到了她的身边。

她的右安哥哥，不论是金佛寺中一贫寒书生，还是如今名传天下的状元郎，他定会回来迎娶自己，对这一点，嘉芙深信不疑。

她的全然信任，得了回报。

这一年秋，昔日那个寄居古寺的贫寒少年飞黄腾达，衣锦还乡，消息传开，轰动全城，无数人挤到街头，只为看一眼少年状元郎的翩翩风采。那日，他骑马入城，径直去往甄家，尚在一箭地外，便下马步行，来到甄家门前，向着闻讯出来相迎的甄大爷恭恭敬敬地行了女婿之礼，诸多流言，不攻自破。人人都说，甄大爷不但生意做得好，多年以来，跑船如有天佑，择女婿的眼光，亦是高人一等，在那少年贫寒之时，便抢着定下了婚约，否则，以他今日地位，甄家又怎可能高攀为婿？

第二年，嘉芙行过及笄之礼，十五岁时，如愿以偿，终于嫁给了她的右安哥哥。

芙蓉锦帐，香旖旎，碧玉堂前，情似水。花烛摇曳，映出了锦帐中的一双依偎身影。

"右安哥哥，小时候第一次见到你，我便觉得眼熟。我从前是不是在哪里遇到过你？"

小新妇伸出一只玉臂，抱住了她心爱的少年郎君的腰身，睁开双眸，好奇地问他。

许久以来，这感觉一直困扰着她，今夜终于能够开口相问了。

他凝视着她还带着红晕的姣美容颜，眼底渐渐涌出笑意，笑而不答，最后将她拥入怀中，以吻堵住了她那张追问不停的小嘴。

他割舍了一切前尘，只身来到这里，陪她慢慢长大，为的便是等这一天。

他要娶她为妻，和她白头，守护着她，叫她无忧无惧，安乐一生。